【中国现代史学要籍文献选汇·中国历史（第一编）】

清史大纲

金兆丰 著

上海三联书店

图书在版编目(CIP)数据

清史大纲/金兆丰著．—上海：上海三联书店，2021.1
(中国现代史学要籍文献选汇．中国历史)
ISBN 978-7-5426-7172-1

Ⅰ．①清…　Ⅱ．①金…　Ⅲ．①中国历史－清代
Ⅳ．①K249

中国版本图书馆CIP数据核字(2020)第169386号

清史大纲

著　　者：金兆丰
责任编辑：程　力
责任校对：江　岩
装帧设计：清　风
策　　划：嘎　拉
执　　行：取映文化
加工整理：嘎　拉　笑　然　牵　牛　牧　原
监　　制：姚　军
出版发行：上海三联书店
(200030) 中国上海市漕溪北路331号A座6楼
印刷装订：常熟市人民印刷有限公司
版　　次：2021年1月第1版　　印　　次：2021年1月第1次印刷
开　　本：650×900　1/16
字　　数：450千字
印　　张：32.75

ISBN 978-7-5426-7172-1/K·607　　定价：248.00元（精装）

中華民國二十四年八月初版

清史大綱

金兆豐 著

序

先兄雪蓀長余十九歲。余幼時能讀書識字，以至能綴字成文，多出先兄啓迪。年十八負笈杭州，先兄則以通籍居舊都。清宣統元年余升入京師大學堂，先兄時適提調大學教務，復受業焉。故先兄之於余，情則昆季，而誼則師生也。惟時余方治自然科學，尤篤好化學，先兄則以治史，去大學堂而專任國史館實錄館纂修事。余假歸先兄寓，輒令繕正史稿，間亦語以史法。余之好讀史自此始。民國成立，先兄以纂修宣統實錄留舊都，余則以先母老且病，輟學侍養。頻年聚首，至是乃一相違。民國三年，余執教鞭於浙江之第七中學校，課餘讀太史公書，自謂有所得，輒妄疏其例，私以爲太史公傳帝王而名曰本紀，非以其爲帝王，特以其爲政教號令所從出而天下綱紀之所本耳，故項籍楚將，呂雉漢后，皆列本紀，因病安石以本紀歸帝王之非。值先兄歸省，輒以就正。先兄笑頷之，未及有以正之也。會清史館趙次珊館長電約先兄協修史事，并促卽就道。余更妄以所見擬清史編例數則呈先兄，其中一卽主以多爾袞那拉后入本紀。先兄正色謂此子一人之私言，不足爲定論。余乃知史自有法，不能竄以臆說也。先兄治史之謹嚴亦於是見之。由是復相違者數年。民國九年，余北上任北京高等師範學校講師，復得與先兄共晨夕；十二年任職外交部，居復與先兄比。先兄雅好蒔花木，清晨每煮茗手一卷坐花圃中，余往往趨侍。先兄時示以所撰述釐訂清史各稿，並詳語以取去得失。余時適受上海中華書局約，爲編歷史教本參考書，因乘間丐其指示史實訂正文字。幾於無一晨不相見無一見不商量邃密，動至移午。余雖質魯不能盡其學，然當時天倫之樂，固至今猶胸次盤旋不能去也。十七年，余以餬口來海上，不意此一暌違，遂成永訣。蓋此後雖尺素時通，而先兄已老病侵尋，語多蕭瑟；至客歲廢曆中秋前一日，遂一瞑而不返矣，嗚呼！越旬仲兄郵其絕筆之遺著清史略來，囑有以付剞劂。余發封展讀，猶畫然平寓花圃一甌相對時，不知涕泗之何從也！摩挲遺稿，思遂湮沒，乃持商王伯祥先生。伯祥先生爲介於開明書店，易名清史大綱，幸獲以問世。今版成有日矣，伯祥囑以一言弁其耑。余自惟不學，負先兄多矣，遑敢復贅一辭，爰就生平之所親炙於先兄者，述其顛末如此。民國二十四年四月弟兆梓謹誌。

目錄

第六章　入定中原之政局

第十三章　咸豐朝之政局……三九五

第一章　明淸間關內外之大勢

一　淸太祖之先世事略

明初。東部之疆宇。盡於開原鐵嶺遼瀋海。蓋其東北境則爲明政府實權所不逮。永樂時仿唐羈縻州之制。分建衛所。僅具空名。因是女眞部落。得以滋育其間。各戴酋長。紛紜割據。淸之先世。卽女眞別部之一也。

建州部族之建置　女眞之族。唐虞時。不咸山（卽今長白山）附近。有肅愼氏。來獻弓矢。其故地。漢魏謂之挹婁。後魏謂之勿吉。隋唐則謂之靺鞨。唐初有粟末黑水二大部。自大祚榮爲粟末部長。國勢漸強。乃建爲渤海國。黑水靺鞨。嘗爲之役屬。渤海旣滅。黑水族居混同江（卽今松花江）西南者。繫籍於遼。號熟女眞。居江東者。不籍於遼。號生女眞。以僻處東北。風俗極樸陋。其俗鷙悍。善騎射。夏則隨水草而居。冬則依山穴而處。亦不知有年月。有完顏部者。世居出虎水（出虎水土言金也今名阿勒楚喀河發源小白山之北北流入松花江）之源。遼道宗時。部長烏古迺。爲獻遼叛臣。始爲節度使。其後嗣皆務開拓疆土。兵勢駸盛。遂雄諸部。又因部內無鐵。以重金購隣邦舊甲冑。用以製弓矢。備器械。其勢益不可遏。四傳至阿骨打。沈毅有大志。才叛遼。取契丹東北諸州（今吉林省地）。宋徽宗政和五年。遂稱帝。以居愛新水上。今湖爾哈河在寧古塔城東南源出吉林烏喇東北流入混同江唐時謂之忽汗河金以後謂之金水河滿洲語金爲愛新水源於此因又謂之金源國號金。是爲太祖。攻克黃龍府。天祚親征。已渡混同江會有叛者乃西還。太祖追敗之。進陷遼陽。於是東京州縣。及熟女眞皆降於金。金稱帝凡百二十年。爲蒙古聯軍所攻亡。其遺族散居於混同江南北。各從其俗。元置萬戶府以鎭戍之。亦隨俗而治已耳。迄於有明。亦隸於統治權之下。追成祖永樂中。海西女眞今開原以北松花江附近一帶建州女眞自今伊蘭縣至濱江一帶野人女眞在黑龍江支流科爾芬河沿岸諸酋長。來歸附。明因以其地置衛一百八十四所。選其酋長爲衛指揮等官。其有願居中國者。則於開原設安樂州。遼陽設自在州以處之。海西女眞爲完顏氏。金主姓之後建州女眞爲佟氏。建州海西並以地而名。唯野人女眞。一曰生女眞。亦稱忽剌溫野人。則以其文化粗野氏之。厥後野人女眞。逐漸南下。海西建州。皆爲其壓迫。亦往西南遷移。與明益迫近。永樂時。女眞野人頭目阿哈出。從征有功。明廷以爲建州指揮使。賜姓李名思誠。弟猛哥不花。累官毛憐衛都督同知。子釋家奴。累官建州衛都指揮僉事。釋家奴。卽永樂八年賜名李顯忠者也。釋家奴子李滿住。襲父職。宣德四年三月。求入朝充宿衛。不許。初。阿哈本以三姓爲根據。漸南移至婆豬江卽今之佟家江岸之兀剌山。正統元年閏六月。李滿住以數被忽剌溫野人侵害。乞內徙遼陽草河。二年春。詔許移駐蘇子河濱之竈突山今興京西之呼蘭哈達南。是爲建州衛新地。清皇室四譜。謂清不祖李滿住。而祖猛哥帖木兒。猛哥帖木兒者。亦建州夷與阿哈出同時。大抵亦同族也。初居三姓對岸之幹朶里。尋南移近圖們江。嘗被兀狄哈攻劫。走朝鮮。朝鮮王授以萬戶之職。後又授上將軍。永樂十年。於朝鮮鏡城之阿木河立建州左衛。授以指揮使。移居焉。

此建州左衛創置之始。十四年二月。入朝賜宴。宣德元年正月。晉都督僉事。時弟凡察亦授職。七年三月。凡察以招撫遠夷。晉建州左衛都指揮僉事。八年二月。猛哥帖木兒晉右都督。晉凡察都指揮使。八月。猛哥帖木兒及子阿古被七姓野人攻殺。尋嫡子董山襲職。方難作時。凡察與猛哥帖木兒子童倉率五百餘家遁朝鮮。朝鮮厚視之。凡察尋走還建州。依李滿住。蘇子河。朝鮮留其私屬。不肯遣。正統五年十月。敕許凡察與李滿住同駐。七年二月。別設建州右衛。以凡察爲都督同知。是爲建州右衛之始。成化三年九月。明出兵五道。討建州。朝鮮遣將擊斬李滿住。及其子古納哈。凡察不知所終。或謂董山性狡悍。嘗以剛柔互濟之手腕。得兼建州衛及右衛都督。建州之勢頓強。其後董山以私事朝鮮。爲明廷所殺。（事在天順三年）詔以其子脫羅爲指揮。勢漸衰。而海西之勢力。遂遠出建州上。初海西部族。爲野人所侵。南徙開原邊外。而以哈達爲代表。是爲海西衛新地。成化中。建州海西。合窺疆圉。東邊從此不靖矣。其後王杲肆虐。尋被擒。（果爲凡察後裔）時明之國力已遜於前。重以北與蒙古抗衡。南受倭寇侵掠。無暇顧及東北。而努兒哈赤適挺生於其間。獲創不世之偉業。此建州部族之由來也。

清先世之紀略　清儒援商觥周繇之誼。謂清之先姓愛新覺羅氏。發祥於長白山。滿洲語曰果勒敏珊延阿林。（果勒敏譯言長也珊延白也阿林山也）高四百餘里。綿亙千餘里。風勁氣寒。奇木靈藥。應候挺生。山之東有布庫里山。其下有池曰布爾湖里。（一作布爾湖開圖方略作布勒瑚里）相傳有天女三。長曰恩古倫。次曰正古倫。三曰佛庫倫。浴於池。有神鵲銜朱果置季女衣。季女含口中。忽已入腹。遂有身。尋產一男。生而能言。體貌奇異。及長。母告之故。因命之曰「汝姓愛新覺羅名布庫里雍順天生汝以定亂國其往治之汝順流而往即其地也」與小舠乘之母淩空去子乘舠順流下至河步迺登岸折柳枝及蒿爲坐具端坐其上是時其地有三姓爭爲雄長日搆兵相仇殺亂靡由定有取水者見而異之歸語衆衆往觀皆以爲異因詰所由來答曰「我天女所生天生我以定汝等之亂者」且告以姓名衆驚曰「此天生聖人也不可使徒行」遂舁至家三姓者議曰「我等盍息爭推此人爲國主以女百里妻之奉爲貝勒亂迺定居長白山東俄漠惠之野俄朵里城（日人內藤虎次郎謂俄漠惠爲今朝鮮會寧府斡猛哥帖木兒移居會寧爲野人襲殺其遺族始散居龕突山下即建州三衞新設之地殆今所謂赫圖阿拉之興京是也開國方略作長白山北之俄朵里城誤）國號滿洲是爲開基之始數世而後不善撫其衆國人叛族被戕有幼子名范察者（按范察爲孟特穆之弟開國方略不載其名非闕文也）遁於荒野有神鵲止其首國人追之遙望鵲棲處疑爲枯木遂返范察獲免隱其身以終自此後世俱德鵲相戒勿殺害云數傳至肇祖原皇帝諱都督孟特穆志圖恢復計誘先世仇人之後四十餘人誅其半執其半索得舊業釋之始移居蘇克蘇滸河濱之呼蘭哈達山下地曰赫圖阿拉西距俄朵里城千五百里生子二長充善次褚宴充善生子三長妥羅次妥義謨次錫寶齊篇古錫寶齊篇古生子一即興祖直皇帝名都督福滿生子六長德世庫次劉闡次索長阿次即景祖翼皇帝次包朗阿次寶實景祖名覺昌安明人書譯爲教場或爲叫場以其爲興祖第四子故亦稱四祖居赫圖阿拉地三兄兩弟分築五城距景祖所居近者約五里遠者約二十里環衞而處統稱爲寧古塔貝勒寧古塔女眞語六箇也與後之吉林境內地名寧古塔者絕遠景祖生子五長禮敦次額爾袞次齋堪次即顯祖宣皇帝也次塔察篇古是時近地部落中有

名碩色納者生九子．俱強悍．又有名加虎者．生七子．俱輕捷多力．二族恃其強．侵陵諸路．景祖既破明勅爲建州衞都指揮．隸本衞夷酋王杲部下．素多才智．而其子禮敦又英勇．迺率諸貝勒往征．破碩色納子九人．滅加虎子七人．盡收五嶺東蘇克蘇滸河西二百里諸部．自是國益強盛．顯祖名塔克世．明人書譯爲他失．景祖既隸杲麾下．遂以孫女（禮敦之女）妻其子阿台．卽阿太章京．居古埒山寨．（今鼓樓村東北）數犯遼瀋．明總兵李成梁討之．並授尼堪外蘭兵符．帥遼陽廣寧兵分二路進．景祖恩女孫被陷．與子顯祖馳救．遂掩殺阿台．旋被尼堪外蘭譖構於成梁．父子同遇害．顯祖嫡妃喜塔喇氏．阿古都督女．是爲宣皇后．生子三．長卽太祖努兒哈赤也．歲己未．爲明嘉靖三十有八年．次舒爾哈齊．號達爾漢巴圖魯．次雅爾哈齊．繼妃納喇氏．哈達萬汗所養族女．生子一．名巴雅喇．號卓禮克圖．庶妃李佳氏．古魯禮女．生子一．名納穆爾哈齊．號青巴圖魯．此其大略也．

附載清初世系表

- 布庫里雍順（始祖）…范察（卽凡察）…都督孟特穆（卽猛哥帖木兒肇祖原皇帝）
  - 充善
    - 妥羅
    - 妥義謨
    - 錫寶齊篇古—都督福滿—（興祖直皇帝）
      - 德世庫
      - 劉闡
      - 索長阿
      - 覺昌安—（景祖翼皇帝）
        - 禮敦
        - 額爾袞
        - 齋堪
        - 塔克世（顯祖宣皇帝）
          - 努兒哈赤（太祖武皇帝）
          - 穆爾哈齊（封貝勒諡勇壯）
          - 舒爾哈齊（封親王諡莊）
          - 雅爾哈齊（封郡王諡通達）
          - 巴雅喇（封貝勒諡剛勇）
        - 塔察
      - 包朗阿
      - 寶實
  - 褚宴

太祖之勃興　太祖。顯祖之長子也。嘗自稱爲佟氏。蓋自謂爲猛哥帖木兒之後。猛哥。姓童。其二子曰童倉。曰董山。童與董佟。爲一音之轉。故多稱佟姓。努兒哈赤。明人書多譯努爲奴。故爲醜辭。不足訓。宣皇后孕十三月而生。先是望氣者。言滿洲將有聖人出。戡定衆亂。統一諸國而履帝位。及太祖生。英敏異常童。太祖實錄。稱爲「龍顏鳳目。偉軀大耳。聲若洪鐘。儀度威重。騎射軼倫。剛果能斷。覩記不忘。國人稱曰聰睿貝勒。」此雖史氏頌揚之詞。然綜其前後以觀。雄才大略。卓識宏量。自是開創之英主也。生十歲。其母宣皇后崩。繼妃納喇氏撫育寡恩。年十九。俾分居予產獨薄。登山親採松子人參。攜至撫順市以貿。以是諳悉漢人情狀。顯祖知其有才德。獨厚與之。而仍辭讓諸弟。其時滿洲崛起。已用大秦文字。旋因不便於用。略爲更改加點畫爲滿洲文字。太祖起。復將中國有用之書籍。翻成滿文。朝夕習誦之。用能運籌帷幄。勝算獨操。癸未。（明神宗萬曆十一年）蘇克蘇滸河圖倫城有尼堪外蘭者。既搆明兵攻古埒城。景祖率子往救。既至。命塔克世俟城外。己獨入城。欲攜女孫歸。阿台不從。李成梁攻城不能克。尼堪外蘭請往招撫。至城大呼紿城中人。有能殺阿台來降者。卽令爲城主。城中人信之。殺阿台以降。成梁誘而屠之。並害景祖及顯祖。其時太祖年二十有五。聞之大慟。詰明邊吏。明遣使謝過。歸二祖喪。與敕三十道。馬三十匹。封龍虎將軍。復給都督敕書。太祖曰。害我祖若父者。尼堪外蘭所搆也。必執以與我。迺已。使臣不允。且曰。「當令其爲滿洲國主。」國人信之。皆歸尼堪外蘭。同族寧古塔諸祖子孫。亦至堂子立誓。欲害太祖。以歸之。尼堪外蘭。又迫太祖往附。太祖曰。「爾吾父部下人也。搆明兵害我祖父。乎恨不能手刃汝。豈反從汝偷生邪。」

自是憾益深。日夜思復祖父仇。時蘇克蘇滸城主諾密納偕同部嘉穆瑚寨主噶哈善哈斯瑚。沾河寨主常書及弟揚書四部長來歸。太祖與之盟。遣還。是歲五月。迺以顯祖遺甲十三副謀伐尼堪外蘭。開創雄圖。此其嚆矢已。

二　復仇之舉

尼堪外蘭之敗　太祖志切復仇。起兵攻尼堪外蘭。與諾密納約以兵來會。洛地噶善索長阿之第四子龍敦。福滿之孫。太祖之堂叔也。私語諾密納之弟鼐喀達曰「明助尼堪外蘭築城嘉班。（或譯爲甲版承德縣東百十里嘉班山之東）令爲滿洲主。哈達萬汗又助之。（明稱爲王台）爾何附聽睿貝勒乎」鼐喀達以告諾密納。遂背盟期不至。仍自率衆攻圖倫城。尼堪外蘭攜妻子遁於嘉班。遂克圖倫城。得兵百人甲十三副而歸。六月。德世庫劉闡索長阿寶實等子孫。忌太祖英武。同謀害太祖。夜半潛至城。緣梯而上。見太祖至。遁去。秋八月。太祖追至嘉班。尼堪外蘭奔往撫順所迤東河口臺。其族屬及先附國人皆背之。尼堪外蘭懼。逃於鄂勒琿。（或譯爲鵝爾渾今齊齊哈爾城西南三十餘里）築城居之。寶實之子康嘉與綽哥塔覺善同謀。糾合哈達國萬汗兵。以渾河部兆佳城長理岱爲鄉導。劫太祖所屬瑚濟寨而去。分所獲於中途。太祖部將安費揚古及巴遜率十二人追及。敗之。殺四十八人。獲所掠而還。甲申（萬曆十二年）春正月。往攻兆佳城。先是軍至噶哈嶺。路險難登。又值天鴻雪。衆勸勿進兵。太祖曰「理岱同姓兄弟也。反爲哈達用。詎可恕邪」遂鑿山爲磴。軍士鱗次立。以繩束馬曳之。踰嶺。及是抵城下。督衆登城。攻克之。獲理岱。宥其死。豢養之。時龍敦構太祖繼母之弟薩木占曰。「爾姊今在吾家。爾宜與吾合謀」。薩木占惑之。率族衆邀噶哈善哈思虎（努兒哈赤同母妹夫）於路。殺之。太祖怒。率近侍數人。收其骸骨。歸移入室。殮以所御冠履衣服。厚葬之。六月。率兵四百。攻瑪爾墩寨。取之。訥甲奔界藩。時董鄂部（佟家江附近地）內亂。太祖與衆計宜往攻。衆諫曰。「兵未可輕入。幸而勝。誠善。倘有失。奈何」。太祖曰。「我不先發。彼復合好。必加兵於我」。七月。率兵五百征之。城垂陷。會大雪。罷攻。命衆先還。留十二人以從。伏濃烟中。城內謂兵已退。引衆出。太祖突出擊之。斬四人。獲甲二副。適完顏部之遜扎沁廣袞來謁曰。「翁鄂洛吾仇也。乞一旅助我破之」。太祖以兵夜馳赴之。縱火焚城樓。及村中廬舍。自乘屋巔。射城中。城中鄂爾果尼潛射之。中首。貫冑。傷入指許。流血至足。鏖戰不已。敵有名羅科者。乘烈焰潛偪。突發一矢。射太祖中之。一矢貫冑。一矢穿鎖子甲護項。拔之。鏃卷如鈎。血肉並落。迷而復甦者數四。一晝夜血不止。裹創厚寸餘。迺棄垂下之城而還。及創愈。復攻克翁鄂洛城。獲鄂爾果尼及羅科。衆請誅之。太祖曰。「兩敵交鋒。志在取勝。彼爲其主。乃射我。今爲我用。不又將爲我射敵耶。如此勇敢之人。奈何以射我故殺之」。遂各擢爲牛彔額眞。乙酉（萬曆十三年）春二月。率兵略界藩。無所俘獲。引兵還。界藩與薩爾滸棟嘉巴爾達四城之主。合兵追襲。其部長訥甲界藩寨長巴穆尼。從步軍中疾馳至。太祖見之。單騎回擊。訥甲訥甲刃已先及。斷太祖所執鞭。太祖揮刀斷其臂。墜馬死。復轉射巴穆尼。斃之。追兵逡巡卻立。太祖引兵徐還。不遺一騎。夏四月。又率步騎五百。征哲陳部。親執纛。先近敵陣。下馬驅馬回。率弟穆爾哈齊及近侍延布祿烏淩阿．直前衝擊．奮勇射之．殺二十餘人．敵兵爭渡渾河遁．旣收軍．太祖曰．「今日以四人而敗八百人．此天助我也．」乃還．丙戌．（萬曆十四年）秋七月．再攻哲陳．託漠河城值雷雨罷．越數日．復往招撫之．下其城．馳征尼堪外蘭．攻克鄂勒琿城．値尼堪外蘭他出．索之不獲．城外有四十餘人．前行一人戴氈笠．被青棉甲．太祖疑爲尼堪外蘭．奮身往追．爲四十人環偪．衆矢雨下．太祖被創三十餘．鏖戰不退．射殪八人．斬一人．餘皆竄遁．還至城內．斬漢人十九．又執被箭者六人．卽以其深入之令．轉告明邊吏．執送尼堪．否則興師．明邊吏使人復曰．「遣少兵來．卽執與汝．」於是命齋薩率四十人往．明人執尼堪付齋薩．斬之而歸．復仇之舉．至此完成．已明於是歲輸銀八百兩．蟒緞十五匹．並開撫順．清河．寬甸．靉陽四關．通和好焉．

當時滿洲之形勢　先是女眞部落．大別爲四．（一）滿洲部．內分支部五．曰蘇克蘇滸河．曰渾河．曰完顏．曰棟鄂．曰哲陳．（二）長白部．內分支部三．曰訥殷．曰珠舍里．曰鴨綠江．二部皆明之建州衞也．在遼瀋之東．（三）東海部．亦稱窩集部．（又作渥集）內分支部二．曰瓦爾喀．曰庫爾哈．明之野人衞也．東際日本海．跨有今吉林及西伯利亞沿海州境．（四）扈倫部．內分支部四．曰葉赫．曰哈達．曰輝發．曰烏拉．明之海西衞也．當滿洲諸部之北．四部中以扈倫爲最強．與中國相結．明亦倚哈達爲南關．葉赫爲北關．爲朔邊之屛障．當太祖以武力復仇．於是懷其德而畏其威者．莫不稽首而附伏．如蘇完部主索爾果．率衆來歸．卽以其子費英東佐理政務．（後爲一等大臣世襲信勇公）雅爾古寨長扈拉瑚．率衆來歸．卽以其子扈爾漢爲養子．任侍衞．（賜姓覺羅．後爲一等大臣世襲子爵）棟鄂部長何和禮率衆來歸．卽以長女妻之．（後爲一等大臣世襲勇勳公）後薩爾滸之役．賴以克明．戊子。（萬曆十六年）九月。太祖率兵克完顏部。斬其城主岱度墨爾根。己丑。（萬曆十七年）正月。復取兆佳城。斬寧古親。於是建州環境五部皆服矣。辛卯。（萬曆十九年）之春。又遣兵略長白山之鴨綠江。盡收其衆。版圖日廓。遂北向而與海西諸國角。而據其嶺禮王雜錄。「何和禮以五萬人來歸」。此肊論也。何和禮先世自瓦爾喀遷棟鄂。屬哈達。世爲部落。所謂部長者。止一村一堡之長耳。一城之聚。安得有五萬之衆耶。當時海西四部。衆不過萬人。是以癸巳九部之師來侵。通計不過二三萬衆。卽後此己未薩爾滸之役。傾國之師。出禦明兵。亦止五六萬人。蓋招徠生聚三十年。乃得有此數。彼蕞爾一城。無五萬人明矣。檢查功臣傳大臣傳。皆無此語。

三 海西之征服

九部聯軍之敗　太祖既以兵統一建州。又收服鴨綠江路。國勢益振。時葉赫爲塞外諸國盟主。其貝勒納林布祿。恐不利於己。癸巳（萬曆二十一年）六月。遣使來言。欲分我地。言詞侮悖。太祖怒。遺書責之曰。「我乃滿洲。爾乃扈倫。爾國雖大。我豈肯取。我國卽廣。爾豈得分。且土地非牛馬。安可割裂分給。爾等皆執政之臣。不能各諫爾主。何赧顏來告耶。」因與太祖有隙。遂糾哈達貝勒孟格布祿。烏喇貝勒滿泰。輝發貝勒拜音達里。四國合兵。劫我戶布察寨。太祖率兵退之。斬十二人。獲甲六副。乃還。九月。葉赫貝勒布寨。納林布祿。哈達貝勒孟格布祿。烏喇貝勒滿泰之弟布占泰。輝發貝勒拜音達里。北嫩河蒙古科爾沁翁阿代莽古思明安錫北（或譯席北）部卦爾察部及滿洲長白所屬珠舍里路長紆楞路訥殷路長搜穩塞克什九姓之國合兵三萬分三路來侵太祖聞之命武理堪（後爲前鋒將世管佐領）詷動靜見敵兵壁渾河北岸方夜襲馳歸夜過半矣太祖令軍中旦日啓行遂就寢妃富察氏呼謂曰「九國兵來攻何反酣寢耶豈方寸亂耶懼之耶」太祖曰「我果懼安能酣寢吾若負彼天必厭之安得不懼今我順天命安疆土彼無故糾九國兵以侵害無咎之人天必不祐也」酣寢如故及旦率諸貝勒大臣詣堂子禱畢率兵至古埒山（長白山支峯赤界藩山東）據險結陣令各旗整兵以待遣巴圖魯額亦都挑戰葉赫兵罷攻城引兵來戰滿兵迎擊之敵稍卻布寨被殺敵遂亂衆奔潰科爾沁貝勒明安馬被陷棄鞍裸身乘驏馬走滿兵掩擊積尸滿溝壑追至哈達國柴河寨南禽布占泰太祖命釋其縛賜猞猁猻裘豢養之是役也斬四千級獲馬三千匹鎧冑千副自此戎衣一怒勢已如摧枯拉朽矣

扈倫四國之亡　太祖削平諸部始於哈達輝發烏喇葉赫所謂扈倫四國卽明人所稱南關北關者也九部之兵既爲太祖所敗葉赫懼復遣使與滿洲修好締媾婚姻思以遠交近攻之策統一扈倫會哈達內訌率兵攻之哈達勢不支乃乞援於明先是葉赫數攻哈達均賴明援得止至是明不應復請入扞邊亦不許不得已始遣三子爲質至滿洲告亟己亥（萬曆二十七年）太祖命費英東噶蓋率兵二千駐防其地納林布祿聞之致書哈達誘其貝勒曰「爾若執滿洲來援二將贖所質三子盡殲其兵我卽妻汝以所求之女修前好焉」其酋孟格布祿惑其言事旋洩太祖統兵往征貝勒舒爾哈齊自請爲先鋒命領千人爲

前隊。既抵哈達。哈達兵出。太祖遂親督戰。克其城。大將揚古利生禽孟格布祿。太祖命勿殺。召之至前。賜以貂帽豹裘。盡服哈達屬城。器械財物無所取。室家子女完聚如故。悉編入戶籍。遷之以歸。哈達國滅。而明失其南關。時輝發以族人附葉赫者衆。而部衆亦有叛謀。拜音達里乃以其臣七人之子入質滿洲乞援。太祖發兵千人助之。葉赫貝勒納林布祿。紿拜音達里曰。「若歸爾質子。吾即反爾叛族。」拜音達里信之。思中立於滿洲葉赫二國間。乃索歸七臣之子。而以己子爲質於葉赫。納林布祿竟不歸其叛族。拜音達里復致書於太祖曰。「吾向者爲葉赫所誑。今願歸誠。乞賜一女爲婚。」遂許之。後背約不娶。太祖遣使詰之。拜音達里謂俟葉赫質子歸。因築城三層以自固。逮葉赫質子既歸。亦不娶。欲恃堅城爲拒守計。丁未。（萬曆三十五年）九月。太祖往征之。克其城。誅拜音達里父子。輝發國滅。烏喇布占泰。既爲滿軍所擒。翌年。遣送歸國。適其兄滿泰父子。被村民所殺。立布占泰爲國主。太祖以其弟舒爾哈齊之女妻之。旋復肆虐瓦爾喀部斐優城。其長策木特赫苦之。乞歸附。太祖即命舒爾哈齊等率兵收其屯寨。布占泰發兵萬人要諸路。太祖又命長子褚英。次子代善。各率兵五百分二路擊之。烏喇大敗。是役代善最奮勇。首膺古英巴圖魯賜號。巴圖魯譯言好漢。與元史稱拔都拔突霸都魯等類。字異義同。夫以親藩儲貳之貴。尚必從事邊陲。武功懋著。始享此三字榮稱。後來軍營克一城。奪一寨。即請獎勇號。已失創制本意矣。踰歲乞和。復以親女妻之。布爾泰猶弗悛。且謀奪代善所聘葉赫貝勒布齋之女。又以鳴鏑射其妻。太祖聞之大怒。統兵取金川。並毀其臨河六城。布占泰窮蹙謝過。遂班師。未幾。復以其子綽啓鼐及十七臣之子爲質於葉赫。圖娶代善所聘女。自此戰釁再起矣。癸巳。（萬曆二十一年）太祖率兵往征。布占泰擁三萬之衆。璧富勒哈城迎戰。滿軍矢發如雨。譟聲動天。烏喇大敗。太祖乘勝登西城樓。樹旗幟。時布占泰所屬。不滿百人耳。亟馳還。壁望見滿軍旗幟而大驚。乃投葉赫。烏喇國滅。

癸丑。（萬曆四十一年）秋九月。太祖遣使諭葉赫貝勒曰。「布占泰今投汝。汝其執之以獻。」使者三往。其貝勒金台石布揚古不從。太祖率兵征之。盡焚其所屬各城及屯寨十九處。廬舍糧儲。收烏蘇降衆而還。金台石布揚古愬於明曰。「哈達輝發烏喇三國。滿洲已盡取之。今復侵我。其意卽欲侵明。取遼東以建國都。而開原鐵嶺。爲牧馬之場矣。」明遣使來言。令與葉赫修好。並遣游擊馬時枏周大岐。率練習火器者。守衛葉赫東西二城。太祖聞之。欲致書於明。遂躬詣撫順所城。游擊李永芳出迎。導入教場。遂以書與永芳。略言。「葉赫渝棄前盟。將已字之女。悔而不予。今又留布占泰不吾與。吾所以征之。與汝國何嫌云云。」遂還。葉赫既得明援。竟以金台石之女。許字代善者。改適蒙古。事在萬曆四十四年。卽天命元年。太祖稱汗之歲也。越三年。太祖計取葉赫。非創明不可。乃藉口於前被明誅之祖若父。爲第一大恨。（詳見後章）誓師攻明。陷撫順克清河。遂以天命四年。命大貝勒代善。率兵五千。往守扎喀關。以防明兵。而自將大軍。攻葉赫。克大小屯寨二十餘而還。葉赫如明告急。於是遼東經略楊鎬。率兵二十四萬。四路進討。大敗於薩爾滸。損失亡算。明廷大震。是秋。遂克開原鐵嶺。擣葉赫之背。進偪其東西城。時貝勒金台石居東城。布揚古居西城。太祖乃令諸貝勒。圍西城。而自將八旗兵。圍東城。破其郭。呼金台石出降。不從。遂督兵攻城。軍士冒矢石穴其城城墜遂入城兵復迎戰又敗之城中兵民俱降金台石攜妻及幼子登所居高臺滿軍持斧斤毀之金台石縱火自焚屋宇盡燬滿軍疑其已死令燬臺之兵徹火燎金台石身自下爲滿軍所執縊殺之時諸貝勒圍西城招降不從會東城破布揚古與其弟布爾杭古大懼遂開門降大貝勒引布揚古來見跪不恭僅屈一膝不拜而起太祖親以金卮賜之酒不恭如初酒飲沾脣而已又不拜而起太祖謂大貝勒曰引爾婦兄去回彼西城是日太祖深念久之謂「吾貸其死予以生全未見有喜色仍仇怨且跪拜不少屈此人可豢養耶」夜縊殺之布爾杭古以大貝勒故宥其死助葉赫防守之明游擊馬時柟及兵一千盡殺之葉赫國滅而明復失其北關

四　東海之降附

瓦爾喀庫爾哈之平定　其時滿洲開拓疆土東自海西至明遼東界北自科爾沁之嫩烏喇江南暨朝鮮境凡語言相同之國俱徠服而統一之乃復以兵力及懷柔政策平定東海東海諸部在吉林寧古塔以東東南濱日本海其中有瓦爾喀者在今烏蘇里江上流至綏芬河以西濱海一帶皆其部落與朝鮮咸鏡道接境戊戌（萬曆二十六年）太祖命褚英與大臣費英東噶蓋率兵一千征服其所屬之安楚拉庫路屯寨二十餘並招降萬餘人越九年丁未正月瓦爾喀部斐優城（琿春城北二十里）長策穆特黑以五百戶來降命舒爾哈齊等率師收其屯寨歸途並敗烏喇要擊之兵初瓦爾喀有流寓朝鮮者太祖爲請於明明諭朝鮮察

還千餘戶。及太祖登汗位。天命十年。命族弟旺善。大臣達朱戶車爾格。統兵征瓦爾喀。俘獲甚衆。軍還。車駕出瀋陽城迎勞之。此太祖征服瓦爾喀之概略也。皇太極嗣位。改元天聰。十年。命大臣蒙阿圖。率官兵往征。尋遣人自寧古塔奏報。俘降男千二百十九人。婦女二千六百八十四人。幼丁六百三人。獲人蔘貂狐猞猁猻等皮及牛馬甚多。太宗親出城十里迎之。先是七年。命吉思哈。武巴海。率兵征朝鮮接壤之瓦爾喀部。戒以優待降俘。毋淫婦女。踰歲。奏捷。俘男女二千餘。太宗諭以俘獲人之戶。不必均隸八旗。察明不足之旗分補撥。蓋先時俘獲。必編爲牛彔。分隸八旗。所以初制牛彔每旗二十五。後漸增至三十。至是以俘降備補充牛彔。不常增也。是歲冬。復遣大臣吳巴海。荊古爾代往征。諭之曰。「聞尼滿地方有千餘人在彼築城屯駐。爾等宜往略之。至各屯戶多少。吳巴海盡知。可取者量力取之。有分達哩所居之屯。宜率鄉導往前。先取。餘可次第略定。凡此諸屯。非有統帥哨防。不過泄泄然散處各村落。然其人雖愚。耳目頗衆。爾等自寧古塔啓行之日。卽行防範。毋令彼知覺。伺其所在。以智取之。所有俘獲。當加意守視。時其衣食。勿令凍餒。夫攻略之後。或俘人逋逃。或自被戕害。皆由與彼同處日久。漫無防範。以及褻辱其婦女所致。前者正紅旗輝滿征瓦爾喀時。所爲多不義。爾等愼勿效尤。亦毋以其物力豐足。妄行多取。彼旣服從。秋毫不可犯。」其所以體恤人情者至矣。九年四月。吳巴海等。收撫男婦幼穉千一百五十八人。至十月。復征之。吳巴海率黃旗兵。自額赫庫倫額勒約索二處進。多濟里率紅旗兵。自雅蘭錫琳瑚葉三處進。扎福尼率藍旗兵。自阿庫里尼滿二處進。武什塔率白旗兵。自諾羅阿萬二處進。主帥各授以軍律一道。附載應取壯丁及鄉導人姓名。臨行。太宗諭多濟里曰。「爾所往之地多島嶼。有可取者。造船取之。如不可取。識之以爲後圖。」諸帥既出至翌年三月凱旋。遣官迎宴之。敍功升賞有差。崇德改元二年。太宗方征伐朝鮮。命科爾沁扎魯特諸部兵出咸鏡道。往征瓦爾喀。以蒙古衙門承政尼堪等率每旗甲士十人導之出會寧。敗朝鮮平壤巡撫兵二千人。五月。至烏喇。遣還蒙古兵。復命喀凱等二十四將。分四路攻之。十二月奏捷。次年四月。還師。及崇德四年。復收瓦爾喀餘衆五百人。初。瓦爾喀部衆。叛入熊島者甚多。太宗命朝鮮國王李倧。以舟師攻之。生致其酋嘉哈禪等。鎖送盛京。乃遣薩爾糾等收其餘黨。至是。瓦爾喀大部皆服。庫爾哈者。在呼爾哈河下流地。卽寧古塔城東南源出吉林烏喇。東北流入混同江。唐時謂之忽汗河。金以後。謂之金水河。滿洲語爲愛新水源於此。因又謂之金源。約當瓦爾喀部西北。己亥（萬曆二十七年）春。正月。庫爾喀路長王格張格來朝。貢黑白紅三色狐皮。黑白二色貂皮。自此每歲朝謁。其長博濟哩乞婚。太宗嘉其率先歸附。以大臣女六。配其六長。丁未（萬曆三十五年）攻克東海庫爾哈路之杜庫塔城。（約在琿春城西百二十里地）其初已降附滿洲。太祖曾賜甲三十副。遣人以賜甲送窩集部。（黑龍江濱）爲其部人被樹以試射。又貪烏喇布占。受布占泰之招撫。至是。遂遣額亦都何和禮扈爾漢率兵往征。諭降不從。圍三日。攻克其城。並招降附近路長圖勒伸額勒伸。令率五百戶來歸。天命三年。庫爾哈部長納喀達率百戶來歸。太祖遣人迎宴之。命願留者與願歸者。分別聚立。賜願留者各男婦二十口。牛馬各十。錦裘及四時之衣。田廬器具皆備。部衆大悅。其願歸者。亦皆感激乞留。乃因還家者。寄語其族屬曰。「國之軍士欲攻伐。以殺我等俘掠我家産。而上以招徠安集爲念。非欲俘獲而充賞。乃欲收我爲羽翼也。我鄉兄弟。其相率而來毋晚。」次年。遣大臣穆哈連征之。又收其壯丁二千而還。其部長來降。出城親款之。賞賜分二等。十年。命第三子阿拜。第六子塔拜。第九子巴布泰。率兵往征。至是凱旋。太宗出城宴勞之。至天聰七年。季思哈等俘男婦幼稺千九百五十八以歸。次年復遣巴奇蘭薩木什喀征黑龍江之庫爾哈部。衆瀕行。太宗諭之曰「此去道遠。愼毋怠忽。至俘獲之人。須善言撫慰。飲食甘苦。一體共之。則人心歸附。必衆且此地人民語言與本國同。攜之而來。用爲攻略。宜謂之曰。『爾之先人。本皆我一國之人。載籍具在。爾等未知。是以甘於自外。久欲收服特未暇耳』九年。巴奇蘭等凱旋。遣官迎宴之。五月。敍征黑龍江功。升賞有差。崇德二年。庫爾哈部託科羅氏克錳克勒氏耨野勤氏至盛京朝貢。三年。復遣尼噶里等征之。所向皆捷。七年。命沙爾虎達。葉赫朱瑪喇征松阿里江之庫爾哈部衆。閏十一月。奏報招降男婦幼稺一千四百餘人。明年。命蘇章京阿爾津哈寗噶等復征黑龍江庫爾哈部。攻克三屯。招降四屯。俘獲男婦幼稺馬牛皮張甚多。於是庫爾哈部亦平。

窩集諸部之平定　東海諸部。以瓦爾喀庫爾哈爲大。其餘諸路。不過散居於二部外之屯寨而已。故窩集者。包有瓦爾喀庫爾哈。與其餘諸路者也。自寗古塔東北行四百餘里。居庫爾哈河松花江兩岸者。爲庫爾哈部。亦曰諸雷部。自寗古塔東北行千五百里。居松花江混同江兩岸者。爲赫哲喀喇。又東北行四百五里。居烏蘇里松花混同三江滙流左右者。亦曰赫哲喀喇。卽使犬國。又東北行。逾混同江七八百里。

曰費雅哈。直至東北海濱。又六百里。爲費雅哈部所居。此三部人。綜稱曰烏稽達子。烏稽。卽窩集也。蓋東海大別之爲三部。南緣鴨綠江圖們江之間。及諸海島。爲瓦爾喀部。北緣大烏喇河松花江至混同江南岸。爲庫爾哈部。正東抵長白山陰。則爲窩集部。瓦庫二路既平。則窩集部之克服。亦當時攻略政策之所必及者。丁未。萬曆三十五年命幼弟貝勒巴雅喇巴圖魯額亦都扎爾固齊費英東征窩集部。取赫席黑路俄漠和蘇魯路佛訥赫佗克索路屯寨。俘二千人還。次年。復遣侍衞扈爾漢。討瑚葉路。爲其匿降人也。時有歸附之綏芬路長圖楞。爲雅蘭路人所掠。庚戌。三十八年又遣額亦都往取窩集部之那木都祿綏芬寧古塔尼瑪蘭四路。招其路長旋師。至雅蘭。遂擊取之。收萬餘人。辛亥。三十九年命第七子阿巴泰同費英東等征烏爾固辰穆稜二路。復俘二千人還。初窩集部路長僧額尼喀哩來歸。太祖賜甲四十副。置綏芬地。爲烏爾固辰穆稜二路兵所虜。遂遣庫爾哈長博濟哩往宣諭。歸還二路。不從。至是始征之也。乙卯。四十三年窩集部東額里庫倫人寄語滿洲曰。「人謂爾國驍勇。可來與我國決一戰」。太祖遣兵二千至顧納哈庫倫。招之不服。遂布陣鳴鑼。越壕三層。毀其柵。攻克其城。並收撫其居民。編爲五百戶。乃班師。天命元年。命扈爾漢安費揚古征東海薩哈連路。取三十六寨。八月。駐營黑龍江南岸。江水常以九月始冰。是日。滿洲軍營近地。距對岸二里許。冰結如橋。將士驚爲天助。引兵渡。取薩哈達部十一寨。及還。冰橋已解。其西偏復如前結冰一道。滿軍既渡。冰盡解。又招服南岸使犬諾洛石拉忻三路路長四十人。九月。師還。二年。東海緣邊諸部未降附者。遣兵悉收其民。其恃險抗命者。乘刳小舟二百。盡取之而還。十年。遣大臣雅護喀等往征東海扑勒察部。俘獲二千人。餘如赫哲（黑龍江下流兩岸）鄂倫春（黑龍江下流西岸）亦皆面首嚮內。是時兵威所及。蓋已直抵海中庫頁島矣。其所以汲汲用兵於東海者。亦無非樹爪牙於同部。故每次攻伐。輒優待其部長。撫慰其民人。思以族類相同之衆。用爲攻略邊地之資。其用心亦至深遠已。

五　太祖之稱汗

稱汗前活躍之力量　太祖奮起於建州衰微時。其實並非建州衛世胄也。其祖覺昌安。父塔克世。本爲建州衛都指揮王杲部屬。杲叛明。塔克世爲明間諜。杲爲所擒。塔克世亦死於戰事。明因念塔克世功。即授以建州都指揮職。兵力漸强。征服隣部。建州統一。始北出而與海西爭雄。及併有滿洲。降鴨綠。葉赫忌之。約扈倫全部及長白之珠舍里訥殷蒙古之科爾沁錫伯卦勒聯軍進攻。皆大敗。於是諸部以次多見併。或降附。唯葉赫得明助獨存。未幾。明又升太祖爲都督。時葉赫雖賴明援。然唇齒勢離。苟延旦夕。且東北攻略濱海之國。率皆奉命維謹。於是太祖遂有輕明之心。

稱汗時措施之方略　太祖先用明都督名義。號召各部。勢既盛。又作兵制。造文字。繕城郭。規模漸備。與明隱若敵國焉。會明遣廣寧總兵張承蔭巡邊。還。遣通事董國蔭來索所居界外地。令柴河三岔撫安三路之佃勿刈穫。且收邊民還國。太祖曰。「爾欲棄盟好。故爲斯言耳。若搆兵起衅。非獨吾國患也。汝自恃國大兵衆。輒欲淩我。誰知大可以小。小可以大。皆由天意。況汝每城屯兵。勢不能多。若屯兵少。則適足爲吾俘」國蔭詞屈。遂去。自此明侵其疆土。於邊外數處立碑石爲界。太祖遂諭各牛彔下出十八牛四頭。於曠土屯田。積貯倉庫。復設官會計出入。至是益知明廷之易與。又重以歸附日衆。汗業遂成。衆貝勒大臣議上尊號。奉表勸進焉。丙辰（萬曆四十四年）春正月。壬申朔。大貝勒代善。二貝勒莽古爾泰。四貝勒及八旗貝勒大臣率羣臣集殿前。分八旗序立。跪進表章。侍衛阿敦巴克什額爾德尼接表。額爾德尼前跪宣讀表文。尊爲「覆育列國英明皇帝」。上乃降御座。焚香告天。率貝勒諸臣行三跪九叩首禮。上復陞御座。貝勒大臣行慶賀禮。建元天命。卽以是年爲天命元年。建國號後金。時上年五十有八。卽頒訓辭貝勒大臣曰「朕聞上古至治之世。君明臣良。同心共濟。惟秉志公誠而去其私。則天心必加眷佑。地靈亦爲協應。蓋天無私。四時順序。地無私。萬物發生。人君無私。以修身則君德清明。無私以齊家。則九族親睦。無私以治國。則百姓乂安。由是協和萬邦。亦不外此。爲治之道。惟在一心耳。」又諭羣臣曰「賢臣翊贊朝廷。必本忠誠之心。視國家如一體。質諸天地而無慚焉。蓋忠誠而慈惠。則利濟必周。忠誠而敏達。則庶務就理。忠誠而勇武。則克敵奏功。施之凡事。皆可勝任。若慈惠而弗忠誠。施與必不公平。敏達而弗忠誠。更張適滋紛擾。武勇而弗忠誠。輕敵寡謀。益取敗而致亂。才具雖優。動輒獲咎。故明君治國。務求忠誠之人而倚任之也。」其諄諄訓諭。無非欲君去私而臣効忠。故當攻伐翁鄂洛。其臣有鄂爾果尼洛科者。射太祖中之被創。已而破其城。獲此兩人。咸不殺而官之。用以勸爲人臣者。蓋至是而叛明之心乃益決。

稱汗後兵法之訓練　稱汗之歲。其夏六月。先是明邊民每歲越境竊採葠礦。及樹木果蔬之屬。擾害無已、太祖曰、「昔與明立石碑、刑白馬、誓告上天、原欲禁其擾亂、今邊民數擾吾地、即戮之不爲過、」命達爾漢、扈爾漢、遇越邊竊採者殺之、時明以李維翰巡撫廣寧、太祖命綱古里方吉納往見、維翰執二臣械繫之、遣使來詰責、且堅索相抵、太祖不允、其人要請不已、太祖欲明釋我使臣、還於獄中取所俘葉赫十人至明撫順關殺之、明乃歸綱古里方吉納等、於是與明始交惡、天命三年春正月丙子、黎明月將落、有黃氣貫月中、其光廣二尺許、月之上約長三丈、月之下約丈餘、太祖謂貝勒大臣曰、天意如此、今歲必征明矣、二月、定議征明、欲伐木治攻具、慮爲衆所覺、以繕治諸貝勒馬廐爲名、遣七百人伐木、三月、諭將士治甲冑、修軍器、其所伐木、恐明之通事或以事來見之易洩、竟用爲馬廐、四月、頒訓練兵法之書、兵法書今雖不傳、然其所向克捷、用兵神速、猶可想見其宏猷、且其訓諭之中、時露戰略、讀其諭貝勒大臣曰、「凡安居太平、貴乎守正、用兵則以不勞己、不頓兵、智巧謀略爲貴焉、若我衆敵寡、我兵潛伏隱僻地、勿令敵見、少遣兵誘之、如彼來、是中我計也、不來、則詳察其營壘遠近、遠則厚集兵力、近則直薄營門、使彼自擁塞而掩擊之、倘敵衆我寡、勿遽近前、宜稍退以待衆軍、衆軍既集、然後求敵所在、審機宜、決進退、此遇敵野戰之法也、至於城郭、當視其可拔則進攻之、否則勿攻、倘攻之不克而退、反損名矣、夫不勞兵而勝敵者、乃足稱爲智巧謀略之良將、若勞兵力、雖勝無取、蓋制敵行師之道、自居不可勝、以待敵之可勝、斯善之善者也、」就其要點觀之、在於不輕戰、不勞兵、頗握行軍之要、其所以有戰必勝者、亦罔不由此、又烏喇之役、羣臣再三請戰、太祖曰、「今日之役、我何難率爾等身先搏戰、但恐貝勒大臣或致一二被傷。實深惜之。故欲計出萬全。」又兵法之論云。「若勞兵力雖勝無取。」其所以不欲爲倖勝者。正以其爲萬全之策也。觀於此。則其戰略可知已。

六　汗業之所由成

政治之組織　太祖自丙辰建元以後。益勤勞國政。靡間晝夜。每五日一視朝。焚香告天。宣讀古來嘉言懿行。及成敗興廢所由。訓誡國人。以議政五大臣參決機密。以理事十大臣分任庶務。國人有訴訟。先由理事大臣聽斷。仍告之議政大臣。覆加審問。然後言於諸貝勒。衆議既定。猶恐或有冤抑。令訟者跪上前。更詳詢之。明核是非。故臣下不敢欺隱。民情皆得上達。國內大治。蓋敷教明刑。其詳其愼如此。且也道路拾遺。無或隱匿。必歸之原主。求之不得。則懸之公署。俾識而取之。刈穫既畢。始縱牧孳於山野。無敢竊害者。其於乙卯年。令羣臣舉賢。十五年。令貝勒大臣子弟就學。三年。授舉人生員官階。優免丁役。此清廷興賢勸學之始。甲寅年。令國人屯田曠土。此清廷重農貴粟之始。五年六月。設納言之木於門外。此清廷下詔求言之始。二年。令詳愼訟獄。此清廷明刑弼教之始。八年。勸羣臣勤職。十一年。勸諸貝勒毋習逸樂。此清廷誡諭臣工之始。以上均見之開國方略。一隅肇造。業業兢兢。無怪歸附者之日衆。考其時正明國末造。君闇臣煬。百度䘮弛。無復綱紀。興亡之故。蓋不待入關定鼎。而早可瞭然已。

兵制之組織　太祖以十三甲破尼堪外蘭薩爾滸之戰。當時不過一小部落酋長。起兵復仇而已。丙戌。

四月破哲陳部諸路兵於界藩南山。乃以四人而敗八百人之衆。尤爲神武邁倫。四人者。太祖與弟穆爾哈齊。及近侍延布祿烏凌阿也。然攫戾執猛。破堅摧剛。亦尙無所謂成文法焉。逮夫削平諸國。卽有所謂牛彔之分編者。其制維何。蓋女眞人出兵校獵時。不計人之多寡。各隨族黨屯寨而行。至圍場。每人出箭一枝。十人中擇一人領之。令毋離隊越次。卽稱爲「牛彔額眞」也。至辛丑年。（萬曆二十九年）始分編三百人爲一牛彔。設一牛彔額眞。尋改牛彔章京。卽後之佐領也。五牛彔設一甲喇額眞。尋改甲喇章京。卽後之參領也。五甲喇設一固山額眞。卽後之都統也。每固山額眞左右設兩梅勒額眞。尋改梅勒章京。卽後之副都統也。初設有四旗。旗以色爲別。曰黃。曰紅。曰藍。曰白。乙卯年。（四十三年）增設四旗。參用其色鑲之。黃白藍者。鑲以紅緣。紅者。鑲以白緣。共爲八旗。每旗設總管大臣（固山額眞）各一。佐管大臣（梅勒章京）各二。其下甲喇牛彔隸之。自此始有八旗之組織。至行軍之法。地廣則八旗並列分八路。地狹則八旗合一路而行。軍士禁喧囂。行伍禁攙越。當兵刃相接時。被堅甲執長矛大刀者爲前鋒。被輕甲善射者從後衝擊。俾精兵立馬他處。相機接應。克敵後覈功。必以實。每一牛彔製雲梯二。出甲二十。備攻城。凡軍士自出兵日至班師。各隨牛彔勿離。離則執而訊之。管甲喇管牛彔官。不以所頒法令申誡軍士。各罰馬一匹。若諭之不聽。敢違令者論死。凡攻城。不在一二人爭先競進。若一二人輕進。致受重傷者。縱損身不爲功。迨列陣已定。若有先登者。卽馳告本旗大臣。俟一軍畢登。然後鳴螺。俾衆聽螺聲而並進焉。天命六年。兵至遼陽。壬戌日將落。左四旗諸將。使人馳告兵已登城。是夜。城內明兵列炬拒戰。翌旦。明兵復列楯大戰。又敗右四旗兵。亦登城。

八旗同集一處。沿城追殺。明經略袁應泰登城東北鎭遠樓督戰。見城破。卽自焚死。卽其明證也。且其示八旗軍士力行節儉。太祖嘗出獵。雪初霽。恐草上浮雪沾濡。攝衣而行。侍衞輩私語曰。「上何所不有而惜一衣耶。」太祖聞之笑曰。「吾豈無衣而惜之。吾常以衣賜汝等。與其被雪沾濡。何如鮮潔爲愈。躬行節儉。汝等正當效法耳。」自是八旗臣民。無敢以褕衣華服從事者。故論者謂當時無一事無良法。亦誠然也。

第二章　金與明之戰爭

一　金明戰爭之原因

嫌隙之由來　初戊申春正月。太祖欲與明通好。往會明遼東副將。及撫順所備禦。訂兩國臣民各守邊境之約。同勒誓辭於碑。刑白馬祭天。其辭曰。「兩國各守邊境。敢有竊踰者。無論滿洲漢人。見之殺無赦。若見而不殺。殃及不殺之人。明若渝盟。其廣寧巡撫總兵遼東副將開原道參將等官。均受其殃。滿洲渝盟。殃亦及之」。誓畢。遂建碑於緣邊諸地。及哈達滅亡。明失南關。故於北關之葉赫。尤盡力保護。既遣礮兵為之守衛。復駐軍於開原。以備不測。太祖聞之。欲致書於明。遂躬詣撫順所城。游擊李永芳出迎。太祖以書與永芳。歷訴其渝盟之罪。請明嚴守中立。以未得要領而還。甲寅。會明巡撫都御史郭先復到官。來責貢。濟使備禦蕭伯芝。僞稱大人。乘八人輿。盛具儀仗。至建州境。作威福。昌言天使下臨。須以禮接。述書中古來興廢之故。語多不遜。太祖屬橐鞬。迎道左。供具甚豐贍。伯芝喜。始徐問不貢之由。太祖曰。「建州毎歲貢蜜。本部之蜜。猶中原之五穀也。五穀有不登之歲。將誰是詰。耶本部五年來花疏蜂少。是以不供。倏春枝花滿。釀熟蜂銜。復貢如初」。且厚賜伯芝。並轡而出。將別。太祖從馬上拍其肩。笑曰。「汝固遼陽無賴蕭子玉也。安得僞稱都督。來我郊境。我非不能殺汝。顧不忍貽大國羞耳。爲我致意巡撫。後毋再作詐事。」伯芝狠狽而歸。巡撫亦閉門累日。於是頓起對敵之心。及旣登汗位。卽命扈爾漢執殺越邊竊採蔘礦者五十餘人。至是嫌隙益深矣。

誓師之七大恨　其時葉赫猶恃明援。未下。太祖欲統一建州。計取葉赫。非創明不可。於是因黃氣貫月中。遂定議征明。乃令將士治甲冑。修戰具。壬寅。率諸貝勒大臣統步騎二萬啓行。鳴鼓奏樂。謁堂子。書七大恨告天曰。「我之祖父。未嘗損明一草寸土。明無端啓釁邊陲。害我祖父。恨一。明雖啓釁。我尙修好。設碑勒誓。滿漢人等。毋越疆圉。敢有越者。見卽誅之。見而故縱。殃及縱者。詎明復渝誓言。逞兵越界。衛助葉赫。恨二。明人於淸河以南。江岸以北。每歲竊踰疆場。肆其攘奪。我遵誓行誅。明負前盟。責我擅殺。拘我廣寧使臣綱古里方吉納。脅取十人殺之。恨三。明越境以兵助葉赫。俾我已聘之女。改適蒙古。恨四。柴河三岔撫安三路。我累世分守。疆土之衆。耕田藝穀。明不容刈穫。遣兵驅逐。恨五。邊外葉赫。獲罪於天。明乃偏信其言。特遣使臣。遺書詬詈。肆行陵侮。恨六。昔哈達助葉赫二次來侵。我自報之。天旣授我哈達之人。明又黨之。脅我還其國。已而哈達之人。數被葉赫侵掠。夫列國之相征伐也。順天心者勝而存。逆天心者敗而亡。豈能使死於兵者更生。得其人者更還乎。天建大國之君。卽爲天下共主。何獨搆怨於我國也。初扈倫諸國。合兵侵我。天厭扈倫起釁。惟我是眷。今明助天譴之葉赫。抗天意。倒置是非。妄爲剖斷。恨七。欺凌實甚。情所難堪。因此七大恨。是以征之。」此文以滿洲文爲原文。又譯爲漢文。俾滿漢人民。犖曉然於此開戰之理由。太祖拜天畢。焚其書。諭諸貝勒大臣曰。「此兵非我所樂舉也。首因七大恨。其餘小忿不殫述。陵迫已甚。因是興師。凡俘獲之人。勿去衣服。勿淫婦女。勿離異其匹耦。拒戰而死者聽其死。歸順慎勿輕加誅戮。各嚴誡軍衆知之。」諭畢而行。是夕。軍屯古哷地。

順清河之陷　翌旦。軍分兩路而進。令左翼四旗兵取東州(承德縣東南百十里)嗎哈丹(興京西南二百十里)二處。太祖與貝勒率右翼四旗兵及八旗護軍。馳趨撫順。圍其城。執一人。遺書致明游擊李永芳勸之降曰。「爾明助葉赫。發兵疆外。我是以興師而來。汝撫順所一游擊耳。縱戰亦必不勝。今告汝降。降則我兵卽深入。降。是汝誤我深入之期。汝固多才智識時務者。我國廣攬人才。苟可驅策。猶將引用。結爲婚媾。況如汝有不益加優寵。與我一等大臣並列耶。汝不戰而降。使汝職守如故。猶恩養汝。汝若戰。則我之矢豈能汝。徒死何益。且汝出城降。我兵卽不入城。汝之士卒皆獲安全。勿謂予虛聲恫喝也。試思區區一城。而能下。何用興師爲哉。汝熟計之。勿因不忍一時之忿。而僨事失機也。」永芳得書。冠帶立城南門上。言款事。又令軍士備守具。滿兵樹雲梯以攻。不移時。登其城。斬千總王命印等。永芳遂出降。固山額眞阿引謁太祖。太祖於馬上以禮答之。妻以阿巴泰(太祖第七子)之女。授爲總兵。使統轄降衆。並傳諭勿殺城中於是撫順東州瑪哈丹三城及臺堡五百餘皆下。乃令諸將各營於所至之地。留兵四千。毀撫順城而至嘉班。論功行賞。編降民爲一千戶。時有自山東山西江南浙江在撫順貿易者十六人。皆厚給資費。七大恨之言付之。遣還。其毀城兵亦至。護降民及所獲人口以歸。軍行至明邊。將屯謝里甸。明廣寧總兵張承蔭．遼陽副將頗廷相．海州參將蒲世芳．游擊梁汝貴等．追擊四十里．太祖還軍相拒．會大風西向揚塵．金軍乘勢縱擊．明兵逃歸者十無一二．金軍止損二人．承蔭等皆戰死．還至邊界．論功賞賚有差．並釋俘三人．付以七大恨書遣還．五月．進邊克撫安．花豹．三岔．大小堡凡十一．招服崔三屯堡．其附近四堡攻克之．逾月．明廣寧巡撫李維翰遣通事一人．從者五人．及前送書者一人．來言修好．索還俘虜．太祖曰「征戰所俘者．卽爲我民．雖一人不可還．若以我爲是．厚加饋贈則和．若以我爲非．則不必言和也．」七月．遂率兵進鴉鶻關．圍清河城．拔之．守將鄒儲賢．張旆及兵萬人殲焉．天命四年正月．率師征葉赫．命大貝勒代善．偕大臣十六人．兵五千．往守扎喀關．以防明兵．而自統大軍深入其界．自克亦特城．粘罕寨．至葉赫城東十里．取大小屯寨二十餘．及蒙古游牧畜產．整兵而還．此時有書致明．略言「皇帝能正遼人之罪．撤出邊之兵．悉納吾言．釋吾恨而贈王號．我乃撤兵．原撫順所有敕書五百道．開原千道．可給我軍士．仍輸綵幣三千．金三百兩．銀三千兩．於吾左右」云云．明置之不理．二月．命夫役萬五千人赴界藩．運石築城．以騎兵四百衛之．以爲西行息軍地．

四路之進攻　明廷以撫順．清河之役．與張承蔭等全軍之覆沒．大爲震怒．四月．大舉來侵．特起廢將李如柏．使統遼東兵．以兵部侍郎楊鎬任遼東經略．集兵瀋陽．攻取建州．至次年二月．始集遼陽．號稱二十四萬．分四路深入．總兵杜松．王宣．趙夢麟．率軍約三萬．自瀋陽出撫順關．緣渾河左岸入蘇子河之河谷．是爲左翼中路軍．廣寧道張銓監之．總兵李如柏．副將賀世賢．率軍約二萬五千．自淸河出鴉鶻關．人與京老城。是爲右翼中路軍。遼陽道閻鳴泰監之。總兵馬林。副將麻岩。合葉赫援軍一萬五千。自開原出三岔口。入蘇子河流域。是爲左翼北路軍。開原道潘宗顏監之。總兵劉綎。率軍一萬。合朝鮮援軍一萬。自寬甸口出。佟家江流域。入興京老城南。是爲右翼南路軍。海蓋道康應乾監之。崔一琦別監朝鮮軍。楊鎬任四路總指揮。駐瀋陽。鎬卽遣滿洲逃卒。齎書與太祖。告以軍期。號稱大兵四十七萬。（據王在晉遼事實錄云。除朝鮮援軍外。實有八萬八千五百九十餘名耳）書以三月二十四日至。而二十九日。杜松等已乘夜出撫順關。邏卒亟馳告。而南路又報寬甸劉綎兵先入邊境。太祖曰「彼使我先見南路有兵。是誘我兵而南也。其實自撫順來者。必重兵。亟宜拒戰。破此。餘不足憂也」遂親率貝勒大臣。統城中兵約六萬出禦明兵。而命代善先行。時淸河路又告警。代善以是處路仄且險。敵軍必不能驟至。我兵宜先至撫順以迎敵。遂與扈爾漢等。過札喀關。以待大軍之集。以是當南路之師者。止殘卒數百。而八旗勁旅。并力西向。其料敵亦可謂如神已。

二　明兵之失敗

薩爾滸之敗　三月朔。杜松一軍。既出撫順關。頓於薩爾滸山。其地在興京城西百二十里。松勇敢。以力戰名。詗知滿軍營界藩。以扼西路。乃亟濟渾河。而水湍石不可筏。遂策馬逕渡。多溺死。松以二萬兵留本頓。遣一萬攻界藩。時太祖發夫役萬五千。築界藩城。衛以兵四百。至是兵與役據吉林崖拒戰。太祖至界藩山之東。皇太極等建議曰。「是處衛兵僅四百。急增千人助之。俾馳下衝殺。而以右翼四旗夾擊之。其薩爾滸之兵。則以左翼四旗兵當之足矣。」太祖曰。「今分右翼四旗之二。與左翼四旗合。先破薩爾滸之兵。則界藩之衆喪膽矣。再命右翼二旗兵。遙望我兵自吉林崖馳下時。幷力一戰。」於是命代善皇太極。率二旗兵援界藩。而自將六旗兵攻薩爾滸本營。明兵開壁列陣。恃槍礮爲攻具。會大霧晦。兩軍不相見。明兵列炬以戰。金軍矢如雨下。發無不中。八旗無傷者。明軍轟擊柳林爲摧而已。金軍乘勢踰塹拔柵。明軍大潰。死者枕藉。而是時金營所遣助吉林崖之千人。自山馳下擊殺。其右翼二旗兵。復夾攻明兵之在界藩山麓者。太祖又以六旗兵與合環而攻之。無不勝。明兵卻爲旗兵所擠。多入渾河。河水爲之不流。杜松王宣趙夢麟等皆戰死。奪獲器械旗幟無算。於是左翼中路軍所存亦僅矣。

北路南路之敗　是夜左翼北路馬林軍聞警報。亟據尙間崖。距薩爾滸止數十里耳。環營三濠。火器列濠外。而騎兵爲承。又與別軍作犄角勢。潘宗顏一軍。頓斐芬山。龔念遂一軍。頓斡琿鄂漠。各去尙間崖止數里。皆列大車拒騎突。持堅楯禦矢。太祖率諸貝勒移軍北進。與念遂軍遇。皇太極引千騎橫衝之。步兵繼進。專攻一隅。明兵大敗。念遂等悉殁於陣。太祖知明兵壁尙間崖。亟馳赴之。明兵列陣以待。太祖令軍士先據山巔。向下搏擊。方欲登山。而馬林軍出與濠外兵合。太祖知敵將迎戰。令勿登。下馬步戰。傳令未徧。而敵軍已自西突至。代善曰。敵兵已進矣。怒馬直入其陣。二貝勒阿敏。三貝勒莽古爾泰。麾二旗兵繼之。於是六旗兵之後至者。皆不及列陣。縱馬馳突。人自爲戰。所向皆捷。時金軍已貫陣。出敵兵之背。與後至之六旗兵。前後夾擊。譟聲動天。敵不支。橫屍蔽山谷。馬林遁走。龐岩死焉。太祖益集軍士。馳赴斐芬山。攻潘宗顏軍。旗兵下馬仰擊。明兵以楯遮蔽。連發火器。旗兵乘勝突入。一軍盡覆。於是左翼北路軍亦敗。太祖至此。乃得一意略南路。翌日命代善等統軍禦劉綎。而留兵四千守都城。以待李如柏軍。先是綎軍入棟鄂路。金駐防官托保額爾納爾赫。率兵迎敵。被殲焉。明兵直偪興京。太祖亟遣大臣扈爾漢率兵千人。貝勒阿敏率兵二千人。往禦。綎善治兵。正部曲行伍營陣。初擬以三月朔日進薄興京老城。乃因朝鮮援軍不至。致誤戎期。又慮杜松之攘己功也。而不知薩爾滸之役。太祖潛使降卒。擕杜松令箭往。詭言松軍已薄敵城。趣其速進。綎以道險。乃分軍爲四。而自率精銳爲前軍。先入阿布達里岡。將登山列陣。而皇太極已引右翼兵先登。據高擊下。明兵殊死戰。代善又引左翼兵出山西。假杜松軍旗幟。被其衣甲紿入敵營。前軍披靡。綎欲退整後軍。而勢已無及。遂戰死。後軍相繼覆沒焉。諸貝勒乃乘勢而圖南。時康應乾軍。及朝鮮軍。頓富察之野。競發火器。忽大風起。折木發屋。揚沙石。窈冥晝晦。烟塵反撲明營。滿軍乘之。明軍大亂。潰散。而應乾乃得遁去。南路之師亦敗焉。先是明游擊喬一琦。軍爲扈爾漢等擊敗。一琦卽率殘部往依朝鮮援軍主帥姜功烈。營扈爾漢等復追擊之。功烈遂偃旗息鼓。遣人來告。謂「此來非吾願。昔我國爲倭淩侮。賴明輔助。獲退倭兵。玆爲報德。故奉調至此。爾撫我。我當歸附。」諸貝勒欲功烈出降。功烈遂執明兵以付之。一琦縊死。時楊鎬駐瀋陽。聞三路兵敗。亟檄李如柏還軍。是役也。明以傾國之兵。寔集遼瀋。又招朝鮮葉赫。分路來侵。五日之間。悉被誅滅。宿將猛士。暴骸骨於外。士卒死者無算。太祖顧貝勒大臣曰「明以二十萬衆號四十七萬分四路來戰今我不踰時破之各國聞之若謂我分兵拒敵則稱我兵衆若謂我往來剿殺則服我兵強傳聞四方靡不讋我軍威者矣」既明且決宜其躊躇而滿志也。

三　遼瀋之役

熊廷弼經略遼東　楊鎬既喪師明廷以廷弼嘗按遼諳邊事特命代鎬經略未出京開原已失馬林敗沒上言「遼左京師肩背河東遼鎭腹心開原又河東根本今已破則北關（葉赫地西北）難保朝鮮亦不足恃遼瀋又何可守乞速遣將備芻糧修器械毋窘臣用毋緩臣期毋中格以沮臣氣毋旁撓以掣臣肘毋獨遺臣以艱危以致誤臣誤遼兼誤國也」疏入報可萬曆四十六年七月甫出關而鐵嶺復失瀋陽及諸城堡軍民一時盡竄遼陽洶洶廷弼兼程進遇逃者諭令歸斬逃將劉遇節等三人以祭死節之士誅貪將陳倫鐵嶺守將李如楨如楨如柏弟也以孤城難守還頓瀋陽擁兵不救并劾罷之遂督軍士造戰車治火器濬濠繕城爲守禦計法嚴令行數月守備大固又請集兵十八萬分布靉陽撫順柴河（堡名鐵嶺縣東北）鎭江（堡名鳳凰城東南與朝鮮分界處）等要口俾首尾相應均如所請及抵遼卽令僉事韓原美往撫瀋陽憚不肯行繼命僉事閻鳴泰至虎皮驛（一作十里河站在承德縣南）慟哭而返廷弼乃躬自往撫自虎皮驛至瀋陽復乘雪夜赴撫順時兵燹後數百里無人跡廷弼乃祭諸死事者并相度形勢而還所至招流移繕守具分置士馬由是人心

始安。廷弼有膽略。知兵。其治遼也。主固守不浪戰。唯性素剛直。好嫚罵。物情不甚附。給事中姚宗文向與同在言路。意氣相得。嗣以廷弼不薦己。心滋怨。及出閱邊。廷。廷弼以其書生藐之。益不相能。比宗文還。疏陳遼土日蹙。詆廷弼廢群策而雄獨智。復鼓其同類攻擊。必欲去之。於是給事中魏應嘉。御史顧慥。馮三元。張修德等。先後劾廷弼破壞遼疆。廷弼憤甚。上疏求勘。朝命給事中朱童蒙往。廷弼又言廟堂議論。全不知兵。疆場事。當聽疆場吏自爲之。何用拾帖括語。徒亂人意。爲及童蒙還。備陳廷弼功狀。末言功在存遼。勞有可紀。而遽爾乞歸。負君之罪。實無所逃。時頗以其言爲當。云廷弼在遼。守禦有法。滿軍深畏廷弼。停戰歲餘。適熹宗嗣統。聽忌廷弼者言。罷之。而代以袁應泰。遼東自此遂不支矣。

遼瀋之克捷　廷弼之在軍也。持法嚴厲。部伍整肅。士吏治軍簿至明。袁應泰雖嫻吏事。而短於將略。一以寬嬌之。又多所更易。是時蒙古諸部大饑。多入塞乞食。應泰下令招降。處之遼瀋二城。優其倉廩。與民雜居。議者多言收降過濫。恐中雜間諜。禍且叵測。宜徙之他處。應泰不聽。降胡多佔民居婦女。遼人大憤。太祖復厚撫遼人之往來其地者。於是降人與遼人。皆爲太祖之耳目矣。天命六年三月。太祖征明瀋陽。令軍士截營柵攻具。乘舟順渾河下。水陸並進。乙卯。滿軍連敗明兵七萬人。遂拔其城。後五日。太祖諭貝勒諸臣曰。「瀋陽已拔。敵兵大敗。今卽宜乘勢率衆長驅。以取遼陽。」遂鼓行而南。應泰聞警。乃盡撤奉集。威寧諸軍。悉力城守。幷決太子河。引水注濠。環以火器。而自率總兵侯世祿等。開城拒戰。戰敗。始斂兵。分陣固守。時金軍距城南七里駐營。太祖觀環城之水。西有閘口。乃令左翼兵掘之。復遣右翼兵塞城東水口。而自率兵布楯車於城邊。以衛衆軍。並令囊土運石。塞遏水口。工甫畢。四旗前隊進擊東門。明兵連發槍礮以拒。金軍渡濠進。鏖戰良久。明軍旋潰。金軍縱擊至東門外。死者盈濠。塹水盡赤。時左翼兵奪武靖門橋。分擊守濠兵。明兵轟擊之。城上亦發火箭。擲火罐。滿軍奮勇先登。西隅遂陷。右翼兵攻城北。步行兩濠間。運薪芻塡濠而戰。左四旗諸將使人馳告兵已登城。太祖遂撤攻城兵。以益登城之衆。是夜城內明兵列炬迎戰。昧爽。復列楯大戰。又敗。右四旗兵亦登。沿城追殺。應泰至城東北鎭遠樓督戰。見城破。遂舉火焚樓而死。監軍道崔儒秀自縊死。分守道何廷魁率妻子投井死。總兵朱萬良。副將梁仲善。參將王豸。房承勳。游擊李尙義。張繩武。都司徐國鈺。王宗盛。守備李廷幹等俱沒於陣。巡按張銓被執。衆勸之降。且誘以峻秩。銓曰。「我受朝廷厚祿。降則遺臭後世。汝國欲生我。我唯知有死而已。」皇太極反復開導。不從。聽其就縊。葬之遼陽。旣下河東大小七十餘城。居民俱薙髮降。夾道俯伏呼萬歲。太祖集貝勒諸臣議曰。「天旣眷我。授以遼陽。今將移居此城耶。抑仍還我都城耶。」衆皆以還都對。太祖曰。「國之所重。在土地人民。今還師。則遼陽必復爲敵兵據守。凡城堡居民。悉逃匿山谷。不復爲我有矣。舍已得之疆土而還。後必復煩征討。且此地乃明及朝鮮蒙古接壤要地。天旣與我。卽宜居之。」衆皆曰善。遂定議遷都。移遼陽。以官民居北城。皇室居南城。並詔諭各城堡安撫百姓。蓋已具開國之規模矣。

四　廣寧之役

籌建三方之策　初廷弼雖罷，明廷念其守遼功，仍議起用。及遼瀋繼失，京師大震，大學士劉一燝曰：「使廷弼在，當不至此。」熹宗乃貶馮三元等，而削姚宗文籍，詔起廷弼於家，而擢王化貞巡撫廣寧。廷弼至，乃議於廣寧厚集步騎，制敵全力，列壘三岔河，一曰三汊河，即古遼河，在海城縣西南。而於天津登萊各治舟師，分擾遼東半島緣岸，增設登萊巡撫如天津制，而山海關特置經略，節制三方。（一）廣寧巡撫，統率陸軍。（二）天津巡撫。（三）登萊巡撫，統率海軍，均受經略節度，名曰「三方布置策」。疏上，遂命廷弼駐山海關，經略軍務，賜尙方劍，及行，熹宗宴之郊外，命文武大臣陪餞，異數也。先是化貞部署諸將，緣河設六營，營置參將守備，分守諸要害。議已上，廷弼謂今日但當固守廣寧，不宜分兵防河，兵分則力弱，倘一營不支，則諸營皆潰，又焉能守。化貞議遂不行。樞甚，盡委軍事於廷弼。廷弼請申諭化貞，不得藉口節制，坐失機宜。又言三方建置，須聯絡朝鮮，與登萊聲息相通，乞給臣空名劄付百道，募山東礦徒，有能結聚五百人以上者，即署守備都司，如此則一二萬勁兵可立致。朝議均如所行。

經撫之不和　未幾，金鎮江守將陳良策潛通明毛文龍，文龍遂引兵取其城，王化貞遽以大捷報，舉朝皆喜，亟命發天津登萊海軍二萬援文龍，化貞督廣寧軍四萬進據河上，合諸蒙古軍，乘機進取。廷弼遺書中朝，言兵力未集，文龍發之太早，亂三方並進之謀，誤屬國聯絡之算。時朝士方以鎮江爲奇捷，鬨廷弼言，多不服。而化貞再疏請出師，且言勢在必克，兵部尙書張鶴鳴深以爲然，奏言時不可失，請令廷弼進駐廣寧，薊遼總督王象乾徙鎮山海，化貞即渡河進師。廷弼不得已，出關次右屯。明置廣寧右屯衛，後廢，故城在錦縣東南。化貞無功而還。化貞爲人騃而愎。妄意降將李永芳可倚爲內應。復信西部言。許助兵四十萬。遂欲以不戰取全勝。一切士馬甲仗糗糧營壘俱置不問。務爲大言以罔中朝。鶴鳴信仗之。所請無不允。而於廷弼奏。輒從中阻格。廷弼憤甚。抗疏言臣有經略名而無其實。遼左事唯樞臣與撫臣共爲之。鶴鳴益恨。當是時廷弼主守。力言永芳必不可信。西部必不可恃。而化貞一切反之。絕口不言守。且謂仲秋之月。可高枕而聽捷音。已而廣寧人見河冰合。紛傳兵至。奔竄四出。化貞乃始議守。而鶴鳴請敕廷弼出關策應。廷弼上言樞臣第知經略一出。足鎮人心。而不知徒手之經略一出。其動搖人心更甚。言頗切至。鶴鳴銜之益深。廷弼乃議以重兵內護廣寧。令劉渠守鎮武。（堡名廣寧縣東）祁秉忠守閭陽。（城名廣寧縣西南）羅一貫守西平。（堡名在鎮武東）已復爲出關之駐。先是化貞於八九十月。皆一出。十一月再出。永芳不應。西部亦不至。果爲廷弼所料。廷弼乞敕化貞慎重舉止。化貞又上言臣願請兵六萬。一舉蕩平。時葉向高柄國。化貞座主也。頗右之。廷臣唯少卿何喬遠。御史江秉謙。周宗建等。與廷弼合。餘皆袒化貞。令毋受廷弼節制。廷弼抗疏言「臣以東西南北所欲殺之人。適遘事機難處之會。諸臣能爲封疆容則容之。不能爲門戶容則去之。何必內借閣部。外借撫道以相困。」又言「經撫不和。特有言官。言官交攻。特有樞部。樞部佐鬬。特有閣臣。今無望矣。」熹宗令羣臣議兩人去留。時中外俱知經撫不和。必誤封疆大事。而鶴鳴篤信化貞。請撤廷弼他用。帝不從。責再議。議未決。而滿軍已渡河矣。

廣寧之敗降　天命七年正月。太祖統師征明。乙卯。次東昌堡。丙辰。濟遼河。明防河兵遁走。丁巳。進至西平堡。招明副將羅一貫降。不從。布梯楯進攻。克之。一貫死。會化貞遣游擊孫得功。參將祖大壽。合總兵祁秉忠赴援。廷弼亦檄總兵劉渠會師前進。抵平陽橋。(廣寧東南一百二十里) 滿軍飛馳突入。奮射衝擊。得功遽奔。呼曰。「兵敗矣。」諸軍皆走。秉忠及副將劉徵。參將黑雲龍皆死之。全軍盡沒。大壽走覺華島。(今菊花島。遼東灣西側) 得功請降。得功素爲化貞心腹。及是欲生縛化貞以獻。時金軍頓沙嶺。(廣寧縣東) 未進。得功揚言兵已薄城。居民驚竄。參政高邦佐禁之不能止。化貞方闔署理軍書。不知也。參將江朝棟排闥入。大呼曰。「事亟矣。請公速去。」化貞莫知所爲。朝棟掖之出。上馬。僕二人徒步從。遂棄廣寧。踉蹌西去。先是廷弼已離右屯。次閭陽驛。聞敗。參議邢愼言請馳救。爲僉事韓初命所阻。遂退還。至是與化貞遇大淩河。化貞哭。廷弼微笑曰。「六萬衆一舉蕩平。今竟何如。」化貞慙不能答。又議守寧遠及前屯。(前屯衛故城在寧遠西南) 廷弼曰。「嘻。已晚。唯護難民入關可耳。」乃以己所將五千人授之。使爲殿。盡焚沿塗廬舍積聚。與副使高出。胡家棟先後入關。獨邦佐奔至杏山驛。自縊。得功以廣寧迎降。太祖整軍入城。駐蹕巡撫公廨。一時望風而降者。城堡凡四十餘。駐軍十日。移向山海關。至中左所。(寧遠城西南) 乃還。代善。皇太極奉命率兵往義州。移其戶口至。則閉門以拒命。招降不從。攻克之。明廷聞敗。鶴鳴懼罪。因自請視師。給事中侯震暘。少卿馮從吾。董應舉。何喬遠請逮廷弼。化貞以伸國法。獄具。二人並論死。鶴鳴尋亦罷歸。已而魏忠賢黨門克新。石三畏等趣殺廷弼。遂棄市。傳首九邊。化貞竟不誅。遂事益不可爲矣。

五　寧遠之役

孫承宗與袁崇煥籌邊　遼東經略熊廷弼既死。明以王在晉代之。與薊遼總督王象乾議邊。象乾主款蒙古以捍東陲。而在晉則議棄關外。專守山海關。先是邵武令袁崇煥。以邊才被舉。擢兵曹。廣寧之敗。崇煥即單騎出關。徧閱形勢。還言資以軍馬錢糧。崇煥一人足守此。廷議壯之。擢寧前參政。俾監軍關外。發帑金二十萬。令招散兵。崇煥至。則經理軍事。安置游民。夜行荊棘猛獸間。諸將服其勇。已而在晉議築城八里鋪。設守兵四萬人。崇煥非之。謂當守寧遠。政府不能決。大學士孫承宗躬往相度之。是崇煥策。歸言在晉不足任。請自往督師。承宗才不亞廷弼。而器量過之。比到官。乃使崇煥築寧遠城。守關外地二百餘里。崇煥爲定規制。高三丈二尺。址廣三丈。令諸將分築。翌年工竣。誓與城共存亡。承宗復調遣將校。分戍錦州大小凌河松杏右屯諸要害。擴地二百里。幾復遼河以西舊地。在關四載。修邊堡。增器械。練兵十一萬。汰軍萬七千餘。省度支六十八萬。開屯田五千頃。而寧遠亦得崇煥之忠勤。遠近歸附。屹然成爲巨鎭。以太祖方營都瀋陽。又值承宗在邊。按兵不動者數載。而偏爲魏忠賢所齮。日夜讒間之。承宗自乞能。高第代之。第素恇怯。以關外必不可守。欲盡撤錦（即錦河）右（即右屯）諸城。守禦移關內。崇煥力爭。謂兵法有進無退。錦右動搖。則寧前震驚。關內亦失保障。而第意堅。且欲撤寧前二城。崇煥曰。我官寧前道也。當死此。我必不去。第不能奪。乃撤錦州右屯大小凌河及松杏塔守具。盡驅入關。委棄米粟十餘萬。軍民死亡載塗。

哭聲震野。而軍益不振。於是太祖得蹈瑕而攻關矣。

寧遠之失敗　天命十一年正月。太祖統兵征明。庚申。次東昌堡。翌日渡遼河。兼程而進。明錦州城守游擊蕭升等聞金軍至。皆焚其廬舍糧儲而遁。丁卯至寧遠。越城五里。橫截山海關大路。駐營。縱所俘者入城告曰。「我以三十萬兵來攻此城。破之必矣。爾衆官若降。即封高爵。」崇煥答曰。「汗何故遽爾加兵錦寧二城。汝國既得而棄之。吾修治而居。寧守地死。詎肯降耶。」太祖遂命軍中備攻具。薄城下。奮勇進擊。高第與總兵楊麒擁兵不救。崇煥與總兵滿桂。參將祖大壽。嬰城固守。盡焚城外民居。攜守具入城。爲堅壁清野之計。更檄前屯及山海關。凡將士逃至者悉斬。人心始固。金兵失利。翌日再攻。仍不克。金軍戴楯穴城。矢石雨下。不退。崇煥令閩卒羅立。發西洋巨礮。督屯通判金啓倧。以燃礮死。金軍傷游擊備禦各二人。兵五百。圍解。擢崇煥僉都御史。尋命巡撫遼東。駐寧遠。太祖被創。不懌者累日。是時聞寧遠城六十里外海中有覺華島。其山海關外兵丁糧芻俱舟運於此。太祖命吳訥格。率蒙古八旗往襲之。參將姚撫民等統兵四萬。營於冰上。鑿冰十五里爲壕。衞以車楯。金軍從未鑿處進擊。敗其兵。盡斬之。又見二營列島上。並殲其守軍。焚其船二千餘。糧草千餘堆而還。太祖謂諸貝勒曰。「予自二十五歲征伐以來。戰無不勝。攻無不克。何獨寧遠一城不能下耶。」是役也。太祖以百戰百勝之老將。而敗於崇煥。忿愧之心。遏莫能止。其秋七月。就浴清河湯泉。乘舟下大貧河。（即太子河）使人召大妃（孝慈皇后崩。立烏喇國貝勒滿泰女爲大妃）至。迎入渾河。大妃至。泝流至靉陽堡。（距瀋陽城四十里）而死。時年六十有八也。崇德元年。上尊謚曰「武皇帝」。廟號「太祖」。

康熙元年改謚曰「高皇帝」其時皇儲未定長子褚英已死餘皆無恙宮廷爭立勢所必至也

六 太宗繼起攻明

太宗之嗣統 開國方略謂太祖初未嘗有必成帝業之心亦未嘗定建儲繼立之議太宗隨侍征討運籌帷幄奮武戎行鉏強服叛諸貝勒皆不能及又善撫億衆體恤將士無論疏戚皆開誠布公待之以是國中暨藩服莫不欽仰凡遇勁敵輒躬冒矢石太祖每諭令勿前諸貝勒大臣咸謂聖心有默注焉據此則太宗之嗣位可無疑義矣然考其時足以爲嗣位之爭者亦大有人在太祖既稱汗長子褚英已死即以次子代善弟舒爾哈齊之子阿敏五子莽古爾泰皇太極並爲和碩貝勒且皆參國務爲國人所敬愛又阿敏之弟濟爾哈朗年三十有一身經百戰握有重兵皆不無儲位之希冀惟征明念切咸以禦外爲要圖故能暫免鬩牆之釁耳天命七年三月太祖諭分主八旗諸貝勒曰「爾八人同心謀國或一人所言有益於國七人共贊成之庶幾無失當擇一有才德能受諫者嗣朕登大位」十一年八月庚戌太祖賓天大貝勒代善長子岳託第三子薩哈廉告代善曰「國不可一日無君宜早定大計四貝勒才德冠世深契先帝聖心衆皆悅服當速繼大位」代善曰「此吾素志也天人允協其誰不從」翌日代善出其議以示諸貝勒皆曰善遂合詞請上卽位太宗辭曰「皇考無立我爲君之命若舍兄而嗣立既懼弗克善承先志又懼不能上契天心且統率羣臣撫綏萬姓其事綦難」辭至再三自卯至申衆堅請不已

然後從之。九月庚午朔，太宗率貝勒大臣告天，行九拜禮，卽位，貝勒大臣及各官朝見，詔以明年爲天聰元年。太宗旣卽位，欲諸貝勒共循禮義，交相儆戒，乃率諸貝勒及親族，誓告天地曰：「皇天后土，旣佑相我皇考，肇立丕基，恢宏大業，今皇考龍馭上賓，我諸兄暨諸弟姪，以家國人民之重，推我爲君，惟當敬紹皇考之業，欽承皇考之心，我若不敬兄長，不愛弟姪，不行正道，明知非義之事，而故爲之，或因弟姪等微有過愆，遽削奪皇考所與戶口，天地鑒譴；若敬兄長，愛弟姪，行正道，天地眷佑。」諸貝勒亦誓曰：「我等兄弟子姪，詢謀僉同，奉上嗣登大位，宗社式憑，臣民倚賴，如有心懷嫉妬，將不利於上者，當身被顯戮；我代善、阿敏、莽古爾泰三人，若不教養子弟，或加誣害，必自罹凶孽；若我三人好待子弟，而子弟不聽父兄之訓，有違善道者，天地譴責；如能守盟誓，盡忠良，天地眷佑。我阿巴泰（皇七子）、德格類（皇十子）、濟爾哈朗（見上）、阿濟格（皇十二子）、多爾袞（皇十四子）、多鐸（皇十五子）、杜度（褚英長子）、岳託（代善長子）、碩託（代善次子）、薩哈廉（代善三子）、豪格（太宗長子）等，若背父兄之訓，而弗矢忠藎，天地譴責；若一心爲國，不懷偏邪，天地眷佑焉。」誓畢，太宗率諸貝勒向代善、阿敏、莽古爾泰三拜，不以臣禮待之，各賜雕鞍馬匹。

金與明和議之相左　太宗踐阼，以扎魯特部敗盟殺掠，私通於明，命代善、阿敏等率師征之，復命冷格里、阿山率師入喀爾喀巴林地，驅逐哨卒，縱火燎原，以張聲勢。時明寧遠巡撫袁崇煥遣李喇嘛及都司傅有爵等三十四人來弔，並賀卽位，藉覘虛實。會凱旋，車駕幸瀋陽，迎代善等，次鐵嶺樊河界，代善及諸貝勒羣臣以次跪行抱見禮。明使李喇嘛等亦奉命入見，畢，以次列坐，行飲至禮。乙酉，李喇嘛回，遣方吉納溫塔什並七人偕往。因遺書曰。「大金國皇帝。致書於大明國袁巡撫曰。『爾停息干戈。遣李喇嘛等來弔。並賀新君卽位。既以禮來。我亦當以禮往。故遣官致謝。至兩國和好之事。前皇考至寧遠時。曾致書書。令爾轉達。尚未見答。汝主如答前書。欲兩國和好。當以誠信爲先。爾亦無事文飾。』」崇煥以書中金與明並寫。不便入稟。故仍付方吉納等齎回。天聰元年正月。太宗知攻明不易有功。思以兵脅降朝鮮。亦欲與明媾和。專力南下。復遣方吉納溫塔什。遺書於崇煥。略言「我之大恨有七端。至於小忿。何可悉數。陵偪已甚。用是興師。今爾若以我爲是。欲修兩國之好。當以黃金十萬兩。銀百萬兩。緞百萬匹。布千萬匹。爲和好之禮。既和之後。兩國往來通使。每歲我國以東珠十顆。貂皮千張。人蔘千斤。餽爾。爾國以黃金一萬兩。銀十萬兩。緞十萬匹。布三十萬匹。報我。兩國誠如約修好。當誓諸天地。永矢弗渝。爾卽以此言轉稟爾皇帝。不然。是爾仍願兵戈之事也。」三月。方吉納溫塔什偕明使杜明忠等。齎袁崇煥李喇嘛書各一函。其致崇煥書略云。「遼東提督部院。致書於汗帳下。再辱書教。知汗漸欲恭順天朝。息兵戈以休養部落。卽此一念好生。天自鑒之。將來所以佑汗而昌大之者。尙無量也。往事七宗。抱爲長恨者。不佞寧忍聽之。但追思往事。窮究根原。我之邊境細人，與汗家之部落。口舌爭競。致啓禍端。今欲一一辨晰。恐難問之九原。不佞非但欲我皇上忘之。且欲汗並忘之也。然十年苦戰。爲此七宗。不佞可無一言乎。今南關北關安在。遼河東西死者寧止十人。仳離者寧止一老女。遼瀋界內之人民。已不能保。寧問田禾。是汗之怨已雪。而意得志滿之日也。惟我天朝難消受耳。今若修好。城池地方。作何退出。官生男婦。作何送還。是在汗之仁明慈惠敬天愛人耳天道無私人情忌滿是非曲直原自昭然一念殺機起世上無窮劫運一念生機保身後多少吉祥不佞又願汗熟思之也來書所開諸物以中國財用廣大亦寧靳此然往牒所載多取違天亦汗所當酌裁也方以一介往來又稱兵於朝鮮何故我文武官遂疑汗之言不由衷也惟汗堅意修好再通信使則懷簡書以料理邊情有邊疆之臣在汗勿憂美意之不上聞也」云云致李喇嘛書略云「我佛教慈悲爲體方便爲用須要救濟衆生消除嗔恨若汗說七宗惱恨固是往因然天道不爽一再說明便可放下佛說『苦海無邊回頭是岸』干戈早息卽是極樂」云云留其使至四月遣還答崇煥書略云「觀來書謂我猶懷七恨則前此遣使果何所爲又謂城池地方作何退出官生男婦作何送還是在汗之仁明慈惠敬天愛人夫理直在我蒙天垂佑賜其城池官民今曰退還是不願講和有意激我之怒也我國敬天愛人遠近稔知爾國人民土地歸我之後悉已奠定安集若舉以還爾是違天而棄人矣又質問稱兵於朝鮮何故遂疑汗言不由衷夫我豈無故而征朝鮮乎庚子年我兵東征時我邊境屬國師旋時朝鮮以兵阻我我軍擊敗之然亦未嘗因此宿怨也其後烏喇伐取其城邑朝鮮遣使求爲勸阻遂令罷兵乃朝鮮忘我大德於己未歲無故稱兵爲我所敗幷還其所俘將士冀仍修好而朝鮮又無好言相報且納我亡人我猶遲之數年彼卒不悔罪求和今天誘其衷已和好矣然自李喇嘛通使以來我亦未嘗有不征朝鮮之說有何言不由衷而爾疑之爾詭言修好仍遣哨卒偵視我地收納逃亡倘處近界修葺城堡是爾之言不由衷也來書又言先開諸物所當酌裁夫講信修睦不過藉此以成禮謂

爾國力有不支，可酌減其半，我國仍以東珠人葠貂皮等物報之。至前書尊爾皇帝如天，李喇嘛書以我鄰國之君，列於爾諸臣之下，如此尊卑倒置，皆爾等私心。夫人君者，上天之子也；人臣者，聽命於君者也。今以小加大，賤妨貴，於分安乎？我揆以義理，書中將爾明國皇帝下天一字書，我下爾明國皇帝一字書，爾明國諸臣下我一字，以後當照此式寫。若以爾國諸臣與我並書，我必不受也。」其第二書略云：「報書方繕畢，會爾國兩次有人逃來，言爾修築塔山大淩河錦州等城，又察哈爾使臣至，所言亦然，因是停止遣使，卽將報書付爾使者杜明忠齎回，茲因築城之故，再爲爾言之。若果兩國議和，先須分定疆域之界，各自料理。今爾遣使議和，又修葺城垣，潛圖侵佔，得毋以前寧遠據凍攻之未墮，自以爲得志，詐稱和好，乘間葺城，爲戰守計乎？爾縱能保守一二城，他處之城及田畝禾黍，能盡保耶？倘蒙天眷佑，以燕京與我，爾主南奔，身敗名裂，爲何如也？爾等文臣如婦女之在閨中，徒爲大言，以致喪師辱社。從前爾國任用非人，故河東河西之地盡失，今尙以爲未足戒，而欲動兵戈耶？」和議既定，於是兩國使命往還，遂各有要求之條件。金之所要求者三：（一）償金及歲幣，（詳見前若明力不足可減半）（二）分定國界，（山海關以內歸明遼河以東歸金）（三）規定國書格式。（明帝不得與天並列明臣不得與金帝並列）而崇煥之所要求者：（一）遼東之付還，（二）撤攻朝鮮之兵。據此以觀，則兩方各主其是，各不相讓，其和議之無誠意，概可知矣。蓋太宗方用兵於朝鮮，又以崇煥守禦有方，未敢輕動，而明之國力已斂，崇煥知與滿兵戰未必有利，亦思借此以爲和緩之謀，逮和議上聞，朝旨不以爲是，雖崇煥持之甚堅，而和議終不得要領，乃汲汲於修葺城堡，而金國征朝鮮之師，膚功克奏，舉國皆降。以天聰元年四月凱旋。自是和議遂以破裂。

寧錦之克捷　金兵既下朝鮮。朝鮮遣使謝罪。並詗知毛文龍所據之皮島之易與。於是遂一意攻明。天聰元年五月。太宗命貝勒杜度阿巴泰居守。親征明。分兵三隊。命貝勒德格類濟爾哈朗阿濟格岳託薩哈廉豪格率精騎在前。自率三大貝勒統兵居中。而以攻城諸將爲後隊。直趨大淩河。守城兵遁。先鋒兵馳擊之。追至錦州城下。城門閉。明潰兵不得入。奔越錦州城。復遇金前隊兵。盡殺之。代善等率兵直趨錦州。圍其城。莽古爾泰率兵直趨右屯衞。各路兵並攜所俘獲會於錦州。距城一里駐營。明堡臺二千餘人來降。太監紀用總兵趙率教遣守備千總各一人至。太宗曰「欲降則降。欲戰則戰。爾太監可出城面陳衷曲。我每以爾邊臣平日欺我之情無由自白。欲見爾太監言之。俾轉奏爾主。即攻拔爾城。我亦決不誅爾太監。或恐我兵誤加傷害。爾可自立記號。別居他所。」遂遣二使還。遺以書。即整理攻具。攻錦州城西面。乖克明三面守兵來援。礮矢齊下。金軍退五里而營。遣人往調瀋陽兵。並使人詣太監處議和。至第三次。其使來言欲往錦州面議。遂命綏古劉興治往。至則閉城不納。次日城中遣人來言「昨因夜晦。未使開城。今可於日間來議。」二人復往。又不令入城。趙率教立城上言曰「勝敗豈有常。聽天而已。」時崇煥遣使濟赴錦州。與紀用書謂「調集水師援兵六七萬。將出山海薊州宣府兵亦至前屯中後所。兵俱至寧遠。各處蒙古兵已至樓臺山。我即日進兵錦州。城中火器俱備。兵馬甚多。加意防守。何能攻克。」適爲滿軍所獲。盡得其實。命莽古爾泰等率偏師往衞塔山運粮。從御營距錦州城西二里。並釋所獲漢蒙古人回錦州。次日。繫書於矢。射入城中諭降。遣額駙蘇納。選八旗蒙古士馬精壯者悉統之。截塔山西路。而自往寧遠迎擊敵兵。馳至城北岡。太宗諭諸貝勒曰。「此地偪近城垣。若卽進攻。難以盡力縱擊。可稍退以觀動靜。」於是退軍踰山岡。環視明兵堅壘不動。太宗自率阿濟格等馳馬而進。敗其前隊騎兵。追擊至城下。大殪之。諸貝勒皆愧奮。不及胄。亦馳而進。分擊其步卒。濟爾哈朗薩哈廉瓦克達俱被創。金軍還駐雙樹鋪。復回錦州。六月。攻錦州城南面。因壕廣不得進。重以天氣溽暑。士卒死傷者多。乃毀大小淩河二城而還。是役也。崇煥奏捷。謂將軍滿桂之功居多云。

太宗之忌袁崇煥　寧錦克捷。崇煥方自以爲未有之邊功。而魏忠賢猶使其黨劾崇煥不救錦州爲暮氣。崇煥乞休去。以王之臣代之。莊烈嗣統。忠賢伏誅。崇煥復督師薊遼。期以五年復遼全境。會川湖兵戍寧遠者缺饟譁變。崇煥馳至。捕斬首亂。餘撫定之。請令祖大壽仍駐錦州。副將何可綱隨以駐寧遠。而移薊鎮趙率教於關門。罷寧遠及登萊巡撫不設。時毛文龍總兵東江。崇煥恐其跋扈。設計殺之。然東江屹然巨鎮。自文龍死。勢日衰。其部下孔有德尙可喜耿仲明等俱降於金。心漸攜。益不可用。其時太宗益忌崇煥才。以遼西有備。攻之不易得手。乃議取道蒙古。以拊直隸之背。天聰三年六月。諭外藩蒙古貝勒各率兵來會。復合喀喇沁等部。使爲嚮導。向明境進發。五日。抵喀喇沁之青城。乃頒諭曰。「予仰承天命。興師伐明。迎戰者不得不誅。歸降者雖雞豚勿擾。俘獲之人。勿離散其父子夫婦。毋淫婦女。違者斬。毋伐果木。掠衣服。毀廬舍祠宇。及離纛私掠。違者鞭一百。毋食明人熟食。毋酗酒。山海關內多鴆毒。更宜謹愼。馬羸瘦。著豆飼之肥者止秣草。凡採柴草須集衆人舉一人爲首。離衆他往者。拏究。故違軍令與不行嚴禁之管旗大臣及領罪各官並治罪弗貸。」又行四日至老河。命濟爾哈朗岳託率右翼四旗蒙古兵攻大安口。阿巴泰阿濟格率左翼四旗蒙古兵攻龍井關。而自統兵向洪山口進發。左翼兵攻克龍井關。至漢兒莊。明副將標下官李豐率民薙髮出降。金軍乘城而營。潘家口守備金有光遣中軍旗鼓范民良蔣進喬齊書降。遂進克洪山口。辛巳薄遵化。明總兵趙率教以兵四千來援。擊敗之。遣書巡撫王元雅諭降。不從。四面圍攻之。克其城。元雅入署自縊死。太宗命參將英俄爾岱。游擊李思忠。文館范文程等守遵化。大軍向燕京進發。趨薊州至三河。獲一漢人令持書招降。遣阿巴泰岳託率左翼二旗蒙古二旗兵擊敗明總兵滿桂侯世祿軍。順義知縣率衆來降。太宗至通州。渡河駐營城北。傳諭各城。旋進軍牧馬廠。距燕京約二十里。牧馬廠降。更營於燕京城北土城關之東。滿桂侯世祿等俱集德勝門。與金軍相拒。城上發礮助戰。誤傷桂軍。桂亦被創入城休戰。金軍徙頓南苑。會袁崇煥率祖大壽自山海關兼程入援。督各路勤王軍。壁廣渠門外。太宗巡視曰「路隘且險。若傷我軍士。雖勝不足多也。」遂止弗攻。先是獲明太監二人。付與副將高鴻中等監收。鴻中遵太宗所授密計。坐近二太監故作耳語。時楊太監佯臥竊聽。庚戌縱楊太監歸。將鴻中言詳奏明帝。帝以毛文龍事。不能無介介。又會廷臣亦多排崇煥者。遂下崇煥獄。大壽大驚。率所部奔錦州。毀山海關而出。七月。磔崇煥於市。

七　畿輔之戰

滿軍之入塞　先是祖大壽坐事當死。賴崇煥救免。禮部尚書成基命言於帝。取崇煥手書招之。督師孫承宗亦遣馬世龍追撫。密令上章自列。且立功贖督師罪。優詔答之。命大壽斂兵待命。崇煥既死。明廷特置文武兩經略。以尚書梁廷棟及滿桂爲之。頓西直安定二門。而命承宗移鎮山海關。時滿軍經海子而南。且獵且行。趨良鄉。克其城。復遣總兵吳內格克固安。回軍至蘆溝橋。副總兵申甫結東營以拒。滿軍繞出其後。盡殲之。遂南薄永定門。明帝趣桂出師。桂言衆寡勢殊。未可輕戰。中使復趣之急。不得已。乃督孫祖壽等移營南城外三里。列柵以待。次日昧爽。滿軍以精騎四面蹙之。桂與祖壽等俱戰死。黑雲龍麻登雲被擒。京師大震。滿將爭請攻城。太宗曰。「取之若反掌耳。但以疆圉尚強。非旦夕可潰。得之易。守之難。不若簡兵練旅。以待天命。」乃遣榜式達海齎書與明議和。達海等齎書一置德勝門外。一置安定門外。遂旋師通州。渡河駐蹕。自此掠薊州。降沙河。駐軍灤河。進薄永平。十旗兵環城立營。詗知劉興祚先趨太平寨。襲斬喀喇沁所掠之俘。與諸貝勒大臣議曰。「朕思擒劉興祚。勝得永平。彼忘朕恩養。詐逃。仍被我擒。未可知。」遣阿巴泰濟爾哈朗率兵追之。見興祚趨山海關。阿巴泰圍其前。濟爾哈朗躡其後。陣斬之。生擒其弟興賢。太宗命興祚屍以殉。命副將阿山葉臣選。乘夜攻城。寅時進薄。樹雲梯。冒矢石。槍破奮戰。俄城上火藥暴發。明兵在北面者自焚擾。滿軍畢登。明兵備道鄭國昌。知府張鳳奇。推官羅成功。皆仰藥死兵備道白養粹行人崔及第主事白養元等革職而養粹卽出降太宗諭軍民薙髮遣濟爾哈朗薩哈廉安撫人民察驗倉庫時天聰四年也師向山海關移營留濟爾哈朗薩哈廉守永平傳諭曰「凡有舉動唯求萬全敵至勿輕出城須秣馬以待兵居城中可分置漢人於一隅撥予房屋書其姓名於門更遣固山額眞那木泰等各率本旗兵往灤州令游擊高鴻中庫爾纏率十八先往誘令開城隨麾大兵入戊戌貝勒杜度稟明兵馬來攻遵化敗之太宗自永平移駐三屯營城西山上招降不從焚其城外廬舍達海等收復漢兒莊其時明之援兵皆觀望獨兵部侍郎劉之綸奮前約總兵馬世龍吳自勉趨永平牽制而親率所部直抵遵化距城八里頓娘娘廟山世龍等違約而滿軍以三萬騎迎戰之綸發火礮之綸自製井造新式戰車頗有所擊傷再發則礮炸軍亂左右請結陣徐退之綸慨然曰「吾受天子厚恩誓捐軀以報戰不捷死耳敢言退者斬」乃再戰自辰至酉士殊死力鬬矢盡短兵接之之綸知不可爲大呼曰死死負天子恩解佩印付家人曰「持此歸報朝廷」俄身被兩矢遂死全軍盡沒世龍等擁兵不救滿軍進拔遷安皆留軍守之並分軍向山海關爲守將官維賢力戰所卻攻昌黎撫寧皆不下

太宗之謀和　天聰四年二月太宗召降官麻登雲賈維鑰楊文魁孟喬芳楊聲遠臧調元賜宴諭曰「明國君視將士如草芥驅之死地朕屢使議和竟無一言相報」登雲對曰「明國君幼冲執政又復不忠各圖自保議和之事懼不敢奏奏之而聽固善不聽親族誅滅」太宗曰「若然是天賜我機也但駐兵屯守民不得耕耨朕心惻焉」己未遣書明帝略言「邇者師旅頻興互相誅戮生民罹禍實甚

欲盟諸天地。共結和好。使兩國子孫軍民。奕世獲享太平。不然何時止息兵戈。以幾治安耶。唯熟計而明示之。」又以書諭錦州各官。並遺明國諸臣。略言「前曾六次致書議和。而爾等不從。夫得失者機也。天予我以機。我奈何棄而勿取。我將於天所予之地。耕屯以守。爾八府之民。能安意耕種耶。爾等宜勿膠固今日之事。唯和與戰。和則爾國受福。戰則爾國被禍。其各啓迪爾主。亟定和議可也。」當是時京師道梗。孫承宗祖大壽在東。馬世龍及援軍在西。承宗募死士。緣海達京師。始知關城尙無恙。承宗遣將戍開平（營名在灤州西南與豐潤接界明永樂初徙開平衞於此）爲建昌（營名遷安縣東北有城）聲援。太宗遂班師。命阿巴泰濟爾哈朗薩哈廉偕文臣索尼等完我喀木圖率正白鑲紅正藍三旗守永平。鮑承先白格率鑲黃鑲藍二旗守遷安。以灤州爲邊地。命固山額眞圖爾格那木泰偕榜式庫爾纏高鴻中率正黃正紅鑲白三旗守之。又命察喀喇偕范文程率蒙古八旗將士守遵化。乃取道冷口關而歸。二貝勒阿敏等在遼河岸迎駕。太宗遂遣阿敏碩託率兵往代守永平四城。阿巴泰等還。時世龍統諸路援軍二十萬躡其後。承宗大壽等守山海關。東西相應援。

永平之敗遁　五月。馬世龍祖大壽率師攻灤州。滿將那木泰圖爾格等各立汛地。分陴固守。阿敏等聞灤州被圍。令巴篤禮率數百人赴援。爲明軍所殲。明軍以紅夷礮攻城。城樓燬。湯古岱等度力不支。突圍奔永平。遇明軍截擊。陣沒者四百餘人。時阿敏已收遷安守兵及居民入永平城。聞灤州失。大驚。殺新降官巡撫白養粹等十數人。召遵化守將棄城偕遁。明軍追擊之。殺傷甚衆。於是關內四城盡復。太宗聞之。大怒。聚貝勒衆官。宣諭阿敏等棄城罪。並令永平退歸貝勒衆官。在十五里外候訊。唯士卒得入城。收敗歸諸將。自總兵以下。備禦以上。俱繫之。其鎮守灤州三旗大臣。及鎮守永平三旗大臣。俱押赴所司。三旗聽勘。命諸貝勒大臣及官兵集闕下。令岳託傳旨宣諭阿敏罪狀十六條。諸貝勒大臣俱以其平日狂悖。議請誅之。太宗命從寬幽禁。奪所屬人口給濟爾哈朗。止給阿敏莊六所。園二所。並其子之乳父母等二十人。羊五百。乳牛及食用牛二十頭。滿蒙漢人二十名。以碩託不力行勸止。革貝勒爵。奪所屬人口給其兄岳託。止給在外一牛彔人及食口糧牛彔下奴僕。其餘器物。免籍沒。湯古岱那木泰均免死革職。奪所屬人口。籍其家。布爾吉坐不諫湯古岱。革職。奪所屬人口。圖爾格削一等總兵官職。解固山額真任。雍舜免死革職。解固山額真任。奪所屬人口。備禦松俄圖。游擊恩特。免死革職。籍其家。鞭一百為奴。愛木布路免死。籍其家。鞭一百。並妻為奴。巴布泰及參將布山。備禦黑勒伲。馬察。郎什。均革職。追奪賜物。德爾得黑鞭五十釋之。阿敏遂於崇德五年十一月。憂忿而死。

八　明疆事之壞

新軍器之鑄造　火礮之製。本創自金。自昔有所謂震天雷者。用鐵器盛藥。以火點之。此火礮用鐵之始。迨明成祖得交阯神機鎗礮法。而其器始多。厥後嘉靖復造郎機礮。（明人稱葡萄牙為佛郎機）發諸邊鎮。而外間始知製造之法。萬曆時。又得大西洋紅夷礮。（明人稱荷蘭為紅毛夷）天啓中。錫以大將軍號。遣官致祭。而礮之用乃大著。當初瀋陽之役。寧遠之捷。明兵以此擊傷滿軍者甚衆。太宗常思有以抵制之。而未得其當也。至是乃招明工匠製造紅夷大礮。天聰五年正月。鑄成。鐫曰天佑助威大將軍。督造官總兵額駙佟養性。監造官游擊丁啓明。備禦祝世廕。鑄匠王天相竇守位。鐵匠劉計平也。其時明孫承宗議更理關外舊疆。并力先築大淩河城。而巡撫邱禾嘉違其節制。遂同右屯並築。是秋。會兵部尙書梁廷棟罷。代者爭言築城非計。盡撤班軍萬四千赴薊。止留防兵萬人。給粮萬石。承宗思以粮散軍委城而去。毋資敵。禾嘉又不可。未幾。滿軍來攻。時大淩雉堞僅完其半。太宗命諸將分赴汎地。環城掘壕。壕外築牆。牆上加以垛口。距牆內五丈餘地。又環掘壕。壕上鋪秫稭。覆以土。營外亦掘壕。而分軍截錦州之援。禾嘉率總兵宋偉吳襄等步騎四萬。踰小淩河馳援。太宗分兵擊之。明兵四鼓趨大淩河。壁長山口。（錦州府城東南）太宗督兵二萬迎擊。偉等堅壁不動。乃率兩翼騎兵突陣。營中火器震天。飛矢雨下。滿左翼兵避鎗礮。隨右翼後而進。偉殊死戰不克。滿前鋒多死。時佟養性奉太宗命。頓襄營之東。頻發大礮攻之。俄黑雲起。風從西來。襄縱火相偪。忽大雨反風。襄營燬。先遁。偉督戰至晡。力不支。引退。爲滿軍所殲。監軍道張春等被擒。圍城甫七日。太宗卽遺書招祖大壽降。略云「爾國君臣。唯以宋朝故事爲鑑。並無一言復我。爾國非宋。我亦非金。彼一時。此一時。執膠柱鼓瑟之見可乎。」既而令營卒離城十里。手執旗幟。馳騁揚塵。聲礮不絕。僞爲錦州援兵誘之。大壽卽率兵出城。攻西南隅之臺。旋爲滿軍所敗。太宗復命侍臣赴瀋陽。取軍士衣服。欲爲持久計。至十月。城中援盡粮絕。至殺人馬以食。太宗命陣獲官二十三人。各以己意爲招降書。遣千總姜桂齎往大淩河。遺祖大壽。復以書三函遺大壽及何可剛張存仁。更令佟養性率五百人載紅夷礮六。將軍礮五十有四。往

攻魚子幛臺造礮後是役始擕行連攻三日舉紅夷礮擊壞臺身垛口參將王景降周圍百餘里聞之或降或逃貧其糗糧足供滿軍一月之用

大淩河之克捷　是月癸丑翟家堡降次日克陳興堡遣陣獲參將姜新往招祖大壽等時大淩河城中糧餼薪盡兵民相食力竭計窮大壽降志已決思突圍出詗知滿軍防守嚴不易逸太宗數遣人招降未果已而大壽義子澤潤以矢射書中言「汗遣人招降其時難以一言決衆官恐降後見殺副將何可剛謂汗去年得永平棄之不守我等若降縱不殺亦必還軍我等安往又有逃人來言汗於敵國之人不論貧富皆誅戮以此衆論紛紜日祖總兵復以次子在燕京爲念前石副將廷柱來時祖總兵即欲相見衆官不從令澤潤在內調停似有五六分可成同心者有副將四人不便舉名汗可令石副將來祖總兵將以心腹事告之此乃機密事望汗密藏我書毋令陣獲官員及往來傳語之漢官見之」於是太宗遣石廷柱往過壕相見大壽曰「人誰不死但爲國爲家爲身三者並重今既不能報國唯惜此身命決意歸順然身雖獲全妻子不能相見生亦何益如欲進圖大事當先設策取錦州錦州得庶可保吾妻子」太宗復使人告之謂「爾等先降錦州任爾計攻取」大壽遂令韓棟送己子可法來質越數日大淩河衆官皆與大壽同謀歸降何可剛不從大壽執之令二人掖出城外至金錦州營殺之可剛顏色不變不出一言含笑而死大壽遣人來誓誓畢太宗遣龍什詣大壽言取錦州計大壽云「我親至御前商議」至則太宗甚優禮之遂定取錦州策己巳阿巴泰等偕大壽及所屬兵作潰奔狀滿軍亦著漢裝計取錦州

十一月。朔。太宗與諸貝勒議曰。「與其留大壽。不如縱入錦州。令其獻城爲上策。即叛而不來。亦非我誤遣也。若不縱之使歸。倘別令人據守錦州寧遠。事愈難矣。」大壽於是晚渡小淩河。徒步而去。大壽既至錦州。即遣張有功齎奏至。言心腹人甚少。各處客兵甚多。撫按防禦甚嚴。是以遲誤。太宗以書報之。遂班師。毀大淩河城。

孔耿之歸降　先是孔有德耿仲明及李九成。皆爲毛文龍部曲。文龍死。走入登州。登萊巡撫孫元化。官遼久。素言遼人可用。乃以有德仲明爲游擊。九成亦爲偏裨。至是大淩圍急。元化檄有德等赴援。抵吳橋。天大雨雪。衆無所得食。一卒攫王氏之雞犬以食。有德笞之。衆大譁。九成先賫銀市馬塞上。用盡無以還。適至。聞衆怨。遂與其子應元率部卒劫有德。有德從之。還兵大掠。陷臨邑。齊河。德平。陵縣。已復舍此。陷青城新城。而新城被禍尤酷。山東巡撫余大成聞變。遣兵往禦。連敗。乃移兵追賊。而元化軍亦至。與大成皆力主撫。檄賊所過郡縣。無邀擊。於是賊佯許降。遂抵登州。元化遣張燾率遼兵駐城外。總兵官張可大發南兵拒賊。戰方勝。燾遽退。可大兵遂敗。燾兵半降。賊遣歸爲內應。士民爭請弗容入。元化不從。仲明及都司陳光福等夕舉火導賊自東門入城。遂陷。事在崇禎五年正月也。元化自剄不殊。與同城各官皆被執。唯可大殺其妾陳氏。而自縊於署。有德乃推九成爲主。己次之。仲明又次之。用巡撫關防。檄州縣兵餉。而令元化移書大成求撫。大成聞於朝。爲言官所劾。大成元化俱革職候勘。元化尋爲賊縱歸。與大成俱下獄。大成論戍。元化棄市。明廷遂以徐從治撫山東。謝璉撫登萊。並駐萊州。時賊先已破黃縣。陷平度。還益兵攻萊。從治璉與總兵楊御蕃分陣固守。久之。外圍日急。諸援兵俱頓昌邑。不敢進。從治時以間出兵掩擊。頗有斬獲。而兵部尚書熊明遇。復惑於撫議。論從治毋遽出兵壞撫局。從治力言不可。三上疏於朝。朝議以兩撫臣並困圍中。改設總督。以侍郎劉宇烈任之。統馬步軍二萬五千。勢甚盛。而宇烈素無籌略。又日遣使議撫。賊亦以撫愚之。已而賊用元化所製西洋大礮攻城。從治中礮死。萊城益危。越兩日。璉復爲賊所誘出城被執。於是舉朝痛憤。專任朱大典督數萬兵討賊。有德逆戰於沙河（有二一在黃縣一在即墨下流並入海）大敗。追至登州。築長圍困之。九成出戰被馘於陣。賊氣大沮。有德乃載子女財帛。先出海。仲明以單舸繼之。皆遁。明總兵黃龍。以水師邀擊。有德仲明乃泛海降太宗。既至。進獻金銀等物。太宗賜宴。欲行抱見禮。諸貝勒僉曰。「禮待之可耳。不宜令抱見。」太宗曰。「航海衝敵。來歸於我。功孰大焉。當行抱見以示優異。」乃卒行之。授有德都元帥。仲明總兵官。賜敕印。

旅順之降服　孔有德耿仲明怒黃龍邀擊。必思報復之。會鴨綠江有警。龍遣水師往援。旅順空虛。有德等遂導滿軍襲其城。龍數戰皆敗。火藥矢石俱盡。自刎死。部將李惟鸞項祚臨等並殲焉。廣鹿島（寧海縣西北海中）副將尚可喜。故與龍相犄角。龍既死。亦來降。而孔耿尚三人遂爲漢臣開國元勳焉。自是島上勢孤。久之。將士多敗沒。諸島雖有殘卒。不復成軍。明廷亦不更置帥。以登萊總兵遙領之而已。太宗命諸貝勒集滿漢蒙古諸臣。諭曰。「廣鹿島尚副將。招撫長山石城二島攜民來歸。非以我國衣食有餘。承天眷佑。彼自求附。八家貝勒已出粮四千石與之。凡積粟之家。可捐出協濟。仍給以價值。隨命多爾袞薩哈廉往迎之。

可喜三島官民至海州。太宗出迎十里外。可喜跪獻緞匹等物。太宗酌納之。並召入宮賜宴。仍命八家以次宴之。詔爲總兵官。賜敕印。及金軍再攻朝鮮。半島不守。皮島勢益孤。有德等夾擊之。守島總兵沈世奎戰死。皮島亦平。至此緣海遂無明國之重鎮已。

第三章　明失東藩

一　太祖時與朝鮮之交涉

太祖與朝鮮之關繫　朝鮮自太祖李成桂受明册封，始爲中國外藩。至明神宗時，日本豐臣秀吉欲用武海外，假道朝鮮，驅其兵以躪明地。貽書朝鮮王李昖，請其爲前導。昖不聽。豐臣發軍十五萬往攻之，遣先鋒加藤清正、小西行長等，率舟師陷其京城。昖奔義州。明以李如松爲防海禦倭總兵官，進克平壤城。行長遁，所失四道皆復。如松乘勝而驕，以輕騎趨碧蹄館，日本拒以短兵，敗還開城。越三載，日本軍復入朝鮮。毛利秀元、浮田秀家等分略南三道，嗣以冬寒退釜山，緣海連營，爲聲援。明經略楊鎬先扼稷山，至是以大軍圍蔚山。清正堅守，日本諸屯來援，鎬駭奔。未幾，豐臣卒，日本收兵入海。總兵劉綎追敗之，都督陳璘以舟師夾擊，焚其百餘艘，然日本軍卒脫歸。朝鮮亂七載，喪師數十萬，糜餉數百萬，而僅能保其社稷，以故深德明。方鎬之督師出塞也，時朝鮮王李琿在位，遣其將姜宏立等，率兵二萬人助戰。戰敗，出降。太祖乃使宏立部曲張應京及官屬三通事一還國，使臣二與俱，書仇明七大恨事，更書其後，詰責之，略言：「爾原與我國無郤，今何以兵助明」。書達，朝鮮王集諸臣議。至五月，遣使者一人，從三十八，隨滿洲使臣齎書至。略言。「貴國與明有仇。因而征戰。生民塗炭。亦非善事。明與我國。猶如父子。大義所在。不可拒也。事屬已往。今勿復言。自此以後。克協大道。同歸於善。當亦明所深願。吾二國各守疆圉。復修前好云云。」次年。滿兵破北關。降宰桑。欲加兵於朝鮮。李琿乞援於明。明以遼鎮塘報朝鮮與滿洲講和。遂謂琿陽銜陰順。宜遣官宣諭。或命將監護。衆論莫衷一是。琿疏辯言「二百年忠誠事大。死生一節」。詞至剴切。已而滿軍克遼陽。太祖猶遺朝鮮書云。「今遼東官民。皆已薙髮歸順。降官悉服原職。爾仍欲助明則已。不然。凡遼人之避兵渡鎮江而竄者。可盡反之。爾若納我已附遼民。匿而不還。惟明是助。異日勿我怨也。」亦不報謝。方是時。毛文龍據皮島。屢出師襲擊緣海堡寨。而鎮江城中軍陳良策與潛通。執城守游擊佟養眞。殺其子豐年。並從者六十八。叛投文龍。其湯站險山二堡民。亦執守堡官陳九階李世科叛投文龍。文龍已頓朝鮮境。朝鮮亦以糧餉相遺。太祖憤甚。命阿敏統兵勦之。阿敏渡鎮江。乘夜入朝鮮。斬千五百級。文龍僅以身免。於是又怨及朝鮮矣。

二　太宗時與朝鮮之交涉

朝鮮之克捷　天聰元年。皇太極初卽汗位。以朝鮮不來弔賀爲詞。欲大舉伐之。初。太祖遺書其國王李倧。未答。及滿軍攻瓦爾喀。朝鮮又出境以拒。感情日益破裂。會太宗踐阼。朝鮮人有韓潤鄭梅者。亡命入瀋陽。請爲嚮導。攻其祖國。於是滿軍遂攻朝鮮。命阿敏等統兵以往。太宗曰「朝鮮累世得罪我國。理宜聲討。然明毛文龍近彼海島。納我叛民。故整旅徂征。爾等此行。當兩圖之。」越數日。夜薄朝鮮義州。克其城。殺府尹李莞等。判官崔鳴亮自盡。殲其城中兵卒。俘其居民。是夜分軍擣毛文龍所居鐵山。文龍遁往島中。遂進定州。殺宣州牧使奇協。郭山郡守金搢。守將朴有健被擒。盡降其民。長驅而進。至安州。攻克之。屯兵秣馬。四日乃進征。至平壤。渡大同江。次中和。朝鮮遣使迎師。其來使即向所擒二將姜宏立。朴蘭英子。諸貝勒令各與其父相見。使者齎來書。謂我無故興師。太宗答朝鮮書。責以七罪。遣兵入昌城。擒殺副使金時若。復遣人致書。且謂「爾若引咎自責。以圖寧居。可速遣人來。事畢。我即退兵。我因雪恨征伐。非欲取土地人民也。欲修兩國之好。共享太平耳。」遣使後。息馬七日。進至黃州。朝鮮舉國震動。李倧遣前使並二使臣至。告曰。「吾王得貝勒書。特遣親信大臣前來。命我先來報知。」阿敏欲征都城。諸貝勒謂宜待其大臣至。總兵李永芳曰。「我等奉上命仗義而行。前與朝鮮書。已言遣大臣盟誓。即班師。若背前言不義。」阿敏叱退之。於是大兵進至平山駐營。其時。倧以金尙容爲留都大將。守京城。命都體察使李元翼。左議政申欽等。奉世子㴄遁往全州。而自奉廟社主。走往江華島。嬪妃等從之。城內民多潰散。乃遣進昌君詣滿營議和。挾之至瑞興。詰朝叩見諸貝勒。請駐兵定議。阿敏曰。「若然。爾當指示我屯兵秣馬地。」使臣因指二屯。諸貝勒以爲可。阿敏仍令吹角進征。岳託察其情未易勸止。策馬往邀濟爾哈朗至營。共議。濟爾哈朗曰。「吾輩不可深入。離此三十里。有平山城。可往駐之。以議和事。」遂領兵駐平山。是時。太宗耀兵遼河。聲勢烜赫。即明之援師。亦止圖牽制而已。

和議之成功　滿軍旣壁平山。卽留進昌君於營。別遣副將劉興祚率十人乘舟。抵江華島。見李倧。倧端坐不出一言。興祚怒曰「汝奈何作此土偶狀邪。」倧赧然不能答。興祚曰「今日之事。成敗在於俄頃。爾欲修好議和。可遣親子弟一人往盟諸天地。汝國每年循禮貢獻。自定額數。事畢。我軍卽還。」倧曰「城下之盟。春秋恥之。汝國果行大義。當退兵而後議和。」興祚曰「汝如此支梧遲延。則汝民受害。吾今此言實爲爾民。可卽遣爾子弟行。毋遲。」倧遂遣族弟原昌君李覺。並侍郎等官五人。隨興祚來營。進見諸貝勒。並獻馬百。虎豹皮百。棉紬苧布四百。布萬五千。設宴畢。覺等出。岳託。濟爾哈朗。阿濟格因議遣人令朝鮮王定盟。以告阿敏。因令八旗大臣集議。皆如岳託等言。乃命八旗大臣爲使。與劉興祚。庫爾纏往。令其議政判書等官議盟誓事。三日不決。倧延二使近其所居。往來共議。誓詞乃定。三月庚午。偕盟焚誓詞。築盟壇江都西門外。倧以喪未至。宰臣李廷龜等代之。屆期。刑白馬黑牛。焚香。設酒肉骨血土各一器。名曰江都誓文。盟畢。約爲兄弟國。金爲兄。朝鮮爲弟。倧贈命使臣皮幣等物。餞送渡海。阿敏以己未與盟。縱兵擄掠三日。至平壤。衆貝勒更與覺等復申盟誓。貝勒及諸將俱躬擐甲冑。九拜天地。自此由大路出朝鮮境。秋毫無擾。太宗命報捷使庫爾纏馳赴軍中。宣諭謂朝鮮旣經和好。其歸順之民。不可秋毫擾害。義州鎭江。並留兵戍守。各以一大臣統之。駐防義州。江濱船隻。加意看守。勿致疏失。再當修書與朝鮮王。言我兵所以駐義州者。原爲防毛文龍。爾若不容文龍。我兵亦不駐義州。庫爾纏遂奉敕諭至安州。付阿敏。於是以覺爲質。凱旋而歸。並訂鴨綠江互市約。（卽指中江之市）

附中江馬市之例　朝鮮爲外藩後。邊門商民亦有互市之例。謂之馬市。市設於中江。歲春秋仲月望後。朝鮮員役以牛貨濟陳於江干。駐防兵丁臺驛夫。以布七千五百十四段。易牛二百鹽二百九十九包。海菜萬五千八百斤。海參二千二百斤。大小紙十萬八千張。綿麻布四百九十九段。鐵犂二百具。以京畿平壤黃海三道商各一人承辦。義州知府率員役領之。所具粮餌藁魚。稱之曰宴。其官商曰別將。（右見蒙古博明所著鳳城瑣錄）亦見當時懷遠之謨也。

放還逃人之識略　天聰元年五月。遣李覺等歸國。設宴餞之。並賜鞍馬裘帶等物。並命覺等各服所賜蟒衣謝恩。覺等不從。劉興祚曰「以皇上恩賜之衣爾不肯服。殆不願歸耶。且拘繫於此何如」於是各服衣裘。行朝鮮禮謝恩。太宗命興祚等送之歸。並遺朝鮮國王李倧書。略言「自後爾國人民逃歸我國。我國之人及陣獲朝鮮之人逃至爾國。當各緝以歸還。毋或隱匿。致傷兩國和好」云云。倧即遣副將沈正笏朴蘭英。齎方物報謝。並奉書言不忍縛送被俘後逃歸之人。蓋謂朝鮮人之被俘者。仍爲朝鮮人。思家逃歸。不忍縛送也。此爲放還逃人問題之始。又請撤義州之兵。太宗遣大臣阿什達爾漢等偕往。復書許撤義州鎮兵。以義州復歸朝鮮。唯逃人必須交還原主。太宗之意。以爲朝鮮俘虜。不啻爲戰勝品。且已賜各將爲奴。不應脫逃也。未幾。倧以復還義州。遣使來謝。貢方物。太宗因諭令市糴米穀。旋復書言創殘之餘。未有米穀市糴。太宗復命參將英俄爾岱等。同來使朴蘭英往。與書曰「我國粮石。止本國人食。亦已足用。但蒙古諸貝勒。攜部衆來降者不絕。概加贍養。所以米粟不敷。爾與毛文龍粮餉。已經七年。我豈似彼無故索取。唯今歲市糴一年。爾當發糧。當此窘乏之時。爾能助我。方見敦睦之誼。平安黃海二道實經殘破。然所餘尚多。且六道仍如故。若願以糧相濟。從鴨綠江運亦可。海運亦可。吾兩國結好盟誓時。原議將逃回朝鮮人送還。爾並未送來。後爾弟歸國。復約送還逃民。亦未見送還。爾云兵駐義州。縱有逃民。無由得知。若撤兵回各守封疆。有逃來者。便易稽察。自我兵撤還之日。逃往之數已察出甚多。我等原約。凡遇間諜。彼此必執而歸之。近定州外郎金惟同來作奸細。二十日方回。特此告聞。若如此行。恐致生亂也。」次年二月。倧復書言「金惟同非其所遣。因貢春季方物。並米二千石。更以一千石在中江平價市糴。」且言「兩國遺民願贖其父母妻子者。各出米穀貨物以赴之。」是朝鮮於金國許贖之條已承認之矣。已而金復詰問納逃人事。而朝鮮復書斷斷爭辯。兩國已生嫌隙。其後瓦爾喀部族。散居於朝鮮者既多。在朝鮮視之。以爲投我者。卽爲我國人。而在太宗視之。則以布占泰爲蒙古之苗裔。而瓦爾喀與我俱係女眞國之後。世系顯然。非同強索者比。由是嫌怨漸深。重以朝鮮人有出卜兒哈兎（今東間島）行獵者。有入灰扒（今輝發江一帶）偸採蔘者。有與毛文龍部卒共入寬甸而偸採者。皆爲金人捕獲。縛送朝鮮。朝鮮雖嚴治之。致書道歉。而越境採蔘者仍不絕。致使國際間之感情日惡。亦未始非一種原因也。

與朝鮮宣戰之由來　自明殺毛文龍。東江諸島無主。太宗思乘虛襲之。天聰五年。遣滿達爾漢、董納密。送前所留朝鮮使人歸國。遺李倧書言「我今遣兵往征南海諸島。我兵素不諳操舟。爾國人操舟更勝於明。宜與堅大戰船。每船各撥給善操舟之人。如此則前衅可釋。爾助明人奚啻百次。皆瀝血輸誠。今止助我一次亦不可不輸誠也」滿達爾漢董納密至朝鮮都城候三日不見且使人守其館門於是佩弓矢奪門出王近侍追及固勸之回入見倧倧曰「明猶吾父撫我二百餘年今征吾父之國豈可相助以船譬如他國與貴國爲難亦有此借船之擧貴國以爲何如」卒不與七年孔有德耿仲明據登州遣其黨張文煥等乘舟自蓋州登岸來降太宗遣英俄爾岱等遺書倧徵粮尋奏朝鮮聽明人計借兵倭國築城備我於是集諸貝勒大臣議之僉云置朝鮮而征明八月朔英俄爾岱等還云朝鮮以粮濟我其時鮮猶未開也蓋戰鮮最近之因則在朝鮮之不尊帝號自天聰九年多爾袞等征察哈爾歸上獻歷代傳國玉璽（自元順帝棄都城攜璽至沙漠後崩應昌府璽遂失越二百餘年有牧羊者掘地得之歸於元裔博碩克圖汗後國破歸於林丹汗多爾袞等征察哈爾時聞璽在蘇泰太后所索得之）太宗焚香告天受之諸貝勒大臣與外藩諸貝勒請早正尊號太宗曰內外諸貝勒大臣同心勸朕稱尊朝鮮王乃兄弟之國應與共議當遣使告以此事衆皆喜曰誠如聖諭遂於次年二月八和碩貝勒及外藩四十九貝勒各致書朝鮮國王告以上聖德日隆麻祥滋集命戶部承政英俄爾岱齎書往口傳一切事宜遣親近子弟同來勸進至則國王不接見亦不納書詭令至議政府議事及設兵防守諸使者於城中奪馬乘之突門出至途國人遣人持報書追付又以書諭其邊臣固守邊疆八道英俄爾岱等奪之來獻太宗覽書知朝鮮決意斷絕召諸貝勒大臣共閱之皆怒欲興兵太宗曰遣人持書往諭以利害取其諸子大臣爲質彼許諾則已否則再議征討至四月己卯始建國號曰大淸改元崇德羣臣恭上尊號曰寬溫仁聖皇帝皆行三跪九叩禮時朝鮮使臣羅德憲李廓以供春季禮物至獨不拜太宗曰「朝鮮使臣無禮難以枚擧是彼國

王有意搆怨。欲朕先啓衅端。殺其使臣。加朕以敗盟之名。不知朕斷不如此。卽兩國爭戰。亦無殺來使之禮。殺之則非義矣。」遂遣之歸。且厚賚之。遺書責李倧。且諭使臣曰「爾王知悔罪。送子弟爲質。不然兵臨爾境矣。」此卽清國最後之宣戰書也。羅李二使行至通遠堡。卽委之而去。

三　朝鮮之征服

朝鮮之不度時勢　先是英俄爾岱之使朝鮮也。清猶以朝鮮爲兄弟之邦。應與共議。使朝鮮揆時度勢。亦何至遽動干戈。乃朝鮮國論沸騰。僉議主戰。以爲我之與天朝。猶人子之於父母也。奴賊卽爲父母之仇。人臣豈有與父母之仇約爲兄弟而置父母於相忘之域耶。蓋朝鮮士夫。舉染中朝士夫之習氣。獨府尹崔鳴吉力排衆論。以爲國家軍備不充。徒主斥和甚爲危險。萬一虜騎長驅。生靈魚肉。宗社播遷。咎將誰任。奈其勢甚孤。卒無有以是言爲然者。及至最後通牒已至。而猶遣使臣拜米齎書赴清國。詗察實情。宜太宗怒而逐之也。曰「爾王既不看朕書。遣回朕何爲復閱爾書耶。」仍令帶回。並以前奪八道諭文示之。曰「渝盟之端。明在此書。何故破我先盟。若謂貴國爲築山城。則我當自大路直向京城。其以山城可捍我乎。貴國之所恃者江都也。我若蹂躪八道。其以一小島可爲國乎。貴國之持議論者儒臣也。其揮筆可以戰乎。」拜米遂歸。十一月冬至。祀天於圜丘。並以將征朝鮮。告祭天地太廟。遂頒行軍律令。並傳檄朝鮮。清國此次稱帝。以爲征服滿蒙。通聘朝鮮。一切惟我所爲。決無有抗拒之者。而朝鮮不量強弱。竟敢卻書不受。是朝鮮對明。確表忠誠。而對清則實予人以難受也。此太宗所以二次之役。勢在必行也。

南漢城之捷　太宗既將征朝鮮。外藩蒙古諸王貝勒率兵來會。乃命鄭親王濟爾哈朗留守。武英郡王阿濟格駐牛莊備邊。饒餘貝勒阿巴泰駐噶海城。收集兵民防敵。次日車駕次沙河堡。命多爾袞豪格分兵從寬甸入長山口。復遣馬福塔勞薩等率兵爲商賈裝。潛往圍朝鮮國都。多鐸及貝子碩託尼堪等爲承。並使岳託超品公揚古利往助多鐸軍。九日。太宗親率大兵。距鎮江三十里駐營。命杜度及恭順王孔有德等護送輜重繼後。十日。濟鎮江至義州。十二日。太宗至郭山城。其駐防定州游擊來援。度不能敵。自刎。郭山守臣遁。軍民皆降。十四日。至定州。定州軍民降。命蒙古兵緣海略地。次日。岳託奏師至平壤城。巡撫遁。十六日。車駕至安州。以書諭其守臣。釋勿攻。越三日。進圍朝鮮國都。馬福塔等直抵王京。遇府尹崔鳴吉等於城內。鳴吉曰。「爾等爲何而來。」馬福塔曰。「我等奉皇上命。與爾國王有事相議。」鳴吉曰。「既爲議事來。俟啓王以禮迎。」遂設宴款待。以爲緩兵計。李倧卽乘隙潛遁南海山城。馬福塔等率兵追之。多鐸岳託亦相繼至。合兵圍其城。二十七日。太宗至臨津江渡口。先是天暖江岸冰泮。徒步亦不可行。是日天雨驟寒。冰堅甚。軍士俱不勞而渡。見者無不驚異。清軍既濟。命固山額眞譚泰等率騎兵入其王京。盡收其財物牲畜。而自率軍從渡漢江。直抵南漢城西駐營。方是時。城中都監大將申景禎守東城望月臺。御衛提調李曙守北門。御營大將元斗杓守北城。撫戎使具宏守南將臺。守禦使李時白守西將臺。水原府使具仁垕守南門。兵約萬二千人。糧萬四千三百餘石。倧以蠟書八道。檄諸道兵勤王。並遣使如明告急。明以流寇披猖。未暇東顧。而國中東南諸道兵亦相繼敗北。西北諸道。又皆逗留不敢進。倧勢乃窮蹙。崇德二年正月。朝鮮全羅道沈總兵等來援。岳託擊卻之。遣英俄爾岱馬福塔齎敕至南漢城。責其君臣陽爲和順。陰圖報復之罪。次日。朝鮮閣臣洪某李某齎書來請罪。太宗置不答。四日。大兵渡漢江。壁江岸。孔有德等攜大礮至。七日。朝鮮全羅忠清兩道兵來援。頓南漢城外。太宗遣多鐸揚古利相機迎戰。揚古利中鎗創重而死。（後追封武勳王）十日。多爾袞豪格等率左翼兵來會。杜度等亦護送礮車火器至。自此星流霆擊。所向風靡。倧危城固守。糧盡援絕。不得已。仍遣閣臣洪某等奉書請成。

懲敗盟之臣及江華島之役　洪某等既至。詣營謝罪。其來書諉過羣臣專事詩書。不習兵革。又以受明厚恩。名分已定。故寧獲罪於貴邦。不忍有負於明國。倘於此時使倧得保宗社。則子子孫孫。永世不忘」云云。太宗降敕責之曰「今爾有衆欲生耶。急宜出城歸命。欲戰耶。亦宜速出一戰。毋徒美言飾過爲也」十九日。倧又遣洪某奉書。略言重圍未解。兵威可懼。恐出城不免於死。懇以古人城上拜天子之意結盟而退。次日。卽命英俄爾岱等齎敕以往。諭令縛送主謀敗盟之人。誅之以示警戒。又聞倧妻子在江華島。命多爾袞往取之。先是南漢城中主戰主和兩派。勢若水火。崔鳴吉主和之論。盈廷非之。至山城被圍。以國書致清。頗露願和之意。金尙憲且裂書以叱。鄭蘊彈劾尤不遺餘力。主戰者推洪翼漢爲首。謂臣自聞僭帝之說。膽欲裂。氣欲斷。寧爲魯連死。不忍汚口生。請執殺虜使。庶義伸而氣張。倧頗主和議。唯不願出城。懼蹈不測。太宗爲趣其歸降。於是始有多爾袞之命。二十二日。多爾袞至江華島渡口。朝鮮兵百餘艘。

分爲兩翼清軍自中衛入發紅夷大礮轟擊之。朝鮮兵潰遂克其城。獲朝鮮王妃一。王子二。閣老侍郎各一。宗室七十六人。羣臣家屬百有六十六人。多爾袞頗優待之。亦趣其速降之一因也。

李倧之出降　二十四日。太宗降敕諭李倧曰。「爾不從出城。始有速攻江華島之命。若早聽朕言。何至於此。朕獲爾家室。諭爾前來。若再遲延。是自棄其家屬也。」越四日。倧以書奏誠心向順。太宗降敕諭之曰。朕覽來奏。知爾欲保全宗社。朕詔已出。寧肯食言。將盡釋前罪。永定規則。以爲子子孫孫君臣世守之信義。爾若悔過自新。不忘恩德。則當去明國之年號。絕明國之往來。獻納明國所與之誥命册印。躬來朝謁。以爾長子並再令一子爲質。諸大臣亦以子弟爲質。爾有不諱。則朕立爾質子嗣位。從此一應文移。奉大清國正朔。三大節及慶弔等事。俱行貢獻禮。遣大臣及內官奉表。其進表及朕降詔敕。或有事遣使傳諭。爾與使臣相見禮。及爾陪臣謁見禮。及迎送餽使之禮。毋違明國舊例。朕若征明。調爾步騎舟師。限期不得有誤。朕今回師攻取皮島。爾可發鳥槍弓箭手及兵船五十來助。大兵將回。宜獻犒軍之禮。日本貿易。聽爾如舊。當導其使者來朝。朕亦將遣使與彼往來也。爾以既死之身。朕予生存。保全宗社。復還家室。當念朕再造之恩。日後子孫。毋違信義。則邦國永存矣。每年進貢一次。黃金一百兩。白銀一千兩。水牛角二百對。豹皮鹿皮各一百張。茶一千包。水獺皮四百張。青鼠皮三百張。胡椒十斗。腰刀二十六把。順刀二十把。蘇木二百斤。大紙一千卷。小紙一千五百卷。五爪龍蓆四領。各樣花蓆四十領。白苧布二百匹。各色棉紬二千匹。各色細麻布四百匹。各色細布一萬一千四百匹。米一萬包。」倧接受此書。卽夜召大臣畢至。

乃定出城降服之議。越一日。倧棄兵械。服朝服。獻上明國所給敕印。出城歸降。降壇在漢江東岸三田渡。設黃幄。列美女。太宗辰刻出發。旗纛前導。奏樂。渡漢江。登壇。設鹵簿如儀。將士皆躬擐甲胄。倧自南漢城率文武羣臣。離南漢山五里許。徒步來朝。太宗命英俄爾岱馬福塔等迎於一里外。指示禮儀。引至儀仗下。倧率羣臣伏地請罪。贊禮官引倧及其諸子羣臣行禮。禮部官到。至儀仗下。奏請李倧班次。太宗曰。「朝鮮雖迫於兵勢來降。亦一國之主也。」命近前。坐於左側。其長子李湋坐於左班親郡王貝勒之下。次子李淏。三子李濬。坐於右班親郡王貝勒之下。坐定大宴。江華島所獲倧王妃子婦及羣臣妻子。命盡還倧。賜倧黑貂袍掛。雕鞍馬匹。其大臣金瑬等各賜貂裘。倧率衆謝恩。命英俄爾岱等送之入王城。留湋淏二人爲質。二月朔。以島中所獲人畜財幣分贈諸將。次日班師。倧率羣臣出王京十里外跪送。奏請「積弱以來。所在懸罄。詔諭之貢。或非地產。或力不逮。必須量力稟承。爲定式。望鑒小邦事大之誠。恢天朝懷柔之度。」太宗命坐。賜茶。倧起謝。仍命英俄爾岱等送還。並遣范文程等傳諭曰。「爾國窮困。朕自知之。丁丑戊寅兩年。准免貢物。己卯年秋季爲始。照例入貢。」清軍既還。東駕至義州。復諭多爾袞曰。「朝鮮雖降。軍行毋得玩忽。朕觀諸將多怠。當嚴加約束。」惟其軍行無擾。故沿途官民。或獻牛隻。或獻米糧以供軍食。至二十一日。還至盛京。越數日。倧遣官解送斥和官洪翼漢至。至三月。始與朝鮮宏文館校理尹集。修撰吳達濟同棄市。

江華島之結果及朝鮮之紀恩碑　是島之破。慶里蕭條。鞠爲禾黍。京城被禍尤烈。朝鮮紀錄所載。雞鳴絕跡。餓犬狂走。其餘若平安。若江原。若黃海。若惠清。若京畿諸道。亦爲清軍所傷夷。而北歸之蒙古兵道經咸鏡。勢踰風掃。生人多陷塗炭之艱。李倧之出降。豈得已哉。島城既破。朝鮮守將沈世奎沒於陣。獲鮮素緞四萬餘匹。靑布十八萬餘匹。紅毡五萬條。白銀三萬兩。紅夷礮七。法貢礮二。西洋礮一。俘虜三千人。此朝鮮之役。影響及於皮島者也。蓋至是而明國之東藩盡失矣。

附載朝鮮紀恩碑　清太宗崇德初。征服朝鮮。四年。國王李倧立紀恩碑於三田渡。其銘云。天降霜露。載肅載育。維帝則之。並布威德。皇帝東征。十萬其師。殷殷轟轟。如虎如貔。西番窮髮。曁夫北貊。執殳前驅。厥靈赫濯。皇帝孔仁。誕降恩言。十行昭回。既嚴且溫。始迷不知。伊戚自貽。帝有明命。如寐覺我。我后祇服。曰率而歸。匪唯憚威。唯德是依。皇帝嘉之。澤洽禮優。載色載笑。爰束干矛。何以錫之。駿馬輕裘。都人士女。乃歌乃謳。我后言旋。皇帝之賜。曰班六師。活我赤子。哀我蕩析。勸我穡事。金甌依舊。翠壇維新。枯骨再肉。寒荄復春。有石巍然。大江之頭。萬載三韓。皇帝之休。文詞亦古亦雅。琅然可誦。有清開國。武功璜璜。兵征四方。幾媲成吉思汗。讀是碑者。應恍然神武應曆撥亂登皇。其功洵非偶然也。

第四章　明失北援

一　蒙古之起源

蒙古之民族　蒙古民族乃中國北裔諸部游牧人之綜名也。殷代鬼方。周代玁狁。漢代匈奴。實皆居於中國北邊之游牧民族。逐水草遷徙。無城郭。無宮室。無常居耕田之業。去來朔漠之鄉。窺擾障塞之際。數千年種別類區。皆以大漠爲諸部之樞紐。漸至釀成晉代五胡之亂。其實匈奴與羯爲一族。氐與羌同屬一族。雖曰五胡。止匈奴鮮卑羌三大族而已。西北各民族爭城奪地之結果。次第併爲鮮卑慕容氏之燕。與氐族苻氏之秦。秦滅燕。統一北方。又爲晉所滅。國遂分裂。從前爲其吞併各民族。又紛紛獨立。其間以鮮卑拓跋氏之魏與羌人姚氏之後秦爲最強。至唐代。平突厥。於是突厥族自回紇以下。請唐特闢參天可汗道。以便朝貢。唐亦設燕然都護府於鬱督軍山（今杭愛山附近）。南爲統治北荒之計。畫復置定襄雲中兩都督。領於單于瀚海二都護。其擴入版圖自此始。所惜河北藩鎮。久同化外。坐使渤海漸強。契丹繼起。皆爲同族之女眞所滅。遼金雖置上京中京西京諸道。然僅域於東西奚。而未及於朔漠也。自元太祖鐵木眞爲蒙古大汗。凡滿洲內外蒙古。中國本部。青海西藏及中亞細亞。皆爲所領。高麗交趾。亦爲所羈縻。又於名義上統馭伊兒等四汗國實握蒙古帝國之全權焉世祖爲立馭國之策乃建阿母河行省以統葱嶺以西置嶺北行省以制杭愛山以北開阿力麻里元帥府以監天山北路設別失八里元帥府以治天山南路叛遼陽行省以督滿洲及朝鮮自是蒙古遂統一東亞明太祖起仍逐元裔於沙漠嗣因韃靼（卽北歸之蒙古改稱）餘勢甚張成祖特遷都北京（今北平）以備之至中葉韃靼達延汗才統一漠南北其間遺族蕃滋枝葉碩茂今之蒙古各部汗王連衍而接墜緒者猶此枌楡之苗裔也此蒙古民族發展之由來也

蒙古之名稱及部類　唐書北狄列傳室韋下云室韋之北有大室韋瀕於室建河（今額爾古訥河）河出俱倫泊（今呼倫湖）迤而東河南有蒙兀部是蒙古族見於中國史籍之始金史外國傳不列蒙古但兵志中東北部族糺軍西北部族糺軍皆有萌骨部萌骨卽蒙古之轉音又大金志載完顏偉云今「朦骨不受調役」可見蒙古確爲女眞之屬部且塔塔兒卽韃靼一音之轉其爲與蒙古同族之部落無疑又室建河東北流與黑龍江上游敖嫩河合敖嫩卽斡難之異譯故蒙古當宋代以前或稱蒙兀或稱蒙古斯僅斡難河源一隅地自韃靼統一漠南北後達延汗南下始分其屬土爲二以王諸子留幼子札賚爾守漠北號喀爾喀部分三汗曰土謝圖曰車臣曰札薩克圖卽是後來外蒙古之起源（雍正時始增置三音諾顏部）二子巴爾色統漠南西部卽是後來鄂爾多斯之起源巴爾色次子俺塔據其北陰山附近卽是土默特部之起源達延死長孫博迪嗣爲汗傳其子達賚遜遂東徙宣府之北世嗣汗位專轄漠南東半稱插漢兒部插漢兒者近接之意以地近長城而名此是後來察哈爾部之起源之數部者清時概稱爲內蒙古漠南內蒙古與滿洲

接壤。交涉最多。臣服亦最早。漠北喀爾喀三部以隔於沙漠。地遠勢散。與明無所接觸。迄清聖祖時。始入版圖。至於準部明時屬瓦剌。瓦剌中衰後徙居喀爾喀以西全境裂為四部。一曰和碩特。一曰杜爾伯特。一曰土爾扈特。一曰準噶爾。簡稱準部。綜稱為厄魯特蒙古準部噶爾丹為酋長併吞四部統一厄魯特。幷擴餘威於青海諸部。自聖祖親征。於是三大部蒙古皆為清有。噶爾丹雖敗死。然其子若孫。及和碩特部汗與輝特部酋仍繼起統一厄魯特而與清抗衡。清亦歷康熙雍正乾隆三朝。才平定其疆域。從此蒙古全部皆併於清矣。蓋漠南漠北二部大半為元之後裔。而漠西青海則其疏族也。試先述內蒙古。

二　內蒙古之兼併

蒙古與明之關繫　元室亡。順帝殂於應昌。阿裕嗣立。徙和林。改元宣光。傳其次子托果斯特穆爾。（舊作脫古思帖木兒）改元天元。洪武二十一年。命大將軍藍玉破之。捕魚兒海（今克什克騰西北周數十里）部落潰散。五傳至昆特穆爾。（舊作坤帖木兒）皆被殺。遠族果勒齊（舊作鬼力赤）篡位。稱可汗。去國號。復稱韃靼。尋為酋長阿魯台所弒。時昆特穆爾弟本雅失里避亂居撒馬兒罕。乃迎之於別失八里。（今烏魯木齊）立為可汗。時明成祖永樂三年也。成祖以書諭之。不報。復遣給事中那贓往。贓被殺。七年。明將邱福擊之臚朐（克魯倫）河畔。敗沒。明年。車駕親征。破本雅失里於斡難河畔。本雅失里奔瓦剌。部長瑪哈穆（舊作馬哈木）乘機殺之。於是阿魯台與瓦剌相仇。窮蹙內附。封為和寧王。瓦剌卽斡亦剌部也。初元臣猛可帖木兒。乘元室之衰。遂據其地。察合台汗亡。勢力漸增。外蒙古西部。及天山北路。皆爲所有。至瑪哈穆爲酋長。乘韃靼之敗。統一漠北。當阿魯台勢窮南竄。帝納而助之數年。生聚蕃富。寖桀驁。時將兵出沒塞下。二十年。帝復親征阿魯台。大破之。乃率其屬東走烏梁海。阿魯台威勢頓墜。瑪哈穆子託歡（舊作脫歡）連破韃靼。遣其子額森（舊作也先）降明。（永樂二十一年）越十二年。襲殺阿魯台。阿魯台部下東走。徙與安嶺麓。建科爾沁部。餘衆悉降託歡。託歡欲自稱可汗。而衆不附。乃求元後脫脫不花而立之。景泰中。託歡死。額森嗣。時韃靼政事。額森專之。兵最多。脫脫不花雖爲汗。兵少。知院阿剌兵又少。俄而也先弒脫脫不花。（景泰二年）自立爲大元田盛可汗。（田盛者漢言天聖也）暴益甚。旋爲阿剌所殺。（景泰五年）未幾。韃靼部人孛來。復殺阿剌。與毛里孩。仍立瑪爾科爾（舊作麻兒可兒脫脫不花之子）爲可汗。號小王子。自是世以小王子爲稱。小王子世次多莫可考。憲宗成化六年。達延爲可汗。有雄略。復統一諸部。號大元大可汗。南入河套（今鄂爾多斯旗）駐牧。併青海及烏斯藏。成化末。入寇者復稱小王子。漸往來套中。與賀蘭山後強酋和斯（舊作火篩）相倚。日益強大。宏治十三年。小王子復居河套。爲邊患。無寧歲。嘉靖十一年。小王子徙幕東方。謂之土蠻。而分諸部落留西北邊。其從父行濟農（舊作吉囊）諳達（舊作俺答）二部最強。復居套。時時入寇。其時邊防。莫急於河套。青海。及俺答。封而西塞以寧。於是東部土蠻。時寇遼東。初小王子育布希駐牧察哈地。是爲察哈爾。諳達擺爲所併。徙帳於遼。收福餘雜部。數入掠薊西。而邊患又急於薊邊。蓋明世邊寇有三部。曰河西部。青海蒙古是也。曰河東部。札薩克蒙古是也。曰河套部。阿拉善及鄂爾多斯蒙古也。故於遼東之處。置不以爲意。

蒙古與清之關繫　明成祖時。海西女眞。（今開原以北松花江附近一帶）建州女眞。（今伊爾圭濱江一帶）野人女眞。（今黑龍江支流科爾芬河沿岸）諸酋長來歸附。明因以其地置衛百八十四所。選其酋長爲衛指揮等官。厥後野人女眞。逐漸南下。海西建州。皆爲所壓迫。多徙居西南。與明益切近。其時明之國力漸衰。重以北方與蒙古抗衡。南方又受倭寇鈔掠。無暇顧及東北。及太祖爲建州都指揮。不久卽因功升都督。太祖遂用明都督名義。號召各部。勢始強。卽叛明。太宗嗣位。知攻明不易有功。於是先以兵脅朝鮮及內蒙古諸部。以包圍明東北邊境。明廷亦知建州之不易與。亦思款蒙古以制東夷。然其兵力日強。歸附日衆。亦虛款而無成效。且蒙古與滿洲交通便利。匪特人民生活有關繫。且於文化亦有關繫焉。故建州奮興。先以懷柔蒙古爲惟一之政策。蓋與淸有密切之關繫者。朝鮮而外。厥惟蒙古也。自淸收朝鮮。而遼東沿海。始無牽掣之虞。自淸收蒙古。而長城以北。始無中鯁之患。會其時有布希小王子四傳至林丹。勢強盛。數犯遼東。復攻破喀喇沁部。乘勢犯宣大。邀歲賞。東西馳逐。所部多潰散。淸乃招徠而安集之。內蒙之地。先已爲藩屬矣。

內蒙諸部之識略　內蒙部落。大別之爲二。（一）曰科爾沁。在今內蒙古哲里木盟四部之一。及遼寧洮昌道境內。（二）曰漠南蒙古。在今河北山西邊外地。溯科爾沁建置之沿革。秦漢遼東郡北境。後漢爲扶餘鮮卑地。南北朝隋唐爲契丹靺鞨地。遼爲上京東境及東京北境。金分屬上京北京及咸平路。元爲開元路北境。明太祖初置烏梁海三衛。自黃泥窪踰鐵嶺至開原。曰福餘衛。永樂元年。以按春（舊作安出）及圖卜新（舊作土不申）爲都指揮。掌衛事。後陰附蒙古。叛服靡恆。二十一年。蒙古一帶。雖已服明。然韃靼與瓦剌二部。東西對立。日相仇敵。越十二載。爲託歡所殺。逐其所立阿爾台王子阿魯台。舊部徙與安嶺之麓。洪熙間斡拉強盛。其酋走避腦温江。即今之嫩江也。乃依烏梁海以建國焉。疆域東界札賚特部。南界遼寧邊牆。西至札魯特部。北至黑龍江省。東北八百七十里。東西距八百七十里。南北距二千一百里。以同族有自稱爲阿嚕科爾沁者。因自號嫩江科爾沁。以自別焉。後分與其弟各居一方。則有若郭爾羅斯。有若杜爾伯特。有若札賚特。其地皆在喜峯口一帶也。至漠南蒙古與漠北蒙古之分。則自元托果斯特穆爾六世孫達延可汗時始。初順帝北歸。阿裕嗣立。徙和林。傳其次子托果斯特穆爾。後五傳至昆特穆爾。皆被殺。至果勒齊篡位。始稱韃靼可汗。然其後爭權相攻。內亂無已。韃靼部落四分。勢未大振。迨達延立。復統一諸部。以地勢寥廓。乃分其屬土爲二。以王諸子。漠南領土。封圖魯巴爾色阿爾楚鄂爾齊分居之。而留末子格埒森札賚爾領漠北。達延在位四十七年死。博迪嗣爲汗。專領漠南東半。以其地近長城。故稱察哈爾。博迪傳其次子達賚遜。遂東徙宣府（今宣化縣）之北。世嗣汗位。而圖魯之後。又別爲浩齊特蘇尼特烏珠穆沁敖漢奈曼諸部。巴爾色之子。客弼哩克居河套。是爲鄂爾多斯。其弟俺答居陰山附近。是爲土默特。鄂爾齊之後。謂之克什克騰。故漠南蒙古部落不一。而以察哈爾爲雄長。後徙帳於遼東邊外。四傳至林丹汗。侵暴諸部。尤雄桀。諸部因此悉外嚮。轉爲清所用矣。

三　內蒙古諸部之降附

科爾沁之降　科爾沁既雄視部中。韃靼復熾。會太祖統一建州。又收服鴨綠江路。轄宇日廓。海西諸部皆嫉視之。癸巳，萬曆二十一年六月，科爾沁貝勒明安，莽古思，與九部聯軍分三路來攻，太祖進兵至古埒山，所向披靡。明安馬被陷，遂棄鞍裸身乘驏馬走。明年，明安偕喀爾喀五部貝勒老薩，始遣使通好。自是蒙古諸貝勒通使不絕。及太祖攻烏喇，科爾沁援之，復為所敗。至是始不敢與太祖相抗衡。壬子，萬曆四十年正月，太祖聞明安女甚賢，遣使往聘，明安許焉。送女至，具車服以迎，筵宴如禮，是為側妃博爾濟錦氏。越一年，莽古思又以女歸太祖子四貝勒為婚，四貝勒即皇太極也，是為孝端文皇后博爾濟錦氏。天命九年，太祖遣使往約科爾沁，與堅和好。其台吉奧巴遣使齎書稱太祖如青天之上，太陽當空，衆光盡斂，威震列國，臣民懾服，普天共主之聖明皇帝，並謂科爾沁貝勒等俱欽服帝命，欲修好如約，但懼察哈爾與喀爾喀所知，興兵侵擾，望籌及之。太祖遣庫爾纏往會盟，誓曰：「二國憤察哈爾侮慢，故締盟好，昭告天地，今若為所誘惑，私與之和，天地降災。」蓋當初內蒙古諸部次第來附，獨察哈爾部歲得明賂百餘萬，為明屏障。部酋林丹尤有雄略，橫行漠南，破喀喇沁，滅土默特，熊據虎峙，席捲虔劉。諸部聞風而遁，北走者依喀爾喀，東奔者則依科爾沁。林丹惡科爾沁之與建州盟也，又恨其為逋逃藪。天命十年，率兵攻科爾沁。奧巴聞其來侵也，使人致書於太祖。太祖遣使者四，習火器者八人，齎書報之曰：「爾固守城郭，我自來援，兵之多寡，我能籌之，毋憂也。」初，察哈爾車臣汗卒，林丹立，奪其叔貝勒代青所屬石納明安部衆，代青率六子札爾布色冷等奔附科爾沁奧巴。至是札爾布色冷從科爾沁來謁，並賜賚遣還。未幾，奧巴所居之格勒珠爾根城為林丹所圍，奧巴來乞援。太祖率貝勒大臣至開原北關視軍，選精騎五千，命阿拜皇太極及台吉阿巴泰等統之而往。進至農安塔。林丹聞援兵至。夜遁。圍遂解。於是兩國之睦誼益堅。翌年。太祖征明。還軍至渾河。奧巴偕其昆弟來朝。太祖命諸貝勒出迎。優禮之。奧巴令弟賀爾禾代等問諸貝勒曰。皇帝曾許妻我女。果然。吾當以禮娶。諸貝勒上聞。遂以台吉圖倫（舒爾哈齊第三子）女妻之。大宴成禮。六月。命刑白馬烏牛。祭告天地。與奧巴盟於渾河岸。對天焚香獻牲。并以誓書宣於衆。焚之。次日。太祖曰。察哈爾侵掠科爾沁。貝勒奧巴獨力拒敵。賴天佑。免於難。來歸附我。朕今賜號土謝圖汗。以仰承天意。並賜其兄土梅號代達爾漢。弟布塔齊號札薩克圖杜稜。賀爾禾代號靑卓禮克圖。奧巴歸。太祖率貝勒大臣送至蒲河之南岡。命代善阿敏送至鐵嶺城。自是科爾沁遇有征伐。即以師來會。優賜亦與他部獨異。惟天聰二年。征察哈爾之役。外藩喀喇沁敖漢奈曼喀爾喀部俱會師。榜式希福使科爾沁國還。奏言科爾沁諸貝勒皆不至。止土謝圖汗額駙奧巴哈談巴圖魯滿朱習禮如約。欲先率軍侵掠。然後與我軍合。皇太極大怒。遣希福率健士趣之。已而奧巴違命。徑歸。復遣索尼阿朱戶遺書。歷數其罪。并諭二人云。「汝等見彼。勿加以禮。勿食其食。厲色待之。即作欲歸狀。以觀其情形。」既至。詣土謝圖汗所。奧巴有足疾。居別室。聞二人詣見公主。扶掖至。二人不爲禮。亦不起立。奧巴佯問公主曰。此爲誰。公主不答。索尼阿朱戶云。「吾等天聰皇帝使臣也。爾有罪。義當絕。皇上震怒。恐吾等不能達意。別有諭旨。」於是以書授之。即整轡欲行。奧巴得書大驚。令衆挽留再三。曰。「覽上來書。責我罪重。心甚惶懼。罔知所措。今令拜斯噶爾台吉及桑噶爾寨同使者往謝罪。俟吾足愈。親往。」留索尼等十日。送之先行。囑曰。「吾往朝見無遺使報聞至尊之禮。爾既先行。望爲吾轉奏。吾既得罪於上。身雖抱疾。必令人扶掖而往。如蒙上寬容。吾當親拜天顏。以釋罪戾。如上不我容。吾當遙拜於外。」索尼等還奏。太宗曰「彼既知罪來謝。則亦已矣。」明年正月。奧巴至。太宗郊迎十里。還御殿宴之。越一日。令庫爾纏希福復申前書中語詰之。奧巴俱服罪。被宥。賚賜甚厚。俄敕科爾沁等部。悉遵國制。及崇德改元。科爾沁率漠南諸部合詞上尊號。禮成。冊功詔封親王郡王鎮國公等爵。及設札薩克五人。又以降附最早。世爲帝室懿親。故以後諸王之歲俸。在內蒙古二十四部之上矣。

喀爾喀之降　喀爾喀。亦內蒙古之部族也。與外蒙古之喀爾喀異。內蒙古昭烏達盟八部。有喀爾喀左翼一旗。在熱河東隅。內蒙古烏蘭察布盟四部。有喀爾喀右翼一旗。在綏遠北境。天命四年。太祖克明鐵嶺城。喀爾喀貝勒介賽。及札魯特貝勒巴克等二十餘人。引兵乘夜至秫田。太祖率兵奮擊之。擒介賽。並二子色特希爾克石克圖。及妹壻代噶爾。翌日大宴。奏樂。介賽等匍匐謁見。介賽從人烏胡齊問曰。「上與衆貝勒大臣俱無恙耶。」太宗侍側應曰。「我軍中止牧馬兵十數人被傷。餘俱無恙。汝等鞍馬俱完善耶。」蒙古皆大慙。垂首無以應。於是論功行賞。先釋介賽從者孛羅齊等十一人還。使寄語諸部長。述蒙古大敗。介賽等被擒。乃班師。諭貝勒大臣曰。「我畜介賽於此。而殄其兵。彼所屬軍民畜產。恐爲他貝勒攘取。不如縱所擒人還國便。」遂遣之還。已而喀爾喀部卓禮克圖洪巴圖魯貝勒。率衆貝勒所齎書曰。「介賽屢啓釁端。誠有罪。惟上所命。但明敵國也。如往征之。必同心合謀。直抵山海關。負此言者。天與佛鑒之倘與明和好亦必會同定議若明輸財物厚汝薄我汝國勿受厚我薄汝我國亦不受能踐此言名聞遠邇不亦善乎」太祖乃命大臣五人偕喀爾喀來使齎誓詞赴期會之地刑白馬烏牛昭告天地誓踐盟言共享太平後有把岳忒部及札魯特部屬下人來歸太祖曰「來歸誠爲可矜但盟誓尤不可背」遂不納賜介賽子珍物甚厚天命六年喀爾喀以畜產一萬贖介賽送其二子一女爲質遂命諸貝勒設宴十里外送之以所質女與大貝勒代善爲婚未幾喀爾喀台吉古爾布什莽果爾率兵六百戶並驅牲畜來歸太祖以女妻古爾布什賜名青卓禮圖又以族弟濟白里女妻莽果爾並授爲總兵十一年夏四月初喀爾喀衆貝勒誓盟謂「征明則併力同征議和則相約同和」後背盟私與明和太祖統軍征之渡遼河駐營命諸貝勒率精騎疾馳而自率師爲承分兵八路並進至巴林部貝勒囊奴克棄寨走追射之中矢墮馬死克環近屯寨長驅至西拉木輪獲畜產無算巴林與喀爾喀爲兄弟行天聰二年察哈爾林丹復舉兵破之貝勒塞特哩偕台吉滿朱習禮遂舉部來歸又是時札魯特色本馬尼亦爲林丹所侵舉衆往奔科爾沁無以自存亦來降而喀爾喀遂平喀爾喀有五部巴林札魯特皆爲五部中之一云

札魯特之降　札魯特者內蒙古昭烏達盟八部之一在熱河東北境東南界科爾沁西南界阿魯科爾沁北界烏珠穆沁天命四年太祖與喀爾喀諸部謀合力抗明椎牛盟誓未幾札魯特貝勒巴克色本與介賽等背盟馳至鐵嶺城爲太祖軍奮擊敗其兵擒巴克以其子鄂齊里桑來質乃釋巴克歸八年正月巴克來朝太祖悅釋其質子與之俱歸俄而太祖所遣使臣祜類自札魯特台吉達雅處擕其畜產衣服

器械諸物。爲其貝勒昂安所虜。祐類還曰：「喀爾喀衆貝勒俱背盟矣。」已而巴克使臣伊沙穆之牲畜亦爲所劫掠。於是遂命台吉阿巴泰等率兵征昂安。斬昂安父子並從者。盡獲其妻孥軍民畜產。又執貝勒鍾嫩子桑土之妻子而還。桑土因妻子軍民被擒。上書稱太祖爲普天共主英明皇帝。言臣自來無罪。故父存日罪誠有之。今大兵下臨。孤身得脫。妻子俱被俘獲。乞陛下鑒察垂憐。太祖使人報桑土曰：「爾妻子俱無恙也。」桑土遂來朝。命還其妻子。俾俱歸。十一年十月。以札魯特敗盟殺掠。私通於明。命大貝勒代善二勒貝阿敏率兵征之。先聲討其敗盟之罪。示以書曰：「己未之歲。介賽被擒。曾議協力征明。載在盟誓。乃喀爾喀五部。唯利是視。竟以兵助明。則是爾國之絕我好也。然猶不悛。入我臺站。奸絕我好。虜掠我財幣。虔劉我人民。背棄盟誓。不悔厥心。諸部受命。獨昂安不從。我是以有額爾格勒之師。諸貝勒猶願修前好。我卽釋其妻子。唯好是求。癸亥之歲。復申盟誓云。科爾沁。我戚也。察哈爾。我仇也。爾愼毋與察哈爾通。我遣使科爾沁之人。愼毋要截。致啓兵端。亡何。爾又不祥。我派遣使臣爾襲之漠察喇。追之遼河濱。劫其財以傷其首。則是爾之二三其德也。然我猶追念前言。不懲不壹。巴林之役。所俘獲爾部人。悉遣之歸。而以桑土之無成德。仍不勢留。則是我之大有造於爾國也。今年春。爾札魯特左翼諸貝勒。數截擊我使臣於道路。並行殘害。是爾之欲逞志於我也。其不能以諸軍退矣。」已而代善等奏報。擒獲札魯特貝勒巴克與其二子及喇什希布代青桑噶爾寨等十四貝勒。殺其貝勒昂爾寨。圖盡俘所屬人戶而還。至是。札魯特諸部皆服。其後右翼貝勒色本馬尼。爲察哈爾所侵。奔往科爾沁。科爾沁不能贍養。於天聰二年冬。舉部來歸。於是封色本爲多羅達爾漢貝勒。內蒙東部。既已回首面內。庶幾可使制梃。西向以撻堅甲利兵之察哈爾矣。

四 察哈爾之征服

林丹汗爲明用　初。小王子育布希。駐牧察哈地。是爲察哈爾。亦曰插漢兒。四傳至林丹。稱胡士克圖可汗。勢漸強。即明史所謂虎墩兔也。萬曆初。太祖與林丹汗。皆娶葉赫之女。而葉赫始終附明。爲明朔邊屏障。與太祖東西相抗衡。天命四年。太祖滅葉赫。其遺衆多依附察哈爾。林丹有雄略。明欲利用之以制建州。歲給銀百餘萬。其時建州開拓疆土。東自海西至明遼東界。北自科爾沁之嫩烏喇江。南暨朝鮮國境。凡語言相同之國。俱徠服而統一之。獨林丹汗揚言能助明。遣使臣康喀爾拜虎。致書太祖曰。「統領四十萬衆蒙古國主巴圖魯青吉思汗。致書水濱三萬衆金國主。安寧無恙。明我二國之仇讎也。聞爾年來數苦於明。今年夏。我親往明廣寧收貢賦。倘汝兵亦往。則我爲汝牽制。以我已服之城。爲汝所得。殊爲不可。若不從吾言。吾二人是非。天必鑒之。如以吾言爲是。汝其令前使來。復至吾國」。林丹受明利用。欲遏建州兵西下。所稱廣寧收賦。特誑言耳。越歲。遣使碩色吳巴什齋書報林丹曰。「閱來書自稱四十萬蒙古之主。稱吾爲水濱三萬人之主。奈何恃其衆以驕吾國乎。昔吾之未征明也。爾曾與明搆兵。僅以身免。及再搆兵。格根戴青貝勒及從者十餘人。爲明所殺。毫無所獲而回。爾侵明者二。俘何人衆。克何堅城。

敗何勁旅，明何畏於爾，爾果有知識，來書宜云明，吾深仇也，唯天地眷佑之主，能墮其城，敗其衆，願同心協力以圖也，如是立言，不亦善乎，乃唯利是嗜，以有限之金帛，搆怨於素無嫌怨之國，皇天后土，寧不鑒之」，林丹汗得書，縶留碩色吳巴什，太祖誤聞已被殺，欲殺康喀爾拜虎，已而遣人往約各歸其使，林丹置勿答，會喀爾喀使臣至，言碩色吳巴什已為林丹汗殺以祭旗，太祖待之月餘，謂貝勒大臣曰，「今已逾期，吾使被殺無疑矣」，遂誅康喀爾拜虎，後碩色吳巴什密與守者謀，去其杻械，潛脫歸，按其時插部僻處薊西，其版圖財稅，猛將謀臣，本不足以抗建州，卽論殘明時局，亦已百戰百敗，元氣日凋，倘旌旗早臨安，見不三接而三捷，而太祖遵時養晦，猶不惜屈尊修好，蓋不願以新建之邦，日與強鄰啓釁者，蓋其廟謨至遠也。

林丹汗失勢及喀喇沁會盟　自林丹汗強盛，先略有土默特，地勢益熾，天命十年，復率兵攻科爾沁台吉奧巴，遣使告急，太祖選精騎五千，命太宗等統之而往，林丹懼，夜遁，其後各部之苦其侵暴者，叛歸漠北，皆願為太祖用，時明方困守遼西，林丹頗助明寇遼東，太宗亦數遣師襲察哈爾邊境，雖未獲大勝，而林丹以諸部潰散，威積日替，天聰元年，太宗與奈曼諸部書，歷述與師征明與喀爾喀及朝鮮之由，願與諸部同除強暴，各保疆圉，以林丹汗之肆虐，當共圖之，六月，蒙古敖漢部奈曼部諸貝勒舉國來附，八月，察哈爾阿喇克綽忒部貝勒巴爾巴圖魯諾門達賚吹爾札木蘇率衆來歸，十一月，察哈爾貝勒昂坤杜棱攜妻子率衆來降，十二月，阿喇克綽忒部貝勒圖爾濟伊爾登攜妻子率衆來降，並迎宴撫輯之，至是察哈爾勢益蹙。明年。林丹犯宣大邀歲賞。明因定議歲給金額使侵遼東。然東西馳逐。固無損於建州之毫末也。二月。喀喇沁部蘇布囊蘇布地偕其弟萬旦衞徵等。以書來奏曰。「察哈爾汗不道。傷殘骨肉。我喀喇沁部落屢被欺陵。今左翼阿巴噶及喀爾喀部落。遣使來約合力興師。且有與天聰汗同舉兵之語。是其根本搖動可乘此機。秣馬肥壯及草青時。同阿巴噶喀喇沁土默特興師取之。大國如欲發兵。即宜秣馬治甲。」俄而遣往喀喇沁使臣。爲察哈爾多羅特部兩次截殺。太宗親征之。多爾濟哈談巴圖魯中傷遁走。盡獲其妻子。殺台吉古魯偰萬一千二百人。以蒙古漢人千四百編爲民戶。餘俱爲奴。越三日。遣使諭喀喇沁貝勒吳爾赫等曰。「汝來書言察哈爾汗不道。並議和好之故。汝今果欲和好。可遣人來面議。」七日。喀喇沁以喇嘛四人。率五百三十八人來乞盟。命阿濟格等迎宴之與盟誓。自此喀喇沁拉斯喀布汗烏勒赫等舉部來附。九月。太宗率軍征察哈爾。會敖漢奈曼部於都爾鼻。會喀爾喀諸貝勒於遼陽會札魯特台吉喀喇沁台吉於綽羅郭勒。諸軍馳擊席爾哈席伯圖英湯圖諸處。克之。復遣精騎追捕敗兵。至興安嶺。降者編爲戶口。至是察哈爾之勢力已退出西喇木倫河流域外。而建州之兵復得喀喇沁台吉之嚮導。已出入於長城以內矣。

林丹之敗與額哲之降　天聰五年。林丹率兵侵阿魯蒙古駐牧之西喇木倫。命薩哈廉豪格往征。林丹。大掠塞冷阿巴海一營而去。明年。以征察哈爾。徵各蒙古兵。頒軍令。四月朔。太宗引軍而西。命阿巴泰等留守。會遼河漲溢。軍士冒潦晝夜行。出其不意。踰內興安嶺千三百里。至其庭。林丹謀拒戰。而所部不從。

大懼。諭部衆棄本土西奔。國人倉卒逃遁。盡委輜重而去。師過興安嶺。次太兒湖（太兒湖延袤約八十里東西南三河環流灌注水鹹不可飲距瀋陽西一千二百里）之公古里河。命總兵官阿山率八將統精兵往助土得什勞薩軍。越二日。次都勒河趨歸化城。已而土得什勞薩獲察哈爾一人至。言察哈爾左界與喀喇莽奈境相接。復議進征。五月朔。次果果索大河。進至胡喇斤。諭軍中曰。「今當深入。遇敵人不拒戰者毋殺。俘以獻。凡追敵。日落即止。凡降人擇為首者二三人。令原招降主將率行。餘令各領家口隨之。若淫婦女與離散人夫婦者處死。插部長奔逃所遺家產。主將派人守之。察明收貯。凡所俘獲。與衆均分。」越四日。集貝勒大臣諭曰。「察哈爾不能與我逃去已遠。追之無及。我其旋師以俟再舉乎。抑收其遺棄部衆。即入明境乎。」僉曰。宜勿旋師從之。於是分兵左翼。命阿濟格等部兵略大同宣府邊外。濟爾哈朗等率右翼兵。略歸化城黃河一帶。車爾格察哈喇率師往黃河。掠船為前隊。太宗與代善等統兵繼進。既兩翼軍齊入溢口。太宗則進駐歸化城。城為明嘉靖間土默特俺答所築。採木架屋以居。謂之拜牲。（舊作板升漢言屋也）是為西土默特。隆慶間封俺答為順義王。名其城曰歸化。林丹汗盛時。為察哈爾所滅。至是來降。諸喇嘛朝見。賜宴遣之。七年。八月。有鳥曰鵶鶻。羣集遼東。國人皆曰。遼東素無此鳥。今蒙古之雀來此。蒙古歸順之兆也。明年。林丹之叔茂奇塔特果來降於此。未幾。遣國舅阿什達爾漢等往科爾沁調兵。並遺書招撫察哈爾遺衆之在明境者。師至尚方堡。聞林丹死於打草灘。使人偵之而還。又明年。命多爾袞等往收林丹子孔果爾額哲。抵託里圖。（額哲駐此）會天大霧。咫尺不辨人。多爾袞等遣葉赫錦台什孫曰南楚者。令往見其姊蘇泰福晉。（即林丹妻）告以諸貝勒奉命來招降。秋毫無犯。既至宮。達己名且語之故。蘇泰慟哭而出。與相見。並令其子額哲率衆宰桑出迎。多爾袞等與額哲及其臣誓告天地。設宴款之。先是軍次納里特河。有雌雉飛墮御營。索之不得。夜入御幄榻下。占者謂此行當得賢后。至是察哈爾汗妻竇土門福晉攜國人來降。代善等奏云「天賜可納之」。太宗固辭。龍什等奏云「此天賜也。上行師時。曾有雌雉飛入御幄之祥。不納恐違天意。」於是命希福等往迎。明年七月。又納察哈爾囊囊大福晉。皇室四譜疑此即懿靖康惠二妃云。當多爾袞等未至時。有鄂爾多斯濟農來招額哲與偕而行。至則遣人追還。分遣察哈爾人在鄂爾多斯者。鄂爾多斯三面皆距黃河。南界陝西。西南界甘肅。皆距長城。達延汗之子巴爾色始居此。究弼哩克嗣為吉囊。定居河套。是為鄂爾多斯之祖。餘八子分居各處。是為鄂爾多斯七札薩克之祖。後屬察哈爾。至是滅林丹汗。鄂爾多斯額林臣來歸。仍賜以濟農號。令招集諸部落。時多爾袞等聞歷代傳國玉璽在蘇泰太后所。索得之。視其文乃漢篆制誥之寶四字。二交龍為紐。實至寶也。歸而獻之。太宗焚香告天受之。於是蒙古十六國四十九貝勒。皆勸進焉。所謂十六國部落。分為四十九貝勒者。曰科爾沁。曰札賴特。曰杜爾伯特。曰郭爾羅斯。曰敖漢。曰奈曼。曰巴林。曰土默特。曰札魯特。曰阿魯。曰翁牛特。曰車里克。曰喀喇沁。曰吳喇忒特。曰察哈爾。凡十五國。而其時以察哈爾故太子為諸貝勒冠。亦為一國。分察哈爾為二。故號十六國也。（見太宗實錄）

第五章　滿洲帝國之成立

一　太宗之稱帝

對內之集權　先是太祖初未嘗有必成帝業之心。亦未嘗定建儲繼立之議。天命七年三月。諭分主八旗貝勒曰。「爾八人同心謀國。或一人所言有益於國。七人共贊成之。庶幾無失當。擇一有才德能受諫者。嗣朕登大位。」十一年八月。太祖賓天。大貝勒代善以太宗才德冠世。當速繼大位。出其議以示諸貝勒。皆曰善。遂合詞請卽位。太宗率代善阿敏莽古爾泰阿巴泰德格類濟爾哈朗阿濟格多爾袞多鐸杜度岳託碩託薩哈廉豪格。誓告天地。並率諸貝勒向代善阿敏莽古爾泰三拜。不以臣禮待之。蓋當時此三大貝勒俱以兄行列坐。同受朝拜。是四大合議制也。厥後代善阿敏等出征札魯特部。獲其二子。殺其貝勒吳爾寨圖。盡俘所屬人戶。及凱旋。諸貝勒大臣跪見。太宗不欲受代善阿敏拜。率莽古爾泰等答禮。可見各大貝勒擁有實力。欲其屈服。亦非易事。天聰三年二月。先是太祖命太宗及三大貝勒佐理國政。按月分掌。太宗卽位。仍遵舊制。至是太宗諭曰。「向因直月之故。一切機務。輒煩諸兄經理。嗣後可令弟姪輩代之。倘有疏失。坐見直者。」僉曰善。遂以諸貝勒代理直月事。於是三大貝勒之權。稍稍減矣。明年。

阿敏頑託。被命代守永平四城。會明兵竄至。二人棄城逃歸。太宗令岳託傳旨宣諭阿敏罪狀十六條。免死幽禁。然核其罪狀。永平之敗止十六大罪之一端耳。觀此足知其欲除之心至切矣。阿敏既除。逾年大淩河之役。太宗出營坐城西山岡。莽古爾泰奏曰。「昨日我旗將領被傷者多。我旗擺牙喇兵有隨阿山出哨者。有附達爾漢額駙營者。可取還乎。」太宗曰。「朕聞爾所部兵。凡有差遣。每致違誤。」莽古爾泰曰。「我部衆凡有差遣。每倍於人。何嘗違誤。」太宗曰。「果爾。是告者誣矣。朕與爾追究之。若告者誣則置於法。告者實則不聽差遣者亦置於法。」言畢。積怒將乘馬。莽古爾泰曰。「皇上宜從公開諭。奈何獨與我爲難。我以皇上故。一切承順。乃意猶未釋。而欲殺我耶。」因舉佩刀柄前向。頻摩視之。時同母弟德格類在座。叱曰。爾舉動大悖。以拳毆之。莽古爾泰怒詈曰。「蠢物何得毆我。」遂抽刃出鞘五寸許。德格類推之出。代善恚甚曰。「如此悖亂。殆不如死。」太宗默然以去。薄暮。莽古爾泰遣人奏曰。「臣以枵腹飲酒四巵。對上狂言。竟不自知。今叩首請罪。」嗣議罪。革去大貝勒。秩同諸貝勒。并奪五牛彔屬員。是歲冬。禮部參政李伯龍疏言。「朝賀時每有踰越班次。不辨官職大小。隨意排列者。請酌定儀制。」六年元旦。受朝賀。行新定朝儀。諸貝勒皆言。莽古爾泰不當與上並坐。代善亦言。「我等奉上即大位。如三尊佛並坐。既滋人議。且遭神譴。今後上南面中坐。我與莽古爾泰側坐。蒙古諸貝勒坐我等之下。」自是諸貝勒以次奉賀。莫不振恐肅敬。至禮畢。復賜宴。太宗酌代善者三。酌莽古爾泰者一。諸貝勒遞相進酒。以尊卑次起。無敢諠譁失禮者。自是太宗之權力漸定於一尊矣。未幾。莽古爾泰暴疾死。九年。德格類亦死。十二月。冷僧機首告莽古爾泰生前私造金國皇帝印。與德格類謀爲不軌。並追削爵除宗籍。莽古爾泰與德格類既死。而代善以季弟太宗嗣父位。深自謙抑。而多爾袞又善於趨承。不露頭角。於是政權乃集於一而帝業以成。

對外之統一。　太祖之建元稱汗。不過由一部落之酋長進而爲較大之酋長而已。非一國之皇帝可比也。太宗承其後。時年三十有五。因感於先朝屠城驅民之失。力求寬大之政。遠近遂以善養人稱。（見實錄）天聰八年四月。改瀋陽曰盛京。赫圖阿拉曰興京。此其志已不在小方。是時。明以全力扼守山海關。太宗知攻明不易有功。於是先經營朝鮮皮島。以杜後顧之憂。更不得不力圖內蒙。以通長城之道。會是時林丹肆虐。部族多渙散。太宗乃一舉而收科爾沁。再舉而降喀爾喀。三舉而服札魯特。內蒙東部既已相率來歸。遂不得不西向以圖強梁之察哈爾。察哈爾素爲明屏障。且其部衆多居明邊。太宗意由宣大侵明。兼收其部落。率師進取。數月之間。降其衆數萬。軍至尙方堡。林丹已走死青海。其子額哲遂降。而多爾袞等率兵及額哲。寇明邊山西一帶。自平魯衛入朔州。抵長城。毁牆而入。掠寧武關代州忻州崞縣而歸。比歸。即以所獲傳國之璽獻之。太宗焚香告天。而受諸貝勒大臣以蒙古臣服。且請移民內屬。漢人如孔耿尙沈喬張王楊相繼來降。遠至烏斯藏。亦聞善養人通啓輸誠。植國之基已固。因各誓告天地與外藩諸貝勒。請早正尊號。太宗以朝鮮爲兄弟國。應與共議。遂遣使往朝鮮。以此事聞之。十年三月。外藩蒙古貝勒都元帥孔有德等。並以請稱尊號來朝。四月己卯。大貝勒代善。蒙古八固山額眞。六部大臣。外藩蒙古貝勒及滿蒙漢文武各官皆集多爾袞捧滿字表文土謝圖濟農捧蒙字表文孔有德捧漢字表文率各官跪進之文曰「恭維皇上承天眷佑應運而興當天下混亂之時修德體天逆者威之以兵順者撫之以德寬温之譽施及萬方征服朝鮮混一蒙古更獲玉璽內外化成上合天意下協輿情以是臣等仰體天心敬上尊號一切儀物俱已完備伏願俯賜俞允勿虛衆望」讀畢太宗曰「爾等兩年以來合辭勸進至再至三朕思既受尊號當益加乾惕憂國勤民有所不逮惟天佑助之」諸貝勒大臣皆歡忭成禮而退庚辰禮部進儀注設壇德盛門外十四日己酉太宗率諸貝勒大臣祭告天地受尊號建國號爲大清改元爲崇德元年於盛京城東營建太廟遣超品公額駙揚古利內院官希福等祭告上太祖尊謚曰「武皇帝」陵曰「福陵」追封費英東爲直義公額宜都爲宏毅公配享太廟禮成頒詔大赦二十六日丁酉敘功册封大貝勒代善爲和碩禮親王貝勒濟爾哈朗爲和碩鄭親王多爾袞爲和碩睿親王多鐸爲和碩豫親王豪格爲和碩肅親王岳託爲和碩成親王阿濟格以下爲郡王貝勒有差蒙古諸貝勒亦有親王郡王貝勒等銜辛丑封孔有德爲恭順王耿仲明爲懷順王尚可喜爲智順王洵乎帝者之上儀也

附功臣應以額宜都爲第一辨　觀太宗天聰八年之詔及後來世祖順治十五年之詔皆言費英東功臣第一茲首額而次費也其意何居曰額宜都之從太祖也在庚辰（明萬曆八年）時太祖年方二十二蒙難濟歸族人不附內難迭作額宜都年十九左右禦侮杖劍三年歲癸未（萬曆十一年）始起兵攻尼

堪外蘭於圖倫城。繼拔色克濟城舒勒格布城巴克達城。而巴克達一役。尤艱險。額宜都將兵乘夜濟河。聯繩浮渡登城。飛矢貫股著陴斷矢力戰中五十餘創。卒拔其城而還。太祖迎勞。悉賚所俘號巴圖魯事在丁亥年。（萬曆十五年）越明年戊子。費英東始隨其父索爾果率本部軍民來歸。太祖即以費英東佐理政務是時兵起六年。威棱遠播。以視潛龍元從爲不侔矣。夫以舞勺之歲。鼓勇力以殺仇。（父母爲仇家所害年十三手刃仇人）既冠之年。識眞人於草昧。亦偉矣哉。且天聰八年諭旨。係就挈部來附諸功臣敍列第級。費居第一。額本不在內也。即順治間晉封費英東伯爵爲公爵。有功臣第一之褒。實因其子姓巴哈卓特贊拜不附容藩。效忠王室之故。非於同列勛臣有所軒輊。又領侍衞內大臣極品也。宏毅子孫代有一人居是官。迭見於乾隆嘉慶年間。而直義族無之。此亦一證。按宏毅後改果毅。直義後改倍勇。（見史亭識小錄）且太廟西廡功臣位次。宏毅亦在直義上。

滿洲之意義　初太祖乙卯年即位於興京。紀元曰天命。建國號曰滿洲。滿洲初爲部落名。淸書本作滿珠二字皆平讀。乾隆四十二年上諭「我朝肇興時。舊稱滿珠。所屬曰珠申。後改稱滿珠。而漢字相沿訛爲滿洲。其實即古肅愼。爲珠申之轉音。」更足徵疆域之相同矣。按淮南子曰。東方多君子之國。信哉。莫古於肅愼。竹書紀年帝舜有虞氏。肅愼氏來朝貢弓矢。史記虞帝紀。北發息愼。尚書序。息愼來賀。自後家語。尚書序。孔子世家。皆稱肅愼。汲冢周書王會解。西面者正北方稷愼。息稷與肅。皆一音之轉也。宋劉忠恕以金之姓爲朱里眞。蓋北人讀肅爲須。須朱同韻。里眞二字合呼之。亦即愼字。金亦肅愼之地。忠恕謂以爲姓。舛謬殊甚。淸朝舊稱所屬曰珠申。經高宗審定。與金之女眞同爲肅愼轉音。郎潛紀聞以爲天旣大東數千年前早開楛矢信義之俗。以待我祖宗誕膺景命混一神洲而東之爲位。又適爲天地之所以成始而成終。洪基永固。不待卜矣。註言滿洲人自署地名多稱長白。竊謂不若珠申之雅切。又言西藏每歲獻丹書。皆稱曼珠師利大皇帝。曼珠譯言妙吉祥也。又作曼殊室利。珠殊同音。曼殊亦卽滿珠二字。其易珠爲洲。蓋由洲字義近地名。故漢字假借承用之。汪榮寶淸史講義。亦本斯說。然則太祖之建號爲滿洲。亦猶當時族人稱太祖爲滿住。其意義卽爲文殊之化身。或太祖之舊部也。蓋其時滿洲部落。尙爲羣雄割據時代。太祖力求諸部之統一。故不得不擇一適當部族之稱號。以爲牢籠之至計。此滿洲之號所由來也。

大淸之意義　太宗之天聰九年。禁國人稱女眞。祇許稱滿洲。天聰書房諸臣上疏曰。後金曰大金。見於瀋宮舊檔。淸史館纂修諸人。以爲叛獲。史稿本紀遂易滿洲爲後金。淸代通史亦據北京大學整理淸代內閣檔案內有天聰四年皇太極諭文內自稱金國汗。諭軍民人等知悉。以爲金號遂改之原因。不知天命時甫制國文。未行漢文。安得有後金之稱。後金乃天聰之譯語。非天命時本名也。且後之云者。乃由後之人加之。以別於同號者耳。無自以爲名者。十年。改國號曰淸。當時史氏亦未詳其意義。而後之解釋者。日本稻葉君山以爲從中國古代少昊金天氏之傳說。可以證明其義。少昊金天氏父曰淸。有曰胙土於淸。據羅沁所說。以太宗卽位。翌日卽表宮殿之名。稱中宮曰淸寧宮。東曰關雎。西曰麟趾。以飾帝王之觀瞻因曲及金天胙土於清之義故採用清字以命名也此等皆屬臆說不能據爲典要觀高宗所言本朝肇興東土山川鍾毓與大金正同又曰東夷之說因地得名如孟子稱舜東夷之人此無可諱據此似有大東之意東爲青色音轉爲清含有「澄清」「肅清」諸義要之帝王肇興本由天命自鄒衍論著終始五德之運漢賈誼司馬遷從相勝之說劉向父子則以相生爲言如周得火德秦代周卽從所不勝爲水德更命河爲德水朱元璋改國號曰明朱明二字屬火也太宗改國號曰清滿清二字從水也搜求其意大旨不離欲取明而代之也近是

二　清軍之入塞

清軍入山海關　先是太宗頻年用兵遼西寧錦諸城守備甚嚴乃變計取道蒙古以拊直隸之背聯合喀喇沁等部使爲嚮導自林丹西遁清軍遂得自由出入長城各口嗣內外諸貝勒旣同心勸進獨朝鮮決意斷絕太宗欲興兵而又慮明之爲梗也崇德元年命武英郡王阿濟格饒餘貝勒阿巴泰超品公揚古利固山額眞拜尹圖等征明太宗面授方略且誡諭之六月入邊相會延慶州未入長城之先攻克雕鶚長安嶺二城旣入長城巡保定抵安州共克十二城凡五十二戰皆捷獲人畜十八萬生擒總兵巢丕昌等明廷詔諸鎮兵入援給事中王家彥以陵寢震驚劾兵部尚書張鳳翼鳳翼自請督師命與中官羅維寧宣大總兵梁廷棟相犄角然皆不敢戰已而清軍東歸初八月太宗謂諸王貝勒曰「武英郡王阿

濟格統師征明。今將出邊。宜別遣大臣往山海關進發。明國知我兵至。慮山海關有失。必來救援。武英郡王應得從容出邊」議既定。遂命睿親王多爾袞率右翼兵。從中後所入。豫親王多鐸率左翼兵自錦州入。師至錦州。駐營城內。有道人崔應時率其徒黨。爲書數千言。言明國當滅。清國當興。宜速進兵攻取山海關。遣胡有升持獻多鐸。軍多鐸從之。期二十日進攻。尋爲城中所覺。寘應時獄中。有升等來降。十月。多爾袞師還。

三次入塞與錦州之攻　時朝鮮已服。崇德三年八月。以睿親王多爾袞爲奉命大將軍。統左翼兵。貝勒豪格。饒餘貝勒阿巴泰副之。貝勒岳託爲揚武大將軍。統右翼兵。安平杜度副之。分道伐明。十月。岳託等奏。從明境密雲北牆子嶺口毀邊牆而進。薊總督吳阿衡等援軍。俱爲我軍所敗。牆子嶺堅不易拔。惟嶺東西兩旁高處可以越入。我軍分爲四路。圖賴率右翼從嶺右側步越高峯。先入邊。攻克十一臺。阿代恩格圖古木俱踰嶺五里。自高山入。譚泰杜雷於高峯無邊牆處齊入。巴特瑪固山等。及孔有德耿仲明俱從邊城東小門平坦處。舉火礮。登雲梯。攻之。敵兵俱於邊界平坦處拒守。索爾古先登。諸軍相繼攻入。次日多爾袞等奏。自董家口東青山關西步登山岡。自無邊牆處進兵。毀牆入青山關。山峻牆堅。乘其無備毀牆而入。莫敢攖鋒。青山關董家口青山營三處人民棄城逃遁。未幾。兩翼兵約會於通州河西。自北邊過燕京。至涿州。分兵八道。一緣山下。一緣運河。中六道於山河間長驅直入。下畿輔城四十有八。前大學士孫承宗一門殉節死。時太宗亦侵略關外。以爲牽制之師。又合鄭親王濟爾哈朗向前屯衛寧遠進發。

豫親王多鐸，向寧遠錦州進發，而自率師從義州濟大淩河，命曹海統兵圍大淩河兩岸十四屯堡，並命有德等以神威將軍礮攻義州五臺，克之。已而多鐸等詗知桑噶爾寨舊居之堡無備，亟往攻入，祖大壽遣人執令箭赴錦州，多鐸生擒之，並其盔甲撒袋來獻。越數日，有德等礮攻戚家堡石家堡，旣克，復攻錦州城西臺，臺內礮藥自發，臺燬，遂克之。時多鐸濟爾哈朗合軍將過中後所，大壽襲多鐸兵後，多鐸收兵不戰，濟爾哈朗聞之怒，與多鐸率兵復至其處，大壽兵懼不敢出。太宗至，數遣人告之，令出城一見，大壽皆不答。濟爾哈朗攻克模龍關五里堡屯臺。十一月，乃班師而歸。

盧象昇入衞與戰死　先是清軍入喜峯口，自間道入昌平，明廷詔諸鎭兵入援，盧象昇奉詔至，已解嚴，會梁廷棟卒，命代爲總督宣大，素苦缺饟，象昇乃大興屯利，行二年，積穀至二十萬，下九邊奉以爲式。至是清軍二次入犯，高陽孫承宗旣死，時象昇以父喪請守制，不許，詔督山西總兵楊國柱等入援，適楊嗣昌奪情任中樞，與總監中官高起潛陰主和議，象昇心非之。會召對中臺，垂詢方略，對言：「命臣督師，臣意主戰。」帝色變，良久曰：「和乃外廷議耳。」象昇因奏備禦形勢甚悉，帝壯之，而戒其持重，命與嗣昌起潛等議。議不合，卽日陛辭，嗣昌欲有言，久而不能出口，第丁寧毋輕戰而已。象昇念帝意頗銳，而事爲起潛撓，慣甚，疏請分兵，嗣昌定議，宣大山西三帥屬象昇，關寧諸路屬起潛，象昇名督天下兵，實不及二萬。越數日，嗣昌至軍，象昇責以阻師，且曰：「公等堅主和議，獨不思城下之盟，春秋所恥，長安口舌如鋒，恐袁崇煥之禍立見。」嗣昌頰赤曰：「公直以尙方劍加我矣。」象昇曰：「旣不奔喪，又不能戰，尙方劍當先加己頸，安得加人」嗣昌曰「公毋以長安蜚語陷人」象昇曰「周元忠赴邊講和往來數日通國共聞誰可諱也」嗣昌語塞而出又數日見起潛安定門象昇大言非血戰無以盡臣職起潛曰恐野戰非我所長耳兩人始終各持一議嗣清軍分三路入一自淶水攻易州一自新城攻雄縣一自定興攻安肅象昇聞之自涿州進據保定會諸將分道出禦大戰慶都猶未敗衄而一時列城多望風失守象昇復爲嗣昌所扼兵單餉絀將士苦飢自知必死晨出帳四面拜曰「吾與將士同受國恩患不得死不患不得生」衆皆泣莫能仰視旋進至鉅鹿南賈莊起潛擁關寧兵相距五十里象昇遣楊廷麟往乞援因與訣曰「死西市何如死疆場吾以一死報君猶薄耳」起潛不應象昇僅殘卒五千行至嵩水橋與清軍遇總兵王樸先引兵逃去惟虎大威楊國柱從象昇勒麾下卒居中大威帥左國柱帥右大戰移時乃休兵夜半被圍明日騎益大至圍三重象昇麾兵力戰礮盡矢窮大威請潰圍出象昇不許猶奮鬬身中四矢三刃手格殺數十人乃死一軍盡亡惟大威國柱得脫起潛聞敗遂倉皇遁懼坐罪諱象昇死狀嗣昌疑不死詔驗視廷麟遣將得其屍麻衣猶被體一卒遙見卽號泣曰「此吾盧公也」爲拜衆皆拜畿民皆奔走雨泣曰「盧公死誰恤我者」競立祠祀之順德知府于穎覈其狀以上事始白嗣昌故靳之踰兩月乃得殮

兩翼捷音與松山杏山之侵擾　崇德四年二月命武英郡王阿濟格率師征明越數日太宗親率大軍繼之外藩奈曼等部率十三固山兵來會駐營松山命孔有德等礮擊城外諸臺克之太宗立松山南岡復指示有德等攻城方略夜四鼓有德等移礮進攻至未時城堞盡毀明副將金國鳳死守用草木塡其

頹處。以為捍蔽。復樹柵築土堵築甚堅。清軍攻之不能入。樹梯而登者皆陷沒。復遣官還盛京。運取子藥。命阿濟格尼堪羅託等率四旗擺牙喇兵環守塔山連山。有德乃為穴地攻城之計。仍不能克。三月。乃解圍而還。時左翼多爾袞右翼杜度遣兵部啓心郎詹霸等來奏捷。太宗覽右翼疏無貝勒岳託名。大驚詢之。始知岳託及馬瞻（二人俱禮親王代善子）俱病卒。慟哭久之。令勿使兄代善知。覽左翼疏知兩翼兵馬自通州過京城。又自涿州分兵八道。於山河中間縱兵前進。北京迤西千里內六府俱已蹂躪。至山西界而還。復至臨清州渡運糧河。攻破山東濟南府。至天津衞。大兵深入。克城三四十座。降者六城。敗敵十七陣。將士凱旋。無一傷者。右翼疏云。臣等從北京至山西界。南至山東濟南府。共克十九城。降者二城。敗敵十六陣。殲其二總督及守備以上官百餘人。生擒親王郡王奉國將軍各一。於是宣示兩翼捷音。並頒敕諭。招撫松山杏山官民。行至大淩河。杜度攜岳託馬瞻骸骨還。至沙嶺堡。以茶酒遙奠。岳託至盛京。追封為克勤郡王。並以代善追痛二子。率諸貝勒大臣同至渾河捕魚以娛之。九月。命阿濟格阿巴泰杜度等往略明錦州寧遠。十月。復命豪格多鐸等繼之。與寧遠兵戰北山岡。右翼兵奮擊敗之。殺國鳳及其二子。

三　松山及錦州之降

屯田義州及多爾袞等獲罪　崇德五年正月。遣翁阿岱多濟里等戍防錦州。三月。命鄭親王濟爾哈朗為右翼主帥。貝勒多鐸為左翼主帥。率師往修義州城。駐紮屯田。令明山海關外寧遠諸地。毋得耕種。太宗謁堂子。親授方略遣之。並遣戶部參政碩詹往朝鮮。趣發水師運糧米赴大小淩河。而自視師義州。出舊邊外駐蹕。濟遼河。既至閭城。蒙古羅特部民蘇班代等自杏山西五里臺遣使約降。濟爾哈朗等往迎。路遇明杏山總兵劉周智。錦州游擊戴明。松山總兵吳三桂。合兵列陣進逼。濟爾哈朗等縱兵返擊。親督戰。大敗之。太宗離營十五里往錦州閭城。親率八旗擺牙喇阿禮哈超哈進發。命烏眞超哈發紅衣礮前行。至錦州東五里臺。轟克之。復令內大臣等誘城內兵出戰。擊敗其衆。復攻克北晾馬臺。遂並刈錦州城東禾。已復刈城北城西禾。六月。命多爾袞。豪格。杜度。阿巴泰等。代濟爾哈朗等屯田義州。多爾袞等克錦州城西九臺。小淩河西二臺。分駐近城各地。太宗命其兩翼兵暫行分駐。已收糧草。酌擇錦州西山城堅固之地兩處存貯。未幾。錦州馬步兵來襲鑲藍旗營。貝子羅託等擊敗之。聞明總督洪承疇統軍至杏山城外。近濠下營。馬兵先出誘戰。因發擺牙喇官兵擊敵。追至城濠。掩殺之。而杜度往寧遠。遇明兵自關內運糧至錦州。殺其步卒。並獲畜產甚衆。八月。右翼軍亦遇敵錦州。追斬之。左翼軍獲糧車十五。敵夜入義州。清軍次日追及。殲其後隊。九月。復命濟爾哈朗。阿濟格。多鐸等。往代多爾袞等圍錦州松山。多鐸隱兵錦州城西桑噶爾齋堡。遇明伏甲。迎擊至塔山。十二月。多爾袞。豪格等被命往代濟爾哈朗。圍錦州。擊敗錦松援兵。明年二月。多爾袞等於代駐營時。私遣每牛彔三人。每旗官一員。每牛彔甲士五人。均各還家一次。復移軍過國王碑（碑爲元末華黎國王之裔乃馬代追封其父兀助和爾所建）距錦州約三十里而營。太宗聞之大怒。遣內大臣圖爾根往詰其故。多爾袞奏謂「臣集衆議。每旗先遣官一員。率每牛彔兵五人還家。修械養馬。因錦州敵人。

皆在他處牧養馬匹。內援之兵。皆退回養馬。我等兵力有餘。何畏錦松杏三城之衆。僉以爲然。至離營遠駐。因是處青草已盡。特遠徙以就芻牧耳。」太宗曰。「予豈專令爾等往彼牧馬耶。卽不能圍城。亦當奏明其故。今乃飾詞自解。而貽諸衆人罪耶。」遂降多爾袞豪格爲郡王。幷奪牛彔。罰銀兩有差。旋多爾袞至議政署。命逐出之。復請率所部從征贖罪。亦不許。

錦州之圍　先是太祖遷都遼陽。嘗涉河入廣寧。連陷錦州松山杏山等城。蓋深知欲侵略中國。必先攻克山海關。欲攻克山海關。必先收服寧錦諸城。管子云。「獨出獨入。莫敢禁圉。」蓋欲其無中鯁之患者此也。太宗稟承先志。故於崇德五年。數遣將分擾諸地。未克有成。至明年三月。復命朝鮮總兵柳琳等。率兵往錦州助濟爾哈朗軍。俄而攻克錦州外城。捷晉至。太宗大悅。命八門擊鼓。召衆於篤恭殿宣捷。四月。又遣阿哈尼堪等率兵往助之。阿濟格多鐸夾擊杏山松山援軍。俱敗遁。更命孔有德尚可喜助攻錦州。五月。明洪承疇率總兵六員。兵六萬來援。壁松山北岡。爲清軍擊敗。六月。以范文程等言。允多爾袞豪格往代濟爾哈朗等圍錦州。効力贖罪。既至。遂合軍。聞明關內援兵出自松山。卽掩殺至城壕。敗之。滿漢蒙古會合追殺。奪獲馬匹器械無算。初清軍圍錦州久。太宗以書諭祖大壽。不答。至是復遣學士羅碩詣軍營。以祖澤潤等書招大壽。又不應。承疇與巡撫邱民仰。調大同總兵王樸。宣府總兵李輔明。密雲總兵唐通。薊州總兵白廣恩。玉田總兵曹變蛟。山海關總兵馬科。前屯衛總兵王廷臣。寧遠總兵吳三桂。率馬步兵十三萬。集寧遠。大壽遣人自錦州逸出。傳語「毋浪戰。」承疇亦擬以兵護糧。自杏輸松。自松輸錦。步步立營以守爲戰。而兵部尚書陳新甲以師久無功遣郎中張若麒赴軍趣戰。承疇不得已留糧筆架岡。（錦州城西南六十里在杏山及塔山外）而以六萬兵先進。諸軍爲承。步兵據城北乳峯山。掘壕列七營。騎兵環松山東西北三面。其芻糧可支一年。與淸軍相對抗。勢甚盛也。

松山之勝　七月。太宗遣噶布什賢等往董家口喜峯口詗視明兵。嗣聞洪承疇率兵援錦州。卽檄各路兵馬集京。命濟爾哈朗留守。而自謁堂子啓行。抵遼河。多爾袞等奏洪承疇兵來犯。我右翼及土謝圖汗親王兵敗之。旣至松山。卽陳師松山杏山間。横截大路。綿亙駐營。令曰。「敵兵來犯。近則迎擊之。若尙遠而先往迎戰致累於罪。與敗陣無異。」明兵聞太宗至。文武各官大懼。合謀欲遁。八總兵以數千騎略陣。阿濟格等率衆與戰。敵且敗且走。長驅至塔山。又擊破其護饟兵。遂獲筆架山積粟十二堆。留兵護守。復掘壕絕松山杏山路。使糧道隔絕。饟糈不繼。明兵旣斷饟道。又不敢野戰。遂徹步騎七營。背松山而陣。數突淸軍鑲紅旗汛地。旋敗走。伺淸軍還。則遣兵從後追擊。相距百步。太宗復令轉戰。張黃蓋。率數人往來指揮布陣。士卒望見。皆披靡。王樸吳三桂等乘夜遁走。太宗知是夜敵兵必遁。遣發諸將各赴汛地邀截。悉如所算。掩擊窮追。承疇等軍士。皆奔竄四出。自杏山迤南。沿海至塔山一路。赴海死者不可勝計。旋命多爾袞阿濟格。圍塔山四臺。復命阿眞超哈固山額眞劉之源等。攜紅衣礮十尊。助攻克之。三桂與樸奔入杏山。時太宗亦徙蹕松山。欲四面掘壕圍之。曹變蛟徹乳峯山馬步兵。棄寨宵遁。突圍者五次。皆敗。復突入太宗營。爲侍衛親軍擊退。變蛟中創走。與承疇民仰等困守松山。太宗料杏山之兵。必奔寧遠。復遣內大臣宗室錫翰等各率精兵。設伏以待。未幾杏山兵果至。隱兵四起。阻截前路。追兵躡後。夾擊之。殺僇殆盡。三桂樸僅以身免。又命內大臣搭瞻等率每旗精兵五十。往高橋設伏。甫出營見敵兵自杏山潰退。俱擊斬之。通前後殺明兵五萬三千七百餘級。所獲畜產甲冑稱是。其海中浮屍。飄蕩多於雁鶩。而昏夜清軍止誤傷八人。斷卒二十八。開國方略曰。「太宗神謀勇略。制勝出奇。破明兵十三萬。如摧枯拉朽。指顧而定。」豈溢美乎。是時被圍於松山者。惟承疇與祖大樂等兵。不過萬餘人。城內糧絕。清軍復濬外濠困之。太宗諭松山城守將士曰。「朕昔征朝鮮時。圍彼國王於南漢山。諭以爾降必生全。彼果來降。朕踐前言。仍令主其國。後圍大淩河時。祖總兵來降。亦不復殺。仍恩養之。諒爾等所素聞也。爾等可自思之。」九月。命移紅衣礮攻松山。旋命濟爾哈朗掘壕圍錦州。復命杜度阿巴泰等困錦州。多鐸等困松山。阿濟格等困杏山。十月。又命孔有德尚可喜耿仲明沈志祥助圍錦州。

洪承疇投誠　松山圍久食盡。天津海運糧餉猶未至。督師范志完兵又不救。崇德七年二月。噶布什賢將領俄莫克圖等。率師略寧遠。與三桂王樸白廣恩遣將督兵尾清軍後。清軍誘而敗之。會松山副將夏承德遣人密約。言在內接應。以子夏舒爲質。夜於城南豎梯。阿山旗下。班布里何洛相會於此。羅洛科先登。衆繼之。清軍在城上巡邏。次早。搜敵兵殺之。生擒總督洪承疇。巡撫邱民仰。總兵王廷臣曹變蛟祖大樂。游擊祖大名祖大成。及總兵白廣恩子白良弼等。城遂拔。太宗命送承疇大樂入盛京。民仰廷臣變蛟皆處死。大成放入錦州。時錦州城內人相食。祖大壽戰守計窮。又聞松山已失。乃率衆官出城。詣濟爾哈朗軍所乞降。於是塔山杏山亦下。遂命濟爾哈朗等駐此。四月。又命毀松山杏山塔山三城。乃班師。承疇既至盛京。即誓死絕食。太宗百計勸降。終不允。嘯亭雜錄謂「令范文程往說。洪謾罵不已。文程善言撫之。因與談論今古事。適梁間積塵。落洪衿袖間。洪屢拂拭之。歸奏曰。承疇不死矣。敝衣猶愛惜若此。況其身耶。」又聞明之降人冀有以餌承疇者。降人則對以好色。遂使飾美女數輩。番侍卒無效。時太宗妃博爾濟錦氏者。科爾沁貝勒塞桑女。台吉後封和碩卓禮克圖親王。吳克善之女弟。實孝端文皇后之姪女也。貌極美。乃遣之侍。承疇閉目面壁。終日泣不已。勸之亦不顧。妃密貯人參汁於小壺。承其脣曰。「將軍獨不可稍飲而就義耶。」少沾飲。逾時竟不死。妃復進。連飲之。神益健。閱數日。迭進美饌。承疇漸甘之。意稍動。由是飲啖如常時。復日夜進勸。承疇遂降。入崇政殿。命坐左側。賜茶賜宴。時松山敗書達京師。或傳承疇已死。明帝驚悼甚。詔設壇都城。賜祭十六壇。民仰六壇。又命建祠都城外。其子弟且成服受弔。送行狀公卿間。帝將親臨奠。已而聞其降。乃止。

四　議和與再戰

議和之顛末　初。太宗與明議和。明崇禎帝欲去其號。不稱帝而稱汗。嗣知太宗降心相從。崇禎帝忽不可。泥於龍虎將軍之稱。欲仍以臣禮相待。致和局中梗。袁崇煥既以和議下獄。大同巡撫沈棨復以私餽約和被逮。於是羣臣箝口結舌。無復敢以和議入告者。即太宗雖負雄才大略。亦自知先人為明屬臣。故書凡數十上無非冀明廷敕封爲屬國之王藉此爲要挾和議之具而終不能達其所蘄者中有以蔽之也天聰八年七月親率大軍入上方堡縱略至宣府右衞卽以書責守臣負盟仍諭其遣人議和至東城遺明代王書曰「我國起兵非富天下昔我駐牧遼邊忠順爲心後因七恨屢以書聞邊臣不肯上達愈加橫逆以是起兵爾主不遣使詢問王誠憂國憂民可遣使來和事有成乃我至願」及閱大同城又遺書總兵曹文詔令力贊和議旋拔靈邱縣大同城代王母楊氏與總督張宗衡等共議請和復遣馮國珍等報代王母書略云「此次進兵內地以昭願和不得和之故已將此意布告各處誠能主持和議當速成之唯願彼此以誠相待」且遺明宗室朱乃廷入城索報書閱數日又與崇禎帝書略云「遼東各官欺淩不堪惟動干戈冀彼來詢我得抒情往告孰意皇帝惑於各官欺誑數十年無一語問及致戰事不已若早遣一使來詳詢事由判別是非予豈樂尋干戈耶」觀以上數書亦可見清人求和之誠望和之切且又自知夙爲所屬不敢稍存玩視之心已無愧遵時養晦之道矣使明廷善爲羈縻假以名義清人既無所藉詞明社亦何至遽屋乃莊烈既誤於自大自尊之失而臣工又復以諱言和之故致使邊計民生置而勿問此其故亦可深長思也

和議之終梗　太宗數遺書議和明兵部尚書陳新甲以國內困敝亦請主和以紓患明帝亦知非其所敵密以議和委之敕曰「諭兵部尙書陳新甲據卿部奏遼瀋有休兵息民之意中朝未輕信者以前督撫各官未嘗從實奏明今卿部屢奏國家開誠懷遠似亦不難聽從以仰體上天好生之仁以復還祖宗

恩義聯絡之舊。茲特諭卿便宜行事。遣官宣布。取有確信回奏。」新甲遂遣使至錦州。攜敕書示清將。言明帝願和之意。諸王貝勒等上聞。太宗疑其詐僞。故未報。崇德七年。五年。明復遣兵部職方司員外馬紹愉主事朱之濟。副將周維墉。會宗孔。游擊都司守備八員。大寧寺僧性容及從役九十九人。赴寧遠城。欲上謁太宗求和。命遣詹霸葉成格往迎。並於二十里外設宴。都察院參政祖可法張存仁奏云「明寇盜日起。各方飢饉。兵力竭。倉庫虛。征調不前。勢如瓦解。守邊文武重臣。皆爲我擒。兵將散失八九。今遣使乞和。計必南遷。應邀其納貢稱臣。畫地以黃河爲界。」太宗不納。六月。賜紹愉等貂皮白金。九十九人各賜貂皮。遣還。命大臣送至五十里外。宴餞之。幷遣章京庫爾禪薩蘇喀等。率兵四十人。過錦州。送至連州而還。其向明廷提出意見。（一）吉凶互相慶弔。（二）每歲明贈黃金萬兩。白金百萬兩。清贈人參千斤。貂皮千張。（三）清國滿蒙漢人及朝鮮人。叛逃入明境者。遣還。明國人叛逃至清者。亦如之。（四）明以寧遠雙樹堡間土嶺爲國界。清以塔山爲國界。以連山爲適中地。兩國互市於此。（五）自土嶺界北。至寧遠北臺直抵山海關長城一帶。若清人有越入。明人有越出者。按律處死。或兩國有人乘船捕魚。往來海中者。明以土嶺沿海至黃城島以西爲界。清以黃城島以東爲界。有越界妄行者。察出處死。按以上條件。頗爲均等。羣臣私議。多不以爲然。意謂殘明時局。亦已百戰百敗。元氣日凋。若早著戎衣。勢必如摧枯拉朽。和局一定。則彼因鑒前失。而日習勤劬。我因無外患。而日即安樂。彼贏此絀。利於何有。此可法等所以力言和之不可行也。新甲既被命議和。手詔往返者數十。並戒以勿洩。一日。紹愉以密語報新甲。視之。置几上。其家僮誤以爲塘報付之抄傳。而外人皆知。新甲又自潛告薄宗龍。宗龍以語謝陞。陞後見疆事大壞。於帝前述宗龍之言。帝甚慚。陞進曰。倘肯議和。和亦可恃。帝默然。已而言官詆陞。陞言上意主和。於是言路譁然交章劾陞。帝怒其洩漏。削籍去。復嚴旨令新甲自陳。新甲不引罪。反詡己功。遂詔下獄。尋棄市。和議至是斷絕而戰釁又再開矣。

清軍下畿南山東州縣　當和議未絕時。固山額眞墨爾根侍衛李國翰佟圖賴祖澤潤梅勒章京祖可法張存仁以明勢已去。合詞奏請直取北京。太宗曰「取北京如伐大樹。從旁斫。則大樹自仆。我先克關外四城。再克山海關。則北京可得。今未也」至崇德七年十月。太宗見和議不成。乃命貝勒阿巴泰爲奉命大將軍。與內大臣圖爾格率師征明。並令多鐸阿達禮督軍赴寧遠邊外。牽制寧遠援兵。令軍中曰。「毋妄殺。毋離人妻子。奪人衣服。毋焚燬財物。暴殄米穀。明或遣使求和。則對曰『須向我君言』若遇流寇。『毋傷彼一二人致與交惡』」時明於關內外並建二督。又設二督於昌平保定。又有寧遠永平順天保定密雲天津六巡撫。寧遠山海中協西協昌平通州天津保定八總兵。星羅棋布。無地不防。而事權反不一。警報至。亟徵諸鎭入援。而清軍已入薊州。總兵白騰蛟適馳援桃林關。聞變亟還。爲清軍擊敗。清軍遂分道南嚮。河間以南多失守。抵山東。連下兗州等府。魯王以派自殺。樂陵陽信平原安丘等諸郡王皆死。當是時。畿輔山東列城官吏。或望風遁走。或獻金帛迎降。其死於戰守及紳士之殉節者。畿輔則霸州副使趙輝督守給事中周而淳等二十一人。山東則臨淸總兵劉源淸榷關主事陳興言鄉官侍郎張宗衡等二十二人。計凡攻克三府。十八州。六十七縣。通爲八十八城。擊敗敵兵三十九處。歸順者六城。明年。四月。清軍北歸。自山東還至近畿。車駝綿亙三十餘里。明帝憂甚。大學士吳甡方被命辦流寇。周延儒度不得已。遂自請視師。帝大喜。獎以召虎裴度。賜章服白金文綺上駟。給金帛賞軍。延儒駐通州。不敢戰。唯與幕下客飲酒娛樂。而日騰章奏捷。及清軍至懷柔。薊遼總督趙光抃。合唐通白廣恩等八鎮兵邀戰於螺山。皆潰。總兵張登科等敗沒。延儒詗清軍已還。乃言兵退。遂歸京師。多鐸等奉命赴寧遠。立營與三桂出戰失利。清軍獲人口畜產而歸。此即明清最後交戰之役也。

五　太宗之事業

太宗之病卒及繼承　崇德六年。秋。太宗自松山杏山之捷。還至舊邊界駐蹕。冷僧機索尼馳報宸妃甍訊。慟哭不已。自此居御幄。朝夕悲痛。往往昏迷。言語無緒。精神遂爾委靡。次年。冬。獵於葉赫。閱十日。至開庫爾身體忽不適。諸王貝子大臣請罷獵。不許。更託爲遊獵以養病。於是而忽晃布克灘而噶哈嶺。仍不愈。又次年。正月。朔。命親王以下。梅勒章京以上。詣堂子行禮。以禱病。然猶日日視朝。不倦於勤也。至八月八日。御崇政殿。回清寧宮。是夜。亥刻。坐南榻暴崩。一時未有遺命。故嗣位大事。未易解決。越六日。諸王集議於大衙門。禮親王代善。議以太宗長子豪格爲嗣。豪格辭以「福少德薄。不堪承任。」固辭而退。時諸將揚言「若不立先帝子。毋寧從帝地下。」代善素謹厚。不顧干朝政。據朝鮮紀錄所載。謂太祖臨死時。

與代善言曰「九王當立而年幼汝攝位後仍傳之九王」彼時尙以嫌疑而甘讓此時詎肯以干預而獲罪譴耶遂辭去多鐸等無語於是多爾袞出而言曰「諸將之言甚是豪格旣無繼承意自當以帝三子福臨爲主若謂其年幼吾與鄭親王濟爾哈朗分輔之年稍長卽歸政」時福臨才六齡耳方太宗崩章京敦達里安達里二人俱自幼蒙恩養不忍永離願以身殉臨殉時謂諸王貝勒等曰「若先帝在天之靈詢及後事將何以應」諸王貝勒等曰「先帝肇興鴻業我等翊戴沖主嗣位承基務當實心輔理倘逾在天之靈垂鑒呵護是所願也」遂共上誓書昭告天地議以濟爾哈朗多爾袞輔國理政其時代善之孫郡王阿達禮與其叔岳託別具野心一日阿達禮往謂多爾袞曰「王正大位我當從王」又往謂濟爾哈朗曰「和碩禮親王命我常至府中往來」又岳託遣吳丹至叡親王所言「內大臣及御前侍衞等皆從我謀矣王可自立爲君」阿達禮碩託又同至禮親王代善府視足疾與貝勒羅洛宏俱阿達禮碩託登牀耳語禮親王曰「衆已定議立容親王王何嘿嘿」二王遂白其言於衆質訊俱實於是阿達禮碩託以擾亂國政作叛逆論阿達禮母碩託妻結黨助逆及同謀之吳丹俱伏誅時英親王阿濟格稱病不朝多爾袞使人告之謂「汝雖患病皇帝喪事豈能不來」阿濟格懼翌日扶病入朝自此權皆集於多爾袞手濟爾哈朗專掌兵事而已此繼承之大略也

太宗之度量及方略　太宗實錄曰「嗣太祖大業勵精圖治信賞必罰納諫親賢始終如一尤以養人爲急務蓋太宗感於先朝屠城驅民之失力求寬大遠近遂以善養人稱」蒙古如科爾沁喀喇沁土默

待諸部。皆聯翩歸附。且請移民內屬。漢人如孔耿尙沈喬張王楊相繼來歸。遠至烏斯臧。亦聞其善養人。通啓輸誠。植國之基。實賴於此。且孔耿尙來歸。卽許其就便佔地。如長興島爲復州海外三島之一。袤長五六十里。全爲尙氏所佔。因不行限田也。又俗有「佔山戶」「流民戶」之目。佔山戶者。隨指一山佔之。及其山下之地。流民後至者。從而乞之。總緣土曠人稀。太宗以愛民爲務。制遂不行。非特此也。從前太祖待遇漢人。往往不惜用壓制之策。至太宗時。反其所爲。天聰三年。禁家奴舉行考試。其保護漢人之心至爲昭著。復因岳託之言。謂前殺遼東灤州永平漢人。縱極暴白。人亦不信。今天予我以大淩河之漢人。正欲使人知我國之善養。於是待漢人益優。故天聰五年。兵圍大淩河城。生禽明監軍道張春等。春見太宗不跪。太宗引弓怖之。禮烈親王曰「彼不懼死。射之何爲。」遂舍之。論者謂其度之大也。其時書房諸臣。如沈文遇馬鳴珮等。獻策請通書言和。明必不和也。而又不能衞其民。則民怨之矣。太宗採用之。凡通書者七。錦州陷後。猶用通書一次。此特兵謀耳。清史稿本記侈言通書。比於服殷。而於善養人一言不及。似非握要之論。蓋唯其秉性寬弘。故能爲其父之所不能爲。且其所措施。亦不外善養之旨。天聰二年。定文館職司。五年。設六部。六年。定城守官三年考察之例。八年。定八旗職官名。十年。更定內三院。崇德元年。定內院官制。設都察院。二年。設八旗議政大臣。三年。設理藩院。定部院制。八年。設禮部蒙古理事官。此則澄敍官儀也。天聰五年。令貝勒大臣盡言直諫。此則詔求直言也。天聰九年。禁徇私枉斷。崇德五年。下詔肆赦。此則刑期無刑也。天聰六年。行新定朝儀。崇德元年。行太廟薦新禮。三年。諭禮部申明禁令。八年。定內外相見禮。此則班朝肅廟也。至於天聰九年。諭禁濫役妨農。崇德元年。諭禁屯積米穀。令及時耕種。二年。令各屯堡及時勸農。至六年。都察院參政祖可法等言「今歲禾穀未收。秋霜早隕。恐收穫之時。米糧未能收足。價漸騰踊。市糴日稀。」於是奏陳四事。曰嚴沽酒禁。曰杜囤積弊。曰疏河渠路。並云遼瀋肥饒。夾河六屯。尤沃。年久不濬。良田委棄。及時挑修。爲益甚大。急宜開納粟例。太宗納其言。故歉歲亦有補救焉。若天聰元年。發帑賑饑。二年。發帑資民嫁娶。崇德二年。諭貸粟貧民。六年。以歲歉。諭行備荒事例。其所以孚惠民生者。無微不至。清以農牧立國。以稼穡開基。謂自太宗啓焉可也。

太宗之文治及軍制　太祖與明互市以來。受漢人之文化不少。故生平愛讀三國演義水滸傳諸書。及太宗纘業。頻歲用兵。益知漢族文化。影響於國家社會尤深。天聰三年。命儒臣分爲兩直。榜式達海及剛林等。繙譯漢字書籍。榜式庫爾纏及吳巴什等。記注本朝得失。名曰文館。亦名書房。太祖製滿字。因心肇造。創立軌範。太宗復樂聞古典。分命儒臣。欲以歷代帝王得失爲鑑。並記國家政事。以悖信史。是歲八月。太宗以武威克敵。文教治世。自古及今。文武並用。因欲振興文教。考取生員。命諸貝勒府以下。及滿漢蒙古家所有生員。俱令赴考。考中者得以丁償之。五年。又令貝勒大臣子弟八歲以上。十五歲以下。俱就學讀書。不願者啓奏。蓋欲使之習於學問。講明義理。忠君親上故也。崇德四年。又命大學士圖海譯孟子通鑑六韜。蓋其時滿洲武臣。多不識字。類多得力於此。（明末李定國初與孫可望並爲賊。蜀人金公趾在軍中。爲講三國演義。每比可望爲董卓曹操。而期以諸葛亮。定國大感。曰孔明不敢望。關張伯約。不敢不勉。爲之。及受明桂王封爵。努力報國。洗去賊名。則亦觀郢書之效也。）即以太宗論。其所得之智識。亦多就譯成之滿文小說野史而讀之。復得文臣進講之力。故有「樂聞古今得失」之譽。且當時大學士達海額爾德尼。領侍衛內大臣索尼諸人。皆起家武臣。以精通國書。並特賜號巴克什。（按巴克什即筆帖式。當時特恩賜號。其後各衙門皆有額設候補。求千萬視爲不足重輕者矣）又命文館纂譯宋遼金元史及繙成太祖實錄。其注意於文治也如此。若論其軍制。最初滿洲之政典合國家種族而爲一。以軍法部勒其衆而已。故太祖乙卯年。定八旗軍制。止視旗爲區分。每有征伐大事。與諸貝勒畫地而議。適野而謀。上馬而傳令。其軍令即大法也。太宗具國家之觀念。軍事之智識較充。故兵力之演進尤亟。天聰八年。始定滿蒙漢兵分辨名色。隨固山額眞行營馬兵名阿禮哈超哈。步兵爲白奇超哈。擺牙喇哨兵爲噶布什賢超哈。駐守盛京礮手爲守兵。間駐兵爲援兵。外城守兵爲守邊兵。舊蒙古右營爲右翼兵。左營爲左翼兵。漢兵爲烏眞超哈。孔元帥兵爲天祐兵。尙總兵兵爲天助兵。永爲定制。蓋從前各旗之兵。止就所隸將領稱爲某將領兵。直視國家之兵士爲將領之所私有。至是公私始有區別矣。然此止足以示其別。而猶未足以肅其志。故於是歲六月。軍行至錫喇烏蘇河。頒軍律於蒙古貝勒及孔有德耿仲明尙可喜。其律曰。「毋喧譁。毋離纛。毋欲馱載。毋私掠。毋毀廟宇。毋殺行人。毋奪衣服。毋淫婦女。毋擅往取糧。毋離人夫婦。毋飲酒。毋餐熟食。毋令俘人看馬。歸順者養之。抗拒者殺之。違者治罪。」崇德三年八月。命多爾袞岳託分道伐明。幸演武場面授方略。幷宣軍律曰。「臨陣時。七旗敗走。一旗拒戰。則七旗屬員俱給拒戰之一旗。若一旗敗走。七旗拒戰。或拒戰敗走者各半。亦以敗走者屬員。統給拒戰者。屯他所者免罪。若七旗未及整伍。一旗拒戰得功者。按功之大小。與俘獲之多寡。爲比例差。野戰時。本旗大臣率兵下馬立。王貝勒率護軍乘馬立後。當進止以時。有越隊輕敵者。奪所乘馬。及俘獲人口。兩軍對壘。必整隊按汛地。從容徐進。若擅離隊隨他隊行。與擅離汛由他汛入。及衆軍已進。而獨卻立觀望者。或處死。或籍沒。或鞭責。或黜革。或罰銀。分別治罪。如敵不戰而退。我軍奮追。宜用饒騎合力馳擊。護軍將領止宜領纛躡後。或別有敵兵旁出。可親擊之。凡起營時。務宜整肅戎行。若離隊往尋遺物及酗酒者。貫耳喧譁者。責懲下營時。採薪汲水。集衆同行。失律者斬。軍裝器械。俱書姓名。馬須繫牌印烙。匿他人箭者罰之。竊鞍轡者罪之。馬上行裝須整理者。本旗人俱立待之。兵臨敵境。有私掠者。妻子入官。仍治本管章京之罪。違者治以律。據此二律觀之。前頒之律。已異於昔日之口令。而後頒之律。其成文法益爲完備矣。太宗之每戰必克。更可於軍制之中。想見其軍政的宏猷焉。

六　明亡清興之關鍵

流寇之亡明　自來論明之亡者。皆謂其亡於流寇。而不知使流寇得以衡行而無阻隔者。民困於斂。而臣迷於私也。崇禎初。梃擊紅丸移宮三案。顛倒翻覆。犬吠朝廷。邊方亦孔棘矣。各省旱蝗相屬。陝西大饑。人目火雲。妖怪旋生。草竊間發。府谷王嘉允倡亂。復以裁驛卒。山陝游民仰驛糈者。亡所得食。羣起內訌。安塞高迎祥等。嘯聚饑氓。剽掠郡縣。號闖王。米脂李自成。聚衆依迎祥。號闖將。延安張獻忠亦率衆據十八寨。自稱八大王。三邊總督楊鶴。專主撫降。旰靡恆。蔓延漸廣。嗣嘉允死。唯高張李最強。羣盜麕集。私立名號。衆至數十萬。帝逮鶴下獄遣戍。以洪承疇代之。督總兵曹文詔。連破賊。關中賊稍盡。悉走山西。六年。闌入畿南。分道踰太行。掠河北。副將左良玉扼之。文詔方移師會討。爲忌者劾去。賊益無忌憚。詭降於監軍內臣楊進朝。乘冰合濟河。陷澠池諸縣。分掠南陽汝甯。直至湖廣。所在告急。旋賊自鄖陽渡漢。獻忠等十三營流突漢南。別賊南入四川。以阻險復還鄖陽。總督五省（河南山陝川湖也）軍務陳奇瑜偕鄖陽巡撫盧象昇。自竹谿而平利。而紫陽。連戰連破。驅獻忠入商雒。迎祥自成入車箱峽。（陝興安地）峽四山相峙中亙四十里。入易出難。會大雨連旬。糧罄不得出。自成僞請降。奇瑜納其貨。縱之出峽。甫出卽大譟。屠所過州縣。復出犯河南。詔逮奇瑜下獄。命承疇往代。八年。賊大會於滎陽。用自成計。分道拒官兵。迎祥獻忠與自成俱略東方。陷鳳陽。焚皇陵。嗣見河南兵盛。奔還陝。承疇已先出潼關。抵信陽。至是廷議盧承疇難兼顧。擢象昇綜理江北山東湖廣四川軍務。辦東南。承疇辦西北。分任剿寇。時承疇象昇屢敗賊。陝西巡撫孫傅庭、復禽斬迎祥於盩厔。羣賊奪氣。乃共推自成爲闖王。象昇奉詔入衛。賊自襄陽而東。犯安慶。應天巡撫張國維。駐軍鎭江。沿江戒嚴。帝以楊嗣昌熊文燦爲兵部尚書。嗣昌議分軍爲四正六隅。大舉平賊。文燦獨主撫議。其時獻忠犯安徽湖廣各地。數爲良玉等所敗。遂降文燦。自成自陝入川。爲承疇所敗。尋又敗於潼關。妻女俱失。從十八騎奔商洛。於是關中賊略盡。惟羅汝才等十餘部。往來豫楚。傅庭方引兵敗賊。忽得文燦止檄。謂毋妬我撫功。怏怏還。時崇禎十一年也。四月。獻忠降。居穀城。擁兵索餉。日肆劫奪。踰年復叛。攻陷房縣。良玉與戰。大敗。文燦被逮。詔嗣昌督師。良玉拜平賊將軍。追獻忠入川。大破之太平。獻忠隻身遁。與汝才合、既良玉憾嗣昌養寇。不爲用。獻忠復出東。陷襄陽。殺襄王翊銘。自成亦自川道襄鄖。出犯河南府。殺福王常洵。嗣昌聞敗自殺。自成進陷開封。河南郡邑無不瓦碎。朝廷不復設官。遺黎多結寨自保。或降賊。或受朝命。復互相吞噬。中原禍亂至斯極已。

初。自成無遠圖。所得城邑。輒焚燬棄去。逮席捲河南。羣賊蟻附。乃自稱大元帥。稱汝才爲代天撫民德威大將軍。良玉營樊城。淫掠爲襄人所怨。自成與戰必力。良玉不敢與爭。恆避之。自成遂渡漢。破荊襄諸郡。攻陷承天。僭號新順王。據襄陽。號曰襄京。事在崇禎十六年正月。時獻忠方東略江淮間郡邑。聞良玉避自成東下。盡徹湖廣兵自從。西趨。陷黃梅。入黃州。又西向武昌。武昌夙弛武備。承天等潰兵俱下。楚王悉募之爲軍鋒。及獻忠破漢陽。臨江欲渡。乃議徹江上兵嬰城守。參將崔文榮曰。「守城不如守江。守江不如守漢。縱之飛渡。而嬰城坐困。非策也」。議者不從。賊渡偪城。楚府兵開門迎之。獻忠遂入武昌。更名天授府。僭稱西王。改元義武。民被屠者數萬。尋良玉復西上討賊。乘間復武昌。獻忠悉衆趨湖南。犯江西廣東。走四川。是時十三家七十二營諸大賊降死殆盡。惟自成與獻忠存。而自成尤勁。復自襄陽寇潼關。初。傳庭之敗於柿園而歸也。力主固守潼關。控扼上游。益募壯士。繕器積粟。造火車三萬輛。俟賊間擊之。適關中飢。嗛苦征繕。士大夫咸望其出關。上章趣戰。帝亦數詔趣之。傳庭不得已。引兵而東。拔寶豐唐縣。至郟縣。自成以萬騎迎戰。大敗。幾獲之。會天大雨。道濘。糧車不進。自成遣輕騎出汝州截之。傳庭乃分軍爲三。令白廣恩從大道。高傑親隨從間道。均爲所敗。諸將亦紛逃。傳庭躍馬入賊陣。戰死。監軍副使喬遷高亦殉於陣。乘勢陷華陰渭南。連破華商臨潼。攻西安。守將王根子開門降。自成入秦王宮。執存樞。授僞官。乃改西安曰長安。稱西京。諂米脂祭墓。改延安府曰天保府。米脂曰天保縣。清澗曰天波府。於是屠鳳翔。破榆林。降寧夏。又屠慶陽。下蘭州西寧及甘肅。秦隴之地大抵略定。崇禎十七年。自成僭號西安。更名自晟。國號順。改元永昌。尊李繼遷爲太祖。置天佑殿大學士。以牛金星爲之。增置六政府尙書。設弘文館。以下等官。復五等爵。大封功臣。並草檄傳布。有云「君非甚暗。孤立而煬蔽恆多。臣盡行私。比黨而公忠絕少」又云。「獄囚纍纍。士無報禮之心。征斂重重。民有偕亡之痛」見者扼腕。是日大風霾。黃霧四塞。有秦人邸從周者。都司吏也。素懷義憤。伺自成出。乘醉至前。戟手大罵曰。「若一貧賤細民。今妄據王府。僭稱僞號。逆天背理。吾見汝屍之萬段也。」自成怒。立斫殺之。

崇禎帝之殉國　自成旣僭號。明帝聞之大驚。召廷臣集議。欲親征決戰。李建泰。家曲沃。富於貲。請以私財餉軍。率師西討。帝曰。「卿若行。朕當仿古推轂禮。」遂賜敕。幸正陽門樓。親餞。行數里。建泰所乘肩輿。忽折。衆以爲不祥。建泰以宰輔督師。兵食並絀。所攜止五百人。甫出都。聞曲沃已破。驚悼稱病。日行三十里。至定興。吏民閉城不納。建泰攻破之。笞其長吏。抵保定。賊鋒已偪。知府何復。同知邵宗元。方城守。建泰叩城求入。宗元等不許。建泰以尙方劍恐之。或曰。金御史毓峒監軍。亟推出視。信。乃納之。遂屯城中。而自成已進窺山西。連破蒲州汾州。攻陷太原。執晉王求桂。攻代州。總兵周遇吉力拒。食盡。退守寧武關。戰死。自成歎曰。「使守將盡如周將軍。吾安得至此。」未幾。大同總兵姜瓖。宣府總兵王承胤。相繼降表至。自成喜。遂長驅而東。將至大同。巡撫衞景瑗、不知瓖已降。歃血要與共守瓖布訛言。謂巡撫秦人將應賊代王果疑之不與相見。及自成至。瓖開門迎降。自成殺代王傳𤅢宗室殆盡。景瑗被執。欲官之。景瑗據地。以頭觸階石。血淋漓。尋自縊死。賊嘆爲忠臣而去。至宣府。杜勳蟒玉鳴騶。郊迎三十里外。巡撫朱之馮登城誓守。將士皆散走。嘿無應者。之馮撫膺歎曰。不意人心至此。俄賊人入城。之馮南向叩頭。縊死城樓下。自成遂從居庸關入。守將唐通。太監杜之秩。以關降。十七年三月十二日進陷昌平。焚十二陵。總兵李守鑅。力戰死。初自成欲諷京師虛實。往往遣其徒輦重貲賈販都市。又令充部院掾吏。探刺機密。朝廷有謀議。千里立馳報。及是昌平已陷。兵部發騎偵探。輒被勾去。無一還者。賊游騎至平則門。都人猶未知也。帝召問羣臣莫對。有泣者。頃之賊環攻九門。門外先設三大營。賊至悉降。益以內侍專守城事。百司皆不敢問。十八日。自成設座彰義門外。降賊太監杜勳。侍呼城上人請入城見帝。太監曹化淳等縋之入見帝。帝怒叱之出。及日晡。化淳遂啓彰義門。賊盡入。帝出宮登煤山。望見烽火徹天。太息曰。「苦我民耳」。因還宮。分送太子永定二王於外戚周田二氏家。命后妃自盡。後以劍斫長平公主徽娖。年十五嘆曰。「汝何故生我家。」一時公主絕而復甦宮人請以易服誑賊乃隨尚衣監何新出順治二年上書願入空門詔命前所選駙馬周盛復尚故主涕泣餘年病卒翌日。昧爽。內城亦陷。鳴鐘集百官。無至者。帝復登煤山。書衣襟爲遺詔曰。「朕涼德藐躬。上干天咎。致逆賊直偪京師。皆諸臣誤朕。朕死。無面目見祖宗。自去冠冕。以髮覆面。任賊分裂。無傷百姓一人。」以帛自縊於山亭。遂崩。太監王承恩縊於側。一時大臣如范景文李邦華王家彥倪元璐之殉難者凡數百人。以覘成國公朱純臣。大學士魏藻德。輩率百官入朝。上表勸進者。其爲人賢不肖何如也。自成氈笠縹衣。乘烏駁馬。入承天門。僞丞相牛金星等騎而從。登皇極殿。下令大索帝后。期百官三日朝見。已知帝后死。命以宮扉載出。盛柳棺。置東華門外。百姓過者皆掩泣。

李自成之據京與吳三桂之復仇　自成據京師。朱純臣等入賀勸進。自成不許。盡付劉宗敏營中拷掠索財物。至灼肉折脛。備極慘毒。金足輒殺之。是時畿內府州縣俱降。山東河南亦多附。自成以爲眞得天命。令金星等撰登極儀。諏吉日。及自成陞座。忽若有人擊之者。自成懼。亟下鑄金璽及永昌錢。皆不就。聞山海關吳三桂兵起。益大沮喪。謀歸西安。初自成知三桂名。欲致之麾下。命其父吳襄作書招之。三桂本籍高郵。嗣入遼東。以軍功襲平西伯。崇禎十七年三月。以流寇內犯。奉詔統邊軍入衞。至山海關。聞京師陷。猶豫不進。旋得父書。忻然受命。至灤州。俄一偵者來。三桂詢之曰。「吾家無恙乎」。曰「闖已籍矣」。曰「吾至當還也」。又一偵者來曰「吾父無恙乎」。曰「闖已拘繫矣」。曰「吾至當釋也」。又一偵者來曰「陳夫人無恙乎」。曰「爲闖得矣」。三桂憤甚曰「若此吾能從若乎」。乃作書答父有云「胡乃隱忍偸生。訓以非義。既無孝寬禦寇之才。復愧平原罵賊之勇。父既不忠。兒焉能孝」。鈕琇觚賸云「遂大怒按劍曰。嗟乎。大丈夫不能自保其室。何以生爲。卽勒軍入關。縞素發喪」。陳夫人者。卽明史所謂陳沅也。婦人集曰。姑蘇女子。名圓圓。字畹芬。戾家女子。色藝擅一時。如皋冒先生常言。蕙心蘭質。濬秀天然。生平所觀。則獨有圓圓耳。陸次雲圓圓傳則謂其「本姓邢。後依其姨陳。遂改陳姓。長爲玉峯歌妓。爲田妃父所得。闖亂京師。大族皆皇皇。田憂。以語圓圓。圓圓曰「世亂亡無依。禍必至。曷弗締交吳將軍乎」。田從之。迓吳觀家樂。引入邃室。出羣姬調絲竹。一淡妝者領之。情豔意嬌。知爲圓圓。至席前。吳語曰「卿樂甚」。圓圓小語云「紅拂尙不樂越公。矧不逮越公者耶」。吳頷之。俄警報疊至。田謂「寇至將奈何」。三桂曰「能以圓圓見贈。吾保公家當先於保國」。卽命圓圓拜辭田。擇細馬馱之去。明帝趣三桂出關。其父襄時督理御營。恐帝聞此事。留圓圓於府第。三桂去而自成入矣。聞圓圓美。向襄索之。且籍其家。而命作書招三桂。自成見圓圓。驚其美。甚嬖之。遣使攜銀四萬犒三桂軍。三桂欲降。聞圓圓爲闖所得。誓復仇。疾歸山海關。部署軍事」。吳梅村作圓圓曲。悽豔哀感。無虛空語。又有雜感詩云。「武安席上見雙鬟。血淚青娥陷賊還。不爲君親來故國。只因女子下雄關。取兵遼海哥舒翰。得婦江南謝阿蠻。快馬健兒無限恨。天教紅粉定燕山」。亦紀實之作。其微詞於言外見之。三桂既歸。自成卽發兵追之。三桂迴兵擊破其衆。自成怒。親將部曲十餘萬。執襄於軍。東攻山海關。而遣別將從一片石（關名在撫寧縣東北）繞至關外夾擊之。三桂懼。依方獻廷計。乞師於清。

三桂之請援及趣兵　三桂遂遣副將楊珅等齎書出關。至翁後。呈之攝政王多爾袞。略言「除暴翦惡。大順也。拯危扶顚。大義也。出民水火。大仁也。興絕繼滅。大名也。取威定霸。大功也。金帛子女。皆爲所有。大利也。乞速選精兵。直入中協西協。三桂率部合力抵都。滅流寇而示大義。則所以報貴朝者。豈唯財帛。決將裂土以酬」。多爾袞得書。與范文程等決策進取。文程謂「兵以義動。何功不成」。遂卽日進兵。遣學士詹霸來袞往錦州．令漢軍擕紅衣礮向山海關進發．師次西拉搭拉．報三桂書曰．「向欲與明脩好．屢行致書．曾無一言相答．是以三次進兵攻略．欲明君熟籌而通好也．若今則不復出此．唯有底定國家．與民休息而已．予聞明主慘亡．不勝髮指．故率仁義之師．沈舟破釜．誓不返旌．期必滅賊．出民水火．伯遣使致書．深爲喜悅．夫報主滅賊．忠臣之義．伯雖向與我爲敵．今亦勿因前而疑．管仲射桓．後成霸業．今若率衆來歸．必封以故土．晉爲藩王．國仇可報．身家可保．世世子孫．如河山之永也．」四月十九日．多爾袞軍次連山．三桂復遣游擊郭雲龍孫文煥趣兵之請．其言曰．「接王來書．知大軍已至寧遠．救民伐暴．扶弱除強．義聲震天地．實爲我先帝．而三桂之感戴．猶小也．今三桂已悉簡精銳．幸王速整虎旅．直入山海．首尾夾攻．逆賊可擒．京東西可傳檄而定．止令大軍秋毫無犯．則民心服而財土亦得．何事不成哉．」三桂是書．藉口於執仇滅賊．且殷殷然以毋犯秋毫爲請．第聆其所言．非特不忘於故君．抑亦不忘於小民也．而清之報書．一則曰「底定國家」．再則曰「與民休息」．且自詡爲仁義之師．而蘄出民於水火．仁言藹如．彼此若相輝映．然律以原心之論．則兩者絕不相侔．此聽言信行．所以不能衡之於今也．

流寇之覆死

多爾袞得三桂趣書．遂星夜進發．踰寧遠．次沙河．距山海關十里許．三桂報賊已出邊立寨柵．師次一片石．遇賊將唐通馬兵．擊卻之．抵山海關．三桂開門出迎．多爾袞謂三桂曰．「爾可令爾兵各以白布繫肩爲號．不然．恐致誤殺．」令先行．遂入關．時自成挾明帝太子及宗室諸王．並擕吳襄陳圓圓等東擊三桂．率馬兵二十餘萬．自北山橫亘至海．列陣以待．是日大風．塵沙蔽天．清軍布陣．不能橫及海岸多爾袞謂諸王貝勒等曰，「爾等努力破此，則大業成矣，」乃令軍士鱗次布列，對賊陣尾，令勿越伍躁進，違節制，命三桂軍先戰，衝其中堅，適自成挾太子等在西山，多爾袞等各立馬觀戰，賊縱兩翼圍三桂數重，三桂搏戰良久，圍開復合，清軍從三桂陣右突出衝賊中堅，萬馬奔騰，飛矢雨墜，沙石飛走，擊賊如雹，所向辟易，俄塵開，賊驚曰，「滿洲兵也，」陣遂動，自成策馬下岡先走，衆望見，遂大潰，自相踩躪，死者無算，僵屍遍野，溝水盡赤，自成奔永平，三桂率衆二萬追之，自成遣王則堯張若麒等來議和，不許，則堯者明密雲巡撫降賊，授兵政府尚書，遣招三桂，三桂羈留之，送往多爾袞軍處斬，自成走還京師，殺吳襄並及其家人，將欲殺圓圓，圓圓曰，「聞吳將軍爲妾故而興兵，殺妾何足惜，恐其爲王死敵不利，」欲挈之去，圓圓曰，「恐吳將軍以妾故而窮追，王自度能敵彼，甚願從，」自成凝思久，乃棄去，悉鎔金餅數萬歸西安，二十九日，陞武英殿僭帝號，立妻高氏爲皇后，金星代行郊天禮，是夕焚宮殿及九門城樓，詰旦挾太子二王西走，清晉三桂爵爲平西王，隨多爾袞直趨燕京，追殺流賊，復與諸將約曰，「此次出師所以除暴救民，滅流寇以安天下，勿殺無辜，勿掠財物，勿焚廬舍，不如約者罪之，」仍曉諭官民，示以取殘不殺之意，」遂長驅而西，三桂及阿濟格多鐸兼程而進，又復大敗之，自成走山西，旋自山西奔陝，與張獻忠相攻，兵勢日益蹙，獻忠陷成都，據有全蜀，自號大西國王，改稱大順元年，屠僇蜀民，殆無噍類，既而清軍破陝西，自成奔湖廣，清軍分兩道追躡，其衆多降，自成自武昌走通城，騎能屬者二十八，略食九宮山，爲村民所困，自縊死，獻忠以蜀中民盡，謀窺西安，率衆至鹽亭界，遇清軍於鳳凰坡，中矢墜馬，蒲伏積薪中．清軍禽斬之．其黨皆潰走．流寇始平．而川陝亦平定矣．

多爾袞之入京　當李自成盤踞京師．民多流亡．范文程草檄示以「義兵之來．爲爾等復君父仇．非敵百姓也．所誅者唯闖賊．官來歸者復官．民來歸者復業」．於是百姓聞之大悅．凡竄匿山谷者．悉還鄉里．迎降恐後．五月朔日．清軍遂整隊入京城．故明諸臣出迎五里外．多爾袞進朝陽門．老幼焚香跪迎．內監以故明鹵簿御輦陳皇城外．跪迎道左．啓王乘輦．多爾袞曰「予法周公輔沖主．不當乘輦」．衆叩頭曰．「周公曾負扆攝國事．宜乘輦」．多爾袞曰「予來定天下．不可不從衆意」．令鹵簿陳設宮門．乘輦入武英殿陞座．故明衆官俱拜伏呼萬歲．令「諸將勿入民家．百姓安堵．秋毫無犯」．又諭故明官員耆老兵民曰「流賊李自成．本繫故明百姓．糾集醜類．逼陷京城．弒主暴屍．括取財貨．誠天人共憤．法不容誅．我雖敵國．深用憫傷．茲令官民人等爲崇禎帝服喪三日．以展輿情．著禮部太常寺備帝禮具葬」．尋議加謚曰「莊烈愍皇帝」．陵曰「思陵」．京城既定．遂遣都統巴哈納等招撫河南．山東．山西．又設防守燕京內外城門官兵．嚴禁士卒搶奪．又下令凡強取民間一切細物者．鞭八十．貫耳．猶慮鰥寡孤獨者無生計者．用飭所司贍養．多爾袞沿途所至．以迄入京之所措施．專以收拾人心．爲進取中原之計．蓋皆恃范文程．洪承疇爲之謀畫也．先是流寇陷京．文程曾上啓．略言「我國雖與明爭天下．實與流寇爲角．我當任賢撫衆．使近悅遠來．蠢克遵化．屠永平．兩經深入而返．彼地官民．必以我爲無大志．縱來歸附．未必撫恤．因懷攜貳．是宜申嚴紀律．秋毫勿犯．復宣諭以昔日不守內地之由．及今進取中原之意．官仍其職．

民仍其業。錄其賢能。恤其無告。將大江以北。可傳檄而定也」至多爾袞受大將軍敕印。師次遼河。承疇亦上啓。略言「我兵之強。天下無敵。流寇可一戰而除。宇內可計日而定。今宜先遣官宣布王令。以示此行。期於滅賊。拒者誅僇。將不屠人民。不焚廬舍。不掠財物之意。仍布告各府州縣。開門迎降者。官則加升。軍民秋毫無犯。況流寇今得京城。財足志驕。已無固志。聞我軍至。必焚宮殿府庫。遁而西行。我兵抵京。賊已遠去。財物悉空。逆惡未滅。士卒無所獲。大可惜也」多爾袞此行。務以安民服衆為心。非復往日之以攻掠為是。其得力於洪范者至深。故能隨流而擴風之所被。罔不披靡。卽其所施方略。尤可於詔令中見之。且前令薙髮以別順逆。今聞甚拂民願。仍諭以「照舊束髮。悉從其便」其所以體貼民情者至微已。

明室之偏安　莊烈帝既殉社稷。報至南京。人心惶惶。時參贊機務兵部尚書史可法等奉福王由崧神宗孫福恭王常洵長子初封德昌王嗣封福王監國於南京。改元宏光。命可法督師江北。召馬士英入閣辦事。分淮揚鳳廬為四鎮。以黃得功劉良佐劉澤清高傑領之。可法開府揚州。時清軍分兩路進。都統準塔軍出淮北。澤清率兵據黃淮清三口以拒。為清軍所敗。遁入海。多鐸軍則自泗州出淮北。可法方移兵馳援。會左良玉東犯。詔可法入衞。抵浦而左兵敗。一日夜奔還揚州。為死守計。清軍環薄城下。多鐸五次致書勸降。荅之火。北兵攻益亟。城陷。死之。就義時。猶罵多鐸毋殺揚州百萬生靈。顧亭林聖安紀略。謂其屠殺甚慘也。已而南京亦陷。帝走蕪湖。為明總兵田雄所劫以降。於是唐王聿鍵太祖八世孫唐端王碩熿之孫世子器墭子也卽位於福州。魯王以海稱監國於紹興。閩浙如水火。而其臣又復各分畛域。一則拒其使命。一則僇其使臣。當此敗逃窮蹙之秋。而猶蠻觸紛爭。偸安旦夕。識者早知其無能爲矣。果也。淸征南大將軍博洛等被命征閩浙。克紹興。以海奔台州。航海走。淸軍克金華。督師朱大典闔門死。乘勝克衢州。下建寧。進延平。聿鍵奔汀州。見執。於是皇弟建鍔卽位於廣州。桂王由榔（桂王常瀛第四子神宗之孫也）又卽帝位於肇慶。桂王竄蹟嶺南。據手掌之地。勢尤危窘。與聿鍵誼出本支。乃當望風瓦解之時。爲同室操戈之舉。遣兵往攻。而爲之臣者。方各挾其主以爲奇貨。爭城奪地。此與燕雀處堂何異。乃未幾。淸軍自福建趨潮州。惠州長吏皆降附。時聿鍔信任蘇觀生。昇兼綜內外。任招海盜爲捍禦。惠潮警報至。觀生猶斥其妄言惑衆。如是者三。淸軍已自東門入。聿鍔縋城走。爲追騎所獲。餽之食。曰。「我若飲此一勺水。胡以見先人地下。」乃自縊死。由榔聞廣州已破。大驚。瞿式耜請駐峽口。司禮監王坤不從。以朱治澗爲兩廣總督。守肇慶。趣由榔出走。奔梧州。又走廣西。式耜等會諸將於桂林。誓力守。漸復雲貴兩廣贛湘四川。由榔復駐肇慶。嗣連敗。又走梧州。尋走永昌。爲吳三桂兵所逼。走緬甸。緬酋執以獻。三桂旋被弒。以海自航海後。數遣兵擾閩境。先後攻陷三府一州二七縣。軍勢甚盛。至是淸軍進討。克興化城。連克永福長樂建寧諸郡縣。凡其所據地。一時盡復。以海不敢圖閩。乃謀窺浙東。復爲淸軍所圍。遂遁居金門。飄泊漁島。并自去監國號。魯王之勢至是盡。已至於益王朱由本據維昌夏禹亭艾南英等奉之。永寧王朱慈炎據撫州。兵部侍郎楊廷麟據贛州。各招五嶺峒蠻數萬。以爲恢復之謀。是爲江西之師。亦不久而見滅。

民兵之起滅　明之亡也。莊烈帝旣殉社稷。太子二王並陷於亂。一時草莽文士。感傷社屋。咸思興仗義之師．重以南都既失．貝勒克勒德渾等．出鎮江南．洪承疇總督軍務．招撫南方．復遣八旗兵分防順德濟南德州臨清徐州潞安平陽蒲州八城．以爲南北既定．卽下易服薙髮之令．其壓之者．卽其縱之者也．按辮髮之由來．據野棠軒摭言謂「太祖得遼陽．一日出城．至太子河．萬民俯伏河干．齊聲歸附．太祖曰．吾力薄．不能養爾等奈何．衆曰．卽不能養．亦無二心．太祖曰．吾將思之．翌日會於此．至次日．民之環跪者愈衆．太祖曰．吾留爾．從此滿蒙漢合爲一家矣．出其辮示之曰．三股歸一．有如此辮．爾等識之．齊聲曰．諾．」是昔時招降之始．本以髮辮驗其從違．況今內外歸誠．此着何能從緩．故其令之所言有曰「若不劃一．終屬異心．」又曰．「不從本朝制度者．殺無赦．」於是京城內外限旬日．各省地方自文到日起．亦限旬日．其檄下各縣．並有「留頭不留髮．留髮不留頭」之語．時孔子之裔孔文譚者．奏言「臣家章甫縫掖．自漢訖明．未之有改．應否蓄髮．以復先世衣冠．」嚴旨切責．「姑念聖裔．免死革職．永不敍用．」此旨一下．江南士民見之．無不切齒．而蘇州巡撫土國寶．松江提督吳兆勝．吳淞總兵李成棟．皆以降將乘機騷虐．士民益惡．其無力反抗．憤而自殺者．據三朝野史所載．六合諸生馬純仁．金壇木工楊士鰲．瑞安諸生鄒欽堯．永嘉諸生鄒之琦．皆投水死．祁門舉人馬嘉．歙縣布衣方國煥．武進布衣歐敬竹．蘇叟錢士鳳．無錫諸生嚴紹英．常熟諸生徐懌（史傳作徐澳）．浦江諸生張君正．晉江舉人劉應星．皆自縊死．清江布衣翟士元．崑山布衣陸幼安．皆自刎死．宜興諸生盧象同．蘇州舉人楊廷樞．無錫原任吏部員外郎華九誠．吳江布衣陳宗道．新城諸生楊應和．楊存久．宜城諸生麻三衢．福清貢生林熙．皆被執死．常熟諸生項志寧．壽州諸生謝一夔。武進諸生董元哲。皆發憤痛死。福清舉人林說。絕食死。宿都失守。兵過其地。人皆走匿。諸生劉泰兆。峨冠大袖。當戶而立。兵士問爾何人。曰「我明朝諸生也」。問何以不薙髮。曰「薙髮唯若輩可耳」。衆攢刀斫死。至有力興師者。先後不下數十起。其時清軍陷金陵。兵不過數萬。嗣復收明降卒。薙髮入伍。合之約十餘萬。半屯江寧。承疇等將之。半屯杭州。博洛等將之。又遣招撫侍郎李延齡。駐防蘇城。降將李成棟吳兆勝。分防沿海。及民兵四起。聲勢中斷。嘉定士民。推左通政侯峒曾進士黃淳耀等。誓死固守。松江江陰各處。亦多嬰城自保。會吳淞總兵黃蜚吳志葵。水寨泖湖。與松嘉聯絡。互為聲援。志葵進窺蘇州。蜚率太湖軍與會。蘇城驍騎僅千餘。延齡等使百餘騎繞城外。張幟為援兵狀。志葵前鋒數百。為其勁騎截擊破之。清軍閉城。令薙髮。不數日城中髮盡薙。即驅之登陴。內應既絕。外攻遂潰。都統馬喇希等克常州。連下崑山宜興常熟。又遣劉良佐圍江陰。成棟圍嘉定。屠之而東。邀蜚志葵於吳淞江。被執。其宜興溧陽之兵亦大敗。上下江之師漸平。惟吳易率吳江之軍。猶為清勁敵。清軍乃盡斷諸港路。殲之。進圍江陰。連屠三日。揚州嘉定外。唯此為最。徽州推官溫璜。以各官皆遁。乃盡攝其印。召士民慰諭。左僉都御史金聲。糾勇保績溪黃山。亦為清軍詐陷。璜與聲皆死。猶幸張天祿營徽州山上。張故史可法部將。禁兵入城。故徽州未罹騷虐之害。又免屠僇之慘。不得謂非天幸也。

監國魯王自紹興走台州。旋走舟山。走廈門。往依鄭成功。成功者。芝龍庶長子也。清兵南下。芝龍降。時成功年十七。方入泮為諸生。聞父降語弟襲舍曰「汝宜助我」。即與走隔港古浪嶼山。招集數百人。苦無貲適有賈舶自日本來。二僕在焉。問「有貲幾何」。曰「近十萬」。成功命取佐軍。一僕曰。未得主母命。森舍（閩俗父爲官子皆得稱舍）安得擅用。成功立斬之。遂以貲招兵製械。從者日衆。遂據金廈門。凡內地港澳。悉設舟師登陸爲寨。扼守水口。又徧布腹心於督撫提鎮各署。事無巨細。皆報聞。故以咫尺地與大兵抗拒三十餘年終不敗。養兵十餘萬。戰艦數千。計甲冑戈矢皆堅利。其財用不匱者。以有通洋之利也。清禁通洋。片板不得入海。而商賈壟斷。厚賂成功。以達廈門。然後通販各國。以是財用益饒。暨遷界令下。江浙閩粵沿海居民。悉內徙四十里。築邊牆爲界。自爲堅壁清野計。不知海禁愈嚴。彼利益普。疇昔沿海所掠。不過厚兵將私橐。於鄭氏公帑。原無損益。海外諸國。唯日本最富強。需中國貨尤多。聞鄭氏兵精。頗憚之。又成功爲日本婦所出。以渭陽誼相親。有求必與。故鄭氏府藏日盈。又成功特重操練。舳艫陳列。進退有法。將士在驚濤駭浪中。無異平地。跳躑上下。矯捷如飛。海岸多淤泥陷沙。其將帥皆赤脚不褌。故得免黏滯。官軍以靴履行泥淖中。不陷卽滑。奚免敗績。故與王師屢戰屢勝。又龍碩者。大銅礮也。較紅衣礮不加大。而受藥彈獨多。先投小鐵丸斗許。乃入大彈。及發。大彈先出。鐵丸隨之。所至多靡爛。（見屑玉叢譚僞鄭逸事）以此之故。故能起兵復沿海諸縣。圍漳南。勢大振。後又復溫台。破瓜州。取鎮江。直搗南京。又別遣將下徽寧諸路。清廷大震。自耿精忠與成功失好。耿兵方圖內嚮。鄭兵卽躡其後。已據閩之興漳汀邵。粵之潮惠七郡。養兵之用。悉資臺灣。自此府藏漸耗。敗歸之後。不可爲矣。先是明隆武時。以兵從者。悉加賜秩。成功兵獨強。賜姓朱氏。故人又稱成功國姓。至永曆又晉封延平王。給金印。成功受而藏之。終身不一用。仍稱招討大將軍舊銜．其居臺灣傳三世．悉遵永曆紀元．長至萬壽節．必設龍亭．率其官屬．朝賀如禮．至其孫克塽．兵敗降．明亡．

第六章　入定中原之政局

一　多爾袞之顛末

多爾袞之權勢　世祖沖年踐位，不自爲政，而使多爾袞濟爾哈朗攝之。當時即與諸王貝勒等言曰：「我二人身任國政，所行善，唯我二人受其名；不善，亦唯我二人受其罪。任大責重，不便兼理部務，而諸王仍留，亦屬未便，今欲概行停止。」諸王曰：「所慮極是。」復以此意言於肅親王豪格，豫郡王多鐸及貝勒等，僉以爲然。於是諸王貝勒貝子俱罷管部務。濟爾哈朗向領師干，本無攬權之私意，惟多爾袞以入關之役，自居首功，實權在握，威望日居諸王上。所以朝鮮國王李倧於歲貢外，獨附餽禮物於多爾袞一人。同爲輔政，未聞有餽於濟爾哈朗者。多爾袞乃謂濟爾哈朗及諸大臣曰：「我等輔理國事，誼無私交，且餽者不止一朝鮮也，受則滋擾不止。」遂定議外國餽送禮物，永行禁止，著爲令，而自致書朝鮮國王，曉以不受之故。即此一端，已足見其威權之獨隆。濟爾哈朗亦自知其不及，凡事俱甘退讓，故嘗集內三院六部都察理藩兩院堂官諭曰：「嗣後凡各衙門辦理事務，有應白於我二王者，或有記檔者，皆先知睿親王，檔子書名，亦宜先書睿親王。」云云。濟爾哈朗自抑若此，猶擅降其鄭親王爲多羅郡王，且將身遭不測。其居心可畏若此。而加封爲「皇叔父攝政王。」旋又晉爲「皇父攝政王。」其晉封册文有云。「叔父功德高於周公。將宗室不軌者。盡行處分。以朕爲文皇帝子。翊戴擁立。國賴以安。」又云「明朝失絕。流賊竊位。叔父率領大兵入山海關。遂取燕京。撫定中夏。迎朕來京。膺受大寶。此皆周公所未有。而叔父過之。」云云。其所以推崇之者至矣。至濟爾哈朗止加封爲「信義輔政叔王」已耳。且曩時所管兵事。亦大半移屬於多爾袞母弟多鐸之手。於是多爾袞威福益恣。凡批答章奏。即用皇父攝政王之旨。而大臣啓奏。亦必別有副本上於攝政王。甚至殿廷對策。亦止頌揚皇父攝政王。蓋當時朝野上下。惟知有攝政王。而不知有皇帝也。且凡內庫信符及賞功册。皆貯之於府第。即庶僚百工。亦莫不唯攝政王之命是聽。其聲勢之烜赫爲何如耶。順治二年五月。濟爾哈朗與內大臣等議。以皇叔攝政王。代天攝政。賞罰雖等朝廷。而禮統尚未崇隆。一切議制。亦應加禮。王固辭曰。「予在上前。未敢違禮。他處如汝等議行可也。」翌日王肩輿入朝。滿洲諸臣皆跪。因謂大學士剛林等曰。「諸臣何故皆跪。今予乃入君之朝也。如此行禮。予心何安。」遂返。於是剛林等傳語曉諭諸漢官。僉曰誠賢明之王也。其承風希指者如此。三年攝政王諭內院「嗣後諸王大臣差遣在外。凡有啓奏。具本御前。予處啓本。著永停止。」豈亦自知宜稍斂迹耶。七年七月。多爾袞體不適。貝子錫翰等詣攝政王府。王怨曰。「頃予罹此莫大之變。體復不快。上雖人主。亦宜循家人禮。一爲臨幸。若謂上幼沖。爾等皆親近大臣也。」又曰。「爾等毋以予言擅請臨幸。倘駕至。爾等罪益甚。」錫翰等出。王遣人進止之。甫出門。錫翰等已奏請駕臨幸矣。車駕既至。王讓錫翰等。卽向錫翰等跪且拜。頃之駕回。王下錫翰等於王大臣會議。衆議以錫翰等違令。擅請駕臨。罪大莫比。論死。籍其家。議入。會世祖將賜食錫翰等。以應否前往啓王。王以其視上與己有異。罪愈甚。次日令降錫翰爲鎭國公。嗚呼。前此所謂斂迹者。特不過敷衍之事耳。而其威勢所行。有不能不令人畏而附之者。安得不謂之一世之雄哉。

多爾袞之死與罪狀　順治六年冬。多爾袞元妃死。逾歲正月。卽以玉寶追封其妃博爾濟錦氏爲敬孝忠恭正宮元妃。並遣官往朝鮮選女子。二月。傳諭各部事務。有不須入奏者。付和碩巽親王端重親王敬謹親王辦理。五月。率諸王大臣出獵山海關。越五日。朝鮮送女至。親迎之連山。卽日成婚。六月。取中後所。旋以悼妃故有疾。十月。以有疾不樂。率諸王大臣及八旗固山額眞官兵獵邊外。逾二月。死於喀喇城。時年三十九也。以寵妾殉。訃聞。詔臣民易服舉喪。柩至。世祖率諸王貝勒文武百官易縞服。出迎東直門外。親奠三爵。各官伏道左舉哀。命王以下各官俱守喪。喪議悉用帝禮。尋命剛林等往取信符。侍郎索洪等往取賞功册。收貯大內。明年正月。世祖親政。追尊曰「懋德修道廣業定功安民立政誠敬義皇帝」。廟號「成宗」。幷升祔太廟。詔中有云「當朕躬嗣服之始。謙讓彌光。迨王師滅賊之時。勳猷懋著。闢輿圖爲一統。攝大政者七年。偉烈居以小心。厚澤流於奕世」云云。又會議政諸王固山額眞大臣會議。承襲專議以多爾博承襲。俸祿護衛及諸用物。視親王三倍。其原護衛百八裁四十。物有同御用者。俱裁革。諭曰。「朕之初心。本擬攝政王歸政之後。優禮酬報。不意王中道棄捐。未遂朕懷。今多爾博特加恩禮。豈可與衆比。王等議是。裁護衛四十。朕殊不忍。著仍留八十人」。其所以酬報之者亦甚隆矣。乃未幾。近侍蘇克薩哈等首告逆謀。謂其在日私製帝服。藏匿御用珠寶。曾向何洛會吳拜蘇拜羅什博爾惠密議。欲帶伊兩旗移駐永平府。譚泰亦言納肅親王豪格福晉博爾濟錦氏。詔下廷議。鄭親王濟爾哈朗端重郡王博洛敬謹親王尼堪等證成其獄。議何洛會黨附睿王罪。胡錫知其兄何洛會種種逆謀。不行舉首。俱應凌遲處死。籍其家。蘇拜知棺內黃袍諸物。徇隱不首。同與密謀。應斬。因先犯死罪。蒙恩寬宥。仍應免死。從之。於是追論多爾袞罪狀。詔示中外。詔曰。「鄭親王等合詞奏言。太宗文皇帝龍馭上賓。臣等同心翊戴。扶立皇上。並無欲立攝政王之議。唯伊弟豫郡王多鐸唆詞勸進。皇上因在三年。將朝政付伊與鄭親王共理。逮後睿王獨專威權。不令鄭親王預政。以其親弟豫郡王爲輔政叔王。背誓肆行。妄自尊大。以皇上繼位。盡爲己功。又將太宗昔年恩養諸王大臣及官兵人等。爲我皇上捐軀竭力。攻城破敵。剿滅賊寇之功。全歸諸己。所用儀仗音樂。與衛從之人。僭擬至尊。蓋造府第。無異宮闕。府庫之財。任意靡費。擅用織造緞匹。庫貯銀兩珍寶。不可勝計。復將皇上侍臣伊爾登陳泰一族。及所屬牛彔人丁。剛林巴爾達齊二族。盡收入自己旗下。詐稱太宗之位。原繫奪立。以挾制中外。又搆陷威偪。使肅親王不得其死。而納其妃。且將官兵戶口財產。俱以肥己。又欲皇上侍臣額爾克戴青歸己。差吳拜羅什剛林祁充格。封爲侯爵。因戴青不從。復龍侯爵。又差羅什誘皇上侍臣席訥布庫。冀其黨附。凡一切政事。批票本章。不奉上命。概稱詔旨。擅作威福。任意黜陟。僭妄悖理之處。不可枚舉。又不令諸王貝勒貝子公等入朝辦事。竟以朝廷自居。

令其日候府前。昨伊之近侍額克親吳拜蘇拜羅什博爾惠口稱亡主遺言。欲亂國政。幸端重親王等暨內大臣等公同出首。遂將羅什博爾惠正法。額克親吳拜蘇拜從重治罪。以此思之。多爾袞顯有悖逆之心。臣等從前俱畏威吞聲。不敢出言。是以此等情形未曾入告。今謹冒死奏聞。伏願皇上速加乾斷。列其罪狀。宣示中外。並將臣等重加處分等語。朕命大臣詳細會議。衆論僉同。謂宜治多爾袞罪。逆謀果眞。神人共憤。謹告天地太廟社稷。將其母子並妻封典悉行追奪。布告天下。咸使聞知。」並籍沒其家產。停其嗣子多爾博襲爵。其同母弟多鐸。以行兵有功。僅降爲郡王。大學士剛林祁充格俱以阿附睿王置重法。黨阿俗錫席訥布庫冷僧機等棄市。以拜伊圖年老免死禁錮獄中。范文程以睿王勢焰薰灼稱病家居。從寬革職留任。觀其罪狀。豈眞有潛謀不軌之事乎。何以死無多日。遽遭齮齕。蓋亦有自取之道也。

論多爾袞之功罪　多爾袞爲阿濟格同母弟。稱皇十四子。天聰二年三月。以從征有功。賜號墨爾根代青。晉固山貝勒。五年七月。議定官制。設立六部。命掌吏部事。崇德元年四月。敍功册封爲和碩睿親王。五月。命與多鐸等率師征明。十二月。從太宗征朝鮮。所戰克捷。明年。命與阿巴泰築都爾鼻城。三年。修盛京至遼河大路。路傍濬濠。多爾袞董其役。八月。授奉命大將軍。攻明入塞。大掠畿輔山東。代濟爾哈朗圍錦州。擊敗援兵四百人。克小山城一座。旋以失律降郡王。請率所部從征贖罪。不許。嗣因祖可法等請。獲罪王貝勒朝見始許入朝辦事。七月。論功復晉親王。七年。克塔山城。八年。與鄭親王濟爾哈朗同輔政。順治元年四月。再授奉命大將軍。經略中原。賞罰便宜行事。師入關。與李自成兵戰。諭諸王貝勒等曰。「爾等努力破此則大業成矣。」遂大敗賊衆。直趨燕京。追殺流寇。又與諸將約。有「勿殺無辜。勿掠財物。勿焚廬舍」之語。一時百姓逃竄者大悅。各還鄉里。五月初二日入京。居武英殿。時人稱爲九王。尋以奉迎世祖車駕入都。創製規模。皆其手定。厥庸顯然。乃骨肉未寒。許私立至。飛謀鈞謗。思陰擠之。黃袍黑貂。匿置棺內。構陷豪格。納其福晉。並與兄阿濟格密謀作亂。始傳於使女之口。繼出於侍臣之首。終成於王大臣合詞之奏。以致財產籍沒。爵奪廟享。撤母妻封典。皆追削。生前賢盈萬吻。死後罪斂一棺。論者謂爲誣陷之辭。其信然耶。讀乾隆四十三年上諭。前半歷敍功績。中段所言推翻前案。辨駁甚是。有云。「顧以攝政有年。威福不無專擅。王大臣未免畏而忌之。遂致沒後爲蘇克薩哈等所搆。經諸王定罪除封。其時我世祖章皇帝實尚在沖齡。未嘗親政也。夫睿王果萌異志。則方兵權在握。何事不可爲。且吳三桂之所迎勝國舊臣之所奉。止知有攝政王耳。其勢更無難顯竊名號。卽我滿洲大臣。心存忠篤者。自必不肯順從。然彼誠圖爲不軌。無難潛鋤異己。以遂逆謀。乃不聞於彼時。因利乘便。直至身後。以斂服僭用明黃龍衮。指爲覬覦之證。有是理乎。」又實錄載睿王集諸王貝勒貝子大臣等。遣人傳語曰。「今觀諸王貝勒大臣。但知諂媚於予。未見有尊崇皇上者。予豈能容此。昔太宗升遐。嗣君未立。英王豫王跪請予卽尊位。予曰。爾等若如此言。予當自刎。誓死不從。遂奉皇上纘承大統。似此危疑之時。以予爲君。予尚不可。今乃不敬皇上。而媚予。予何能容。自今以後。有盡忠皇上者。予用之愛之。其不盡忠不敬事皇上者。雖媚予。予不爾宥也。且云太宗恩育予躬。所以特異於諸子弟者。蓋深信諸子之成立。唯予能成立之。每覽實錄至此。未嘗不爲之墮淚。則王之立心行事。實能篤忠藎。感厚恩。深明君臣大義。尤爲史册所罕覯。又云昨於三十八年因其塋域久荒。特敕量爲修葺。並準其近支以時祭掃。然以王之生平盡心王室。尙不足以慰彼成勞。朕以爲王應加恩復還睿親王封號。追謚曰忠。」覩此則功罪昭然矣。卽論當時世祖詔宣罪狀。亦曰「逆謀果眞」。曰果眞者。因其無左證。無實據。而姑爲疑似之詞也。至納肅王妃。並非睿王一人。其兄阿濟格亦納之。蓋其時滿洲習俗。容或嘗有之事。烏得專罪睿王。且此亦止關於私德耳。而於逆謀何與焉。

二　世祖之事略

世祖之遷都　多爾袞統兵入關。掃蕩賊氛。肅清宮禁。卽與鄭親王濟爾哈朗等。御殿受朝。設防守燕京內外城門。官兵嚴禁士卒搶奪。北京旣定。宣捷告天。乃與諸王貝勒大臣等。定議遷都。遣輔國公屯齊喀博和託。固山額眞何洛會等。齎奏往瀋陽。恭迎聖駕。奏言「仰荷天眷。及皇上洪福。已克燕京。臣再三思維。燕京勢據形勝。乃自古興王之地。有明建都之所。今蒙天畀皇上。遷都於此。以定天下。則宅中圖治。宇內朝宗。無不通達。可以慰天下仰望之心。可以錫四方和平之福。伏祈皇上俯納焉。」七月。因遷都燕京。遣官祭告上帝太廟福陵。九月。車駕發盛京。禮部奏豫定百官迎接禮儀。先期工部錦衣衛修治道路。設行殿通州城外。南向。司設監設帷幄御座於中。尙衣監備冠服。錦衣衛設鹵簿儀仗。旗手衛設金鼓旂幟。教坊司設大樂。俱在行殿西。候駕至前導。先一日。傳報文武百官。俱吉服於行殿西道旁百步外侍班跪接。入行殿升座。鴻臚寺官贊排班。班齊行五拜三叩禮。候上更衣。百官前行。駕自永定門入大清門。升武英殿。百官自大清門左右進至承天門外金水橋南。文武分班。駕至。跪迎俯伏。駕過。百官各散。次日黎明。文武百官集武英殿上表請卽位。攝政王是之。車駕入山海關。駐蹕西河。總兵官高第。永平道李不著迎駕。世祖諭曰。「爾等所屬地方兵民孤寡。宜加軫恤。各安其心。隨後我軍搬移家口。各有章京統領。爾等曉諭商民。但在城外互市。如有搶奪者。卽拏送所管章京。毋徇情面。」至通州。容王率諸王大臣及羣臣迎駕。自正陽門入宮。卽以睿王功最高。命禮部尙書郎球等建碑紀績。十月朔。祭告天地社稷。奉太祖太宗神主入太廟。御皇極門受朝賀。乃頒詔曰。「我國家受天眷佑。肇造東土。列祖剏興弘業。皇考式廓前猷。遂舉舊邦。誕膺新命。迨朕嗣服。雖在冲齡。緬念紹庭。永綏厥位。頃緣賊氛洊熾。極禍中原。是用倚任親賢。救民塗炭。乃方馳金鼓。旋奏澂清。既解倒懸。非富天下。王公列辟。文武羣臣。暨軍民耆老。合詞勸進。懇切再三。乃祇告天地宗廟社稷。定鼎京師。緬惟峻命不易。剏業尤難。况當改革之初。更屬變通之會。爰乃酌古準今。懿親勳賢。宜加殊禮。罪囚諸犯。咸予赦除。故明加派弊政。悉豁除之。民間逋賦。悉蠲免之。山林隱逸。所在以聞。降諭諸臣。並予昭雪。既已諭旨布恩。宏敷大賚。將使投誠歸命。無阻幽深。惟爾萬方。與朕一德。播告遐邇。咸使聞知。」大學士馮銓洪承疇等奏曰。「皇上承太祖太宗之大統。滿書俱已熟習。但帝王脩身治人之道。盡備於六經。伏祈擇滿漢詞臣。朝夕進講。則聖德進而治道光矣。」故其後勤政之暇。經訓史策。不離左右。數幸內院。與諸臣討論古今。更定禮樂。脩明制度。經筵時御。日講不輟。夙夜勵精。

孜孜靡倦。（見世祖實錄）亦未始非銓等啓導之力云。

世祖廢后及大婚禮　先是攝政王多爾袞爲帝納聘科爾沁圖卓禮克圖親王吳克善女爲后。實太宗孝莊文皇后博爾沁錦氏親姪女也。順治七年十二月。多爾袞死。世祖親政。八年正月。吳克善親送女至京。和碩親王滿達海等請二月內舉行大婚禮。世祖以大婚吉禮此時未可遽行。不從。時帝年才十四耳。越二年八月。諭禮部曰。「朕惟自古帝王必立后以資內助。母儀天下。今后之册立乃睿王於朕幼時所定之婚。始即與朕意志不協。宮闈參商已歷三載。事上御下。淑善難期。不足仰承宗廟之重。已奏聞皇太后降爲靜妃。改居側室。」先二日。禮臣至內院。帝諭察前代廢后事。馮銓等奏請慎重舉動。奉旨嚴飭。次日。禮部尚書胡世安等及御史宗敦一等交章力諫。命議政諸王大臣及三院九卿詹事科道會議。議上。乞仍正位中宮。選立東西兩宮。命再議。九月。鄭親王濟爾哈朗等奏言聖旨甚明。臣等亦以爲是。無庸更議。得旨「廢后之事。朕非樂爲。但容忍已久。實難終已。今既以爲是。着仍遵前旨行。」於是前皇后廢。十一年五月。聘科爾沁鎭國公綽爾濟女爲妃。即廢皇后從姪女也。六月。立爲皇后。后時年十四。少世祖三歲。其大婚典禮爲入主中原時所首行。以後皇帝婚禮大體仿此。不可以不紀。「先期。有納采禮。有大徵禮。（均載於大清通禮）遣官祇告天地太廟。至日早。鹵簿大駕樂懸陳設如常儀。鑾儀衛官就皇后邸。陳皇后儀駕。禮部官設案太和殿正中。又設案皇后邸堂正中。案上設册寶篚。又設案於中案東。設采亭太和門外階下。內院禮部官朝服奉册寶自中道入太和殿。陳於案。王公百官朝服序立。世祖章皇帝禮服御殿陞座．內院官奉册寶授册封使臣．使臣跪受．輿自中道奉出．禮部堂官前導．至太和門外．設於采亭．鑾儀衞校尉舁册寶亭前列御仗二對．自協和門出．詣皇后邸．世祖章皇帝還宮．遣親王二人奏請昭聖皇太后．幸位育宮．（後改保和殿）昭聖皇太后陞輿．樂作．儀駕前導．世祖章皇帝恭迎太和門內．昭聖皇太后輿自御道進位育宮．使臣至皇后邸．后父親率屬朝服出迎門外．皇后禮服．與后母朝服．迎於庭．使臣奉册寶自中道入．置東案上．皇后就案南北面跪．宣讀官立案左西面宣册寶文畢．次第奉授侍左女官跪接．獻皇后．皇后祇受．轉授侍右女官跪接．陳案上篚內．皇后與行六肅三跪三拜畢．陞輿．女官奉册寶篚設采亭內．儀駕鼓樂前導．至協和門．儀駕止．女官奉册寶前行．皇后輿自中道入．至太和殿下．降輿入宮．禮部堂官奏請御殿．世祖章皇帝禮服御中和殿．諸王入．世祖章皇帝率諸王詣昭聖皇太后前．行禮畢．諸王退出．復原班立．世祖章皇帝御太和殿．午門鳴鐘鼓．中和韶樂作．世祖章皇帝陞座．樂止．鳴鞭．賜后父及親屬燕．王公百官咸與燕．還宮．皇后率后母及公主福晉命婦．朝昭聖皇太后於位育宮．禮成．皇后還宮．昭聖皇太后賜后母燕．公主福晉命婦咸與燕．畢．昭聖皇太后乘輿還宮．世祖章皇帝恭送如儀．越三日．世祖章皇帝御太和殿．王公百官上表行慶賀禮．頒詔天下．」（並載大清通禮）其慶典亦云隆矣．

十五年正月朔．諭禮部曰．「朕維皇后表正宮闈．孝敬爲先．皇太后聖體違和．皇后身爲子婦．起居問安．禮節殊闕．於朕孝事之誠．不無遺憾．向年廢后之舉．因與朕不協．故不得已而爲之．至今尙引爲慚德．着停其中宮箋奏．」三月．奉皇太后慈諭謂「皇后冲齡．未嫻禮節．且素切眷愛．慈諭寬仁．敬當遵奉．復中宮箋奏如初」於此亦可見世祖孝思之切已。

世祖之任法　世祖嘗召木陳和尚入侍，一日話及江陵，木陳猶斥其權重。世祖曰「勿爾，爲重臣者，自須權重，始可攝服百僚，指揮邊戍」（見木陳集御音問答）所言如此，可見其銳意圖治，自是英俊之君。當時睿王入關之初，明臣迎降，睿王多權宜任之，故於明之弊政，未盡釐正。卽睿王威權自專，世祖猶禮敬有加，亦不嫌其過重，蓋明知承明季廢弛之後，非如此不足以攝服而指揮，逮乎親政，爲蘇克哈薩等所搆，誣以謀逆，卽毅然首正其罪，而不稍加顧惜。卽鞏阿岱、錫翰輩，亦卽正以典刑。太宗次子碩託、孫阿達禮，並因是而獲罪。多鐸入西安，定江南，滅明福王，固甚有功者，而亦以與睿王同胞兄弟，降爲郡王。他如一等精奇尼哈番許爾安、副理事官彭長庚等，請爲昭雪，無不忤旨戍邊，以王室懿親，績茂功偉若此，猶不少爲寬假，其嚴厲可知。故親政後下詔云「朝廷治國安民，首在嚴懲貪官，嚴懲貪官，必在審實論罪。夫貪婪官員，一挂彈章，必非完璧，或降調閒散，或勒令休致，皆不得仍完原職，從前參問貪官，姑照恩赦月日免罪，退職自今頒諭之後，大貪官員至應死者，遇赦不宥。」故凡一時官吏之專擅，如陳名夏、譚泰、陳之遴、劉正宗輩，無不立予誅僇，而土國寶以江寧巡撫貪污被劾，革職嚴訊，且畏罪而自經。總督張懸錫以迎接失儀，爲學士麻勒吉責備，惶遽自刎，詔責其借端苛索，令九卿科道會審，從重議處。他如諭吏部禁榷關書吏之騷擾，諭兵部防驛遞官員之苛索，雷厲風行，人皆知畏。十二年諭刑部曰「朕覽參劾貪官本章，贓私盈千累萬，及問結擬罪，往往脫卸於衙役，既以贓輕追死，而衙役尤止坐無祿輕條，案曁末乾彼等即鑽營別衙門充役縱橫盤踞播惡無窮不加嚴處奚以除民害而肅紀綱嗣後內外問刑衙門審究蠹役計贓定擬不許援引無祿輕條凡情罪重大者分別絞斬餘俱流徙即載入律例仍通飭行」從前入關之初百務未遑一切多仍明舊故弊風所孃未能盡革自世祖悉心糾劾有犯必誅觀聽爲之一肅豈所謂其刑罰重而信其誅殺猛而必黭然而雷擊之如牆厭之如是則百姓劫則致畏乎世祖傳贊曰「任法嚴肅夙弊盡革以成一代雍熙之治」洵然

世祖之愛民　自明季萬曆末年戶部尚書李汝華倡加遼餉崇禎初年楊嗣昌當國又加練剿二餉通計先後加賦二千萬是爲三餉民之憔悴於虐政者久矣淸代開國首革除之又除召買津糧凡江南淮陽湖北蘄黃流亡荒地已免其租世祖親政以前此邊外築城加派各省錢糧二百五十餘萬令有司按戶給還除山西荒田二萬八千餘頃西安廢地虛丁銀三萬餘兩寬卹之政已肇端矣及入關之初首免都城居民被兵者賦役三年以河南被寇賜免田租順治二年收山西除田租之半三年收江南免糟三之一五年平湖廣免衡永辰靖等處錢糧熙朝政紀謂「嘗聞八九年間歲計出浮於入者八十餘萬十三年以後頻年增餉缺額至四百萬度支亦云絀矣而十一年免七八兩年逋賦十三年免八九兩年逋賦大抵逋欠在三年以前者輒與停免康熙初猶沿以爲例及至末年以滇閩用兵加天下練餉五百萬亦未幾敕部計軍需足用即止此二者惠民之政見諸免科與蠲免者也至政之見於災蠲者則亦有所攷焉順治六年功令凡遇災蠲於起運存留均減存留不足即減起運有司藉口無項可免使民不沾實

惠者。論定凡災蠲州縣。以蠲免之數刊發免單。已入者抵明年正賦。違者以贓論。凡卹災辨其分數。順治間定被災八分至十分免十之三。五分至七分免二。四分免一。政之見於免徭役者。自周禮而後。國家無不受役之民。亦無不病民之役。由來已久。清初頻年征戰。修築城堡。旗民徭役頗多。世祖入關。以八旗子弟鬬士斬荊。厥功甚偉。至是並糧草布匹。亦永停輸納。並免八旗壯丁差徭。除各省匠籍。革河夫僉派之弊。時建太和殿。塞封邱決河。率用夫數萬。皆優給工食。而民不擾。順治六年。諭內三院云「兵興以來。地多荒蕪。民多逃亡。著戶部。都察院。傳諭各撫按。飭地方有司。凡六年以前。不許開征。不許分毫僉派差徭。俾逃民復業。墾地漸多。十四年。頒布賦役全書。用里甲之法。編徵徭里銀以代役。官爲雇募。有有司私派里甲。私役部民之禁。徭里銀者。卽丁口賦。亦謂之丁徭銀也。他如設直隸沿河隄夫以備脩築。置臨墩鋪夫以護漕運。亦皆召募而給以工食者。以視關外時代征徭之法。三丁抽一。以供驅使。其餘守臺陶鐵工匠獵獸窖冰靑草諸役悉廓而清之。亦可云休養生息。使民相安於無事矣。天聰八年。漢備禦等猶以徭役繁重。訴之戶部。乃集漢官宣諭。計功給丁之法。僅此十數年間。而弊政盡革。不可謂非迅速也。

世祖之取士 太祖英武。嘗恨明之儒生。逮捕處死。太宗始利用漢人。故待儒者甚重視之。天聰三年。舉行儒生考試。一時赴考者三百餘人。分別優劣。得二百人。並候錄用。八年三月。復校試漢生員。踰月。乃合滿蒙試之。爾時雖有取士之典。而取士之制猶未詳也。順治開科。沿明舊制。首場四書藝三篇。經藝四篇。次場論一篇。表一道。判五條。試五經者並作詔誥。三場策五道。時給事中龔鼎孳請用詩去策。改用奏疏。

不許定磨勘試卷例．首嚴弊倖．次簡瑕疵．前場以明理會心．不愧先儒者爲合式．後場以出經入史．條對詳明者爲合式．於是得售者謂之中式．時鄉會試三場俱由主考出題．自順治十五年後．會試及順天鄉試首場四書三題．始欽命密封．送內簾官刊印頒發．至滿洲科舉．始順治八年．吏部言先帝在盛京．作養人才．已有成例．今日正當舉行．於是令八旗子弟通文義者．取入順天府學．合滿蒙漢軍以三百人爲額．鄉試取中百二十名．清漢文隨其所習．惟漢軍依漢人例．初減篇數．後漸增如一．壬辰乙未廷試．滿洲進士各五十人．別爲一榜．十四年．停八旗考試文藝．限每佐領下一人讀書．用爲部院官．若因事而加恩澤．則有加科．有廣額．有加科而兼廣額．清初海內初定．用才既多．取才唯恐不足．於是有加科．或遇慶典．取才之數必增．如順治間丙戌平江南．己亥收雲貴．加科之典凡二．至有清一代．慎重制科．法律嚴峻．亦自世祖啓之．順治二年乙酉．河南鄉試錄內．稱皇叔父爲王叔父．典試官歐陽蒸．呂雲藻俱褫職．交刑部治罪．四年丁亥．會試同考官袁禮如．擅改硃卷．褫職．九年壬辰會試．以第一名程可則悖戾經旨．特旨除名．試官秘書院學士武陵胡統虞．降三級．宏文院學士大名成克鞏．降一級．同考左敬祖等奪俸有差．十一年甲午．禮部奏參順天主考編脩吳縣范周．江夏吳正治．評閱試卷．止有姓名．全無次第．給諫宋牧民亦稱試錄程文種種乖謬．並奉旨交刑部．最可畏者．尤莫如十四年丁酉順天．江南兩省科場大獄．順天則刑科給事中任克溥．奏同考官李振鄴．張我樸．（時有張千李萬之謠）受科臣陸貽吉．及博士蔡元禧．進士項紹芳賄中田耕．鄔作霖．舉人俱奉旨七人立斬．家產籍沒．父母兄弟妻子流徙尙陽堡．餘被流徙者二十五人．正考官庶子曹本榮。副考官中允宋之繩。失察各降五級。江南則江寧書肆刊万金記傳奇。不知出誰手。傳聞禁中。（以方除一點錢去兩戈指兩主考姓）世祖大怒。命將主考侍講方猶。檢討錢開宗房考李上林商顯仁葉楚槐錢文燦周霦張晉朱蕊李祥光田俊民李大升龔勳郝維訓朱建寅王國禎盧鑄鼎雷震生。俱駢戮於市。厥後衡文者獲咎。從未比附輕典。是此舉已垂家法矣。且順治丁酉科。世祖命南北中式者。在瀛臺覆試。題卽爲瀛臺賦。是時每舉人一名。令護軍二人持刀夾兩旁。與試者莫不慄慄危懼。決不使有倖進者羼其間。十四年。丁酉江南科場之獄。主試房考十八。皆伏法。其新中舉人世祖親加覆試。斥革者方域等十四人。停科者史繼佚等二十四人。然防弊雖嚴。而立法至恕。觀汪琬程可則像贊序云。被黜後開試。擢中書舍人又進士題名碑。載順治壬辰會元張星瑞。於此可見當時之制。榜首因磨勘斥革。許擇人另補其被革者。亦不必終身擯棄也。

世祖之任官　開國之始。順天巡撫宋權獻治平三策。首廣羅賢才以佐上理。薦故明薊遼總督王永吉。乃詔廷臣各舉所知。嗣以知舉多明季舊吏廢員。未有肥遯逃名之士。定舉主之法。得人者賞。賭繆連坐。薦時止以履歷上聞。其才品所宜。由朝廷定奪。禁不得以雜流黜革之人充數。畏避連坐。緘默不言者罪之。順治末年。停差巡按。乃定各巡撫應薦方面有司佐貳教官員額。會推舊制。與薦舉略同。順治六年。大學士洪承疇。疏言平治天下。在督撫提鎮得其人。宜實行保舉連坐之法。先令吏兵二部。評注保舉。再詢左右大臣而後用之。詔謂督撫提鎮。著內院九卿會推督撫缺。以侍郎布按推用。九年。令京官二品以上。

及宗丞通政大理。俱由會推。十年。詔不拘品級。從公推擇。推舉不公。科道糾參。蓋以兼聽並觀。不私用人之權。可獲得人之益。順治八年。世祖親政。諭部院諸臣。託名熟練。持祿養交。有年屆懸車。貪戀爵祿。著吏部開列職名。親行更定。與天下見之。九年。始行京察。定以後六年一次。遇寅申年舉行。顧其時雖定京察之制。而甄別亦不盡依年限。是以十年。諭曰「外官計典十年內已三舉行。京官殿最亦當核察。吏禮侍郎。學士。詹事等官。朕親考。區別六部等衙門老疾不能任事。素行不孚衆論。或才可外任者。各堂官察核。彙送吏部都察院同吏科河南道議奏。通理僕等衙門。開送核奏」。於是依八法例甄別。十二年。定考滿議敍例。初次優等加銜。二三次優等加級。時三年考滿與六年京察之典並行。凡三品以上自陳。四品等官。吏部都察院議奏。親定去留。又令優等給予誥命。十七年。詔甄別內外官。都御史魏裔介。請行糾拾之法。以補甄別之所未及。內而京官。外而督撫。不拘現任丁憂告假養病。科道官遇有見聞。即據實糾劾。從之。時內外保列一二等者甚多。若三年考滿。則自順治二年始。時御史張㴙疏言。盜賊竊發。皆因有司惟知善事長官。不恤民瘼。考績殿最。宜以守己端潔。實心愛民者爲上考。三考奏績。不次擢用。幹理簿書。惠鮮無策。雖有才能。止注中考。三年。吏部奏朝覲考察之期。請於四年正月舉行。頒五花册。令撫按以才守政年四格注考。（才則或長或平或短守則或廉或平或貪政則或勤或平或怠年則或青或平或老）四年。行大計。詔曰「天下人民。困苦極矣。朕既出之水火。與監司守令共圖治平。蓋四載於茲。奈明季之積習難除。頹風猶煽。有司則貪婪成習。小民之疾痛誰憐。雖婪眾閒有糾彈。而姦猾每多賄脫。朕甚憤之。茲當大計。已嚴飭所司。貪酷重懲。闒茸罔貰。爾等姑准留任。尙思祓濯前愆。」嗣是每遇大計入覲之年。必嚴切訓諭之。是歲。吏部奏定三年一舉。以爲定制。撫按考語咨達吏部考功司。吏科河南道。詳核去留。定八法處分。貪酷革職。提問。罷軟不謹革職。年老有疾休致。才力不及浮躁降調。凡計典處分官不准還職。九年。吏部言計典舊例。府州縣正官入覲。但委署害民。反爲地方之累。議令藩臬兩司代覲。並依議行。故事。計參之外。令科道糾拾。四年大計拾遺被劾者多。科臣魏象樞再以爲請。得旨糾拾官依大計處分。挾私妄糾者論。十三年大計天下官二百九十二人。休致降革者有差。又諭曰「朕親政六載於玆。振飭官方。未嘗寬假。今又當大計之年。而治猶未進。民猶未安。錢糧逋欠。盜賊竊發。大者仍不法。小者仍不廉。上之德意無由下究。民之疾苦無由上聞。非爾等失職之咎歟。已飭所司重懲貪酷。宜各正直存心。淸廉持己。勉圖後效。」十五年。定薦舉員數。大省無過十八小省三四人。有舉無劾。不得注考。仍察處。十八年。給事中雷一龍疏言大計勿得遺大吏而摘微員。懲去位而寬現任。並請令藩臬赴部面同指實。蓋其時開國權宜。固以懲貪爲弊吏之本矣。其時科臣直言無隱。多致意吏治之澄淸。而世祖於察計二端。尤爲廑念。嘗幸內院。閱大計疏。謂范文程曰「貪吏何多也。此輩平時侵漁小民。大計之年。亦應戒懼。」文程以見利智昏對。世祖曰「此由平素不能正心。苟識見旣明。持守有定。安能爲貨利搖奪乎。」此眞窮源探本之論也。是歲。即命吏部考核各省督撫。故淸初吏治有可紀焉。

內監之裁抑　世祖入關之初。定鼎頒詔。賜廷臣宴。有內監數軍。先行拜舞。給事中郝傑奏曰「自古刑餘宦寺。特備洒掃供使令。從不敢與朝臣齒列。明末寵任厰衞。遂貽杜勳等開門迎賊之禍。今遇大典而先拜舞。則辱朝廷以羞當世。莫此爲甚。」奉諭朝賀大典。內監不得沿明制入班行禮。淸之制裁中官。自此舉始。嗣是監明代之失。汰除宦官。設內務府。罷織造太監。十年。乃設乾淸宮執事官。及直殿局。諭曰。「朕稽考官制。唐虞夏商。未用寺人。自周始具其職。所司者不過閽闥掃洒使令之役。未嘗干預外事。秦漢以來。諸君不能防患。乃委以事權。加之爵祿。典兵干政。流禍無窮。豈其君盡闇哉。緣此輩小忠小信。足以固結主心。日近日親。易致潛持朝政。且其伯叔弟姪。宗族親戚。實繁有徒。結納搢紳。關通郡縣。朋比夤緣。作奸受賄。窺探喜怒。以張威福。宮庭邃密。深居燕間。稍露端倪。輒爲假託。或欲言而故默。或借公以行私。顚倒賢奸。混淆邪正。依附者得致雲霄。忤抗者謀沈淵穽。雖有英毅之主。不覺墮其術中。權旣旁移。變多中發。歷覩覆轍。可爲鑒戒。但宮禁役使。此輩勢難盡革。朕酌古因時。量爲設置。首爲乾淸宮執事官。次爲司禮監。御用監。內官監。司設監。尙膳監。尙衣監。尙寶監。御馬監。惜薪司。鐘鼓司。直殿局。兵仗局。滿洲近臣與寺人兼用。各衙門官品。雖有高下。寺人不過四品。凡係內員。非奉差遣。不許擅出皇城。職司之外。不許干涉一事。不許招引外人。不許交結外官。不許使弟姪親戚暗相交結。不許假弟姪等人名色。置買田屋。因而把持官府。擾害人民。其在外官。亦不許與內官互相交結。如有內外交結者。同官覺舉。部院察奏。科道糾參。審實一併正法。防禁旣嚴。庶革前弊。」讀茲諭旨。亦略見當時杜漸防微之意。乃時逾一稔。內監吳良輔。煽裁內務府。別置十三衙門。而奄人於是始有事。然世祖猶慮其死灰之復燃也。十二年。又諭

「中官之設雖自古不廢。然任使失宜。遂遺禍亂。近如明朝王振汪直曹吉祥劉瑾魏忠賢等專擅威權。干預朝政。開廠緝事。枉殺無辜。出鎮典兵。流毒邊境。甚至謀爲不軌。陷害忠良。煽引黨類。稱功頌德。以至國事日非。覆轍相尋。足爲鑒戒。朕今裁定內官衙門及員數職掌。法制甚明。以後但有犯法干政。竊權納賄。屬託內外衙門。交結滿漢官員。越分擅奏外事。上言官吏賢否者。即行陵遲處死。定不姑貸。特立鐵碑。世世遵守。」防維如此其嚴且密也。而十三年。猶有大學士陳之遴賄結良輔之事。至良輔之交通內外官員受賄作弊。雖嘗爲言官所彈劾。而蚍蜉何能撼大樹。至十五年罪狀顯著。研審情眞。因下詔曰。「若按迹窮究。株連者甚多。姑從寬免究。官員人等自後務須痛改前非。各供厥職。敕吏部刊刻告示內外通行。」良輔尋伏法。至十八年遺詔又自數其罪云。

世祖之崩　世祖自八年親政。賴諸大臣之輔翊。政績可觀。十三年。册內大臣鄂碩女棟鄂氏爲賢妃。尋晉皇貴妃。十七年八月十九日。薨。年二十餘。世祖哀悼逾恆。追封加謚曰。「孝獻莊和至德宣仁溫惠端敬皇后。」自是抑鬱寡歡。至次年正月。即崩於養心殿。年二十有四。遺詔以罪自責。據實錄所載。筆之於下。詔曰。「朕以涼德。承嗣丕基。十八年於茲矣。自親政以來。紀綱法度。用人行政。不能仰法太祖太宗謨烈。因循悠忽。苟且目前。且漸習漢俗。於純樸舊制。日有更張。以致國本未臻。民生未遂。朕罪一也。朕自弱齡。即遇皇考太宗皇帝上賓。教訓撫養。唯聖母皇太后慈育是依。隆恩罔極。高厚莫酬。唯朝夕趨承。冀盡孝養。今不幸子道不終。誠悃未遂。朕罪一也。皇考賓天時。朕止六歲。不能服衰絰行三年喪。終天抱憾。唯侍奉皇太后順志承顏。且冀萬年之後。庶盡子職。少抒前憾。今永違膝下。反上廑聖母哀痛。朕罪一也。宗室諸王貝勒等。皆係太祖太宗子孫。爲國藩翰。理宜優遇。以示展親。朕於諸王貝勒等。晉接既疏。恩惠復鮮。以致情誼睽隔。友愛之道未周。朕罪一也。滿洲諸臣。或歷世竭忠。或累年効力。宜加倚託。盡厥猷爲。朕不能信任。有才莫展。且明季失國。多由偏用文臣。朕不以爲戒。而委任漢官。即部院印信。間亦令漢官掌管。以致滿臣無心任事。精力懈弛。朕罪一也。朕夙性好高。不能虛己延納。於用人之際。務求其德與己相侔。未能隨才器使。以致每歎乏人。若舍短錄長。則人有微技。亦獲見用。豈遂至於舉世無才。朕罪一也。設官分職。唯德是用。進退黜陟。不可忽視。朕於廷臣中。有明知其不肖。不即罷斥。仍復優容姑息。如劉正宗者。偏私躁忌。朕已洞悉於心。乃容其久任政地。誠可謂見賢不能舉。見不肖不能退。朕罪一也。國用浩繁。兵餉不足。而金花錢糧。盡給宮中之費。未嘗節省發施。及度支告匱。每令諸王大臣會議。未能別有奇策。止議裁減俸祿。以贍軍餉。厚己薄人。益上損下。朕罪一也。營業殿宇。造作器具。務極精工。求爲前代後人之所不及。無益之地。糜費甚多。乃不自省察。罔恤民艱。朕罪一也。端敬皇后。克盡孝道。輔佐朕躬。內政聿修。朕仰奉慈綸。追念賢淑。喪祭典禮。過從優厚。不能以禮止情。諸事踰濫不經。朕罪一也。祖宗剏業。未嘗任用中官。且明朝亡國。亦因委用宦寺。朕明知其弊。不以爲戒。設立內十三衙門。委用任使。與明無異。以致營私作弊。更踰往時。朕罪一也。朕性耽閒靜。常圖安逸。燕處深宮。御朝絕少。以致與廷臣接見稀疏。上下情誼否隔。朕罪一也。人孰無過。朕日理萬幾。豈能一無違錯。唯聽言納諫。則有過必知。朕每恃聰明。不能聽言納諫。『良賈深藏若虛。君子盛德容貌若愚。』朕於斯言。大相違背。以致臣工緘默。不肯進言。朕罪一也。朕既知有過。每日刻責自悔。乃徒尙虛文。未能省改。以致過端日積。愆戾愈多。朕罪一也。太祖太宗栽垂基業。所關至重。元良儲嗣。不可久虛。朕子佟氏所生。八歲岐嶷穎慧。克承宗祧。玆立爲皇太子。卽遵典制。持服二十七日釋服。卽皇帝位。特命內大臣索尼蘇克薩哈遏必隆鰲拜爲輔臣。伊等皆勛舊重臣。朕以腹心寄託。其勉矢忠蓋。保翊冲主。佐理政務。布告中外。咸使聞知。」讀玆遺詔。自數十四罪。先眷眷於孝養之未盡。中復自責不能以禮止情。殆亦動於中之不能自已歟。據官書所載。則謂因病痘而崩。以妃一人。侍衛一人殉。而野史則言世祖於董妃薨後。哀悼過甚。厭棄人世。立志入山學佛。皈依後住持之地。則京西五十里之天台寺也。今寺中有蠟製之僧像一。大如人體。嚴密扃護。像左有碑一方。大書「天地不朽」四字。僧戴寶冠。披黃龍袍。蓋卽世祖偶像也。驗其像面目骨格。與宮中所藏世祖畫像略同。此蠟像亙三百餘年。守護迄今。必非無因。且聖祖亦屢幸天台寺。或錫扁額。或賜金帛。則此寺爲世祖遯迹處。殆無疑義。世祖初離宮庭時。曾謂鰲拜曰。「他日新主踐阼。余必歸來觀禮。」其後歸來與否。不得而知。然可見世祖離俗之時。王大臣等必盡知之也。古今宮闈祕記言。「世祖爲僧。人謂在五台山。」引聖祖三幸五台山事爲證。而此則言天台寺。又引蠟像爲證。然則吳梅村詩之淸涼山。卽天台山矣。按此事無確據。姑存此以俟博雅者搜攷焉。其尊謚曰「章皇」。廟號「世祖」。升祔太廟。葬孝陵。在遵化西北七十里豐臺嶺。一名鳳臺山。嗣封爲昌瑞山。

三　王公諸臣之識略

綜論人才之盛。建一統之業。而成洪大之基。雖賴其君之英明。要亦恃乎臣之輔佐。故天生人才。所以供一代之用者也。世祖沖齡踐位。値明運告終。流寇肆虐。竊惟其君所以剏業而垂統者此時。其臣所以建功而立業者亦此時。清雖與明爭天下。而實與流寇相角逐。而世祖入關以來。命將出師。百萬巨寇。一戰而克。撥劇整亂。爲天下生民主。齊晉秦豫傳檄而定。平江淮。收楚蜀。下浙閩兩粤滇黔。以次剿蕩。其間稟潤天潢。翼亮帝室。提劍而叱之。所至靡城撕邑。下將降旗。哮闞之犖風驅熊羆之衆霧集。如阿濟格多鐸豪格濟爾哈朗尼堪輩。洵可謂桓桓上將。實天所啓者。而坐諸帷幄。淵謀羣策。雷動聲應。或贊襄密勿。經略四方。斟酌百代。手援赤子出之水火之中。瀕萎而蘇。則唯范文程洪承疇等是賴。世祖以幼冲之年。承太祖太宗創業之後。君之德性未堅。民之創痍未復。在位十有八年。而清賦役以革橫征。定律令以滌寃濫。獎進廉正。斥遠貪邪。四方水旱。責躬引咎。菲飭膳服。汰除閹寺。遂成大一統之業。雖其焦心勞思。勤求民瘼。而亦賴科道諸臣。如魏象樞魏裔介楊雍建輩。直言無隱。有以決壅蔽之路。通上下之情。恤閭閻之隱。奠海宇而開太平也。茲將有關於當時輔佐之人物。略識左方。以見藎猷茂績。其關繫實非淺鮮者。

諸王之佐命　阿濟格者。太祖第十二子。爲大妃烏拉納喇氏出。初稱台吉。崇德元年四月。封武英郡王。是冬。太宗征朝鮮。令率兵駐牛莊備邊。明年二月。助攻皮島。與有功。三年正月。隨車駕親征喀爾喀。四年。

二月。攻明入塞。命與尼堪等率四旗擺牙喇兵。環守塔山連山。四月。略連山。十月。往略錦州寧遠。旋掠保定。五年九月。與濟爾哈朗等代多爾袞圍錦州松山。六年三月。又代多爾袞圍錦州。明年三月。還京。順治元年九月。率師征明寧遠衞。抵中後所。徙頓城北。塡平壕塹。以雲梯挨牌及紅衣礮亟攻之。城穨。敵奔潰。斬游擊吳良弼都司王國安。進拔前屯衞中前所。凱旋。十月。晉封英親王。尋授命靖遠大將軍。西討李自成。二年。沿邊剿賊。八戰皆捷。下四城。降三十八城。並遣官安撫。時自成領兵二十萬。聲言欲取南京。水陸並進。勢甚盛。阿濟格分兵躡其後。追及於鄧州承天德安武昌富池口桑家口九江等七處。降者撫之。拒者誅之。所向克捷。六月。自成南走咸寧蒲圻。過通城。竄入九宮山。徧索不獲。有降卒言。僅攜步卒二十人。爲村民所困。自縊死。或云從山後逃去。阿濟格遣素識者驗其尸。至糜爛不可辨。卽奏報已死。復不候旨班師。多爾袞以其欺誑。遣甲喇章京巴都等至其軍。諭以不遣迎之故。又以索賄事覺。降郡王。三年。以張蓋坐午門。獲罪。四年七月。復晉親王。五年八月。剿平曹縣土寇。十一月。命戍守大同。適大同總兵姜瓖叛。星夜往圍其城。旋被宥。六年六月。還京。啓於弟多爾袞。爭稱叔王。卽論其驕妄諸罪。令勿預部務。並禁交接漢官。八年正月。坐多爾袞死時。密謀作亂。逮獄。閏二月。移禁別室。三月。減其服用。十月。因出怨言。賜死。年四十七。並除宗籍。多鐸。太祖第十五子。阿濟格同母弟也。初封貝勒。天聰二年三月。太宗征明。命與德格類等率精騎在前。以功賜號額爾克楚虎爾。崇德元年。晉封豫親王。六月。命掌禮部事。明年。朝鮮兵軍於南漢城外。命與揚古利相機迎擊。揚古利陣亡。多鐸奮身赴難、朝鮮兵夜遁。獲馬千一百四十。歸。又明年、從征明、向寧遠錦州進發、詗知桑噶爾寨舊居之堡無備、亟攻入、祖大壽遣人執令箭赴錦州、生擒之。十一月、與濟爾哈朗合兵過中後所、大壽襲其後、多鐸收兵不戰、是夜濟爾哈朗聞之怒、詰朝與多鐸復至其處、大壽兵恩不敢出、遂還營。四年五月、以罪降貝勒、八月、改管兵部事。五年二月、命濟爾哈朗為右翼主帥、多鐸為左翼主帥、往修義州城、駐紮屯田。六年九月、命率師困松山。七年七月、敍下松山功、晉豫郡王。十月、奉命大將軍阿巴泰等將入邊、命率兵赴寧遠邊外、為牽制之師。八年十月、謀奪大學士范文程妻、罰鍰。順治元年四月、隨多爾袞入關、人稱為十王。十月、復晉豫親王、授定國大將軍西征。二年正月、追李自成入西安。二月、命移師定江南。四月、入揚州、獲史可法、斬以徇。五月、入南京、滅明福王。十月、凱旋、晉號德豫親王。三年五月、授揚威大將軍、征蘇尼特部、與郡王碩塞率師追剿、敗之譚特克山、逐北布爾哈圖山、斬其台騰機特二子。會喀爾喀土謝圖汗兩軍助戰、又敗之扎濟布喇克。事寧而還。四年七月、晉封輔政叔德豫親王、賜金千兩、白金萬兩、冊文有「定鼎中原以來所建功勳卓越等倫」之語。六年三月卒、年三十六。以福晉二人殉。九年、以係多爾袞母弟、追降郡王。豪格、太宗長子、繼妃烏拉納喇氏出。初封貝勒。天聰六年七月、晉和碩貝勒。崇德元年四月、以軍功晉肅親王。六月、命掌戶部事。八月、以事降貝勒。三年八月、副奉命大將軍多爾袞攻明。次年四月、凱旋、管部事如故。九月、復以功晉親王。五年六月、與多爾袞等屯田義州。九月、代多爾袞等圍錦州松山。六年三月、以事降郡王。七年四月、攻克塔山城。七月、以功仍晉親王。順治元年四月、以事削爵。十月、仍封親王。三年正月、授靖遠大將軍征四川。三月、至西安、總督孟喬芳等先已復渭南蒲城武功同州．至是豪格遣兵分兵定邠州慶陽延安諸城．五月．進軍漢中．破賀珍等於雞頭關．（南鄭附近）漢中圍解．七月．分軍之半入蜀．而留貝子滿達海等搜剿餘孽．時張獻忠竄西安．焚燬成都宮殿廬舍．率黨出川北．其將劉進忠遁逃．會豪格軍抵漢中．進忠來降．乞爲嚮導．十一月．進抵西充．滅獻忠．五年二月．凱旋．三月．被多爾袞構陷削爵幽繫．四月．自殺．年四十．以庶妃三人殉．七年正月．多爾袞與兄阿濟格各納其福晉一人．八年二月．昭雪．追復封爵．十三年九月．追謚武乾．

濟爾哈朗．莊親王舒爾哈齊第六子．初稱貝勒．天命十一年十月．札魯特私通明．從大貝勒代善等率兵征之．天聰元年．從車駕討明．至寧遠城下．分擊其步卒．被創．仍力戰．明兵大敗．二年四月．與豪格率師取顧特塔布囊．陣斬之．俘獲萬計．三年十月．從伐明．次老河．命率右翼四旗蒙古軍．攻大安口．自辰迄巳．敗敵兵五營．四年正月．軍至永平．太宗曰．「朕思擒劉興祚．勝得永平．彼忘恩詐逃．仍被我擒．未可知也．」命濟爾哈朗與阿巴泰追之．翌日．見興祚趨山海關．阿巴泰圍其前．濟爾哈朗躡其後．獲興祚．與其弟興賢．遂拔之．命與薩克廉安撫人民．察驗倉庫．事寧．令守城．四月．還師．五年七月．掌刑部事．六年五月．率師略歸化城．十一月．命赴寧遠．致書明主．露封以往．並令指授蒙古牧地．申明約束而還．崇德元年．敘功．封和碩鄭親王．四年五月．率兵略錦州松山杏山．入明邊．九戰皆捷．五年二月．率右翼兵往修義州城．駐紮屯田．四月．車駕親臨義州．蒙古多羅特部民蘇班代等．自杏山西五里．遣使約降．命濟爾哈朗迎之．遇明杏山總兵劉周智松山總兵吳三桂合兵進逼．即縱兵反戰．親自督陣．大敗之．六年八月．車駕援錦州．命濟爾哈朗留守。七年三月。命出駐杏山塔山。以次攻克之。世祖卽位。與多爾袞同輔政。順治元年。九月。率師征明寧遠衞。連拔中後所前屯衞中前所。十月。還。加封信義輔政叔王。四年。坐事罷輔政。五年。三月。貝子屯齊等訐告其罪狀。降多羅郡王。尋復爵。九月。授命定遠大將軍。征湖廣。經山東。與阿濟格削平曹縣土寇。六年正月。自安陸入長沙。抵湘潭。敵出三門迎戰。克其城。濟爾哈朗率師渡江。趨辰州。抵永興。奮鬪而入。生擒尹舉智等。斬之。敵棄辰州遁。時尼堪等克寶慶。破南山坡九營。又破九營於大水。十營於紅江。師至沅州靖州。敵聞風先走。佟圖賴等距衡州三十里遇賊兵。擊敗之。胡一淸距廣西全州三十里。立六營。又擊破之。八月。班師。七年。以功封其子富爾敦爲世子。九年正月。晉封叔和碩鄭親王。十二年五月。病卒。年五十七。世祖惋悼。諭各部院七日勿奏事。加恩給營造園寢銀萬兩。尼堪。褚英（一作褚燕）第三子。崇德元年。封固山貝子。十二月。征朝鮮。遣馬福塔勞薩等率師爲商賈裝。潛往圍其國都。尼堪與碩託以兵繼之。國王李倧遣其巡撫率兵來援。復擊敗其衆。二年。四月。命與議國政。四年正月。與阿濟格率師環守塔山連山。六年。四月。遣往錦州。助濟爾哈朗軍。順治元年。以剿流寇功。晉封多羅貝勒。從多鐸平江南。豪格平四川。瀕有功。五年。七月。從阿濟格剿平曹縣土寇。晉封多羅敬謹郡王。六年。正月。授命定西大將軍。與喀爾楚渾等率師入太原。討大同總兵姜瓖。三月。多爾袞拔渾源州。次寇家寨。尼堪啓報屢次戰勝狀。旋師至大同。晉封親王。四月。寇陷山西汾州。命博洛自大同往討。尼堪自左衞往圍大同。八年。正月。晉封和碩敬謹親王。九年。授命定遠大將軍。偕屯齊進征楚蜀。十一月。率師南進。敗馬進忠於湘潭。復敗李定國於衡州。尼堪輕騎逐之。遇伏。城內兵復出應師。欲退。尼堪曰「我宗室也。不除逆寇。何面目歸乎。」遂奮身入。陷於陣。年四十三。追封和碩莊親王。博洛。太祖孫。阿巴泰第三子。崇德元年封固山貝子。二年四月與議國政。順治元年晉封多羅貝勒。從多鐸追李自成入潼關。下西安。又從取南京。多鐸分兵。俾領其半進徇常州蘇州。復偕拜音圖略杭州。潞王從巡撫張秉貞等開門迎降。十月凱旋。三年授命征南大將軍。往平浙閩。五月人杭州。敗方國安。進平紹興。自是攻克金華衢州二府。擒斬明蜀王朱盛濃樂安朱誼石及總兵項鳴斯等。全浙底定。是冬分兵自衢州廣信兩路進師福建。撫定興化漳泉三府。福建悉平。四年二月凱旋。五年十一月。姜瓖叛。與阿濟格圍大同。明年三月。多爾袞至。晉封親王。未幾。賊兵自大同進逼。博洛親督鰲拜等奮勇赴難。斬馘殆盡。四月。授命定西大將軍。討山西汾州賊。以次削平諸州郡。八月。與滿達海合軍攻汾州。克之。八年正月。晉封親王。九年三月卒。年四十。追封和碩定親王。其餘功績卓著。敷施爛然。親王中若傑書常阿岱多尼碩塞博爾鐸濟度德塞喇布岳樂等。郡王中若岳託瓦克達勒克德渾勒爾錦等。貝勒中若察尼喀爾楚渾等。貝子中務達海博和託洛託薩弼溫齊等。皆可以備載焉。

相臣之輔政　開國功臣。論者必首推范文程。文程。字憲斗。籍遼陽。蓋自明中葉由吳往戍。爲文正公裔孫。清天命三年。杖策至撫順。謁太祖。命入值文館。天聰時命守灤州。闔郡保全。崇德二年。晉秘書院大學士。遭遇之隆。幾等於漢之張良明之劉基。世傳其三大議。尤足固根本。李自成破明燕京。吳三桂致書乞師。多爾袞召其籌策。文程曰「賊惡稔矣。可一戰破。惟好生者天之道。古未有嗜殺人而得天下者。國家欲統一方，豈非又安百姓不可。」多爾袞用其言，入關中嚴紀律，妄殺者罪，遂定京師，一大議也。明季賦額屢增，民不堪命，文程廷對，請用萬曆時額，從之，天下大悅，二大議也。闖獻亂後，土曠民稀，文程條上軍屯事宜，詔議行之，流亡漸集，裁兵不譁，三大議也。他若首爲明帝發喪，以收拾民心，請再行鄉會試，以籠絡士心，又上保舉連坐法，以整飭官常，又言庶官一眚，悉請湔擢，以保全善類，諸凡開國規制，皆其擘畫居多，清之得力於漢臣，自此始也。而世祖亦極厚遇之，累加一等男世爵，加封一等子，晉少保，兼太子太保，稱病解職，特加太傅，康熙五年卒，諡文肅，名相雲礽，閱五百餘年，又成閥閱，人皆謂天平冢地使然。天平山屬蘇州文程祖塋在焉此疑龍撼龍之妄談，不足以昭示來許也。如洪承疇者，籍福建南安，明萬曆四十四年進士，由巡撫晉陝西三邊總督，與總兵曹文詔共剿流寇，崇禎七年，監督河南山陝川湖軍務，次年，詔出潼關討賊，至信陽，鳳翔警報至，文詔馳赴眞寧，遇賊戰死，賊將掠西安，承疇遮之涇陽三原間，賊不得逞，時賊蔓延半天下，詔承疇專督關中，復破李自成於渭南，旋爲楊嗣昌所劾，削宮保銜，十二年，總督薊遼，松山之役，遂降清，隸漢軍鑲黃旗，順治元年，多爾袞入燕京，師次遼河，承疇啓言「宜先宣布王令，俾知此行不屠人民，不焚廬舍，不掠財物之意。」多爾袞卽本此意，與諸將約，幷曉諭官民，一時百姓逃竄者大悅，薙髮迎降。五月入關，以太子太保兵部尙書爲祕書院大學士，二年六月，被命招撫南方，駐江寧，督理軍務，兩江賴以底定。厥後太宗實錄告成，加少傅，掌都察院事，累調弘文院國史院大學士，十年五月，諭內三院曰，「湖南兩廣雖漸底定，滇黔阻遠，尙未歸誠，必得夙望重臣，相機撫剿，偏察廷臣，無如大學士洪承疇者著特陞太保兼太子太師內翰林國史院大學士兵部尙書兼都察院右副都御史經略湖廣廣東廣西雲南貴州總督軍務」辭太保不許十四年孫可望詣長沙赴承疇軍乞降承疇俱悉明將內訌狀於是與吳三桂保奏請乘機大舉實承疇主謀也朝議是之分三路進取次雲南十六年捷聞桂王竄緬甸承疇疏請大臣留守俾鎭邊隅廷議促令入緬承疇獨抗疏力陳瘴盛運艱乃詔班師十月以目疾還京十八年乞休論功予三等輕車都尉康熙四年卒諡文襄之二人者皆漢人也文程爲明諸生投効滿洲猶可云名未挂於朝籍若承疇身爲疆吏已受國家之厚恩衡以慷慨致命之義念終未能帖夢妥魂然變革以來功名之士莫不鷹揚蹈厲而勳勒鐘鼎名銘壽旛莫不交口推二氏蓋在明爲亡國士夫在清則爲開國元輔也

言官之直諫　清初言官最負盛名者三魏象樞魏裔介楊雍建是誠直臣之首也魏象樞字環溪籍蔚州明崇禎十五年舉人清順治三年進士選庶吉士明年改刑科給事中骨鯁敢言事尤注意當世人才賢否治術得失民生休戚疏言督撫按聽用之官太雜道府州縣胥隸太濫請淸理報可劾安徽巡撫王懩徇庇受賄罷之累轉刑科左給事中八年世祖親政免天下額賦罷城工除加派時有以私征侵帑坐罪者上疏極陳其弊請定藩司會計奏報之法以杜欺隱立內外各官治事之限以清積滯請嚴道府縱徇之律訂考績大典反噬之禁其最切者請聖躬愼起居一疏詞逼輔臣略言「聖政維新中外想望治平非同昔日如皇上近巡京畿輔臣當陪侍扈從以効啓沃之思倘遠有所幸尤宜諫止鑾輿以盡保傅

之職」一又因災變陳言謂天地之變乃人事反常所致歷舉近日顚倒旨意輕重綸音諸事語侵權貴尤亟疏下九卿科道議左給事例不與議象樞補陳顚末因以請許之象樞面折諸大臣抗爭是非在廷爲側目獨大學士范文程心識之曰「此眞國家任事臣也」其後有搆象樞者輒於衆中剖晰之遷吏科都給事中十年大計連上四疏其一請復糾拾舊制言官不宜反坐下所司議著爲令因奏白給事中劉楗糾拾被譴冤言官吳拜吳達坐言事論死謂言官進言不實第宜治以考功法惟坐婪贓飢法報怨挾讎乃可下刑部報可論者謂言路通塞此大關鍵也前後疏凡三十餘上其大要崇治本別人才行實惠通民隱皆國家要政明年陳名夏獲罪坐不先事糾發降補詹事府主簿尋遷光祿寺丞十六年乞休康熙間授御史擢左僉都御史凡所陳奏皆關大計累晉戶部侍郎一歲五遷益自警惕授左都御史首疏申明憲綱十事謂國家根本在百姓百姓安危在督撫願諸臣爲百姓留膏血爲國家培元氣臣不敢不爲朝廷正紀綱爲臣子勵名節切中時弊十八年晉刑部尚書援漢汲黯自請爲郎故事願辭司寇職留御史臺爲皇上振肅綱紀聖祖嘉之加刑部尙書銜留任會京師地震時聖祖晝夜坐武帳中遂直入奏曰「地臣道也臣失職則地反常臣不能肅風紀請先罪臣回天變」聖祖召象樞入伏地涕泣請屏左右語移時極言天變乃索額圖明珠二相植黨市權排忠引佞之應又明年二相相繼罷聖祖始以象樞面對論羣臣歷官四十年嘉謨忠議朝章多所手訂二十三年稱病歸越二年卒年七十一謚敏果著有儲宗錄知言錄寒松堂詩文集其時有二魏之稱其一謂魏裔介也裔介字貞庵籍柏鄉崇禎十五年舉人

順治三年進士選庶吉士改授工科給事中時世祖御極五載疏言「少而勤學古人比之日出之光宜及時肇舉經筵日講以隆治本」會應詔上書略言「上下之情未通滿漢之氣中關大臣闒茸保富貴小臣鉗結惜功名紀綱弛法度壞貪官暴吏相呑噬臣實憂之宜改絃易轍盡反平日所爲請時御正殿召對羣臣虛心咨訪令部院科道諸臣面奏政事詔史官記注以求救時之實」制下立行轉吏科八年二月世祖親政又言「深居高拱不如詢訪臣鄰批答詳明不若親承顏色故事有朔望之朝有早朝晚朝內朝外朝三六九之朝今縱不能如舊例請一月三朝以副勵精圖治至意」自是定逢五視朝之制又疏言「直隸山東河南水災勘報移覆需時請振稍緩無救死亡請速發帑拯飢」世祖即出帑金二十四萬分遣大臣十六人督振全活數十萬人十一年轉兵科應詔陳用兵大勢略言「劉文秀起川南孫可望據貴筑李定國伺隙粵西張名鎭流氛海島頻年征討尙逋天誅爲進取計蜀爲滇黔門戶蜀既守而滇黔之勢蹙故蜀宜先取此西南情形也粵西稍弱昨歲桂林之役未之大創必圖再犯以牽制我湖南之師宜令藩鎭番出相機戰守此三方者攻瑕宜先粵西粵西潰則可望膽落滇黔亦當瓦解」厥後諸路進兵卒如其言累遷左都御史會日月交食請廣開言路停罷土木寬守令考成參罰釋解寃滯矜恤鰥寡孤獨酌復五品以下官俸並令南方專意招撫固防險隘徹還旗下戍兵省數百萬供應之費立即允行又疏言「天下未平皆由征求太急刑罰太煩宜獎進直言激發忠義倘寬大平易之治勿爲刻薄瑣碎之謀」有旨令對狀終以其直不問也坐他事奪職俄復原官十六年加太子少保世祖召至中

和殿。諭曰。「朕擢用卿。非有人薦達也。」裔介稽首謝曰。「敢不竭孤忠以報。」一日侍坐。問民間收穫。
對曰。「畿內百姓困苦。豐年止供官稅。」又泛論史鑒。世祖偶稱唐太宗英主。對曰。「晚年無魏徵苦諫。
遂窮兵高麗。至貽後悔。」其因事納忠類若此。十七年。世祖下罪己詔。令羣臣各自陳。裔介疏上。奪宮保
銜。劾大學士劉正宗成克鞏欺罔附會諸罪狀。以不早言。並下獄。然卒直其事出之。聖祖踐位。考績復宮
保。晉吏部尚書。康熙三年。擢保和殿大學士。十年。病休。明年。加太子太傅。裔介居言路久。前後二百餘疏。
皆關國家大計。或阻或行。或天子排衆議而獨申其言。用著爲律令。論者謂清初名相無出其右者。著有
希賢錄、論性書、致知格物解、學規彙編、讀書錄纂要、易經大全纂要、四書精義彙解、惺心篇、捷解、孝經注
義、鑑語經世編、傳家錄附家約、樗林三筆、明百家說、耕餘雜語、崑林小品、崑林續鈔、鄉塾全書、教言、恆言、風
憲禁約、巡城條約、勸誡圖說、牛誡續鈔。文有兼濟堂集。詩有嶼舫集、嶼舫近集。二十五年卒。年七十一。乾
隆元年。謚文毅。楊雍建。籍海寧。順治時御史。以抗直稱。前後疏凡數十上。皆有關乎治道。晉兵科給事中。
會世祖幸南海子。疏請起居宜慎。意在規切上躬。雖觸怒。神色自若。時尚可喜耿繼茂並鎮廣東。疏言廣
東一府兩藩。民瘁供億。請徙一藩四川。以蘇民困。論者謂與楊素蘊劾吳三桂擅補多官。宜防驕肆。郝浴
糾三桂在蜀擁兵不救危城。皆言人所不敢言者。眞不愧朝陽鳴鳳也。雍建又請飭學臣。禁士人立社結
盟。以杜朋黨之漸。尤爲切中時弊。康熙時亦多所建白。甲辰。有星孛於翼軫。抵降婁。占驗者以爲含譽星。
雍建獨疏請修省。聖祖優詔答之。遂赦天下。宣赦後紅本下。二獄囚當決。又封還紅本。命三法司再議。二

囚得不死。四十三年。以河工積勞。病卒。著有黃門疏稿景疏樓文集。至如郝傑疏陳四事。曰勸農桑以植根本。撫逃亡以實戶口。禁耗贖以除苛政。嚴奢侈以正風俗。孫蕙陳刑法四事。曰定刑書。存國體。禁刁訟。蘇滯獄。董文驥嘗上疏論列世祖在南苑閱之怒。即日召至詰責。已而嘉其切直。傳旨賜膳。並及其從者。亦可見君明臣直之風也。滿員中以阿什坦爲最著。氏完顏。通經學。篤於踐履。順治初。翻譯大學中庸孝經諸書。刊行之。以教旗人。皆出其手。官給事中。會稗官小說盛行。滿人多翻譯。上言學者宜以聖賢爲期。經史爲導。此外無益雜書。當屏絕。又請嚴旗人男女之別。定部院九品之制。俱報可。康熙初。退閒家居。鰲拜專政。欲令一見。終不往。嗣以薦起。聖祖嘗召入便殿。問節用愛人。對曰。「節用莫要於寡欲。愛人莫先於用賢。」聖祖顧左右曰。「此我朝大儒也。」

第七章　康熙時代之政局

一　康熙初年事略

聖祖之純孝　聖祖皇帝八歲世祖賓天十一歲慈和皇太后崩逝當時呼搶哭踊盡禮盡哀聖孝純誠已爲薄海傳誦康熙二十三年侍臣請往觀捨身崖聖祖曰「愚民無知惑於妄誕之說以捨身爲孝不知身體髮膚受之父母不敢毀傷故曾子有臨深履薄之懼且父母之愛子惟疾之憂子既捨身不能奉養父母是不孝也此等事處處有之正宜曉諭嚴禁使百姓不爲習俗所誤觀之何爲」二十四年車駕幸博洛和屯聞太皇太后違和星夜回鑾親奉湯藥夜半尙未就寢迨聖體康寧奉慈諭幸白塔寺將大雨近侍奏曰「道路泥濘請俟少霽行」聖祖曰「近因聖祖母偶爾違和朕心實深憂慮今已痊愈甚爲慶幸何憚此一往不以仰慰慈衷乎」遂冒雨行（見聖訓）二十六年諭大學士等曰「凡人之行莫先於孝近者漢軍居父母之喪毫無居喪之禮至孝服鞍轡等類所用素帛皆異常華美居喪演劇滿洲所無漢人亦未有特漢軍爲然耳百行以孝爲大如此所行以爲孝道其他又何足觀也」其年十二月太皇太后不豫聖祖躬侍寢榻廢餐輟寐衣不解帶者至月餘後自宮中步禱南郊親製祝文詞義懇篤太

居常宜讀之際。涕泗交頤。文武從官。靡不感泣。既遭慈寧大喪。三日以內。悲號無間。饘粥水漿。不入於口。居廬席地。毀瘠過甚。至於昏暈嘔血。梓宮啓攢之夕。攀慕不勝。左右大臣固請升輦。聖祖堅不就駕。斷去車靷。慟哭步送。刻無絕聲。每舁梓更番。輒長跪伏泣。直至郊園殯宮。顏額足疲。悽感備陌。又傳旨回宮之日。仍居幕次。乾清門外。並定志服三年。喪不忍以日易月。經王大臣等屢疏乞即葬除服。祇行心喪。臺省諸臣。引經據古。切諫過中。太學諸生。咸以節哀順禮爲請。聖祖肯立長號。勉釋衰絰。而有觸輒痛。憂瘁慘損之容。閱三年不改云。（詳見崑山徐尚書憺園集。蓋其時襄理喪儀者。）

四大臣之輔政　聖祖六齡時。嘗偕世祖皇二子福全皇五子常寧。問安宮中。世祖各問其志。常寧甫三歲。未對。福全對曰。願爲賢王。聖祖奏云。「待長而效法皇父。黽勉盡力。」世祖遂屬意焉。八齡踐阼。後一日。太皇太后問何欲。奏曰。「唯願天下乂安。生民樂業。共享太平而已。」蓋撫馭萬方。馴致太平。其基已肇於此。世祖既崩。遺命以第三子玄燁嗣位。龐勒吉賈卜嘉捧遺詔奏知皇太后。宣示諸王貝勒貝子公大臣侍衞等。命索尼蘇克薩哈遏必隆鰲拜同輔政。宣訖。皆痛哭。索尼等跪告諸王貝勒等曰。「主上遺詔。命我四人輔佐沖主。從來國家政務。唯宗室協理。索尼等皆異姓臣子。何能綜理。今宜與諸王貝勒等共任之。」諸王貝勒等曰。「大行皇帝深知汝四大臣之心。故委以國家重務。詔旨甚明。誰敢干預。四大臣其勿讓。」索尼等奏知皇太后。遂誓告受事。四輔臣爲政。率更先朝政制。御史常州董文驥糾之。謂不當紛更先朝遺制。其實四大臣中。索尼老且病。務姑息。遏必隆遇事不敢立異。唯鰲拜專恣威福。獨攬朝政一切唯所欲爲蘇克薩哈惡之論事多與之迕遂積以成仇隙論者謂康熙初政頗無足紀皆鰲拜專横有以致之非虛語也索尼姓赫舍哩氏籍滿洲正黃旗太祖時釋褐一等侍衞天聰二年征察哈爾徵兵科爾沁不至遣索尼遺土謝圖汗額駙奥巴書歷數其罪既至奥巴不爲禮亦不起立索尼曰吾等天聰皇帝使臣也爾有罪義當絕以書授之鰲拜欲行奥巴懇泣留之乃止卒命奥巴入朝謝罪自是從征瀕有功入直內院設六部多爾袞管吏部即命爲啓心郎順治二年授一等子多爾袞謂不宜復列郎官令解啓心郎任理部事如故五年屯齊訐告其與圖賴謀立肅親王豪格實多爾袞搆陷之議罪應死被宥令守昭陵八年召還復其爵擢內大臣總管內務府十四年遵諭審察刑獄有正法叛犯劉有福妻朱氏係故明泰昌帝女應免入官與故明妃嬪一體贍養從之十七年應詔陳言條上十一事敕部議行明年遺命令輔政蘇克薩哈籍正白旗少從征多所衝陷順治八年世祖親政授議政大臣初隸多爾袞屬下至是議和洛會黨附睿王罪胡錫知其兄逆謀不行舉首論死蘇拜知睿王棺內置黃袍黑貂褂東珠數珠徇隱不首亦犯死罪蘇克薩哈等即舉其在日私製帝服藏匿御用珠寶及謀遷永平逆狀遂削帝號奪廟享並黜爵除籍十年十二月以護軍統領帥禁旅鎮湖南時劉文秀遣盧名臣馮雙禮分犯岳州武昌爲蘇伏甲擊走文秀回舟寇常德舳艫千艘蔽江而下又爲蘇擊敗縱火燔其船文秀雙禮遁回貴陽論功晉二等子授領侍衞大臣加太子太保十八年遺命令輔政蘇與鰲拜爲姻婭而積不相能遏必隆則畏鰲而附之唯恐後者也遏必隆姓鈕祜祿氏額亦都第十六子崇德六年從征松山四面掘壕圍

之。明總兵曹變蛟乘夜遁。率馬步兵衝出。數攻兩黃旗。遏擊卻之。又一半突入御營。遏堅守後營門。敵不得逞。順治九年。授議政大臣。領侍衛內大臣。加少傅兼太子太傅。其秋。世祖因鄭成功在福建爲亂。命遏傳諭鄭芝龍。毋輕出城行走。即往掃墓。亦須奏明。恐人藉端誣陷。頗當上意。十八年。命輔嗣皇帝踐位。

鰲拜。姓瓜爾佳氏。籍鑲黃旗。初爲護軍校。天聰八年。予騎都尉世職。崇德六年。隨阿濟格攻皮島。論功晉三等男。賜號巴圖魯。四年。從軍略地錦州。六年八月。敘克錦州外城諸將功。晉一等。七年。遷護軍統領。八年。阿巴泰爲奉命大將軍。從攻明邊城。略地至山東。晉三等子。順治元年。從軍定燕京。晉一等子。三年。從豪格征四川。抵西充。張獻忠率馬步兵拒師。鰲拜等奮擊大破之。斬獻忠於陣。復分兵四出。破賊營百三十餘處。四川平。五年。從博洛討山西賊。賊由大同來逼。鰲拜等奮勇進剿。斬馘殆盡。嗣坐謀立肅親王。論死。改罰贖。七年。晉三等侯。明年。授議政大臣。晉一等。又明年二月。以鰲拜巴圖魯軍績頗多。從優議敘。命爲二等公。予世襲。免死二次。旋授領侍衛內大臣。累加少傅。十八年。爲輔政大臣。

蘇克薩哈之被冤　康熙六年三月。輔政大臣索尼等奏請皇上親政。留中未發。四月。諭吏部。輔政大臣伯索尼。歷事累朝。畢殫忠忱。遵奉遺詔。輔理政務。懋著勞績。深爲可嘉。着於所有一等伯外。授爲一等公。准襲。十二次。六月。索尼卒。予祭葬。諡文忠。七月。輔臣等復奏「主上躬親萬幾。臣等仍行佐理」。太皇太后俞允。己酉。聖祖始御乾清門聽政。嗣後日以爲常。越五日乙卯。蘇克薩哈奏云「臣才庸識淺。蒙先皇帝眷遇。拔授大臣。夙夜悚懼。恐負大恩。值先皇帝上賓之時。唯願身殉。以盡愚悃。不意恭逢遺詔。列臣名於輔臣之中。臣分不獲死。以蒙昧餘生。勉竭心力。冀圖報稱。不幸一二年來。身嬰重疾。不能始終効力於皇上之前。此臣不可逭之罪也。茲遇皇上躬親大政。伏祈令臣往守先皇帝陵寢。如線餘息。得以生全。則臣仰報皇上豢育之微忱。亦可以稍盡矣」。聖祖覽奏。謂輔臣等曰。「爾等奉皇考遺詔。輔朕七載。朕正欲酬爾等勤勞。茲蘇克薩哈奏請守陵。如線餘息。得以生全。不識有何逼迫之處。在此何以不得生。守陵何以得生。朕所不解。著議政王貝勒會議具奏」。尋議政王等奏。將蘇克薩哈及伊子孫。並本旗人弟兄。俱拏問。依議行。康親王傑書等會議。蘇克薩哈係輔政大臣。不仰體遺詔。以盡忠誠。懷抱奸詐。存蓄異心。欺藐主上。種種任意詭飾。犯二十四大罪。本朝並無犯此等之例。應將蘇克薩哈官職俱行革去。即凌遲處死。獄具。以上。聖祖知鰲拜等怨蘇克薩哈。數與爭論是非。積以成讎。與其黨班布爾善等搆成罪款。必欲置之極刑。堅執不允所請。鰲拜攘臂上前。強奏累日。竟坐蘇克薩哈處絞。其長子內大臣查克旦凌遲處死。餘子六人。孫一人。兄弟之子六人。皆斬決。族人前鋒統領白爾赫圖侍衛額爾德等亦如之。先是康熙初年。鰲拜當國。欲以正白旗屯莊給鑲黃旗。而別圈民地給正白旗。戶部尚書蘇納海以撥地遲延罪死。總督朱昌祚。巡撫王登聯。以撥換地畝。旗民困苦。上聞。亦逮死。是皆迕鰲意者。至是。聖祖親政。乃昭雪之。並圈地之事。毅然禁止。前既以圈地而殺數大臣。今又以「如線餘息得以生全」二語而殺輔臣蘇克薩哈與大臣白爾赫圖。亦可謂冤矣。

鰲拜之跋扈　索尼蘇克薩哈旣死。四臣中止鰲拜遏必隆尙存。於是議政王等會議。加恩輔政遏必隆鰲拜於所有二等公外。均授爲一等公。其實遏必隆附和鰲拜。而政權獨操於鰲拜一人。聖祖親政後。鰲復結黨營私。橫恣不法。聖祖欲誅之而未行。值元旦。鰲入宮覲賀。服冕容飾。一擬至尊所不同制者。冠中缺巨珠一顆而已。聖祖見而心惡之。退朝後。偶於宮中擲骰爲戲。一擲得順。毅然顧太后曰。決誅鰲拜矣。蓋順者取順利之兆也。於是鰲始伏法。是後宮中沿以爲利。每歲元旦。必特擲骰一次。藉卜一歲之禍福、行之既久。太監輩遂先意迎合。製相異之骰子六每枚六面皆同。俾皇帝來時。無論如何一擲必可得順。然非初意矣。又鰲受誅前十日。臥病宅第。聖祖親往慰探。坐牀側。鰲衣中忽墮一刀。左右皆失色。聖祖從容溫諭謂「鰲拜病中尙不忘佩刀。殊見滿洲人勇武習俗。深可爲朕干城。朕甚嘉許」云云。駕返。即以弈棋召索額圖入謀。數日後。鰲入見。令羽林士執之。（見古今宮闈秘記及竹葉亭雜記）因諭議政王等拏問遏必隆知而緘口。是何意見。阿南達負朕隆寵。每進奏時。稱鰲拜爲聖人。著一併嚴拏勘審。康親王傑書等遵旨勘質鰲拜罪三十款。欺君擅權。罪一。引用奸黨。罪二。結黨議政。罪三。聚貨養奸。罪四。巧飾供詞。罪五。擅用馬邇賽等先帝不用之人。罪六。殺蘇克薩哈等。罪七。擅殺蘇納海等。罪八。偏護本旗。將地更換。罪九。輕慢聖母。罪十。貪攬事權。罪十一。奏阻立后。罪十二。謬用濟世。罪十三。添戶部尙書。以馬爾賽居要地。罪十四。禁止科道陳言。罪十五。熊賜履條奏。鰲拜以爲劾己。意圖傾害。罪十六。違旨擅諡。罪十七、傳疏呈覽。逼勒依允。罪十八。呵叱大臣。罪十九。私買外藩爲僕。罪二十。擅授敗將原職。罪二十一。不使巴泰與聞會議。罪二十二。將御馬頭目處決。籍產歸己。罪二十三、裁止蒙古都統。不使會議。罪二十四。違遺命。起居班行。妄居遏必隆右。罪二十五。聞遏必隆有「成何朝廷」之說。不行舉首。罪二十六。瞋怒奉旨放鷹者。不先關白。罪二十七。不遵聖旨。罪二十八。勒人之妾配伊家人。罪二十九。以人之墳墓。有礙伊家風水。逼令遷移。罪三十。又議遏必隆不行糾劾。藐視皇上之罪十二款。均應革職斬絞。聖祖遂諭吏部兵部曰。「鰲拜等以勳舊大臣。受國厚恩。奉皇考遺詔。輔佐政務。理宜精白乃心。盡忠報國。不意鰲拜結黨專權。紊亂國政。紛更成憲。罔上行私。凡用人行政。鰲拜欺藐朕躬。恣意妄爲。文武官員。欲令盡出其門。內外要路。俱伊之奸黨。班布爾善穆里瑪馬邇賽塞本得阿思哈噶褚哈濟世訥莫泰璧圖等。結爲黨與。凡事莫先與私家商定。乃行。與伊交好者。多方引用。不合者。卽行排陷。種種奸惡。難以枚舉。朕久已悉知。但以鰲拜身係大臣。受累朝寵眷甚厚。猶望其改行從善。克保功名。以全始終。乃近觀其罪惡日多。上負皇考付託之重。暴虐肆行。致失天下之望。遏必隆知其惡。緘默不言。意在容身。亦負委任。朕以罪狀昭著。將其事款命諸王大臣公同究審。俱已得實。以其情罪重大。皆擬正法奏聞。朕復召鰲拜等面加鞫問。情罪俱實。本當依議處分。但念鰲拜累朝效力年久。且皇考曾經倚任。朕不忍加誅。姑從寬免死。著革職籍沒。仍行拘禁。遏必隆無結黨之事。免其重罪。削去太師及後加公爵。其原有一等公爵。仍准留與伊子。其班布爾善穆里瑪阿思哈噶褚哈泰璧圖塞本得訥莫。或係部院大臣。或係左右侍衛。乃皆倚附權勢。結黨行私。表裏爲奸。擅作威福。罪在不赦。皆已正法。其餘皆係微末之人。一時苟圖僥倖。朕不忍盡加誅戮。寬宥免死。從輕治罪。至於文武官員。或有畏其權勢而倚附者。或有身圖倖進而倚附者。本當察處。姑從寬免。自後務須洗心滌慮。痛改前非。遵守法度。恪恭職業。以期副朕整飭紀綱愛養百姓之至意。」七月。以言官白蘇克薩哈之冤。乃復蘇克薩哈故官及其族白爾黑圖官職。後並追謚蘇納海曰襄愍。朱昌祚曰勤愍。王登聯曰慤愍。並各蔭其子入監讀書。至此爲鰲拜所冤殺之人。皆有以申其枉矣。

紀裁十三衙門與立內務府　自吳良輔煽立十三衙門。其名率沿明舊。賴世祖遺詔發姦。聖祖嗣位。克除兇孽。讀當時諭旨。亦略見當時之勢餘矣。諭曰「朕唯歷代治亂不同。皆係用人之得失。大抵任用宦寺。未有不召亂者。加以僉邪附其門。則爲害尤鉅。我太祖太宗痛覽往轍。不設宦官。先帝以宮闈使令之役。偶用若輩。而深悉其姦。是以遺詔有云。祖宗創業。未嘗任用中官。且明朝亡國。亦因委用宦寺。朕稟承先志。詳加體察。乃知滿洲佟義內官吳良輔。狡詐欺蒙。變易舊制。倡立十三衙門。廣招黨類。以竊威福。各衙門事務。任意把持。廣興營造。糜冒錢糧。以致民力告匱。兵餉不敷。二人朋比作姦。情罪重大。吳良輔已處斬。佟義亦伏冥誅。著削其世職。十三衙門。盡行革去。凡事遵太祖太宗定制。內官俱永不用。又以其黨劉正宗。當遵遺詔。置重典。念其年老。姑從寬免。其黨並皆赦宥。於是復內務府。以御用監之職。立廣儲司以尚膳監之職。改採捕衙門。以惜薪司之職。改內工部。又改御馬監曰阿敦衙門。兵仗局曰武備院。（初名鞍樓。後改設鞍庫）至康熙十六年。改宣徽院爲會計司。（初名內官監）禮儀院爲掌院儀司。（初名鐘鼓司）尚方院爲愼刑司。又改採捕衙門爲都虞司。內工部爲營造司。阿敦衙門爲上駟院。其內監別立敬事房。設總管副總管。較爲畫一。不相侵越。二十三年。分掌儀司立慶豐司。（初名牛羊羣牧處）

分都虞司立奉宸苑。（初歸尚膳監）於是內七司三院之職。粲然大備。與外廷六部九卿相表裏。所謂宮中府中具爲一體者也。史臣曰。「聖祖之創制。與歷代之損益。可謂詳且備矣。內務府旣立。其奄寺之與守僅存者。諸陵廟𠉀殿監。及御前奔走執事而已。方明太祖立鐵碑。禁內官與政。乃旋命聶慶童使河州。成祖雖有私役工匠之禁。而感其迎戴。李興鄭和紛紛四出。豈忘其言而自蹈之哉。要結有其術。委任有其漸。誠習而不覺耳。立內務府。以其職歸之士大夫。人主日與士夫處。淸明在躬。其視腐椓之輩。自不能以相暱。豈徒藉法禁哉。」此亦聖祖卽位初之善政。不得謂史氏之諛辭也。

二　康熙朝之美政

紀聖祖法祖　聖祖革十三衙門。旣遵太祖太宗定制。內官俱永不用。如前所述矣。康熙元年。卽諭吏部等大小各衙門曰。「國家紀綱法度。因革損益。代有不同。必開創之初。所定典例。可垂奕世。永行無弊。我太祖太宗。𠞰制立法。垂裕後昆。自當世守勿替。今應將大小各衙門見行事務。如銓法兵制錢穀財用律例。內外文武各一應恩卹廕贈諭祭造葬款項。繁多難以枚舉。著議政王貝勒大臣九卿科道。會同詳考太祖太宗成憲。斟酌更定。彙集成書。勒爲一代典章。永遠遵行。」又諭吏部曰。「世祖章皇帝遺詔內云。紀綱法度。用人行政。不能仰法太祖太宗謨烈。漸習漢俗。於醇樸舊制。日有更張。朕茲於一切政務。思欲率循祖制。咸復舊章。以副先帝遺命。仍復內三院舊制。其內閣翰林院名色俱停罷。」十年。諭內閣翰林院曰。「政治之道。無過法祖。鑒於成憲。乃罔有愆。欽惟太祖高皇帝開天垂統。太宗文皇帝式廓鴻圖。規模宏遠。啓佑無疆。朕御極以來。景仰先猷。時切儀型之念。世祖章皇帝時。曾命儒臣纂修太祖太宗聖訓。雖具藁進呈。未經裁定頒布。茲特命總裁纂修各官。悉以前式。分別義類。重加考定。勒成全書。朕得以朝夕觀覽。是訓是行。亦俾子孫率由無斁。」明年。諭大學士傅達禮曰。「朕昨奉太皇太后諭云。予雖在宮壼。太宗行政。亦略知之。彼時開創。甚重騎射。方今天下太平。然安不忘危。間時仍宜訓練武備。至在朝諸臣奏事。豈無忠誠入告者。然不肖之類。假公行私。附己者則爲引進。忤己者卽加排擠。爲人君者務虛公裁斷。一準於理。則事無差失矣。朕繹慈訓。人君之道。誠莫要於虛公裁斷之一言也。」十七年。又諭大學士等曰。「朕觀古來帝王。如唐虞之都俞吁咈。唐太宗之聽言納諫。君臣上下。如家人父子。故能陳善閉邪。登於至治。明季君臣隔越。以致四方疾苦。生民利弊。無由上聞。我太祖太宗世祖相傳以來。上下一心。滿漢文武。皆爲一體。情誼常令周通。隱微無有間隔。一游一豫。體恤民情。剏作艱難。立萬世不易之法。朕上慕前王之盛事。凜遵祖宗之家法。思與天下賢才。共圖治理。常以家人父子之誼相待。臣僚罔不兢業。以前代爲明鑒也。」二十九年。敕諭纂修三朝國史總裁官等曰。「朕惟帝王肇基垂統。綏御萬方。峻業宏模。必勒諸簡册。傳示無窮。所以炳耀豐功。宣揚至治。甚盛典也。我太祖高皇帝誕膺寶籙。鼎命維新。締造丕圖。規模宏遠。太宗文皇帝道隆作述。運啓休明。式廓禎符。燕貽景祚。世祖章皇帝統一寰區。化成治定。中和懋建。聲教遐敷。惟列祖之相承。冠百王而首出。凡戡亂安邦之略。立綱陳紀之宜。用人行政之方。牖民成俗之本布於方策歷久彌新卽當時勳舊諸臣亦莫不託附風雲懋彰勞績惟從龍而應運信昭代之多才朕夙夜紹庭思闡先烈爰命儒臣恭修三朝國史爾等督率在館諸臣薈萃琅函博蒐掌故折衷至當裁訂成書務期文極雅馴事歸確核庶幾垂型萬世傳信千秋以覲耿光以揚大烈稱朕意焉」(以上見聖訓) 四十七年又諭大學士等曰「朕閱實錄太宗皇帝統大軍抵北京擊敗明兵凱旋時諸大臣競進曰臣等隨從至此本圖建立功業今奈何薄城而不取太宗皇帝曰今取此城甚易當視天意如何嗣北京爲流賊所據我諸王佐世祖皇帝直取北京統一寰宇逮於朕躬歷二代六十五年今天下治安率土人民咸享太平之福此亦朕恪守祖業夙夜勤勞之所致也聖祖之治一遵祖制嘗讀世祖資政要覽而跋曰「右資政要覽三卷皇考世祖幾政餘暇博考羣籍萃精擷微御製成編朕時勤披讀思仰先猷洪惟皇考亶首出之資開太平之業所以承敍萬年裕我後嗣子孫無疆之祚者顯模駿烈非寡昧之所能窺蓋體具徇齊德兼廣運因心以觚悉合於先程率性而行咸符乎天則遇化存神之妙夫豈有資於效法也者而猶不廢夫學古之勤稽求之益豈非聖不自聖謙尊而光者乎予小子欽承手澤念紹庭聞寶此遺文常作蘭臺之祕陳茲大訓卽爲西序之珍恭綴片詞用貽來葉云爾」(見御製文集) 厥後閱皇明祖訓偶書其後曰「後世子孫漸至於陵替者非貽謀之未臧由不能善守之故也」其勤於法祖也如此。

紀聖祖重農 康熙十二年諭戶部曰「自古國家久安長治之模莫不以足民爲首務見行墾荒定例

六年起科。朕思小民拮据開荒。物力艱難。恐催科期迫。反致失業。朕心深爲軫念。嗣後各省開荒地方。俱再加寬限。通計十年方行起科。其所司官員原有議敍定例。如新任官自圖錄敍。掩襲前功。紛更擾民者。各督撫嚴行稽察。題參治罪。」十八年。又諭戶部曰「比以連年豐稔。小民不知積粟。恣其狼戾。故去年山東河南。一逢歲歉。卽以飢饉流移見告。雖議蠲議賑。而生計難遂。良以有司各官不重民食。未行申明勸諭之故。近據四方奏報雨澤霑足。可望有年。恐豐熟之後。百姓仍如前耗費。著各地方大吏督率有司曉諭小民。務令力田節用。多積米糧。俾俯仰有資。凶荒有備。以副朕愛養斯民至意。」二十五年。命副都統馬喇等往黑龍江督理農務。諭之曰「農事關係兵餉。須積貯充足。卽驛遞人夫亦令合力播種屯田。務期農政修舉。收穫饒裕。年勝一年。以副朕意。」復諭大學士等曰「日者遣部員至黑龍江。以蒙古席北打虎兒索倫等人力耕種田穀大穫。民食所關至重。來歲仍照舊辦理。郎中博奇所監種田地。收穫較多。足供驛站人役口糧。又復貯其餘穀。其令詳册。此遣去諸員可互易其地監視耕種。博奇又復大穫。則議敍之。」二十九年。諭曰「阜民之道。端在重農。必東作功勤。然後西成有賴。畿輔去年荒歉。已經蠲免錢糧。特發帑金。兼賑倉粟。小民雖能餬口。其籽粒牛具恐多匱乏。今屆首春。田功肇始。被災諸地。窮民不能自備。務令有司勸諭捐輸。及時分行助給。毋致稍有荒蕪。八旗官兵皆倚屯莊收穫。若有被災貧乏。耕作無力者。都統等通行各佐領。酌量資助牛糧。勿致莊田播種後時。以副朕敦本勸農愛養兵民至意。」三十年。諭大學士等曰「今歲寒凍稍遲。蝗有遺種。朕心爲來歲深慮。宜早耕耨田畝。使蝗種爲覆土所壓。

則其勢不能復孳。來歲自無蝗患。倘或不能盡耕。蝗蟲復起。亦須盡力驅捕。毋俾後災」。又作捕蝗說以詳指其義。文載御製文集。明年。命都統瓦代等赴達爾鄂莫等三處耕種田畝。諭之曰。「邊外寒冷。當及時廣播麥種。將田隴深耕耘耨。耘時勿令土壓草根。草重發芽。有妨田禾。耕種若太稠密。禾雖可觀。所得實少。凡有河之處。可造船捕魚。更須愛養耕夫。和睦附近蒙古。耕種既畢。將夫役酌留彼處。餘夫費糧可先遣回。今歲倘米穀多穫。不可因後來難繼。遂致收多報少。收穫多少。雖由人力。亦賴雨澤及時耳」。明年。御瀛臺內豐澤園澄懷堂。召尚書庫勒納等人諭曰。「頃爾等進來。曾見朕所種稻田耶」。諸臣奏曰。「見稻苗已長尺許矣。此時如此茂盛。實未有也」。聖祖曰。「朕初種稻時。見有於六月時卽成熟者。命取收藏。作種。歷年播種。亦皆至六月成熟。故此時有此茂盛。朕巡省南方時。將江南香稻暨菱角帶來此處栽種。北方地寒。未能結實。一過霜降。遂至不收。南方雖有霜雪。然地氣溫暖。無損田苗。諺云。「清明霜穀雨雪」。言不足爲害也。總之南北地氣不同。節候各異。寒暑之早遲。全視太陽之遠近。所以赤道度數。最宜詳審。欲定南北之向。惟以太陽正午所到之度爲準。卽指南針亦不能無偏。設有鐵器在旁。針卽爲其所引。亦復不準。今將一片石以繩懸之。使之旋轉。俟其既定。刻記所向南北。復動如前。其所向南北仍復不變。卽此可思其理」。庫勒納奏曰。「聞黑龍江日長夜短。雖晚日落。不至甚暗。不知何故」。聖祖曰。「黑龍江極東北之地。日出日入。皆近東北方。所以夜短。日落亦不甚暗」。又明年。諭大學士等曰。「朕前問自江浙來者。俱言今歲甚旱。朕幸江南。深知彼處民生。家無二日之儲。若五月後仍無雨。則米價騰貴。貧民必至困苦。著遣戶部才能司官二八分往江浙。詳問督撫。觀看雨水形勢來奏。江浙雨水。雖大若禾穗不沒。水消禾卽復舊。故澇不足慮。旱則眞無計可施。朕又曾見舟中滿載猪毛雞毛。問其故。曰。福建稻田以山泉灌之。泉水寒涼。用此。則禾苗茂盛。亦得早熟。朕記此言。將玉泉山泉水所灌稻田。亦依此法。果早熟豐收。江浙稻田。俱池中蓄水灌之。池水不寒。所以不用此也。」四十六年。命江浙京官。齊集乾淸門外。召大學士張玉書等入。諭之曰。「今歲南巡江浙。所經河渠港蕩。水較舊淺。雖號水鄉。然水溢易洩。澇歲爲患尙淺。旱歲爲患甚深。此間農功。全資灌溉。今水較淺。皆由素無瀦蓄。故雨澤偶愆。瀕河低田。猶可戽水濟用。高地力無所施。往往三農坐困。朕爲再三籌畫。江南之蘇松常鎭。與浙江之杭嘉湖諸郡所屬州縣。或近太湖。或通潮汐。宜酌建閘座。平時閉閘以蓄。遇旱則開放之。其支河港蕩淤塞者。並加疏濬。引水四達。行之永遠。庶高下田畝。無憂旱澇矣。著兩省督撫。確査宜建閘之處。明晰具奏。朕度建閘之費。不過四五十萬兩。若發帑建閘。使貧民傭工度日。亦善策也。」又巡幸所及。軫念民依。知稼穡之艱難。嘗作農桑論稼說刈麥記諸篇。以示王政之本。復繪耕織圖各二十三幅。每幅製詩一章。俾知粒食維艱。授衣匪易。（見東華錄聖訓御製文集）又庭訓格言中。亦嘗垂示五穀之當重。邊外土脈之情形。與夫野繭之製衣。諄諄致意。其所以爲民籌衣食者。亦深且切已。

紀聖祖蠲租　世祖開國。既除三餉。首免都城居民被兵者賦役。嗣是免河南田租。免湖廣衡永辰靖錢糧。至順治十三年以後。頻年增餉。缺額至四百萬。而十一年。免七八兩年逋賦。十三年。免八九兩年逋賦。

大抵逋欠在三年以前者。輒與停免。迄聖祖初年。猶沿以爲例。如康熙二年。免順治十五年以前民欠。四年免十八年以前民欠是也。十年東巡。免蹕路所經本年租。是爲巡幸蠲免之始(餘不具載)十九年。以江南賦重。免十二年以前民欠。二十三年免南漕三之一。二十四年免河南湖北本年租及來年之半。又免直隸江南本年秋冬明年春夏之應納者。明年免直隸四川貴州湖廣福建明年額賦及今年賦之未入者。又明年。江蘇陝西亦如之。三載之內。布惠一周。後來普免之典。實肇於此。時海內大定。詔用兵以來錢糧未清者。皆予除洗。二十七年南巡。免安徽去年租及江南積欠二百餘萬。凡直省十七年以前逋欠漕銀米麥悉蠲除之。二十九年。免山東本年地丁。諭曰。「各省歲運漕米向來未經議免。時切軫懷。今儲積之粟。恰足供用。應將起運漕糧。逐省蠲免。自三十一年爲始。以次各蠲一年。」三十二年。以粵蜀滇黔四省邊土磽瘠。民生艱苦。免明年地丁銀米。三十五年。免各省漕賦宿逋。以軍興免陝西明年租賦。次年免山西甘肅明年租。三十九年。免湖廣甘肅各一年。(甘肅免至四十一年)四十年。免江蘇甘肅明歲地丁。四十一年。免安徽及秦省河西明年田租。次年免山東河南雲南貴州廣西四川六省明年租。又免浙江山東明年租。四十四年。免湖南北明年租。並停徵宿負。又諭。嗣後蠲免新糧之年。舊欠俟次年徵納。次年又以舊欠新徵勢難兼納。普免天下逋賦三百九十餘萬。已入者作本年正賦。凡民欠賦糧。閱數年即蠲免一次。其在一省一隅者。尤不可悉載。四十七年免江南浙江人丁銀六十九萬。又免明年江南地丁四百七十餘萬。浙江二百五十餘萬。四十九年。諭曰。「朕省方已閱七省。民俗靡不周知。而民所以未盡殷阜者。良由承平日久．戶口殷繁．地不加增．產不加益．食用不給．理有固然．明年為康熙五十年．原欲將天下錢糧一概蠲免．廷臣集議．恐各處兵餉撥解．驛遞煩苦．自明年始．三年以內通免一周．俾遠近均霑德澤．」三年中計免天下地丁糧賦新舊三千八百餘萬．浩蕩之恩．實史冊所未有．初稻穀例不入蠲．而臺灣有穀無銀．以巡撫黃秉中請．並除之．五十二年．免天下明年房地租稅一年．兼除逋欠．是年．免山西河南陝西之西安等府今年田租．五十六年．免各省屯衞帶徵銀二百三十九萬．漕項銀四十九萬半．除之．時太倉之粟有餘．詔以陳粟四百三十餘萬石格外賞給官兵（此條見御製文四集）是舉也．與普免漕糧．同為曠典．五十七年．以西邊軍興（征策妄阿拉布坦）免陝甘明年地丁一百八十餘萬．頻年供億大兵之地．屢有蠲免事例．他如六舉南巡．再詣盛京．閒幸五臺．以及秦豫翠華所指．蠲減兼行．又嘗讀漢文帝賜民田租詔．嘆曰．「蠲租乃古今第一仁政．下至窮谷荒陬．皆霑實惠．然必宮庭之上．力崇節儉．然後可以行此．」（見御製文三集） 至言賑貸．九年．賑淮揚．自是以後．頻年賑卹．發帑數十萬或百萬．遣部院堂司官往司其事．至被災地廣．唯恐或遺．則分命大臣往賑．如四十二年．賑山東．四十九年．賑陝甘．皆分三路並賑．是也．言免科．元年．減免江西南昌七州縣浮糧十四萬九千餘石．米折銀十九萬五千餘兩．（見會典事例） 是時．移瀕海居民於內地．除其賦．十年．定各官詐報墾荒．致民賠累者．勘明豁免．二十六年．除十三年以後加增雜稅．除廣東高州瓊州各屬荒糧．四十九年以後．屢除浙江荒地銀．言災蠲．順治以來．蠲數多寡不同．旋減旋增．皆因時勢為之．至聖祖愛養斯民．或因偶有水旱．而全蠲本地之租．亦且無災歉而輪免天下之賦。（見事例雍正六年上諭）其惠民之政誠有足紀者焉。

紀聖祖崇儉　世祖順治八年以督催織造官役騷擾驛遞罷之停陝西織造絨羯妝蟒卻江西造進龍盤。十一年以江浙連年水旱停織造二年。聖祖御極以來常論本朝入關之後外廷軍國之費與明代略相彷彿。至宮中服用則以各宮計之尙不及當時妃嬪一宮之數。三十六年之間尙不及當時一年所用之數。康熙二十九年。聖祖以前明宮殿樓亭門名幷慈寧宮寧壽宮乾清宮及老媪數目。宣示外廷諭「天旱欲減宮人及所用器物因自來未嘗有餘。故不能再減。飭羣臣將故明宮中用度察閱」尋廷臣。稟查「故明宮中每年用金花銀九十六萬餘兩今悉充餉光祿寺送內用二十四萬餘兩今止三萬兩。每年木柴二千六百餘萬斤今止七八萬斤。紅螺炭一千二百餘萬斤今百餘萬斤。各宮牀帳輿轎花毯之屬二萬餘兩俱不用。故明宮殿樓亭門名七百八十六座今不及十分之三。至各宮殿基址牆垣。磚用臨清。木用楠木今禁中修造出於斷不得已。第用常甎松木而已。我皇上撙節儉約至矣極矣。時光祿寺年用銀十萬兩。工部二三十萬兩。較前朝省十之九。而上猶以工部每月輒用數萬兩。諭以內廷除賞賜外一應工作費用月不及千兩」四十九年又諭曰。「萬曆以後內監有在御前服役者。故明季事蹟。知之獨詳。明朝費用甚奢工作亦廣。宮中脂粉錢四十萬兩供應數百萬兩。世祖登極始悉除之。紫禁城內鋪地甎橫豎七層。工作俱派民間今器用樸素。工作皆見錢顧覓。明季宮人九千人內監十萬人飯食不能徧及日有餓死者。今宮中不過四五百人而已。先是光祿寺歲用六七十萬。工部百餘萬。聖祖末年光祿寺年用四五萬工部十五萬餘是以部庫有五千餘萬之積（見石渠餘紀）嘗曰「當以一人治天下不以天下奉一人以此爲訓不敢過也自是恭儉相承累代傳爲家法矣」（見庭訓格言）康熙八年諭工部曰「前奉太皇太后諭謂乾清宮交泰殿棟樑朽壞宜撤舊重建以爲朕宮朕不敢違但陶唐茅茨不翦夏禹宮室是卑其毋事華麗止令樸質堅固以稱太皇太后惓惓至意」自是諸臣會議官員服飾復奏有禁止太過之旨（見給事中徐旭齡奏）二十四年諭大學士等曰「近見服用僭濫皆由所司各官視爲具文以致不遵定例嗣後須切實奉行恪循法制」又諭掌膳等官曰「天下物力有限當爲天下惜之今酥油乳酒供給有餘爾等會同慶豐司酌量收取足用則已不可過多蒙古甚窮乏取者減少則貧人日用可以恆足矣」三十三年烏喇解送貂鼠闕額戶部題請議罪聖祖曰「數年來因捕貂者衆故不足額以此議處是無辜獲罪若不得佳者朕但少御一裘何關緊要且貂價貴又非必用之物朕亦不甚需之」三十九年工部奏銷雜項修理錢糧聖祖曰「一月內用銀至三四萬兩殊覺浮多明代宮中一日萬金有餘今朕交內務府總管凡一應所用之銀月止六七百兩通計賞賜諸物亦不過千金前光祿寺一年用銀亦甚浮多朕節減大半工部情弊甚多自後凡有修理之處每月支用錢糧分晰細數造册具奏三年內有塌壞者著賠修四十四年車駕南巡駐蹕揚州茱萸灣行宮御製述懷詩序略曰「茱萸灣行宮爲鹽商感恩之誠所建工價不下數千嘗覽漢書文帝惜露臺百金後世稱之況爲三宿所費十倍於此故作述懷近體一首以自警并黏壁間以示維揚民衆」（見朱舉西陂類稿）四十九年九卿等議

覆屠沂條理節儉一疏諭曰「崇尚節儉極當於理朕近查宮中人數不過數百較之明代減省多矣前光祿寺供應宮中用度歲用銀七十餘萬朕漸次節省止七萬兩理藩院向來供應賞賜外藩賓客歲用銀八十萬兩今裁減浮費止八萬兩戶工二部歲用錢粮其數過多今十日一次稟聞其數已少朕節省如是前因臣民僭用妄費曾申禁約法非不詳皆由臣下奉行不善步軍統領順天府尹地方有司果實心遵行何至於此」又嘗著勤儉論以自警歷舉堯舜禹文之美德以爲砥礪之資而庭訓格言復致意於民生本務在勤勤則不匱并援古人「三年耕必有一年之積九年耕必有三年之積」爲預防之至計老子「知足不辱知止不殆」爲長久之要圖末又言世之財物天地生之尤當爲天地惜之則所以崇儉者至矣

紀聖祖求諫　康熙六年諭吏部都察院曰「設立言官原爲國家大事兵民疾苦官員貪酷等項近見言官條稟多用浮詞且本章原令不得踰三百字以後陳奏踰額浮飾之處均宜更改否則嚴加治罪其拾遺永行停止十二年諭言官專司耳目凡政治得失民生利弊必須直言無隱若虛浮剿襲或以不急之務草率塞責非廣開言路之意於是罷石文郁等三人十八年召九卿詹事科道等官集中左門先召吏部侍郎哲爾肯屯泰至內殿諭曰「科道爲朝廷耳目之官每覽奏疏有裨政事者少草率塞責者多爾可傳諭各官宣朕諭旨少頃進見朕將面詢得失各抒所懷」哲爾肯屯泰出宣訖隨讀上諭曰「今將科道本章情弊無益國計民生之處一一講究必有至公之衆論以佐朕意卽如科道條陳一事部議准

行。又有科道官言其不可者。今日謂是。明日又轉爲非。朝更夕改。非治道至理。如舉才能一事。是因人材不一。有能理繁者。有有操守者。有練習其事者。自古選賢任能爲治之大道。與論俸不同。法未嘗不善。卽世祖章皇帝時。亦曾有諭常行選擇之條。偶有徇私作弊之人。將不肖寡廉者薦之。因一人而其法遂壞。自朕親政以來。如鹽差關差。數行更換。又如戶部銷算錢糧。因督撫所報不合時價。部議駁回。而科道輒有言者。謂督撫大臣斷無虛估價値。不應駁斥。逮部議准其銷算。則科道復以督撫冒銷錢糧。厞唯草豆爲然。卽馬匹亦有虛冒。部中概聽其開銷。是徇其情面也。不駁則以爲徇情。駁之則以爲不應。疑及大臣。兩者俱無定論。此第指其大者。」隨令各官至御榻前。問曰。「科臣姚締虞稟風聞言事疏。爾等如何定議。」吏部尙書郝維納、戶部尙書梁清標等稟。「言官稟事。原不禁其風聞。但風聞參稟。審問全虛者。定有處分之例。今若不加處分。恐有藉此挾私報怨者。宜仍依定例行。」兵部尙書郭四海、左都御史魏象樞、戶部侍郎田六善等奏。「見行例科道稟事全虛者處分一款。得實者卽免議。人人本可盡言。但要虛公體訪。不宜又開風聞之例。」聖祖顧諸臣問曰。「風聞言事。爾等以爲可行否。如有欲言。可悉陳奏。」吏科給事中李宗孔、禮部掌印給事中余國柱等奏。「風聞言事。本未禁止。但經開風聞之例。恐有未便。」聖祖曰。「此例若開。恐有不肖言官借端挾制。罔上行私。顚倒是非。誣害善良。諸弊。」又問締虞曰。「爾意如何。」締虞稟曰。「皇上從未處分言官。若有是例。言官皆生畏懼。」聖祖曰。「爾等皆以風聞爲言。朕亦何曾無風聞。卽如吳逆初叛時。諸臣中有聞亂。遣妻子回籍者。此誠何心。視國如家之誼。當如是耶。又有占田受賂徇人行私大爲不法者爾言官何曾一言參稟言官稟事宜務大者遠者今多舉細事何關治要嗣後愼毋草率如有大奸大貪參劾得實法在必行」十九年旱集九卿詹事科道各官問「今有何事當行何事當革其悉陳毋隱」於是大學士傳令入見戶部尙書伊桑阿等各以所見陳奏聖祖曰「爾等所稟尙屬膚詞意中若尙有未盡事宜可一併親寫來稟」諸臣出復命大學士持上諭宣示諸臣俾明大法小廉源清流潔之至理二十四年諭曰「九卿有條稟之責科道爲耳目之官今天下雖平而兵刑禮樂之大國計民生之繁豈皆事事允當一無可言者其以此旨遍諭廷臣」二十六年又諭停科道侍班以闢言路二十九年左都御史陳廷敬直陳言官建白疏大旨謂省事擇言庶無乖辭尙體要之義聖祖曰「設立科道本期建言必大事始言則事之大小難分以致進言者少非所以集思廣益也」（此條見陳廷敬文集及聖訓）三十九年御製臺省箴以儆言事諸臣（見御製文三集）又嘗閱史至陸贄代稟李楚琳事曰「陸贄章奏甚多莫不悉中機宜此尤務全國體深合王道雖遭時不淑其嘉謨碩畫足爲臣子進言之法」又講筵緒論曰「人臣進言固當直切無隱人君納諫尤當虛懷悅從若勉聽其言後復厭棄其人則人不敢盡言矣每閱唐太宗魏徵之事歎君臣遇合之際千古爲難魏徵對太宗之言『臣願爲良臣毋爲忠臣』嘗思忠良原無二理惟在人君善處之以成其始終耳」又論曰「人臣之義以責難於君陳善閉邪爲正叔孫通以爲天子無過舉因而成之是欲飾其君以無過之名而反陷其君於文過之實宜爲後世所譏也」（見御製文二集）

紀聖祖任賢上　圖海馬佳氏。字麟洲。滿洲正黃旗人。起家筆帖式。順治二年。改國史院侍讀。累遷宏文院大學士。列議政大臣。十二年。加太子太保。攝刑部尙書事。十六年。坐讞事不實。下廷臣察議。論死。被宥。奪職。聖祖御極。起授滿洲都統。康熙二年。出爲定西將軍。討流賊。頻有功。六年。拜宏文院大學士。十一年。吳三桂等叛。命攝戶部尙書。明年。察哈爾蒙古布爾尼叛。被命爲將軍。連擊大破之。招撫人戶千三百有奇。晉一等男。十五年。命爲撫遠大將軍。討叛將王輔臣。至平涼。軍威大振。諸將請乘勢攻城。圖海曰「城中數十萬生靈。皆爲寇所虜。覆巢之下。安有完卵。俟其向化歸誠。乃可體聖主好生之德。」軍民聞之。皆感泣。咸思自拔以出。賊勢乃日蹙。城北虎山墩。通西北餉道也。賊守以精兵。圖海曰「此平涼咽喉。得此則餉道絕。城不攻自下。」卽率師轟擊之。奪其墩。輔臣降。又遣佛尼勒擊敗賊將吳之茂。遣穆占復禮縣。關隴平。晉三等公。十九年。命赴漢中。轉餉濟蜀師。其秋。獲奸民楊起隆。卽向詐稱朱三太子者。鏁送京師。二十年。卒。累官太子太傅。中和殿大學士。兼吏部尙書。諡文襄。賜祭葬。明年。贈少保。仍兼太子太傅。雍正二年加贈一等忠達公。配饗太廟。幷命建專祠。祠祀陝西名宦。圖海器識沈毅。嗜讀書。羽檄旁午。披覽不輟。將略由天授。不居故常。察哈爾之役。厥功尤著。子諾敏。襲爵。費揚古。姓棟鄂氏。滿洲正白旗人。父鄂碩。從軍入關。有功。晉三等伯。順治十五年。費揚古襲爵。康熙十三年。隨岳樂帥師赴江西。討吳三桂。復萬載。十五年。賊將夏國相。據萍鄉。擊卻之。進圍長沙。數獲勝。十八年。戰武岡。敗賊將吳國貴。凱旋。擢領侍衛內大臣。列議政大臣。二十九年。噶爾丹劫掠喀爾喀。又數擾邊境。命福全爲撫遠大將軍。費揚古參贊軍務。敗之烏蘭布通。破其駝城。三十二年。授安北將軍。駐歸化城。明年。授右衛將軍。兼管歸化城將軍事。尋被命撫遠大將軍。召入覲。面授方略。三十五年二月。詔黑龍江將軍薩卜素。師出東路。費揚古等。師陝甘兵出西路。聖祖統軍自獨石口出中路。會期夾攻。四月。費揚古師抵察罕和碩。噶爾丹悉衆趨克魯倫河。當是時。東路兵尚未至科圖。而聖祖已由科圖進偪賊境。逾月。費揚古師次圖拉。疏言賊焚草地。我軍迂道秣馬。復遇雨。糧餉濡滯。師行七十餘日。士馬飢疲。乞上緩軍待會。時噶爾丹登納蘭山。望見御營黃幄龍纛。環以幔城。又外為網城。軍容山立。大驚。宵遁。克魯倫河者。起車臣汗西界。東北入黑龍江。橫亙瀚海東北二千里。乃內外蒙古界也。聖祖初意賊必扼河拒戰。故兩路出師。為夾擊計。及是。知賊已喪膽。乃潛諭邀擊。而親帥師追之。三日至拖諾山。不見虜而還。命盡餉中路糧濟西師。費揚古聞噶爾丹遁。即遣碩岱等先往挑戰。且戰且卻。賊至昭莫多。蒙語大樹林也。在肯特嶺南。土臘嶺北。汗山東平曠。饒水草。古為漠北戰場。時敵軍至者近萬。皆勇悍善戰。費揚古以飢疲士馬。非反客為主。以佚待勞不可。距敵三十里即止舍。有小山三面距河。林木蓊翳。可隱兵。遒率步騎先據之。陣於東。餘沿土臘河。陣於西。依聖祖所授方略。令各軍步戰。聞角聲始上馬。將軍孫思克總兵殷化行。以綠旗步旅居中。據山巔臨之。賊爭山甚力。師據險俯擊。礮矢齊發。每進輒以拒馬列前自固。賊殊死戰不退。會日暮。賊騎相離二十步。費揚古吹角者三。左右具鳴角。隱騎盡起。一橫貫其陣。一襲其後隊輜重。賊始潰。乘夜逐北三十餘里。斬數千級。奪獲畜產器械無算。幷殪其可敦阿奴。可敦為汗妃。頗皙。敢戰。披銅甲。腰弓矢。騎異獸。臨陣。麾下悉精銳。亦為礮轟死、噶爾丹以數十騎遁、詔班師、留費揚古守科圖、聖祖撰銘鑱石拖諾山、昭莫多山、還次歸化城、親勞西路凱旋師、撥膳饗士卒、厄魯特俘彈箏笳歌者畢集、有老胡工笳、口辯有膽氣、諳漢語、使奏技、音調悲壯、歌曰、「雪花如血撲戰袍、奪取黃河爲馬槽、滅我名王兮虜我使歌、我欲走兮無駱駝、烏虖、黃河以北奈若何、烏虖、北斗以南奈若何」、聖祖大笑、手書以告皇太子、六月、還京、七月、詔費揚古徙駐喀爾喀遊牧地、甫至、噶爾丹遣黨來肆掠、檄祖良璧擊之、賊敗走、尋以馬疲、移駐喀喇穆倫、會噶爾丹遣使來請納款、車駕再幸塞外、駐蹕楝斯拉、命馳赴行在入對、論獎昭莫多戰功、費揚古奏曰、「軍中機務、皆遵上密諭、以底成功、臣不能生禽噶爾丹以獻、臣之罪也」、聖祖曰、「噶爾丹窮蹙、朕不忍悉誅、欲招降其衆撫而治之」、遂頓首曰、「聖意非臣等所能測、眞天地好生之仁也」、翼日、賜御佩櫜鞬弓矢、遣還、三十六年、車駕至寧夏、命與馬思喀進攻、噶爾丹不知爲計、仰藥死、其兄子策妄阿布坦以其遺骸並一女來獻、於是自阿爾泰山以東悉隸版圖、拓喀爾喀西境千餘里、朔漠平、復勒銘狼居胥山而還、晉封一等公、領侍衛內大臣如故、費揚古以噶爾丹未生擒、辭封爵、聖祖諭閣臣曰、「塞外情形不可臆度、必身歷其境、乃有確見、朕親征噶爾丹、衆皆不欲、惟費揚古密抒謀略、與朕意合、卒能大敗積寇、累年統兵、諸將未有能過之者」、四十年、車駕幸索約勒濟、扈從、疾作、親往慰問、賜白金五千兩及諸珍物、遣送還家、尋卒、予祭葬、諡襄壯、雍正十年、詔祀賢良祠、費揚古性朴直、貌奇偉、待人以和、與士卒同甘苦、好讀左氏春秋、尤工詩、聖祖嘗御箭亭、命諸大臣校射、奏言臣臂痛、不可以弓、許之、出語人曰、我曾爲大將軍、倘一矢不中、有損國威。且爲外藩所笑。故不與角伎也。人服其雅量。又嘗隨駕至番僧寺。僧中號爲活佛者。見聖祖傲不爲禮。卽揮刃斬之。聖祖尤其魯莽。奏曰。「番僧雖貴。亦人臣也。豈可使無禮於君。亂我國法。使有異術。臣抽刃時。應早令伽藍按捺不延頸就戮矣。」自此番僧彌益恭順。（此條見郞潛紀聞）湯斌。字潛庵。河南睢州人。順治九年成進士。授國史院檢討。十三年應詔陳言。請廣搜遺書。修明史。且言宋史修於元至正。特傳文天祥之忠。元史修於明洪武。亦著巴顏布哈之義。我朝順治元二年間。前明諸臣。亦有抗節不屈。臨危致命者。宜令纂修諸臣勿事瞻顧。大學士馮銓金之俊目爲誇獎抗逆之人。擬旨嚴飭。世祖詔斌至南苑溫諭移時。是歲。詔選翰林出爲監司。授潼關道。大軍下滇蜀。關中當孔道。總兵陳德以師過。檄車五千兩。實需二千餘。冀以金代。斌密車二千。自坐關上。揮士卒升車。盛十兩。卽出之。夜漏四鼓。盡出關。德不獲已。亦出至洛陽。留匝月。軍變而關城得晏然。於是嚴保伍。行鄕約。建義倉。立社學。流民復業數千戶。會歲旱。無麥。兵餉例給麥。價浮於穀。斌請以倉代穀。主兵者不可。曰。「如是兵且變。」斌曰。「民且飢死。獨不能變乎。兵變。吾自任之。」卽與兵約以穀餉。明年補餉以麥。而令還穀於官。兵帖然。斌蒞事精敏。訟無留獄。常出勘荒。遇雨。憩大樹下。民朱欄其樹。時以比甘棠云。十六年。調江西嶺北道。甫三日。清積獄八百有奇。平南軍過南安。殺人。有司以鬬殺論。斌曰。力伴者謂之鬬。今軍無寸傷。而民以兵死。與律不應。卒抵軍於法。尋乞病歸里。父憂服除。聞容城孫奇逢講學夏峯。往受業。歸與同人爲志學會。康熙十七年。召試博學鴻儒。授侍講。與修明史。復疏請明臣臨危致命者。皆據事直書。毋瞻顧。聖祖嘉與頒之史館。由是明季諸義烈，皆得表章。二十一年，充明史總裁官，直經筵爲講官。明年，擢內閣學士。河南災，閣臣議遣官往勘。斌曰：「無益也。使者所至，苛擾州縣，一聞遣使，輒輟耕以待勘，是再荒也。不如令有司自勘便。」已而河南果畏勘災諱者半。給事中任辰旦議阻巡狩封禪事，閣臣擬旨切責。斌曰：「給事言是。」李沅云邊患既息，恐人主漸生侈心，相公當以爲慮。或議改法令，斌曰：「官之失德，寵賂章也。不此之懲，而恃區區之法乎？」時江寧巡撫余國柱內召，廷推代者，聖祖曰：「朕聞學士湯斌曾與孫奇逢講明道學，身體力行，可特授巡撫。」瀕行，諭曰：「朕非忍出卿於外，顧吳俗奢靡，以卿耐清苦，冀有所變革。」賜御書三，鞍馬一，表裏十，白金五百，幷御饌賜之。十月，聖祖南巡至蘇州。蘇城道狹，總督將毀民居廣馳道，斌曰：「此非聖主勤民之意也。」止之。再賜御書、蟒服。時滯獄山積，就舟中判決，不寐者六晝夜。於是除耗羨，禁私派，清漕政，汰蠹役，行保伍，革鹽商陋費。自總督以下，皆相戒不得受所屬一錢，所部肅然。蘇松常苦賦重，積逋相仍，而江北諸州縣又屢被水旱。斌曰：「民氣未蘇，教化未易行也。」乃奏緩蘇松積欠，分年帶徵，又請蠲十八、十九兩年災欠，除邳州版荒田賦，又請蠲明萬曆時所加九釐餉，並陳蘇松浮糧之困，先後奏免額賦數十萬兩。明年，淮陽徐水災，請發帑銀，借放倉穀，災民咸就撫輯。乃興學以善民俗，令城內外及鄉鎮皆立社學，擇賢者爲之師，月會明倫堂，講小學、孝經。朔望集士民講上諭十六條，皆身涖之。重修泰伯祠，及范文正、周忠介祠，燬坊刻淫詞小說，痛除諸無賴爲民害者。嘗夜治文書至四鼓，日中始一食，或勸以少休，慨然曰：「君命即天命也，日監在茲，敢自逸暇乎？」居二年，吏治蒸蒸，民風丕變。時明珠當國，方樹黨招權利。引國柱長戶部。先後蠲漕及緩徵。以部費爲名。索金四十萬。布政使累以爲言。斌弗許。明珠家隸常過蘇。畏斌威聲。弗敢謁。斌聞。使召之。辟大門。傳呼。隸跽而聽命。歸訴之明珠。謀致難於斌。會東宮出閣讀書。乃薦斌輔導皇太子。遂授禮部尚書。管詹事府事。將行。百姓號呼。如兒失母。罷市三日。各繪像以祀。去之日。民皆手瓣香來送。共閉城門不可行。斌揭示。謂往者屢請核減浮粮。並格於廷議。今入見天子。當面陳之。民皆羅拜泣。良久乃得行。敝簏數肩而已。入覲。溫諭褒其廉。詢地方利病。以鳳陽災對。遽遣使賑之。進講東宮。首陳大學「財聚民散」之義。東宮入侍。聖祖問所肄。具以對。聖祖曰。「此列國時分疆語也。若海內一統。民散將安之。試詢之。」斌具陳秦隋土崩狀。且言一統而民散。禍更烈於分國時。聖祖閱之。猶諒其忠。二十六年。坐議事含糊。切責之。會耿介詐病乞休。有劾斌妄薦者。部議奪職。詔仍留任。尋改工部尚書。十月病卒。予祭葬。雍正十年。詔祀賢良祠。乾隆元年。予謚文正。道光元年。詔從祀孔子廟庭。斌之學。源出奇逢。大旨主於刻厲實行。以講求實用。無王學杳冥放蕩之弊。官侍讀時。聖祖命進所著詩文。中有王守仁論。聖祖閱之。問爾意云何。斌曰。「守仁致良知之說。與朱子不相刺謬。」且稱其直節豐功。不獨理學。聖祖曰。「朕意亦如此。」所著有洛學編。睢州志。潛庵語錄。詩文集。伊桑阿。姓伊爾根覺羅氏。滿洲正黃旗人。順治九年進士。授禮部主事。遷員外郎。康熙十四年。擢禮部右侍郎。調戶部。明年。與冀如錫往視淮揚河工。又明年。晉工部尚書。調戶部。時吳三桂據湖南。廷議製鳥船沙船。自岳州入洞庭。橫亙湖中。以斷其糧餉。敕赴江南督造。明年又赴茶陵督造戰艦。二十一年。黃河決。敕往勘。兼籌海運。其冬。俄羅斯寇邊。又被命往寧古塔督修戰艦。明年。調吏部尚書。二十三年。卑與王熙等清理刑部繫囚。九月。隨扈南巡。奉諭閱視海口。疏言車路串場諸河及白駒草堰丁溪諸口宜敕河臣靳輔詳閱地勢。挑濬深闊。引流入海。聖祖命于成龍分董其事。二十七年。拜文華殿大學士。明年。車駕親征噶爾丹。往寧夏安設驛站事平。充平定朔漠方略總裁官。三十七年。乞休。諭大學士阿蘭泰曰。「伊桑阿厚重老成。爾二人任閣事以來。凡事推誠布公。不唯朕知之。天下無不知之。伊桑阿雖年老求罷。朕不忍令去也。」四十一年。復稱疾。得旨。　卿品行端凝。才識敏練。勤勞歲久。倚畀正般。今老病乞休。情詞懇切。可原官致仕。仍加意調攝。以副朕篤念老成至意。」明年。卒。賜祭葬。謚文端。乾隆十二年。入祀賢良祠。熊賜履。字青岳。湖北孝感人。順治十五年進士。選庶吉士。授檢討。康熙二年。遷司業。晉宏文院侍讀。六年夏。詔臣工極言得失。時鰲拜專政。乃應詔上言。略言「民瘼官肥。宜以民生苦樂爲守令賢否。以守令貪廉爲督撫優劣。雖然。內臣者外臣之表。本原之地。在乎朝廷。擇其大者言之。一曰政事紛更而法制未定。一曰職業隳廢而士氣日靡。一曰學校廢弛而文教日衰。一曰風俗潛移而禮制日廢。宜急思所以補救之。」其中詞句確有隱指鰲拜者。鰲拜惡其侵己。曰。「是劾我也。」遂請治其妄言罪。且請申禁言官不得上書陳奏。聖祖弗許。曰。「彼自陳國家事。何預汝等耶。」七年。遷祕書院侍讀學士。復上書言。「朝政積習未除。國計隱憂可慮。年來災異頻仍。飢荒迭見。正宵旰憂勤。徹縣減膳之日。講學勤政。在今日最爲切要。乞時御便殿接見羣臣。講論政治。設誠而致行之。庶可轉咎徵爲休徵。」疏入。鰲拜傳旨詰問積習隱憂實事。以所陳無據妄奏沽名議降二級被宥八年鰲拜敗聖祖手書前事付廷臣命康親王等勘鞫鰲拜罪狀讞辭有鰲拜銜賜履劾己圖害一款論如律方鰲拜柄用時黜陟生殺惟其意或上前忿爭或呵叱部臣張威福大臣稍異同其間立致死賜履論事侃侃無所避用此直聲震中外又以聖祖嗣位尙未舉行經筵大典疏請愼選儒臣資啓沃並請設起居注官備記言記動之職會車駕欲巡幸邊外疏言水旱頻仍不宜輕出詔罷前命並嘉其直九年設翰林院命爲掌院學士充日講起居注官明年肇舉經筵大典命知經筵事幷以春秋兩講爲期疏闊敕日進講宏德殿聖祖有疑必問賜履上陳道德下達民隱引伸觸類竭盡表裏十二年冬特召至起居注命與葉方藹張英韓菼翟試作太極圖說賜履作尤稱旨拔置第一問平時所著明道之書以闡道錄對命取進呈卽趨歸取刻本詣宏德殿恭進次早入侍講筵聖祖霽色問曰「朕披閱所著闡道錄正大精醇是誠斯文的派也」少頃又曰「錄中崇正闢邪極透切有功聖道不淺」遂親題其籤曰熊學士闡道錄宋元理學諸儒臣無此榮遇也（此條見郎潛三筆）十四年拜武英殿大學士兼刑部尙書疏辭不許既受命參畫軍機及諸道糧餉並請嚴飭軍行所過不得蹂踐禾稼使兵不病民民不失業十五年坐有改寫票稿情弊免歸居金陵二十七年夏起禮部尙書冬丁母憂歸先是因進見言噶爾丹且有變宜爲備二十九年邊人告警聖祖念其言趣起前官三十五年車駕親征噶爾丹力保費揚古可重任踰二年拜東閣大學士知經筵如故嘗進言海內乂安宜益崇學校廣教化豫積貯戒奢汰則萬世太平之業也每入見輒陳四方水旱官方得失推古聖人所以憂民保治之意竭慮無隱聖祖

改容稱善。四十五年。乞歸。賜御書壽耆二字。明年。車駕幸金陵。視河工。賜御用冠服。會纂朱子全書。命與李光地移書商定。居恒論學。以默識爲眞修。以篤行爲至教。由程朱而上溯孔孟。嘗謂道不外乎庸。庸乃所以爲神也。著有學統學辨學規學餘經義齋諸集。四十八年。卒。年七十五。賜祭葬。贈太子太保。謚文端。後入祀賢良祠。

紀聖祖任賢下　于成龍。字北溟。山西永寧人。初以副貢知羅城縣。年四十有五。臨行。與友書曰。某此行。絕不以溫飽爲念。所自信者天理良心四字而已。羅城烟瘴地。官廨在叢箐間。插棘爲門。虎白晝行庭中。成龍至。累土爲案。旁置鑿釜盂各一。召吏民問疾苦。皆感至誠。益樂就。爭輸田賦。初。鄰猺歲率三四至。殺掠人畜。成龍嚴保伍。勸鄉兵將搗其巢。猺懼。自投不敢復犯界。數遣子安問安。每春時。令兩猺舁竹轎。行田野中。見力耕者。輒呼與語相勞苦。民率婦子羅拜。或坐樹下與飲食笑語。懽如家人。獎勸扶惰。民大勸。始至。從僕皆死亡。羅人爲斂金錢跪進。云「知阿爺苦。聊供鹽米資。」笑謝曰「我一人何須此。可持歸市廿旨奉若父母。一如我受也。」居數年。家人來。羅人則大喜。又進金錢如初。仍卻之。衆泣。成龍亦泣。前後七年。招流亡。修學校。增陴濬隍。定婚喪制。以卓異遷知合州。羅人遮道呼號。追送數百里。一眇者獨留。問其故。曰。民習星卜。度公囊中裝不能及千里。民技猶可資以行也。卒賴其力達合州。州領縣三。遺黎止數百人。正賦十五兩。而供役繁重。府帖下取魚。成龍曰。民窮極矣。安所得魚。卒不與。且極陳民困狀。盡裁革之。一僕一羸馬。自隨。貸牛種。招流亡。旬月間得戶千計。再遷黃州同知。駐岐亭。地多幽壑。汊湖爲盜藪。

遂捕得九人。大集諸父老曰。能保不爲盜者貰之。保二人。餘卽諸父老前。取大索駢繫。悉坑之。衆股栗。又獲巨盜彭百齡。貰其罪。令捕盜自贖。無脫者。巡撫張朝珍器之。復舉卓異。吳三桂反。檄攝武昌府事。問禦亂策。對曰。安人心莫先下令停徵。朝珍已草奏。與成龍意合。遂盡以兵事屬之。時大軍雲集。供億皆叱嗟辦。惡少憑禁旅爲姦。成龍立寘之法。遷知建寧府。奏改武昌。大軍征岳州。坐造蒲圻浮橋。爲山水暴漲圮。罷職。會東山寇作。朝珍命討賊。許便宜行事。問需兵幾何。曰。前守蒲圻數人足矣。先是大冶賊黃金龍亡匿劉君孚家。君孚素狡猾。收召亡命。亦間爲官吏禽盜賊。嘗隸成龍岐亭役。至是得三桂僞劄。與金龍潛結周鐵爪等。期七月起事。事洩。君孚恐。遂以五月反曹家河。官軍爲所敗。成龍詗知君孚反。衆未合。遂直趨賊寨。未至十里止舍。榜示脅從者許自首免罪。過三日以從逆論。投首日千人。賊勢孤。欲卽降。懼誅。成龍遣一人持檄往諭。而自騎一羸。一人張蓋。一人鳴鉦前導。命行呼太守來救爾。山中人。君孚匿後山夾道伏銃弩數百。成龍疾驅抵賊所。坐廳事。賊衆環列。因問老奴安在。君孚舊隸麾下。故呼以暱易之。又問山中雨水禾稼若何。若良民。何爲作賊。取賭戮。時方酷熱。若父母妻子匿何所。得無苦耶。賊皆羅拜泣。成龍曰。熱甚。須少憩。遂熟睡。鼾聲如雷。移時寤。又謾罵君孚。老奴胡久不至。客至乃不設酒脯。君孚初懼見紿。至此出叩頭受撫。卽日降者數千。問金龍安在。曰。在望花山。令導行。出其不意。禽斬之。捷聞。八月復職。調黃州。甫到官。湖北大亂。何士榮反永寧鄉。陳鼎業反陽邏。周鐵爪等反白水坂。劉啓業反石陂。各擁衆數千。號十萬。倡趨黃州。時援軍皆赴湖南。黃州吏民才數百。至不能備闌柝。或議退保麻城。成龍曰。黃州七郡咽喉也。棄之則荊岳瓦解矣。吾誓死不去。然坐困亦非計。當剿之。賊雖衆。唯瞻士榮馬首。先取士榮。餘可不戰下。遂集鄉兵得二千人。別遣黃岡知縣李經政。禽鼎業。士榮已據黃土坳。遣把總羅登雲武舉張尚聖迎擊。前鋒戰少卻。成龍馳抵尚聖營。日午。鄉兵大集。有衆五千。屯箔金寨。與賊對壘。詰旦。士榮率衆數萬。分東西路進。東路賊少。登雲領千人禦之。而成龍率千總李茂昇當其西。尚聖攻右。把總吳之蘭攻左。戰始合。之蘭中礮死。賊鬭益急。火燎成龍鬚。或勸少避。叱之曰「今吾死日也。敢言退者斬」遂策馬直前。回顧茂昇曰。我死。可歸報張公。茂昇恐失成龍。急發矢殪其大旗。軍隨進。茂昇馬被創。棄馬射殺二人。易馬進戰。復手刃數人。而尚聖自後山繞出賊後夾擊。賊大敗。斬馘數千。士榮左臂斷。就禽。登雲擊東路。亦追奔數十里。成龍得賊名籍。立焚之。乘勝至呂王城。衆欲少憩。告之曰。勢不可失也。方炊。覆釜以進。據鞍草檄。諭能禽賊獻者重賞。投誠者不死。脅從歸者但閉門坐。家無軍器。卽從賊不追問。藏兵仗者。卽良民亦誅。於是賊衆皆解散。又分兵平白水坂與石陂。乃勒石岐亭。班師。自誓師至此二十有四日。以鄉民數千。破賊數萬。不費公家絲粟。黃州平。時十三年十一月也。次年秋大饑。發廩賑卹。全活數萬人。十六年。遷江防道。明年。晉福建按察使。民遮送至九江。凡數萬人。嗣巡撫吳興祚薦廉能第一。晉布政使。署中薪米不給。至無衣可典。日或不再食。几案間蛛絲鼠跡。文卷書册外無長物。十九年。遷直隸巡撫。會旱步禱。雨立沛。禾黍重歧三穗。民號曰于公穗。尋劾縣令趙履謙貪黷狀。論如律。二十年春。陛見。賜坐。賜茶。而諭曰。　爾爲今時清官第一。朕所深知。因問黃州剿賊事。旋賜食御書房。賜帑金千。良馬一。未幾。調兩江總督。抵江寧。官吏皆望風改操。南中俗侈麗。成龍至。人爭衣布褐。布價驟騰。成龍治官書。夜申旦不寐。性喜飲。至是累月不一醉。嘗中夜苦飢。索少米作糜。不得。笑而止。時苞苴盡絕。午日。遣視寮吏無敢以角黍相遺者。二十三年春。巡海還。兼攝江西安徽兩巡撫事。尋病卒。成龍自服官後。未嘗攜家屬入署。至是將軍都統監寮吏入其寢室。見周身布被袍一襲。韡帶各一。堂後瓦甕米數斛。鹽豉數盎而已。訃聞。賜祭葬。謚清端。尋贈太子太保。廕一子入監。會御試詞臣作理學眞僞論。納卷時。聖祖特諭曰。理學無空言。如于成龍不言理學。而服官至廉。斯即理學之眞者也。時軍民爭繪像祀。江寧蘇州黃州皆有祠。孫準。累官至江蘇巡撫。有賢聲。李光地。字晉卿。福建安谿人。康熙九年進士。選庶吉士。授編修。十二年。乞假歸。次年。耿精忠反。海寇鄭錦據泉州。並遣人招之。以死固拒。十四年夏。密疏陳破賊機宜。略言閩疆褊小。二賊誅求鞭扑。民力已盡。賊勢亦窮。南來大兵宜急攻。緩則恐生他變。今耿逆悉力仙霞嶺關。鄭賊幷命漳潮之界。惟汀州小路與贛州接壤。賊置守禦。不過千百疲卒。宜因賊防之疏。選精兵萬人或五六千人。詐爲入廣之兵。自贛達汀。程七八日耳。二賊馳救。須月餘。則我兵入閩久矣。乞密令軍官詗諜虛實。隨機進取。仍恐小路崎嶇。更使鄉兵在大兵前。步兵又在馬兵前。庶幾萬全可勝。奏入。聖祖嘉其忠。事寧。遷翰林學士。二十五年。授掌院學士。直經筵。累遷兵部右侍郎。三十七年。授直隸巡撫。頗卹民隱。尤盡心農田水利。明年。疏言宜濬入衞之河與老漳河。其完固小支。應築隄偪水入河。以達於運。更於靜海閻留二莊。挑土築隄。束水歸淀。報可。遂次第興工。聖祖又以子牙河屢泛濫。自河間以北。靜海以南。皆被害。親臨相視。發帑金命光地就獻河兩岸築長隄。西接大城。東接靜海。亙二百餘里。復於廣福樓之焦家口開新河引水入淀。由是下流益暢。無水災。隄工成。復請開諸州縣水田。引漳滏滹沱大陸諸水。資灌溉。又明年。修永定河工。自郭家務至柳岔口。開河築隄。四十一年。飭所屬州縣廣興水利。近山者導泉通溝。近河者引流釃渠。去水遠者鑿井溉田。其水道應濬者。並借帑興工。次年。璽書褒美。擢吏部尙書。巡撫如故。四十四年。拜文淵閣大學士。時聖祖潛心六藝之文。河圖象數之學。下逮濂洛關閩之書。旁及歷算聲音之道。反覆研索。由源達流。光地故篤信程朱。因以上窺羲文之祕。所奏進文字。發舒心得。聖祖未嘗不稱善。凡御纂朱子全書及羣經性理諸編。多命光地參訂。中有淆賾。往復陳請不倦。親承指授。所造益深。聖祖嘗詔廷臣。「知光地者莫若朕。知朕者亦莫若光地。」每內閣奏事畢。獨留光地南書房。暇則召入便殿。語移時。垂詢近臣民情若何。光地對曰。「方三藩播亂。民心搖搖。未知所歸。今上恩德顯信於天下矣。往歲閩旱。羣吏不能體上意。所發帑粟多乾沒。民飢且死。獨歸怨於有司。而鮮不信上之志在矜恤者。」嗣問礦事。光地請著令止土著貧民無產業者。許人持一銚以往。而越境者有誅。則奸民不致聚徒山澤。以生事端矣。議遂定。一時大豪輦金謀首事者。皆謟指自悔。五十年。稱疾乞休。諭曰。「覽奏。朕心慘然。當時舊臣如卿等者。不過一二人。今朕亦老矣。實不忍言也。」五十四年。再乞休。許假二年。賜詩寵其行。五十六年。還朝。明年。卒於位。年七十有七。予祭葬。謚文貞。雍正元年。追贈太子太傅。入祀賢良祠。著述甚多。均行世。陸隴其。字稼書。浙江平湖人。年三十八。下第出都。自水路南旋。於水道之源流。漕運之奧窔。及古人名蹟。無不詳誌。其隨處留心經濟如此。成康熙九年進士。用知縣需次歸。益肆力程朱之學。十四年。知江蘇嘉定縣。縣賦多而俗侈。隴其清介自持。上官嚴憚之。衙胥舊以千數。至是去者過半。其在者無所得食。令更番給事。退則爲耕販以自活。有所遣攝。計日與錢。許就民間一飯。括索者必痛懲之。尤務以德化民。不事刑威。民告其子不孝。訊得實。隴其涕泣自訟曰。吾德薄。不能宣教化。令汝父子至此。因委曲誠諭。父子皆大哭去。子歸。卒善事其父。有弟以盜訟其兄。廉知其弟婦翁所導也。杖而數之曰。「爲子壻計。乃忍斷其手足耶」。兄弟皆感泣。好如初。邑多逋賦。立甘限法。令應輸者自爲限。屆斯輸半。即免杖。一士人經月無所輸。隴其曰。是非故逋賦者。察之。則新遭喪也。卒不追呼而糧辦。時南方用兵。徵餉十萬。遂爲文諭以大義。不一月而數足。次年廷議暫抽市肆錢一年佐餉。例不及巷舍。隴其如例報。徵巡撫慕天顏不悅。疏言時方多事。陸令非應變才。請調簡。部議遂引材力不及例。鐫三級調用。嘉定民大駴。罷市。日號巡撫門乞留。天顏不自安。疏請復。而隴其先以盜案落職矣。盜案者。邑張汪兩姓訐訟。汪赴理。夜被盜殺其弟。以仇殺告。隴其疑小隙無殺理。牒大府請俟獲犯定擬。尋獲眞盜七。獄具。部議以初報不直指爲盜。疑諱匿。引例奪職。或謂隴其宜申辯。答曰。縣有盜。長吏不知。黜宜也。何辯爲。士民相率詣大府爲辯。卒莫省。時魏象樞長御史臺。與隴其素不相識。聞其政聲。遙寄以詩。有「吏道雖云雜。天下豈無人」及「盥手贈荒言。始終願自珍」之語。値會推福建按察使。遂以隴其薦。雖爲天顏中沮。而象樞亦可謂以人事君矣。十六年。詔舉博學鴻詞。主事吳源起以隴其名上。薦牘中有「理學深醇。久入程朱之室。文章閎博。復登韓柳之堂」語。

未及試，奔父喪，終喪不飲酒，不食肉，不入內寢。服除，牒請改教官，弗許。象樞抗章訟冤，再疏舉廉吏十人，隴其與焉，復故官。二十二年，授靈壽知縣。縣故磽瘠，勸課耕耨，以盡地力。請於上官，與鄰縣更役以蘇民困，革火耗，絕私派，以養民財，尤申明鄉約保伍之制，舉鄉飲酒禮，朔望詣學宮，與諸生講論，導以躬行，著松陽講義，諄諄於義利邪正之辨。有大姓為盜劫，大吏不欲奏聞，命改為竊，隴其拒之曰：「寧以誠去官，不欲以偽苟祿。」一知府乃取盜魁杖殺之，隴其惻然曰：「盜可殺，而殺之不以法，吾不忍也。」作勸盜文，遣吏往獄中誦讀，聞者多痛哭。嘗以公事至都門，政府欲一見之，接淅行，卽象樞屢薦於朝，亦不往謁。二十九年，科道員闕，諭廷臣各舉所知，於是工部尚書張英等交章論薦，故事知縣行取改京秩，謁薦主，多用師生禮，隴其獨否。總憲陳廷敬益嘉歎。尋補四川道監察御史。三十年夏，大旱，遵旨陳言，一請豁免直隸被災帶徵各錢糧，一言直隸編審人丁宜求均平，一請停捐免保舉之法，謂不但保舉之捐納宜急停，而保舉之限期更當酌定。又申三年開缺之請，詞加激切，及奉命會議，仍持前議益堅。時大兵餽餉亟，計臣方恃捐納濟國用，而豪右希進者相率慶彈冠，內外諸臣亦多由捐納進，隴其獨於疏議中痛斥之，衆大譁，部議以其拘資格，致捐納觀望，誤軍需，負言官職，擬削籍，謫奉天安置。庶吉士張晟嘗欲從隴其受學，未果，至是恐遲失之，卽日執贄為弟子，而順天尹衛既齊巡畿輔還，入對，言民心惶惶，唯恐陸御史遠謫，聖祖特宥之，俾還職，尋命巡視北城，凡有獻納，必齋宿竭誠，聖祖每韙其言，以為與朕意合，故雖以議捐納事府衆怨，而聖祖終察其誠也。是秋，以試俸滿，都察院注不稱職，應外調，遂移疾歸，足跡不一至城市，茅屋數椽布衣蔬食益以明道覺世為己任三十一年卒於家尋祀直隸江南名宦浙江鄉賢雍正二年命增從祀賢儒乾隆元年賜謚清獻加贈內閣學士兼禮部尚書銜小臣得謚自此始著述甚多均行世張伯行字孝先晚號敬菴河南儀封人康熙二十四年進士歸築精舍南郊縱觀諸子百家及讀小學近思錄乃恍然曰入聖門庭在是矣讀書七年補內閣中書父憂歸啜粥三年不入內室服竟建請見書院與鄉人講明正學三十八年大水率居民築隄保境河督張鵬翮異之疏請檄伯行贊理三辭不許以原銜赴河工督修黃河南岸隄二百餘里及馬家港東壩高家堰石工四十三年授山東濟寧道值歲荒傾家財運穀以賑尋被命賑汶上陽穀飢動倉穀二萬二千有奇藩司責其專擅將申劾巡撫直之獲免四十五年遣近臣封閘催漕諭曰張伯行諳習河務可與商搉伯行相高下引運河水北注蓄洩得宜事竣著書紀其事卽世所行居濟一得是也遷江寧按察使吏白故事送督撫贄約金四千伯行曰我誓不取民一錢焉辦此揚州諸生六人忤郡守巡撫欲盡褫之伯行曰以窮諸生冠服迎合上官吾不為也力寢之明年車駕南巡命督撫舉賢能伯行隨督撫入對聖祖曰「朕向本識爾到江南卽知爾為清官」復顧督撫臣曰「張伯行居官何如」皆曰好大學士張玉書對亦如之聖祖曰「江南更有如此好官否」皆曰無聖祖曰「然則爾等何以不保舉今朕自保之他日居官好天下以朕為明主否則笑朕不知人」又曰「張伯行篤實卽置之行間亦非退縮者」遂擢福建巡撫隨駕至西湖賜御書「廉惠宣猷」四字治閩值旱荒發帑賑饑歲遣官買米平糶禁米船入海絕盜糧禽巨盜首魁吳海等疏請增鄉試十名

中額。建鰲峯書院。祀宋五先生。集諸生院中。日纂錄古人嘉言懿行。依小學。諸綱目。條貫成書手定爲八十六卷。曰小學衍義。以教諸生。設藏書樓。購經籍四百六十餘種。毀淫祠。贖女尼爲民婦。先是臺灣兵屢鼓譟。伯行謂倡亂之人平日必多不法。以他事除之。煽誘自絕。鎮臣如其教。後無譁者。伯行治尚嚴明。貪吏奸胥輒肖寘之法。政教行於四境。聖祖將令移撫江西。大學士李光地請留閩。張玉書奏江南比歲災民不聊生。非此人往不可。聖祖笑曰「汝兩人不必爭。朕當愼簡一人。以畀汝閩」。遂移撫江蘇。而以陳瓊代之。士民攀號。如失怙恃。伯行疏請緩帶徵漕。又請賑徐州府及海高等十四州縣災。並蠲瓜州浮稅。舉劾屬僚。無所阿徇。豪猾皆望風遠遁。時總督噶禮張威福。甫涖任。劾免撫藩蘇州知府陳鵬年。糧道臧大受。廉直有聲。皆劾去之。伯行遇事持正。鬱鬱不自得。稱病乞休。詔張伯行操守清潔。立志不移。朕所深悉。江蘇重地。不得以衰病辭。五十年。江南鄉試。副考官趙晉與總督噶禮交通關節。榜出譁然。正考官左必蕃不自安。疏聞。伯行亦據實奏。聖祖命尚書張鵬翮侍郎赫壽出按其事。伯行亦會鞫。時舉人程光奎吳泌已具服。藩司吏李啓供與家僕軒三。營弊。軒三者。總督署閽人也。於是噶禮持其事。讞莫能定。明年春。伯行劾督臣抗旨欺君。營私壞法。請正國典。以彰公論。噶禮亦飛章訐伯行不肯出洋捕賊。及誣陷牙行張元隆諸款。命俱解任。付使者雜治。尋奏晉與光奎泌賄通關節。擬罪如律。噶禮劾伯行不能清理案件屬實。餘係苛劾。應降留。伯行劾噶禮索金事全虛。應奪職。聖祖責鵬翮等掩飾和解。命尚書穆和倫張廷樞覆訊。訊如前。噶禮免議。伯行仍奪職。部議亦如之。聖祖以張伯行天下清官第一。責諸臣變亂是非。

且曰。「朕自幼讀書。研窮性理。如此清官不爲保全。則讀書數十年何益。而凡爲清官者。何所賴以自安。命九卿科道再議。」議上。復諭曰。「爾等身爲大臣。既知張伯行清廉。當會議時。何無一言及朕有旨。始同聲贊其清。亦已晚矣。宜體朕保全廉吏之意。使正人無所畏忌。庶海宇長享昇平之福。」遂命復任。而黜噶禮。尋拏戮焉。方伯行之解職也。百城罷市。哭聲殷揚城。且議相率叩閽。慰諭再三。環泣不肯退。蘇州等郡相繼報罷市。士民扶老攜幼。具菓蔬來獻。伯行辭。皆泣曰。「公在任。止飲吳江一杯水。今將去。子民一片心。不可卻也。」乃取腐一塊。菜一束。衆仍委地去。獄具。回蘇。揚人慮中塗不測。將集江干護行。衆數萬。伯行聞之。五鼓登舟。比曉已渡江。抵蘇。寓楓橋。士民獻蔬菓。如在揚時。七月。復赴揚聽勘。回蘇時。比戶焚香遮道不可行。及復任。士民懽忭。拜龍亭呼萬歲者數十萬人。復相率詣闕。跪香進疏。願各減年壽一歲。祝添聖壽萬年。聖祖聞之大悅。而全閩士民始奔號呼籲。既而頌恩祝聖。亦與江蘇不約而同。自是伯行直聲浩氣震天下。五十三年。劾布政使牟欽元藏匿通洋匪棍張令濤。請旨革職。著追。張令濤者。噶禮前劾伯行拖欠之船埠張元隆。卽其弟也。時部檄搜緝海寇鄭盡心餘黨。崇明鎮弁詰一船。入照不符。得元隆爲之關通領照狀。又上海民顧協一。訴令濤佔據房屋。謂其舊爲噶禮幕客。今匿牟欽元署中。有水寨數處。窩藏海賊。伯行捕治令濤。因劾欽元。得旨革職。下總督赫壽察審。赫壽奏。協一所控無左驗。欽元署中亦無左令濤。復命張鵬翮等赴鎮江察勘。遂劾伯行狂妄自矜。請解官嚴究。訊疏六上。聖祖不得已允之。時伯行因事赴常州。卽舟中解綬去。伴送鎮江。夜分對簿。多方摧折。并脅幕下客代承。鵬翮等奏元降令濤皆良民。伯行誣劾。聖祖責其不能盡心研審。令再詳訊。並命伯行回奏。乃疏言張令濤在藩幕為其子張二所供也。牟欽元匿使不出耳。未幾。竟坐伯行挾詐欺公。誣陷良民。議斬。伯行處之恬然。讀書晝夜無間。為門人講說。成講義數十篇。居半歲。體加充。色加粹。獄上。聖祖不允。命免罪入都。過揚州。父老數萬。焚香夾兩岸行。求停舟一見。為監行者所格。抵京。請陛見。使臣不可。以付吏。聖祖命使臣同伯行陛見。且曰張伯行原無罪。當以錢糧事任之。次日召對。命講太極圖。入直南書房。署倉場總督。五十五年。被命往賑順天永平二府。講行社倉法。六十年。總裁會試。所得士來謁。必告以聖賢之學。務實心報國。不可汨沒勢利。負科名。世宗即位。命與議政。遷禮部尚書。雍正二年。進續近思錄。張南軒陳克齋陳北溪許魯齋諸集。命赴闕里致祭。追王先聖五代。三年。卒。年七十五。贈太子太保。予祭葬。謚清恪。著述甚多。均行世。

三　聖祖之文治

紀聖祖勤學・聖祖親政後。輒於政務餘閒。研精經史。康熙九年。諭曰「帝王勤求治理。必稽古典學。以資啓沃之功。經筵日講。宜即舉行。禮部其詳察典例。擇吉具儀以聞」十二年。諭學士傅達禮等曰「人主建極綏猷。必以講學明理為先務。隔日進講。朕心未愜。嗣後爾等須日侍講讀。闡發書旨。為學之功。庶可無間」復製講官箴以示勵焉。已而修葺宮殿。移駐瀛臺。又諭曰「夫進講所以致知蓄德。期於日新。未容少間。其日至瀛臺。如常進講」又諭講官熊賜履曰「朕觀爾等所撰講章。較張居正直解。更為切要」奏曰。「臣等章句小儒。不過敷陳文義。至明理會心。見諸日用。則在皇上自得之也。」聖祖曰。「講明道理。乃爲學切要工夫。修己治人。方有主宰。若未明理。一切事務。於何取則。」又曰。「學問之道。畢竟以正心爲本。」賜履奏曰。「聖諭及此。得千古聖學心傳矣。」又諭講官等曰。「人心至靈。出入無鄉。一刻不親書冊。此心未免旁騖。朕手不釋卷。正爲此也。」因撰讀書貴有恆論。藉示克終之不易。十三年。以時當多事。諭傅達禮曰。「不妨乘間進講。期於軍事無誤。爾衙門議奏。」翰林院奏請間日進講。聖祖曰。「軍機事情。有間數日一至者。亦有數日連至者。非可限以日期。其每日進講如初。」明年。諭曰。「嗣後講官講畢。朕仍覆講。如此互相討論。庶裨實學。」講官喇沙里孫在豐張英進講孟子道性善節。聖祖曰。「人性之善。無分賢愚。止有勉強行之。董仲舒言事在強勉而已矣。強勉學問。則聞見博而知益明。強勉行道。則德日起而大有功。此誠爲學之要也。」十九年。御懋勤殿。講官進講畢。諭曰。「堯舜禹湯以來。心法治法。俱在尚書。爾等悉心講解。朕孜孜典學。未嘗稍懈也。」庫勒納奏曰。「書經應講者已畢。自明日始。當以易經進講。」聖祖曰。「經史俱關至理。爾等進講易經。將通鑑講章陸續送入。著張英在內每晚進講通鑑。」二十三年。御乾清宮。親講亢龍有悔一節。講畢。顧講官等曰。「亢龍有悔節。何以注在不應講之例。大道人事。亢則有悔。易中所言無非此理。正宜以此爲戒。不必避忌。以後繫辭講章。俱以次逐節進講。」已而車駕南巡。泊舟燕子磯。讀書至三鼓。侍講學士高士奇奏請宜少節養。聖祖諭曰。「朕五齡讀書。八齡踐阼。輒以學庸訓詁詢左右。日所讀書。必字字成誦。不肯自欺。四子書既通貫。乃讀尚書於典謨訓誥中。

體會古帝王孜孜求治之意。期見之施行。及讀大易。觀象玩占於數聖人扶陽抑陰防微杜漸垂世立教之精心。朕皆反覆探索。必心與理會。不使纖毫扞格。實覺義理悅心。故樂此不疲耳」。故事冬至後有停講例。時値沍寒。講官常書等請旨應否停講。聖祖諭每日披覽經義。裨益學問。不必停講。二十四年。車駕將巡幸塞外。以通鑑關於治亂。諭扈從諸臣各以所攜書籍進覽。於是以通鑑文選諸書進。聖祖覽章復諭曰「甚善。朕所點定之書。爾等亦試觀之」。內閣學士圖納等閱畢奏曰「皇上萬幾之暇。經傳悉加博覽。又點定通鑑諸書。自古帝王好學。遠不能及。諭旨猶謂不能盡記。仰見皇上聖不自聖至意」。四十三年。諭大學士等曰「朕覽過之書。雖久不甚遺忘。今年歲稍增。而記性更進。卽目前陳列諸書。欲稽考某卷某字。第令近侍取之。亦可卽得。大約存心清虛。匪唯事不遺忘。卽養生亦爲有益」。五十年。御經筵。諭曰「經筵之設。但期實益。非飾虛文。朕於四書五經通鑑性理諸書。凡儒臣進講。朕輒先爲講解。遇有一句可疑。一字未協。亦與反覆討論。期於義理貫通而後已」。五十四年。諭侍衛內大臣等曰「朕常講論天文地理及算法聲律之學。爾等聞之。輒謂此由天授。非人力可及。轉掩卻朕虛心勤學處矣。凡事皆由學習而成。務學必以敬愼爲本。朕之學業俱從敬愼中得來。何得謂非人力也」。隨作乾清宮讀書記。以明道法大原。得諸心而致諸用。而庭訓格言中又復申明朱子讀書之法。其爲學亦可謂勤矣。

紀聖祖崇儒　聖祖以致治之道。首重人才。故於勤學之外。尤以崇儒爲先務。康熙八年。明雍釋奠。諭令國子監祭酒等督率諸生潛心聖道。身體力行。時祭酒徐元文以師道自任。涖學四年。端士習正文體條教大飭後元文在西臺聖祖語閣臣曰「徐元文規條嚴肅滿洲子弟不率教者輒加撻責至今猶畏之後來那得如此人」嘗作祭酒箴以勵之（見張玉書文集）十七年詔舉博學鴻儒備顧問著作之選令在京三品以上及科道官員在外督撫布按舉薦送部月給俸廩次年三月朔試被舉者百四十三人賜宴體仁閣翼日車駕幸霸州攜諸卷親覽次日下大學士馮溥等公閱聖祖忽問媧皇補天事信乎蓋毛奇齡卷中有此語也溥奏淮南子有之聖祖曰「徒記事耶則楚辭列子早及之何止淮南第未知傳信何如耳」溥曰「賦主鋪張古籍宜可用」於是奇齡列上卷其時以鴻博科入詞苑者江南二十六人浙江十三人順天直隸六人江西二人山東河南陝西各一人是科初開以議修明史始自高等者授官過優外間遂有「野翰林」之目（見郎潛二筆）時聖祖表章儒術大臣多鉅人長德明史館既開徵黃宗羲不至詔浙江巡撫錄其書有關史事者以進厥後尚書徐乾學侍直聖祖詢及遺獻乾學以宗羲對且言臣弟元文曾疏薦老不能來聖祖曰可召至京朕不授以事即欲歸當遣官送之乾學對以篤老無來意聖祖嘆息不置二十一年正月御乾清宮宴內閣翰詹等官九十三人命學士張英等傳諭令各懽忭暢飲飽飫盡量少選徹饌更設肴核親賜飲特敕笑語無禁宴畢命近御座前觀燈有霑醉者令內官扶掖而行并諭倣柏梁體賦詩進覽羣臣奏曰敢不歌詠太平翌日侍衞捧御製詩并詩序出羣臣集太和殿下以次各賦詩凡九十三韻詔詹事沈荃書之刻石二十三年幸闕里祭畢諭留曲柄黃蓋供陳廟庭以示尊聖至意并製孔子廟碑二十六年復頒孟子廟碑二十八年又製孔子贊序及顏曾思孟

四贊命翰林官繕寫國子監摹勒。三十一年。諭「纂修史書。雖史官之責。而當朕之時修成此書。稍有未協。咎將誰歸。明代實錄。及紀載事蹟諸書。皆當搜羅藏弃。異日明史告成。新史與諸書並觀。以俟天下後世之公論。」四十三年。車駕南巡。德清胡渭撰平成頌。并所著禹貢錐指。有詔嘉獎。召至南書房。賜饌。御書「耆年篤學」四字賜之。（此條見燕下鄉脞錄）又以明史關係極大。必使後人心服乃佳。乃製明史作文一篇。以曉諭九卿大臣。（見聖訓）已而戴名世以南山集下獄。吏議身磔族夷。集中挂名者皆死。獄詞五上。聖祖矜疑。一日諭李光地曰「汪霦死。無能古文者。」光地曰「惟戴名世案內方苞能。叩其次。即以名世對。左右聞者。無不代爲股栗。尋被宥出獄。隸漢軍。聖祖諭武英殿總管曰「方苞學問天下莫不聞。可召入南書房。遂命撰湖南洞苗歸化碑文。越日命作黃鍾爲萬事根本論。奏御嘉賞曰「此即翰林老輩兼旬爲之不能過也。」命編校樂律諸書。（見方苞文集）明年。幸青浦。手書「聖迹遺徽」匾額。以示尊崇先師。又頒「程氏正宗」額。懸楊時祠。「奧學清節」額。懸羅從彥祠。「中和氣象」額。懸李侗祠。「霜松雪柏」額。懸胡安國祠。「紫陽羽翼」額。懸蔡元定祠。「學闡圖疇」額。懸蔡沈祠。「力明正學」額。懸眞德秀祠。其尊師重儒之意。亦可謂至矣。

紀聖祖論經史文學　康熙四年。諭禮部廣搜前明天啓以後事蹟。以備纂修明史。御史顧如華奏。天啓後文籍殘毀。苟非廣搜稗史。何以考訂無遺。如三朝要典。同時尚論錄。樵史。兩朝崇信錄。頌天臚筆。及世族大家之紀錄。高年逸叟之傳聞。俱宜採訪。以備考訂。章下所司。十九年。刊削尚書講義日講易經詩經春秋四書各解義。及經筵講章通鑑解義成。各御製序一篇。俾大經大法垂諸久遠。（見御製文集）是年。御懋勤殿。親講易經噬嗑卦辭。講官庫勒納等進所撰乾坤二卦總論。聖祖覽畢。諭曰「卦爻之義。原各不同。如噬嗑一卦中四爻主用刑者言。初上二爻主受刑者言。爻各有取義。必得總論發揮。方覺全卦之義了然。諸卦可仿此撰進」。二十二年。聖祖召入大學士等。問所修明史若何。李霨奏曰「草本已有大略。自萬曆後三朝事繁而雜。尚無頭緒。方在參酌」。聖祖曰「史書永垂後世。必據實秉公。論斷得正。可以傳後。夫作文豈有一字一句不可更改者。即朕所製之文。亦常有斟酌更定之處。今觀翰林院所撰祭文碑文。不樂改易。若此。恐文章一道。流於偏私矣」。明年。諭大學士等曰「朕前奉太皇太后詣五臺山。覽觀山川形勢。一一親歷其境。各臺所製碑文。爾等可詳加斟酌。近見漢人有自負才高。所作不容人點竄。此習俗之可鄙。文之所以不工也」。又明年。諭明珠曰「朕觀今古文章。六經而外。秦漢最爲古茂。非唐宋諸大家能及。凡明體達用之資。莫切經史。朕搜覽載籍。正以探索源流。考鏡得失。期於措之行事。治道之助。非小補也」。已而車駕南巡。諭扈從諸臣曰「朕閱聖經賢傳。通鑑一書。尤關治道。故於資治通鑑綱目大全諸書。皆以硃筆點定。爾等職司文翰。其各以所攜書籍進覽」。洎四十六年。諸臣恭輯成書。御批通鑑綱目五十九卷。通鑑綱目前編十八卷。外紀一卷。通鑑綱目續編二十七卷。因朱子約資治通鑑爲綱目。筆削義例。多擬春秋。尹起莘劉友益等多所發揮。而未得要領。爰親御丹毫。詳加論定。凡金履祥商輅所補續者。至是益有折衷。五十一年。又欽定歷代紀事年表一卷。上起唐堯。下訖元末。仿史記年表通鑑目錄之體。編年系月。條列大事。經緯交貫。始末兼賅。足爲讀史之綱目。（見詞林典故）二十五年。聖祖顧常書曰。「爾曾讀何書。」奏曰。「文選離騷。亦曾看過。但其用字僻奧。比物連類。多所未喻。」聖祖曰。「讀離騷。當識大義所在。屈原以忠君愛國之心。原本山川。極命草木。徵文見志。一篇之中。三致意焉。遂爲千古風騷之祖。且於作文深有裨益。非獨拾其字句已也。」二十六年。李光地疏乞終養。臨行。進所著易學二卷。洪範說一卷。歷理新書一卷。召見。論易學。光地薦德格勒。徐元夢。論實學。薦衞既齊。湯斌。至李顒。爲餘姚之學。李因篤爲淹博之學。耿介之篤行。仇兆鰲之屬志。楊文言之曆算。亦皆以其名聞。因奏曰。「秦漢以後。禮崩樂壞。六經雖經宋儒闡明。然永樂所修大全。未免蕪雜疏漏。宜大徵天下之士。蒐羅羣言。討論編纂。以至禮樂制度。亦稽古論定。有典有則。貽厥子孫。誠千載一時也。」聖祖然之。但曰。「士人纂書。多挾私聚訟。求其虛心公道。實爲難耳。」俄出蓍策。命布一卦。得賁六爻不動。命論其卦意。光地曰。「賁文明之卦也。凡事無本不立。無文不行。故賁當得亨。然文貌勝則實意微。將不勝其弊矣。昔孔子筮賁。愀然不樂。蓋憂周末文勝。永終知弊耳。」聖祖曰。「此卽玉帛鐘鼓之喻也。」（李光地年譜）三十年。繙譯通鑑綱目成。刊刻資治通鑑綱目全書及文獻通考。俱成。各御製序文。以冠篇端。用稱表章之意。四十四年。大學士等以鄂羅斯貿易來使。齎至原文及繙譯之文進。聖祖曰。「此喇提諾。托多烏祖克。鄂羅斯三種文也。外國文亦有三十六字母者。亦有三十字。五十字母者。朕交喇嘛詳考。視之來源與中國同。但不分平聲上聲去聲。而尙有入聲。其兩字合音甚明。中國平上去入四韻極精。兩字合音。不甚緊要。是以學者少問翰林官四聲皆知。兩字合音則不能知。中國所有之字外國亦有之。特不全耳」四十九年。諭侍衛拉錫等曰「滿字既有清文鑑。蒙古字書亦應纂輯。著交教習唐古特書之官員阿爾必特祜及拉錫等翻譯。會同蒙古侍讀學士中書修成滿蒙合璧清文鑑一部。有不知者問諸八旗年老通曉蒙古書之人。」四十九年。諭陳廷敬等曰。「朕留意典籍編定羣書。比年如朱子全書佩文韻府淵鑑類函廣羣芳譜等。悉皆纂修告成。至於字學。並關切要。允宜酌訂一書。字彙失之簡略。正字通涉於汎濫。兼之四方風土不同。南北聲音各異。司馬光類篇分部或有未明。沈約之聲韻後人不無訾議。洪武正韻雖多駁辨。迄不能行。仍依沈約之韻。朕嘗參閱諸書。悉心考證。凡蒙古西洋諸國。多從字母而來。音由地殊。難以牽引。大抵天地之元音發於人聲。人聲之象形寄於點畫。今欲詳略得中。歸於至當。增字彙之闕遺。刪正字通之繁冗。勒為成書。垂示永久。爾等酌議式例具奏」五十二年。命李光地修周易折中。王掞修春秋傳說彙纂。御製序文各一篇。以傳正學。五十八年。諭曰。「佩文淵鑑二齋皆皇祖幾餘典學之所。屢命詞臣纂輯諸書。書成。多冠以二齋之名。」所編纂有周易折中詩書春秋傳說彙纂日講四書五經通鑑解義歷代年表皇輿表子史精華性理精義朱子全書月令輯要康熙字典音韻闡微淵鑑齋古文選歷代賦彙全唐詩四朝詩全金詩詠物詩題畫詩歷代詩餘詞譜淵鑑類函佩文韻府駢字類編分類字錦書畫譜廣羣芳譜各種。並經欽定。而資治通鑑綱目則聖祖御批也。又以載籍極博。浩如淵海。命廷臣倣古人左圖右史之義。分類編次。合成一書。為編六典三十有二部六千一百有九。名曰古今圖書集成。計

一萬卷，裝爲五百函，徵引之富，卷帙之多，考覈之精，皆從古所未有也。（高宗御製全韻詩註）

紀聖祖論理學　聖祖提倡文學，尊崇師道，而又嘗服膺朱子之學說，故其生平所言所行，皆與理道相符合。康熙十二年，諭講官熊賜履曰：「大學格物二字，包括無餘，但其間有根本，有切要，非泛騖於器數之末，爲支離無本之學也。」又曰：「天地古今，大本大原，只是一理，故曰一以貫之，然則博文約禮工夫，合當如是。」又諭侍讀學士喇沙里曰：「朕博觀典籍，見宋儒周敦頤太極圖，義理精奧，發前賢所未發，朕嘗極意探索，究其指歸，可命學士熊賜履，編修葉方藹，張英，修撰韓菼等，各撰太極圖論一篇，朕親覽焉。」二十二年，御乾清宮，講官進講畢，特問「理學之名，始於宋否？」張玉書奏曰：「天下道理，具在人心，無事不有，宋儒講辯，更加詳密耳。」聖祖曰：「日用常行，無非此理，自有理學名目，而彼此辯論，朕見言行不相符者甚多，終日講理學，而所行與所言背謬，豈可謂之理學？若口雖不講，而行皆與道理脗合，此卽眞理學也。」二十三年，諭大學士等曰：「凡所貴道學者，必身體力行，見諸實事，非徒託之空言，今漢官員，道學名者甚多，如崔蔚林好事，居鄉不善，可云道學乎？朕聞學士湯斌，曾與中州孫鍾元相與講明道學，頗有實行，前典試浙江，操守甚善，可補授江寧巡撫。」二十四年，諭大學士等曰：「從來道德文章，原非二事，能文之士，必須先明理學，道之人，亦貴能文章，朕觀周程張朱諸子之書，雖主明道，不尙辭華，而體裁簡要，晰理精深，何嘗不文質燦然，近世空疏不學之人，借理學以自文其陋，岸然自命爲儒者，究其意解，不出庸夫之見，眞可鄙也。」未幾，考試滿洲官繙譯，命明珠，麻勒吉等閱卷，聖祖顧麻勒吉問曰。「爾閱性理大全否。其中意義亦能通曉耶。」奏曰「臣雖看閱至皇極經世篇。茫然不得其解。」聖祖曰。「此邵堯夫以數合理之書。所推先天卦畫元會運世之數。言之甚悉。非淺學所能窺測。全書卷帙尙多。程朱恐其流於數學。摘取大要著之此篇。朕細研究。略識其義。」因出手批性理大全以示。二十五年。諭大學士等曰。「世間全才未易得。但能稍觀性理一書。則愧怍之處甚多。雖不能全依此書以行。亦宜勉強研求。明晰義理。若祇泥辭章字句。有何裨益。」三十六年。諭殿試讀卷諸臣曰。「作文者無不論理。朕觀性理一書。大旨只一誠字。人可不以誠自勉乎。」四十三年。諭講官等曰。「古今講道學者甚多。尤好非議人。人各有長短。必求全責備。非忠恕之道。孔子當時。只求諸己。不非諸人。豈容有私意於其間。宋司馬光編輯資治通鑑。論斷得當。彼乃言行相符。由此以觀。知不在空言也。」俄而河間水災。直隸巡撫李光地請解職。聖祖以其專信講道學之人。諭以孔子先行後言之理。仍留任。五十四年。又以科道條陳。多出私意。諭曰。「理學之書。立身根本。不可不學。不可不行。若以理學自任。必致執滯己見。宋明季世人好講理學。有流入刑名者。有流入佛老者。昔熊賜履自謂道統之傳。沒後即有人非議。凡人讀書宜身體力行。空言無益也。」其所以惓惓於此者。蓋有鑒於空言之無補。故不惜反覆申明。以垂戒焉。再觀其序性理大全。深明乎治法之明備。悉本於心法道法之精微。其製愼幾微論也。有曰。「易與書之言幾。猶大學之言獨。中庸之言微顯。總不外一愼而已。」其製理學論也。有曰。「夫理語大。乾坤莫能載。語小。乾坤莫能破。散之萬物。總歸於一中而已。」其製性理精義序也。有曰。「使人知盡性之學不外循理也。」其書性理與後也有曰。「可以見性體之大而識盡性參贊爲一理也。」而其爲庭訓格言。始言志學之基。
繼言不踰矩之效。而終言天人之辨與義利之防。則所以致力於理學者至深且切。而又受湯斌李光地
輩之耳濡目染。知理學不尙乎空言。洵帝王而有師儒之學者也。論者謂爲假朱子之學說。以箝制愚民
之口。豈篤論哉。

紀聖祖論輿地　聖祖之學術。既如前章所述矣。而猶有可紀述者。則輿地與曆算是也。從前中國地圖。
凡於經緯度綫。皆不詳載。以致紀里多差。卽荒遠之山脈河流海綫氣候脈絡。亦多未清晰。聖祖於康熙
四十三年。遣侍衞拉錫等探視河源。諭之曰。「黃河之源。雖名古爾班索羅謨。實無人到過。爾等務須直
窮其源。明白察視。其河流至何處入雪山邊內。凡經流等處。宜詳閱之。」及是拉錫等至星宿海。還繪圖
呈覽。而黃河之源始漸明。四十八年。聖祖問大學士等曰。「爾等知山東碣石諸山脈從何處來乎。」李光
地奏曰。「大約從陝西河南來。」聖祖曰。「不然。山東等山從關東長白山來。卽如山海關與山東登萊相
對。渡海不過二百里。中係海套。凡山東泰岱諸山來脈。俱從長白山來。龍甚遠。不知里數。」光地奏曰。「皇
上博通典籍。是以知之甚詳。」聖祖曰。「至於泲水伏流三處。其實不止泲水。水發源處。多是伏流。黃河
九曲。大曲有九。小曲不知幾千。從崑崙山未到積石。亦是伏流。卽如長江之水。書云。岷山導江。似江源在
岷山。其實亦從崑崙來也。伏流至岷山。流更不伏矣。」五十年。諭大學士等曰。「天上度數。悉與地之寬大
脗合。以周尺算之。天上一度。合地下二百五十里。以今尺算之。天上一度。合地下二百里。古時繪圖。俱不

依天度數。以推算地里遠近。故差誤者多。東北一帶山川地里。已依天上度數推算。第鴨綠圖們二江間地方。知之不明。卽遣烏喇總管穆克登等。詳閱鳳凰城至長白山邊界。繪圖呈覽。嗣因路遠水大。未至所指之地。著於來春冰解時自義州乘小舟溯流而上。至不可行處。改自陸路向圖們江以往。五十五年。又諭大學士等曰。「地理上應天文。宋儒云天下至大。不可執中國地方推算。其言甚精而有理。中國山脈。皆自崑崙而來。彼地方四面有江。土人呼崑崙爲枯隴。」五十八年。諭內閣學士蔣廷錫曰。「皇輿全覽圖。朕費三十餘年心力。始得告成。山脈水道。俱與禹貢相合。爾將此全圖及分省圖。與九卿細看。有不合處。卽便指出。」遂製皇輿表序以冠簡端。五十九年。諭大學士學士九卿等曰。「朕於地理。從幼留心。凡古今山川名號。無論邊徼遐荒。必詳考圖籍。廣詢方言。務得其正。故遣使臣至崑崙西番諸處。凡大江黃河黑水金沙瀾滄諸水發源之地。皆目擊詳求。載入輿圖。今三藏阿里之地。俱入版圖。其山川名號。番漢異同。當於此時考證明核。庶可傳信於後。爾等將山川地名。詳細改正具奏。」又曰。「自古論曆法。未嘗不善。總未言及地球北極之高度。所以萬變而不得其著落。自西洋人至中國。方有此說。而合曆根。可見朱子論地。則比之卵黃。皆因格物窮理中得之。後人想不到此理也。」其餘論江源。論恆河。論九河故道。詳載幾餘格物編。元元本本。殫見洽聞。其研究地學。不得謂無系統也。

紀聖祖論曆算　聖祖未親政前。禮部等衙門議覆五官正戈繼文等。與主簿陳聿新等所算七政曆。俱有差忒。命監副吳明烜著成曆書進覽。尋西洋人南懷仁。劾明烜推算差錯。監正楊光先復左袒之。幾至大辟。聖祖因思不諳算法，何能斷人是非，遂剸心學習，推步之學始精。康熙二十八年，幸觀星臺，問漢臣中有知天文者否。僉云臣等未能通曉。乃問掌院院學士李光地。「爾所識星宿幾何。」光地奏曰：「二十八宿臣尚不能盡識。」聖祖因令指其所知者，又問「古曆觜參，今爲參觜，其理云何。」光地曰：「此理臣殊未曉。」聖祖曰：「以觀星臺儀器測之，參宿至天中確在觜宿之先，觀此足信今曆之不誤。」又問「堯時中星今移幾度。」光地奏曰：「據先儒言已差五十餘度。」又問恆星動否。光地曰：「臣不能知，惟新曆言恆星天亦動，但其動微耳。」聖祖曰：「郭守敬儀器不可行於今，由不知恆星天動故也。自來史志曆法類空言無實，如熒惑退舍之說，天氣垂戒，理則有之，若果退舍，後來推算者以何積算。」又歷指三垣星座問光地，光地不能盡舉其名。聖祖指示從官，歷歷明析，又披小星圖，按方位指南方近地大星諭諸臣曰：「此老人星也。」光地奏曰：「據史傳謂老人星見天下仁壽之徵。」聖祖曰：「以北極度推之，江寧合見是星，此豈有隱見也。」三十一年，聖祖曰：「算數精密，卽河道閘口流水，亦可算晝夜所流分數，法宜先量閘口闊狹，計一秒所流幾何，積至一晝夜，則所流多寡可以數計矣。」又命取測日晷表，以筆畫示曰：「此正午日影所至之處。」遂置乾清門正中，令諸臣候視，至正午日影與筆畫處適合，毫釐不爽。四十一年，車駕幸德州，命取梅文鼎書，李光地以天學疑問三卷進。聖祖覽而善之。明年，復南巡，發回原書，光地復請此書疵繆所在，諭曰：「無疵繆，但算法未備。」四十四年，南巡，光地扈從，聖祖問文鼎今安在，奏曰在臣署，尋偕文鼎伏迎河干，召對御舟中，聖祖垂問凡三日，謂光地曰：「天象算法，朕再留心此學。今鮮知者。如文鼎實僅見也。」嗟爲雅士。並惜其老。賜御書珍饌。命其孫㲄成直內廷。說者謂以算數被恩遇。周髀以來。未之有也。（見碑傳集郎潛紀聞）四十五年。光地薦蘇州府教授陳厚耀。通天文算法。引見改內閣中書。聖祖試以算法。繪三角形。令求中線。及問弧背尺寸。厚耀具劄進。命入直內廷。授編修。與梅㲄成同修書。聖祖嘗召厚耀於便殿。問測景使何法。厚耀不知。聖祖寫西人定位法。開方法。虛擬法示之。又命至御座旁。隨意作兩點。聖祖自用規尺畫圖。卽得相去幾何之法。㲄成直蒙養齋。聖祖亦授以借根方之法。諭之曰。「西洋人名此書爲阿爾熱八達 Algebra 譯言東來法也。」幾餘召對。時有指授。自後二人之學。彌益精邃。方㲄成初入見。聖祖語之曰。「汝知陳厚耀否。他算法近日精進。向曾受教於汝祖。今汝祖若在。尙將就正於彼矣。」厚耀侍從多年。屢賜書籍文具錦綺瓜果。尙爲近臣所恆有。其頒賜儀器。疇人家詫爲未見。一日。又賜熱河光木。供之几案。光皎如月。諭曰「以助汝鉤稽布算之勤也。」厚耀有奉敕賦夜亮木詩。人咸羨其遇。後官至左諭德。㲄成由進士官至總憲。諡文穆。（見郎潛一筆二筆）聖祖又嘗製三角形推算法論。有曰。「孟子云規矩方圓之至。聖人人倫之至。益見規矩方圓乃數學之根本。太極兩儀之變化也。」又曰。「論者以古法今法之不同。實不知曆原。原出自中國。傳及於極西。西人守之不失。測量不已。歲歲增修。所以得其差分之疏密。非有他術也。」又曰。「曆本於測量。終於推算。授之於民時。驗之於交食。豈能逃衆目之所觀乎。」（見御製文三集）高宗曰。「聖祖天縱多能。深通算法。嘗指授臣工。編纂成書。曰曆象考成。曰律呂正義。曰數理精蘊。綜名之曰律曆淵源。於以齊七政。

正五音。稽九章。粲然大備矣。」(見高宗御製全韻詩註)

四　聖祖之武功

三藩之變起　聖武記曰。國朝兵事大者曰前三藩。後三藩。前三藩。明福王。唐王。桂王也。後三藩。平西王吳三桂。平南王尚之信。靖南王耿精忠也。初世祖入據中原。東南尚爲明宗室所有。故命洪承疇經略五省。而以定南王孔有德徇廣西。尚可喜耿仲明徇廣東。吳三桂徇四川及雲南。皆以明故臣領所部綠旗兵。逮南方略定。承疇等整旅還京。仲明已道死吉安。有德亦已遇害無後。故惟留三桂王雲南。可喜王廣東。仲明子繼茂王福建。繼茂卒。子精忠嗣。是爲三藩並建之始。三藩之中。耿尚二藩所屬各佐領十五。綠旗兵各六七千。丁口各二萬。而三桂藩屬則五十三佐領。綠旗兵萬有二千。丁口計數萬。論三藩勢力。以三桂爲最強。而魏源謂其功最高。遇最侈。此非覈實之言也。三桂封王在順治元年。是歲冬。從英親王征李自成於延綏。自成已前走。次年。逐至湖廣。至九江班師。三桂率所部駐山海關外寧錦一帶。五年。始召至京。出鎮漢中。詔與定西將軍李國翰偕行。時孔耿尚三藩。已先三年出師湖廣矣。三桂師行。先剿隴賊。次拒姜瓖夥寇。然後赴鎮。九年。入川。亦與國翰俱。十五年。國翰病卒。三桂獨將入滇。當時入滇之師分三路。信郡王多尼一路。征南將軍卓布泰一路。三桂一路。大軍入黔。明人分守信軍。當馮雙禮。先至滇。吳軍當白文選。卓軍當李定國。有盤江雙河鎮關索嶺數大戰。定滇非三桂一軍之功也。而磨盤山一役。滿軍將弁死綏者多。吳軍獨無是。亦師行在後之明證。安得謂之功高。以定陝言。自是孟喬芳之功。以定川言。川之未定。龍興記中曾自言之。若謂破流寇則更遠矣。自成經山海關望都潼關三大戰。精銳盡喪。奔出武關。王師但有尾逐。追見鈕田父餘部投明。遂爾班師。是滅寇之名。英親王且不得居。更何有於三桂。至謂其遇侈。綜考四王之中。待遇孔藩最優。耿尚次之。三桂又次之。孔鎮廣西在七年。尚耿鎮廣東在八年。均視三桂鎮滇爲早。入滇虜桂晉封親王。並授總管。乃是四大臣輔政時耳。度其恣睢專擅。應在此數年中也。爲固根蒂計。據桂王五華山舊宮爲藩府。增崇侈麗。盡括沐氏舊莊七百頃爲藩莊。通使達賴喇嘛。奏互市茶馬於北勝州。於是西番蒙古之馬。自西藏入滇者。歲千萬匹。假濬渠築城爲名。廣徵關市。榷鹽井。開礦鼓鑄。潛積硝磺諸禁物。重斂土司金幣。厚自封殖。散財結士。人人得其死力。剬制滇中綿歲。日練士馬。利器械。水陸衝要。偏置私人。各省提鎮。多其心腹。子爲額駙。朝廷纖悉。旦夕飛報。詭稱蒙古侵掠麗江中甸地。及調兵往。又稱寇遁。挾邊防以自重。而不軌之心亦漸露矣。而可喜老病。以兵事屬其子之信。以酗虐橫於粵。精忠以稅斂暴於閩。並爲三方患。方是時。聖祖親政數載。習知中外利害與前代方鎮得失。而可喜適有歸老遼東。留子鎮粵之請。蓋受制於之信。冀見聖祖得自陳。時康熙十二年三月也。部議遂令其盡撤藩兵回籍。三桂及精忠聞之不自安。亦於七月間疏請撤兵。以探朝旨。聖祖敕廷臣議。僉以爲勿徙便。唯戶部尚書米思翰。兵部尚書明珠。刑部尚書莫洛等力請徙藩。聖祖以三桂蓄謀久。不除必爲巨患。況其勢已成。撤亦反。不撤亦反。又念三桂子精忠諸弟宿衛京師。亮無能爲變。於是徙藩之議遂決而三藩之變起矣。

吳三桂之巔末上　撤藩命下。三桂愕然。遂陰勒士馬。禁遏郵傳。惟許入不許出。及侍郎哲爾肯學士傅達禮至滇。三桂陽拜詔而屢遷行期。反謀益急。念清廷諸將無足當己者。惟難於舉兵之名。欲立明後以號召天下。則緬甸之役。何以自解。且以滇蜀阻隘難進。非舉兵之地。擬行至中原而後發。巡撫朱國治及達禮等數問行期。俱答緩商。又恐日久謀洩。遂於十一月二十一日。集藩屬官於殿上。發兵縛國治於市。殺之。並執按察使以下之不屈者。自稱天下都招討兵馬大元帥。以明年爲周元年。蓄髮易衣冠。旂幟皆白。移檄遠近。謂爲明室復仇。有云「虜酋無道。奸邪高張。道義之儒。悉處下僚。斗筲之輩。咸居顯職。山慘水愁。婦號子泣。以致彗星流隕。天怒於上。山崩土裂。地怨於下。本鎮仰觀俯察。是誠伐暴救民。順天應人之日。爰卜甲寅之年正月元旦。恭奉太子。祭告天地。敬登大寶。建元周啓。」一時貴州巡撫曹申吉。提督李本深。雲南提督張國柱。皆起而相應。雲貴總督甘文焜聞變。遣弟文炯疏告。自度貴陽不能守。以十餘騎自隨。疾馳至鎮遠。爲鎮遠橋守將江義所遮。自刎死。兵部郎中黨務禮。戶部員外郎薩穆哈。在黔督理移藩舟馬。疾馳十二日至闕告變。適湖廣總督蔡毓榮之疏亦至。舉朝震恐。大學士索額圖請誅諸臣之建議削藩者。聖祖不許。惟馳詔止閩粵兩藩勿撤。先遣都統巴爾布等。帥滿洲精騎三千。自荊州守常德。命都統珠滿。率兵三千。自武昌守岳州。命西安將軍瓦爾喀。帥騎兵星夜赴四川。截由滇入蜀之路。命都督尼雅翰赫業席布根特穆占佟國瑤等。分馳西安漢中安慶兗州鄖陽汝寧南昌諸要地。聽調遣。而以順承郡王勒爾錦爲寧南靖寇大將軍。大學士莫洛經略陝西軍事。削三桂官爵。下其子應熊及家屬於獄。蓋聖祖之意。以重兵屯川陝。進而爲攻取雲貴地也。而三桂亦遣其部將王屏藩犯四川。馬寶等出貴州湖南。以除夕陷沅州。次年正月。復遣龔應麟夏國相張國柱引兵至湖南。提督桑額自澧州走夷陵。巡撫盧震棄長沙奔竄。巴爾布碩岱珠滿等兵。於二月初旬至荊州武昌。皆畏葸不敢進。而常德長沙岳澧衡相繼失陷。且散布劄書。四出誘煽。於是廣西將軍孫延齡。提督馬雄。四川巡撫羅森。提督鄭蛟麟。總兵譚洪吳之茂。襄陽總兵楊來嘉。皆叛應之。福建耿精忠聞之。亦同時反。數月之間。六省盡失。三桂聞湖南已定。乃親赴常澧督戰。驅土司苗猓助軍鋒。鑄滇銅爲錢。文曰「利用」。轉川湖之粟以餉軍。並遣其將吳應麒據岳州。城外濬濠三重。設陷坑鹿角。以拒步騎。就洞庭峽口攢立梢樁。以拒舟艦。而澧州石首華容松滋皆布重兵爲犄角。清兵雲集荊襄武宜諸郡。無敢渡江攖其鋒者。三桂設於此時毅然進取。大下事未可知也。乃以子孫並質京師。冀免其戮。又不欲輕去雲貴根據地。一誤於疏付撤藩使者折爾肯還奏有所陳請。再誤於湖南已得。又下令毋得北進。並使西藏達賴喇嘛奏言。「三桂若窮蹙乞降。可宥其死。倘竟鴟張。不若裂土罷兵。」聖祖嚴斥不許。且使勒爾錦嚴加儆備。更賜其子世霖及應熊死。以絕其望。旋又命尚善爲安遠靖寇大將軍。移書三桂。許其自新。三桂以荊楚大兵當其前。乃使其將分道進。一自四川窺陝西。一自長沙出江西。其出江西者。分兵擾袁州。陷萍鄉安福上高。與耿兵合。連陷三十餘城。聖祖命岳樂爲定遠平寇大將軍。出江西。又以喇布爲揚威大將軍。統師鎮江南。以洞鄂爲定西大將軍。與莫洛由陝攻蜀。傑書爲奉命大將軍。傅喇塔爲寧海將軍。由浙討閩。而廣西孫延齡。則命尙可喜與總督金光祖由粵東進兵討之。且諭岳樂「以湖南一隅四方羣寇所觀望。今荆州兵未能渡江。岳州城堅難驟進。宜由袁州直取長沙。長沙一破。賊勢瓦解。荆州大兵。卽可乘機進攻」。指揮甫定。而陝西提督王輔臣又以是冬舉兵寧羌。遙附三桂。於是三桂之勢益張。

吳三桂之巔末下

初。西安將軍瓦爾喀。師抵保寧。餉餫爲王屏藩所絕。退至廣元。總兵王懷忠標兵譁變。輔臣遂唆其衆謀餉。攻莫洛於寧羌。殺之。先是聖祖命莫洛統綠營兵先行。貝子洞鄂帥滿騎爲承。洞鄂迂回繞道。致莫洛孤軍遇變。及輔臣兵逃散過半。輔臣僅偕數百人走秦州。洞鄂復不躡擊。而逕回西安。致輔臣得據平涼。而漢中復陷。三桂聞之。急給輔臣犒師銀二十萬。鑄印曰平遠大將軍陝西東路總管。又令蜀將屏藩之茂自漢中出隴西援應。偏布檄書。要約黨附。固原定邊等將從反。土寇羌番亦蠭起。時荆州夷陵赴援之兵。及保寧引回之兵。盡集西安。詔分千人赴守蘭州。千人赴守延安。洞鄂及哈占皆留兵不遣。於是十四年。秦州蘭州鞏昌定邊靖邊臨洮慶陽綏德延安花馬池相繼失。輔臣使其黨分據之。隴右皆陷。惟甘肅提督張勇總兵孫思克王進寶陳福斬使繳劄。故河西及陝西獲保全。洞鄂督諸將復秦州。進攻平涼。張勇督諸將復蘭延鞏諸郡。自守鞏昌秦州。以隔敵人蜀隴相通之路。聖祖以勇爲靖逆將軍。便宜行事。而輔臣與洞鄂相持一年不下。十五年。乃命圖海爲定遠大將軍。蒞師。屏藩等分犯秦隴。悉爲所破。遁還漢中。輔臣亦降。乃詔圖海留陝。而令穆占等移征湖南。由是甘陝之事大定。初。三桂以輔臣之變。欲取道川陝。入犯京師。乃留兵七萬守岳澧諸水口。以拒荊州江北之師。又留七萬守長沙萍鄉醴陵。以拒江西之師。而自親赴松滋。布船於虎渡口上游。截荊岳大兵咽喉。聲言將決荊州夾隄灌城。潛分其衆據夷陵東北之鎮荊山。糾王會楊來嘉洪福。掠穀城鄖陽均州南漳。欲以通與安漢中之路。至是輔臣反正。屏藩遁逃。圖海張勇四守要害。而岳樂亦復建昌廣信饒州。聖祖命其趨長沙。而移喇布攻江西。岳樂乘三桂西上。由間道襲破袁州。遂自醴陵攻萍鄉。斬敵萬餘。國相棄城走。乘勝攻長沙。湖南震動。三桂既不得志於秦。聞長沙亟。乃自松滋還軍。自將援之。屯隔江嶽麓山。使國柱守城中。馬寶王緒壁城外。盡調夷陵南漳之衆。合力拒守。聖祖以敵并兵守長沙。其湖北各路守備必虛。趣荊岳兵濟江急進。於是勒爾錦敗敵於公安虎渡口。（澧水入江處）察尼敗敵於澧州太平街。尙善遣舟師入洞庭。克君山。其時三桂下游兵單。望風潰遁。苟清軍長驅逐北。則澧常湘陰。迎刃立解。並可夾攻長沙。乃諸軍遷延不進。又不力阨虎渡口。致松滋上游。敵舟救至。荊州兵藉口溽暑引還。尙善亦未能斷其餉道。江湖之險。復爲三桂所有。又使其將高大節出醴陵萍鄉。陷吉安。以斷岳樂軍後路。喇布頓兵南昌不援。詔屢趣之。始赴軍。大節驍勇善戰。以少擊衆。清軍失利。螺子山一役。喇布及將軍布爾根皆倉卒棄營走。大節縱飲飽掠而歸。會其黨韓大任搆之胡國柱。大節憤死。大任不敢出戰。吉安遂爲清軍所圍。十六年。吉安糧罄。大任宵遁。清軍不敢追擊。旋合土寇據寧都樂安間。聖祖乃詔江西綠旗兵聽總督董衞國調遣。會閩粵告捷。精忠之信先後歸誠。大任走降於福建。江西遂略定。三桂乃使國柱等攻之信於韶。使吳世琮攻孫延齡於桂林。以圖兩粵。地皆與湖南相脣齒。聖祖遂命諸將專力湖南。十七年。岳樂復瀏陽平江。穆占亦據永興茶陵攸縣酃縣安仁興寧郴州宜章臨武藍山嘉禾桂東桂陽十二城俱復。時三桂年已六十有七矣。失陝閩粵三大援。至是又失江西。清軍雲集湘湖間。領地日削。財用漸竭。川湘賦稅不足供軍糈。情見勢絀。恐諸將解體。乃示威重。建帝號。置百官。封諸將。尋發兵下郴州。攻永興。會三桂卒。皆引去。衆迎其孫世璠於雲南立為帝。清軍攻取岳州常德長沙衡州等。進赴貴陽。世璠還雲南。時趙良棟自四州進。賴塔自廣西進。合兵圍之。世璠自殺死。於是雲貴仍隸版圖矣。計是役起自康熙十二年。訖於康熙二十年。凡連兵九年。蔓延十省。卒為清軍所滅。然生靈之苦。亦已極矣。

耿精忠之畔服　耿精忠者。仲明孫。繼茂子也。順治三年。命定南王孔有德。靖南王耿仲明。平南王尚可喜。同定湖南。既而有德入廣西。仲明可喜並鎮廣東。一府兩藩。民瘁供億。旋移仲明於閩。備海寇。其時仲明已先卒。子繼茂嗣。康熙十年。繼茂復卒。子精忠嗣。十二年。平南徙藩議起。精忠與三桂繼之。是冬。三桂反。詔精忠仍留鎮。明年三月。亦反福州。執總督范承謨幽之。以都統馬九玉。總兵曾養性白顯忠三人為爪牙。分三路出寇。養性出東路。寇浙江溫台。白顯忠出西路。寇江西廣信建昌饒州。馬九玉出中路。自仙霞嶺寇浙江金華衢州。並連嚴州徽州土寇。沿海震動。浙江總督李之芳聞變。疾馳扼衢州。分兵守常山要路。聖祖命平南將軍賴塔赴浙。定南將軍布爾根赴贛。並敕杭州鎮江水師分防海口。遣使齎敕赴閩招撫精忠。留不遣。聖祖復使其弟聚忠齎敕往。至衢州亦不納。於是乃命傑書為奉命大將軍。傅喇塔為寧海將軍赴浙進討。是秋。養性率衆數萬窺衢州。之芳直薄賊壘。親冒矢石。麾衆敗之。乘勝復義烏湯溪壽昌。又遣將破金華紹興諸賊。分飭各路嚴守禦。勿迎擊。十一月。賊數萬壁衢城西溝溪。之芳乘夜突擣。斬級萬計。賊棄寨走。十四年。傑書統兵赴金華。遣都統瑪哈達。討賊將徐尙朝於至道山。總兵鮑虎討賊將馮公武於嚴州。先後恢復。以次復永康縉雲宣平諸縣。而傳喇塔自士木嶺間道出茂平嶺。背破養性二十五營。復黃巖。養性走溫州。增陴固守。環溫皆水。清軍不能陸攻。久不下。衢州則馬九玉據江山常德開化三縣。連結數十寨。負山阻水。與之芳相持。會次年耿繼祚方再犯建昌。忽棄營宵遁。聖祖知閩中必有海寇內患。乃詔傑書傅喇塔撤圍溫之師。直取福建。初精忠之叛也。即誘潮州總兵劉進忠使攻廣東。又約臺灣鄭經掠潮惠。閩海澄公黃芳度於漳。執續順公沈瑞於潮。及贛兵援粵。精忠益令白顯忠犯建昌撫饒。以阻援粵之師。內外夾擊。聲勢甚盛。至是經聲言借漳泉二府。精忠不許。耿鄭遂交惡。經奪其漳泉汀邵諸郡。傑書等遂乘勢合軍赴衢州。時九玉擁衆數萬屯九龍山而分萬人壁大溪灘。護輓餉。傑書傳喇塔與之芳議。先奪其餽道。乃擊破大溪灘。復江山縣。即以中秋夕濟河。擣九玉營。適遇其來襲之衆。遽礮卻之。敵營據高壘。複椿密。魚貫而出。不能驟返。轟擊之山下。殲焉。翌日。火其寨。九玉僅以三十騎潰遁。遂復常山。長驅入仙霞關。於是中路師破。時岳樂駐軍江西。亦使希爾根擊敗顯忠。復建昌饒州。並使江寧將軍額楚擊走徽州土寇。復廣信。顯忠聞清軍入閩。聲言將趨建陽。斷其後路。之芳遣使說降。其二裨將。顯忠勢孤。亦降。於是西路亦破。精忠既失二路兵。而臺灣鄭氏復乘虛偪其後。閩地半爲所有。清軍至延平。精忠不知所爲。乃遣子顯祚詣軍前。獻總統印。先殺承謨以滅口。而後出降。請隨大軍剿海寇贖罪。養性鬭之。亦以溫州降。十六年。鄭經爲閩師所迫。退守廈門。盡復漳泉諸府。劉進忠亦以潮州降。而浙閩遂告定。

尚之信之畔服　尚之信。可喜長子也。康熙十年。可喜年老。請以子之信佐理軍事。之信酗酒嗜殺。所爲多不道。既掌兵柄。卽營別宅。擅威福。可喜不得出一令。十二年。可喜既受制於其子之信。卽用其客金光計。乃疏請歸老遼東。留子鎭粵。實爲三藩之亂所由起。然可喜始終無二志。嘗執三桂使。奏其誘降之書。又慮之信不可恃。遣次子之孝。討劉進忠於潮。並請以之孝襲封。聖祖遂授之孝平南大將軍。而之信以討寇將軍協剿。朝廷亦信仗之。十四年。晉封親王。督撫以下咸受節度。廣東土寇蠭起。可喜皆遣兵剿蕩。會精忠搆鄭經掠潮惠。祖澤清畔高雷。而三桂亦遣故提督馬雄偪肇慶。以夾攻可喜。廣東十郡失其四。可喜東西受敵。力不支。因自陳衰病。將不起。亟請江西軍往援。詔將軍覺羅舒恕副都統莽依圖赴粵。甫至。而之信已變。受三桂招討大將軍號。改制易服。殺金光。嚴兵守可喜府。禁出入。移檄諸郡。使納款。當是時。之孝軍惠州。舒恕及粵督金光祖軍高州。莽依圖軍肇慶。精銳不下二三萬。足以合力制之信。而光祖潛受三桂密劄。阻撓諸軍。俾不獲進。於是藩屬總兵孫楷宗水師副將趙天元等皆畔。之孝勢孤。不得已解兵還廣州。之信之聲勢乃益振。且轟擊舒恕軍。江西援軍遂引還。而光祖與巡撫佟養鉅並降三桂。十五年春。可喜憂憤死。三桂封之信輔德親王。趣其出師。索其助餉。又遣董重民代光祖。馮甦代養鉅分守衝要。之信與光祖皆後悔。潛通款江西清軍。詔莽依圖爲鎮南將軍入粵。受之信降。復令都統賴塔領漳汀兵赴潮應之。於是贛閩之師同時入粵之信遂於十六年六月。啖舊督標兵譁餉。執重民於肇慶。帥軍民薙髮迎降。七月。三桂遣馬寶胡國柱。出韶州攻之。會江西清軍已復吉安南安。莽依圖踰嶺援韶。韶居五嶺脊。爲贛粵咽喉。馬寶志在必得。莽依圖於城北敵衝厚築土牆。夜則縋卒出城濬濠通水。並遣一軍據廣州餉道。自七月至九月。寶攻城不下。乃據河西。斷清軍水運。復列營蓮花峯。俯瞰發礮。土牆盡壞。清軍退保土城固守。會江寧將軍額楚援至。與城中兵夾擊。督標兵亦橫衝其陣。遂大潰。乘夜追斬無算。河西衆亦遁。餉運遂通。十月追擊於樂昌風門澳。三路仰攻。而猺兵間道襲其後。斬敵二千。佟國卿以瓊州降。澤清以高雷廉三州降。並執送三桂之水師將軍謝厥扶。於是廣東亦略定。

附孫延齡之事略　方康熙十三年。春。吳三桂之變起。同時孫延齡亦變於廣西。延齡本定南部曲。舊列於四藩。故其亂亦附三藩之末。蓋相波瀾相首尾云。延齡者。定南王孔有德之壻也。順治初。有德殉難廣西。無子。止遺一女名四貞。詔送入宮。爲太后養女。食郡女俸。年十六。適延齡。聖祖封爲和碩格格。掌定南王事。遙制廣西軍權。在延齡。上十二年。延齡與部下都統王永年等互訐。奏命大臣往勘。延齡應坐罷。被宥。是冬。三桂反。聖祖以廣西鄰貴州。特授延齡撫蠻將軍。與巡撫提督相守禦。延齡既與永年等不相能。三桂以書誘之。十三年二月。延齡遂殺永年等。並執巡撫馬雄鎮。害之。舉兵應三桂。廣西提督馬雄。亦定南部下。三桂兵至。乘勢以柳州應之。廣西全陷。延齡招致士寇。參以舊軍。分設五鎮。每鎮兵二千。騷掠遠近有傳宏烈者。舊慶陽知府。以訐三桂不軌事。坐評謫戍蒼梧。及是。欲集兵圖恢復。思假其事權。佯受三桂信勝將軍之職。入思州泗城廣南富川諸土司。及交趾界。聯絡義勇。得五千人。遂移檄討三桂。從尙可喜規復肇慶。通款於贛。大爲三桂所忌。使馬雄在柳州。害其家百口。然不能害宏烈。宏烈且以大義利害說延齡。延齡與妻四貞。謀約宏烈往迓清軍。至卽歸降。馬雄乃訐之三桂。謂延齡有異志。宜急圖之。三桂乃使其從孫世琮。假復廣東爲名。進駐桂林。延齡出迎。敍舊甚懽。及送之轅門。有數十苗兵突出。馬首延齡出利刃奮擊。殺數人。力竭。旋爲所斃。時十五年十二月也。明年。宏烈赴韶迎清軍。謂「王師但進廣東爲聲援。則廣西一面。宏烈可獨當之。但當假以虛銜。並頒給各土司印。以便號召。」詔授宏烈廣西巡撫。撫蠻滅寇將軍。俾增募義兵。便宜行事。命額楚守韶。而莽依圖以兵八千。赴宏烈於廣西。又命尙之信分藩兵三千助之。之信不遣兵。復不爲莽依圖具舟艦。師久不集。宏烈遂獨領所部兵萬餘。乘機先進。克梧潯。下鬱林。所向克捷。唯新兵皆無馬。無大礮。屢借於之信。不應。十七年二月。莽依圖軍至。乃進圍平樂。距桂林百餘里。而桂林已爲世琮等所陷。並帥水陸數萬來援平樂。與清軍夾江而營。敵渡江攻綠營。兵潰。滿營隔漲潦不能救。世琮據河扼餉道。莽依圖軍退梧州。旋就餉德慶。所復郡縣盡失。澤清復畔於高州。粤東亦震。詔之信討澤清。並選藩兵萬人。及潮州標兵六千。付福建都統馬九玉。馳援廣西。又詔舒恕自贛州。額楚自肇慶。兼程進攻。皆未至。宏烈孤軍據梧。十月。敵數萬渡左江來攻。宏烈戰於賀。戰於藤。皆不利。敵以三路偪梧。時三桂已死。之信始赴援。十八年正月。宏烈合莽軍分布水陸。乘其犯城時。三面環擊。

大敗之。長驅復桂林。而世琮復圍馬承蔭於南寧。承蔭。雄子也。雄死。以南寧降。世琮圍攻數月。垂克。而莽依圖等倍道援之。世琮悉銳依山列鹿角拒戰。莽依圖使額楚引前鋒兵衝之。而自與舒恕麾軍進。隱兵山後。絕其走路。禽斬殆盡。世琮負重創。以數十騎遁。南寧圍解。廣西全復。宏烈請率所部隨莽依圖進取雲南。聖祖壯之。命喇布代守桂林。而承蔭所部降兵皆桀悍。十九年。承蔭請以七千人分設七營。部議止許五營。於是降兵復變。紿宏烈登舟赴柳城。而襲破其營。執送貴陽。吳世璠誘降宏烈。罵之。被害。莽依圖再赴討。以勁弩射其象陣。象反奔。陣亂。鐵騎爲承。遂大敗。喇布與光祖軍亦分路敗賊。俘承蔭至京伏誅。蓋自延齡死後。又三年。而廣西始定云。

臺灣之役　臺灣自古不通中國。文獻通考云。泉州之東。有島曰澎湖。澎湖傍有毘舍耶國。蓋即是也。臺灣山脈。發於福州之鼓山。自閩安越大洋爲澎湖三十六島。又東渡洋百里至臺灣。爲中國之右臂。臺灣亙福建海中。袤二千八百里。衡五百里。與舊時福興泉漳四府相直。距澎湖約二百里。廈門約五百里。其山起雞籠。南盡沙馬碕。千里。有奇。惟山西東兩面沃野。自海至山。淺闊相均。約各百里。大於琉球。埒於呂宋。自鄭氏以前。中國人無至其地者。皆生番據之。明末爲荷蘭人所占。適其主會計之臣負帑走投鄭成功。成功乃以戰勝之結果。據以爲窟穴。成功既有臺灣。用處士陳永華爲參軍。築招賢館。以居明宗室遺臣之來歸者。改赤嵌城爲承天府。置天興萬年二縣。招徠漳泉惠潮之民。汙萊日闢。外則置兵守金門廈門。與相犄角。雖在海外。密邇內地。閩省沿海港澳。可以出兵進剿者。在在皆是。倉卒攻之。守禦匪易。成功於內地港澳。悉設舟師。登陸爲寨。扼守水口。而又偏布腹心於內地。凡督撫提鎮衙門。事無巨細。莫不報聞。皆得早爲之備。其用心可謂深矣。清廷知成功終不可致。卽誅其父芝龍。並其子弟之在京者。而詔沿海居民三十里。界外盡徙內地。禁漁舟商舟出海。以杜構煽。康熙元年。成功卒。長子經入臺繼嗣。成功弟世襲謀奪其位。經殺之。仍遵永曆紀元。靖南王耿繼茂總督李率泰貽書招經。經請如琉球朝鮮例。不登岸。不薙髮。不易衣冠。不報。是歲。魯王監國亦卒於臺。二年。明桂王亦滅。而經奉永曆之號如故。長至萬壽節。必設龍亭。率官屬朝賀如禮。三年。繼茂率泰施琅黃梧等進兵。并檄荷蘭夾板船。會剿克金廈兩島。經退歸臺灣。乃興貿易。勸農桑。立學校。頗得治內之道。惟兵力漸衰。府藏漸耗。敗歸之後。以迄於三藩之亂。已不可爲矣。

鄭經之叛服　鄭經棄廈門而歸。同時張煌言。亦爲浙督趙廷臣所執。島亂漸平。乃授施琅靖海將軍。以降將周全斌楊富副之。率衆進討。會阻風而罷。七年。詔明珠蔡毓榮赴漳招諭。經仍執琉球朝鮮例爲請。時鄭氏衰弱。不敢復出入於大陸上。十三年。三藩亂起。耿精忠執總督范承謨。據福建。乞援於經。許酬漳泉二府。臺民大喜。亟渡海而西。與耿氏合攻廣東。旣而精忠背約。經恚甚。於是反兵自取之。閩中故多鄭氏舊部曲。海澄總兵趙得勝。與其屬劉國軒。廣東潮州總兵劉進忠。皆叛附經。經遂乘勢取漳取泉取潮。耿尙並訴之吳三桂。三桂令尙之信割惠州。與經盟申畫疆界。不獲成。乘耿氏與淸軍抗。卽躡其後。取汀州。運臺米內渡濟師。精忠前後受敵十五年。乃反正。導傑書傅喇塔攻鄭氏。次年。復漳泉邵武興化。惠潮亦內嚮。經遁入廈門。時傅喇塔卒於軍。以貝子賴塔繼之。十七年春。經復遣將出沿海。連下十餘城堡。十八年。經將國軒與吳淑何祐等分道入犯。總督郎廷相。檄諸軍四路進勦。大戰兼旬。海澄公黃芳世。都統穆赫林。提督段應舉。皆失利。國軒圍之於海澄。環壍樹柵。清軍援至。國軒慮內外受敵。故開一面縱之入。以耗城中糧。圍復合。六月。城中糧絕。陷。清軍三萬餘。馬萬匹。穆赫林以下皆死焉。詔罷廷相。以姚啓聖代之。授吳興祚爲巡撫。楊捷爲提督。其時國軒乘勝下漳平長泰同安。略取南安惠安安谿永春德化諸邑。國軒自圍漳州。遣兵圍泉州。而斷漳之江東橋。與泉之萬安橋。以拒清軍。傑書駐軍福州。不敢救。捷復惠安。與祚賴塔復漳平。捷又遣兵襲破陳山壩。以出萬安橋之背。與大兵夾攻。奪其橋。轍沈其舟。而與祚賴塔軍阻江漲。亦得翰林李光地。引出安溪間道。遂解泉圍。國軒與淑祐等以兵五萬。分軍漳州龍虎蜈蚣二山。勢甚盛。漳城兵少。哈喇達耿精忠欲棄城避其銳。啓聖閉城。假旗鼓。乘大霧。突出精兵五千衝之。破其十六營。斬四千餘級。復長泰同安。國軒等猶據江東橋不退。及楊捷軍赴援。復與啓聖夾攻力戰。克之。盡奪險要。而漳泉之路始通。國軒還據海澄。海澄三面環海。其陸地一面。復掘濠引潮。以阻清軍。且不時出犯江東橋諸營。窺漳州。兼列艨艟守諸島。相持一年不決。乃議厚集舟師。水陸夾攻。並約荷蘭夾板船爲助。時三桂已死。清舟師破岳州。詔水師提督萬正色。督湖南江浙戰艘三百。自海赴閩。而啓聖與祚新修三百艘亦成。合兵共三萬。啓聖等復縱反間。離其黨。重賞購募。先後降其官四百餘人。以之分隸水師。導軍進攻。並約海壇守將爲內應。故不俟荷蘭艦至。啓聖與捷即復海澄。正色亦以水師克復海壇。水陸並偪廈門。又降其戈船將朱天貴。乘勢擣襲諸寨悉破。經及國軒等遂以十九年夏棄金廈歸臺灣。於是賴塔復貽書與經曰。「自海上用兵以來。朝廷屢下招撫之令。而議終不成。皆由封疆諸臣。執泥削髮登岸。彼此齟齬。臺灣本非中國版籍。足下父子自闢荆榛。且眷懷勝國。未嘗如吳三桂之僭妄。本朝亦何惜海外一彈丸地。不聽田橫壯士逍遙其間乎。今三藩殄滅。中外一家。豪傑識時。必不復思噓已灰之焰。毒瘡痍之民。若能保境息兵。則從此不必登岸。不必薙髮。不必易衣冠。稱臣入貢可也。不稱臣不入貢亦可也。以臺灣爲箕子之朝鮮。爲徐市之日本。於世無患。與人無爭。而沿海生靈。永息荼炭。惟足下圖之。」經報書請如約。唯欲留海澄爲互市公所。而啓聖持不可。議復寢。二十年。姚聖與祚疏請沿海居民展界復業。報可。初閩人當成功世。內輸官賦。外應鄭餉。十室九匱。及耿亂交作。殺掠所至。不知誰兵。閩中駐一王。一貝子。一公。一伯。將軍都統以下。各開幕府。所將皆禁旅。居民居。食民食。役其丁壯。而漁其妻女。又遷沿海之界。流離內徙。至是北還。始稍息肩。然驅掠而北者。尚有數萬。啓聖請傑書下令禁之。且捐金贖還者二萬。啓聖在閩。糜財如河沙。耳目偏海島。官帑不足。則貿遷以濟之。前後揮霍百萬。而對於鄭氏則務欲剿平之。以爲己功。經有嬖人施亥者。啓聖密賂使爲間。誘經至海口。伏兵禽之。鄭氏大享將士。復賂其庖人謀毒。事皆不成。二十年正月。經死。方經出兵時。用陳永華言。留長子克𡒉監國。克𡒉禮賢恤下。謹法令。物望頗歸之。而羣小憚其明察。經諸弟亦不利其立也。侍衛馮錫範先以計罷永華兵柄。永華鬱鬱死。克𡒉失助。時成功妻董氏尚在。復入間言。遂襲殺克𡒉而立次子克塽。幼弱不任事。啓聖以經死內亂。時不可失。薦水師提督施琅大破克塽國軒於澎湖。遂入臺灣。克塽降。先是成功世。廈門民掘得一碑文云。「生女滅雞。十億相倚。」見者莫能測。後鄭氏爲啓聖所殄滅。乃知十億兆也。加女姚也。鄭從酉雞也。滅雞滅鄭也。鄭氏初起海上。啓聖始生。傳四世六十年。而啓聖適爲閩督。遂平臺灣。執克塽以歸。此諸讖之有驗者。（見郎潛二筆）雖師武臣力有以應之。亦見聖祖之廟算爲不可及也。計成功起兵及在臺。均秉明正朔。史家比之周室共和時代云。季年猶稱永曆三十有八年。卽淸康熙二十二年也。至康熙六十年。而又有朱一貴起兵之事。

朱一貴之叛亂　朱一貴。籍福建長泰。康熙五十二年。至臺灣。居母頂草地。販鴨爲業。其鴨旦暮出入自成行列。好結交。目覩守土者酣嬉。心易之。六十年。知府王珍稅斂苛虐。濫捕結會。及私伐山木之民二百餘。淫刑以逞。鳳山奸民黃殿李勇吳外等。因民勿忍。密謀起事。以一貴朱姓。可託明裔。遂奉以爲主。與言曰。今地方有司但知沉湎樗蒲耳。兵民瓦解。欲舉大事。此其時乎。就黃殿莊中焚表結盟。立幟倡義。煽烏合數百人。幟書大元帥朱。夜出岡山。襲劫塘汛。總兵歐陽凱聞警。集衆議。游擊劉得紫最知兵。請行不許。而遣游擊周應龍率兵四百及四社土番數百隨之往。應龍擁軀有口實無能。行五里。卽止舍。次日再進十五里。一貴夜出檳榔林汛。戕把總。掠軍器。應龍隔一溪不救。一貴旁掠四出。於是南路奸民杜君英等亦蠭起應之。約攻臺灣府。應龍遇一貴於岡山。甫交綏。一貴卽敗走。應龍又不追。而縱兵焚掠近村。於是各鄉皆煽於朱黨。樹幟響應。南路叛衆攻參將苗景龍於淡水營。應龍聞報。復行十五里。翼日。遇敵赤山。

方合戰．應龍遽以後隊遁歸府城．一貴大隊隨之．而君英等別攻鳳山．景龍敗死．府城大震．文武官吏盡室登舟．人無固志．歐陽凱得紫副將許雲率師千五百人出禦之．中夜自驚擾．黎明稍集．而一貴等至．許雲躍馬陷陣．諸軍繼之．一貴敗屯等津林．時水師游擊游崇功出哨笨港．聞報亦以兵還．入鹿耳門．赴援．五月．朔．一貴君英合兵數萬進攻．得紫以兵截中路口．凱雲崇功迎戰春牛埔．而把總楊泰通敵為內應．刺凱墜馬死．清軍大敗．得紫率兵還救．馬踣被執．雲與崇功血戰至日中．矢礮俱盡．各手刃數十人以死．於是水師游擊張彥賢王鼎等．率兵千餘．戰艦四十．揚帆出澎湖．臺廈道梁文煊與珍等悉驅港內商船漁艇．出鹿耳門渡海．而應龍亦遁回內地．是日．一貴等陷臺灣府．掠倉庫．復開紅毛樓．即荷蘭人所築之赤嵌城也．大獲鄭成功時所藏軍火．北路奸民賴池張岳等．亦於同日陷諸羅．戕參將羅萬倉．凡七日而全臺陷．一貴遂自稱為中興王．號永和．大封群臣公侯太師將軍總兵以千計．優伶冠服．摩肩塞道．民間為之謠曰．「頭戴明朝冠．身衣清朝衣．五月稱永和．六月還康熙．」蓋民心亦知一貴之決不能為也．時官民逃難者麕集澎湖．澎湖副將亦盡室登舟．將渡廈門．守備林亮疾馳至海濱．拔刀驅官民登岸．人心稍定．水師提督施世驃在廈聞警．即調兵渡海．總督滿保亦調南澳總兵藍廷珍至廈．帥水陸兵八千．與世驃會澎湖．適臺灣朱黨內訌．君英為一貴敗走．剽掠村莊．淡水營守備陳策等又破一貴兵數萬．諸羅義民陳徽等亦攻復縣治．尋復陷．策遣人赴澎廈請兵．滿保世驃先後發兵千七百來援．滿保議三路進攻．廷珍與世驃言．謂宜直搗鹿耳門．六月十日．世驃然之．遂發澎湖．檄亮等為前鋒．乘小舟至其地．表識沙路。載旗幟伏南北港。一貴將蘇天威列礮迎拒。亮等以六舟冒進。遙望礮臺。火藥齡積。專以礮注攻中之。轟發如雷。死者無算。清軍齊集兩港。遂直渡鯤身。鯤身者。海沙也。膠淺不能行大舟。是日。海潮驟漲。艦皆薄岸。天威遁保安平鎮。列隊迎敵。亮等復先登陷陣。廷珍率師繼之。入安平。天威敗走。世驃亦乘潮至鹿耳門。次日至鎮。一貴遣八千兵來擊。清兵迎戰四鯤身。別遣小舟沿岸夾擊。逐北七鯤身瀨口。縱火燔其船。十六日。一貴又遣黨來攻。駕牛車列盾爲陣。冒礮火死突。廷珍與戰二鯤身。亮等別以小舟載礮。附岸夾攻。斬溺甚衆。始退歸臺灣。不敢出。廷珍復率舟師入西港仔。至則亮等方與敵鏖戰。廷珍卽分兵設伏而進。前鋒遇敵。左右奇兵繞後夾擊。隱兵突出竹林。朱黨大敗。十九日。逐北至府城。一貴率衆數萬遁。而世驃亦分敗西南兩路之敵。同日抵城。廷珍報滿保於廈門。而世驃先於軍中奏捷矣。一貴兵敗見執。其黨江國論鄭元長等相繼起兵。均見滅。杜君英等亦先後出降。與一貴皆鏁送京師。磔死。臺灣遂平。

準部之經營　新疆跨有天山周二萬餘里。天山以北爲行國。準部據之。南爲城國。回部據之。明時瓦剌中衰。後徙居喀爾喀以西。舊分四部。曰和碩特。居烏魯木齊附近。曰杜爾伯特。居厄爾齊斯河域。曰土爾扈特。居塔爾巴哈台附近。曰準噶爾。簡稱準部。居伊犂。總謂之厄魯特蒙古。康熙初。準酋噶爾丹。兼併四部。勢強甚。回部諸國亦屬之。會喀爾喀三部（土謝圖汗車臣汗扎薩克圖汗）內訌。準兵攻之。不能禦。悉衆投漠南請降。聖祖以科爾沁水草地假之。自是準部版圖所及。包有青海天山南北路。科布多喀爾喀等地。遂南向與中國爭衡。以追喀爾喀爲名。選銳入犯。侵及烏爾會河。聖祖出塞親征。破其師烏蘭布通。噶爾丹遁去。未幾。復以三萬騎來．聖祖自帥兵出中路．而令將軍薩布素費揚古分出東西路．聖祖親追前敵．至拖諾山不及而還．西路之師．大破敵昭莫多．噶爾丹僅以數十騎奔．初．噶爾丹自破喀爾喀後．屢歲不歸．其先根據地伊犂．爲其兄子策妄阿布坦所據．自阿爾泰山以西地．皆非己有．又連年搆兵．精銳殆盡．青海及天山北路．復乘機脫羈絆．及敗．益窮蹙無聊．聖祖欲因而降之．親至歸化城．令噶爾丹入朝謝罪．許以喀爾喀例待之．然噶爾丹竟不至．車駕復至寧夏．遣馬思哈費揚古等大舉進攻．噶爾丹不知爲計．仰藥死．策妄阿布坦．以其遺骸並一女．獻之聖祖．於是阿爾泰山以東．皆隸版圖．拓喀爾喀西境千餘里．還其汗於舊牧．使爲屏藩．

西藏之經營　西藏達賴班禪．當太宗崇德中．以青海通貢之介紹．始與清相聞．時青海固始汗．兼制西藏．割喀木爲其領土．而以衞藏分居達賴與班禪．康熙二十一年．第五世達賴卒．第巴桑結．欲專國事．祕不發喪．僞言達賴入定．居高閣．不見人．凡事傳達賴命行之．而陰通準噶爾．誘之爲亂．蓋套西青海．業已不振．固始汗後嗣之主藏者．亦衰庸不足爲．故藏事皆專於第巴．而蒙古溺於佛教．奉達賴如神明．且得假之以爲煽惑也．越十五年．聖祖賜書詰責．第巴不能隱．始立新達賴．其後益橫．謀毒拉藏汗不遂．欲以兵逐之．爲拉藏汗所誅殺．拉藏汗．卽固始汗後嗣之主藏者也．初以議立新達賴故．與第巴交惡．至是奏廢第巴所立假達賴．而自立新達賴．然青海諸部復不信之．別奉裏塘之噶爾藏嘉穆錯爲眞達賴．居之西寧．兩部爭議未決．而策妄擾藏之事起．準酋策妄者．蓄意窺藏久．乘兩部交閧．又諗拉藏汗之昏耄．以康熙五十五年冬。發兵入藏。執殺拉藏汗。禁錮新達賴。聖祖所遣援軍復大敗於哈喇烏蘇河。廷臣多請綏西征。聖祖以準部世爲邊患。不宜使兼藏地。遂以五十九年。遣都統延信率西寧軍出青海。又遣年羹堯鎮四川。而以川軍屬統領噶弼。出打箭爐。分道入藏。是時藏人亦悟青海所立達賴之眞。藏中舊立之贗。合詞請於朝。於是蒙古諸部。亦各率兵隨西寧軍扈新達賴西行。準部兵屢戰皆北。西藏大定。因以拉藏汗舊臣分掌兩藏權。迨雍正初。復設駐藏大臣以監之。自是西藏完全爲中國之領土。

五　聖祖之外交

俄羅斯來聘及尼布楚　初。俄東邊接黑龍江者。以外興安嶺爲界。當明末季。清兵略定黑龍江時。俄東部曰羅刹者。亦踰外安興嶺。侵佔黑龍江北岸。樹木城居之。順治初。屢遣兵逐之。皆以饟不繼而返。十二年。十七年。俄商至北京。呈遞國書。不及邊界事。康熙十五年。（一六七六年）俄商尼果賚等至。聖祖召見之。貽察罕汗（即俄皇）書。令約束羅刹。毋寇邊。久未答。而羅刹復東掠赫哲費雅哈。將割據黑龍江東北際海數千里甌脫地。聖祖以密邇留都。不可使異族偪處。遂於二十一年。（一六八二年）遣都統彭春等合水陸軍二萬人攻之。克其城。尋爲所獲。乃介荷蘭使臣致書於俄。會俄皇彼得第一新立。受制於其姊索希亞。未有實權。又以戰地距國都遠。應援不時達。亦亟欲與中國和。覆書謝邊人搆衅罪。遣公使費要多羅。自北路至喀爾喀土謝圖汗境。移文往復。二十八年十二月。始與大臣索額圖等定約尼布楚。訂條約七款。立石黑龍江西岸.刻以五體文.滿文漢文拉丁文蒙文俄文大旨毀向所築城.而以外安與嶺之南路額爾古納河南岸爲中界北爲俄界.於是東北數千里外不毛之地.盡隸中國版圖.是爲中俄最古之條約.亦中國外交史上第一光榮之條約.自是約定後.俄人之對中國.純主和平.數遣留學生至京習華言.或發商隊沿邊行貿易.蓋遵守至咸豐初年.兩國界約無少變更云.

歐人傳教之齟齬　明清之交.歐人傳教事業.皆爲兵亂所阻礙.第北方一帶宣教師.因已歸命於清廷.得以保全其位置.且湯若望.以曆學受世祖之知遇.司欽天監事.於是學者頗以廢古法爲憾.康熙四年.回教徒新安人楊光先.上書攻擊.楊因論傑.其徒衆亦多坐罪.聖祖親政.大赦釋放.而南懷仁復上疏極論欽天監推算乖謬狀.校驗得實.八年.南卽任監副.聖祖知若輩博學可用.舉凡外交通譯與夫測量境土事.皆委用之.彼等亦遵守利瑪竇遺法.許入教信徒.保存中國古來習慣.如崇奉孔子.祭祀祖先.概不禁阻.因之淸廷雖無公布法令.亦聽臣民信教之自由.所以康熙中葉.天主教極盛一時.教堂在廣東有七所.在江南有百餘所.合各省教徒.已達十二萬人.傳播亦云速矣.至四十三年.羅馬教皇克勒門十一世發勅諭.謂「中國一切祭祀與崇拜偶像無異.非天主教徒所當行.」並遣教正鐸羅來華.禁止.政府屢與鐸羅辯難.卒不得要領.聖祖震怒.遂於四十六年.逮捕鐸羅.押送澳門.改天主教堂爲公所.嚴禁人民信教.歐人傳教事業爲之一挫.此後強訂片面條約時.所由往往有准許傳教之規定.而傳教與通商之相輔而行.於此又可徵矣.蓋通商之力.猶止及邊境.而傳教可深入內地以覘政俗也.

歐人通商之齟齬　歐人於中國擴張通商利益。其所操術有二。傳教而外。厥惟通商。自明代葡萄牙人。既得澳門爲通商地。於是歐羅巴諸國商船。來中國沿海求互市者。駱驛不絕。多因與葡人有妨害。怏怏失望而去。英吉利人經營遠東。殆與荷蘭人同時。惟荷人注重於馬來羣島。而英人則注重於印度大陸。但自威代爾以強力要求。頗引起中國官民之反感。其始也欲絕之不許其通商。及其既通商也則重征稅課以困之。故康熙三年英船來澳。既索其租金二千兩。復派兵警備之。船停留五閱月而去。越十年。英船再至澳。復僅以賤値售去織物十一疋而歸。當時英在遠東能通商者。蓋僅有明遺臣鄭經所據之臺灣廈門兩處而已。迨鄭氏失敗。卽此兩處之商務亦復停止。其後由東印度公司經營之結果。乃得在廣州通商。於是英國對華商務。遂由東印度公司壟斷其利。未幾。又得廈門貿易權。十六年。思於廈門建商館。清廷拒之。二十三年。始在廣州地方達到建設商館之希望。第以粵海關檢查嚴密。與稅額繁重。心猶未慊。擬於廣州外闢一新商港。四十年。東印度會社社員甲赤普爾。乘商船三艘至舟山寧波。試行貿易。顧其地課稅。亦類廣東。於是東印度會社。在此兩處經營。仍歸失敗。英商屢請減稅。并免去種種束縛。皆不得請。其波折至多。此亦異日不平等條約之所由締結也。回思當日清廷上下。殆亦未知通商之利害關係。唯視之爲古代沿邊之互市。不過厭惡其繁擾而已。而孰料其侵犯主權。卽於是開端也哉。

六　康熙朝之政況

治河之概略　黃河自古爲患．元代以後．河卽兼運．明則治河兼治淮．其時有功於治河者．徐有貞．白昂．劉大夏．大都皆相其水勢地勢．疏與築並行也．清初河淮同流．漸至淤塞．順治九年．河決封邱．十五年．決山陽．康熙初．漕運總督林起龍．濬淮安涇河閘七十餘里．總河靳輔．大修歸仁隄．然未大修全河也．十六年．輔目擊河道敝壞已極．修治刻不容緩．謹列八疏以奏．一．挑清江浦以下．歷雲梯關．至海口一帶河身之土．以築兩岸之隄．一．挑洪澤湖下流高家堰以西至清口引水河．一．加高幫闊七里墩武家墩高家墩高良澗．至周橋閘殘缺單薄隄工．一．築古溝翟家壩一帶隄工．並堵塞黃淮各處決口．一．閉通濟閘壩．深挑運河．堵塞清水潭等處決口．以通漕艘．一．錢糧浩繁．須豫籌畫．以濟工需．一．請裁併河工冗員．奏調賢員赴工襄事．一．請設巡河官兵．此寓濬於築之法．輔行之甚力．初議日用夫十二萬人．令鄰省協募．屢經議減．猶日用三四萬人．易派募爲雇募．多方鼓舞．遂使大工告成而民不擾．蓋大工亦用雇募．其制實自輔始．二十四年．聖祖念高郵寶應諸州縣．湖水泛溢．民田被淹．命安徽按察使于成龍．經理海口．旋仍輔．及成龍至京會議．成龍力主開濬海口故道．輔仍初議．築長隄束水敵潮．時大學士九卿從輔議．而通政使參議成其範．給事中王又旦．御史錢珏．均是成龍．侍讀喬萊．亦奏輔議非是．乃命尚書薩穆哈等勘視．奏稱海口不必開．會湯斌入爲尚書．獨奏下河宜濬．卒以廷臣異議．命侍郎孫在豐往董其役．未嘗專從輔策也．越二年．聖祖又詢下河田畝．何策可紓水患．輔仍主築隄減水之說．時成龍撫直隸．聖祖以輔疏示詢．成龍仍言下河宜開．重隄不宜築．詔遣尚書佛倫．侍郎熊一瀟．與總督董訥．總漕慕天顏．孫在豐會勘。唯佛倫奏。應從輔議。餘並與輔左。明年。正月。御史郭琇劾輔縻費帑金。擴奪民田。橫取米麥。越境貨賣。給事中劉楷。御史陸修祖。復交章劾之。天顏等亦疏論輔屯田累民。及阻撓下河開濬事。輔自請入覲。聖祖御乾清門。命輔與成龍琇各陳所見。卒允九卿議。停築重隄。革輔職。後又命學士凱音布侍衞馬武。尙書張玉書圖納等先後往勘。均稱輔治河功。二十八年。正月。聖祖南巡閱河。輔從行。聖祖親見隄工河道。始褒輔實心任事。勞績昭然。復原品。三十一年。復任河督。然不久逝矣。逾年。召見成龍。原署河督董訥。責以排抑輔。聖祖諭大學士曰。「于成龍曾奏河岸未見靳輔栽柳。及朕南巡指詢。成龍無辭以對。董訥亦曾言之。彼時九卿皆言靳輔當從重治罪。若卽誅輔。則死者可復生乎。」成龍訥皆叩首。自來勞臣任事。異說朋生。因而毀成功。沮大計。或且殄身其中者何限。以聖祖之明。輔之忠勤結主知。而斌琇成龍諸人又皆公忠者碩。絕無一豪妨賢害正之心。而時會所遭。乃至千挫百折。含尤忍詬。幾幾喪生平之望實。而是非功罪。後人亦莫可與明。益嘆功名之地之不易處有如此也。

車駕之巡幸　聖祖初親政。以三藩漕運河道爲三大事。夙夜廑念。爰親書大略。懸之宮中柱上。以誌勿忘。是以聞黃河屢決。欲親至其處。視察隄工。且東南民情未洽。思有以鎭撫之。地方風俗情形。更思有以周知之。故南巡之典。六次舉行。十月。至山東。祀泰山。爲民祈福。至宿遷。閱黃河北隄岸百八十里。舟過高郵湖。見民間田廬。多在水中。惻然念之。因登岸巡行隄畔十餘里。召耆老詳問致災之故。諭王新命曰。「朕此行原欲訪民閒疾苦。凡有地方利弊。必設法興除。使之各得其所。昔堯憂一夫之不獲。況目睹此方被水情形。豈可不爲拯濟耶。」抵江寧。閱高家堰隄工。經泗水。過少昊陵。顏子林。駐曲阜。祀闕里。遂由汶上東阿高唐至德州而還。此第一次南巡也。有南巡筆記紀其事。（見聖刊御製文二集）二十八年。正月。復南巡。二月。幸杭州。渡錢塘江。謁禹陵。三月。駐江寧。紳民叩請暫留數日。并獻所產土物。聖祖曰。「朕茲南行。秋毫無擾。爾等既各輸誠。姑取米一撮。果一枚。以慰來貢之意。明日發駕。不必勉留。」臣民再三叩請。繼以泣下。聖祖勉俞其請。命再駐一日。此第二次南巡也。三十八年。正月。諭吏部戶部兵部工部曰。「今邊烽永靖。四方無事。獨黃淮爲患。衝決時聞。下河地方。田廬漂沒。以致民多失業。朕懷未嘗稍釋。在內諸臣。請朕親臨指示。今春雨水減少。正宜疏濬及時。爰諏吉南巡。親加勘閱。更以吳地衿帶江湖。乃東南奧壤。勵俗省耕。兼行臨視。」於是復奉太后南巡。沿途審視黃河水勢。至歸仁隄高家堰。量度高下。指示方略。諭河道總督于成龍。測量水土。繪圖以進。後自杭州還。即以成龍所繪河圖示大學士等曰。「靳輔董安國于成龍。但知築隄禦水。至於改河身。使北伸清水通流。並未言及若不令清水通流。雖修築隄岸。黃水終致倒灌。焉能禦之。」蓋聖祖察知非改河道。不足以弭潰決之災也。此次自浙回蘇。駕幸洞庭東山。有民人告菱湖坍田賠糧。聖祖問守備牛斗曰。「太湖廣狹若干。」奏云。「八百里。」聖祖云。「何以具區志止稱五百里。」奏云。「積年風潮衝坍隄岸。故今有八百里。」聖祖云。「何不奏聞開除糧稅。」奏云。「匪但水東一處。即如烏程之湖漊。長興之白茅嘴。宜興之東塘。武進之新村。無錫之沙漵口。長洲之貢湖。吳江之七里港。處處有之。」聖祖曰。「朕不到江南。民間疾苦利弊。焉得而知耶。」諭令查明奏免。（見燕下鄉脞錄）此第三次南巡也。四十二年。復南巡。至杭州還。徧閱高家堰徐家灣翟家壩等處隄工。歸諭大學士九卿等曰。「朕此次南巡。徧閱河工。大約已成功矣。曩者河道總督于成龍未遵朕指授修築。故未能底績。今張鵬翮一一遵諭而行。向來黃河水高六尺。淮河水低六尺。不能敵黃。所以常患淤墊。今將六壩堵閉。洪澤湖水高。水能敵黃。則運河不至有倒灌之患。此河工所以能告成也。」此第四次南巡也。四十四年。復南巡。至濟寧。浙撫張泰交。以浙民望幸奏。允之。三月。入江南境。紳民夾道跪迎奏稱。「皇上軫念萬民。罹於水患。屢臨河上。指示修築黃淮方略。故能不告成功。永無衝決之虞。今復謀及萬全。爲小民閱視河道。亙古未有。」感恩叩謝。懽聲雷動。此第五次南巡也。至四十六年。正月。復南巡。次清河。閱武家墩。旋閱視溜淮套。自清口登陸。詳看地方形勢。見沿河所立標竿。不獨壞民田廬。甚至毀民墳塚。命盡撤去。又以張鵬翮阿山奏開溜淮套。以不可開濬者妄請開濬。革阿山任。奪鵬翮宮保銜。幸江寧。以致仕大學士張英籲請。允留一日。四月。還。是爲第六次南巡。讀高宗御製全韻詩註謂「聖祖軫念民依。省方問俗。察閭閻之疾苦。訓官吏以法廉。舟行周覽運河。輦路登臨泰岱。清蹕所至。盛典昭焉。康熙甲子。始南巡江浙。嗣是己巳己卯癸未乙酉丁亥。巡典遞舉。前後凡六度。自宿遷至淮揚。閱視河隄。懸覽牐堰。往返經臨。每次必三四位。率以爲常。隨時指示機宜。實足爲治河典要。己卯春。聖祖親閱清黃形勢。命於清口迤西隔岸。挑治陶莊引河。立椿爲誌。並命於南岸築挑水壩。橫截河流。俾入陶莊河口。俾避清口倒灌之患。實釜底抽薪之良策。惜其時河臣未能善體聖意。隨濬隨淤。後雖遣大臣屢勘。屢經疏濬。工迄無成云。」蓋亦實錄也。

諸王之朋黨　康熙中世以後，朋黨之風大啓。不唯諸臣中各樹黨援，卽諸皇子間，亦各布黨與，希望嗣立。而推原其故，蓋因儲位之未定也。聖祖共生二十四子，以胤禔爲最長，爲庶妃納喇氏出，不得立。二子胤礽，小名保成，孝誠仁皇后赫舍哩氏所生，嫡而長，康熙十四年十二月，立爲皇太子。三十七年三月，冊封皇長子胤禔爲直郡王，皇三子胤祉爲誠郡王，皇四子胤禛，皇五子胤祺，皇六子名祚殤，皇七子胤祐，皇八子胤禩，俱爲貝勒。諸子既各自開府，不能無爭相營謀之事。胤礽性乖戾，及聖祖晚年，見諸子互相搆煽，大有欲速之意。聖祖覺之，目爲狂疾，廢之，而幽禁宮中。自是諸子益謀奪儲位，植黨暗爭，蓄術士結宦官，互相傾軋不已。初胤礽之被逮也，胤禩覬覦非分，潛使胤禔宣言，謂相者張明德曾相胤禩當大貴，以試探聖祖意。聖祖卽召諸子入宮，諭曰：「當廢胤礽時，朕已有旨，諸阿哥中如有鑽營謀爲皇太子者，卽國之賊，法斷不容。太子廢後，胤禔曾奏稱胤禩好春秋之義，人臣無將，將則必誅。大寶豈人可妄行窺伺者耶。胤禩柔奸性成，妄蓄大志，其黨早相要結，謀害胤礽，今者事已敗露，着鎖送議政處審理。」且疑胤礽狂疾，或有他故，乃窮治之，果得胤禔令蒙古喇嘛呪咀太子，用術厭魅狀，於是削胤禔爵，拘繫高牆。遂命親王等與漢大臣集議，於諸阿哥中推舉誰可爲儲貳者。內大臣阿靈阿、散秩大臣鄂倫岱、尙書王鴻緒、侍郎揆敍，私議保舉胤禩，與諸大臣潛通消息，令內侍轉奏。次年，聖祖因問諸臣曰：「去冬命爾等保奏儲貳，何以獨保胤禩。其日先舉者爲誰。」內大臣巴渾海奏稱無倡首者。聖祖曰：「此必舅舅佟國維、大學士馬齊。默喻於衆。衆乃畏懼。依阿立議耳。」因窮詰詳究。嗣以張玉書之奏。遂斷爲馬齊指使。被拘禁。且詰責國維謂「爾既有祈望朕躬易於措置之言」又曰「此事與爾無涉。乃身先衆人啓奏。是誠何心」又曰「此事關繫甚重。觀衆人情狀。果符爾所奏。日後難於措處之言矣」國維伏罪請死。聖祖曰「朕特爲安撫羣下。降旨申明。非欲有所誅戮也。爾其坦懷勿懼」至五十四年。翰林院編修何焯。又以阿附胤禩革職。而清史稿列傳七十四一卷。專紀廉親王黨附諸人。共五人。附一人。史亭識小錄謂有無涉者。有被誣而旋白者。有有連而無事者。且爲別白於下。言國維不在附廉之列。當日聖祖因太子廢立。達豫數月。佟疏止寬譬上意而已。作奏不達。爲滿人常態。不能爲佟咎。況除疏外無一事與廉涉也。其言馬齊也。謂旋釋旋起用。又逾數年而依然大學士。事跡大明。不能以一詔卽作爲證。左阿爾松阿。以「柔奸狡猾。過於其父」八字。逐之誅之。朝旨未及其他。鄂倫岱侍中被斥舊事。兩俱有首無尾。及何焯旋卽釋之。旣鞭撻而不褫官。亦甚惝怳。俱不得加以擁廉最力之名。其可得指目者。止阿靈阿揆敍二人似也。然當時史臣紀載。往往因建儲大事。多畏忌而不敢言。卽思究其根源。又無朋黨懷私之證據。彼謂因無事實。不能指爲黨附也。然則因無事實而卽指爲不黨附可乎。且國維等卒坐黨附。阿靈阿揆敍等。論死矣。馬齊以仍復故官爲大白。則諭旨中非明言其「向來謬亂」乎。非明言其「與胤禩爲黨」乎。果無黨附之事。何以當日羣臣集議。不使干預此事乎。卽以何焯論。則諭旨中不明言將伊女兒與胤禩撫養乎。厥後聖祖念儲位不定。必爲亂階。於是復立胤礽。然胤礽乖戾如故。仍廢黜而禁錮之。自是不復敢言建儲事。

諸臣之朋黨上　滿臣中之黨。鰲拜而後。首推明珠。明珠柄國日久。招權納賄。頗以博古自炫。凡居處無不錦卷牙籤。充滿庭宇。時與之暱近者。大學士勒德洪余國柱。尚書佛倫葛思泰。侍郎傅臘塔席珠李之芳熊一瀟科爾坤等。而綜攬其事者。國柱也。每時會議會推。佛倫思泰把持。國柱且爲之囊橐。明珠口含天憲。市恩私門。諭旨稱某賢則曰由我力薦。諭旨稱某不善。則曰我當挽救。至閣中票擬。尤輕重任意。國柱承其風旨。卽有舛錯。同官莫敢駁正。督撫藩臬闕出。國柱更爲之販鬻。必滿所欲而止。考選科道。卽與訂約。選擇九卿。公然承風。卽學道報滿應陞者。亦皆先往論價。且聯姻帝室。聲勢薰灼。佛倫長御史臺。見言官李時謙累奏稱旨。吳震方頗有參劾。卽令借事排陷。聞者駭懼。明珠亦自知罪戾。見人輒用柔顏甘語。款曲百般。而陰行鷙害。論者方之口蜜腹劍云。至康熙二十七年。御史郭琇始列其事疏劾之。末云。「臣受非常殊眷。若舍豺狼而問狐狸。卽爲孤負聖恩。臣罪滋大。臣固知其黨羽實繁。睚眦必報。特有聖主當陽。何所畏忌。伏祈霆威。立加嚴譴。」疏入。聖祖大怒。革明珠勒德洪大學士職。之芳休致。國柱罷官。科爾坤佛倫一瀟俱解任。其時與明珠並相者。有索額圖。權勢相侔。互相仇軋。索額圖爲索尼子。與明珠皆各樹黨援。然二相並有絕技。明好書畫。眞贋立辨。索尤好古玩。凡漢唐以來鼎鏤盤盂。善鑒無敢欺者。康熙初。索爲大學士。引額庫禮江潢等爲黨。凡會闈榜出。索必羅致有名者。令拜門下。否則抑之下第。士夫非濟自結託。宦無由達。與額等嘗於私第議國事。十八年。京師地震。左都御史魏象樞入對。伏地涕泣。請屏左右語。移時。極言天變若此。乃索額圖明珠二相植黨市權。排忠良。引用僉壬。以剝蒸黎之應。及出語副都御史施維翰曰。「今百姓困苦已極。而大臣家益富。地方官吏剝民媚上。督撫司道。又轉餽政府。小民愁苦之氣。上干天和。致召水旱日食星變地震之異。又會推動輒徇私。將帥無復紀律。蠲免錢糧。災黎不沾實惠。刑官鬻獄。豪右爲姦。皆可憂可危之事。」次日。聖祖以六條宣廷臣集議。大略如象樞所指。會天久不雨。命德格勒筮之。遇夬。奏曰。「澤上於天。將降矣。一陰居上。天屯其膏。決之卽雨。」聖祖愕然曰。「安有是。」德以索對。聖祖猶豫未發。無何。索家人告發。查搜江潢家。果得索密書甚多。遂交宗人府拘禁。噶禮亦樹黨援。擅威福者。阿山陳鵬年皆其黨。康熙四十三年。聖祖將復南巡。時阿山爲兩江總督。召屬官議增賦。衆無言。而注目鵬年。鵬年力爭。且曰。官可罷。賦不可加也。議遂寢。阿山由是滋不悅。明年。巡江南。使鵬年主辦龍潭行宮。故事。自左右侍衛。及閹寺牧圉。皆有餽。鵬年一切不問。或竊置蚯蚓糞簟席間。聖祖召鵬年詰問。先是。聖祖駐蹕織造府。一日。織造幼子趨庭。聖祖以其無知也。曰。「兒知江寧有好官乎。」曰。「知有陳鵬年。」會致仕大學士陳英入覲。聖祖問江南廉吏。英以鵬年對。而織造曹寅亦免冠叩血。爲陳請。益力。聖祖遂釋然。四十八年。特命署布政使。時張伯行撫江寧。夙重鵬年。事無巨細。皆與裁決。噶禮與張不相能。因愈遷怒鵬年。遂密奏鵬年所作遊虎邱詩爲怨望。字箋句比。以周內之。乃錮於鎮江。初鵬年謁總督。白事不跪。噶禮怒呵曰。「知府生死我手。何敢爾。」鵬年曰。「果有罪。雖幸賜寬假。寸心具有鈇鉞。如其不然。君主之百姓。安之生死不在公也。」徐步出。噶禮遂必欲死之。部議削籍。戍黑龍江。聖祖鑒其枉。仍命來京修書。百姓遮留。閉十二門凡九日。不獲行。鵬年泣諭。乃就道。五十年。噶禮與江南副考官趙晉交通關節。士子譁然。致伯行與噶互相糾參。一時不能決。噶督兩江。貪貲巨萬。嘗爲其母造金絲帳。以母素奉佛。畜女尼數百。而母暱少子。不喜禮所爲。後與伯行互劾。聖祖初右禮。置伯行獄。吳民夙服伯行。從行數千人至暢春園。爲伯行請命。聖祖益厭伯行沽名。會問安孝惠章皇后宮。禮母乃后近戚。適進見。聖祖遇之。詢禮與伯行齟齬故。母乃言其貪狀。且白伯行冤。聖祖怫然曰。「其母尚恥其行。罪不容誅矣。」置禮於法。復起用伯行。母後貧窶。織紝爲生。其族咸歸怨之。時謔曰。「噶禮之母爲禍之祖。」然母亦賢矣哉。（此條見嘯亭雜錄。）

諸臣之朋黨下　以上所言。皆滿大臣之黨也。然漢大臣中亦有之。第滿臣之黨在爭利。故皆圖取賄賂以自肥。漢臣之黨在好名。故皆獵取聲華以自炫。如徐乾學者。漢臣中之黨魁也。同時如高士奇王鴻緒。陳元龍王頊齡輩。皆相倚爲聲援。乾學八歲能文。十三通五經。以文學受知聖祖。元文秉義。皆其弟也。亦各以鼎甲致顯仕。時號崑山三徐。太夫人教子極嚴。爲顧亭林女弟。三徐既貴。太夫人必教以矢愼矢公。然康熙以後。諸名人詩文筆乘。於徐氏子弟之豪橫。聲氣之烜奕。頗有微詞。即亭林致諸甥書。亦屢以權勢鼎盛爲戒。此數語見長洲彭紹升測海集。紹升與徐氏爲同鄉。其言當有據也。蓋乾學既以文學負名。輕財好客。交游頗盛。而其家人門客。復時因緣爲奸利。人言嘖嘖。如張汧之劾其納賄事。雖近誣。然人之多言。亦可畏也。其時彭鵬郭琇許三禮爲言官。以清望自詡。直聲震於朝野。鵬既劾李光地奪情貪位。琇亦劾靳輔治河無功，朝端爲之側目。至是琇復以士奇鴻緒植黨營私，劾其可誅之罪凡四。略謂：「高士奇徒步入京，覓館爲生。皇上擢補翰林，今入南書房供奉，日思結納，諂附大臣，攬事招搖，以圖分肥，可誅者一。久之羽翼既多，自立門戶，結王鴻緒爲死黨，科臣何楷爲義兄弟，翰林陳元龍爲叔姪，鴻緒胞兄王項齡爲子女姻親，俱寄以心腹。凡督撫藩臬道府廳縣以及在內大小卿員，皆鴻緒、楷等爲之居停哄騙，餽至成千累萬，可誅者二。光棍俞子易在京肆橫有年，恐事發，逃至直隸天津山東洛口，餽送士奇虎坊橋瓦屋六十餘間，價值八千金，順城門斜街各處房屋，令心腹出名置賣，楷代收租，打磨場陳元師，士奇親家也，夥計陳季芳開張緞號，寄頓各處賄銀，資本約至四十餘萬，又於本鄉平湖縣置田千頃，杭州西湖廣置園宅，蘇松淮揚，鴻緒與之合夥生理，又不下百餘萬，非侵國帑，即剝民膏，可誅者三。聖駕南巡，諭旨嚴誡餽送，定以軍法治罪，誰敢不遵，唯士奇鴻緒愍不畏死，卽淮揚等處，鴻緒招攬府廳各官，約饋黃金，潛送士奇，淮揚如此，他處可知，可誅者四。更可駭者，鴻緒元龍鼎甲出身，不顧清議，爲人作壟斷，而不以爲恥，且依媚大臣，卽人之所不屑爲者，亦甘心爲之而不以爲辱，豈不玷朝廷而羞當世士哉。總之，士奇、鴻緒、元龍、楷、項齡等，豺狼其性，蛇蝎其心，鬼蜮其形，畏勢者卽觀望而不敢言，趨利者復擁戴而不肯言。臣若不言，負罪滋大，請賜罷譴，明正典刑。」疏入，士奇鴻緒元龍俱休致回籍。清史稿高士奇傳內全錄琇劾疏，而論者謂士奇以解任少詹事，領辦書局，非柄國權奸也。琇劾其可誅者，並無蠹國殃民之事，不過曰有田千餘頃，有房數百間，有銀四十萬，是直劾一富人耳。而又推其原謂琇之私函事發，勘訊方急。既劾馬齊。又劾高王。冀有解免。即使請託考實。仍可號於人曰。吾乃以建言得罪也。用心巧矣。竊以爲論者之解說。亦太苛矣。若是者。以爲吟蟲亂聽。則必使之仗馬不鳴而爲得耶。未幾。三禮又疏劾乾學品行不顧。律身不嚴。以訐所供納賄事爲證。又其子徐樹穀考御史不遵迴避例。部議謂其所劾不實。降二級調用。而三禮復疏攻訐。列乾學考試舞弊。違禁取利。納賄置產九大款。第五款並及其弟元文。乾學再疏乞骸骨。聖祖始允所請。命以書局自隨。紹升謂郭琇不及秉義。亦以秉義風政素立。一切餽遺。無敢及門。蓋與乃兄不理於口者異也。不然。何齕乾學者之多也。

儲位之不定　胤礽雖長。以非嫡出。乃擇嫡而長者之胤礽。立爲太子。既如前所述矣。其初立時。使大學士張英爲之師。復使儒臣熊賜履等爲之講明性理。日日望其爲啓之賢。不期爲丹朱之不肖。不能無慨於中。因之遑豫數月。遂執而置之咸安宮。嗣念儲位不定。必爲亂階。復立胤礽。然胤礽乖戾如故。仍付禁錮。自是絕口不言此事。羣臣言者。輒疑其爲私黨。罪之。蓋清代家法。不立儲貳。然亦自乾嘉以後。始明宣諭旨。奉爲祖訓。開國時未嘗有也。聖祖晚年。至有「朕衰老中心憤懣。衆人虛誑」之語。深以爲一生憾事矣。康熙五十年後。時太倉王相國掞。年已七十餘。自以受恩深重。不能無一言以報之。且饗於其祖王錫爵。在明時因議建儲事。爲清議所不容。遂擬力反其行。密疏請早建國本。侃侃數千言。義錚詞屈。疏入。不報。是冬。又有疏言建儲者。聖祖不悅。並發掞疏。命內閣議處。掞不敢入。聖祖問左右曰。「王掞何在。」李光地謂掞待罪宮門。聖祖曰。「掞言甚是。但不宜命御史同奏。蹈前明惡習。汝等稟擬處分太重。可速召其來。」一揆聞命。趨入免冠謝。揆前後七上密疏。至六十年復申前請。適御史十三人合疏上陳。與揆不謀而合。或疑揆指使。聖祖怒發揆前後疏。手詔切責。命御史及揆之子詹事奕清。以額外章京銜往軍前效力。蓋聖祖念揆年老。之故令子代戍以卹之也。至同日上疏。同時出塞之御史。未詳姓氏。茲考各書。知爲大興陶彝高密任坪秀水范長發南城鄒圖雲柘城高玢清苑王允晉嘉善李允符溧陽陳嘉猷錢塘范允鏋武康高怡吳趙成穮山陰孫紹曾也。時號十二忠臣一孝子。孝子卽奕清也。又有稱十三忠臣者。因其時仁和柴御史謙。亦以言建儲同謫。後且同釋。釋以雍正四年。存者止六人。唯奕清於諸御史赦後。又戍阿爾泰十年。乃歸。歸後猶爲父揆請賜卹。高宗諭以王揆當日不能深知聖祖默定儲位之心。冒昧瀆奏。固不合。但身居政府。爲國本起見。尙屬分所應言。賜祭葬如例。人臣效忠靖獻。不顧身家。事隔三朝。終邀鑒宥。義可無閟也。第當時胤礽再廢。儲位虛懸。將來授受之間。又有可紀述者。

文字獄之肇興。　聖祖旣以武功得志內外。復獎勵文學。表章理學。以鎭定人心。而其手段最强。士大夫受禍最慘者。則莫如當時文字之獄。獄凡二起。其一爲明史之獄。先是莊廷鑨刊明史於崇禎一朝事。凡有關涉清廷者。無所隱飾。歸安知縣吳之榮方褫職罷官。冀以告訐圖起復。遂白其事於將軍松魁。魁移巡撫朱昌祚。昌祚牒督學胡尙衡。正擬窮治其究竟。廷鑨並納重賂以免。乃稍易舊稿重刊之。而之榮之計不獲行。復特購初刊本。上之法司。事聞。詔刑部讞獄。其時廷鑨已死。讞上。戮其尸。並誅其弟廷鉞及四子。諸凡序者。校對者。刻者。鬻販者。購者。與夫前隱廷鑨罪者。均論罪棄市。婦女皆給邊。又是書自崇禎前本爲明相國朱文恪所著有南潯富人朱佑明者、之榮與有隙、遂嫁禍、以序中單稱舊史朱氏而不名、因卽指佑明以實之、誅佑明及其五子、卽籍佑明產給之榮、並起用之後仕至右僉都御史、其二爲南山集之獄、南山集者、戴名世之所著也、先是桐城方孝標、著有鈍齋文集、滇越紀聞、其中紀載、於淸事頗多微辭、名世見而心喜之、所著南山集、多採孝標所紀事、都諫趙申喬、據以奏聞、聖祖怒、令九卿會鞫、獄具、當名世大逆法至寸磔、族皆棄市、未及冠笄者發邊、孝標已死、剉其尸、斬其子孫、至方氏族屬以及序者捐貲刊行者藏板者、均分別治罪、是案牽連至數百人而尙書韓菼侍郞趙士麟御史劉灝淮陽道王英謨庶吉士汪份等二十三人、亦以平時與名世論文坐罪、議處、供詞五上五折本、聖祖以株連太衆、覽之惻然、諭曰、「戴名世從寬免淩遲、著卽處斬、方登嶧方世樵方雲旅俱從寬免死、並伊妻子充發黑龍江、案內干連人犯俱寬免治罪著入旗、」是案得此旨而獲生者三百餘人、時康熙五十二年二月也、是猶不幸中之幸也、其三、爲沈天甫朱方旦之獄、沈天甫者、籍江南、與呂中夏麟奇輩撰詩二卷、詭稱黃尊素等所撰、陳濟生編集、明大學士吳甡等爲之序、天甫使麟奇詣甡子吳元萊所索財、元萊察非父手筆、控之巡城御史、上聞、因下所司鞫實、餘不問、朱方旦楚人、自號二眉道人、託名修煉、廣招黨與、陰行欺詐之術、潛刊祕書、其書中有云、「古號爲聖賢者、安知中道、中道在我山根之上兩眉之間、」而其徒亦曰吾師眉山夫子、以煽其燄、而售其奸、侍講王鴻緒、疏劾其刊書流布、蠱惑庸愚、乞正典刑、以維世道、疏入、下九卿議覆、僉謂朱方旦詭立邪說、煽惑愚民、應立斬、顧齊宏等造刻邪書、應監候、而大將軍勒爾錦、前在荆州，曾額其堂曰聖人堂，里曰至人里，原任湖廣巡按張朝珍，亦贈其聖教帝師扁額，宗人府即據以題參，聖祖謂大學士等曰：「前勒爾錦領兵荆州，朕已聞知此事，曾諭彼軍機大事，萬不可聽其蠱惑，又遣對秦往軍前，道經武昌，張朝珍向彼言：『朱方旦果一奇異神人，爾宜相會。』遂接見以賓禮優待，著即據此議結。」旋議勒爾錦見在羈禁，朝珍已死，革其所膺世襲官，此皆不如明史獄南山集獄之大，而且沈朱所著之書，今已散佚，所謂逆蹟，無由知其內容，然左道惑衆，其蹟已著，要不得謂之無罪者矣。

第八章　雍正朝之事實

一　世宗之綜覈

世宗之踐阼　世宗胤禛嗣聖祖而立。改元雍正。聖祖初立太子胤礽。以狂疾被廢。較漢武望思之心尤苦。因之氣忿成疾。康熙四十七年。胤禛泣奏曰「聖體違和爲日已久。應選太醫及臣兄弟中稍知藥性者。胤祺胤祉胤禩同臣檢視方藥。」聖祖服藥後。漸就痊愈。遂命內侍梁九功李玉傳諭諸皇子及王公大臣曰。「前拘禁胤礽時。並無一人爲之陳奏。惟四阿哥性量過人。深知大義。屢在朕前爲胤礽保奏。似此居心行事。洵是偉人。」又當胤礽罪廢時。衆議當幽禁。世宗獨涕泣不能起。聖祖爲之動容。自是意遂有所屬。初封多羅貝勒。四十八年。晉封和碩雍親王。嘗諭諸大臣曰。「朕萬年後。必擇一堅固可託之人。與爾等作主。令爾等永享太平。」蓋天心默定。神器攸歸久矣。（見東華錄）事關宮廷祕密。繼嬗之跡不明。以致燭影斧聲。同滋疑竇。有謂聖祖彌留。手書遺詔傳位十四子。十四子者。胤禵也。嘗統師西征。甚得西北人心。故聖祖欲立之。世宗詗知遺詔所在。欲私改十字爲于字。遂獨入暢春園侍疾。盡屏諸昆季於外。時聖祖已昏迷矣。有頃。微醒。見世宗一人在側。知被賣。乃大怒。投玉念珠擊之。不中。世宗跪謝罪。俄而遂宣言聖祖上賓矣。或曰。竊詔改竄之策。年羹堯實主持之。或又曰。聖祖遘疾甚篤。諸皇子方在宮門問安。隆科多受顧命御榻前。聖祖親書皇十四子四字於其掌。隆科多出。胤禛迎問。隆科多遽抹去掌中所書十字。只留四子字樣。胤禛遂得立。以上數說。或出於宮闈祕記。或出於近時所著淸史纂要。匪失之妄。卽涉於虛。皆不足據爲典要。至天心默定之語。雖屬史氏頌揚之詞。然吾人知人論世。旣有方策可據。卽當據事實書。何必習爲不衷已甚之言。淆人觀聽。茲綜官書考之。當六十一年十一月。上（指聖祖）不豫。自南苑回暢春園。因南郊大祀。特命皇四子和碩雍親王恭代。皇四子以聖躬違和。懇求侍奉左右。上諭「齋戒大典。必須誠敬嚴恪。爾爲朕虔誠展祀可也。」皇四子遂於齋所致齋。十二月甲子。丑刻。上疾大漸。命趣召皇四子於齋所。寅刻。召皇三子誠親王胤祉。皇七子淳郡王胤祐。皇八子貝勒胤禩。皇九子貝子胤禟。皇十子敦郡王胤䄉。皇十二子貝子胤祹。皇十三子胤祥。理藩院尙書隆科多。至御榻前。諭曰。「皇四子人品貴重。深肖朕躬。必能克承大統。著繼朕登基。卽皇帝位。」皇四子聞召馳至。趨進寢宮。戌刻。上崩。在位六十一年。年六十有九。廟號聖祖。觀此。則皇位繼承之事。亦可大白於天下矣。

朋黨之禁止　聖祖晚歲。諸王子旣以爭位之事。各樹黨援。互相傾陷。方胤禩被罪染病。縛置空廬。禁人往見。世宗居藩邸時。嘗親持湯藥以進。守者遏之。世宗曰。吾唯知昆弟之情。不知利害也。（見嘯亭雜錄）及康熙五十五年。奉命使人往看。聖祖云「四阿哥隨駕在外。惟伊一人乃置扈駕之事」。奏請回視胤禩。觀此關切之意。亦似黨庇胤禩。嗣經反覆奏明。聖祖意始釋然。至是嗣位。深知儲位不定。易啓黨爭。且古來爲亂之階。多由於此。乃於雍正元年八月召王大臣及文武諸臣。諭曰。「今朕諸子尙幼。建儲一事。必須詳加審愼。此時未可舉行。然事關宗社。不得不預爲之計。朕欲將此事親寫。密封藏於匣內。置之乾清宮正中世祖御書『正大光明』匾額之後。乃宮中最高之處。以備不虞。」又召總理事務王大臣等。諭以此意。令共議之。僉曰「皇上聖德周詳。臣下豈有異議」。乃令諸臣退。親書應立太子名。各密封錦匣收貯。自是遂立爲永制。世宗既創此密建法以垂家法。復以諸王樹黨。易啓分門別戶之嫌。小之興口舌爭端。大之釀干戈巨禍。宜思有以遏其漸而峻其防。乃於踐阼之初。垂示臣工。略云「朋黨惡習。起於明季。至今未息。爾大臣有則痛改。無則永以爲戒。」纚纚數百言。頗中時弊。故於宣示隆科多年羹堯罪狀。痛斥「二人門下。向來趨赴奔走者不少。此亦中人之常情。希其薦拔。畏其加害之所致。但宜急散黨與。洗心革面。若仍念舊情。負國恩而感私惠。蔑大倫而重小節。往來鑽營。妄有希冀。或餽送賂遺。或書札往來。設計陷人。或揣擬伺探朕意。暗作威福。不能改革。唯務隱密巧詐。若再發覺之時。決以逆黨從重正法。」其深惡朋黨之習。至昭著矣。而世宗復以爲欲防朋黨之端。宜令輿論之所是非。與朝廷之所賞罰。相爲一致。又特製朋黨論。力駁宋歐陽修「君子有朋」之說。頒示羣臣。大旨謂「天尊地卑。君臣分定。臣能與君同好惡。夫是之謂一德一心而上下交」。其所以諄諄誥誡者。蓋欲使知人臣無好惡。當以君之好惡爲是非。是極予言莫違之能事也。嗣又以言路紛爭。實爲羣臣朋黨之代表。故於言官陳白。尤所注意。特命六科給事中改隸都察院以抑之。由是言路阻滯。唯阿成風。終清之世。臺臣蟬噤。鮮能以犯顏直諫爲己任者。則世宗之原動力也。

親藩之慘待　初聖祖立胤礽爲太子時。其兄弟各結黨援。出其互相殘害之手段。思以遂其覬覦大寶之陰謀。康熙末葉。明珠擅權。政事敗壞。胤礽再立再廢。希冀得推戴之功者。各以爲己黨之排陷使然。遂益交相附和。宮廷之中。大爲紛擾。其間尤著者。爲胤禩胤禟。次之則胤禔胤䄉胤禵也。聖祖既以耄老不能制。憂憤成疾。亦極人世乖戾之境矣。世宗於彌留倉猝之頃。卒得遺命踐位。是爲雍正帝。私念胤禔既被禁。胤礽亦削爵。胤禟以下。又復聽胤禩指示遵行。唯胤禩有才難制。若其一人能就範圍。則其餘自可無慮。乃於雍正元年。始封胤禩爲和碩廉親王。使與己同母弟胤祥並理政務。而胤祹與胤礽子弘晳。亦晉爲郡王。先是康熙五十七年。授胤禵撫遠大將軍。征策旺阿喇布坦。駐師西寧。至是亦解其職。予以郡王。命守景陵。且諭總理王大臣曰。「貝子胤禵無知狂悖。氣傲心高。今晉封郡王。藉慰我皇妣皇太后之心。從此若知改悔。自當疊沛恩施。若怙終不悛。則國法具在。朕不得不治其罪。」嗣命胤禟赴西寧。代胤禵職。亦以孤其勢也。已而胤祹坐辦事不謹。仍降貝子。明年。胤䄉以違旨居住張家口。議革郡王。又以胤禟差往西寧。擅自遣人往河州買草。踏看牧地。革去貝子。胤禩內不自安。頗懷怨望。而胤禟幾在西寧。密用歐人穆經遠爲謀主。以家財付之。復造新體字爲密書。與胤禩往來通訊。是年十二月十四日。胤礽幽死。追封爲和碩理親王。謚曰密。三年二月。罷總理事務。予胤祥隆科多馬齊議敍。獨不予胤禩。十二月。宗人府奏參郡王胤禵前膺大將軍任。乃違背聖祖仁皇帝訓示。任意妄爲。苦累兵丁。侵擾地方。軍需帑銀。

徇情糜費請將胤禩革退郡王。降爲鎭國公。得旨。胤禩革去多羅郡王。降爲固山貝子。四年五月。諸王大臣等復奏劾胤禩身爲大將軍。止圖利己營私。貪受銀兩。縱容屬下。騷擾地方。嚇詐官員。固結黨羽。心懷悖亂。請正典刑。以彰國法。世宗曰。「阿其那胤禟胤禩等。結黨營私。同惡相濟。朕以宗廟社稷爲重。遲回審愼。多方勸戒。而彼等怙終不悛。罪惡昭著。朕亦無可如何。但胤禩與阿其那胤禟。雖均屬罪人。而胤禩爲人。止於賦性糊塗。行事狂妄。因胤禟多方籠絡。胤禩墮其術中。受其指使。不知悔悟。設令彼一人獨處。則才具庸劣。斷不能獨爲一事。若與胤禟一處。聽其愚弄。則狂悖恣肆。可以無所不爲矣。如謂朕於胤禩獨有偏徇。則何以仰對聖祖在天之靈乎。朕之此心。天地神明。自能昭鑒。前令胤禩居住馬蘭峪。原欲其瞻仰景陵。感發天良。痛改前非。而胤禩並不醒悟。奸民蔡懷璽又搆造大逆之言。冀行蠱惑。則馬蘭峪亦不可令其居住。著滿都護常明來文。馳驛前往。將胤禩撤回。朕思壽皇殿乃供奉皇考皇妣聖容之處。將胤禩於附近禁錮。令其追思教育之恩。寬以歲月。待其改悔。其子白起。甚屬不堪。著與胤禩一處禁錮。其子白敦尚好。可封爲鎭國公。」蓋世宗之心中以胤禩身處西陲。甚得民和。又娶青海台吉之女。疑其必有外援。而唯反覆醜詆其罪狀。不遽加以誅戮。果將寬宥施恩歟。抑或遲回有待歟。讀其諭旨。亦可以知其概矣。

胤禩等之幽死　雍正四年。正月。諭大學士等曰。「胤禩等不可留於宗姓之內。此朕灼知確見者。今撰文告祭奉先殿。可將祭文宣示諸王大臣。或朕之所見如此。而仰體列聖之心。稍有不慊。諸王大臣不妨直言。各出所見回奏。此事關係重大。朕既切加詢問諸王大臣等。若有所見而不行陳奏。則大不忠矣。」諸王大臣上希風旨覆奏。「胤禩等逆天犯法。歷有確據。臣等咸所深悉。昭告奉先殿。除其宗籍。實爲允協。」於是嚴旨歷數罪狀。削爵除籍。並革其妻福晉。休回娘家。嚴加看守。二月。圈禁胤禩於高牆。三月。改其名爲「阿其那」。復改其子弘旺名爲「菩薩保」。四月。逮繫胤禟。保定獄。改其名爲「塞思黑」。阿其那塞思黑者。蓋滿洲語。比之於豬狗也。既屏之宗籍之外。復列之畜類之中。其待骨肉如此。已不知自居於何等也。胤禩胤禟既獲譴。乃並拘胤禵胤䄉。宣布其罪狀。詔入諸王大臣九卿等。諭曰。「歷年以來。朕之數弟。昏昧無知。不安本分。朕因共在一處。知之甚悉。伊等僭妄之心。悖逆之行。及其黨與。於國家大有關繫。從前阿其那塞思黑胤禵胤䄉等。串通奸僞之人。希圖大位。外則與阿靈阿鄂倫岱蘇努七十赫壽等亂臣結黨往來。內則與御前侍衛拜唐阿太監等。鑽營交結。探聽喜怒信息。詭祕之計。皆我皇考所洞悉。乃窮困懷羞。兇心益逞。反將皇考高年。激怒成疾。皆阿其那等不忠不孝之所致也。朕即位以來。將伊等罪過。俱從寬宥。凡事教訓。冀其解散黨與。痛改前非。封阿其那爲親王。簡用重任。總理事務。阿其那仍不改其悖逆之心。事事以美譽自居。欲將惡名歸朕。且在衆大臣前。誓公然詛咒。連及朕躬。狂悖一至於此。朕封阿其那爲親王時。伊戚賀喜。阿其那卽云。『何喜之有。我頭不知落於何日。』等語。朕不知其何心而出此言。又在禁所。語看守太監云。『我向來每餐飯止一碗。今已加二碗。我斷斷不願全屍以沒。必使見殺而後已。』等語。豈有身爲臣子。而如此暴虐悖逆之理耶。至塞思黑乃係癡肥臃腫。矯揉妄作。粗率狂謬。卑汚無恥之人。向因阿其那事敗。未稱厥心。數年間挺身覬覦大位。亦阿其那將伊慫恿之所致也。朕即位以來。因思伊等不可置之一處。將伊遣往西大通居住。原欲令其更改惡心逆行也。伊覺朕之寬仁。斷不肯傷伊等身命。反種種妄亂。敢行自古人臣未行之事。敢言自古人臣未出之言。止欲激怒朕心。務令誅之而後已。至於帶給胤禟書札內。有『機會已失。悔之無及』等語。數千里寄此悖逆書信。毫無畏懼。如此不法。是誠何心。以不足比數之人。賄買棍徒。而小人惑於流俗之言。以爲塞思黑可邀大位。而伊亦公然自受。恣口亂言。自古以來。亦未有不自度量。靦顏無恥。悖謬干法。如塞思黑者也。至胤禵生性糊塗。皇考知伊在家。必然生事。特遣出征在外。乃胤禵信阿其那塞思黑之唆誘。頓萌大志。自古有大志之人。豈有不願身名美善之理。而胤禵妄費國帑。肆行貪饕。騷擾地方。淫亂貪汚之行。衆皆知之。且其於未到京之時。即露種種狂悖。於到京之日。向朕輕躁妄行。狀類棍徒。其罪不可枚舉。至於胤䄉但知索取民財。爭奪買賣。交結內侍。無恥劣行。難以屈指。從前諸王大臣。請將阿其那塞思黑胤禵即行正法。所奏甚爲當理。但伊等種種奸詐惡逆之事。中外及八旗軍民人等。尙未得偏知。此事乃關繫皇考及朕躬之事。故將此輩奸惡不忠不孝大罪。備悉言明。使中外昭然盡曉。即將此輩正法。亦屬當然。日後亦不得議朕。即姑留之。不過稍延其生命耳。亦無所關礙也。」當時世宗不憚反覆而申其罪者。豈眞如諭旨所言「朕斷不治胤禩之罪」乎。抑果如「朕與此等不肖弟輩。豈但並無仇隙。即些微一言之不合。亦未有」乎。於是諸王大臣等。有以窺其隱矣。遂於六月。公奏胤禩罪狀四十款。胤禟罪狀二十八款。胤禵罪狀一十四款．皆舉臣等所知者言之．卽秦道然何圖穩𣑯遠三人所供阿其那惡蹟．繁不勝書．臣等謹案阿其那等以邪黨爲足恃．而要結之念彌堅．以大位無可干．而搆禍之心不已．不忠不孝．實朝廷之罪人．宗社之蟊賊．請速正典刑．以爲萬世臣子之炯戒．疏入．世宗乃諭列胤禩等之罪．並云胤禩胤䄉胤禵雖屬狂悖乖張．尙非首惡．已皆拘禁．尙冀悔改過惡．至治罪之處．朕不能卽斷．候朕詳細熟思．並將王大臣所奏與朕此次諭旨．頒示中外．俾咸知朕萬難之苦衷．實有不得已者在也．至八月二十七日．已刻胤禟死於禁所．九月初五日．胤禩亦幽死．或言二人之死．「血滴子」爲之．血滴子之製造法．形渾圓似珠．中藏快刀．刀之旁有機關．如彈簧式．陰圖謀害者．卽暗以其器罩人頭上．用機一發．其首斷入器內．捷飛而逸．雖大廷廣衆間．亦倉猝不及覺也．因名爲血滴子．今蘇人遇凶悍者．猶以此相呼．其言實亦不足據也．他如胤禵胤䄉亦被禁．親王保泰．雅爾江阿等．誅遣降革有差．諸王之子孫親戚．亦多伏辜．嗚呼．誰爲爲之．孰令致之．兄弟間之慘禍．固有若是其甚者哉．

邏察之嚴密　世宗旣以諸王植黨．不得不以嚴厲繩人．故詗騎四出．耳目徧及於閭閻．卽位之後．凡關防風憲衙門．多密遣親信詗察．凡臣下纖細之事．悉以上聞．世所述軼事甚夥．以未見紀載．不錄．茲錄其可據者數事．當雍正六年．上元夕．內閣供事．以逢佳節．多歸家．有富陽人藍某者．獨留閣中．方對月獨酌．忽見一偉丈夫至．冠服甚嚴．藍某疑爲內廷直宿官．亟起迎奉觴致敬．其人欣然就坐．問藍某何官．曰非官．供事耳．問何姓名．具以對．問何職掌．曰收發文牘．問同事若干人．曰四十餘人．問皆何往．曰今屆令節．

皆假歸矣。問彼皆假歸。君何獨留。曰。朝廷公事綦嚴。若人人自便。萬一事出意外。咎將誰歸。問當此差有何益。曰。將來差滿。冀注選一小官。問小官樂乎。曰。若運佳。獲選廣東一河泊所官。則大樂矣。問河泊所官何以獨樂。曰。以其近海。凡舟楫往來。多有餽送耳。其人笑頷之。又飲數盃。別去。明日。世宗視朝。問諸大臣曰。廣東有河泊所官乎。曰。有。曰。可以內閣供事藍某補授是缺。諸大臣領旨出。方駭愕間。一內監密白昨夜事。乃共往內閣宣旨。藍某聞命。咋舌久之。又某年元日。修撰王雲錦早朝後。歸邸舍。約友人作葉子戲。已數局矣。忽失一葉。徧覓不獲。局不成。遂罷而飲。一日。蒙召對。世宗問元日何事。雲錦具以實告。世宗嘉其不欺。出袖中一葉還之。曰。俾爾終局。雲錦諦視之。卽前所失也。趙雲崧簷曝雜記中。謂聞之殿撰孫日杏者。又按察使王士俊將之官。張廷玉薦一健僕。供役甚謹。後士俊將入都陛見。僕預辭去。士俊問故。僕曰。「汝數年無大咎。吾亦入都面聖。爲汝先容地。」至是始知此僕爲世宗之侍衞某。而來伺察其動靜者也。又海濱人物鈔存稱天津周撫部人驥。雍正丁未進士。以禮部視學四川。三年。操守潔無苟且。先是本部堂官薦一僕。甚勤敏。至任滿。數請先行。人驥曰。「我卽日囘京覆命。若當隨往。」其人曰。「我亦欲囘京覆命耳。」人驥驚詢。乃曰。「某實侍衞某也。特來伺公。公考試好。某將先期奏聞矣。」人驥歸。果蒙褒旨。其弟人駪爲兄立傳。敍其事甚詳。又世宗一日密取刑部大門之匾額匿之。次日以刑部有無匾額質部員。部員僉以有對。世宗命出匾額示之。曰。「是額在此已久。汝輩皆不知。平素出入時之疏忽可知。」因大加詰責。凡此之類。不一而足。當時朝野中外無不畏其察察之明。語云。「察淵魚者不祥。」世宗得毋隳於苛察乎。

貴族之抑止　世宗即位之後。念諸王種種妄亂。即諭宗室及覺羅人等當以宗支爲念。「須各閉戶家居。安分靜守。愼毋怙過不改。再罹重罪。並禁止八旗官員。詬罵屬下人等父母。違者交該管官懲治」。清初入關時。諸王多著勞勣。故酬庸錫類之典。頗爲優厚。鑲黃正黃正白三旗。爲皇帝所親將。正紅鑲白鑲紅正藍鑲藍。爲諸王所親將。故五旗戶籍皆爲王公僚屬。制分十等。遞爲臣僕。升擢皆由王公掌之。諸王既樹黨援。則八旗屬籍亦皆倚勢抗命。所以世宗嘗言「上三旗風俗。唯知尊君。嗣與下五旗並用。遂染卑靡之風。都統武格昨在予前奏對。尙呼罪犯胤禩爲主人。大義不明故耳」。又承平日久。諸王習尙驕慢。往往御下殘暴。如兩廣總督楊琳。本爲敦郡王屬下。王遣閹人赴廣州。據署搜索。世宗習知其弊。即位後。禁抑宗藩。不許交通外吏。除歲時朝見外。不許私謁邸第。復以莊親王胤祿等言。將所屬值宿護軍。撤歸營伍。而宮廷禁地。代以內府護軍。因慮旗下護軍。或有二心。蓋爲靖內亂計也。又鑒於聖祖注重文敎。漢族頗知觀感。風氣乃歸於縝謐。目擊八旗子弟。第知騎射之重。往往專擅威福。恣爲不法。鮮克有尊君親上之忱。於是世宗乃特設宗學。左右翼各學。簡王公專管之。歲時派大臣攷其殿最。以爲王公獎罰。並設宗室總管副管各一人。以司月餉公費。三歲攷績。授七品筆帖式。覺羅八旗各設學一。其總副管如宗學制。又設八旗官學三。曰咸安宮官學。擇八旗子弟聰慧者。充補學弟子。月有帑糈。不計歲月。以大臣綜其事。曰景山官學。皆內務府子弟充補。制與咸安宮同。爲內府總管所轄。曰八旗官學。每旗各設學一。擇滿蒙漢軍之子弟充補期以十年爲國子監祭酒所司亦附於太學之意。

二 世宗之治內

吏治之整飭 聖祖晚年政尙寬大寬大之後不免頓生窳敗故寬必濟之以嚴況値諸王多事防制維艱誠恐官吏日久玩生政綱因之廢弛故世宗卽於雍正元年元旦頒諭旨十一道訓飭督撫提鎭以下文武各官詞正義嚴頗中肯綮四年又諭曰「居官之道自以淸廉爲本但地方大吏職任甚鉅察吏安民興利除弊其道多端倘但恃其操守而於地方不能整飭貽害甚大蓋此時淸官無取於民不能禁民之爲非故百姓賢不肖皆稱之無所取於屬員亦不能禁屬員之不法故屬員賢不肖皆安之大臣子弟親戚犯法則姑容地方強紳劣衿生事則寬待故大臣紳衿皆言其和平甚至胥吏作姦不能懲盜賊肆行不能察及事務廢弛加以罷斥而地方官民羣然嘆息以爲去一淸廉上司爲之稱屈此則平日模稜悅衆違道干譽之所致也且操守平常者心懷懼畏頗能整頓經理不致曠廢朝廷又時留心訪察一有不善卽加懲戒在朝及屬下之人皆伺察其過不爲隱諱是以此等之人貽害於地方尙輕朕深望爾等爲明體達用之全材而深惜爾等爲同流合汚之鄕愿勉之勉之」世宗綜核名實每觀所舉之人以決其心術之公私識見之明昧詔令切核賞罰必行又嘗諭曰「知人則哲自古爲難朕藩邸不與朝臣往來大小官吏不能悉知今臨御之初簡用人才諸大臣久任股肱內而大臣以及閒曹外而督撫以及州

縣。或品行端方。或操守清廉。或才具敏練。各具眞知灼見。具摺密奏。素日同僚共事或同鄉同年門生親戚子弟。俱准保奏。勿避嫌疑。勿徇私黨。勿沽名市恩。勿輕聽風聞。言過其實。負朕諮詢之意。」又嘗以湖北藩缺。世宗思之數日。不得其人。令九卿密保。蓋明保之制。所以揚於王庭。與衆共之。至黨援聲氣。不得不防其漸。於是有密封啟事而人不知者。斯謀斯猷。惟我后之德。亦古大臣寵利不居之義也。」又諭各省督撫事繁。勢必延請幕賓。今之幕賓。卽古之參謀記室。凡節度觀察等使。皆徵辟幕僚。功績果著。卽拜表薦。引彼愛惜功名。自不敢任意苟且。嗣後督撫所延幕客。須擇歷練老成深信不疑之人。將姓名具奏。如効力有年。果稱厥職。咨部議敍。此幕賓薦舉舊例也。至勾通內外。肆行作弊。著卽嚴行查察。而縱容書吏差役。無惡不作者。亦飭令督撫痛自革除。若夫各部書吏。往往據爲世業。世宗亦令各堂官於五年考滿之後。勒令囘籍聽選。違者遣逐。是以雍正十餘年間。朝野皆奉公守法。今時所謂法治國者。庶幾近之。

耗羨之歸公　讀會典事例。載耗羨之分數。而不載歸公之緣起。與起存撥用之款目。夫今之耗羨。同於正供。軍國之用取焉。官之養廉取焉。地方公費取焉。非前代進羨餘充私藏之可比也。順治初令曰。「官吏徵收錢糧。私加火耗者。以贓論。」康熙間。有額外科斂。許民控告之律。有尅取火耗。上司徇隱之律。禁令非不嚴也。厥後州縣徵收火耗。藉資日用。上司所需。取給州縣。不無貪吏藉口。上司容隱之弊。於是提解歸公之議。倡於雍正二年。山西巡撫諾岷奏請將山西一年所得耗銀。提解司庫。除抵補無着虧空外。分給各官養廉。而布政使成齡復請倣山西例。通行直省。世宗以剔除弊竇。必更定良法。耗羨必宜歸公。

養廉須有定額。詔總理王大臣九卿集議。衆以世宗已許行。不敢爭。時沈近思。方以郎中晉太僕卿。爭之甚力。言「今日正項之外。更添正項。他日必於耗羨之外。更添耗羨。他人或不知。臣起家縣令。故知其必不可行。」世宗曰「汝爲令亦私耗羨乎。」近思曰「非私也。非是。且無以養妻子。」世宗曰「汝學道人。乃私妻子乎。」近思曰「臣不敢私妻子。但不能不養妻子。若廢之。則人倫絕矣。」世宗笑曰「朕今日乃爲沈近思所難。」是日。衆皆爲近思危。然世宗雖不用近思言。而亦不怒也。會各省皆望風奏請。議遂定。世宗諭曰「州縣火耗。原非應有。因地方公費。各官養廉。不得不取給於此。且州縣徵收火耗。分送上司。以致有所藉口。肆其貪婪。上司瞻徇容隱。此從來積弊也。與其州縣存火耗以養上司。何如上司撥火耗以養州縣乎。爾等請將分數酌定。朕思州縣有大小。錢糧有多寡。地廣糧多。州縣火耗。已足養廉。若行之地小糧少。州縣則不能矣。惟不定分數。遇差多事繁。酌計可以濟用。或是年差少事簡。即可量減。又或偶遇不肖有司。以時加增。而清廉者自可減除。若酌定分數。竟爲成額。必至有增無減。又奏提解火耗。非經常可久之道。凡立法行政。孰可歷久無弊。提解原一時權宜之計。將來虧空清楚。府庫充裕。有司皆知自好。則提解自可不行。火耗亦可漸省。」嗣乃酌定分數。而各省文職養廉二百八十餘萬兩。及各項公費。實取諸此。使後此爲民牧者。恪守成規。不於耗羨外更加耗羨。則是舉也。國與民不俱受其利歟。惜乎世宗所云將來府庫充裕。提解不行。火耗漸省者。卒無有議及者矣。

賤籍之革除　雍正十餘年間。銳意更革。可紀述者不一。而貴族之裁抑。與賤民之革除。雖不能幾於平等之列。而平民思想至是已喤然導其先聲。初山西陝西等省樂戶。浙江紹興府之惰民。俱除籍爲良。不得與平民爲伍。樂戶者。始以不附靖難兵編爲樂籍。令世世不得自拔爲良。惰民與樂籍同。不知所自起。或言爲陳友諒之後。與明太祖抗。爲太祖之所貶。二者皆明之暴政也。並於卽位後革除。五年。開除徽州府伴儅寧國府世僕。並爲良民。二者江南呼爲細民。籍業幾與樂戶惰民等。七年。諭廣東督撫。謂粵東地方四民之外。另有一種。名爲蜑戶。卽猺蠻之類。以船爲家。以捕魚爲業。通省河路。俱有蜑戶。生齒繁多。不可數計。粵民視爲卑賤之流。不容登岸居住。蜑戶亦不敢與平民抗衡。畏威懷忍。跼蹐舟中。終身不獲安居之樂。深可憫惻。蜑戶本屬良民。無可輕賤擯棄之處。且彼輸納魚課。與齊民一體。安得因地方積習。強爲區別。而使之飄蕩靡寧乎。著督撫等轉飭有司通行曉諭。凡無力之蜑戶。聽其在船自便。不必強令登岸。如有能建造房屋及搭棚棲身者。准其在近水村莊居住。與齊民一同編列甲戶。以便稽察。勢豪土棍。不得借端欺凌驅逐。並令有司勸諭蜑戶開墾荒地。播種力田。共爲務本之人。以副一視同仁之至意。」明年。又除蘇州府之常熟昭文二縣丐籍。籍業與惰民無異。從江蘇巡撫尹繼善請也。餘如浙閩贛山縣內之棚民。世以造紙冶鐵爲活。亦一律視爲編氓。舊染汚俗。咸與維新。蓋綜覈之中。尤極寬大云。

免科與蠲租　清初承明季兵荒之後。朝廷以勸墾殿最有司。而俗吏無招來勸相之素。但虛張其數以邀功敍。荒墾不常。職由於此。世宗卽位。以陝甘額外賦糧錢收三釐。斗收三合。爲備荒之用。詔此項徒有加賦之名。而無備荒之實者。著永行停止。雍正二年。免江西南昌等七縣浮糧銀七萬五千餘兩。（見會典）三年．從怡親王允祥請．（世宗即位．詔改諸兄弟名上一字爲允字．以與御名同也．惟胤祥卒．詔復其名上一字爲胤）除蘇州浮糧三十萬．松江十五萬．著爲例．五年又諭曰「各省賦稅最多者．莫如江南之蘇州．浙江之嘉湖．由明初籍富民之田爲官田．按私租爲正賦．此洪武之刻政也．明二百餘年減復不一．我朝因軍需經費．未遑裁減．皇考嘗諭及此．朕仰體聖心．已將蘇松浮糧豁免．今特沛恩膏．將嘉興額徵四十七萬．湖州三十九萬．減十分之一．著爲例．」先是阜寧縣之射陽湖．報升淤地八千餘頃．有糧無地．逋負纍纍．九年乃悉除之．通考於國用蠲貸門曰．免科免科者．永停輸納者也．此寬卹之善政也．至於普免錢糧．輪免漕糧之舉．則猶有可紀述者．聖祖曠典屢行．施從其厚．而世宗頗能承其家法．即位之初．以昌平六州縣爲聖祖每歲巡幸之地．及陵寢所經．免雍正元年額賦．時普免天下康熙五十年以前宿逋．江蘇一省至八百八十萬．六年．免直隸明年起運銀四十餘萬．福建逋賦三十餘萬．七年．以浙省未完舊欠．踴躍輸將．免本年額賦十之二．計六十萬兩．時西藏苗疆甫平．免甘肅四川廣西雲貴明年租．又諭以國家經費已敷．宜藏富於民．於是次第免各省額賦各四十萬．以直隸首善之地．山東被水之區．特再免之．甘肅地瘠．又值軍興．八年九年免地丁．次年免糧草．又次年免額賦二十七萬以贍之．自十年平臺灣生番．十一年．剿雲南猓夷．兵所經過．復加優免．十三年．免雲南貴州及湖南沅州今年田租．特詔貴州被兵之處．給復三年．若因災蠲賑．戶部嘗會計江南之數．雍正十三年間．凡免百四十餘萬．是皆注意民生之事．下卹民依．即所以上培國脈．故世宗於此尤兢兢焉．

軍機處與上書房　清承明制。通政使司。掌受四方章奏。凡在外題本奏本與在京奏本。並受之於早朝。㮣而進之。有徑自封進者則參駁。不啻為中外庶政之樞紐。自改內三院為內閣。台輔拱秩。專司票擬批答。中書則入直繕寫。不啻為承上起下之機關。世宗御極以後。慮通政權重。別設奏事處。章疏直達御前。而通政失其權。又設軍需房。參畫軍要。適值用兵西北。慮傳直者洩機密。始改名軍機房。旋改為處。題本既廢。而內閣益類閒曹。軍機常日侍直。巡幸亦如之。明降諭旨。述交內閣。諭本處行者封寄所司。其政權所在。始而由內閣移之軍機。終且由軍機而還之君主。其所附設者一為方略館。主編纂。一為內繙書房。主繙譯。自此以迄末葉。不過供傳述而已。而原其設立之初。則固因軍務叢集。為指授機宜地也。至上書房亦設於雍正朝。凡諸皇子。暨近支王公。及歲讀書。必特簡翰林官使授讀。耆儒教胄。天字傳經。古元子入學遺法也。世稱上齋曰三天。蓋由從前車駕每歲駐蹕澄懷園。諸王公即讀書園廬。其地為殿三層。皆有世宗御書匾額。前曰「前垂天貺」(一作先天不違)謂之前天。中曰「中天景物」(一作中天立極)謂之中天。後曰「後天不老」謂之後天。統謂之三天。自淀園被毀。昔日天潢授簡之區。鄒枚橐筆之舍。瑤瓦芝楣。鞠為茂草。今則時移勢易。游騎所經。詢以三天之舊稱。蓋幾幾乎不知緣始矣。

畿輔營田水利　雍正三年。畿輔大水。既賑卹之。世宗念水利未興。則水害不可得而去。乃命怡賢親王允祥。偕大學士朱軾。相度之。先是近畿水潦。聖祖之世。方急東南水患。下河海塘諸役。經營數十年。於畿輔未遑也。允祥等既勘。乃圖上方略。請於灤薊等處。各設營田。世宗命九卿速議具奏。尋戶部等遵旨議准直隸河防水利事宜。據怡親王允祥等奏陳疏濬滄州磚河青縣興濟河故道。於舊時建閘處與靜海權家口。並築減水壩。復於白塘口入海處。開直河一道。俾磚河興濟河之委。同歸白塘出口修理海口舊閘。以時啓閉。則滄瀛以北。水患自除。又濬東西二淀。多開引河。使諸淀脈絡相通。圩田開渠中穿溝洫。斯旱潦有備。爲東西二淀咽喉者。趙北苑家二口。趙北口板石橋。升高加闊。苑家河之中亭河與上流玉帶河。對岸十望河。均可開通。庶二淀無衝決之患矣。子牙河地極平衍。自滹沱滏陽會入。水勢迅激。其下流清河夾河月河。皆分子牙之水。同趨於淀。宜開決分注。以緩子牙奔流之勢。永定河。俗名渾河。水濁泥多。故道遂湮。應自柳岔口至三角淀。（卽東淀）爲衆流歸宿。照舊開通。逐年疏濬。兩河濁流。自不能爲患矣。再請於京東之灤薊天津。京南之文安霸任邱新城雄等各設營田專官。經理。募江浙老農。勸導耕種。如所請行。是秋田之熟者百五十頃。而霸州文安保定新城安肅任邱。民自種植者又七百餘頃。比歲皆登。五年。合疏請分直隸諸河爲四局。南運河及藏家橋以下子牙河。范家口以東之淀河爲一局。請令天津道綜理。北運河爲一局。又裁分司。令通永道兼理。范家口以西各淀。及畿南諸河爲一局。請改大名道爲清河道管理。局設長副司之。定某縣某莊營田。引某泉某河灌漑。大小數百處。皆有條貫。至七年。營成水田六千頃有奇。所司以營田瑞稻進。召大學士等賜觀焉。九年。有距水稍遠。聽民自便之令。而水足地平。無煩戽汲之處。仍令永爲水田。議設觀察使副使各二。以重其權。不久旋罷。有司奉行亦漸不實。惜全功未竟。當世大政。莫亟於是。

田文鏡李衛之任用　田文鏡、籍漢軍正藍旗、官內閣侍讀學士、世宗御極、被命往祭華山、目擊山西荒歉、民窮無告、還朝直陳其狀、命往賑之、以授山西布政使、晉河南巡撫、頻年豐稔、黃河當暑雨時、全無汎濫、世宗信仗之、唯田素惡科目、一疏劾科甲牧令數十人、黃振國邵言綸汪誠等與焉、會直隸總督李紱、過汴相見、揖未畢、即厲聲曰「明公身任封疆、有心蹂躪讀書人何也」田不能堪、遂密奏紱與振國同年、將結黨爲被劾諸員報復、既而李果面奏、退復連疏糾之、世宗先入文鏡言、將罪李紱、牽連入蔡珽案擬辟、兩次決囚、刀加頸、問此時知田文鏡好否、李奏「臣愚雖死、不知文鏡好處」乃赦還、雍正五年、授文鏡河南總督、改籍正黃旗、時王士俊知祥符縣、庭參日、田問出身、士俊攢眉囁嚅、故作羞愧狀、良久始對曰「士俊不肖讀書出身、某科散館翰林也」田以爲刺己、怒斥之、士俊知不免、回署即詳請免河南酺地稅、冀見忤放歸、田果疏劾、會楊文乾方爲布政使、入謁曰「王某請免稅、邀譽耳、公不欲成孺子名、盡少緩」田諾之、未幾、文乾巡撫廣東、即保薦同往、以道府用、洊升兩司、六年、世宗以山東民俗官方宜加整頓、授文鏡河東總督、管理二省事務、諭曰「此朕因人設立之曠典、不爲定例」又曰「若督撫皆如田文鏡、則天下尢稱大治矣」其信任之專如此、九年、稱疾解職、尋卒、謚端肅、以士俊代其任、同時爲世宗所信任者、又有李衛、籍江蘇銅山、入貲爲員外郎、後巡撫浙江、嚴苛明察、不及文鏡、而素惡科目、不差上下、世宗常並提之、蓋得君之專、有所自也、世宗喜談符瑞、二人首先窺其旨、合薦方士賈士芳等入內供奉、於是內外臣工爭先供媚、文鏡奏自陝州至徐邳淮、黃河清二千餘里、數旬不散、李衛亦始進浙江瑞穀。繼進湖州民王文隆家萬蠶同織瑞繭一幅。天然成就。不由人工。廷臣皆以爲瑞應。世宗聞之甚喜。衛在浙。爲政以疏闊稱。然亦有可紀述者。浙鄞縣大嵩港。灌民田數萬畝。日久淤淺。且無支河蓄水。疏請濬大嵩港。於港口建壩。分濬支河。於通海之橫山頭等處。築土塘并石閘六。又鎮海之靈巖太邱二鄉。有浦口通流入海。閘已圮廢。應築塘修閘以資蓄洩。又玉環山地方周圍七百餘里。田地十萬餘畝。山綮平衍。土性肥饒。界溫台之間。實爲海疆要地。奏設淸軍餉捕同知。添設弁兵。並如所請行。二處距省會甚遠。大吏耳目所不及。誰復過而問之。衛雖恃氣驕倨。不純用儒術。而澤及海隅。蓋猶封疆中之佼佼者。卒後。諡敏達。蓋猶彼善於此云。

鄂爾泰張廷玉之任用　田文鏡李衛之流。身膺封疆重寄。雖爲世宗所眷念。然俗吏而非儒吏。若以讀書有得。文字受知。一則屢樹邊功。不愧國家之柱石。一則從容坐論。堪爲樞府之儀型。恩禮始終。得與侑饗之榮者。如鄂爾泰張廷玉。洵一朝之魁碩也。鄂爾泰。姓西林覺羅氏。字毅庵。湖洲鑲藍旗人。康熙三十八年舉人。釋褐三等侍衛。遷內務府員外郎。時世宗在藩邸。遣使來召。鄂拒之。曰。「皇子宜毓德春華。不可交結外臣。」世宗心善其言。及卽位。首召鄂入。戚友以前事代鄂憂。世宗旣見。卽諭曰。「汝以郞官之微。而敢上拒皇子。守法甚堅。爲大臣必不受請託。」立授江蘇布政使。俄遷廣西巡撫。雍正三年。署雲貴總督。明年。黔苗負險抗命。鄂建改土歸流議。世宗大悅。曰。「此奇臣天賜朕也。」令佩雲南貴州廣西三省總督印。經營凡五年。華苗咸順。十年。論功拜保和殿大學士。兼兵部尚書。軍機大臣。封一等伯。時大軍進剿準噶爾。命督巡陝甘經略軍務。賜金甲上方劍。出巡阿爾蘇。疏上屯田事宜。會果親王允禮自西藏歸。與鄂言同。世宗遂罷兵與天下休息。鄂受世宗非常之知。入朝盡三鼓方出。語祕。外莫能知。雖尋常劄子。世宗必嘉獎忠誠。頒示天下。嘗云「朕有時自信不如信鄂爾泰之專」。事無大小。必命其平章以聞。雍正末年。台拱苗叛。鄂以從前籌畫未周。具疏請罪。且斥削封爵。詔許之。世宗崩。惟鄂受顧命。乾隆初年。與張廷玉等總理事務。十年卒。謚文端。以世宗遺命。配饗太廟。居恆勇於任事。好奬勵名節。惡偷合取容以媚世者。及爲相。益自誓以身殉國。扈從既久。見良馬甚多。嘗謂杜少陵胡馬詩「『所向無空闊。眞堪託死生』。此二語人知其妙。而不知其所以妙。蓋良馬蹀躞奔騰之時。步步著實。所以說無空。又步步不越尺寸。所以說無闊。唯其如此。所以堪託死生也」。鄂蓋實自喻云。（見澄懷國語）張廷玉字衡臣。一字硯齋。太傅英仲子。康熙三十九年成進士。選庶吉士。授檢討。分校春闈。或探以微詞。因作對月絕句有云「簾前月色明如畫。莫作人間暮夜看」。其自待不苟如此。直南書房。五遷至刑部侍郎。是時廷玉以名相子。迴翔卿貳。文學經濟。已藹然負台輔望矣。世宗御極。初政殷繁。諭旨日數十下。廷玉承命應奉。精敏詳贍。悉稱旨。擢禮部尚書。轉戶部。御製詩賜之。有「大政資經畫。訏謨待討論」之句。四年。拜文淵閣大學士。明年。晉文華殿大學士。又明年。晉保和殿大學士。七年。晉少保。是時西北兩路方用兵。創設軍機處。爲承旨出政之總滙。被命爲軍機大臣。規程皆其所手訂。世宗倚任益隆重。凡朝會班次。大學士例在領侍衛內大臣下。世宗特命列王之下。公侯領侍衛內大臣之上。嘗小疾。及痊。世宗告近侍曰「朕股肱不快。數日始愈．」衆爭來問安．世宗笑曰．「張廷玉有疾．豈非朕股肱耶．」高宗卽位．信任有加．賜爵三等子．尋命爲皇子師．與鄂爾泰等總理事務．聲勢烜赫．趨附者實繁有徒．漢人附張．滿人附鄂．黨同伐異．浸至大開傾軋之風．而國家自此多事矣．然不能爲二人咎也．

岳鍾琪之任用　當時文臣以邊勳置高位者鄂爾泰．而武臣以邊勳置高位者岳鍾琪．鄂則識量淵宏．始終獲世宗殊眷．岳則爲讒人所構．疏防削爵．而卒能以功名終．亦武夫之干城也．鍾琪字東美．號容齋．先世籍湯陰．宋忠武王飛二十一世孫．後遷蘭州．父昇龍從征有功．官四川提督．聖祖西巡．賜御書「威信著聞」匾額．入籍四川．遂爲成都人．卒謚敏肅．鍾琪其仲子也．生而駢脅．目光炯炯．四射．魁奇沈雄．兒時好布石作陣．進退羣兒．頗有法．由同知改授松潘鎮游擊．累遷永寧副將．師征西藏．嘗從行有所衝陷．晉左都督．擢四川提督．雍正元年．青海羅卜藏丹津寇西寧．年羹堯奏授參贊大臣．鍾琪沿途剿撫．自松潘至西寧五千餘里．烽煙肅澄．青海爲奪氣．明年．加奮威將軍．專任西征事．遂獨率師平青海（詳見後）．詔封三等公．三年．授川陝總督．加太子少傅．川滇苗相構爲亂．鍾琪與滇督鄂爾泰會剿．事寧入覲．賜雙眼孔雀翎．晉少保．六年．準噶爾不靖．佩撫遠大將軍印．復奉旨入覲．命提督紀成斌權篆．準夷入擄馬駝萬餘．爲總督查郎阿所發．遂褫爵．置成斌於法．相傳鍾琪既入朝．成斌念滿洲人強勁．以駝馬令副參領查廩．領卒萬人驅牧．廩性懦葸．畏邊地寒．以偏裨五十人放牧．已率衆避寒山谷間．日置酒高會爲樂．諜報準夷至．廩笑曰．鼠盜不久自散．按兵不往．及馬駝被擄．廩聞報．棄軍去．過總兵曹勷壘．呼勷救之．勷性急率兵往。爲敵所敗。單騎奔。賴提督蔣建率標兵追之。轉戰七晝夜。敵始卻。慶見成斌。皆委罪於勳。成斌笑曰。滿洲人之勇。固如是耶。收縛將斬之。鍾琪至。成斌告其故。鍾琪驚曰。君今族矣。滿洲爲國舊人。吾儕豈可與抗。以干其怒耶。解慶縛。以善言諭之。委罪於勳。斬之以徇。而以捷聞。慶反恨鍾琪次骨。會查郎阿巡邊。故慶戚也。慶因控鍾琪諸不法。及成斌掩敗爲功狀。查據以入告。世宗大怒。斬成斌於營。鍾琪逮獄。而慶竟得苟免。乾隆二年。放歸田里。至十三年。再起征金川。有功。(詳見後)加太子少保。復公爵。十四年。賜號曰「威信」。十七年卒。謚襄勤。初督川陝時。或言其爲岳武穆後。又宋金世仇。世宗特封其奏以示鍾琪。後鍾琪出征西域。世宗特命其子濬送至玉門關以慰之。故一時將相無不用命。

三　世宗之用兵

青海之征服　青海自唐龍朔以來。世爲吐蕃屬境。明正德後。始爲蒙古部酋所據。頗爲邊患。明末。和碩特部固始汗自烏魯木齊襲有其地。清順治時。因受封爲汗。康熙時。其子率族來朝。復封爲親王。西藏之役。青海兵來會。而固始汗之孫羅卜藏丹津。適於是時襲王爵。自以青海及西寧爲其祖時舊屬地。陰有異謀。乃於雍正元年夏。誘諸部盟於察罕托羅海。令各仍故號。而自號「達賴渾台吉」以統之。於是西北同時騷動。并誘青海大喇嘛曰察罕諾們汗者使從己。又陰結準噶爾策妄阿布坦爲後援。聯兵犯西寧。掠牛馬。冬十月。命川陝總督年羹堯爲撫遠大將軍。駐西寧。以四川提督岳鍾琪爲奮威將軍。參贊軍務。

羹堯分兵北扼疏勒河、防其內犯、南守巴塘裏塘等地、斷其入藏之路、又請屯重兵吐魯番及噶斯泊湖、絕其準部之交通、而鍾琪自松潘至西寧、相機勦撫、西邊數千里皆肅清、丹津兵敗歸、世宗以鍾琪爲奮威將軍、乘敵不備、擒獲丹津家屬於柴達木河流域、丹津遁投準部、青海悉定、設西寧大臣以轄之、世宗封羹堯一等公、鍾琪二等公、時雍正二年也、

紀西北用兵決議及將帥得人　丹津之投準部也、策妄阿布坦納之、清廷遣使索獻、不奉詔、亦不敢犯邊、清廷亦罷西師、五年冬、策妄阿布坦死、子噶爾丹策零立、年少喜用兵、屢寇邊、七年、世宗議計之、大學士朱軾、都御史沈近思並言時未至、惟大學士張廷玉主戰、並薦領侍衞內大臣傅爾丹爲帥、傅儀容修偉、美鬚髯、有名將風、築大將軍壇、率滿洲綠營等五萬兵討之、諸蒙古藩臣皆執鞫以從、都統達福力諫、世宗曰、「策零新死、噶逆新立、何云不可、」達曰、「策零雖死、老臣固在、噶逆親賢使能、諸酋長感其先德、力爲捍禦、我以千里轉餉之勞、攻彼效死之士、未見其可、況溽暑未易興師、」廷玉曰、「六月興師、載諸小雅、君未知耶、」達詞色愈厲、世宗曰、「然則命汝副傅爾丹行、尚敢辭耶、」達語塞、遂叩首出、世宗親酌傅爾丹、寵其行、從征者爲副將軍查弼納、將軍巴賽、副都統戴豪、海蘭、西彌賴、定壽、蘇圖、馬爾齊、侍郎永國、塔爾岱、皆一時將帥之選、八月、會師科布多城、噶逆遣將僞降、言其國攜貳、與哈薩克壘戰經年、馬駝羸弱、可襲滅也、傅欲進師、定壽曰、「噶逆聞警、斂師境內、靜以觀變、其謀可知、莫如耀兵境上、以揚我武、全師凱旋、策之上也、安可信俘虜片言、突入敵壘、」傅曰、「不入虎穴、焉得虎子、彼窮蹙之餘、安敢精

強之士汝何怯也」定默然出以袍付僕曰汝持此歸葬永國曰「國聞用師乘暇而戰未聞無隙而致勝者今噶逆親親用能選不失材賢不失位疆圉遠闢牧養蕃滋彼犯我尙當籌以禦之況斂兵蓄銳之時可深入乎」海蘭曰「量敵而入將之能謀也知難而退武之善經也敵未可輕武未可黷俘虜之言奚足爲信巖師待敵外夷故智君其防之」傅艴然曰「國家所以無敵者以武臣不畏死耳君等安可蹈漢兒弱習哉」因命整軍以進主事何溥執轡以諫傅曰「蕞爾豎儒安識兵事」以鞭揮何手而去馬爾賽退告衆曰「師殆哉」戴曰「帶組具存何畏死無具也」查曰「余刀俎餘生受君恩不死今得以馬革裹屍幸矣」遂全師以進

紀和通淖爾兵敗事　其時師出境數百里不見敵壘傅爾丹檄蘇圖往剿未數里聞胡笳遠作氈裘四合如黑雲傅擢移師東陷和通淖爾淖爾華語大澤蒙語湖泊也定壽謂傅曰「違衆陷師誰之咎也」傅默然定曰「言在先敢辭死乎」遂與馬爾齊率師援蘇兵既接忽大風蔽日雹如牛首淸軍血戰無繼師定中矢殞蘇等俱沒於陣西彌賴率本部援之兵潰身殉敵遂犯大營傅遣蒙古兵禦之故事科爾沁王公樹紅纛士默特旗樹白纛爲識時科爾沁王某偃旗首遁士默特公沙津達賴奮身入賊壘衆見白纛謂蒙兵敗駭曰「白纛兵陷於賊矣」諸軍遂大潰終夜甲仗聲不絕傅舉止失措惟撫馭滿洲士卒曰「愼勿墜家聲也」永刎頸死戴豪海蘭自縊於幕杖上何溥曰「死爲國殤永享俎豆榮矣」遇敵而死傅雜士伍奔竄出查弼納躍馬舞刀敵皆披靡潰圍而出不見傅恐蒙陷帥罪曰「頒白之年豈

可復對獄吏.」遂復入陣而死.達殿軍被殺.達鰲拜孫也.素矢節.雪祖恥.竟遂其志.巴賽血戰死之.惟塔爾岱冒鋒矢.以皮繩穿其脛.盛以皮袋.載諸馬後.從容唱胡歌返.蒙古科爾沁王逃匿萑苻中.以千金賂傅.傅受賄.言蒙古白纛先敗.收公沙津斬之.蒙古士卒皆忿.事聞.世宗震悼.曰.「朕悔不聽達福言.」厚卹其家.斥傅爵賞.卹潰卒.後二年.噶逆大入.賴額駙超勇親王光顯寺之捷.始和.初世宗命傅爾丹與岳鍾琪會議進兵策.岳赴傅穹廬中.見壁上刀槊森列.問何所用.傅曰.「此吾所素習.懸以勵衆.」岳出語人曰.「爲大將者.不恃謀而恃勇.亡無日矣.」後卒如岳所料.

三音諸顏獨立及光顯寺大戰　傅爾丹既大敗.和通淖爾.世宗以馬爾賽爲撫遠大將軍.馳赴土拉河城.會喀爾喀諸王議蒙古防務.又徙科布多營.駐察罕廋爾.削馬爾賽大將軍號.以順承郡王錫保代之.而遣馬爾賽屯歸化城.以爲後援.方是時.準部亦兩路備兵.令諸台吉環峙烏魯木齊.以當清西路.又屯田鄂爾齊斯河.以窺清北路.北路隣喀爾喀.尤其所注意.至是九月.大小策零謀乘勝東犯喀爾喀.以察罕廋爾科布多皆有備.乃取道阿爾泰山迤南.小策零以精騎六千深入.而大策零擁衆二萬.蘇克阿勒達以援應.時土謝圖汗境內三音諸顏郡王額駙策淩.以善治軍雄漠北.與親王丹津多爾濟合兵迎擊鄂登楚勒河.以六百騎宵入敵營挑戰.誘其來追.而伏兵擊之.大敗其衆.斬其驍將喀喇巴圖魯.詔封策淩和碩親王.並以三音諸顏爲獨立部云.方準兵之北犯也.同時西路亦被兵.岳鍾琪以車騎營失利.世宗以張廣泗代之.步騎兼用.成效頗著.鍾琪坐削職.十年夏.大策零復思北出.進次奇蘭河附近.清廷以

察罕廋爾大營勢孤。乃於拜達里克河推河及翁金河畔。三處各築城。與察罕廋爾大營爲犄角。乃命馬爾賽以綏遠將軍移守拜達里克城。受北路大將軍錫保節度。七月。大策零越科布多察罕廋爾。潛至厄得爾河源。錫保檄策淩及將軍塔爾岱等禦之木博圖。準兵詗知策淩西出。襲擊其帳塔米爾河。策淩聞警大怒。返旆馳救。並亟報錫保。請師夾攻。即調蒙兵三萬人。乘夜繞出山後。黎明。自山巔大呼而下。敵夢中驚起。人不及甲。馬不及鞍。追擊於喀喇森齊泊。大戰二日。準兵大敗。沿途轉戰。至額爾德尼昭。蒙語謂寺曰昭。即嘯亭雜錄書光顯寺戰事也。期馬爾賽會兵夾擊。不至。世宗賜策淩超勇名號。斬馬爾賽以徇。準部旋遣使乞和。世宗遣侍郎傅鼐等報之。罷西路出征之師。時雍正十一年也。

四　世宗之外交

俄羅斯遣使來朝　尼布楚條約以後。清廷尙持鎖國主義。妨礙俄國通商。俄人向於喀爾喀土謝圖部。有貿易之關係。逮喀爾喀三汗內附後。中國北境與俄領西伯利亞之交涉漸繁。而中俄互市之問題以起。康熙五十年。一七一一年 清廷遣圖理琛至土爾扈特。假道於俄。俄厚致禮餽。以兵護使行。歸途有希臘正教僧伊立禮者。與圖理琛俱歸北京。清廷優遇之。繇是兩國之交誼稍見親睦。五十八年。俄皇彼得第一。遣正使衣司瑪羅夫。副使豆朗格齎國書至京。再求條約之實行。俄使以覲見禮節。當從俄俗。與清廷抗議。後不得已以中禮見。至外交上之要求。僅允在京建設一教會。駐劄一外交事務官。通商所請。置之不答。衣司邁羅夫廢然而返。留豆朗格駐焉。是爲俄公使駐華之始。嗣豆朗格以清廷有蔑視條約之概。遂出京。時中俄兩國君主。相繼崩御。故外交上得免決裂焉。已而世宗立。至雍正三年。俄女帝加他鄰一世嗣位。特派大使薩瓦來聘。告新帝初立。且通好焉。至則告以來意。請締結新約。清廷不能峻拒。命理藩院尚書圖理琛爲全權大臣。與協商焉。

恰克圖條約之訂立　俄女帝既立。仍欲達通商之願望。乃遣拉克青斯奇爲大使。復以雍正五年至北京。申前請。且欲會議蒙古與西伯利亞之界綫。世宗亦認北方劃界之不可緩。特派郡王策淩。內大臣四格。尚書圖理琛。爲議約使。在京開談判。既而世宗不欲俄使在輦下協議。中途命往國境布拉河上。爲兩國公使議場。於是兩使各遣員往勘其地。以是年九月初七日約成。謂之恰克圖條約。因訂約在波爾河畔。故亦名波爾條約。（即布連斯奇約）茲舉其要如下。（一）自議定日起。兩國各自嚴管所屬之人。（二）兩國邊吏當互查彼此逃人。捕送本國。（三）於恰克圖小河溝俄國卡倫與鄂爾懷圖山中國卡倫適中地方建立界碑。作爲兩國疆界貿易之地。自此界標迤東至額爾古納河。迤西至沙畢納伊嶺。此間如橫有山河。則橫斷山河爲界。如空曠地。則於適中地立標爲界。陽面作爲中國。陰面作爲俄國。（四）貿易人數。仍依原定。毋過二百人。間三年進京一次。疆界零星貿易。亦無庸取稅。但止准依正道行走。繞他道者沒收貨物。（五）俄國於北京設立教會堂。中國予以補助。聽俄教徒居住。並得依本國法規。在堂內誦經禮拜。（六）送文之人。俱自恰克圖行走。有緊要事。許酌量抄道。因道遠抄道者須彼此咨明。各自治罪。（七）烏帶河地方。作爲兩國共有之地。彼此不得占據。（八）兩國頭人。凡事秉公迅結。有懷私誘卸貪婪者。各按國法治罪。（九）彼此咨行文件。如有擱延不覆。或留難差人。是與兩國和好之道不符。則暫爲停止通商。（十）嗣後彼此不容隱逃亡。所屬之人有逃走者。於拿獲地正法。持械越境殺人行竊者亦如之。軍人或竊主人物逃走者。華人斬。俄人絞。越境竊牲畜者。初犯罰所盜物價十倍。再犯三倍。三犯者斬。（十一）兩國既定新約。永相和好。換文刊刻。曉諭在邊諸人。是約既成。外交史上可特起者有二。（一）外交文書之形式。兩國外交文書。因君主署名之先後。常起紛爭。爾後一切文件。避君主之署名。中國以理藩院。俄國以薩那特衙門。（卽元老院）爲代表。此儀式後永遵守之。（二）政府國際道德之蔑視。雍正五年。兩國全權大臣蓋印後。待世宗之批準。及批準後出示。與草案之條款。全部變更。薩瓦遂送還北京。痛責其不法。清廷仍以最初之條約交付之。夫以上二條約之訂結。俄人拱手聽命。罔有異言。實國際上最有光榮者也。據俄史所載。雍正九年。以準部變亂。戒俄人嚴守中立。又以俄女帝安那宜萬新立。往賀卽位。曾兩次遣使至俄。殆亦別具深心者歟。

五　雍正朝之大獄

年羹堯之獄　年羹堯與隆科多。以擁立世宗功。受世宗恩遇。而卒不免身敗名裂。或疑竊詔改竄之策。二人實主持之。此傳聞之異辭。要不足以之爲實據也。羹堯。年遐齡子。字亮工。鑲黃旗漢軍人。康熙三十九年進士。散館。授檢討。歷充四川廣東試差。不十年。擢爲四川巡撫。西藏軍興。請親赴松潘協理軍務。以功晉總督。旋授定西將軍。時允禵爲撫遠大將軍。羹堯以總督佐進取。世宗嗣位後。召允禵還京。以延信代之。令羹堯於軍事糧餉。及庶政。俱關白延信協同管理。事寧入覲。賜弓矢。授四川陝西總督。封三等公。加太保。青海軍興。授撫遠大將軍。督奮威將軍岳鍾琪進剿。凡百有五日而青海平。晉一等公。加太傅。父遐齡如其爵。長子斌給子爵。入覲。賜雙眼花翎。四團補服。黃帶紫轡。値莊浪番賊滋擾。又率鍾琪討平之。雍正三年。羹堯奏摺內將朝乾夕惕書作夕惕朝乾。字體復潦草。諭責其「自恃己功。顯露不臣之跡。乖謬處斷非無心。着原本發還明白回奏」。未幾。調補杭州將軍。於是山西巡撫伊都立。劾其擅給鹽商引票。增引十萬等罪。尋漢軍都統范時捷又劾其欺罔貪婪五款。部議罷任。留爵。世宗嚴旨斥之。疑隆科多徇庇。削太保銜。時朝議羹堯狂妄悖逆。請正典刑。得旨。俟羹堯回奏。七月。又革將軍職。授閒散章京。在杭州效力。既而廷臣又合詞參奏。世宗又令將軍督撫提鎮各抒己見。八月。有虎夜踰城。入羹堯宅。是月被逮。（見鮑氏稗勺）十月。提解來京。時各省督撫等亦先後奏陳殘逆罪狀。而議政大臣等題奏羹堯大逆之罪五。欺罔之罪九。僭越之罪十六。專擅之罪六。殘忍之罪四。貪黷之罪十八。侵蝕之罪十五。凡九十二大款。得旨令自裁。先是吳三桂開邸滇雲。擅選月官。時號西選。而羹堯在西域行營。引用私人。但咨吏部。不由奏請。謂之年選。隆科多長吏部時。所辦銓選官員。皆自稱爲佟選。佟其姓也。昏制謬封。若合符節。後三桂伏天誅。羹堯賜自盡。而隆科多則死於禁錮云。（見燕下鄉脞錄十六卷）

隆科多之獄　隆科多，佟國維第三子也。襲　等公爵。聖祖倉卒駕崩，大臣承顧命者，惟隆科多一人。世宗恩遇極隆。親政之初，諭隆科多應稱呼舅舅，嗣後啓奏處皆書寫舅舅隆科多，以國維爲孝懿仁皇后父也。初與怡親王允祥等同理事務，尋又賞阿達哈哈番世職，官吏部尚書，與年羹堯並加太保，後以四十一款重罪應誅。雍正五年，獄成，奉旨免其正法，於暢春園外造屋三間，錮之。獄詞載隆科多私鈔玉牒，收藏在家，大不敬之罪一。將聖祖御書貼在廂房，大不敬之罪二。妄擬諸葛亮，奏稱白帝城受命之日，即是死期已至之時，大不敬之罪三。瑪岱之事，涅奉諭旨，隆科多明知干犯，復行妄奏，大不敬之罪四。皇上賞銀修理公主墳墓，遲至三年竟不修理，大不敬之罪五。聖祖升遐之日，隆科多並未在御前，乃詭稱曾帶匕首以防不測，欺罔之罪一。狂言提督之權甚大，一呼可聚二萬兵，欺罔之罪二。時當太平，臣民戴德，守分安居，而隆科多作有刺客之狀，故將壇廟棹下搜查，欺罔之罪三。皇上謁陵之日，妄奏諸王心變，紊亂朝政之罪一。妄奏調取年羹堯來，亦必生事端，紊亂朝政之罪二。妄奏舉國之人俱不可信，紊亂朝政之罪三。其奸黨之罪凡六，如交結阿靈阿、揆敘，邀結人心，保奏大逆之查嗣廷，徇庇傅鼐等，比暱蔡起俊，不法之罪凡七，如任吏部尚書時，所辦銓選官員，皆自稱爲佟選，縱容家人勒索財物，包攬招搖，肆行無忌，因佟姓捏造「惟有人冬耐歲寒」之語，向人誇示，以爲姓應圖讖，自知身犯重罪，將金銀預行寄藏，挾勢恐嚇內外人等，貪婪之罪凡十六。罪案昭著，應斬立決，妻子入辛者庫，財產入官。世宗召議政大臣等諭曰：「隆科多所犯罪不容誅，但念皇考升遐之日，大臣承旨者，惟隆科多一人，朕不忍戮，其永遠禁

錮」尋卒、猶賜白金千兩治喪、蓋至是已無忌憚之心矣、

作詩之獄　年羹堯隆科多旣以怨望獲罪、其黨於二人者、流言蠭起、甚或藉文章著述、以紓其憤懣不平之鳴、如浙人汪景祺者、向隨羹堯爲記室、羹堯爲人告訐、大逆罪中有見汪景祺西征隨筆、不行參奏等語、旋由刑部等衙門議奏、妄作西征隨筆之汪景祺、照大不敬律斬決、得旨、「汪景祺作詩譏訕聖祖、大逆不道、應當處以極刑、著立斬梟示、其妻子發往黑龍江、給與窮披甲之人爲奴、其期服之親兄弟姪、俱著革職、發遣寧古塔、五服以內之族人、皆革職、約束不許出境」此雍正三年十二月事也、

試題之獄　查嗣庭、亦浙人、康熙四十五年進士、散館、授編修、官至禮部侍郎、爲隆科多之黨、雍正四年、出爲江西正考官、試題曰維民所止、有訐者、謂維止二字、是取雍正二字而去其首也、世宗大怒、謂其逆天負恩、比諸共工驩兜之流、特諭法司審擬、當諭未下時、遣人檢嗣庭寓所、於行李中獲所撰日記、中有直論時事者、世宗援以爲叛逆之實據、浙撫李衛亦在其家中搜出科場懷挾細字密寫文章數百篇、又諭云「浙江文詞甲天下、而風俗敝壞已極、如查嗣庭汪景祺喪心悖義、乃敢肆行謗議、悖逆猖狂、公然紀載、誰無君父、能不痛心、能不切齒」嗣庭尤玷科名、浙江士子未必不因此效尤、乃停鄉會試六年、旣而嗣庭死於獄、仍戮尸梟示、其子坐死、家屬流放、此雍正四年九月事也、

論史之獄　已革工部主事陸生柟、與謝濟世、並籍廣西、生柟在軍臺時、所著有通鑑論十七篇、爲順承郡王錫保所舉發、謂「論中言封建建儲府兵人主相臣及隋煬帝王安石等事、其論封建、尤爲狂悖、顯

係非議朝政．」云云．世宗以爲借古誹今．肆無忌憚．實天下之所不容．宣布其種種罪狀．且以諸王謀亂．封建論復從而援之．宜生柟之不獲保首領以沒也．令九卿翰詹科道定擬．論辭至三四千言．遂於七年七月．生柟被殺於軍前．

註經之獄　當陸生柟案發．同時有同在軍臺之謝濟世．本以奏參田文鏡營私負國．貪虐不法．獲罪．文鏡以嚴酷得世宗幸．故世宗於濟世之奏．極爲震怒．令刑部審擬濟世妄劾之罪．因褫職．發往阿爾泰軍前效力．而與生柟並遣也．於是錫保以濟世註釋大學．毀謗程朱．參奏之．世宗以其意不止毀謗程朱．乃用大學見賢而不能舉兩節．藉以抒寫其怨謗之私．交九卿翰詹科道定擬．議上．應正法．奉旨免死．令當苦差．此七年五月事也．

選文之獄　先是湖南靖州人曾靜．以應試州城．獲見呂留良評選時文．內有論夷夏之防．及井田封建等語．遂遣其徒至留良家．求其著述．其子葆中．悉以父遺書授之．書中多慷慨不平之鳴．靜頗傾信．復以張熙之介紹．與留良弟子嚴鴻逵等．貽書往復．遂起革命之思想．其時岳鍾琪督川陝．或言其系出宋岳飛．與金世仇．宜仇清室．又傳聞鍾琪再請陛見不獲．深自危疑．會世宗弟允禩允禟等．多以發死．所屬門徒近侍．竄並發遣廣西．其於世宗．均不無怨辭．沿途傳播．靜聞而益奮．謂有隙可乘．遂以雍正七年．遣熙託名投書．勸鍾琪起兵舉大義．鍾琪計訊得主名．事聞．世宗特宥曾靜．而嚴治呂嚴．至戮屍．並嚴之徒沈在寬．族誅之．株連甚衆．又將呂嚴曾沈之著書言論．及累次諭旨．自爲一書．刊布學宮．名曰大義覺迷錄．

第九章　高宗朝之實錄

一　初年之政治

高宗之踐阼　高宗．名弘曆．世宗之第四子也．其初行次爲第五．母鈕祜祿氏．爲巴圖魯額亦都曾孫女．四品典儀淩柱之女．初爲熹妃．康熙四十三年．賜侍世宗藩邸．爲格格．以五十年八月生．玉牒彰彰可考．稗史所云．絕無確證．不足辨也．高宗生而神靈．天挺奇表．規度恢遠．六歲就傅．受書於庶吉士福敏．過目成誦．課必兼治．年十二．謁聖祖於圓明園之鏤月開雲．見卽驚愛．命宮中養育．備荷飴顏．親授書課．教牖有加．偶舉愛蓮說以試．誦解融徹．獎悅彌至．命學射於貝勒允禧．學火器於莊親王允祿．肄輒精能．其年秋．隨侍避暑山莊．賜居萬壑松風．讀書其中．一日．望見御舟泊晴碧亭畔．聞聖祖呼名．卽趨巖壁而下．顧謂勿疾行．恐致蹉跌．愛護殊常．獮子林北．爲世宗藩邸．扈蹕時賜園．聖祖幸園中進膳．特命孝敬憲皇后．孝聖憲皇后．問安拜覲．天顏喜溢．連稱有福之人．蓋豫信也．木蘭秋獮．入永安莽喀圍場．高宗甫上馬．熊突起．控轡自若．聖祖御槍殪之．事畢．入武帳．溫惠皇貴太妃曰．是命貴重．福將過予．乃益愛之．或謂世宗得立．由此也．雍正元年．次辛．祈穀禮成．爲世宗登極初次大祀之典．特召高宗入養心殿．賜食一臠．蓋已爲他日付託之本．是秋八月．卽遵聖祖故事．御乾淸宮．密書弘曆名．緘存寶篋．召諭諸王大臣．敬藏正大光明殿匾額上．五年．年十七．賜成大婚禮於西二所．踐阼後．賜名重華宮者是也．八年．彙書闇所製詩文爲樂善堂集．告成．十一年．二月．封和碩寶親王．每歲命代祀北郊．準噶爾之役．高宗親聆運籌．黠苗不靖．繼有兵事．復命綜理軍機．諮決大計．十三年．八月．世宗崩．王大臣等宣讀詔書曰．「寶親王皇四子．秉性仁慈．居心孝友．聖祖仁皇帝於諸孫中．最爲鍾愛．撫養宮中．恩逾常格．雍正元年八月間．朕於乾淸宮．召諸王滿漢大臣入見．面諭以建儲一事．親書諭旨．加以密封．藏於乾淸宮最高處．卽立爲皇太子之旨也．其仍封親王者．蓋令備位藩封．諳習政事．以增識見．今既遭大事．著繼朕登基．卽皇帝位．」九月．卽位於太和殿．以明年爲乾隆元年．時年二十五歲也．

四大臣之輔政　禪位詔旨既下．同時並著莊親王允祿．果親王允禮．鄂爾泰．張廷玉輔政．鄂爾泰因病．解任調理．今既輔政．著復任．賜莊親王．果親王．永遠食雙俸．鄂爾泰．張廷玉．世襲一等輕車都尉．時莊親王．果親王．使殿宴見．常行拜禮．莊親王等．皆聖祖之子．世宗之弟．高宗之叔也．高宗曰．「禮以義起．古人所貴．朕心所未安之處．卽禮之所當隨宜斟酌者．嗣後如陛殿朝賀典禮攸關．諸王等仍遵定例行禮．若便殿宴見．朕親叔輩．均不必叩拜．以昭敬長親親之意．」乾隆元年．三月．果親王坐事．奪雙俸．二年．十二月．諭大學士張廷玉．輔弼贊襄．勤勞茂著．朕視鄂爾泰．張廷玉．一切恩眷．均屬一體．今大學士鄂爾泰．因賞給騎都尉．已由一等子．併授爲三等伯．張廷玉亦著加恩．由三等子．從優授爲三等伯．著其子張若靄承襲。三年，果親王卒。四年，莊親王亦坐與理親王弘晳等結黨營私，罷職停雙俸。鄂既以翊戴封晉三等伯。次年復命爲軍機大臣，兼領侍衞內大臣，賜號襄勤公，已復兼議政大臣，加太保。廷玉亦封勤宣伯，加太保，軍機之事，皆其主持，且薦同鄉汪由敦爲章京屬草，而高宗信任尤隆。二人者，皆世宗舊臣，並受顧命。乾隆初，以身後配享太廟事，繕入遺詔，且屢降明旨，稱爲不世出之名臣，權勢旣相埒，則疑忌自所難免。而其下之所屬者，又復各爲其黨，互相傾軋，浸成仇敵，而黨禍卽緣是而興。故於五年河南巡撫雅爾圖奏罷田文鏡入賢良祠一事，高宗諭旨中，謂「是奏不從田文鏡起見，彼見朕令李衞入祀賢良，其意以爲李衞與鄂爾泰素不相合，特借田文鏡之應撤，以見李衞之不應入耳。」又謂「鄂爾泰張廷玉亦不敢存黨援庇護之念，而無知之輩，妄行揣摩。如滿洲則思依附鄂爾泰，漢人則思依附張廷玉。卽尚書侍郎中，亦所不免。如李衞身後，無一人奏請入賢良祠。止孫嘉淦素與鄂爾泰張廷玉不合，故能獨抒己見。如此陳奏，朕用人之權，從不旁落，試思數年中因二臣之薦用者何人，因二臣之劾退者何人，卽如持古勒德爾因坐臺托故不往，朕加以處分，又刑部承審崔起潛一案，擬罪具題時，鄂爾泰會爲密奏，後朕降旨從寬，外間卽知爲鄂爾泰所奏，非其漏洩，人何由知，是其愼密不如張廷玉矣。又如前日刑部侍郎員缺，朕原批用張照，因彼時鄂爾泰未曾入直，而張廷玉在內，朕恐人疑爲張廷玉薦引，是以另用楊嗣璟。又如勵宗萬鑽營生事，朕因其小才可用，令在武英殿行走，亦足滿其分量矣，而外人以爲張廷玉所劾，不得起用，其實勵宗萬受賄，果親王曾經奏聞，並非出於張廷玉也。」又謂「鄂爾泰張廷玉乃皇考與朕久用之好大臣。衆人當成全之。使之完名全節。若必欲依附逢迎。日積月累。實所以陷害之也。二臣當更仰體朕心。益加敬重。以成我君臣際遇之美。」已而鄂爾泰於十年四月病卒。張廷玉亦於十四年十一月乞休。然二人門徒之在朝列者。尙齮齕而未有已也。至二十年而遂有胡中藻之事。

因時之政策　康熙六十一年間。深仁厚澤。久道化成。聖祖務以寬大爲治。雍正十三年間。綜覈名實。吏治整肅。世宗務以嚴厲爲治。高宗英武明睿。即位之初。旣思法聖祖之寬大。以期民康物阜之休。而又慮臣下不善奉行。泄沓成風。漸趨於縱弛之習。故詔旨屢下。申明因時以制宜。執中而爲治。乾隆元年二月。諭曰。「天下之事。有一利必有一害。凡人之情。有所矯必有所偏。是以中道最難。必如古聖帝王。隨時隨事。以義理爲權衡。而得其中。乃可以類萬物之情。而成天下之務。故寬非縱弛之謂。嚴非刻薄之謂。朕惡刻薄之有害於民生。亦惡縱弛之有妨於國事。爾諸臣尙其深自省察。交相勸勉。屛絕揣摩迎合之私心。庶幾無曠厥職。而實有補於政教。戒之愼之。」三月。又諭王大臣等曰。「天下之理。惟有一中。中者無過不及。寬嚴並濟之道也。我皇考臨御之初。見人心玩愒。諸事廢弛。勢不得不加整頓。乃諸臣誤以聖心在於嚴厲。以致政令煩苛。每事刻覈。大爲閭閻之累。皇考之意。果如是乎。朕即位以來。留心經理。不過欲去煩苛。與民休息。而諸臣又誤以爲朕意在寬。遂相率而趨於縱弛。見在各省督撫。皆昔年皇考簡用之人。乃當年條奏。則專主於嚴。而近日條奏。又專主於寬。以一人之身。而前後互異如此。是胸中毫無定見。並不計理之是非。適成爲庸鄙之具臣而已。若循此以往。不知省改。勢必禁令廢弛。奸宄復作。將我皇考十三年教養整理之苦心．功虧一簣．此朕心所大懼者．冀自今務去偏私之錮習．各以大中之道．體朕辨理天下事務．永底平康之治也」高宗般般誥誡若此．而巡撫王士俊猶謂「近日條陳．惟在翻駁前案．甚則對衆揚言有止須將世宗時事翻案．卽係好條陳之說．傳之天下．甚駭聽聞」於是高宗深知臣下之習．益不得不屢諭以誡之矣．然猶慮諸臣未喻其旨也．復明揭其寬嚴互劑之策．其寬者．如豁除賠累．蠲免租稅諸事．其嚴者．如汰除僧道．懲誅玩愒諸端．因其時而調劑之．論者所由謂乾隆之治．媲美於漢唐也夫．

二　高宗之內政

服御之節儉　清初起自東陲．習尙樸質．自入關以來．世祖屢罷織造．聖祖末年．光祿寺年用四五萬工部十五萬餘．是以部庫有五千餘萬之積．世宗於宮中食餘之物．皆不忍棄．又常諭多用工匠．不但害農．而且害工．所以昭儉德而示子孫也．乾隆初．禁奢之令屢下．尤以旗人喪事．粉飾虛文．吳下風俗．疾病禱賽．垂爲誥誡．自十六年至四十九年．六度南巡．及幸淀祠五臺闕里．或以戶口日增．宜敦儉樸．或以車駕所駐．不過數日．但須掃除潔淨．以供憩宿．或禁點綴飾景．供備龍舟．或禁增設坐落．戲臺排當．蓋翠華所蒞．觀民察吏之外．又以河工海塘．親授方略．雖一游一豫．常日昃不遑．且唯恐派累民間．偶見行營以布幕牆．卽念及貧民襦袴之用．皆兢兢以崇實黜華爲念．二十七年．南巡．諭曰「名山勝蹟．以存其舊規爲得自然之趣。卽如浙江龍井。山水自佳。何必更興工作」此則皇情所屬。更非生長細旃廣廈者所知而疆吏如三寶王亶望。以添繪屋宇。點綴鐙綵爲足以奉承上意。亦適形其繁俗自取申飭而已。迄至五十六年。又諭曰「本朝恭儉相承。惠民益下。偶有行軍征討。卽芻秣亦不取之民間。是以拓地開疆。大功屢蒇。雖用兵而民不知兵」宮中嬪御。以及給使女子合之皇子皇孫乳媼使婢。約計不過二百人。實從古宮闈所未有也。

貧民之賑貸　高宗承世宗之後。務期寬大。踐阼伊始。他務未遑。亟以愛民爲先務。而愛民之道。尤莫重於賑卹。況其時承平日久。府庫漸充。賑貸之費亦漸廣。玆先舉其大者言之。如乾隆七年。黃淮交漲。石林決口。江蘇安徽共賑米二百四十萬。銀七百四十餘萬。十二年。山東九十州縣大水。賑米五十餘萬。穀四十餘萬。銀一百七十餘萬。三十五六年。直隸災。用部庫二百二十餘萬。通倉及截漕米稱是。又撥西安藩庫二百萬。以賑甘肅。四十三年。河溢河南。四十六年。江蘇大水。各賑銀百六七十萬。次年。黃河溢。三省撥浙商佐工銀八十萬。濟江南。淮商公輸銀二百萬。濟山東。時豐沛曹單災尤劇。命予賑不論月。災退始停。五十年。河南旱。賑銀二百五十萬。五十一年。賑安徽。撥關稅一百萬。時河決山安北岸。總河李世傑請開捐例。以佐工需。高宗不許。並諭以上年江南等處。賑費用至千餘萬。部庫尙存銀七千餘萬。五十五年。蕭碭水災。撥銀百萬。又撥運關庫銀百萬以賑之。六十年中。凡一隅偏災。賑費數萬兩至數十萬者。不可勝計。而履端行慶。甲年災區。乙年新春加賑。蓋歲以爲常。凡貸有籽種。有口糧。有折貸。大約常年之貸。遇歉免息。歉歲之貸。徑免其息。（見乾隆元年諭）如雍正四年。定收成八分以上。石收息一斗。七分以上。免息。六分五分分兩年責償。此常賑也。如乾隆十七年。令災民所貸種食。夏災貸者。秋後責入。秋災貸者。來年麥收責入。均免息。此災貸也。又高宗嘗言積歉之區。尤資良牧。蓋深得賑政之道哉。

賦稅之蠲免　愛民之政。凡逋負之在民者。與民糧食種之貸而未收者。遇國家慶典。或巡幸。或軍興。輒止勿責。府庫藏所充。即務推所有以益下。於是又有普免錢糧。輪免漕糧之舉。茲姑撮其普及諸路。與所蠲名目之大者。高宗即位。詔免天下田租。先後免雍正十三年以前各省逋賦。幷及江南錢糧之官侵吏蝕者。寬政所及。廓然更始。令業戶計所免之數。減半以惠佃農。時黔蜀徵發。山陵大工。屢有蠲免。令以奉旨之日爲始。已輸者准抵明年正賦。二年。全免甘肅錢糧。陝西半之。（見會典）四年。免直隸錢糧九十萬兩。江蘇百萬。安徽六十萬。十年。諭曰。「朕臨御天下十年於茲。撫育烝黎。躬行儉約。直省水旱賑濟。多在常格之外。如前年江南被水。費帑金千餘萬。朕思持盈保泰。莫先於足民。我皇祖在位六十一年。蠲租賜復之詔。史不絕書。曾將天下錢糧。普免一次。我皇考勤求民瘼。減賦寬征。如甘肅一省。正賦全行豁免者十餘年。朕纘志述事。欲使山陬海澨。均沾大澤。特將十一年直省錢糧。通行蠲免。」廷議三年之內。輪免一周。計爲數二千八百二十四萬有奇。（總數見會典事例）而諸不在蠲免之條者。如甘肅番糧草束。福建臺灣之粟米。四川之夷賦。陝西西寧之馬貢。浙江濱海之租穀租銀。直隸固安霸州之旗戶屯糧。奉天之米豆。山西之本色兵餉。河南之官莊義田。廣東之官租學租。遇屆免之年。一律停其輸納。北方五省。惟甘肅尤爲瘠貧。二十一年以後。疊免連年額賦。三十一年。以京通倉貯有餘。遵康熙三十年慶典次第免各省漕糧。五年而徧。又以漕糧內有例徵折色者。令一體蠲免。三十二年。用兵緬夷。蠲減滇省兩年額賦。凡過兵之處。各免三之一以爲例。三十五年。諭曰「國家全盛。內外度支有盈無絀。府庫所貯。月羨歲增。因思天地止此生財之數。與其多聚左藏。不若使茆檐蔀屋自爲流通。且今年朕六十誕辰。明年恭逢聖母八旬。宜更沛非常之恩。著自三十五年爲始。各省錢糧通行蠲免一次」。計是年蠲免爲二千七百九十四萬有奇。三十九年。以金川用兵。蠲免四川租賦。四十三年。因太后崩。普蠲天下錢糧。三年而遍。計二千七百五十九萬有奇。又以四十五年爲七旬萬壽。普免漕糧一次。七年而遍。四十四年。四川軍需。免官民賠貼三百八十萬。四十八年。普免河工徵銀九百四十餘萬。及上次未完者九十餘萬。明年。甘回擾亂。除今年租。並豁歷年積欠。五十二年。臺灣軍興。減免福建各屬田租。五十五年。因八旬萬壽。輪免各省錢糧二千七百七十萬有奇。普免天下錢糧。至是凡四次矣。六十年。普免八省漕糧。五年而遍。普免漕糧。至是凡三次矣。稽高宗之世。省方時巡。加恩減賦。更僕難數。有可紀述者。如謁祖陵。盛京則免奉天今歲田租。及莊頭糧石。減旗地芻糧之半。幸五臺。木蘭。盤山。皆賜復如例。若東巡闕里。禋祀岱宗。則免曲阜。歷城。泰安額賦。每回蹕淀津。復加恩澤。幸嵩洛。則免祥符。登封田租。其最著者。南巡六次。六舉免除浙。蘇。贛。逋賦錢糧至二千餘萬。論者謂自古游豫補助。未有若斯之盛云。

輸納之永停　永停輸納者。即通考所謂免科也。國家特恩及慶典。有詔停罷。則入蠲免篇。而減浮賦。豁荒田。永著爲令者。則入免科篇。自明初籍富民之田爲官田。按私租爲正賦。如蘇州嘉湖之浮糧。鮮不目爲刻政者。清初因軍需經費。未遑裁減。逮世宗爲政。已將蘇松浮糧豁免。幷將嘉湖豁徵。亦減十分之一。高宗卽位恩詔。再除江省浮糧二十萬。以紓民力。虹縣桃源之水。歸泗州安河。入洪澤湖。兩岸淤地千二百餘頃。淹涸不常。詔永除其租。（見會典）而睢寧宿遷桃源先報涸出升科地萬三千餘頃。世宗察其不實。已豁地七千餘頃。至是存地五千餘頃。比年催徵不前。諭曰。「此淤出之地。卽舊有糧田。是以民力維艱。輸將不繼。著將三縣新淤涸後改科地糧。全行蠲免。」是年湖北之鶴峯長樂新設起科。得旨。照容美秋糧原額。仍免三年。二年。免甘肅河西馬糧萬餘石。九年。除四川水決田九十餘頃租課。十一年。免慶雲縣額賦十之三。著爲令。十六年。諭曰。「朕聞武進陽湖二縣。開抵役田一頃。原係前明虛田。領價本戶逃亡。株連親族。將產開抵小民。條糧役租。力難並輸。致積年拖欠。除條漕外。概予豁免。」時南巡淸問。故有是詔。十八年。免臺灣風潮衝陷田園五百四十餘甲。山東潮鹹地四百二十頃。二十二年。減山東武定府黎敬等莊窪地四百四十八頃。以下則徵租。（並會典）二十九年。免漢陽縣坍田五百餘頃。三十一年。以漢川縣垸地低窪。改田賦照漁糧科則。又諭曰。「滇省山多田少。可耕之地。俱經懇闢。惟山麓河濱。尙有曠土。貧民耕種。以供口食。定例山頭地角三畝以上者。照旱田十年之例。水濱河尾二畝以上者。照水田六年之例。升科。第念此等零星土地。本與沃壤不同。倘地方官經理不善。丈量查勘。恐吏胥從中滋擾。嗣後滇省山頭地角。水濱河尾。俱聽民耕種。概免升科。」（石渠餘紀謂係滇撫麟慶所奏請）三十九年。以文安大窪。連絡四淀水占民田。定田糧視水潦輕重。隨年蠲減。後凡畿輔近水之地皆視此。免山西豐鎭荒坍旗地八百餘頃。四十九年。免吳縣無著田四千四百餘石。五十二三年。除河南各屬水衝地百餘頃。山西五臺五州縣水坍地百七十餘頃。浙江仁和錢塘水坍地五十餘頃。五十四年。豁免山東曹縣利津壽光三縣廢地五百九十餘頃。河南蘭陽考城積年隄侵柳占地銀九千八百餘兩。五十七年。除河南蘭儀五縣臨河新灘地四千九百餘頃。（五十年以前據通考以後本實錄）此亦寬卹之政也。愛民之道。此亦其亟務歟。

丁額之繁盛　國家戶口之登耗。恆視其時爲定衡。乾隆之治之所以鼎盛者。亦數朝之培養有以致之也。清初丁徭之法。悉沿明舊。順治十八年。編審直省人丁二千一百六萬有奇。至康熙五十年。編審二千四百六十二萬有奇。以聖祖如此之休養。而滋生不過十分之二。蓋各省未以加增之丁。盡數造報也。雍正初。定丁隨地起之法。各省丁賦。以次攤入地糧。於是夫徭口賦。一切取之田畝。而編審之法愈寬。初直省滋生戶口報部而已。高宗即位之後。令於每歲仲冬。隨穀數上聞。時又減各省重則丁銀。缺額攤賠。輒與蠲免。五年。戶部請停編審。以保甲丁額造報。於是乾隆十四年。總計直省人丁一萬七千七百四十九萬有奇。（此據通考）距定額方三十餘年。所增七八倍。蓋自丁隨地起。無編審之擾。自無減匿之弊。二男三女。皆樂以其數上聞。又是時更定保甲之法。奉行者唯謹。戶口之數。大致得其實矣。又三十餘歲。爲乾隆四十八年。其數二萬八千四百三萬有奇。又十歲。五十八年。高祖閱聖祖實錄。至康熙四十九年。民數二千三百三十萬。因察上年各省奏報民數三萬七百四十六萬。計增十五倍有奇。乃諭曰。「國家承平日久。版籍日增。一人耕而供十數人之食。蓋藏不能充裕。有牧民之責者。務當剴切化導。俾皆服勤稼穡。惜物力而盡地利。」先是湖北巡撫陳輝祖。奏應山棗陽所報滋生民數不實。安徽巡撫長麟。亦奏各屬造報民數未確。請展限查造。諭曰。「戶口繁庶。卽細加查造。亦斷不能一無舛漏。且恐吏胥藉端滋擾更非安輯閭閻之道。」論者謂重養民之原。而不斷斷科民之數。所謂石稱丈量。徑而鮮失也。馬氏通考言古今戶口之盛。無如宋之崇寧大觀。今觀乾隆丁額。益信享國久而膏澤多云。

府庫之充盈　清初受故明一縣磬之天下。而復首除三餉。歲入不足。乃議節用。休養撙節。不過數十年。至康熙末葉。部庫所存。已有八百餘萬。又加雍正整頓財政之結果。國庫貯存。漸積至二千四百萬。（見阿桂奏）時江蘇未完地丁八百餘萬。以解部平餘。減半留貯本省。至乾隆三年。乃全數停解。留充各省公用。十二年。定州縣侵盜庫帑。身故將其子監追。十八年。河南河員虧帑未完。數逾鉅萬。諭以虧帑之員。輒先寄頓。此番不必抄查家產。唯勒限一年。限滿先期請旨。卽於該處正法。二十六年。平定新疆。較罷葉爾羌喀什噶爾等城。應需經費。合之陝西節省諸費。視未用兵以前。減用三之二。諭曰。「用兵之初。無識之徒。好生浮議。今武功大定。又或以長駕遠馭。不無多耗內地物力爲疑。將此通諭中外知之。」四十六年。甘肅折收監糧。恤災冒賑。命阿桂等查辦。諭以甘肅素稱磽瘠。冒賑之弊。不可不辦。而賑卹之事。仍不可不行。時京外添兵。幷賞卹紅白。歲增百萬。武職養廉。歲增二百萬。計乾隆間經費。及本省留備供支之外。凡京外各庫之撥用。有可得其略者。如直隸城工。則十六年撥山東山西河南耗羨二十五萬。三十年。撥安徽三十萬。四十六年撥廣儲司四十萬。如河工。則十八年豫省工撥浙江藩庫百萬。二十三年南河工。撥糧道庫二十三萬。三十六年北河工。撥部庫五十萬。四十一年撥部庫貯河道庫三十萬。四十四年。豫省黃河漫口撥部庫及鹽課五百六十萬。四十七八年豫省添築新隄開挖引河撥部庫及內庫七百萬。合之司庫所出蓋千餘萬。又免民間新舊攤徵加價一千三十餘萬。時又以山東運河隄閘撥部庫五十萬。又隄埝之工百餘萬。如軍需則二十二年甘肅軍需撥隣省二百萬。次年又撥三百萬。再撥三百萬。爲屯田籽種之用。二十四年。西北蕩平。兩淮等商捐一百五十萬。以備屯務。三十二年。雲南軍需。淮商捐銀百萬。次年撥廣儲司一百五十萬。又次年撥江寧藩庫二百萬。隣省一百萬。又撥廣儲司百萬。時四川亦請撥茶鹽耗羨三十萬。以供支放。於是金川用兵。三十九年。諭曰。「四川軍需節經部撥。及各省協撥捐解。通計三千四百餘萬。見在將次蕩平。而善後事宜。亦當豫計。著戶部於各省存留內撥銀五百萬兩解川。」是年。又於附近省分撥銀四百萬。十一月。撥部庫捐款五百萬。次年。又撥部庫一千六百萬。通計六千餘萬。嗣是又撥三百萬。蓋七千萬有餘矣。四十六年。撥甘肅一百八十萬。其間遇車駕南巡。輒賞銀二三十萬。辦理差務。其修葺行宮。每次賞給二三萬。又屢撥貯熱河道庫。備賚賚外藩之用。每事關庫款。輒諭以府藏充實。國用充饒。四十六年。諭曰。「朕即位之初。部庫不過三千萬。今已增至七千餘萬。復有何不足。而不加惠天下乎。」五十四年。安南用兵。有帑項現存六千餘萬之諭。即此以觀。則高祖承祖父之廕．席豐厚之規．亦可謂清代財政極盛之時期矣．

窮民之安置　僧尼道士．古者目爲害民之蠹．歷代所以有官給度牒之制也．順治初．度牒罷其納銀．其時開國伊始．僧道尙知守法．故康熙初幷給度牒而除之．陁及高宗之世．流品渾殽．緇流叢雜．不法之徒．往往藉紺宇紅牆．爲獲罪逋逃之淵藪．以致佛教日壞．道教日微．而小民之嬰其害者亦日衆．高宗慮流風所煽．漸開澆漓恣惡之端．思有以惠保良民．而嚴行甄別．乃命僧人披剃．仍頒度牒．禁擅造寺觀神祠．並清查叢林古刹齋田．編入册籍．且其時僧人中有所謂「應付」者．恣飲食畜妻孥．各分房頭．世守田宅．肆無忌憚．道士「火居」亦復類此．高宗念農夫終歲勤動．而僧道坐享其成．非治民之道也．於是命禮部詳議．請釐僧道之法．議上．諭「令順天奉天兩府及各省督撫．轉飭地方官限文到三月內．將各戒僧全眞道士．年貌籍貫．焚脩處所．清查造册．取具印結．具送彙齊到部．發給度牒．給各僧道收執．遇有事故．追出彙繳．嗣後願出家者．必給度牒．方許簪剃受戒．如有借名影射．及私行出家者．查出治罪．至「應付」僧人．亦倣照辦理．否卽勒令還俗．至清微正一道士．除龍虎山上淸宮由眞人給照．各省清微靈寶道士．仍給部照．無庸給牒外．「火居」道士俱令還俗．年老者亦暫給部照．永不許招生徒．僧尼亦依僧道例．婦女年踰四十者．方准出家．少者嚴行禁止．」又以豫省標立三教名目．建堂設像．使萬世之師．屈居釋道之下．耗產蔑經．誣民實甚．敕督撫嚴行禁止．復徇副都御史梅瑴成請．以正一眞人．依道官例．註册．停止朝覲筵宴．由此以觀．足見高宗沙汰僧道之嚴矣．然卽此一事．亦有時行寬嚴互劑之法者．讀高宗御製詩云、有以沙汰僧道爲請者、朕謂沙汰何難、卽盡去之、不過一紙之頒、天下有不奉行者乎、但今之僧道、實不比昔日之橫恣、有賴於儒氏闢而闢之、蓋彼教已式微、已且藉以養民、分田授井之制、既不可行、將此數千百萬無衣無食游手好閒之人、置之何處、故爲詩以見意曰、「頹波日下豈能迴、二氏於今亦可哀、何必闢邪猶泥古、留資畫景與詩材」、繹其語意、蓋亦借寺觀神祠、爲安置窮民之藪澤也、夫

玩愒之懲治　聖祖政主於寬、世宗政主於嚴、高祖承兩朝之後、既思以蠲免租稅、豁除賠累、以期惇大成裕之治、而猶慮諸臣錯會其旨、羣趨於玩愒之風、浸至玩愒不已、流爲放縱、放縱不已、流爲廢弛、弊風所煽、終必至官吏懵於公事、風俗卽於澆漓、此貴乎相其時而消息之、而調劑之、則高宗之所以剴切曉諭於臣工者、冀諸臣交相勸勉、而實有裨於國事也、故當踐位伊始、深悉弘春辦理旗下事務、始則紛更多事、後則因循推諉、卽命革去貝子、法自親始也、先是選文之獄、興世宗特宥曾靜與張熙、而嚴治呂留良、嚴鴻逵至戮屍、高宗以爲靜熙之罪、不宜獨邀寬典、卽命鎖送京師、棄之於市、時內監跡近放縱、往往與王公大臣交權結納、恬不爲怪、高宗既登位、卽諭內監等國家政事、毋許妄行傳說、外言亦毋得傳人內廷、犯者正法、又嘗坐乾清宮西煖閣、於窗內望見西廊、有太監與職官錯行、並不讓路、乃嚴責總管太監約束之、又高宗初爲皇子時、嘗見內監與親貴近臣並坐接談、至是乃降敕嚴禁、責蘇培盛等纚纚千餘言、並謂、「倘仍怙惡不悛、不但重治其罪、必將衆太監之官職盡行革削」、其裁抑貂璫、亦可謂整飭紀綱矣、已而江西巡撫常安回京、越漕啓行、高宗聞之大怒、著拏交刑部、遂傳諭曰、「朕見從前內外臣

工。不能仰體皇考聖意。諸凡奉行不善。遂有流於刻覈之處。是以去其煩苛。與民休息。而內外臣民。不喻斯意。遂謂法令既寬。可以任意疏縱。卽如鹽業稍寬。乃朕體恤窮民之意。而直隸江浙閩廣私梟鹽棍肆行無忌。觸法犯禁。猶可曰愚昧無知。常安身爲封疆大吏。而亦爲此市井跋扈之舉乎。傳曰。『寬則得衆』易曰。『元者。善之長也。』朕以天地好生之心爲心。豈肯因一二無知之徒。頓易初志。但治貴得中。若於玩法者亦主用寬。則稂莠不除。將害嘉禾。是以近日處分臣工數案。懲一儆百。朕豈忽變而爲嚴刻者哉。總之治貴得中。事當求理。不當寬而寬。朕必治以廢弛之罪。不當嚴而嚴。朕又必治以深刻之罪。內而九卿百職。外而督撫庶司。咸當洗心滌慮。各加儆省。毋蹈前轍。自干咎戾。」又以莊親王允祿。與弘皙弘昇弘昌弘晈等。結黨營私。往來詭祕。革爵圈禁有差。晳黨安泰坐絞。乾隆五年。提督鄂善。受賄巨萬。賜死。六年。山西學政喀爾欽。賄賣生童。縱僕營私。違禁漁色。伏法。又原任山西巡撫石麟。於布政使薩哈諒婪贓不行訪察題參。革任。薩哈諒擬斬監候。其整飭吏市。卽所以惠保黎民。寬以濟猛。猛以濟寬。斯亦執兩用中之道也。

惡習之禁止　高宗既主執中之政策。故承世宗嚴厲之後。乃法聖祖之寬大。以期減去繁苛。與民休息。乃諸臣誤以爲君心尙寬。遂相率而趨於縱弛。民間安冀優容。利害僅如毛芥。人皆知法之易撓。而可踰也。則柔弱者。舞其私意以動法。傑健者。奮其亂力以干法。鑽頓關紐。嬉弄機樞。風俗遂恣惡澆漓。而不可制。正道於是隳其坊已。高宗乃銳意厲治。糾剔是非。既整臣下之紀綱。復期民風之良善。故樹德務滋。而除惡務盡。此四惡之禁之所由來也。諭曰「朕聞奸宄不鋤。不可以安良善。風俗不正。不可以興教化。閭閻之大惡有四。一曰盜賊。三代聖王所不待教而誅者也。二曰賭博。干犯功令。貽害父兄。以視周官之罷民。未麗於法。而繫諸嘉石。收之圜土者。罪有甚矣。三曰打架。卽周公所謂亂民。孟子所謂賊民也。四曰娼妓。則自周以前。人類中未嘗有此。此四惡者。刼人之財。戕人之命。傷人之肢體。破人之家。敗人之德。爲良善之害。莫大於此。是以我皇考愛民之深。憂民之切。嚴申糾禁。戒飭守土之官。法在必行。日夜緝捕。積歲月之久。然後道路少響馬及老瓜賊。而商旅以寧。賭博及造賭具者。漸次改業。而室家以安。聚黨打架者斂跡。而城市鄉鎮。鮮聞鬬毆。娼妓遠藏。不敢淹留於客店。此皇考十有三年政教精神所貫注。而海內臣民。顯見其功效。實享其樂利者也。朕自卽位以來。蠲免租稅。豁除賠累。增廣赦條。無非惠保良民。使得從容休息。衣食滋殖。而無識諸臣。誣謂朕一切寬容。不事稽察。以致大小百官。日就縱弛。民間譌言諸禁已開。風聞直省四惡。皆微露其端倪。卽如天津一帶。私鹽橫行無忌。恐其他類此者。相繼而起。是守土之官。敢悖世宗憲皇帝之明旨。隳十有三年之成功。而戕賊善良。傷敗風俗也。自後州縣官有政令廢弛。使四惡復行於境內者。諸督撫不時訪察。卽行嚴參。督撫司道郡守有不能董帥州縣。殫心捕治者。或被臣工覈實列奏。或朕訪聞得知。必以溺職治罪。與通同苞苴受賄賂者等。決不輕貸。爾諸臣愼勿泄泄沓沓。自取殃咎。戒之戒之。」高宗之施從其厚。斂從其薄者。正所以厚民生也。厚生而不務正德。是豈愛民之道哉。故於此尤兢兢致意焉。

漢大臣中之顯著者　乾隆鼎盛之朝．凡漢臣中宣力最久而盼遇最優者．自以張廷玉爲巨擘．其餘若陳宏謀劉統勳汪由敦彭啓豐裘曰修．皆大臣中之矯矯者也．陳宏謀．字榕門．籍臨桂．雍正初進士．授檢討．後擢雲南布政使．高宗卽位．以粵人數陳粵事．恐啓鄉紳挾持官府之漸．降授天津道．不數年．官巡撫總督．外任三十餘年．歷任二十有一．到官無間久暫．必究心人情風俗．當興當革．次第舉行．凡各屬村莊河道．皆繪圖懸壁．囘環審視．寢饋以之．故所施各當．甚得民和．內遷兵部尚書．加太子太保．及在吏部．巨細無不詳審．寮屬白事．當機立斷．乾隆二十九年．高宗特設協辦大學士．命宏謀爲之．學士之有協辦．自宏謀始．三十二年．拜東閣大學士．越四年．稱疾歸．加太子太傅．御製詩送行．有句云「粵西天末相望遠．祝爾平安歸里人」．六月卒．詔入祀賢良祠．謚文恭．宏謀之學．以不欺爲本．發明孔孟之旨．以反身實踐爲歸．廷玉嘗薦以自代．謂能以民心爲己心．亦視官事如家事．此可以覘其概已．劉統勳．字爾鈍．山東諸城人．雍正二年進士．授編修．乾隆元年．貳刑部．十四年．長工部．越二年．充軍機大臣．二十四年．拜協辦大學士．二十六年．晉東閣大學士．嘗出勘河工．精詳籌畫．積弊肅清．其出視楊橋漫工也．屬吏以芻茭不給爲辭．統勳微行河干．見大小車載芻茭凡數百輛．皆弛裝困臥．有泣者．問之父老．皆言奉示運楷料赴工．縣丞某索賄．乃收．貧不能具．遂弛置．欲歸不能也．統勳囘邸．卽令巡撫縛縣丞至．數其罪．將斬之．巡撫力請．乃杖而荷校以徇．芻茭數百車．一夕收立盡．逾月工遂竟．戶部奏天下州縣府庫多空闕．高宗震怒．欲盡罷州縣之不職者．而以筆帖式等官代之．召統勳入對．諭以此事．且曰「朕思之三日矣．汝意云何．」

統勳默然。高宗變色詰責。統勳徐曰。「聖聰思至三日。臣昏耄。誠不敢遽對。容退而熟審之。」翼日。入對。頓首言曰。「州縣治百姓者也。當使身爲百姓者爲之。」語未竟。高宗霽顏曰。然。事遂寢。當統勳進說時。同列皆爲變色。而統勳進趨凝然若無事。其能斷大事。力回天聽多類此。三十八年卒。贈太傅。謚文正。入祀賢良祠。子墉。字石庵。乾隆十六年進士。由編修累官體仁閣大學士。加太子太保。謚文清。父子俱爲名相。高宗賜翰。遂稱爲「海岱高門第。清德重望均」云。汪由敦。字謹堂。籍休寧。雍正二年進士。授編修。遷四譯館少卿。乾隆元年。擢內閣學士。左遷侍讀學士。五年。復故官。六年。遷禮部侍郎。調兵部戶部。晉工部尚書。充軍機大臣。加太子少保。十九年。加太子太傅。二十一年。授吏部尚書。由敦篤於內行。記誦淹博。文章典重有體。直內廷幾三十年。以恭謹結主知。世宗初設軍機處。以張廷玉專任之。高宗御極。廷玉以由敦長於學文。特薦入以代其勞。金川用兵。前後所下廷諭。皆出其手。初惟大學士訥親一人承旨。既出。令由敦在直廬撰擬。訥親唯恐不得當。輒令再易。有屢易而仍用初藁者。一藁甫削。又傳一旨。改易亦如之。時傅恆在旁。竊不平。迨平金川歸。首揆席。則自陳不能多識。慮有遺忘。乞令軍機諸大臣同進見。遂沿爲例。然秉筆之任。率推由敦。其後滿司官欲藉爲見才地。傅恆稍假借之。令其代擬。由敦見滿司官如此。而漢文猶必己出。嫌於攬持。乃亦聽司員代擬。日久遂爲章京之專職矣。高宗日課數詩。皆用丹筆作草。令內監持出。付由敦用素楮繕之。謂之詩片。繼之者則劉墉也。高宗又以由敦書法秀潤。命詞臣排次。摹勒上石。曰時晴齋法帖。二十三年卒。贈太子太師。謚文端。彭啓豐。字芝庭。籍江蘇。祖定求。康熙丙辰會試廷試皆第一。官侍講。學者稱南昀先生。啓豐於雍正五年會試廷試亦皆第一。授脩撰。張廷玉奏科名與乃祖同。召入南書房。乾隆三年。擢侍講。累遷左僉都御史。遷刑部侍郎。二十八年。晉兵部尙書。越三年。左遷。仍貳兵部。又二年。致仕歸。啓豐少逮事南昀先生。受儒家言。自入翰林。刻苦如諸生。遠權勢。簡交游。介然時有所不爲。奏進經史講義。皆切於治體。國家有試士之典。未嘗不在列。得人稱盛。所歷諸部。皆有建白。初乞養歸。爲奉母故。闢園亭。蓺花竹。高宗賜額曰慈竹春暉。其再歸也。林壑益幽邃。花葯益繁茂。啓豐擁萬卷日哦其中。每春秋佳日。出遊石湖寒山。士女擁觀塞路。子孫列官內外。而門館蕭閒。一鐙諷卷。几然也。四十九年卒。年八十有四。遺疏入。會尙書曹秀先亦卒。高宗謂廷臣曰。「彭啓豐曹秀先皆不得與千叟宴也。惜哉。」裘曰修。字叔度。新建人。乾隆元年。以廩生薦博學鴻詞。四年。成進士。與館選。八年。御試高等。擢侍讀學士。轉少詹事。累遷內閣學士。晉侍郎。歷吏戶兵工諸部。授禮刑工三部尙書。坐胡中藻事。罷官。踰月。復故。後坐捕蝗不力。降官。未幾。仍復故。入直軍機。奉敕撰熱河志大學志西靑古鑑祕殿珠林石渠寶笈錢錄諸書。居恆喜賓客。遇事神解超捷。每歷一曹。受一職。手文書。默然數日。後判決如流。二十一年。征伊犂。面奏軍務機宜。高宗大悅。賜御衣冠。命乘傳赴巴里坤治事。會逆酋莽里克。遣弟某詭稱押送諸酋探信。卡倫曰修與總兵祖雲龍。縛畀總督。發其奸。哈密兵少。有赴巴里坤種地者七百人。復請暫留爲衞。而發麥以餉之。高宗皆獎許。並愛其敏。倚若股肱。凡有事於四方。與劉統勳先後奔走。前命未復。後命踵至。雖侍內廷。綜六部。而英蕩款闢。足跡常半天下。而被命勘水利。前後至八次。其脊倚若此。曰修所莅皆有名績。他人得其一。皆足自名。而其尤關國計民瘼者。則治水為尤著也。三十八年。病噎。遣御醫診視。請解職。勿許。賜詩慰問。加太子太傅。越二日卒。諡文達。子行簡。署直隸總督。卒諡恭勤。

滿大臣中之顯著者　乾隆初年。漢人則思附張廷玉。滿人則思附鄂爾泰。滿臣中之鄂爾泰。猶漢臣中之張廷玉。其聲華卓著。不啻喤然導其先聲者也。其餘滿臣中如傅恆尹繼善阿桂舒赫德三寶皆不愧為大臣之選者。傅恆。字春和。姓富察氏。滿洲鑲黃旗人。孝賢皇后之弟也。乾隆五年。授侍衛。歷遷內務府大臣。軍機處行走。晉戶部尚書。領侍衛內大臣。加太子太保。協辦大學士。十三年。大金川不靖。訥親等久無功。命暫管川陝總督。經略事務。拜保和殿大學士。甫入川境。馬匹遲誤。減從步行。高宗嘉其公忠。特命加太保。疏辭不允。比至軍。即誅逋寇良爾吉。賜雙眼孔雀翎。復率總兵哈攀龍等連克碉寨。十四年正月。命班師還朝。嘉獎備至。詔封一等忠勇公。傅恆以金川旦夕攻克。堅請進兵。并辭公爵。諭旨不允。謂「匈奴未滅。何以家為」者。乃驃姚貳師輩武人銳往立功之概。大學士輔弼元臣。豈與兜鍪闖帥爭一日之績耶。因賜詩三章。有句云「功成萬骨枯何益。壯志何須效貳師」。又云「晉國勤勞予廑念。速歸黃閣贊元功」。會金川乞降。乃獻捷班師。高宗大悅。謂諸葛之七縱威蠻。汾陽之單騎見虜。何以加茲。御製詩有「單騎汾陽休比擬。都因忠赤格蒼天」之句。遂命皇長子率王大臣等郊勞之。二十八年。準部平。論功。圖像紫光閣。列冠首。三十四年。經略雲南軍務。次年班師。歸尋卒。高宗震悼。入祀賢良祠。諡文忠。第三子。福康安。官大學士。雲貴總督。一等嘉勇公。晉封忠銳嘉勇貝子。贈郡王。諡文襄。配享太廟。尹繼善。姓章佳氏。字元長。晚號望山。亦籍滿洲鑲黃旗。雍正元年進士。授編修。未踰年授廣東按察使。甫到官。遷副總河。未半年遷江蘇巡撫。嗣晉雲貴廣西總督。召爲刑部尙書。出督川陝兩江。而在江尤久。高宗登極。屢任中外。先後督三江三十年。民相與父馴子伏。每聞尹來。老幼奔呼相賀。尹亦視江南爲故鄉。渡黃河輒心喜。不伎官。不矯俗。不畜怨。不通苞苴。嚴肅儼從。所莅肅然。將有所施。必集監司下屬曰。「我意如此。諸君必駁我。我解說。再駁之。使萬無可駁而後行。勿以總督語有所瞻徇也。」以故鮮敗事。所理大獄。不妄戮一人。尤以汲引人才爲務。高宗南巡。賜以詩。有「幕府山邊開幕府。風規得似茂宏無。」之句。乾隆二十九年。拜文華殿大學士。督兩江如故。明年召入閣。三十六年卒。優詔加贈太保。入祀賢良祠。諡文端。子六。慶桂官大學士。諡文恪。阿桂。姓章佳氏。字雲巖。本籍滿洲正藍旗。賜入正白旗。父阿克敦。官協辦大學士。諡文勤。阿桂好讀書。乾隆三年。舉鄉榜。由任子補兵部主事。遷員外郎。直軍機處。累遷內閣學士。授副都統。補工部侍郎。高宗念西域既平。地方萬餘里。若不分駐官軍。伏戎必再出擾。且慮爲俄羅斯兼併。命各軍營大臣籌議。僉謂地遼遠。難駐守。阿桂獨言守邊以駐兵爲先。駐兵以軍食爲要。因條上屯田方略。高宗嘉其勇往任事。如所請行。又派近臣置辦阿克蘇農器。是秋豐稔。兵食倍足。詔平定西域諸功臣五十人。圖像紫光閣。阿桂居第十七。授內大臣。補工部尙書。旋授軍機大臣。正白旗都統。晉太子太保。緬甸懵駮犯邊。阿桂任副將軍討之。逮乞降。而入貢遲慢。總督明德使守備蘇爾相往責。爲懵駮拘留。阿桂遽議大舉。降旨切責褫職。留軍臺效力。及平金川有功。授御前大臣。又圖功臣像紫光閣。居第一。拜武英殿大學士。五十七年。西藏廓爾喀平。復圖紫光閣功臣像。阿桂以參贊帷幄。列第二。嘉慶元年。再舉千叟宴。阿桂進觴上壽。周旋中禮。百寮及外藩貢使。皆驚喜相告。謂重臣耆德。實國家上瑞也。次年卒。高宗優詔。贈太保。入祀賢良祠。諡文成。舒赫德。姓舒穆魯氏。字伯雍。滿洲正白旗人。釋褐筆帖式。授內閣中書。乾隆二年。擢侍讀學士。次年。晉兵部侍郎。十三年。充軍機大臣。長兵部。調戶部。傅恆征金川。參贊軍務。加太子太保。嗣與兆惠等定新疆。二十七年。拜武英殿大學士。兼刑部尚書。會山東壽張賊王倫。以邪教倡亂。詔出視師。至則破臨清。盡殲逆黨。倫自燔死。凡六日事寧。授御前大臣。夙夜在公。不事家人產。宅心誠。莅事敏。盤根錯節。世人望而氣沮。彼獨紆回籌劃。宏濟艱難。在準回二部久。厥功尤偉。其領閣部也。甄綜庶政。必躬必親。使百執事震動恪恭。不稍即叢脞。四十二年卒。高宗震悼。諭褒為國家得力大臣。贈太保。賜祀賢良祠。諡文襄。三寶。籍滿洲正紅旗。繙譯進士。後任兩湖浙閩總督。入拜東閣大學士。三寶不諳吏事。動為人欺。屢任封疆。簠簋不飭。時以比李昭信。然幼讀宋儒書。大節不苟。乾隆二十八年夏。車駕幸承德。三寶時任直隸按察使。霖雨數日。潮水驟發。高宗乘騎渡河。三寶叩馬諫曰。「千金之子。坐不垂堂。況萬乘至尊。輕試波濤。使御騑自失。雖萬段臣軀。何可追悔。」高宗以滿洲舊俗。宜習勞示武為言。三寶曰。「皇上奉太后乘輿同至。即使上渡河安。不識太后之輿。安奉何所。」高宗動容回鑾。督閩時。浙撫王亶望丁艱以督辦海塘。奪情視事。又不遣眷屬回籍。三寶惡其蔑倫。密疏劾之。王因獲罪。後為上書房總師傅。集古今儲貳事。曰春華日覽。教授諸皇子。詞雖質直。不失師保之體。四十九年卒。諡文敬。取責難於君意也。

三　高宗之文治

聖學之淵博　高宗萬幾之暇，惟事丹鉛，性尤耽吟詠，弱冠時，即以詩文刊樂善堂集，厥後時與羣臣相唱和，巡幸所至，到處留題，御製詩初集四十四卷，目錄四卷，二集九十四卷，目錄六卷，三集一百卷，目錄十二卷，通計詩二萬四千二百四十餘首，樂善堂集尙不與焉，又有御製文初集三十卷，凡五百七十餘篇，亦可謂宏富已，每一詩出，令儒臣註釋，不得源委者，許歸家涉獵，然多有翻撮萬卷，莫能解者，嘗於塞中雨獵詩內用製字，衆莫曉，高宗笑曰，「卿等一代鉅儒，尙未盡讀左傳耶」，蓋用陳成子製杖以行之意也，又出汙巵賦考詞林，衆皆誤爲巵尋，高宗檢出，乃擬傅咸汙巵賦也，彭啓豐嘗進呈百韻排律，高宗讀之曰，「某某出韻」，後考之信然，其自誇淵博也大率類此，又賞鑒書畫最精，嘗獲宋刻後漢書，及九家杜注，命畫苑寫其像於書上，復建五經萃室，以貯岳氏五經，馬和「國風圖」，歷數十年始獲全部，藏於學詩堂，韓滉「五牛」，設春藕齋，周鑄「十二鐘」，設景陽宮，且諳畫學，嘗仿李迪雞雛待飼圖，墨刻頒賜直省督撫，並諭廣爲摹刻，徧及藩臬以下有司各官，俾知留心民瘼，勉奏循良，雖游藝餘閒，而保赤之懷，寓諸楮墨，高宗於淸語講習頗深，翁方綱散館時，以繙釋陶潛桃花源記命題，駕出，步自西階，至其跪所，取卷閱之，問姓名至再，諭曰，「牙拉賽音」，漢語甚好也，次日，親定一等一名，嗣是纂修秘籍，掌握文衡，靡役不與，遂褎然爲北學領袖矣，

儒術之表彰　乾隆鼎盛。海宇承平。故文治稱極隆焉。高宗登極之初。以雍正詔舉博學鴻詞。應試者無多。乃申諭督撫速行保薦。乾隆元年。九月。試被薦者百四十六人。依康熙年例。一等授編修。二等由科甲出身者授檢討。未中舉者授庶吉士。劉綸潘安禮諸錦于振杭世駿等五人列一等。陳兆崙劉玉麟夏之蓉周長發程恂等五人。由科甲者。楊度汪沈廷芳汪世鍠陳士璠齊召南等五人不由科甲者。列二等。逾年。續試者取四人。萬松齡張漢授檢討。朱荃洪世澤授庶吉士。是科御史吳元安言。增首場以經解史論。次場詩賦論。此詞科之略也。至經學之舉。始元年尚書楊名時。疏薦進士莊亨陽舉人潘永年蔡德峻秦蕙田吳拔貢生官獻瑤監生夏宗瀾七人。詔以爲國子監官。十四年。詔曰。「崇尙經術。有關世道人心。若故侍郎蔡聞之宗人府府丞任啓運研窮經術。近侍郎沈德潛學有本原。今海內昇平。研窮本業。宗仰儒先者。當不乏人。奈何終老牖下。而詞苑少經術也。大學士九卿督撫。其公舉潛心經學者。務擇純樸淹通之士。稱朕意焉。」再詔核實保舉。得陳祖范吳鼎梁錫嶼顧棟高四人。命將箸述呈覽。授鼎錫嶼司業祖范棟高以老辭者。給司業銜。高宗朝嚮用儒術。得人稱盛。尙書楊名時孫嘉淦大學士趙國麟咸以耆壽名德。領太學事。相與倡明正學。陶植邦彥。六堂之長。則獻瑤亨陽與蔡德晉輩。皆一時雋傑。每朔望謁夫子。釋菜禮畢。登講座。六堂師率國子生以次執經質疑。旬日則六堂師分占一經。各於其齋會講。南北學絃誦之聲。夜分不絕。都下號爲四賢五君子云。又嘗諭曰。「儒林亦史傳所必及。果經明學粹。豈以品位拘。如近日顧棟高輩。終使淹沒無聞耶。」嗣是史館特立儒林傳。又朱珪以侍讀學士。授福建糧驛道。

累遷山西布政司。按察司黃檢奏珪終日讀書。地方事無整頓。珪入覲。復授翰林學士。迴翔中外十餘年。仍居原職。宦途亦至鈍已。然珪在朝一載。高宗即命侍仁宗讀書。自此外而方伯連帥。內則宰相六官。讌明弼諧。遂爲皋夔伊傅一流人物。論者謂爲終日讀書之效。其實亦高宗重儒之所致也。

書籍之編纂　乾隆一朝。承平雅頌。媲美康熙。其君賦性聰強。性喜弄翰。以故天章雲爛。頗能掊獵華腴。而諸臣之目營心維。孜孜於編劖之業者。亦非徒以自澤其文。而銳意於文教之振興者也。高宗即位後。既已迭命諸臣編纂羣籍。復自屢頒殿板欽定諸書。儲之庠序。而購求遺書之諭。又一再頒布。冀以大昌文治。故於乾隆六年。命各省督撫學政採訪近世著作。隨時進呈。諭曰。「從古右文之治。務訪遺編。目今內府藏書。已稱大備。但近世以來。著述日繁。如元明諸賢。以及國朝儒學。研究六經。闡明性理。潛心正學。純粹無疵者。當不乏人。雖業在名山。而未登天府。著直省督撫學政。留心採訪。不拘刻本鈔本。隨時進呈。以廣石渠天祿之儲。」三十七年。又諭曰。「古今來著作之手。無慮數十百家。或逸在名山。未登柱史。正宜及時採集。彙送京師。以彰千古同文之盛。其令直省督撫會同學政等。通飭所屬。加意購訪。」當時編纂書籍之多。採擬蒐羅。頗稱宏富焉。御製者除樂善堂全集。文初集二集餘集。詩初集二集三集四集五集餘集外。尚有評鑑闡要日知薈要。詩經樂譜全書。樂律正俗。繙譯五經四書。遼金元三史國語解。河源紀略。盤山志。康濟錄。校正淳化閣帖釋文。古今儲貳金鑑。補繪離騷全圖。擬白居易樂府。八旬萬壽盛典。千叟宴詩。奉敕撰者。則有石峯堡紀略。臺灣紀略。欽定明臣奏議。欽定宗室王公功績表傳。欽定蒙古王公功績表傳欽定八旗滿洲氏族通譜欽定勝朝殉節諸臣錄欽定熱河志欽定日下舊聞考欽定皇輿西域圖志皇清職貢圖欽定盛京通志詞林典故南巡盛典。其爲允祿等所主編者。同文韻統協紀辨方書祕殿珠林石渠寶笈西清古鑑西清研譜錢譜唐宋文醇皇清文穎諸書。允祹等所主編者。大清會典及會典則例也。傅恆等主編者。有周易述義詩義折中周官義疏儀禮義疏禮記義疏春秋直解律呂正義後編西域同文志清文鑑通鑑輯覽大清通禮皇朝禮器圖式國朝宮史滿洲祭神祭天典禮諸書。阿桂等主編者。有滿洲源流考授時通考平定兩金川方略滿洲蒙古漢字三合切音清文鑑諸書。梁詩正等主編者。有叶韻彙輯音韻述微。舒赫德等主編者。有臨清紀略蘭州紀略。張廷玉等主編者。有明史。來保等主編者。有平定金川方略。梁國治等主編者。有國子監志歷代職官表。劉統勳等主編者。有平定準噶爾方略。蔣溥等主編者。有經史講義大清一統志。三泰等主編者。有大清律例天祿琳琅書目。鄂爾泰等主編者。有醫宗金鑑歷象考成後編儀象考成。劉墉等主編者。有續通志續文獻通考續通典皇朝通志皇朝文獻通考皇朝通典諸書。至四書文唐宋詩醇。則方苞等主編者也。綜觀以上所編諸書。較康熙時多加倍矣。

四庫全書之編集　高宗獎勵文學。而復嚴申文字之禁。燬書雖甚多。而購求遺書亦甚富。其因儲藏之裒輯。而成絕大之類書者。則四庫全書之編集是也。方高宗下詔求遺書。朱筠以翰林提督安徽學政。奏言翰林院庫藏明永樂大典。中多逸書。世所未見。請開局使采錄。且言搜輯之道甚備。高宗善之。亟下軍機大臣議行。大學士劉統勳。在樞府。頗不喜。謂非爲政之要。欲議寢之。于敏中獨善其奏。與統勳固爭執。乃議上。「請擇永樂大典中若干部分。分繕以備著錄。其中不恆經見之書。頗有應採派修書翰林。逐一查校。而各門湊合。尙可成書者。摘開書名。伏候訓示。」得旨派軍機大臣爲總裁官。並令選定翰林員數專司查校。次日又添派戶部尚書王際華。工部尚書裘曰修。爲總裁。已而總裁議定條例上聞。高宗卽定名爲四庫全書。館旣開。時被命爲總裁者。除宗室郡王允瑢允璇允珵。大學士劉統勳劉綸舒赫德阿桂于敏中英廉程景伊嵇璜及際華曰修外。復命尙侍等官爲副總裁。及總閱官。翰林爲纂修等官。不數。統勳保進士邵晉涵周永年。曰修保進士余集。舉人戴震。際華保舉人楊昌霖。同典祕籍。後皆改入翰林。時稱五徵君。其中以總纂官紀昀陸錫熊陸費墀。蒞任館務十有七年。與四庫全書相終始。而昀實綜其成。昀貫徹儒籍。旁通百家。凡六經傳註得失。諸史異同。子集支分派別。以及詞曲醫卜之類。罔不抉要提綱。溯源竟委。每進一書。仿劉向曾鞏例。作提要冠諸簡首。高宗輒覽而善之。又奉詔撰簡明目錄。存書存目。多至萬餘種。皆昀一手所訂。評騭精當。識力在王仲寶阮孝緒之上。其後恭進全書表。相傳昀振筆疾書。文不加點。同館莫不歎服。時綜其事者。復令錫熊與學士吳省欽合撰一表。終不愜意。乃以昀所撰表書二人銜名以進。高宗閱未終卷。顧謂諸臣曰。「此表必紀某所撰。」遂特命加賞一分。鴻篇奧册。出九淵而光九天。世皆歸功於昀。不知笥河其先河也。是書體例。以經史子集爲綱領。此四庫之所由得名。自乾隆二十八年起編。至四十七年告成。一分。計存書三千四百六十種。七萬五千八百五十有四卷。存目六千七百六十六部。九萬三千五百五十六卷。其得自永樂大典者。凡五百餘部。皆世所不傳本也。方其開館時。即於翰林院署藏書分三處。凡內府祕書發出到院爲一處。院中舊藏永樂大典內有摘抄成卷彙編成部之書爲一處。各省采進民間藏書爲一處。分員校勘。每日淸晨。諸臣入院。設大廚供給茶飯。午後歸寓。各以所校閱某書應考某典。詳列書目。至琉璃廠書肆訪查之。及其書已成。乃仿范氏天一閣。特於文華殿後。建文淵閣。始置官典守。雖兼銜貼職。實爲翰詹諸臣淸要之任。首直閣事。嗣阮元繼充是選。昀遂以印付之元。並建文源文津文溯三閣。各繕一分儲之。謂之內廷四閣。復以江浙爲人文淵藪。更建文滙文宗文瀾三閣。謂之江浙三閣。世亂時移。今所存者。僅文淵一部而已。今者商務印書館與教育部簽訂合同選印是書。使數千年之鉅製。得以資考鏡而廣流傳。誠盛事也。是所望乎審愼從事者。

四　高宗之武功

準噶爾及土爾扈特之內屬　乾隆時承康雍餘烈。喀爾喀靑海西藏。均隸版圖。惟準噶爾恃其武力。橫鯁於喀藏之間。雍正晚年。雖有乞和之使。卒以邊界問題。未能定議。至乾隆四年。議始就緒。是時征戍雖撤。而西顧實未釋隱憂。迨十年。準酋策零死。準部內訌起。始爲統一之時機。策零三子。次子策妄多爾濟那木札勒立。有暴行。爲其姊壻賽音伯勒克所殺。策零長子喇嘛達爾濟嗣位。部衆不悅。欲立其少子策妄達什。策妄達什見殺。貴族有達瓦齊者。聯合輝特部台吉阿睦撒納。攻入伊犂。殺喇嘛達爾濟而自立。

旋與阿睦撒納有隙。遣兵攻之。阿睦撒納恐不敵。帥所部來降。備陳伊犁可取狀。高宗封之爲親王。會準部驍將瑪木特亦來降。遂以二十年遣班第爲定北將軍。永常爲定西將軍。又遣阿睦撒納爲定邊左將軍。薩拉爾爲隸準部貴族達什達瓦部下。達什達瓦爲喇嘛達爾濟所殺。率千餘戶來附。至是遣爲定邊右將軍。會攻伊犁。達瓦齊敗走。爲烏什城主霍吉斯所執來獻。同時青海酋羅卜藏丹津亦見獲。並送京師。阿睦撒納欲爲準部汗。而高宗之意。欲分爲四汗。議不洽。於是阿睦撒納遂號召準部反。高宗遣諸將擊之。均無功。而同時喀爾喀。復有青滾雜卜之變。初北路郵驛皆受役喀爾喀各部。至是軍興軍報絡繹。需人馬頗多。郡王青滾雜卜苦之。遂撤其所設臺。又激衆喀爾喀使皆叛。高宗以超勇親王策淩子成袞札布爲定邊左副將軍。破而執之。旋遣巴里坤辦事大臣兆惠出西路。成袞札布出北路。進攻準部。並大捷。窮追阿睦撒納至哈薩克部。其汗阿布賚聞清軍至。遣使朝貢。且設誓擒敵。適阿睦撒納率二十八往投。阿布賚使人收其馬。阿睦撒納驚逸。徒步入俄境。尋病死。理藩院行文索之。俄政府以其屍送恰克圖。餘衆仍出沒天山北路。伺間侵擾。卒爲兆惠所統各軍剿滅。準部悉平。乃於伊犁烏魯木齊塔爾巴哈臺設防屯兵。置伊犁將軍統之。時二十五年也。至三十七年。復有土爾扈特來歸之事。

土爾扈特。故爲瓦剌四部之一。噶爾丹強時。併有其地。其酋和鄂爾勒克。挈部人先走俄。屯窩瓦河畔。俄人因稱爲己屬。後四傳至阿玉奇。當康熙末年。嘗遣使貢方物。其部人向習蒙古俗。信黃教。與俄國俗不相容。思慕故土。迨三十六年。阿玉奇曾孫渥巴錫率人口十六萬餘。自俄境脫走。謀據伊犁。沿途爲哈薩克等人所劫。至翌年達伊犂時。僅餘七萬口。伊犂將軍嚴兵備邊。使人迎詰之。渥巴錫與其台吉議數日。始以願歸中國對。事聞。廷議以容納逃人。懼背中俄恰克圖之約。高宗以降人中有舍稜。舍稜者。附牧伊犂之土爾扈特台吉。以準部敗走俄。勸渥巴錫還取伊犂者也。俄不捕送我。是曲先在俄。折之有詞。決計受降。會是時俄以波蘭之亂。方與土耳其交戰。未暇與清爭曲直。故不致交涉。高宗因封渥巴錫爲汗。號所部爲舊土爾扈特。舍稜爲郡王。號所部爲新土爾扈特。而於伊犂及科布多附近。分賜牧地焉。

烏梁海及回部之統一　烏梁海人錯處貝克穆河流域。庫蘇古爾湖之周圍。及昂噶拉河之上流。向役屬於喀爾喀。準噶爾及俄羅斯諸國。準酋策妄阿布坦嘗利用之。以牽制中國。康熙晚年。始議征之。以分準部之勢。及高宗時。以漸剿撫。附者日衆。迨準部平。其所屬之烏梁海。乃盡入版圖。因分其衆爲唐努烏梁海阿爾泰烏梁海阿爾泰諾爾烏梁海爲三部。分隸於烏里雅蘇臺之定邊左副將軍及科布多參贊大臣。於是北徼咸無事。惟同時又有回部之經營。回部在天山南路。舊爲元裔所據。回教徒和卓木子孫繼之。和卓木者。譯言聖裔。謂教祖摩訶末之裔也。回人奉爲貴種。信仰甚深。故其子孫得乘元裔之衰。號召徒衆。握南路政教權。準部強時。嘗爲準酋所征服。及乾隆二十一年。清軍鑿定伊犂。回部集兵謀獨立。高宗遣都統雅爾哈善。於二十三年率兵自吐魯番進攻庫車。回酋布羅尼特及霍集占兄弟。號爲大小和卓木。引軍越大戈壁來援。戰託和奈及鄂根河。清軍皆大捷。布羅尼特等。以餘兵保城。旋遁去。高宗以雅爾克善。及諸將縱敵。殺之。乃遣兆惠移師而南。兆惠轉戰至葱嶺南河。爲長圍所困。副將軍富德率兵馳援至葉爾羌河。亦被困。會副都統愛隆阿。及巴里坤參贊阿里袞。合軍解富德圍。兆惠聞砲聲。亦潰圍突出。同還阿克蘇。集新舊軍三萬人分擊喀什噶爾及葉爾羌。布羅尼特兄弟遁。踰葱嶺而西。巴達克山國王。以其酋來獻。於是回部大定。乃於喀什噶爾置參贊大臣。又於諸城分別置辦事大臣。領隊大臣。以統之。然未幾又有烏什之變。

附紀香妃　回部王妃某氏。國人號之曰香妃。以其體生有異香也。西師之役。將軍兆惠生得之。密疏奏聞。高宗命沿途地方官吏。護視起居維謹。既至。處之西內。妃在宮。意色泰然。惟上至。則懍若霜雪。百問不一答。令宮人善言詞者諭之。妃慨然出白刃示之曰。國破家亡。死志已決。然決不肯汝汝徒死。必得一當以報故主。上如強逼我。我志遂矣。聞者欲劫而奪之。妃笑曰。無以爲也。吾袖衣中如此刃者尚有數十。且若輩如強犯我者。吾先飲此刃。汝其奈我何。宮人具以語。高宗亦無如何。第命侍者日夜邏守之。妃思自戕。卒無隙可乘而止。妃至中土久。每歲時令節。思故鄉風物。輒潸然泣下。高宗思有以慰之。則於妃所居樓外。建市肆室廬禮拜堂。如西域式。今其地尚無恙也。時孝聖憲皇后春秋高。微聞其事。數戒高宗毋往西內。曰。彼既不肯屈。曷殺之以遂其志。無已。則權歸其鄉里乎。高宗卒不忍舍。如是者數年。會長至祀圜丘。高宗先期赴齋宮。太后瞷其出也。亟令人召妃詣慈寧宮。至則命鎖宮門。雖上至不得納。乃召妃至前問之曰。汝不肯屈志。終當何爲乎。曰。死耳。曰。然則今日賜汝死可乎。妃泣謝曰。太后天地恩。竟肯遂臣妾志耶。妾間關萬里。所以忍辱而至此者。唯不欲徒死。冀得一當以復仇雪恥耳。今既不獲遂所志。無寧從故主地下爲愈矣。臣妾感且不朽。太后亦爲惻然。乃令人引至旁室中縊之。高宗得報。亟命駕歸。已無及矣。乃厚其棺殮。以妃禮葬之。

烏什者。回部大都會之一。居民達數萬。其伯克阿布都拉。故爲哈密伯克。高宗調遣以理烏什刑事民事者也。性暴戾。縱所役烏什回衆魚肉土著。辦事大臣蘇成。縱酒色不治事。回民無所訴。是時葱嶺西境。布哈爾。阿富汗諸國。嫉清之統一西域。又惡巴達克山之獻敵首於清也。乃起同盟軍。襲殺其國王。屠其城。其前鋒軍以乾隆二十八年。達敖罕汗國之霍闡。（今俄領土耳其斯坦之一市）烏什居民聞之。竊通使乞援。遂以二十九年反。守吏均見殺。阿克蘇及庫車之大臣。先後赴援。均見敗。伊犂將軍明瑞。及喀什噶爾參贊納世通。各以兵會剿。相持至七月。會敵軍所期之阿富汗兵不至。諸回城又無一響應者。其謀主遂爲部下縛降。時則參贊大臣特由喀什噶爾移治烏什。於是清國國威。遠震葱嶺以西。迤北則吉爾吉思部落。迤南則敖罕阿富汗諸國。皆嘗遣使通貢。仰清國之保護焉。

貴州台拱苗之鎭定　苗族散處西南雲貴川廣數省之土司。其俗仍世狉獉。治之良難。清因明制。分設土官。爲平西定南諸藩所鈐轄。吳三桂舉兵時。諸土司頗爲所用。及事寧。清廷以度外置之。未能清其亂本也。雍正時。鄂爾泰倡改土歸流議。世宗令佩雲南貴州廣西三省總督印。經營凡五年。羣苗咸順。然未幾卽有貴州台拱苗之變。貴州東南境。有苗族所佔大區域。以古城爲中心。周三千餘里。環千有六百餘寨。是爲苗疆。苗疆之綏定也。鄂爾泰入爲大學士。嗣其後者。頗易視苗事。苗疆吏又以徵糧激衆怒。各寨紛變。齊集清江台拱間。陷黃平以東諸城。會副將馮茂誘殺降苗六百餘。於是苗逃歸播告。以故徒黨詛盟乃益堅。蔓延幾不可制。乃以張照為撫苗大臣。照以改流非策。倡棄地議。高宗即位。召照還。授張廣泗七省經略。廣泗乃調全黔兵集鎮遠。以通雲貴往來大路。簡選將士。面授方略。以精兵四千餘攻上九股。四千餘攻下九股。而自統五千餘攻清江下流各寨。所向克捷。乾隆元年春。復增兵八路。苗寨罔不焚蕩。剷除遺孽。盡竄牛皮大箐。箐圜苗寨中。盤亙數百里。北丹江。南古州。西都勻八寨。東清江台拱。危巖切雲。老樾蔽天。霧雨冥冥。泥潦蛇虺所國。雖近地苗蠻。亦無能悉其幽邃。廣泗檄諸軍分扼箐口。以坐困之。又旁布奇兵箐外。以截捕逃。如陸網獸漁竭澤。自四月至五月。俘馘萬計。六月。復乘勝搜剿熟苗。分首惡次惡脅從三等。斬俘無算。遂設九衛。屯田養兵戍之。於是貴州之苗族悉平。

四川大小金川之蕩平　大小金川。在金沙江上游。以山有金礦得名。其俗故信喇嘛教。康熙時。曾給大金川酋嘉勒巴以演化禪師印。嘉勒巴之孫莎羅奔。復以康熙晚年從征西藏功。授為金川安撫使。至高宗時。莎羅奔浸強。奪有小金川酋澤旺印。其印故順治時所給也。既見奪。佔有其地。復略打箭爐附近諸土司。又擊傷赴援之清兵。高宗遣滇督張廣泗移川討之。地既險阻。而土人又長於防禦工事。築石壘曰戰碉。高逾塔。大小林立。難攻而易守。故師行無功。訥親以大學士為經略。用以碉逼碉策。得一碉。輒傷數百人。攻戰數月。均無效。高宗賜訥親死。逮廣泗斬之。而以大學士傅恆為經略。與岳鍾琪分兩路進。改圍碉兵為直搗中堅計。莎羅奔原於西藏之役。隸鍾琪麾下。及是遂震懼乞降。未幾。又有兩金川聯合之變。

方莎羅奔之奪澤旺印也。未久卽還澤旺於故地。莎羅奔旣降。兄子郎卡嗣掌金川事。復與鄰部構衅。高宗令川督阿爾泰檄川邊九土司環攻之。已而郎卡死。澤旺亦老病。子僧格桑用事。陰與郎卡子索諾木。訂攻守同盟約。同時舉兵。高宗褫阿爾泰職。遣大學士溫福及川督桂林。分道而入。先圖小金川。桂林旋以挫師被劾。以阿桂伐之。阿桂轉戰有功。僧格桑竄大金川。高宗欲乘戰勝之勢。一舉並滅。乃授溫福爲定邊將軍。阿桂副之。溫福令提督董天弼守小金川。而自率軍駐木果木。（大金川東境）無何董軍陷。溫福亦戰歿。小金川復陷。乃以阿桂爲定西將軍。豐紳額明亮副之。所向克捷。悉復小金川地。進攻勒烏圍（大金川根據地）敵巢。索諾木酖僧格桑。獻其屍。乞停戰。阿桂不允。攻益亟。索諾木退入噶爾崖。（大金川根據地）阿桂合諸軍圍之。索諾木率家族出降。於是大金川亦復。時乾隆四十一年也。高宗以小金川地爲美諾廳。大金川地爲阿爾古廳。並直隸四川省。而於勒烏圍設重兵鎭守焉。

臺灣之三定　康熙末葉。朱一貴旣俘。以諸羅北境寥闊。增彰化縣及淡水廳。地大物齎。俗日淫侈。奸宄竊發。官斯土者。又日事朘削。會漳泉民之僑居者。械鬥至數萬人。官吏不能制。唯以虛聲脇和。自是民狃於爲亂。豎旗結盟。公行無忌。如獄有不能結者。輒誘殺生番以歸獄。於是民益輕官吏。而番亦銜次骨。乾隆五十一年。彰化有林爽文者。恃其所居大理杙地險族繁。恣爲盜賊。閩廣間有所謂天地會者。爲奸徒結黨名目。爽文藉以糾不逞之徒。起事。知府孫景燧至彰化。趨知縣俞峻及副將赫世額。游擊耿世文。率兵役往捕。不敢入。駐營五里外大墩。諭村民捦獻。否則村且毀。先焚數小村怵之。爽文遂因民怨。集衆夜攻營。全軍覆沒。彰化陷。十二月。又陷諸羅。知縣董啓埏死之。淡水同知程峻亦被害。鳳山縣盜莊大田乘亂起。亦陷其縣。知縣湯大奎自殺。惟府城總兵柴大紀及兵備道永福等。率衆固守。賊屢攻不能破。大紀僎之鹽埕橋。殺賊千計。橋距府城五十里。扼水陸交。大紀自守之。賊始不敢窺府城。明年正月初旬。水師提督黃仕簡。陸路提督任承恩。副將徐鼎士。乃以兵渡海至。仕簡檄大紀北取諸羅。郝壯猷南取鳳山。各帥兵二千。唯大紀連破諸賊。遂復諸羅。壯猷阻兵五十日。始進鳳山。城已空。招民復業。民賊相混。城復陷。游擊鄭嵩死。壯猷等遁歸府城。二月。高宗見兩提督觀望逡巡。命總督常青往督師。青不得已遷延入臺。踞府城。人心稍定。閩督李侍堯調廣東兵四千。浙兵三千。高宗益以駐防滿兵一千。命將軍恆瑞爲參贊。赴府城。提督藍元枚廷珍子也。亦爲參贊。赴鹿港。並誅壯猷。逮承恩。以大紀代之。諸將咸思進兵。而青畏葸。日夜流涕。元枚已病卒。青等遇敵。甫交綏。戰栗不能舉鞭策馬。走入城。急閉門。又請增兵一萬。賊得暇。蠶食各村。不從者殺。於是遍城皆賊矣。大田驅以攻府城。爽文驅以攻諸羅。諸羅據南北之中。賴大紀守之。全臺不至盡陷。日屢出奇兵。奪其峙積。詔以大紀用法嚴明。載入行軍紀律。授爲參贊大臣。青與恆瑞坐失機解任。以福康安海蘭察代之。又命大紀捍衛兵民出城。再圖進取。諸羅夙無城郭。賊百計環攻。士民立柵固守百餘日。卒獲保全。高宗特旨旌獎。賜名嘉義縣。封大紀義勇伯。並令浙撫以萬金賞其家。俟大兵克復。與福康安同來瞻覲。十月。抵鹿海港口。清軍聲言直搗大理栈。而潛趨縣治。十一月。遇賊崙仔頂。海蘭察率巴圖魯侍衛數十。衝賊陣。矢無不中。賊披靡。遂怒馬殺之。再敗之牛稠山。海蘭察卽日抵嘉義城。翌日。福康安亦至。又克之斗六門。遂克其巢。爽文攜眷走集集埔。又破餘賊小半天。爽文被執。遂移師而南。剿大田於牛莊。逐北至郎嶠。環山圍之。大田亦就俘。臺灣平。唯福康安以大紀不謹禮節。直揭其短。而於畏葸之明瑞反曲為庇護。僅止遣戍伊犁。大紀功高。竟不獲邀寬典。論者謂與張廣泗不服訥親之劾。而負氣大廷者無異也。

五　西南諸國之服屬

中國與尼泊爾之關繫　自中國統一西藏。漸與印度相接近。亦自鎮定苗疆。復與後印度相接近。於是域外之交涉以起。尼泊爾者。在西藏之南。雪山之陽。居民務農商業。與藏人及英人之在印度者。夙通貿易。嘗奉金葉表貢方物。其地向分三部。以加德滿都為盟主。乾隆三十二年。為西境廓爾喀酋所倂入。卽尼泊爾王位。漸掠鄰地。會西藏紅教徒舍瑪爾巴與其兄黃教徒仲巴胡土克圖。以分貲不遂。憤入尼泊爾。引廓爾喀人入寇。時乾隆五十五年也。援將侍衞巴忠等不敢戰。潛令藏人餌敵以歲幣。而以敵遽乞降。胥奏邀功。至翌年。廓爾喀來責歲幣。大舉寇邊。駐藏大臣保泰擬移班禪於前藏。而以後藏委敵。會仲巴已挈貲先遁。敵軍縱掠而還。並留其半屯界上。全藏大震。高宗以福康安為將軍。海蘭察為參贊。於五十七年。自青海趨西藏。悉逐敵屯。遝入尼泊爾。廓爾喀以乞降緩淸師。陰通款與英人。以訂通商約要其援師。於是印度總知事亟派使作調人。而淸軍已六戰六捷。廓爾喀待英兵不至。再使求和。比英使至。而和約已定。無可干涉。自是尼泊爾世貢中國。高宗懲前事。注重藏防。增戍兵。並令駐藏大臣行事儀制。與達賴班禪平等。握其政治財政軍備之全權。本來達賴與班禪。係以化身轉世。號呼畢爾罕。第積久弊生。往往兄弟子姪。繼登法座。不啻世襲。且其親族。相率夤緣。亦多盤據要津。收攬權利。高宗乃特創掣籤法。頒金奔巴(瓶)二。一貯西藏大招寺。一貯北京雍和宮。凡達賴班禪。及內外蒙古大胡土克圖轉生時。遇有爭議。則書名於籤。納諸金奔巴。誦經降神而掣之。亦法座繼承預防爭端之法也。至尼泊爾之東。有不丹國。內分兩族。互相仇殺。曾於雍正時先後赴藏通款。貝勒頗羅奈爲之和解。遂各遣使脩貢。按時無缺云。

中國與緬甸之關繫　明時。緬甸爲中國藩屬。萬曆後朝貢浸廢。及清乾隆時。有吳尙賢者。中國石屏州人也。得開鑛權於緬東卡瓦獨立部。設茂隆銀廠。部酋以輸課作貢。款邊入報。廷議以尙賢違例出境。欲令部酋稽而罪之。旋以部酋奏懇。始免議。尙賢復游說緬甸。使入貢中國。然未幾緬甸內部革命。軍興。尙賢又以中飽銀廠之案。爲滇督所陷。瘐死獄中。茂隆銀廠亦爲解散。而國際上和平之局。亦變而爲激烈之風雲。時緬甸各部。不相融洽。南境擺古部聯兵陷國都亞瓦。木疏部長起兵滅之。建新緬甸國。諸部皆服。獨木邦及桂家兩部與之抗。桂家者。明帝由榔官屬之裔。以桂王初封得名。世據波龍銀廠。爲僑緬富豪。合衆成部落。既與木邦同抗新緬甸。又先後同見敗。遂以乾隆二十七年。寄居滇邊。爲內附計。滇督吳達善以索賄不遂。逐之。桂家部長古利宴之家屬財產。爲孟達土司所掠。獻之達善。古利宴妻襲土司殺之。而邊吏復誘致古利宴。與其妻騈戮之以洩忿。是時緬甸已統一全部。又見清之官吏貪而狠也。遂以邊界土司之舊交涉爲辭。舉兵犯邊。達善不敢戰。緬勢益張。已而達善移川陝。劉藻楊應琚明瑞等相繼督滇與緬戰均失利。高宗以傅恆爲經略。阿里袞阿桂爲副將軍進擊緬。時緬方用兵暹羅。不欲與清重開衅。上書請罷兵。高宗不許。傅恆擬與暹羅訂夾攻之約。卒以交通阻滯。及暹羅殘破之風說。不果行。厥後清軍雖獲勝。而傅恆阿里袞遘病甚篤。諸將亦憚攻亞瓦。會緬人來議和。遂定議各還俘虜。返所侵土司地。行表貢之禮。時三十四年也。議雖定。未實行。高宗仍飭兵進取。後以金川之役。暫緩南師。及四十一年。金川平。高宗復遣阿桂赴滇。與滇督勘邊。增兵備。會緬內亂。暹羅又以其間復侵地。於是緬酋大懼。始以五十三年入貢。返俘如前約。至五十五年。賀高宗壽。高宗因册封爲緬甸國王。定十年一貢之制。

中國與暹羅之關繫　暹羅自明初受封。世貢金葉表。厥後凡易三朝。與緬甸爲仇敵。當清乾隆時。國都猶地亞嘗爲緬王所攻破。僑暹中國人有鄭昭者。結合同志。爲暹報仇。復猶地亞。會故王子亡走柬埔寨。衆因推昭爲國王。更定都盤谷。昭既再造暹羅。遣使赴清廷告捷。奏稱「自遭緬匪侵陵。雖復土報仇。紹裔無人。茲羣吏推昭爲長。遵例貢獻方物」。暹使以四十六年至京師。而昭已先一年爲怨家所弑。其弟華方統兵在外。入討賊而即位。稱索由提那王。五十一年入貢中國。五十五年賀高宗壽。受册封。十年一貢。如緬甸。嗣是中國人之僑寓者日益衆。數達百數十萬。多握其商界之實權。今緬已亡於英。而暹羅尚稱自主焉。蓋關繫亦甚疏矣。

中國與安南之關繫　安南故秦象郡。明永樂時。隸交趾布政司。宣德時。黎利脫明羈絆。建大越國。萬曆時。阮潢據順化獨立。建廣南國。後大越以清康熙五年受封爲安南國王。尋內亂。而廣南阮潢王族。亦爲士豪阮文岳等所滅。其弟文惠復以兵陷安南都城河內。毀王宮。留兵守之。於是安南遺臣阮輝宿。奉王族入桂邊。高宗遣粵督孫士毅爲之興師復仇。且郵寄封册。令以便宜從事。時乾隆五十三年十一月也。士毅與提督許世亨帥兵入河內。其王黎維祁匿民間。夜詣營申謝。士毅因以帝意復其王封。時文惠據順化。方舉傾國之兵。乘歲暮潛進。而佯言出降。縱間諜以覘虛實。次年元旦。士毅軍方置酒張樂。昏夜得警報。倉猝自相蹂躪。維祁已挈眷先渡富良江入邊。士毅隨之。斬浮橋以斷後。清軍溺死過半。世亨亦死。高宗以福康安代士毅。文惠懼搆衅大國。事且不測。更名光平。遣其兄子光顯奉表乞降。高宗懲前敗。不願再舉。因與光平敕令於五十五年親詣京賀帝壽。並於安南地方爲世亨及死事將校等建祠致祭。光平聽命。遂封光平越南王。而置其故王於北京焉。

六　高宗之外交

與俄新訂恰克圖互市條約　自世宗與俄締結恰克圖條約。於是內地商民運煙茶緞疋雜貨。往庫倫恰克圖貿易者。日增盛。乾隆二十九年。以俄人渝約私課貨稅。又送人互失馬匹。俄人輒以少報多。移文責償。高宗命封鎖恰克圖市場。時庫倫辦事大臣。與土謝圖郡王舞弊私與交易。高宗震怒。三十年。削土謝圖郡王桑齊多爾濟爵。誅辦事大臣丑達。厲行閉關。三十三年。新辦事大臣慶桂。以俄人恭順情形入奏。高宗命理藩院與俄全權大使修正恰克圖條約。嚴定返還罪人懲治盜賊之事。始許互市如初。其後四十四年。以俄邊吏庇護罪人不即會審之故。飭閉關者年餘。五十年。復以俄屬布里雅特人烏將勒咱等入邊劫掠之故。飭閉關者殆七年。至五十七年。一七九二年辦事大臣報俄人誠實悛過。再四哀請之結果。高宗命與俄官新訂恰克圖互市條約五款。列全文如下。(一)恰克圖互市。於中國初無利益。大皇帝普愛衆生。不忍爾國小民困苦。又因爾薩那圖衙門(卽俄元老院)籲請。是以允行。若再失和。罔冀開市。(二)中國與爾國貨物。原係兩邊商人自行定價。爾國商人應由爾國嚴加管束。彼此貨物交易後。各令不爽約期。卽時歸結。勿令負欠。致起爭端。(三)今爾國守邊官皆恭順知禮。我游牧官皋相稱好。若爾從前守邊官皆能如此。又何至數次失和。以致絕市。嗣後爾守邊官當愼選賢能。與我游牧官遜順相接。(四)恰克圖以西十數卡倫爾之布里雅特哈里雅特不法。故致有烏將勒咱之事。今爾國當嚴加約束。杜其盜竊。(五)此次通市。一切仍照舊章。已頒行爾薩那圖衙門矣。兩邊民人交涉事件。各就近查驗。緝獲罪犯。會同邊界官審訊明確後。本處屬下人由本處治罪。爾處屬下人由爾處治罪。各行文知照示衆。其盜竊之物。或一倍或幾倍罰賠。一切皆照舊例辦理。是約以五十七年正月。由庫倫辦事大臣松筠普福等與俄官色勒裴特。在恰克圖交換。時俄女皇加他鄰二世在位。注意分割波蘭與擴張領土於黑海方面。不暇遠顧東方。而邊人以閉關日久。亟欲囘復市利。故聽命唯謹。松筠等以俄人感激皇仁。倍深誠敬入告。遂以同年四月開市。又議改良文書。務以公誠信義爲主。自是兩國商民。得保和平互市。自嘉慶初年。至道光末年之半世紀中。兩國國交得確守恰克圖條約無恙。

英使之要求及入覲　自東印度會社社員中赤普爾至浙江舟山寧波試行貿易。因浙海關稅則。較粵海爲輕。於是內外商人引爲利藪。及乾隆二十年。諸國商船漸有舍粵就浙之趨向。至二十二年。浙閩總督喀爾吉善及兩廣總督楊應琚。奏請將浙關稅則。比較粵海之額課。更定征收。高宗以爲「海疆重地。多一利端。卽多一弊藪。洋船歲至寧波。徑途日熟。勢將與廣東之澳門無異。而商舶頻仍。則有奸牙之勾串。吏胥之需索。及其易貨歸棹。則有絲粟之出洋。鐵器之渡海。日久弊生。難以盡杜。且今日驚趨寧波。異日卽可轉移他郡。於民風國防上、均有莫大之關繫」乃因令更定浙海稅則。比粵海益加重焉。以爲抵制洋商之計。於是英人推廣商利之機謀。及數十年來經營之成效。全被挫折。寧波幾不能插足。商人洪任輝。遂以二十四年。由寧波至天津。將廣東貿易困難狀。哀訴政府。語侵粵海關監督。清廷遣員按問。坐任輝以妄控之罪。拘置澳門獄中。踰二年。遇赦還。當是時。廣東貿易不盛。而課稅過苛。清廷視英人爲異族。不以平等相遇。而國內奸商漁利。向官吏則道英商奸詐無禮。向英商則假官命壓迫。而英商則致書廣東大吏。乞改五弊。置不答。英政府聞之。且怒且憂。冀中國以平等待遇。庶保國家體面。兼全本國商人之利益。於乾隆五十八年。遣正使馬加特尼。副使斯當東等。攜英王國書及贈獻品來中國。至白河。清廷目爲貢獻使。並強使行叩頭禮。英使自陳不習拜跪。強之止屈一膝。及至殿上。不覺雙跪俯伏。管世銘韞山堂詩有。「一到殿廷齊膝地。天威能使萬心降」之句。馬加特尼等。遂以締約請求。提議如下。(一)英國當遣員駐紮京師。照管本國商務。(二)英商船當至浙江之寧波舟山及天津廣東地方收泊交易。(三)英商當仿照俄羅斯之成例。在京師設一商館收貯貨物發賣。(四)求給舟山附近地方之小海島一處。爲居留商人收貯貨之物場所。(五)撥給廣東省城附近小地方一處居住英商。或准令寄住澳門之英人自由出入。(六)英商於廣州澳門間由內河運輸貨物。請免稅或減輕稅額。(七)任聽英人傳教。是時清廷直認英爲朝貢國之一。此次使節直爲叩祝萬壽而來。因荒遠不識天朝體制。妄行呈請。不足深責。因此一方賜使臣筵燕。優加賞賜。以示懷柔恩意。一方即下敕諭英王。盛稱天朝之威德。而於英政府之要求。逐條駁斥。遣之回國。馬氏此行。不過齎回敕文。及文綺珍玩諸賞品。餘並一無所得。第將途中所見中國內地之實情。一一筆之於書。歸國時即布之全國。實爲英人莫大之利益云。

七　乾隆衰敝之肇端

游豫之無度　聖祖時。黃淮水災衍溢。故屢舉南巡之典。至再詣盛京。問幸五臺。以及秦豫。翠華所指。蠲減兼行。恩典尤難殫述。高宗有志法祖。亦思率由舊章。凡幸五臺者五。祭曲阜孔廟者五。巡中州及近畿者三。謁三陵者四。幸江浙者六。至秋獮木蘭山莊避暑。亦無非踵其故例。初舉於乾隆六年。越十年以後。夏秋必幸其地。木蘭爲較獵之所。亦謂之哨。哨者哨鹿也。哨鹿日制。聖祖於五更放圍前出營。令侍衛等分三隊。約出十餘里。停第三隊。又四五里。停第二隊。又二三里。將至哨鹿處。停第一隊。漸聞清角聲揚。鹿鳴應和。槍聲一發。咸知神威命中矣。高宗蒐獮木蘭時。於黎明親御名駿。命侍衛等導入深山疊嶂中。尋見鹿羣。命一侍衛舉假鹿頭。作呦呦聲。引牝鹿至。亟發箭殪鹿。取其血飲之。不唯延年益壯。亦所以習勞也。然此猶可曰習武功於邊徼耳。至因灤陽風景之美。而駕幸避暑山莊。雖供奉宴賚。皆取之於內廷。然雜植時花。分置亭榭。當時所費。亦屬不貲。故內大臣博爾奔察。尙有諷諫之事。高宗幸山莊時。嘗謂奔察曰。「此地氣候極清淑。大勝京師。洵無愧避暑山莊也。」奔察曰。「陛下就宮內言之耳。若外間城市狹隘。房屋低小。人民皆蝸處其中。兼之戶竈衡接。炎暾之盛。十倍京師。故民間諺云。『皇帝之莊眞避暑。百姓仍是熱河也。』」高宗愠然。揮之使出。爲之不快者累日。卽紀昀灤陽歌唱集中。亦多諷頌。然此猶可曰寄遐情於勝地耳。於國家之財賦。與民間之風俗。固無若何影響也。而受其影響者。則莫若六次之南巡。初次南巡。始於乾隆十六年。正月。免江蘇安徽浙江逋賦額賦。並增廣三省學額。二月。奉太后渡河。閱天妃閘高家堰。過淮安。見城北皆水。改建石工。資保障。三月。幸杭州。賜廣東原任侍講劉起振年逾百齡。赴浙迎駕。詩章扁額。赴觀潮樓閱兵。渡錢塘江。祭禹陵。還駐杭州。授召試諸生謝墉等三人舉人。回鑾至蘇州。幸宋臣范仲淹祠。賜園名曰高義。臨江寧。祭明陵。御書禁樵採。渡江。試諸生蔣雍等五人。四月。閱蔣家壩。渡河。抵泰安。祀東嶽。五月。還京。二十二年。復南巡。免江浙三省民欠。及經過直隸山東江南等額賦十分之三。幸蘇州。視織造機房。抵浙。閱兵嘉興石門。抵杭。禁營伍鐃吹細樂。十餘日。還蘇。渡江。召刑部尙書劉統勳。赴行在。籌辦徐州河工。四月還。第三次在二十七年正月。諭曰「巡省江浙。翠華所過。宜沛隆施。着將三省節年緩徵。及未完地丁各項。概予蠲免。」經過地方免什之三。二月。渡河。閱清江東壩惠濟閘渡江。閱京口兵。三月至浙。臨海寧。閱海塘。以潮勢漸趨北大亹。命歲脩老鹽倉一帶柴塘。並尖山塔山間石壩。資保障。復幸觀潮樓。閱福建水師。四月。還至河。閱高家堰。諭自濟運壩至運口。接建磚工。渡河命莊親王允祿等奉太后由水路行程。而自登陸由徐州閱河。旋閱黃河岸新隄。又閱嶧山湖。詣孟子廟。謁先師廟。賜衍聖公孔昭煥幣。五月還。第四次在三十年正月。命免三省被災未完之錢糧。經過地方。蠲免如上次例。二月抵杭。賜一百七歲訓導王世芳御書扁額及銀幣。命脩築海寧石塘。三月。還江寧。四月。至德州。命簡親王豐納等奉太后自水程回。而自登陸還京。第五次在四十五年正月。諭疆吏毋治行宮。毋事繁費。有派累閭閻者罪之。三月。至海寧。觀潮。幸尖山。以石塘工程單薄。命改建魚鱗石。抵杭。以郭鍾岳壽百齡。特賜進士。還至江寧。祭明陵奠酒。五月。至涿州。有僧率一童子迎駕。云係多羅履郡王允祴第四子。攜入都鞠之。察其僞。斬僧於市。戍童於伊犂。其第六次則在四十九年正月也。命皇十一子允瑆十七子允璘隨駕。二月。至泰安。詣岱廟。謁少昊陵。謁孔廟釋奠。三月入浙。幸海寧尖山閱塘工。又諭督撫添築石塘。並給庫銀五百萬。限五年竣工。至是六度之典乃成。或謂南巡所過都邑。民苦煩擾。御舟行時。塘河兩岸。並令打縴。名曰龍鬚縴。一切民船驅逐一空。又勒令其地薪炭商供給材料。往往堆積如山。頃刻即盡。又養商則勒令沿塘徧置盆盎。上加木蓋。以備縴夫之溺。每縣動置千萬。御舟既過。輒爲役夫所破。或御舟復經，又須具焉，俱名曰當役，私家所載，不足爲據。但其所作南巡記，所謂南巡之事，莫大於河工，乃以數千百萬之庫帑，僅注意於海寧石塘之興築也，果何爲哉。故退位後嘗謂吳熊光曰：「朕臨御六十年，並無失德，惟六次南巡，勞民傷財，實爲作無益害有益。」蓋亦有自悔之心焉。

和珅之顓橫　乾隆一朝，滿漢分兩大黨者，前爲張廷玉、鄂爾泰，後爲于敏中、和珅。敏中植黨營私，既與宦寺交接，復與外官賚緣舞弊。高宗披閱其傳，雖其身已故，猶革其世職而撤其賢良祠。然究不如和珅柄國之久，得君之專，罪狀之昭著。其於國家治亂興衰之所繫，非淺鮮也。和珅籍滿洲正紅旗，有謂爲伍彌泰外孫者，（吳熊光筆錄）有謂爲郭大昌外孫者。（包慎伯中衢一勺）然皆苦無確證也。珅以一官學生充鑾儀衛校尉。一日警蹕出宮，高宗偶於輿中閱邊報，有奏要犯脫逃者，微怒誦論語「虎兕出於柙」三語，扈從諸校尉，及期門羽林之屬，咸愕眙，互詢天語云何。珅獨曰：爺（凡內臣稱帝皆曰老爺子或曰佛爺）謂典守者不得辭其責耳。高宗爲霽顏，問汝讀論語乎。對曰然。又問家世年歲，奏對皆稱旨，遂派總管儀仗，旋陞侍衛，洊擢副都統、遷侍郎，在軍機大臣上學習行走。已而由尚書拜大學士，貴爲首輔，爵封上公，弟和琳配饗太廟，子豐伸殷德，尚公主，一切龍褂紫繮雙眼寶頂，茂典殊榮，靡不崇備，八旗大臣中，寵眷罕有其匹。珅才敏給，遇事機牙肆應，尤善揣人主喜怒，以故高宗倚毗甚篤。設稍感激知遇，移其封殖自利之謀，以協贊軍國，其功名福澤，豈在郭汾陽下。奈何貪得無厭，專以聚斂自豐爲職志，而督撫司道，畏其傾陷，自不得不輦貨權門，結爲奧援，即朝士亦或奔走其門，鬻爵賣官，招權納賄，無所不爲。且其權勢熏灼，炙手可熱。如孫士毅歸自越南，待漏宮門外，與珅相値。珅問士毅所持何物，士毅曰：「一鼻烟壺耳。」索視之，則明珠一顆，大如雀卵，爲雕琢而成者。珅贊不絕口，曰：「以此相惠可乎？」士毅大窘，曰：「昨已奏聞矣，少選，卽當進呈，奈何？」珅微哂曰：「相戲耳，何見小若是？」閱數日，復相遇直廬，珅語士毅：「昨亦得一珠壺，不知視公所進奉者若何？」持示士毅，卽前日物也。士毅方謂上賜，徐察之，實無其事，乃知珅出入禁廷，遇所喜之物，逕攜之以出，不復關白也。其恣橫若此。又宮中某處陳設有碧玉盤，徑尺許，高宗所最愛。一日爲七阿哥所碎，大懼，謀諸珅。珅出一盤，色澤尚在所碎者上，而徑乃至尺五寸許。乃知四方進御之物，上者悉入珅第，次者始入宮也。又讀焦里堂憶書，有宰相食珠一則，謂「吳縣石遠梅以販珠爲業，恆衷一小篋，錦囊緼裹，赤金爲丸，破之則大珠藏焉。重者一顆値二萬金，次者値萬金，至輕者亦八千。士大爭購之，唯恐不得。問所用，則曰：『所以獻和中堂者也。』中堂每日晨起，以珠作食，故心竅通明，過目卽記。一日之內，諸務紛沓，胸中了了，不少遺忘。珠之舊者與已穿孔者，服之皆無效，今日之貨，無如此物之奇昂者也。」周官有供王食玉之說，此乃有供宰相食珠者，眞異聞矣。珅奸如此，獨怪阿桂、嵇璜輩，旣不能抗疏以糾彈，復不能潔身以引退，雖能不喪所守，而乃委蛇共事，祇求相安。如錢氏記事稿載璜逸事，云：「與珅同在政府，一日乞書楹帖，璜受其紙歸，乃召翰林數人飮於堂，童子彭壽請曰：『墨具矣。』璜叱之曰：『吾方有客，爾何言？』客請其故，而曰：『吾儕正樂觀公之用筆以爲法也。』遂對客書之，而半彭壽覆其墨，璜詬讓，客爲請乃已。明日謝珅曰：『徒敗公佳紙。』蓋彭壽覆墨，璜所教也。翰林數人，皆珅門下士，使親見之言於珅以爲信也。璜所以委曲爲是者，亦以稱謂故也。」錢氏又謂與珅一堂議政，使其相水火，必激而僨事。璜蓋有柔嘉之則者。陳康祺壬癸藏札記謂：「稽事太曲，錢論亦非。設彭壽來請，而諸翰林漠不置詢，公將何以行其術？設明日謝珅，而珅復易紙以請，公又將何以飾其詞？且彭壽一小奴，稍不解事，漏洩隨之，不幾自速其禍乎？平日不相趨附，而謂偶書楹帖，即玷終身，清議不如是之嚴，文網亦不如是之密。且與珅數年共事，斷不能無一剌之拜，謁盃酒之往還，倘有指爲蹤跡曖密者，又將何以巧避乎？錢氏漫許爲柔嘉，柔嘉本誼，恐不其然。」阿桂以大學士領袖樞府，屢被命赴各省治河，又勘獄督師，迄無寧歲，以阿桂與己不合，不願與之比肩，以是辦事多不在軍機，而自移他處。於是御史錢灃慮開朋黨之禍，乃上疏曰：「軍機大臣應同在公所辦事，互相可否，此定例也。近惟阿桂在軍機處，餘或在內右門，或在南書房，或在造辦處，一切咨事畫稿，司員趨走多歧，恐生事端。況內右門接近養心殿，不能不與內監習狎，萬一有如從前高雲從之事，雖立正刑辟，而所絓已多。請飭諸大臣循照舊章，同止軍機處，其圓明園辦事，亦同一體，以昭畫一之規。」高宗覽奏，切責大臣，謂錢灃所奏甚是，即令在軍機章京上行走，自後珅常値軍機，而阿桂除召見議政外，仍不與通，有時珅就與言，亦漫應之，而絕不移故處。去之既無其力，而附之又所不甘，亦與璜同一委曲求全而已。雖然，同時滿臣如福康安，漢臣如董誥輩，均不能有所匡抑，奚獨咎此二人？及阿桂卒，高宗諭和珅曰：「阿桂宣力年久，且有功，汝隨同列銜，事尚可行。今阿桂身故，單挂汝銜，外省無知，必疑事皆由汝，甚至稱汝師相，汝自揣稱否？」後遂止寫軍機大臣，不列姓名。著爲例。蓋高宗亦自知珅無功德。不足以稱師相之任也。至謂其貌與世宗貴妃某相似。是言過於離奇。誠不足辨。

官吏之貪黷　高宗柄政。雖整頓吏治。不及世宗之嚴厲。而寓寬於嚴。官吏亦尙知畏法。自和珅尊寵用事。中外多其私黨。而貪財嗜貨。相率成風。吏治益敗壞而不可收拾。如乾隆二十二年。山西布政使蔣洲。以虧帑伏法。三十五年。貴州巡撫良卿。以骫法婪贓被誅。四十五年。雲貴總督李侍堯以貪縱營私問罪。他如五十一年及六十年。伍拉納浦霖之贓款纍纍。富勒渾黃梅德明之婪索種種。侵漁動至數十百萬。其貪黷亦可謂甚矣。而皆不如甘肅捐案之穢亂與國泰營私之苛虐。乾隆四十六年五月。阿桂奏。「甘肅收捐監糧。係王亶望任藩司時。慫恿勒爾錦奏請開例。且一面奏立規條。一面卽公然折色包捐。故王亶望得擁厚貲而去」。清廷大怒。提訊勒爾錦王廷贊。並令浙撫楊魁會同總督陳輝祖。就近嚴訊王亶望。令其據實供出。時高宗幸熱河。廷贊赴供。甘省糧賤。折色定數。以五十五兩買補還倉。足敷定額。又因捐生多在省城。改歸首府收捐。仍將銀兩發給各州縣購買糧石。補塡倉儲。按季申報。清廷以捐監收糧。原爲倉儲賑濟。何得公然定數折色。且甘肅每年報災需賑。則糧價必昂。而五十五兩之數。斷不敷採買。既言糧賤。則收成自必豐稔。而揑災冒賑之弊。可以顯然矣。既私收折色於前。復勒買冒銷於後。上下一氣。通同營私。不可不徹底嚴査。因將亶望拏交刑部嚴審。並以廷贊回亂時有守城功。令實供邀免。復傳諭阿桂等。將歷任道府。査明冒銷賑濟。勒買分肥狀。逐一參奏。尋奏上。請將前任蘭州知府蔣全迪。皋蘭知縣程棟、革職提訊、其曾任本道首府首縣、亦解交蘭州審問、是月、行在大學士九卿會審勒爾錦等、按律定擬、勒爾錦王亶望王廷贊蔣全迪先後皆伏法、而程棟陸㙔那禮善楊德言鄭陳善蔣重熹宋學淳李元椿王臣許山斗詹[illegible]琳陳鴻文黎珠伍葆光舒攀桂邱大英陳澍伯衡孟衍泗萬人鳳徐澍英陳詔等二十二人立坐死焉、諭旨云、「從來未有之奇貪異事」洵不虛也、國泰以和珅私人、官山東巡撫、勒索屬員、虧帑至數十萬、各州縣尤而效之、虧空亦往往至數萬、唯布政司于易簡攫金穢手、與國泰埒、乾隆四十七年、錢灃疏劾之、奏言山東吏治廢弛、借納貢名、貪婪無厭、官民苦之、所屬州縣、虧空纍纍、請旨按問、且言嗣後願皇上勿受貢物、俾天下督撫無以藉口、高宗覽奏、卽命軍機處傳訊、已而有旨隨同軍機大臣、和珅劉墉諾穆清等往訊、其時珅柄國、而國泰素奔走其門下者、人皆爲灃危、及抵境、珅已授意國泰彌縫、輒以危言相恫喝、幸墉深知其弊、常與灃密商、比到省盤查、則珅先揚言不用全數彈兌、抽查至數十封無短絀、珅遽起回館舍、灃請封庫、次日徹底拆封、則多係圓絲雜色銀、蓋借諸商賈以充數者、因詰庫吏得其實、遂出示召諸商賈來領、大呼曰、遲來卽入官、於是商賈紛紛具領、庫爲一空、復往盤他府亦然、案遂定、珅亦無如何也、於是國泰與易簡俱拏交刑部治罪、高宗嘉之、許爲敢言、未幾二人俱伏法、前任濟南知府呂爾昌、經手勒索、歷城知縣郭德平挪移掩飾、前按察使葉佩蓀、署按察使梁肯堂、同城失察、國泰兄國霖、遣人送信、均革職拏問治罪、語云、「批龍鱗易、埒虎鬚難、」錢灃是舉、其不爲珅所搏噬也幾希、

軍備之廢弛　自三藩之亂．八旗兵力之衰．昭然若揭．於是綠營兵代之而起．乾隆時威德遠敷．疆圉式廓．數十年間西南至尼泊爾．東北至庫頁島．十全紀盛．武功亦可謂烜赫矣．豈軍備猶有可議者．豈知兵力之弱點已暴露於十三年大小金川之役．是役也．金川蠢動．因其地險阻．張廣泗攻之而不克．高宗命訥親爲經略．恃其才蔑視廣泗．甫至軍．限三日克刮耳崖．將士有諫者斬．三軍震懼．攻擊多傷．訥自是慴伏不敢出一令．每臨戰．避帳房中遙爲指示．人爭笑之．軍威日損．有三千軍攻碉．遇賊數十人．鬨然下擊．其軍即鳥獸散．惟日乞增兵轉餉．至有欲乞達賴喇嘛終南道士爲之助戰．高宗大怒．立褫其職．令往寨外效力．(見嘯亭雜錄)其軍隊之恇怯可知．逮三十六年．大金川不靖．而又有木果木之敗．汲修主人云明參政亮謂余曰．『兵宜於乘銳直進．若不審敵勢．坐失機宜．兵氣衰竭．欲復振不易也．』宋總兵元俊乘勝直擣美諾．當時厚集兵力．一鼓殲滅．金川可定．溫福乃狃於易勝．不復調檄各路兵馬．惟日與董提督天弼讙呼酒高宴．額駙色布騰巴爾珠爾屢勸阻．溫反劾其煽惑軍心．高宗召還額駙．時護軍統領伍岱遼東驍士也．見溫所爲．嘆曰．『吾聞速拙未聞遲巧．焉有屯兵賊境．而日以宴會爲務．吾固遼海健兒．未審有若此能致勝者．』溫大怒．以他罪遣戍．綠營兵三五十人取碉卡．有致傷者．溫反責之．人心益懈．海超勇公蘭察至．扣刀謂溫曰．『身爲大將．苟安旦夕．非夫也．今師雖老．使某督之．猶可致勝．』溫拂袖起．遷延月餘．賊偵其弱．乃盤勁旅數千攻之．我兵不戰自潰．海蘭察初對敵．即叱曰．『雲氣已黯散．不可戰．余馬首欲東．與諸公期會於美諾．』因馳馬破圍出．溫方雅服督戰．爲賊所撿．師遂大潰．自相踐踏．終夜有聲。吾方結營美諾。見潰兵如蟻。遣人止之。兵少安。適有持銅匜沃水者。誤落地。驚曰『追者至矣』羣起東走。勢不可遏。其喪膽也若此」據亮之言。則當時綠營皆暮氣也。且非特綠營然也。乾隆三十二年。高宗巡幸津淀。是日大風。勢難操演。時都統爲奉義侯英俊。年已衰老。所傳號令俱誤。技藝既疏。隊伍復亂。喧嘩不絕。高宗怒。立加裁汰。英俊等降革有差。世宗初念津門附近京畿。海防綦重。設立滿洲水師員兵三千。守禦海口。今乃腐敗若此。則水師之無用亦可見矣。嗚呼。軍備之壞。滿兵之弱。且非獨水師然也。乾隆季葉。福康安以貴族外戚。總長師干。荷父庇蔭。妄作威福。每日羅食珍異。已開營伍奢靡之習。故每一征戰。糜費甚多。征苗之役。曠日持久。益師數萬。降苗受官弁者百餘人。月給鹽糧銀者數萬人。費資鉅萬。臺灣之役。讒殺名將柴大紀。而恆瑞爲其姻戚。以逗遛失機。高宗命入京訊質。福乃故緩其行。乃於戰陣時首列其功。以希免罪。高宗云「使恆瑞果將材。何以汝未至時。並未覩其專戰。而一旦勇健若此。豈以戚畹而袒庇乎。朕深爲汝惜也。」論者謂乾隆末葉政治之衰敗。內壞於和珅。外壞於福康安。豈過論哉。

財用之耗斁　乾隆鼎盛。府庫充盈。既如上所述矣。高宗擬康熙往事。凡六次南巡。苛費騷擾。民庶苦之。而中年以後。任用和珅。尤爲民蠹。聚斂掊克。疆吏畏傾陷。爭輦金事之。是時督撫。如國泰、王亶望、陳輝祖、福崧、伍拉納、浦霖之倫。贓款之鉅。爲前代所僅見。皆珅黨也。高宗雖一一以法籍之。而貪風不艾。下而句容書吏之侵盜糧漕。高郵糧書之私印冒征。款項亦至數十百萬。而顯而易著者。尤莫如兩淮鹽引案。乾隆三十三年。兩淮鹽政尤拔世奏稱「上年普福奏請預提戊子綱引。仍令每引繳銀三兩。以備公用。共繳貯運庫銀二十七萬八千有奇。普福任內。所辦玉器古玩。共動支過銀八萬五千餘兩。其餘見存十九萬餘兩。請交內府查收。清廷以有蒙混欺蝕情弊。遂密派蘇撫彰寶會同清查。旋覆奏節年預行提引。商人交納餘息銀兩共有一千九十餘萬兩。均未歸公。前任鹽政高恆任內。查出收受商人所繳銀至十三萬之多。普福任內收受丁亥綱銀私自開銷者。八萬餘兩。其歷次代購物件借端開用者。尚未查出。奉旨解運使趙之璧任。褫前任運使盧見曾。鹽政高恆普福職。逮見曾審訊。讞上。高恆普福盧見曾均伏法。貪墨之風。皆珅一人啓之也。而於珅信用尤篤。厥後珅以嘉慶時抄沒。都計家產百有七號。已估値者。不過二十六號。已合銀二百二十三兆兩有奇。其未估者。又三倍於此。舉民間數百兆母財。吸而收之。置諸不生產之地。於是民始患貧。又有清開國以來。綠營兵數六十六萬有奇。額多不足。向以八人領十八之餉。謂之虛糧。武官自提督以下。倚爲津貼。迨四十七年。以庫儲饒裕。令各省虛糧。均作正開支。而別募兵以補額。於是額支之款。歲增三百萬。及其季年。已費至四千有餘萬。而帑藏亦告絀。此兵額增加之虛耗也。至歷年所用軍費。自十二年金川事起。軍用七百七十五萬兩。十九年至二十五年。新疆征定。軍需銀二千三百十一萬兩。自三十一年至三十四年。緬甸之役。軍需銀九百十一萬兩。自三十六年至四十二年。金川再起。軍需銀六千三百七十萬兩。外如臺灣千餘萬。安南一百餘萬。而西藏廓爾喀等軍需。尚不與焉。綜計一朝所用軍費。約在一萬二千萬兩以上。以當時國庫所入年僅三十餘萬兩。則歲出之額。其數亦已鉅矣。蓋乾隆而後之種種亂源。已預伏於此云。

慶典之鋪張　乾隆十六年十一月二十五日、爲高宗母鈕祜祿氏六旬壽誕、中外臣民、雲集京師、舉行大慶、自西華門至西直門外高梁橋、十餘里中分地張燈、剪綵爲花、鋪錦爲幄、丹碧相映、不可名狀、每數十步間一戲臺、北調南腔、舞衫歌扇、後部未歇、前部又迎、游者如置身瓊樓玉宇中、聽霓裳曲、觀羽衣舞也、其景物之點綴、有以色絹爲山岳狀、錫箔爲波濤紋者、甚至一蟠桃大數間屋、此皆粗略不足道、至如廣東所構之翡翠亭、高三丈餘、廣可二丈、悉以孔雀尾作屋瓦、一亭不啻萬眼、湖北所製之黃鶴樓、形制悉倣武昌、惟稍小耳、最奇者、重簷三層、牆壁皆用玻璃甎砌成、日光照之、輝煌奪目、浙江所結之鏡湖亭、以徑可二丈之大圓鏡、嵌諸藻井之上、四旁則以小圓鏡數萬鱗砌成牆、人入其中、一身可化千百億、爲當時所罕觀、以一姓之慶典、而糜費至於如此、先是康熙五十二年、以聖祖六旬大壽、年老者遠道至京、跪獻壽觴、因命賜老人筵燕、六十一年、又召滿漢臣工及致仕斥退人員年六十五以上者三百四十人、賜宴乾清宮前、名曰千叟宴、乾隆踵其故例、徵年六十以上者三千人、皆入宴、漢大臣與宴者、以嵇璜領班、璜年八十、與高宗同庚、生辰本在六月、値班口奏、臣不敢先君、擬改期萬壽後、高宗許爲知禮、朝鮮國王派六十以上陪臣二三人、充正副使、來京與宴、特賜國王宋澂泥倣唐石渠硯、梅花玉版箋諸品、禮成、命以千叟宴聯句、頒賞如意、壽杖、綃綺、貂皮、銀牌、文玩等物、高宗自製詩、依聖祖元韻曰「抽祕無須更騁妍、惟將實事紀耆筵、追思侍陛髫垂日、訝至當軒手賜年、君酢臣酬九重會、天恩國慶萬春延、祖孫兩舉千叟宴、史册饒他莫比肩」、其侈大之氣象可見矣、雖然、剝極必復、盛極必衰、當時鋪張輝皇之概、喜溢街衢，至嘉慶初年而教匪縱横，海疆不靖，國勢遂以漸衰矣。丁口日增，（末年調查凡二萬九千六百餘萬）國庫日絀，而政府又不爲之補救，亂機殆基於此歟。

文字獄之續起　高宗於文字極所注意，巡游所至，輒有吟詠，穹碑巨碣，翼以危亭，意以提倡士夫右文之習，而柔其氣也。故一方循康熙成例，開博學鴻詞科，一方則比附妖言律，繼其祖若父而大興文字獄焉。茲述其二事之顯著者。其一爲詩辭之獄。先是大學士鄂爾泰、張廷玉兩人相齟齬，其門下士在朝列者各分門戶。胡中藻者，爾泰門生也，文辭險怪，人所共知，累官至内閣學士，旋罷歸江西。其所著堅磨生詩鈔中有「記出西林第一門」之句，（西林爾泰字）推崇爾泰，其述懷詩有云「瑣沙偷射蜮，讒舌浪張箕」，賢良祠有云「青蠅投昊肯容辭」，讒舌青蠅等語，卽以隱斥張廷玉，而爾泰姪巡撫鄂昌復以世誼與唱和。高宗方怒兩黨紛爭，因重懲中藻以垂大戒，乃摘其詩中字句若干條，指爲悖逆，又摘鄂昌塞上吟稱蒙古爲胡兒，實爲忘本自詆。先後逮問，棄中藻於市，賜鄂昌自盡，撤爾泰出賢良祠。其二爲字書之獄。先是新昌人王錫侯作字貫一書，於康熙字典頗多糾正，爲怨家王瀧南所首告，江西巡撫海成稱其書並無悖逆語，奏聞。高宗以凡例內將廟諱御名排寫，斷爲大逆，並將海昌治罪。其他類此者甚多。御史曹一士特疏論之，高宗不之省。嘗於乾隆三十六年開四庫全書館，網羅古今已刊未刊之書，然意在査勘禁書，被焚燬者甚夥。故當泰西新學發達時期，而我國士林唯以考據詞章爲目的，糜有用才力於無用之地，致可惜也。然此亦可以見盛衰得失之故矣。

第十章　嘉慶朝之政局

一　仁宗之嗣位

建儲之禎符　乾隆二十五年。庚辰。高宗親製歲朝圖。御題有。「榑木初輝少海紅」之句。又識云。庚辰元旦試筆。得長律二首。書之幀端。以迓新韶嘉慶。是歲十月。初六日。丑刻。顒琰（初名永琰即位後改）生於圓明園天地一家春。母貴妃魏氏。即孝儀純皇后。於是少海初輝句。已成佳讖。迨三十八年癸巳冬至節。高宗密建皇儲。緘其名於乾清宮正大光明扁額後。明年正月。隨駕南巡。五十四年。封和碩嘉親王。五十五年。隨駕東巡。六十年。高宗默念臨御之初。嘗焚香禱天。若能御極六十年。即當傳位嗣子。不敢上同聖祖紀元六十一載之數。遂諏吉九月初三日。御門理事。召皇子皇孫王公大臣等入。宣示皇十五子嘉親王爲皇太子。並以明年丙辰爲嗣皇帝嘉慶元年。即移居毓慶宮。以定儲位。兩字紀元。適名嘉慶。論者謂嗣聖篤生。禎符早兆也。皇太子臣等奏言「伏願皇上寶籙崇躋。瑤圖益煥。本至誠悠久之德。兆貞元迭啓之祥。增上壽於期頤。輯蕃釐於章蔀。然後精一傳心。以聖授聖。紀重光之盛瑞。修太上之鴻儀。斯仁壽之符。倍光於前典。聲烈之茂。愈播於來茲。仰乞皇上俯順羣情。即賜俞旨。」高宗宣諭曰。「覽奏具見至誠。但朕齋心默禱之意。精誠孚格。今若因羣情依戀。勉遂所請。則朕初心焚香告天之語。轉爲不誠。難以聽許。況朕仰承天眷。純嘏有常。一日不至倦勤。即一日不敢懈弛。歸政後。凡遇軍國大事。即用入行政諸大端。豈能置之不問。仍當敕幾體健。躬親指教。」此册立時之預備也。

太上皇之傳位及薨逝　嘉慶元年。丙辰。春正月。朔。舉行授受大典。皇太子侍太上皇帝。詣奉先殿堂子行禮。遣官祭太廟後殿。太上皇帝御太和殿。親授寶璽。皇太子跪受。太上皇帝受賀畢。還宮。太子遂即位受賀。太子六歲就傅。侍郎奉寬授讀。十三。通五經。就侍郎謝墉學今體詩。侍講學士朱珪學古文古體詩。懋學稽古。所居書室五楹。取三餘之義。顏以味餘。喜讀諸史通鑑。御極後。幾餘遺興。依史分題製詠。遂成全帙。即位時。年已三十有七。是月。奉太上皇帝傳位詔書。頒行天下。復舉行千叟宴。賜親王大臣官員蒙古貝勒貝子公額駙台吉年七十以上者。三千人。及回部朝鮮安南暹羅廓爾喀貢使等宴。其一品大臣及年屆九十以上者。太上皇帝召至座前。親賜卮酒。其未入座者。各賞詩章如意壽杖文綺等物。侍太上皇帝御重華宮。茶宴羣臣及內廷翰林。每歲皆如之。自是太上皇仍御殿受朝。大權皆由其主持。二月。仁宗始御乾清門聽政。在圓明園則御勤政殿。東華錄所謂「兩聖同堂三年如一日也」。至嘉慶四年。正月三日。太上皇遘疾甚篤。翌日。遂卒於養心殿。上尊諡曰「純皇帝」。廟號「高宗」。詔曰。「自古帝王功德顯著。並有隆稱懿號。照垂萬世。我皇考大行太上皇帝御極六十年。撫御萬邦。法天行健。遇郊廟大祀。必親必敬。崇奉皇祖妣孝聖憲皇后四十二年。大孝彌隆。尊養備至。綜覽萬幾。愛民勤政。普免天下錢糧者五。漕糧者三。積欠者再。偶遇水旱偏災。蠲貸兼施以及築塘捍海。底績河防。所發帑金。不下億萬萬。至於披覽章奏。引對臣工。董戒激揚。共知廉法。禮勛舊而敦宗族。廣登進而育人才。征討不庭。則平定準部回部闢地二萬餘里。土爾扈特舉部內附。征剿大小金川。擒渠獻馘。餘若緬甸安南廓爾喀。僻在荒服。戈鋋所指。獻贐投誠。其臺灣等處。偶作不靖。莫不立即殲除。此十全紀績武功之極於無外也。而且聖哲多能。聰明天縱。聖製文詩全集之富。尤爲度越百家。又開四庫以網羅載籍。刊石經以嘉惠士林。集石鼓之遺文。復辟雍之古制。精研六律。纂輯羣編。此聖學淵深。又德之昭於千古也。凡茲功德之隆。宜備尊親之典。夫繼統緒則爲守成。論功業則兼開創。自宜崇承祖號。以副鴻名。惟是聖德謙沖。嘗面諭萬年後當以稱宗爲是。予不敢上違遺訓。惟至德難名。究非臣下所能擬議。謹按謚法肇紀立極曰高。敬上廟號曰『高宗』。爲百世不祧之廟。」自是以後。仁宗得行使其權矣。

仁宗之待和珅　初仁宗之冊立爲太子也。他人未及知。獨和珅先知之。因遞如意於仁宗。以爲後日固寵計。且以隱示翊戴功。仁宗以爲珅既漏洩祕密。設將此事載入宮史。豈不爲後人所笑。心甚惡之。而無可如何也。既即位。名義雖更。而大權不屬。則不得不隱爲容忍。且待之甚厚。尊之爲相公而不名。而珅且薦其師吳省蘭爲仁宗錄詩草。覘動靜。仁宗知其意。吟詠間不露圭角。珅心安之。是時遇有奏太上皇者。皆珅代白。左右有非之者。仁宗曰。「朕方倚相公理四海。何可輕也。」太上皇之訓政也。一日早朝已罷。單傳珅入見。珅至則太上皇南面坐。仁宗西嚮坐一小机。（訓政後每日召見臣工皆如此）珅跪良久。

太上皇閉目若熟寐然。口中喃喃有所語。仁宗極力細聽。終不能解一字。久之。忽啓目曰。「其人何姓名」。珅應聲對曰。「徐天德。苟文明」。上皇復閉目誦不輟。移時始麾之出。不更問訊一語。仁宗大駭愕。他日密召珅問曰。「汝前日召對。上皇作何語。汝所對六字又作何解。」珅對曰「上皇所誦者。西域秘密呪也。誦此呪。則所惡之人。雖在數千里外。亦當無疾而死。或有奇禍。奴才聞上皇持此呪。知所欲呪者。必爲教匪悍酋。故竟以此二人名對也。」仁宗聞之。益駭。知珅亦嫻此術。益欲誅之。而未得其間也。會上皇崩逝。次日癸亥。卽傳諭四川湖北陝西將帥督撫曰。「我皇考臨御六十年。四征不庭。至內地亂民。如王倫田五等。旬日立殄。從未有勞師數年。糜餉數千萬。尚未蕆事者。自末年用兵以來。皇考宵旰焦勞。大漸之前。猶以望捷成什。迨至彌留。親執朕手。頻望西南。似有遺憾。若教匪一日不平。朕卽一日負不孝之疚。內而軍機大臣。外而領兵諸將。同爲不忠之臣。邇年皇考春秋日高。事從寬厚。卽如貽誤軍事之永保。治罪仍邀寬典。其實各路縱賊。何止永保一人。奏報粉飾。掩敗爲功。其在京諳達侍衛章京。無不營求赴軍。其歸自軍中者。無不營置田產。頓成殷富。故將吏日以玩兵養寇爲事。其宣諭各路領兵大小諸臣。剋期滅賊。有仍欺玩者。朕唯以軍法從事。」又諭曰。「太上皇在位。英明仁慈。對於羣臣。恩德備施。遐齡旣高。仁慈益甚。詎內外文武。不能上體柔懷。反通同爲弊。匪亂屢作。殃及良民。武政之廢。將士驕惰。賴有上皇近臣。爲之緩頰。長此以往。國體何存。威信奚在。且查歷年兵部軍餉動輒巨萬。執權者從而吞沒。迨及士卒。止十分之一二。非養兵也。爲權臣謀耳。疏忽如是。後將何堪。特著各部院大臣查辦。以修武政。而安天下。」

諭旨屢下。舉朝震駭。於是御史廣興等給事中廣泰等列款糾劾。立即革職逮問。時距上皇之死僅五日云。

二 仁宗之內治

和珅之罪狀及賜死　和珅既下獄。同時戶部尚書福長安（傅恆次子福康安弟）亦被逮。仁宗諭曰。「和珅受大行太上皇帝特恩。由侍衞洊擢至大學士。在軍機處行走多年。叨沐恩施。無有其比。朕親承付託之重。猝遭大故。苫塊之中。每思三年無改之義。皇考簡用重臣。斷不肯輕爲更易。今和珅情罪重大。並經科道諸臣列款參奏。實有難以刻貸者。是以朕於恭頒遺詔日。卽將和珅革職拏問。臚列罪狀。特諭衆知。一。乾隆六十年九月初三日。册封皇太子。尚未宣布諭旨。而和珅於初二日。卽漏洩機密。以擁戴爲功。大罪一。一。嘉慶三年正月。皇考在圓明園召見和珅。騎馬直進中左門。過正大光明殿。至壽山口。目無君父。大罪二。一。又因腿疾。乘坐椅轎。擡入大內。肩輿出入神武門。毫無忌憚。大罪三。一。並將出宮女子娶爲次妻。罔顧廉恥。大罪四。一。剿辦川楚教匪。各路軍營遞到奏報。任意延擱。有心欺蔽。大罪五。一。皇考聖躬不豫。毫無憂戚。進見後。出向外廷人員。談笑如常。大罪六。一。管理吏部刑部事務。又兼戶部題奏事件。將部務一人把持。大罪七。一。三年冬。皇考力疾批摺。字畫間有未眞之處。膽敢另行擬旨。大罪八。一。奎舒奏報循化貴德二廳賊番聚衆千餘。搶奪商人牛隻。殺傷二命。在青海肆劫一案。將原奏駁回。隱匿不辦。

大罪九。一、皇考升遐後。朕諭令蒙古王公未出痘者。不必來京。和珅後令已未出痘者。俱不必來京。居心實不可問。大罪十。一、大學士蘇凌阿。兩耳重聽。衰邁難堪。因係其弟和琳姻親。欺隱不奏。侍郎吳省蘭李潢太僕寺卿李光雲等曾在其家教讀。並保列卿貳。兼任學政。大罪十一。一、軍機處記名人員任意撤去。大罪十二。一、查鈔家產。因知所蓋楠木房屋僭侈踰制。其多寶閣及隔段式樣皆仿照寧壽宮制度。其園寓點綴與圓明園蓬島瑤臺無異。大罪十三。一、薊州墳塋設立享殿開設隧道。附近居民有「和陵」之稱。大罪十四。一、所藏珍珠手串二百餘串。並有大珠較御用冠頂尤大。大罪十五。一、所藏眞寶石頂數十餘箇。整塊大寶石不計其數。且有內府所無者。大罪十六。一、家內銀兩及衣服等件數逾千萬。大罪十七。一、夾牆藏金二萬六千餘兩。私庫藏金六千餘兩。地窖埋銀百餘萬。大罪十八。一、通州薊州均有當鋪錢店。資本皆不下十餘萬。首輔與民爭利。大罪十九。一、步軍統領衙門及巡捕五營所管步甲兵丁。在和珅宅內供廝役者千餘名。大罪二十。交王公大臣會審定擬外。並通諭各督撫將指出和珅各款應如何議罪。又此外有何款蹟。各據實覆奏。已而大學士九卿文武大員等定擬罪名。請依大逆律凌遲處死。福長安亦依朋黨律即行正法。仁宗以皇考寵臣不忍加誅。遂降旨加恩賜令自盡。福長安亦從寬改爲應斬監候。秋後處決。並著監提福長安前往和珅監所。跪視和珅自盡後再押回本獄。和琳已死。削奪公爵。撤出太廟。並毀專祠。子豐紳殷德因尙和孝公主爲額駙。留襲伯爵。餘斥退。豐紳伊緜。革去公爵。斥退侍衞。加恩給雲騎尉。蘇凌阿吳省蘭李潢李光雲降革有差。

仁宗之睿謀　高宗夙稱英敏、乃和珅以疏遠末秩、輿前一對、驟被寵任、數年之間、洊升宰輔、恩遇隆渥、誠令人百思而不得其解者、無怪稗史傳述至謂爲高宗之愛妃轉世、面貌依然、紛紛諸說之所由來也、歿嘉慶四年正月三日、高宗駕崩、四日、仁宗卽降諭嚴責統兵將帥詞連宰輔、五日、御史廣興等揭其罪狀、八日革職拏問查抄、十五日、珅於獄中自賦五律一首、十八日賜帛伏法後、其妾長二姑賦七律二章輓之、云「誰道今皇恩遇殊、法寬難爲罪臣舒、墜樓空有偕亡志、望闕難陳替死書、白練一條君自了、愁腸萬縷意何如、可憐最是黃昏後、夢裏相逢醒也無、掩面登車涕泣潛、便如殘葉下秋山、籠中鸚鵡歸秦塞、馬上琵琶出漢關、自古桃花憐命薄、者番萍梗恨緣艱、傷心一派蘆溝水、直向東流去不還、」（見慧因雜綴）珅可謂有詩妾矣、至私家所紀查抄和珅家產、殆不下八萬萬兩、核之十五日宣布和珅罪狀、其家產不過數千萬兩、與查抄之單相差逈絕、此事不敢信其必有、亦不敢謂其必無、姑闕疑待考可也、卽以數千萬兩論、財本爲利用之源、而擁此鉅款於一人之手、且置之於無用之地、民安得而不窮、又安得而不亂哉、其種種貽誤軍國、仁宗早有欲殺之心、第思稍涉游移、難保不生變故、是以立卽辦理、刻不容貸、迅雷嚴霜、須臾而集、蓋謀之有素矣、於何知之、讀味餘書室稿中唐代宗論知之、論曰、「代宗雖爲太子、亦如燕巢於幕、其不爲輔國所讒者幾希、及卽位、若明正輔國之罪、肆諸市朝、一武夫力耳、乃捨此不爲、以天子之尊、行盜賊之計、可愧甚矣、」仁宗覽科道彈章、立命儀親王永璇、成親王永瑆、傳旨逮珅、並命勇士阿蘭保監以行、非一武夫力乎、乃知睿謀久定於中也、

卻貢玉之隱衷　如意物名也。唐宋前已有之。晉王處仲以鐵如意擊玉唾壺。誦老驥伏櫪。志在千里。烈士暮年。壯心未已之語。不覺唾壺已碎。此如意之見於史者。滿洲舊俗王公大臣督撫等凡遇慶典嘉節。則必呈進貢物。或如意等品以取兆吉祥。入關後。仍沿其舊。未之革也。以是鐘鼎書畫金玉珍玩文綺之屬。充斥內府。而臣工之獻媚者。久且視爲定規。乾隆年間。曾兩次諭罷貢獻。而言之諄諄。聽之仍藐藐也。仁宗以和珅遞進如意。洩漏宮庭祕密。及既伏法。乃宣諭嚴禁貢物。並禁止年節呈進如意之例。略言皇考頒諭飭禁。至再至三。止因和珅攬權納賄。凡遇督撫呈進物件。准遞與否。必先向和珅關白。是以屢禁而仍未杜絕。且皇考不過賞收一二。餘盡入和珅私宅。試思外省備辦玉銅磁書畫插屏挂屏等件。豈皆出自己貲。必下取之州縣。州縣又必取之百姓。以閭閻有限脂膏。供官吏無窮朘削。民何以堪。國家昇平百數十年。內府物件。充牣駢羅。朕視之直如糞土。朕所寶者。時和年豐。民康物阜。得賢才以分理庶政耳。至應進土貢。本爲日用所必需。如吉林黑龍江之貂皮東珠人參。川廣之藥材。九江之磁器。江浙之綢緞。及徽歙湖筆牋紙茶葉瓜果等項。原不外任土作貢之意。仍准按例呈進。所有玉如意銅磁書畫挂屏插屏等物。嗣後概不許呈進。再年節王公大臣督撫等所進如意。取兆吉祥。殊覺無謂。諸臣以爲如意。而朕觀之轉不如意也。亦著一併禁止。」會和闐辦事大臣徐績等。奏和闐向來玉禁綦嚴。今既弛禁。應將各卡官兵。撤回歸伍。免致藉端擾累。得旨。「所辦甚是。總宜恩養回民。綏宇寧靜。是朕之至願。玉之多少有無。何足重輕耶。」且和闐貢玉。業已發至陝甘。仁宗卽命無庸解入。一時珠玉之價。驟減十之七八云。

河工之整頓　嘉慶一朝，河患頻仍，重以和珅柄政，任河督者多出其門，故河防日疏，而河患日亟，卒至糜費無算，爲財政上一大漏巵。仁宗憂之，每遇水警，必簡派大臣前往堵築，或查勘情形，量爲豫防。是以嘉慶二年八月，碭山楊家壩河溢，命蘇凌阿等馳往。八年，衡家樓河溢，命劉權之、那彥寶馳往。十一年七月，宿南廳郭家房河溢，命軍機大臣鐵保等馳往。十三年，南河陳家浦等處頻溢，命長麟、戴衢亨馳往。二十四年七月，永定河溢，命吳璥等馳往。八月，儀封北岸黃河溢，復命璥馳往會琦善堵築。其時河臣最著者璥也。璥由編修擢學士，朝士多推重其文章，獨阿桂薦其饒經濟，可大任。奉旨分巡河南，兼理河務，遂以精練水事稱。前後任東南河督，未嘗有失，而它處潰防，被命塞決者，罔不如期底績。世服桂之識人。百齡爲兩江總督，劾陳鳳翔妄泄湖水，立枷河上，卒驚悸死。其治河首治積年未疏之海口，海口大暢，乃求效於河。大要以謹守東清壩爲要義，蓋宗康熙間治河諸臣之遺法也。其功頗偉。次之爲徐端，端自河工微員，以廉能稱，受特知，擢河東總河。久於河防，習知其弊，嘗嘆國家有用資財，濫爲靡費，欲見仁宗瀝陳。同事者慮積弊揭出，株連者衆，故尼其行，致抑鬱而死。貧無以殮，復因查辦賠累至十餘萬，妻子無以存活。識者悲之。至仁宗之於河患，尤惓惓致意。六年夏，霖雨數旬，永定河漫水掩南苑，漂沒田廬數百里，秋禾盡傷。仁宗減膳撤樂，步禱社稷壇祈晴，命步軍統領明安調賑，有爲水阻者，明親乘木筏施散餅餌，日以數百萬計，建席棚以處災黎，活者數百萬人。特命大臣四出查賑，截南漕數十萬石，以濟築永定西堤。仁宗爲巡視指定方略焉。八年秋，杞縣河溢衡圯衡家樓，仁宗命那彥寶堵築，經冬未竣，踰歲，仁宗偶泛湖．值東北風甚驟．私念北河若得此風助．庶可竣工．即於舟中拈香禱之．未幾彥寶奏北河合龍．信得東北風助．工部侍郎慕瞻葵云．此為黃金大壩．康熙中曾漫溢．經數十年始竣工．未能若是之速也．十三四年間．開濬海口．改易河道．費銀至八百萬．合計南河修堵諸費．數年中不下四千餘萬．十六年．春諭言．「河工連年妄用帑銀三千餘萬兩．謂無弊竇．其誰信之．」因派托津初彭齡等前往查辦．托等僅查工員帳簿．咨言入奏．奉旨切責．謂此無足為憑．令於濫用虛糜．妄興工段．及浮冒侵蝕等處．確實具奏．尋查明南河節年銀款工程．分別糾參．諭言十四十五兩年所借銀數十萬六千餘兩．著陳鳳翔分別勒追．其挑挖淮北鹽河．工用銀八萬三千餘兩．著吳璥徐端照數賠繳．仍交部嚴議．河臣侵漁冒濫．已見一般．而仁宗嚴旨查辦．使如端者能將弊竇揭破．則舞弊之事．安見不因此稍戢耶．

崇實政不尙虛詞　嘉慶四年．高宗既崩．仁宗親政．夏四月朔．會欽天監奏是日日月合璧．五星聯珠．仁宗以此等鋪陳．侈言祥瑞．實所不取．命不必宣付史館．用昭以實不以文之意．越十年．又諭．「向來欽天監奏觀候本章．凡遇節氣．就風色方向所宜．鋪陳吉語．皆係先期豫備．朕所素知．即如本日交立夏節．在辰初二刻八分．欽天監奏其時風從東南巽方來．主年歲大熟等語．朕披覽本章．時甫交辰正．該衙門豈能於片刻之間．繕本用印．其為豫擬不實可知．朕崇尙實政．屏黜虛詞．嗣後欽天監於觀候本章．務須詳細占驗．據實陳奏．自本年夏至起．每屆節令．均於第三日具題．以備省覽．」此對於天象而求實驗也．五年．湖南按察使百齡密奏請裁汰有名無實之長夫．節省經費．得旨．「承平日久．生齒日繁．站夫之設．原以閒款養閒人。否則又添無數游手好閒之輩。設若盡行裁汰。一應差役須臨時雇覓人夫扛擡。若遇窮鄉僻壤。一時難覓多人。豈不誤事。唯應以實嚴查。不准僞指百姓。虛申簿籍。況據汝所奏。卽行裁汰。一省所省止萬餘金。合之天下所省不過十餘萬金。而每省又添無營運之人二千餘名。合之天下。卽有數萬失業之人。朕豈靳此十餘萬金。忍令數萬人失業乎。況前明因裁驛卒流爲大害。殷鑒非遙。詎可蹱其覆轍。本應明發此奏。治汝之罪。因前次條奏。多有可採。是以不卽宣露。密諭汝知之。」旋百齡覆奏。感懷下忱。仁宗批曰。「當言則言。不當言而言。謂之務言。人君擇言行政。最爲難事。汝係敢言者。以此訓汝。望汝詳審進言。有裨國政。勉之。」此對於民事而求實效也。至符瑞陰陽之說。尤非所尙。五年冬。卓里克圖親王拉旺進白鷹。科爾沁達爾漢親王丹怎旺布進海東靑。十年冬。黑龍江將軍觀明獻白雉。表請宣付史館。以昭瑞應。仁宗謙德不居。詔以時和年豐爲瑞。或僅召畫工繪圖。敕令內廷翰林賦詩紀之。十二年春。夏恆暘。光祿卿鐩楷。請依漢書求雨閉陽縱陰之說。將正陽門石道停工。仁宗曰。「五行生尅。大率經生傅會。卽如漢書求雨注內所稱閉南門禁舉火之類。一鄉一邑或可偶一爲之。京師都會之地。設令正陽崇文宣武三門。暫閉數日。成何政體。從前竇光鼐惑於此說。竟有不開房門出入窗牖之事。豈非笑談。雨澤愆期。惟當勤脩實政。敬迓天和。所奏應無庸議。」又可見仁宗見理之明矣。十三年。仁宗誕育皇長孫。中外大臣具摺陳賀。侈陳吉祥。業奉嚴諭斥責。而提督仙鶴齡摺中至有「誕降重熙。承華少海。玉質龍姿。前星拱極。本支百世。派衍東宮」諸語。仁宗閱之。益爲震怒。將仙鶴齡及擬稿之營書郭裕昆。改擬之幕友石先幾。先後降旨褫職治罪有差。此在民間偶逢喜慶。無不樂士夫之揄揚。藉光蓬蓽。而仁宗勤政。獨能實事求是。亦史牒之所稱者矣。

親諸王與尊師傅　仁宗即位。頗講親親之誼。其於高宗皇八子儀愼親王允璇。皇十一子成哲親王允珵。尤爲厚待。雖不假以事權。而偶有過失。輒寬容之。儀王性剛愎。恆在仁宗前作爾汝詞。成王遇事模稜。多不盡力。仁宗待之如舊。嘉慶十四年。秋。慶郡王允璘遊桃花寺行宮。二十年。秋。儀王奉祭裕陵。私回京邸。有司議黜革。仁宗以宗誼攸關。惟罰鍰示懲而已。明年春正月元旦。乾清宮筵燕宗親。輔國公緜愍誤將食椀拂墮。而慶郡王向奏事太監曹進喜告知。急遽狀屬令口奏。仁宗謂「向來與宴臣工。失墜席間器皿。事所恆有。使緜愍自請議處。失儀過小。朕將緜愍示罰。允璘儘可寬免。乃先令曹進喜面奏。咎在於此。不能不加以薄懲。朕聞內廷行走諸王。往往向奏事太監處探聽內事。其意何居。嗣後儀親王成親王慶郡王允璘肅親王永錫。遇有應奏事件。俱在乾清門外及出入賢良左門。交外奏事官員呈遞。並令將此旨各錄一通。敬謹閱看。」其裁抑太監。實所以厚愛諸王也。且於諸王子孫。皆封貝勒貝子爵至孩提焉。至於重師傅。尤有可紀述者。乾隆時。朱珪爲上書房師傅。珪字南厓。籍浙江蕭山。由編修累遷侍讀學士。出爲福建按察使。署山西巡撫。三十八年。入覲。授侍講學士。四十一年。命侍仁宗學。閱四年。出督福建學政。將行。上五箴於仁宗藩邸。曰養心。曰敬身。曰勤業。曰虛己。曰致誠。仁宗力行之。及親政。亦常置座右。高宗舉經筵。諸皇子侍班聽講。高宗顧謂仁宗曰。「汝師傅所講甚善」。及高宗崩。珪曰。「頸我皇上無忘堯舜自任之心，臣敢不勉行仁義事君之道」。仁宗嘉納之。嘉慶七年，以戶部尚書拜協辦大學士，加太子少保，後晉體仁閣大學士，晉太子少傅。十一年冬，病卒，贈太傅，諡文正。珪清德素修，爲時宗仰。直上書房時，有嘉猷入告，惟以仁厚爲本。至癸酉林清之變，駢戮百餘人，仁宗惻然哀憫，猶秉珪之教也。死之日，臥處僅一布被布褥，其別舍則殘書數篋而已，見者莫不悲感。仁宗親賜奠，甫至門，卽放聲哭，御製抒痛詩有云「半生惟獨宿，一世不言錢」。逾歲，仁宗駐蹕趙新店，猶命近臣代奠，又有「哀我哲輔，松楸在望」之諭，其知之也深，其敬之也至矣。

尙賢上　嘉慶一朝，朝臣望實高素，首推朱珪，而與珪名相埒者，如劉墉、王杰、董誥、劉權之、戴衢亨輩，亦皆稱爲良輔。雖無尌猷茂績，而風政克立，自不愧儒雅風流。墉已略見上述。杰字偉人，籍陝西韓城。高宗時由修撰拜東閣大學士，實與和珅同列。凡不附己者，輒齮齕之，杰接以大體，不爲悻悻壯頎之事，而遇所當執，迄不與珅同，卒能密贊廟謨，明正其罪，此其所以尤難也。歿歷遭逢，迭司文柄，可謂獨際其盛。及仁宗親政，珅已伏法，私念大臣所當爲者，非盡於所能言，將告歸，復上疏言欲杜虧空，先清驛站，轉移之策，無大於此二者，纚纚千餘言，尤爲切中時弊。嘉慶四年，病卒，諡文端。誥字蔗林，籍浙江富陽。由編修拜東閣大學士，綜理禮部，兼戶部事，充軍機大臣。甘肅回平，臺灣賊平，兩經繪像賜贊。仁宗親政，晉文華殿大學士，兼綜刑部。教匪平定，多所贊畫。仁宗稱其知無不言，言無不盡，蓋褒其實也。珅用事，與杰遇事救正，雖語祕外莫能知，而識力深遠，抑可得其大凡。已二十三年卒，諡文恭。權之字德輿，籍湖南長沙，由編修擢吏部侍郎。嘉慶七年。授軍機大臣。管理戶部三庫事。教匪戡定。多所建白。九年。以禮部尚書拜協辦大學士。坐事降編修。十二年。遷兵部尚書。十六年。晉體仁閣大學士。越二年。考績。仁宗以其夙夜匪懈。予優敍。二十三年卒。諡文恪。疊典文衡。無所私昵。歷京秩五十餘載。人皆服其清操。衞亨。字荷之。籍江西大庾。初由中書直軍機。乾隆四十三年。以一甲一名授修撰。累遷侍讀學士。仁宗嗣位。典禮鉅製。皆出其手。其膺殊眷。蓋自此始。六年。長兵部。歷工部戶部。入直上書房。十二年。協辦大學士。越三年。晉體仁閣大學士。管理工部。御製詩賜之。有「鳳閣隨雙彥。鰲頭冠衆英」之句。十六年卒。諡文端。前後直樞庭三十年。敷陳密勿。類非淺近所能測識。論度支。主減費。守常賦。論治河。主謹隄防。不改道。而論剿匪。則曰當以忠勇將帥驅殄之。勿使文臣支格其間。此卽立朝之大指也。

尚賢下　國家重臣。內而樞府。外而督撫。故欲整頓吏治。則必先愼簡督撫。蓋督撫得其人。天下無不治之人。督撫得其任。天下無不勝之任。仁宗朝督撫之有名者甚多。而求其名副其實者。則無過於孫玉庭蔣攸銛吳熊光岳起諸人。玉庭。字寄圃。籍山東濟寧。乾隆間。由編修出爲監司。洊擢臬藩。巡撫大邦。遷兩江總督。清操碩德。爲天下望。生平嚴重。識大體。鉏剔姦蠹。撫綏遠人。不邀旦夕不可必之功。銷患未萌。小民陰受其賜焉。且精於治盜。購諜鉤纂。無不立獲。嘗誅盜百七十有奇。其楊阿鹽鄭阿訂關念棕各大盜。並弋致之。寘諸法。至治海盜。主堅壁清野之法。海道寧謐。論者稱其計慮深長云。攸銛。字礪堂。籍遼東襄平。隸漢軍旗。由編修轉御史。奏劾外省貪吏。如李奉翰景安秦承恩諸人。先後挂網。吏治頓肅。出爲監司。

洊擢臬藩．旋撫江蘇．督兩廣．調四川．其爲政明而不苛．淸而不刻．飭武備．澄吏源．尤壹意以培植賢才．扶持善類爲念．所荐達者多任封圻．躋顯秩．英吉利有護貨兵船．擅入內洋．不敢驅逐．乃飭停貿易以懲之．英計絀．始遵約如舊制．是事尤爲得體．熊光．字望崑．籍江蘇昭文．初由中書任章京．阿桂甚器之．嘗陰阿劉匪．讞獄．治河．閱海．一日．高宗宣軍機大臣．不得．命召章京．唯熊光已上直．入對．頗稱旨．在政府六閱月．珅不便其所爲．卽出爲直隸布政使．珅敗．授河南巡撫．時豫患盜．民不聊生．熊光定保甲．聚鄉勇．廬氏東境．盜不敢犯．嘉慶六年．遷督湖廣．閱三年．調直隸．尋復調兩廣．十三年．英將度路利率兵艦三入黃埔．並令三板船入省河．熊光以師老．故務鎭靜．飭令回帆歸國．而英艦遷延至十月始起椗．坐奪職．命往南河効力．旋百齡督粵．復劾其畏葸．謫戍伊犂．抵戍一載．召還．岳起．滿洲人．起家孝廉．初任奉天府尹．嗣與將軍不洽．罷官．仁宗親政．授山東布政使．尋調撫江蘇．起自矢淸介．夫人慧而賢．親掌簽押．署中僮僕．不過數人．出門騶從蕭條．瘦驂敝服．居然寒素．禁止妓館．游船無事不許讌賓演劇．吳下奢風少息．御下無疾言厲色．然不假以事權．嘗曰．「若輩祇可供灑掃奔走之役耳．署中政事．乃天子付我輩者．安可使之與聞．向來大吏不能令終．皆坐倚若輩爲腹心也．」夫人尤嚴正．起嘗出籍畢弇山家產．歸時已薄暮．小飲．面微醺．夫人正色曰．「弇山尙書以耽酒色．致有今日．相公觸目驚心．方謹戒之不暇．乃復效其所爲耶．」起長謝焉．後吳人演爲岳靑天歌．以爲湯斌後一人．至阮元畢沅．則以文學著名．長齡百齡．則以功勛震世．當隨事附見．無俟贅陳焉．

三　仁宗時之內變

仁宗承乾隆泰侈之後．財力日絀．又以人口增加．生計銳窘．當乾隆晚年．內閣學士尹壯圖．曾以督撫貪墨病國殃民入奏．爲高宗所駁斥．於是官方益弛．民不聊生．而大亂踵起．

一曰苗疆之變　方苗地之政流也．苗畏隸如官．官如神．有司視爲利藪．往往以細故緣飾株及全寨．又漢族移殖者寖多．與土著不洽．而苗民以逐客復故地爲辭．遂於乾隆六十年．發難於貴州之銅仁．湖南之永綏．而鎮筸乾州等處之苗．復相繼應之．苗疆大震．高宗遣福康安．及滇督忠銳．川督和琳．與湖廣督撫合剿．師久無功．則藉口於暴雨山潦漲阻．乃懸翎頂金錢．廣行招納．降苗受官弁者百餘人．月支鹽糧銀者無慮數萬人．又增調粵桂川滇兵數十萬．來營會攻．餉路崎嶇．轉輸繁費．以鉅萬計．就中鎮筸苗酋自稱吳王之吳八月．雖由降酋吳隴登誘禽．而八月子廷義．復與隴登仇殺．負嵎如故．至仁宗卽位三年．福康安和琳．先後歿於軍．額勒登保統兵進剿．禽斬吳廷義．及銅仁苗酋石柳鄧等．遽告苗平．會川鄂教黨方熾．諸將又移師而北．遂以苗疆底定．草草奏聞．於是月糜撫苗銀亡算．而苗勢益張．藉詞和琳苗地歸苗之約．蔓延靡已．時鳳凰廳同知傅鼐．（字重庵浙江山陰人）知徒撫非策．且愈撫愈驕．而兵罷難再動也．乃練兵築碉堡．布置甚周．年餘．犄角漸密．苗妨出沒．顧爲湘撫姜晟所忌．因苗焚掠下五峒．將以開邊衅中鼐罪．兵備道田灝．復吝出納以窘之．事且敗．會嘉慶四年．鎮筸黑苗吳承受等數犯邊．於是仁宗知苗疆尚未定。嚴責巡撫姜晟捕首逆。鼐立禽之。又於五年殲苗苟𦐇。嚴苗氣始奪。然至六年而貴州復亂。蓋湖南環苗東南北三面七百餘里。均由鼐擇要建堡。修繕邊牆。其西南二百餘里。與黔接壤。尚未設備。故石硯苗復約十四寨。及附近湖南苗同起。鼐亟引鄉勇千五百。馳赴銅山。黔撫伊桑阿叱還鼐。謂其越境邀功。而以招撫勘定奏。邊民苦苗赴愬於滇督琅玕。琅玕檄鼐會剿。三日平之。事聞。仁宗誅伊桑阿。以鼐綜邊務。鼐治螺螄堡於黔邊。復徙永綏廳治以扼形勝。廣屯田。卹流民。破苗寨。收苗械。設書院義塾以教之。蓋規畫經十餘年。苗事始大定云。

二曰川楚白蓮教之變　白蓮教者。始自宋亡後欒城韓山童。規復中國。焚香聚衆。倡言彌勒佛降生。刑牛馬告天。謀起兵。以事洩為元所擒。元末韓林兒。明末王森。徐鴻儒等繼之。皆無成。然其徒侶甚衆。綿衍浸廣。清乾隆時曾嚴禁之。而安徽劉松。及其黨劉之協。宋之清。先後謀舉兵。宋與之清旋被捕。惟之協遠颺。跡於河南扶溝。不獲。清廷令大索。自豫而皖而楚。三省大吏轉輾根究。有司奉行不善。逐戶搜緝。胥吏乘之為奸。苛累平民。民嬰其害。其尤甚者。武昌同知常丹葵。奉檄荊州宜昌。株蔓至數千人。富破家。貧陷死亡無算。會湘蜀黔桂方以苗事困。軍興民多失業。仇官思亂。於是聶人傑。張世謨等起荊州。姚之富齊嫠婦等起襄陽。四川則有孫士鳳。徐天德。王三槐。冷天祿之屬。陝西則有張士龍。張漢潮。張天倫之屬。皆雲擁蠭起。勞師至五六載。糜餉至數千萬。訖未敉平。至嘉慶四年。仁宗數諸將掩敗為功。玩兵養寇之罪。獎用額勒登保。德楞泰兩人。與楊遇春等共行堅壁清野之策。止客兵。練鄉勇。於是軍務始漸有起色。劉之協徐天德等先後均捕滅。至七年。全境大定。然生靈塗炭數十萬。政府耗費二萬萬元。氣已大衰矣。至七月。又有寧陝新兵之變。寧陝扼秦嶺之勝。地險糧貴。乃於例餉外月給鹽米銀人五錢。議三年而減一錢。至是適當減給之期。布政使朱勛併四錢停發。兵大譁。幸遇春與楊芳。剿撫兼施。得無事。十二月。四川復有綏定新兵之變。賴桂涵馳至。掩捕殆盡。明年正月。西鄉瓦石營又滋事。羅思舉星馳擊敗之。詔以新兵效尤。皆寧陝縱叛所致。悉誅無赦。嗣是內訌已平。

三曰海疆之變　先是康熙時大開海禁。東南瀕海。市舶湊焉。及乾隆末葉。安南阮光平父子。以久戰得國。財政不支。乃獎誘海上亡命。資以兵船。令劫內洋商舶。以佐國用。夏至秋歸。蹤跡飄忽。大爲粵患。謂之艇盜。已而內地刁民鳳尾幫水澳幫附之。受安南總兵或王侯勅印。爲之前驅。深入閩浙。時仁宗新立。明知安南政府藪盜之罪。以川陝教氛方熾。未遑責問。第飭疆吏自防而已。至嘉慶五年。安南艇及鳳尾水澳共二百餘艘。進逼台州。定海總兵李長庚。以三鎮水師迎戰於松門山下。颶風雷雨大作。敵船自相撞擊。覆沒殆盡。獲安南侯爵倫貴四總兵。誅之。而以勅印擲還其國。會安南前王黎氏之甥阮福映藉法人兵力。爲其舅氏報前阮仇。復舊域。新受中國封。遵約束。禁艇盜。自是艇盜失安南保護。其在閩者。皆爲漳人蔡牽所併。又併鳳尾兩幫。與陸地盜黨交通。資其餉械。勢大熾。乃以閩地爲根據。公收出入港口商船稅。握海上霸權。是時李長庚本爲浙撫阮元所奏保。以功擢浙江提督。新造戰艦。配鉅礮。號霆船。防禦甚力。牽以進香普陀。故幾爲長庚獲。乃更造新艦。令高大過霆船。溫州總兵胡振聲。爲擊死於浮鷹島洋面。

仁宗以長庚總浙閩水師。牽與粵人朱濆聯合。率艦隊百餘艘。擊戰漁山附近。復爲長庚所破。於是牽乃不敢復窺浙。惟閩中自乾隆中葉後。歷任督臣。率貪冒不職。吏治軍政均極腐敗。至是玉德阿林保。相繼督閩。益以廢弛掣長庚肘。而阮元又以父憂去職。長庚愈失臂助。戰歿南澳洋中。牽亦盡喪精銳。遁入安南。時嘉慶十二年也。明年。牽自安南回。得朱濆助。聯艦弋浙海。會阮元復撫浙。設計離之。濆旋敗死於閩。元遣長庚舊部。邱得功王得祿共攻牽。而閩督亦易方維甸。協力進取。先絕陸黨接濟。合邱王兩軍。夾擊牽於漁山外洋。牽舟尚三十餘。惟礮彈已盡。用番銀代之。兩軍以全力注射牽坐船。牽知不免。舉礮自裂。沈於海。其餘黨及在粵之艇盜。陸續於十五年乞降。而後三省海疆。始獲安枕。

四曰畿輔天理教之變　教爲白蓮支派。自明王森案發以來。政府知禁白蓮教。不知其餘黨別立名目。仍相渾發。有八卦榮華三香聞香白羽白易等支蔓延叢雜。天理又八卦之變號也。河南李文成山東林清爲之魁。兩人均以觀天文能豫言人事。稱上下多尊信之。於是林清賄通內監。誘致其黨於宮禁。而約山東河南同時起事。是日爲嘉慶十八年九月十五日也。清黨二百餘人飾農夫。集菜市。潛自宣武門入內城。身懷武器。混酒肆中。日晡。乃直迫東西華兩門。東入者以祝現屈五爲首。西入者以李五宋進才爲首。各以首蒙白巾爲號。太監劉金等引其東。高福進等引其西。閻進喜等爲內應。東華門護軍覺察較早。闌入十餘人。西路闌入者八十餘人。闖集隆宗門。時仁宗方狩木蘭。次子旻寧登垣瞭敵。命取槍。槍至無實彈。知內監已叛。亟取衣上銀鈕作丸。於養心殿下。連擊斃二人。餘黨不敢進。將火崇文門。會諸王大臣。

率禁兵自神武門入敗清黨中和門外並內監之叛者搜獲之旋以十七日擒清於黃村仁宗於是日亦回京磔清駢戮其黨衆方清變未發時李文成爲滑令所捕斷其脛下獄文成黨以事迫不能如清所定約已於九月七日攻滑屠令出文成於是直隸之長垣東明山東之曹定陶金鄉先後響應及清已見磔文成在滑以脛創不克自臨陣遺黨據運河險要道口鎮扼饟道招徒侶勢甚張豫魯直三省督撫均按兵不敢發仁宗檄楊遇春由陝西趣道口連捷遂圍滑滑堅外砌厚磚內疊厚土中實以沙礮彈遇沙輒止不易破文成旋以遁走故爲遇春軍所迫自焚死城亦爲火藥所炸破居民二萬餘濫殺無算其後陝西南山江西胡秉耀臨安高羅衣父子相踵謀變均以發覺捕獲未釀大亂

戡亂諸臣上　額勒登保字珠軒姓瓜爾佳氏籍滿洲正黃旗由侍衞從福康安討回征臺灣平廓爾喀以功擢都統仁宗卽位復乾州城補領侍衞內大臣克平隴封威勇侯川楚教匪亂遂由苗疆移征湖北連克險要坐師老無功奪爵職時教匪有靑黃藍白綫等號被命赴陝協剿白號高均德黃號姚之富齊王氏會賊目李全等至藍田欲與高齊合帥師截擊之姚齊失援遂爲德楞泰（伍彌特氏正黃旗蒙古人）等所殲俄藍號張漢潮入楚敗之竹山追入陝境平利復追入川境太平並敗白號賊羅其清於箕山嘉慶四年殲藍號賊蕭占國張長庚於營山賞二等男爵自是每戰必先所向克捷八月詔逮勒保明亮入都奉命爲經略德楞泰爲參贊詔謂自用兵以來各路將帥惟額勒登保英勇絕倫屢殲林之華覃如耀羅其清冷天祿等且胡齊崙一案督撫將帥皆受餽遺獨彼一人無之實東三省人傑九月卽奏定

偪賊歸川北之議。而分兵扼廣元棧道。截藍白二號楊開甲張子聰回南江。與王登廷阮正隆苟文明鮮大川合。比聞冉天元入川。特令楊遇春（字時齋。籍四川崇慶。）穆克登布合左右翼全力擊之。左軍不利。敵復以全力攻額勒登保營。血戰竟夜。始退走開縣。於是先後具奏請罪。仁宗以其直陳無隱。且未幾擒王登廷於南江。詔嘉奬之。額勒登保病留太平。遣遇春等與德楞泰夾剿。未幾。額勒登保與德楞泰相繼西上。川東北兵備虛。踰歲。川西被蹂躪。詔趣德楞泰回軍赴援。天元衆援蓬溪。川督魁倫。遣朱射斗（字文光。籍貴州貴筑。）百祥等進擊。射斗被圍。力戰死。百祥亦幾殆。魁倫反回屯城內。是時敵所憚者。額德二軍外。惟遇春射斗而已。射斗死。清軍氣奪。已而敵西犯梓潼江油。擬趨龍安。北與陝甘之徒合。德楞泰兼程赴援。邀擊江油之西。額勒登保遇天元等馬蹄岡。步騎數萬。分道來攻。至新店子。遇伏被圍。德楞泰以中軍馳救。圍解。三月。授德楞泰成都將軍。專辦川西賊。進搗馬蹄岡。又遇伏。德楞泰率親兵數千。誓必死。卒擒天元。是役爲軍興以來。第一血戰。乘勝破之石門寨。時清軍雲集潼川。敵不敢犯成都。乃分軍。一留白號張子聰龐向瑶於川西。以綴官兵。一爲黃號徐萬富渡潼河。將趨嘉陵江上游。以會甘肅諸黨。四月。德軍破子聰等。追及潼河西岸。擊其未渡後隊二千。禽斬漂溺殆盡。潼西告平。額勒登保自王廷詔一股竄入甘肅後。亟移師追剿。尋與那彥成會師伏羌。幷力邀擊。至五年三月。隴州鞏昌間羣徒。蔵爲清軍偪歸渭水南。復分道奔竄。或東趨商雒。窺河南。或南出階文。迫川西。額勒登保與遇春等軍倍道還陝。念川徒入隴。隴徒折秦。必皆由棧道。乃令各軍分扼其要害。而自趨商川。令遇春扼龍駒寨。遏其赴豫。

與恆瑞夾擊。先後擒斬二千餘級。復遣遇春、劉冉學勝於孝義廳。時商雒各教徒窺豫不遂。復折奔楚。楊辛等犯鄖西。樊人傑犯平利。額勒登保乃議合兵而南。會敵趨渭南。令遇春與楊芳（字誠村。籍貴州松桃。）倍道扼其東竄。並遣兵守商雒。五月。額勒登保扼鎮安。遇春等破五金柱首板崖。敵折奔山後。欲東竄山陽。適清軍三路要其前。遇春等兩路躡其後。二十里內之敵皆偪歸銅錢溝。先後擒斬五千餘。復進攻楊辛、二張等於茅坪。敵大隊西竄華陽。後隊東竄四畝地。乃留遇春、劉東而大軍西追。時冉學勝、張士龍偪秦州。而高馬亦自岷至。陝甘軍皆赴之。額勒登保嚴軍棧道。會豫藩馬慧裕適以六月訪獲教主劉之協於葉縣。檻送京師誅之。仁宗乃製邪教說以「但治從逆不治從教」之旨宣示中外。於時五省之教徒。已失其所主。而大局亦漸寧靜矣。

戡亂諸臣下　羅思舉與桂涵。皆東鄉人。並以英勇稱。皆由鄉勇殺賊而擢至節鎮者。思舉之得名也。始於豐城之役。王三槐初起。聚衆數萬於此。四出擄掠。官軍無如何。一日率三千人出擾。將近羅家壩。壩中團勇不諳戰。猝遇敵蠭涌至。皆畏懼。思舉見敵前鋒數百。詭呼曰「數十賊耳」。躍前搏擊。鄉民聞敵少。氣稍壯。亦奮身拒戰。多所俘虜。思舉乃獻之游擊羅定國。定國使詗敵豐城。比歸。與定國言願率死士夜擣其巢。並隱兵五百爲外應。可一舉而殲滅也。衆狂之。思舉恚甚。乃自請火藥數斤。夜獨往敵寨。火而焚之。風猛火烈。敵黑夜自相蹂躪。狂竄南壩場。踣死甚衆。是役以一人破敵數萬。川東名震。鄉勇從之者如歸。於是自成一軍。曰羅家軍。嘉慶元年。副都統佛住屯東鄉。思舉隸之。會王三槐、徐天德來犯。思舉請增垣浚濠。積石以守。佛住不聽。乃往方山坪。就知縣劉清軍。羅其清故劉部民。甚德劉。劉望之大哭。其清亦哭。即去所服白袍請罪。蓋白蓮教衣白也。翌日。使思舉持檄諭其清。慷慨陳說。終無降意。而徐王已竄踞香爐坪。思舉夜襲其營。敵遁去。於是始以千總將鄉勇。與川東軍犄角。復計敗張長庚於陳家山。三年。冷天祿負嵎安樂坪。縱火燔其巢。川東教徒勢漸蹙。適值德楞泰圍其清等於大鵬寨。三月不下。思舉自山後攀磴背登。圍斬殆盡。獲其清於山硐。遷守備。四年。隨德楞泰軍。生擒冉文儔於通江。自是隨七十五轉戰川陝老林。在房竹間缺糧七日。煮馬韉皮啗敵肉以戰。追苟文明等入川。向通江巴山。時鄉勇未領餉者半載。衣狗皮。躡草履。人皆稱之曰「丐兵」。及戰勝。則曰「丐兵破賊」。追過達州。獲領兵。饟士氣始飽。剿張天倫等犯儀隴。屢敗總兵田朝貴。踰歲。思舉赴援。敵狃朝貴易與。專蹈其瑕。思舉乃冒田幟。敵爭趨之。大敗。後復戰東鄉。斬天倫。戰老林。擒劉朝選。戰通江。破齊國點。戰巴州。執張簡。羅道榮。積功甚多。而勒保以之予他將。八年。教匪平。思舉以太平協副將。專搜川賊。深窮太平大寧開縣通江各萬山中。又二年而亂始息。後晉重慶總兵。討中瞻對土酋。討永州苗趙金龍頗有功。此「羅必勝」之名之所由來也。而與羅齊名者有桂涵。初膺智趙捷。橫行鄉里。屢干刑禁。川楚軍興。官募義勇。則往投。嘉慶三年。王三槐據金峩寺。隨朱射斗往討。垂破。反被敵圍數重。涵出截其尾。襲其巢。敵始潰。還攻山旁二硐。以火薰之。又兩山築望樓。諜來偵者。輒轟擊之。時鄉勇與官軍相犄角。敵乃徙屯香爐坪。射斗躡之。涵與思舉各伏勇伺敵渡溪河。出不意擊之。敵相蹂躪。溪為不流。五月。官軍追至香爐坪而西。其時達州東鄉太平新寧民被寇害圖報復者聞之爭挾矛矢來追追及淨土庵德楞泰明亮穆克登阿朱射斗四軍扼其四面敵攻射斗營垂破忽伏勇四出如潮而至涵與思舉爭先陷陣譟聲震天敵寨火發烟燄漲天屍骸山積殲教首孫士鳳餘敵二三千北走太平緣途棄民爭擊川徒至是大蹙五年追高馬於龍安又從射斗敗王光祖於雲陽縱其首李甲歸降者日衆五年改隸勒保始與思舉分路六年殲李顯必於店子河十一月涵以游擊隨薛大烈追李彬冉天士於通江抵小中河乘雪夜奮擊無倖免者七年涵以參將追徐天德至絲羅壩獲焉自後轉戰至開縣新寧太平大竹東鄉長壽忠州酆水江北廳均有斬獲擢至四川提督其有功於海疆者莫李長庚若長庚字超人籍福建同安乾隆三十六年武進士出爲浙江衢州都司累遷樂清副將林爽文亂臺灣調入閩護海壇鎮總兵屢捕劇盜嗣補游擊時閩浙洋匪北接山東西通兩粵三面數千里皆盜出沒其內地曰洋匪蔡牽最大朱濆次之外地曰夷匪多中國奸民挾安南人爲之鳳尾最大水澳次之一艇載數百人洋匪曰匪艇夷匪曰夷艇夷艇至輒數十艇蔡牽有數十艇朱濆亦數十艇其大較也嘉慶二年遷浙江定海鎮總兵明年鳳尾引夷匪自閩入浙追擊至溫州沈其一艇守備許松年等困於盜長庚返舟入盜圍救出窮追至甲子洋遇牽再擊之仁宗嘉其奮勇賞孔雀翎五年夏阮元奏請總統閩浙水師得俞旨長庚申號令嚴標識束部伍信賞罰自偏裨至隊長柁工水手耳目皆一於是水師皆可用六月夷艇大至偪台州松門長庚帥師進剿會颶風起雷雨大作盜艇覆沒幾盡其登岸者悉就俘僞安南王爲阮福映所滅新受封守清廷約束盡逐奸匪自是夷艇不復至其在閩

者皆爲牽所併，牽籍同安，奸滑能用衆，旣得夷艇夷礮，凡鳳尾水澳餘黨皆附之，勢張甚，是歲擢福建水師提督，總督玉德，以其籍閩，請迴避，乃調浙，先是匪艇皆高大，官軍仰攻恆失勢，乃與元議造大艇，淩匪艇上，元籌銀十餘萬，交長庚遣官赴閩造三十艘，至是成，名曰「霆船」，遂敗牽於岐頭東霍等洋，七年，春，獲匪目張如茂等，軍威大震，八年，牽竄定海，長庚帥舟師掩至，牽僅以身免，窮追至閩洋，賊糧硝罄，篷索朽，官軍又據上風，不能遁，乃僞乞降於玉德，遣興泉道慶徠招撫之，牽又曰果許降，勿會合浙師上風偪我，玉德遽檄浙師收港，勿出，牽得以其間繕檣械，備糗糧，揚帆而去，浙師追擊於三沙，於溫州，凡奪舟沈舟燔舟者六，牽畏霆船甚，厚賂閩商造巨艇，大於霆船者，先後載貨出洋，僞報被劫，牽連得大海舶，遂能渡重洋，劫臺灣米數千石，分餽濆，而與濆合，九年，連䑸八十餘，猝入閩，閩師不敢擊，溫州鎭胡振聲被戕，詔長庚總統閩浙水師，專勦牽，以溫州海壇二鎭爲左右翼，八月，擊賊馬蹟洋，牽濆結爲一陣，長庚督師衝貫其中，斷賊爲二，使鎭兵擊濆，而自敺擊牽，逐至盡山，沈其二艇，又斷牽坐船篷索，卒以船高得遁去，牽責濆不用命，濆怒，遂與牽分，而牽勢亦少衰矣，是冬，敗濆於甲子洋，十年，夏，又擊牽於靑龍港，其冬，牽聚百餘艘，復犯臺灣，沈舟鹿耳門，以阻官兵，又搆土寇攻府城，自號鎭海王，十一年，正月，復敗之柴頭港，二月，復盡焚洲仔尾之柵，與南汕來襲之船，賊大敗，越二日，潮驟漲，沈舟漂起，牽奪門出，長庚追之，奪船十餘，卒以閩師不助扼各港，竟遁去，詔奪翎頂，長庚列狀上聞，乃褫玉德職，逮問治罪，以阿林保代之，時閩文武吏以不協勦，不斷岸奸，獲罪，交譖長庚於阿林保，阿林保卽密劾其逗遛，揑報斬獲，疏五上，仁宗密詢浙撫清安泰事得白．復敗牽於竿塘．於溫州．十二年又敗之粵境大星嶼閩境浮鷹島．十二月．帥福建提督張見陞追牽入澳．牽僅存三舟．長庚擊破牽舩．遂又自以火攻船壞其後梢．賊亟發梢尾一礮．適中長庚喉而殞．時閩浙水師合剿．數十倍於賊．而見陞庸懦．見總統船亂．遽引舟師退．牽得遁安南．事聞．追封壯烈伯．諡忠毅．以長庚裨將王得祿邱良功嗣其任．勉以同心敵愾．爲長庚雪仇憤．十三年．牽自安南回棹．潰貧之．仍合幇入浙．阮元復莅任．用間離之．潰復舍牽入閩．爲許松年轟斃．已而浙江提督邱良功．福建提督王得祿．合剿牽於定海之漁山．閱兩晝夜．牽夫婦淹斃黑水洋．盜船一律燒毀．賊矛貫良功脇．得祿亦受傷．卒能禽斬無遺．仁宗大悅．封得祿子爵．良功男爵．奏捷之疏．由閩督主稿．遂有閩幇優於浙幇之語．故恩賞亦稍有軒輊．而良功致浙撫書．謂掃蕩鯨鯢．肅清海甸．總是大快事．不必計較功伐．眞名將風規哉．

外交間生惡感　仁宗以白蓮天理及海疆諸亂．疲弊國力．深慮宗教迷信．與海上貿易．爲致釁召寇之媒．故對於外人傳教通商之事．特加限制．嘉慶十年．御史蔡維鈺奏嚴禁西洋人刻書傳教一摺．諭曰．「京師設立西洋堂．原因推算天文．參用西法．乃各堂西人每與內地民人往來講習．並有刊刻書籍．私自流傳之事．向來本定有例禁．著管理西洋堂務大臣留心稽察．如有私刻書籍．卽行銷毀．」復據刑部奏．審明粵民陳若望私代西人德天賜遞送書信地圖．並究出傳教習教各犯．分別定擬一摺．又諭曰．「德天賜私行傳播．不惟愚民婦女被其煽惑．卽旗人亦復信奉．並用漢字編造西洋經卷至三十一種．

之多。若不嚴行懲辦。何以闢異說而杜歧趨。陳若望。會長劉朝東。趙廷畛。朱長泰。漢軍周炳德。汪茂德。或往來寄信。或展轉傳惑。著照所擬。發往伊犂。給厄魯特爲奴。民婦陳楊氏以婦女充會長。尤屬不安本分。著發往伊犂。給兵丁爲奴。德天賜著兵部解往熱河。圈禁厄魯特營房。佟慶傑隨時管束。餘議罰有差。十六年。又諭西人留京者止七人。有官職差使者。俱有在官人役隨地稽查。不能與旗民人等私相交接。其老病者。不許擅出西洋堂外。人亦不許擅入。管理大臣及官員弁兵巡邏嚴密。諒不至有聽其傳教之事。至外省地方本無需用西人之處。卽不應有西人潛住。不可不加之厲禁。除廣東向有西人貿易。勿任私行傳教。不遵者按例懲治。餘著各督撫飭屬通行詳查。如見有西人在境。及續有西人潛來者。並令有司查拏具報。一面奏聞。一面遞交廣東。遣令回國。至二十年。有西人蘭月旺潛入內地。遠歷數省。收徒傳教。煽惑多人。仁宗謂其不法已極。命翁元圻嚴訊。問擬絞決。奏明辦理。此以傳教而與外人生惡感也。至通商之事。嘉慶十年。俄羅斯商船至粵。監督延豐擅許卸貨。有乖定制。仁宗斥其冒昧。至十四年。俄國畢爾納托爾遣使齎書。請於明歲冬令冰凍時。在恰克圖會議。先是俄君遣使來華。庫倫辦事大臣蘊端多爾濟因來使不行叩拜。竟行斥回。至是仁宗傳諭綳武布。令告知准其來會。發給咨文。若提及仍照前次遣使進貢。亦不必過於拘泥駁斥。若其懇詞恭順。卽可據實陳奏。准其所請。諒俄人來京。斷無膽敢不行叩拜之禮。十九年。英吉利護貨兵船。違例闖入虎門。粵督蔣攸銛示以兵威。遣使詰責。始謝罪去。二十一年。英使至天津海口登岸。特命蘇楞額廣惠傳旨賜宴。行三跪九叩禮。如未諳禮儀。具奏候旨。其原船勿令駕駛。仍由原路回津泛海還國。蘇等故違旨帶來。又令和世泰穆克登額。迎赴通州演禮。限內尚未如儀。即行參奏請旨。乃和等既未演禮。復不參奏。而英使又倔強不恭。仁宗恚甚。逐其使臣回國。不治重罪。仍命廣惠護送至廣東下船。此又以通商而與外人生惡感也。是時中外邦交。既生惡感。而鴉片輸入。則又以大吏之顢頇。與奸商之偸漏。日漸增加。遂階後此無窮之隱禍矣。

第十一章　乾嘉以前之狀況

一　疆域

乾嘉以前大勢　滿洲興起。瀋爲陪都。以黑龍江吉林。爲左右馮翊。於是乎有東三省。合本部十八省爲二十一行省。直隸山陝邊外。則內蒙古首先歸附。世爲臣僕。書在理藩。康熙間準部之亂。外蒙古喀爾喀。亦已內屬。迨準地蕩平。回疆次第受命。天山南北路新疆之布置。規模粗具矣。苗疆旣闢。金川授首。則西南之限。亦越後印度交趾支那而過之。玆卽舉全盛時代之幅員。以見梗概。東瀕黃海。南盡瓊崖。北走外興安嶺。西循葱嶺下青海藏衞。南北長五千四百里。緯度約三十五度。東西廣八千八百里。經度約六十一度。面積四三七八〇〇〇〇方里。北限長城以內。西並天山東瀕東海南接安南暹羅。此謂之本部。本部長約四千四百里。廣約四千六百里。面積一三〇〇〇〇〇方里。外此外藩屬地。曰內外蒙古。曰西藏。曰青海。又外此朝貢被保護國。曰朝鮮。曰緬甸。曰安南。曰暹羅。綜攬全局之地勢。昆侖東走。爲南北兩幹。其谷則江河流域也。天山北走。東折爲阿爾泰山。外興安嶺中亙沙漠。絕長至七千五百餘里。內外相繼。海陸相抱。重門疊戶。地大物博。山脈水源。悉歸掌握。亞洲險要。中國實盡有之。誠所謂金甌無缺者也。

二 財政

乾隆間之收入　康雍兩朝。軍輸寖緩。乃專務休養生息。其時物力既紓。國計益裕。蠲江浙逋賦。詔永不加丁。惠民之政。史不絕書。然正用不匱者事簡俗儉。足以供給而有餘也。雖乾隆中葉。權賄稍張。而恐慌之象。尚未大見。職是故耳。茲據乾嘉間之收入。列表如左。

地丁	二九、六一〇、二〇一口
屯賦	五〇三、五五七
鹽課	五、五六〇、五四〇
關稅	四、三二四、〇〇五
蘆課	八九八、二五〇
雜稅	一、〇五二、七〇六
綜計	四一、九四九、二五九

三 官制

乾嘉以前中央官制　入關之始。沿用滿洲官號。其因明制者。內閣六部。兼存漢名。順治間。始諭通用漢字稱謂．且改祕書弘文國史內三院為內閣名號．十三衙門幷為內務府．而六部九卿如舊．滿漢並用．著為例．惟理藩院內務府無漢員．武職則京營僅副將以下．餘自宿衛以逮旗門羽林．皆旗籍也．茲將乾嘉前區職統屬．綴表如左．

中央官制略表

官署類稱	長官	佐屬官	長官員數	佐屬官員數	滿漢
宗人府	宗令	宗正宗人府丞等理事主事經歷等	一人	佐五人屬四十二人	府丞主事二人為漢員
內閣	大學士	協辦及學士侍讀學士侍讀中書等	四人	佐二十人屬二百零九人	滿漢對用
六部	吏戶禮兵刑工部尚書	侍郎郎中員外郎主事司務等	十二人	佐二十四人屬七百餘人	仝上
理藩院	尚書	侍郎郎中員外郎主事等	一人	佐二人屬百餘人	皆滿人
都察院	左都御史	副都御史等監察御史經歷都事等	二人	佐四人屬百十七人	滿漢對用
六科	掌印給事中	給事中筆帖式等	十二人	佐十二人屬八十人	滿漢並用
通政司	通政使	副使參議等經歷知事筆帖式等	二人	佐四人屬十四人	仝上
大理寺	卿	少卿左右寺丞左右評事司務等	二人	佐二人屬十七人	仝上
內務府	總管大臣	郎中員外郎主事等	無定員	屬六百十三人	滿人
武備院	卿	郎中員外郎主事等	二人	屬七十二人	仝上

上駟院	卿	郎中員外郎主事等	二人	屬一百二十三人	滿人
奉宸院	卿	郎中員外郎主事等 又苑丞苑副等	二人	屬一百九十三人	仝上
翰林院	掌院學士	經筵講官侍讀侍講學士侍讀 侍講修撰編修檢討庶吉士等	二人	佐無員限 屬典簿孔目以十五十二人	滿漢並用
起居注館 詹事府	起居注官 詹事少詹事	典簿待詔孔目等	無員限 有銜無職		修撰無滿人
太常寺	卿	少卿 寺丞典簿等	二人	佐二人 屬一百三十六人	滿漢並用
光祿寺	卿	少卿 署正署丞等	二人	佐二人 屬三十六人	仝上
太僕寺	卿	少卿 員外郎主事等	二人	佐二人 屬二十一人	屬官滿員
鴻臚寺	卿	少卿 主簿鳴贊等	二人	佐二人 屬二十八人	長官對用
順天府尹	府尹	治中通判等 大興宛平縣等	一人	佐三人 屬二十九人	長官不論
國子監	祭酒	司業監丞等 博士助教學正等	二人	佐五人 屬五十二人	滿漢對用
欽天監	監正	監副左右監副等 春夏秋冬中央等五正	二人	佐四人 屬一百三十二人	滿漢西洋參合
太醫院	院使	左右院判等	一人	佐二人 屬一百四十一人	不論
領侍衛府	內大臣	散秩大臣侍衛班領等 一二三四等侍衛	六人	佐無定 屬七百十七人	滿員
鑾儀衛	內大臣	鑾儀使冠軍使等 雲麾使治儀正等	一人	佐無 屬一百十二人	仝上
八旗都統	都統	副都統 驍騎參領 副參領佐領校等	二十四人	佐四十八人 屬一百九十二人 佐領以下無定	滿人

八旗前鋒統領	統領	叅領等	二人	佐合二百四十四人	滿人
八旗護軍統領		叅領等	十六人	屬合三百餘人	仝上
提督九門步軍統領	統領	左右翼總尉等 協尉步軍尉城門領等	一人	佐二人 屬五百三十人	仝上
京營圓明健鋭	火器 虎槍 營總領	叅領等 驍騎校等	各營無定	各營多少不同	仝上
内府三旗	統領	叅領等 驍騎校等	三人	屬三百六十七人	仝上

外爲王府屬文武官管領長史之屬。又守護陵寢文武官。

又聖賢後裔世職官。

又京營後設神機等營。俱有總統統領以下等官屬。

按清初内閣爲樞要地。世宗時。軍事旁午。大臣皆兼軍機。於是政權漸移於軍機處。通商而後。又在總理各國事務衙門。堂司各官。如軍機處例。自光緒季年。改革官制。區爲十一部。中央分職情形。迴異疇昔矣。（新官制見後）

地方官制　巡撫比元明之中書行省。府縣比守令。大致不甚改革。惟分巡道與總督。俱爲定缺。則前明所無耳。武職有八旗地方駐防。頗占勢力。除東三省外。本部十八省之要津。皆置設焉。其將軍都統權位。與督撫埒。至官制沿革。代有增損。茲以乾嘉間定制爲斷。大都分巡各道以上。治官之官也。府州以下。治民之官也。自府縣同城者多。而知府亦幾爲治官之官矣。

地方官制略表

官名	佐官名 屬官名	員數
總督		八人（奉天後設旋改）
漕運總督		一人（後廢）
河道總督		三人（後廢）
倉場總督		一人（後廢）
巡撫		十五人（新疆後設東三省後設廣東福建湖北裁）
學政		十七人（後改）
鹽政		二人（後廢）
織造		三人（江寧後廢）
布政司使	屬有經歷理問都事照磨庫大使倉大使	十九人
按察司使	屬有經歷知事照磨司獄	十八人
分巡各道（糧儲 驛傳 鹽法）	屬有庫大使倉大使	八十七人
都轉鹽運司使	佐有運同運副運判運提舉 屬有大使倉庫各大使知事巡檢	五人

知府	佐有同知通判 屬有經歷知事照磨司獄茶馬司宣課司稅課司各大使倉大使營倉大使鹽茶大使遞運所大使檢校長官司吏目	一百八十五人
直隸州知州	佐有州同州判 屬有吏目稅課司大使	五十九人
知州	佐有州同州判 屬有吏目稅庫大使倉使庫大使	一百四十九人
知縣	佐有縣丞主簿 屬有典史稅課司大使倉大使巡檢驛丞	一千二百八十七人
教職	教授學正教諭訓導	二千八百零五人

外有四川雲貴等土官不入

武職表

官名	員數	官名	員數
提督	十四人	營守備	八百人
總兵	八十一人	衛守備	五十二人
副將	一百二十一人	守禦所千總	十八人
參將	一百五十九人	衛千總	二百五十一人
游擊	三百七十三人	把總	三千四百零七人
都司	四百二十九人		

各省長官駐防表

總督所在地

直隸	保定府
兩江	江寧府
浙閩	福州府
兩湖	武昌府
陝甘	蘭州府
兩廣	廣州府
四川	成都府
雲貴	雲南府

巡撫所在地

山東	濟南府
山西	太原府
河南	開封府
江蘇	蘇州府
安徽	安慶府
江西	南昌府
福建	福州府
浙江	杭州府
湖北	武昌府
湖南	長沙府
陝西	西安府
廣東	廣州府
廣西	桂林府
雲南	雲南府

東三省新疆後設不入

駐防所在地

廣東	廣州府
江南	江寧府
福建	福州府
陝西	西安府
四川	成都府
湖北	荊州府
浙江	杭州府
甘肅	寧夏府

新疆未入以上將軍

江蘇	鎮江府
山東	青州府
山西	歸化城
甘肅	涼州府
浙江	乍浦廳

以上副都統不盡舉

官職區別綱要表

- 奉上官
  - 中央
    - 內務府
    - 宗人府
    - 內閣
    - 理藩院翰林院
    - 太常光祿鴻臚各寺太醫院
    - 領侍衛府等武職
  - 地方
    - 漕糧織造等
    - 總督巡撫等
    - 提督學政鹽運使等
    - 將軍都統駐防

接下官
- 中央
  - 六部
  - 順天府尹
  - 大理寺
  - 國子監
- 地方
  - 府
  - 州
  - 縣
  - 教職

奉上接下官
- 中央
  - 六科
  - 都察院
  - 通政司
- 地方
  - 布政司
  - 按察司
  - 各巡道

軍政　開國至中葉。軍制統以陸軍。其禁軍及地方駐防占軍事上勢力者。皆八旗也。而沿明舊制。任鎮撫各省地方之職者。尚存綠營。（以綠旗爲識別故名）唯積弱已成。勢難再用。八旗至乾隆後。亦漸形疲薾。教匪及川楚兵變。討平之事。大抵皆用士兵。於是乎始有勇兵。水師則康熙間討平臺灣。始一用之。及仁宗初。命李長庚督水師剿海盜。然皆在閩浙粵沿海而已。

陸軍
- 八旗
  - 宿衛
    - 禁旅
    - 駐防
  - 西藏番兵
- 綠營
  - 勇兵
    - 練軍
    - 徵兵

此乾嘉來八旗之兵制也。禁旅分隸於八都統。八都統者。八旗各一。滿蒙漢都統所統。曰驍騎營。其隸是營者。曰馬甲領催匠役。其不屬八都統者。曰前鋒營。曰護衛營。曰火器營。曰健銳營。各隸於統領及總統大臣．與領侍衛所屬之親軍．皆司宿衛扈警蹕焉．前鋒護軍八旗之精銳親軍．唯上三旗有之．健銳卽雲梯兵．亦爲前鋒火器．亦卽護軍．皆滿洲蒙古兵．漢軍不得與．漢軍別有驍騎營．亦滿蒙驍騎營所無．唯步軍營領催步軍．則合滿蒙漢以爲營．與驍騎營同．而別隸於統領．他如虎槍營．善撲營．各簡大臣以總之．此禁旅之大略也．八旗兵之在外駐防者．其制與禁旅不同．禁旅滿蒙漢各爲營．而駐防則合滿蒙漢以爲營也．駐防之地．畿輔凡二十五．東三省各城凡四十四．各省凡二十．新疆等處凡八．大抵受治於城守尉防守尉．而統之將軍都統及副都統．其新疆之伊犂烏魯木齊則以領隊大臣治之．如城守尉防守尉之制．至盛京吉林黑龍江以及福州廣州乍浦．皆於騎步外別設水師營也．

乾嘉間之陸軍兵額可備考鑑者列表如左 據文獻通考

八旗兵（舊名養育兵）			
滿洲八旗兵	五九五三〇個	蒙古八旗兵	六八四三個
漢軍八旗兵	二四〇五二個	京城巡捕營	一〇〇〇〇個
綠營兵（又名經制兵）			
直隸營	三九四〇二	山東營	一七五〇四
山西營	二五七五二	河南營	一一八七四
江南營	四八七四七	江西營	一三九二九

福建營	六三二一九	浙江營	四〇〇三七
湖北營	一七七九四	湖南營	二三六〇四
四川營	三三一一二	陝甘營	八四四九六
廣東營	六八〇九四	廣西營	二三五八八
雲南營	四一三五三	貴州營	二七七六九
外天山北路	約一〇三〇〇	南路	約五九九〇
通計	六九八五九九		
東三省	無		
青海	無		
西藏	約一六〇〇		

又舊制陸軍有馬政．水師有船政．皆設官監制．歲報銷於部臣而已．

第十二章　道光朝之治略

一　宣宗之朝局

宣宗沖齡之神武　乾隆四十七年.宣宗誕生於擷芳殿中所.厥名綿寧.仁宗第二子.母喜塔臘氏.卽孝淑睿皇后.幼從編修秦承業.檢討萬承風.侍學.長與禮部侍郎汪廷珍.侍讀學士徐頲.朝夕講論.仁宗課以詞翰.其學日進.嘉慶癸酉林淸之變.賊犯大內.宣宗方在潛邸.讀書上書房.聞變.諸王貝勒.皆倉皇奔避.大學士寶興.時爲上書房授讀.翰林.從奏事門下直.遙望見之.亦走還.趣閉門以拒.奏事門者.景運門也.俄而賊已至三館側.三館者.實錄館.國史館.功臣館也.距禁門祇數百步.脫狂奔奪門.則大內時益震驚.宣宗獨親御鳥槍.連發斃二酋.賊錯愕不敢前.撓賊勢而奪賊氣.守門者乃得以下扃鑰.乃集羽林虎賁.戰一日夜.賊乃敗.悉就擒.仁宗下詔褒異.加封智勇親王.增俸萬二千.號所御槍曰「威烈」.遂隱定金匱緘名之局.人皆仰聖武之布昭.而不知智勇天錫.自髫齡時而已然也.乾隆五十四年.高宗木蘭秋獮.宣宗以諸皇孫隨扈.時纔八歲耳.一日至張家灣行營.高宗親率諸王校射.宣宗侍側.俟諸王射畢.亦御小弓矢.連發.中其二.高宗大喜.拊其背曰.「兒能連中三矢.當以黃馬褂爲賚.」果三中之.卽置弓矢.

跪高宗前。高宗問所欲。不對。亦不起。高宗大笑曰。吾知之矣。因命侍臣取黃袿衣被之。倉卒間不得小者。卽以成人之衣衣之。乃謝恩起。而裾長拂地。不能行。乃命侍衞抱之以歸。御製詩集中。有詩紀其事。越二年秋。侍高宗行圍威遜格爾。引弓獲鹿。賜翠翎。高宗詩所謂「老我策驄尙武服。幼孫中鹿賜花翎」者是已。嘉慶二十三年。仁宗東巡盛京。展謁三陵。命宣宗隨侍行禮。瞻仰太祖太宗所藏法物。俾知締造維艱。守成匪易。復御製大禮慶成記。首述高宗密建隆恩。卽繼以承先猷而啓後嗣。殆微示付託得人。克繩祖武之意歟。

宣宗之嗣位　嘉慶二十五年七月。仁宗駕幸熱河。滿相托津。漢相戴均元。扈從樂陽園。甫駐蹕避暑山莊。以塗中感暑。仁宗驟有疾不豫。變出倉猝。從官多皇遽失措。二相督內臣檢御篋十數事。最後近侍於身間出小金盒。鎖固無鑰。托津乃壞金鎖發盒。得寶書。卽嘉慶四年四月初十日。遵家法立皇次子綿寧爲皇太子之旨也。未幾。仁宗崩。二相遂率文武隨瑞邸行禮。乃發喪。中外晏然。服二相之鎭定。（按是則本包世臣大庾神道碑。與實錄所紀稍異。實錄謂召御前大臣賽沖阿索特納木多布齋。軍機大臣托津戴均元盧蔭溥文孚。總管內務府大臣禧恩和世泰。公啓鐍匣。宣示御書云云）於是奉遺詔卽位。以明年爲道光元年。定御名迴避例。遵高宗諭旨。改綿爲旻。並缺一點爲旻。改寧爲寗。惟甯字雖音義皆同。不諱。十月。上大行皇帝尊諡曰「睿皇帝」。廟號「仁宗」。卽位時。年三十有九。當嘉慶丙辰。賜成大婚禮。一日。仁宗奉高宗幸中所進膳。宣宗捧觴上壽。鞠䠱承懽。兩朝恩眷加隆。定省餘閒。日與詩書相砥礪。或呈進歌頌或賡和天章日衍月增積成巨帙有養正書屋詩文集四十卷養正書屋者仁宗初元御書賜宣宗園居之額也宣宗祗奉訓誨身體力行著主敬存誠勤學改過四箴以自勵臨御後移璇題於寢殿前言敬繹顧諟弗忘用識終身之慕且宅心淡定凡珍奇玩好之物略不關懷故繼承大業之初越南國王阮福映暹羅國王鄭佛並遣使請進貢方物温諭止之又頗以儉德著稱衣非三澣不易食物價昂雖嗜弗索嘗有御用黑狐端罩襯緞稍闊令內侍將出四周添皮內府呈册需銀千兩乃諭勿添明日軍機大臣入侍論及玆事自是京官衣裘不出風者十有餘年宮內用款歲不逾二十萬內務府堂司各官皆有臣朔飢欲死之歎頌之者至謂其三代下第一人漢文帝宋仁宗幾莫能及即論其御門聽政非不厲精圖治思舉歷朝之秕政而掃除之而其臣若陶澍（字雲汀籍湖南安化由編修任兩江總督）松筠（字湘浦瑪拉特氏籍蒙古正黃旗由筆帖式官都統）林則徐（字少穆籍福建侯官由編修官雲貴總督）之流類皆盡心輔佐奮發有爲夫豈無補救國運之衰微者然而內變踵起外患叢生非常之禍皆集於道光一朝時爲之歟勢爲之歟推原禍始不能不痛心於當國之非其人也

曹穆二相之關繫　曹振鏞字儷笙籍江南歙縣嘉慶間由編修官吏部尚書協辦大學士晉體仁閣大學士管理工部道光初元拜武英殿大學士十餘年間位居要津論者謂其專希人主風旨又復拘牽文義毛舉細故以箝制天下之人心宣宗登極之初下詔求言一時上書者多務訐直嗣闕宣宗有厭惡意遂進言曰「今天下承平臣工好作危言以邀時譽若遽罪之則蒙拒諫之名惟有抉摘其細故之舛謬

者。交部嚴議。則臣下震於聖明。以爲察及秋毫。自莫敢或縱。」宣宗納其言。嗣後凡遇章奏。有疑誤者。輒遭譴責。由是中外震悚。不復有敢言者。國家言官。不過數十人耳。卽使人人能舉其職。其爲效甚微。今乃以蟲吟亂聽。而使非仗馬不鳴。不特箝制天下之人心。並且箝執天下人之口。是誰之過歟。又閱陳康祺郎潛二筆云「近數十年殿廷考試。專尙楷法。不復問策論之優劣。以致空疏淺陋。競列清班。甚至有抄襲前一科鼎甲策。仍列鼎甲者。而讀卷諸公評騭楷法。又苛求之點畫之間。有一字古體。貼體依說文篆隸而不合時式者。卽工楷亦置下等。康祺偶見厰肆有乾嘉年間殿試策。不爾也。朱侍講逌然云「其先德侍郎公及第時不爾也」此風不知開自何時。後詢之童少宰華。云「宣宗初登極。以每日披覽奏本外中外題本蠅頭細書。高可數尺。雖窮日夜之力。未能偏閱。若竟不置目。恐啓欺蒙。嘗試之弊。嘗問之曹文正公振鏞。公曰『皇上幾暇。但抽閱數本。見有點畫譌誤者。用朱筆抹出。發出後臣下傳觀。知乙覽所及。細微不遺。自不敢怠忽從事矣』上可其言。從之。於是一時廷臣承望風旨。以爲奏摺且然。何況士子試卷。而繇本加厲。遂至一畫之長短。一點之肥瘦。無不尋瑕索垢。評第姸媸。以朝廷掄才大典。效賤工巧匠雕鏤組織者之程材。而士子舉業偶差。關係畢生榮辱。末學濫進。豪杰灰心。波靡若斯。雖堯舜皋夔之聖賢。豈能逆料歟。文正晚年。頗以爲悔。故少宰獲聞之」據此則非特吏治因以日壞。卽士氣亦因之日靡矣。爲國家重臣。專以取媚人主爲職志。以保持祿位爲目標。雖與兇奸邪佞者不同。而固寵希榮。俯仰脅卑之顏。逶迤勢利之間。國事之壞。壞於權奸之臣者顯而易見。壞於庸碌之臣者。則多無瑕隙之可指也。故道光朝之多事。人皆斥穆彰阿釀之。而指振鏞者蓋少也。穆彰阿柄國。其用陰柔之手段。以妨賢病國。舉世皆惡之。蒲城王鼎。爲宣宗時名相。長戶部十年。綜核出入。人莫能欺。管刑部。多所平反。先後讞獄九省。彈劾大吏。不少瞻徇。勘兩淮鹽務。奏上節浮費革根窩等八條。並請裁鹽政。由總督兼轄。淮綱爲之一振。道光二十二年。河決開封。被命往治。糜帑少而成功速。皖豫之民。至今德之。與穆彰阿同爲軍機大臣。惡之尤甚。每相見。輒厲聲詬罵。穆彰阿強爲笑容避之。値英人和議初成。鼎侃侃力爭。大忤穆相。一日。兩人適同召見。鼎盛氣詰之曰。「如林則徐之賢。汝何故必令遣戍新疆。是直宋之秦檜。明之嚴嵩耳行見天下事。皆壞於汝手」。穆嘿然不與辨。宣宗反笑視鼎曰。「卿醉矣。」命內侍扶之出。翌日。復廷諍甚苦。宣宗怒。拂衣起。鼎亟牽其裾。終不獲伸其說。憤甚。歸而欲仿史魚尸諫之義。草疏置之懷。閉閣自縊。冀迴天聽也。故事。大臣自縊。必奏聞驗視。然後解。鼎既死。家人方搶攘間。爲穆所知。時軍機章京領班陳孚恩。方黨穆。穆使其索觀遺疏。大旨皆劾穆之奸。而薦則徐之賢也。乃漫謂鼎之子曰。「上怒未解。若以此奏。則尊公卹典不可得。而子亦終身廢棄矣。其勿奏便。」家人信其說。孚恩遂滅其疏。別撰遺摺。以暴疾聞。宣宗雖震悼而優卹之。亦不究其事。穆得自若。設當時竟以鼎疏上。穆之斥罷。豈待咸豐初年。英雖狡悍。知中國有人。或不至驕橫如此。吁。朋奸害正。摧我屏藩。滄海鯨波。滔滔靡底。穆罪其可逭乎。馮桂芬顯志堂集。有鼎墓銘。稱自河上還。養疴園邸。行愈矣。卒以不起。詞意隱約。殆鼎後人諱言之。朱琦記鼎事。亦言一夕暴卒。惟孫衣言所撰張芾神道碑銘。首云「子丑之間。海鯨波山。有臣一個。奮回其瀾。」又云「領領蒲城。深矉太息。閉閣草奏。忠奸別白。疏成在懷。遂繯以絕。或匿不聞。聞以暴疾」一則情事昭然矣。芾與鼎同鄉。故銘詞借爲緣起。古文家原有此例。

河工及鹽漕諸弊　咸豐河決以前。有兩總督治河。北督駐濟寧。南督駐清江浦。北河事簡費絀。道光中葉。南河歲修銀四百五十萬。而決口漫溢不與焉。浙人王權齋熟於外工。謂採買竹木薪石麻鐵之屬與夫在工人役。一切公用。費帑金十之三二。可以保安瀾。十用四三。足以書上考矣。其餘三百萬。除各廳浮銷之外。則供職院道。酬應戚友。饋送京員過客。降至丞簿千把總胥吏兵丁。凡有職事於河工者。皆取給焉。歲修積弊。各有傳授。築隄則削浜增頂。挑河則墊崖貼腮。買料則虛堆假垜。大吏臨工查驗。奉行故事。勢不能親發其藏。當局者張皇補苴。沿爲積習。上下欺蔽。瘠公肥私。而河工不敗不止矣。故清江上下十數里。街市之繁。食貨之富。五方輻輳。肩摩轂擊。甚盛也。曲廊高廈。食客盈門。細穀豐毛。山腴海饌。揚揚然意氣自得也。青樓綺閣之中。鬢雲朝飛。眉月夜朗。悲管清瑟。華燭通宵。一日之內。不知其幾十百家也。梨園麗質。貢媚於後堂。琳宮緇流。抗顏爲上客。長袖利屣。颯沓如雲。不自覺其錯雜而不倫也。然而脂膏流於街衢。珍異集於胡越。未嘗有揮金於室。開礦於山者。菱樓華身。而河流飽腹。自上下下。此物此志也。至鹽漕之弊。則尤甚者焉。揚州繁華以鹽盛。兩淮額引一千六百九萬有奇。歸商人十數家承辦。中鹽有期。銷引有地。謂之綱鹽。以每引三百七十觔計之。場價觔止十文。加課銀三釐有奇。不過七文。而轉運至漢口以上。需價五六十不等。愈遠愈貴。鹽色愈雜。霜雪之質。化爲緇塵。鄉曲貧民。有積日累旬堅忍淡食者矣。此非正課致之。而商人積弊累之也。諸商所領部帖。謂之根窩。有根窩者。每引抽銀一兩。先國課而坐收其利。一也。運脚公用。額定七十萬。近年十增其五。而用不及半。二也。漢口岸費。每引又派一兩有奇。三也。即此三項。已倍正課而過之。加以鹽院供億。各大憲緝捕犒賞。又豢養乏商子孫。月支萬計。最奇者春臺德音兩戲班。僅供商人家宴。而歲需三萬金。總商謁見鹽院。一手版數十文耳。而冊載一千兩。率由總商妄立名目。取諸衆商。委員王鳳生查請裁革。其浮冒無忌類如此。由是侈靡奢華。視金錢如糞土。服用之僭。池臺之精。不可勝紀。鬬靡爭妍。不數年而資本日絀。虧及公款。則朝廷借帑助之。定法兩年三運。後則一運兩年。積習既深。外腴中瘠。愈斲愈甚。而敝壞不可爲矣。漕弊梗概。陶澍嘗言之。謂漕政首禁浮收。而浮收之原。由於旗丁之索加幫費。旗丁之索費。又由於沿途公用。及通倉胥役。催趲員弁。索費於旗丁。故歷屆兌漕州縣有協濟之款。積久視爲應得。更思逐漸加增。以倡率停兌爲挾制之端。以揹勒通關爲刁難之具。水手出入淮境。不虎而鼠。首尾帖然。及到江南。則玩易官府。欺凌民船。霸道橫行。莫敢正視。旗丁之爪牙也。衞官在淮。奉法唯謹。不率則漕督褫其章服而扑之。及到江南。挑米色。促兌期。互爲狼狽。又旗丁之羽翼也。此輩既託詞多索於州縣。州縣亦必藉口浮取於小民。加五加三。風篩已耗。蠹書差保。朘削無藝。此在民之害也。州縣一年支用在此。通省攤捐在此。又奏明彌補津貼各款。漕米一石。協濟銀三四錢不等。合計已及數萬。此在官之累也。在顢頇之州縣。未必諒百姓之苦。在顓愚之百姓。亦無由悉州縣之難。下怨上尤。互相詬病。而皆不爲無因。其病民蠹官。大爲漕害者。則相沿之陋規是已。河工漕運鹽鹺．俱爲叢弊之所在．道光前期．承平又二十年．官吏恬熙．晏然以無事爲福．嗚呼．國家果能長治久安而一無變耶．

整頓河工　河工濫費．河防窳敗．皆由於河吏之奢侈．國家每歲糜帑數百萬．用之於工程者不及十分之一．餘盡歸官吏攫金之穢手．宣宗亦嘗聞之．遂於道光二十四年正月下諭禁止．曰「朕聞近來江南河工．時有過往官員．及舉貢生監幕友人等．前往求助．河督及道府等官．礙於情面．不能不量爲佽助．以致往來日衆．竟有應接不暇之勢．不知河工銀兩．絲毫皆關國帑．河員承領錢糧．均有購料修防之責．倘過往官員等視爲利途．紛紛前往．該員等焉有自出己貲之理．無非濫請支領．尅減工程．以爲應酬之費．於河務甚有關繫．不可不嚴行禁止．因思此等游客．不能無因至前．往往向在京官員．求索書信．以爲先容．甚至屬託該河督授意屬員．廣爲吹噓．此風可惡之至．著潘錫恩通飭所屬．一律嚴禁．嗣後查有持信往謁．意在干求者．著該河督卽將其人暫行扣留．指名參奏．其有向道廳求助．業經幫助銀兩者．卽一併參辦．概不得意存見好．稍事姑容．並著兩江總督明查暗訪．倘此後仍有前次情弊．該河督未卽舉發．卽行單銜奏參．庶幾懲一儆百．力挽頹風．南河既有此弊．東河亦所不免．著東河總督通行嚴禁．並責成山東河南巡撫．一體訪查．各省鹽務衙門．向來陋習．亦應嚴行杜絕．著通飭各省鹽政．一概禁止．毋任虛糜課餉．」其禁令不可謂不嚴．官吏果能力爲奉行．不再蹈此等惡習．則河工必日有起色．是在乎整飭官方者．不視此爲具文也．

綱鹽改票　鹺政蠱壞之後。如淮南之窩價。淮北之壩積。兩淮之岸費。皆浮糜數百萬。仰食其間者以億計。推其致此之由。大都爲綱法之所縛持。綱鹽之利。不在官。不在民。商人占其利。而不能保其利。則幕賓門客等衆人分之。船戶埠行。往往不領脚價。轉賂商宅僕役。圖謀裝載。下至婢媼。亦月有餽贈。挾私鉅而獲利宏也。船抵漢口。排列水次。次第銷售。謂之整輪。或將待輪之鹽。先期竊賣。俟輪到買私塡補。謂之過籠蒸糕。及鹽已賣盡。無力補買。則揑報淹銷。暮夜鑿沈其船。以滅迹。謂之放生。陶澍任兩江總督。深知其弊。創立票鹽法。宣宗命戶部尚書王鼎侍郎寶興赴兩淮會籌改法。爲課歸場竈之計。澍謂除弊。卽所以興利。因條上章程十五則。鼎等遂請裁鹽政歸總督管理。以一事權。澍於是殫心力以釐積弊。奏裁淮南窩價岸費場費二百五十餘萬兩。淮北則創改道不改捆之議。歸販不歸商之制。其著有成效者約有四端。一曰裁浮費以輕成本。一曰愼出納以重庫款。一曰禁糧私以淸綱銷。一曰革五壩十槓以淸淮北。初。凡富民挾貲赴所司領票。不論何省之人。亦不限數之多寡。皆得由場竈計引授鹽。仍按引地行銷。而掣商大困。怨澍入肺腑。編爲葉子戲。貌其家屬。又一人以雙斧斫桃樹。妄立名目。以肆詆諆。澍據實陳奏。不避勞怨。毅然行之。而鹺務爲之一變。城西北五里曰河下。爲淮北商人所萃。高堂曲榭。第宅連雲。牆壁壘石爲基。煑米屑磁爲汁。以爲子孫百世業也。城北水木淸華。故多寺觀。諸商築石路數百丈。徧鑿蓮花。出則僕從如雲。駿馬飛輿。互相矜尚。其黠者頗與名人文士相結納。藉以假借聲譽。居然爲風雅中人。一時賓客之豪。管弦之盛。談者目爲小揚州。改票後不及十年。高臺傾。曲池平。子孫流落。有不忍言者。舊日繁華膴有寒棨一畦。垂楊幾樹而已。

試行海運　全漕之歲。糧艘渡黃者九十餘幫。計船四千五六百號。期以夏初報竣。近則挽運漸遲。京倉支放漸絀。於是大學士英和通籌漕河全局。請暫僱海船以分滯運。酌折漕額以備治河。御史胡長庚請預籌積貯。招商買米接濟通倉。事下督撫會議。大吏以採買多弊。窒礙難行。乃先將蘇松等郡冬漕由海道運送天津。事屬創行。剔奸防弊。與夫水師巡哨。備禦洋盜之策。立法甚周。海船畏淺不畏深。畏礁不畏風。惟元人新道最善。今估舶所行者是也。就沿海州縣。測驗大洋。合計四千餘里。約分六段。自上海至崇明為一段。第二段曰佘山。為東出大洋之標準。第三段北向偏東。至海州鷹游門。是為江省洋面。中經黑水洋。深碧無底。黃河入海自成一線。雖風濤衝擊。與海水不相雜也。第四五段北至廟島。屬山東。六段西北至天津。佘山一名南槎。與文登北槎相對。海行至此。始見島嶼。東省北有五島。居民稠密。雞犬相聞。以榮城之石島為最。生長其間者。耕種桑麻。男女婚嫁。與內地渺不相通。令人有世外仙源之想。倘所謂十洲三島者。即此類邪。大洋中以針盤定向。以更香計時。而深淺尤恃水托。範鉛為錘。繫以長繩。橫如兩臂為一托。自十托至五十托不等。是為試行海運之始。先是海運之策。嘉慶時曾試辦之而未實行。至是江南大吏集議。而上海關僧通倉胥吏。及屯船丁役。皆起而阻撓之。不曰風濤。即曰寇盜。不曰霉變。即曰煩費。而宣宗移陶澍自皖撫吳。毅然以身任之。旬月抵天津。無一漂損者。且每石運費止用銀四五錢。視河運費省一倍。朝廷遣重臣赴驗米色。率瑩潔過漕運。人始知海運利國利民。為東南拯敝第一策。次年。澍

復疏陳海運章程八條。冀永甦三吳之困。惜格於部議而未竟也

二　宣宗時之內變

回疆之亂起　先是乾隆朝既統一回部。回酋大和卓木子薩木克。及喀什噶爾人民。相率走敖罕。朝廷慮其勢力潛滋。終為邊患。乃歲給敖罕王銀一萬兩。令約束時回疆既勘定。各城置辦事領隊大臣。而統於喀什噶爾參贊大臣。並受伊犂將軍節度。歲征錢糧土貢。數十分而取一。其初慎選滿員。回民賴以休息。故得相安無事。及其久也。所遣官吏。多用侍衛及口外駐防。以換防為利途。以瓜期為傳舍。相率貪暴無藝。與各城阿奇木伯克。阿比為奸。於原定貢稅正額外。歲斂赤銅普爾（回部銅幣。橢圓式。每元合制錢十文）錢。喀什噶爾八九千緡。葉爾羌萬餘緡。和闐四五千緡。又金玉氈裘緞布無算。朋分之。且廣漁回女。奴使獸畜。回民既深怨之。薩木克子張格爾。雄桀復煽亂。天山南路漸動搖。迨嘉慶末葉。南路參贊大臣斌靜。益以荒淫無度。大失回眾之心。張格爾闚有隙之可乘也。因與回部脅逃人。自敖罕北走。糾布魯特眾數百犯邊。布魯特頭目蘇蘭奇來告警。反為章京綏善所逐。怒而與張格爾合。於是領隊大臣色普徵額帥師討之。擒獲百餘人。而斌靜盡殺以滅口。卽以蘇蘭奇通賊滋事入奏。宣宗疑之。遣伊犂將軍慶祥往勘。具得先後釀變狀。黜斌靜。旋以永芹代之。時道光二年也。永芹亦不善撫馭。四年秋。五年夏。張格爾屢結布魯特入寇。引清軍出則遠遁。又或詭辭乞降。變態百出。九月。領隊大臣巴彥圖出塞掩擊。不

遇。乃縱殺游牧婦孺百餘人而還。其酋汰列克忿甚。率所部二千。追覆巴彥圖兵山谷中。擊殺甚衆。敵勢遂張。宣宗乃以大學士長齡代慶祥。鎮守伊犂。而以慶祥代永芹視師喀什噶爾。徐圖進攻之計。

西四城之克復　是時敖罕王摩訶末阿利新立。驚悍善戰。銳志侵略。威服附近哈薩克諸部。張格爾知南路兵備單薄。冀乘機席卷西四城。乃遣使敖罕乞援。約於六年入寇。而自率衆五百餘。以六月先入自開齊山路。突至回城。距喀什噶爾八十餘里。慶祥檄協辦大臣舒爾哈善領隊大臣烏凌阿引兵剿之。不利。敗還喀城。分其衆爲三營。令烏凌阿穆克登布分將之。迎戰渾河。先後殞於陣。及七月。敖罕王始至。見張格爾背約。引兵而還。而張格爾復遣人追陷其衆。遂於八月陷喀城。慶祥死之。於是英吉沙爾葉爾羌和闐三城相繼不守。羣回響應。阿克蘇辦事大臣長清遣百餘騎騁沙揚塵。鼓譟禦敵。扼守渾河。遏敵東犯。東四城始無恐。將軍長齡與楊遇春楊芳等率步騎二萬二千。自哈密進中路。抵洋阿巴特。遇敵二萬餘。時軍糧已罄。至是遇敵。爭望殺敵因糧。其地沙漠平曠。敵據橫岡五六里。長齡遇春將中軍。武隆阿居左。芳居右。三路進擊。奪其岡。敵勢蹙。追踰渾水河三十餘里。北至洋達瑪河。次日。至渾河北岸。距喀城止十餘里。敵衆十餘萬。方阻渾河列陣。會西南風起。撼木揚沙。天地冥晦。乃出敵不意。渡河燃礮。風沙挾之。聲勢百倍。敵陣亂。迨風息天霽。敵已盡破。乘勝復前所失城。張格爾遁去。旋見獲。

回疆善後之顛末　長齡因檄敖罕布哈爾等國。獻張格爾家屬。敖罕不允。宣宗乃諭那彥成楊芳。嚴守卡倫。絕敖罕通商。那彥成先後奏章程數十。大旨不外安內制外兩策。策既實行。戍兵漸撤。芳等并以九年先後還京。而敖罕遂以十年大舉入寇。參贊大臣札隆阿聞警。出兵拒戰。未幾覆沒。張格爾兄摩訶末玉素普。奪據喀什噶爾英吉沙爾葉爾羌諸回莊。而札隆阿及葉爾羌辦事大臣璧昌各據漢城死守。那彥成子容安。爲伊犂參贊大臣。畏敵焰偪人。轉趦無敢之和闐。於是喀城葉爾羌受圍凡數月。附近諸回莊子女玉帛。劫掠殆盡。宣宗將籌對付之法。爲一勞永逸之計。玉素普恐獨力難抵抗。已引兵而西。而敖罕亦慮中國大舉出塞。乞援於俄羅斯不獲。因於十一年上書乞和。議還所虜中國臣民。爲中國約束和卓木族。中國仍許敖罕貿易。並免稅。給還從前所抄敖罕民貲產。和遂定。蓋清廷以玉素普之亂。爲那彥成操切所致。故亟思變計。而甘於讓步也。敖罕之盟既成。宣宗籌策善後。令中外臣工條上意見。交長齡玉麟。（時爲伊犂將軍）會議。遂奏移參贊於葉爾羌之策。自是長齡復請以西四城閒地。招民開墾。以濟軍糈。回疆行屯田法自此始。卽新疆題名亦始於此。後數年。敖罕王以構衅鄰國布哈爾戰死。王族庫達雅爾嗣立。孱弱不任事。不能約束和卓木族。而國內悍徒。復思嗾張格爾子弟起復仇之師。於是和卓木族加他漢等七人。連合徒黨。復糾布魯特入寇。卒以回部無響應者。遂不戰而遁。是謂七和卓木之變。蓋距張格爾發難之初。先後兵禍凡三起。時二十有七年春也。至此回部始稍寧靜云。此外則有永綏常寧及兩廣猺民之變。湖北崇陽及廉洋狗頭山之變。雖皆賡續敉平。而爾時財政之困難。軍政之窳敗。識者已知其禍亂之不遠矣。

三　宣宗時之外變

鴉片輸入之沿革　鴉片自唐時已入中國。吸食則始自有明。相傳神宗十八年不視朝。實爲鴉片所困。其後此風漸濡被民間。清康熙初以藥材納稅。雍正七年曾布禁吸令。是時東洋貿易權。爲葡萄牙人所壟斷。鴉片之輸入以葡人爲主。銷額尚少。迨乾隆三十年以前。每年多不過二百箱。四十六年。英印度商會。以英政府之許可。壟斷中國貿易。而印度孟加拉地方又爲鴉片產域。於是輸入浸多。毒民日甚。及嘉慶初元。因嗜者日衆。有嚴禁入口。見卽銷毀之令。顧英商以大利所在。祕密設鴉片躉船。屯聚廣州灣伶仃島及大嶼山一帶。粵人則以礮艇號「快蟹」及「扒龍」者。爲之運銷偷漏。又設大窰口於廣州。分布小窰口於各地。卽包買戶也。而於沿海官衙。復定有例賄。關胥營哨。上下勾通。以是之故。禁令適同弁髦。鴉片潮流。日增月盛。逮至末葉。每年私鬻至三四千箱。始積澳門。繼移黃浦。道光初。嚴禁。羣聚於伶仃島。是島在老萬山內。水路四達。總督阮元密奏請暫事羈縻。徐圖驅逐。於是因循日甚。其突增至二萬箱者。則在六年總督李鴻賓設巡船之後。巡船月受規銀三萬六千兩。放私入口。十二年。總督盧坤始裁巡船。而水師積習已不可挽。十四年。爲印度商會壟斷貿易終止期。英政府欲擴其東方商權。乃先期一年。派監督官律勞卑駐廣東。請推廣商港。坤怒其書用平行式。乃奏停英貿易。發兵阻海口。律勞卑突乘潮入虎門。泊黃浦。未幾以疾去。坤飾詞。謂英人悔罪下澳。仍准貿易入告。無何律勞卑死。羅頻孫代之。坤乃增定防範章程．十七年．總督鄧廷楨復設巡船．而水師副將韓肇慶．專以護私漁利．與洋船約每萬箱許送數百箱．與水師報功．甚或以私船代運進口．於是肇慶反以獲烟功擢總兵．而鴉片遂至四五萬箱矣．時京卿中有奏請將鴉片烟照藥材收稅者．不報．

林則徐之查辦　先是御史朱成烈．鴻臚卿黃爵滋．並請禁鴉片．塞漏卮．鄂督林則徐．所奏尤剴切．言烟不禁絕．國日貧．民日弱．十餘年後．豈惟無可籌之餉．抑且無可用之兵．宣宗謂爲深慮遠識之言．詔以兵部尚書佩欽差大臣關防．赴粤查禁．至則傳洋商伍怡和．索歷年販烟之洋商查頓顛地．查頓已聞風先竄．惟顛地隨英公司領事義律．由澳門至省城．則徐派兵役監守之．其初道光十三年．英公司局散．粤中已無領事．此粤事之第一轉機．而盧坤初至粤．未悉利害．聽洋商言．反行文英國．仍派領事來粤．初至者律勞卑．既搆衅歸國．再至者卽義律．至是被圍省館．不克回澳．始將鴉片呈繳．迫以兵力．乃就虎門海岸．銷毀二萬餘箱．英人自義律以下．皆怏怏去廣州．赴澳門．是時清廷議定新例．凡開設窯口．屯積鴉片者．開設烟館者．栽種罌粟．製造烟土者．以及吸食鴉片．於令下後一年半．尚不悛改者．均分別治罪．有斬梟絞流等刑．惟此例祇適用於國內人民．則徐爲永絕來源計．請設專條．凡洋人以鴉片入口圖賣者．分別首從．處以斬絞．又布告各國．凡商船入口．皆須具結．夾帶鴉片．船貨沒官．人正法．時葡美諸國各繳結．如所布．於是義律由省下澳．稟言躉船販烟之弊．極須設法早除．如委員來澳會議章程．可冀永遠除絕．幷請准本國貨船泊卸澳門．此粤事之第二轉機．則徐以澳門向例．惟准設西洋額船二十五艘．若英人既以爲例。不入黃浦。則海關虛設。而私烟夾帶。何從稽察。嚴駮不許。義律謂不准泊澳。便無章程可議。遂不肯具結。且聲言必俟國王命定章程。方許貨船入口。時義律已具函附貨船回國。往返不過半年。本可少需毋迫也。而五月復有尖沙嘴洋船水手。毆斃村民林維喜之事。諭義律交出人犯抵罪。義律拘訊黑夷五人。未獲正犯。懸賞購告犯之人。亦非故意抗違也。七月。則徐乃令沿海州縣。絕英人薪蔬食物以窘之。且令退出澳門。義律恥見挫辱。遂以失利鼓勵美人。慫恿國主。於是燒烟之釁成。而索逋之師起。

戰事之開端　義律既被逐。乃率眷屬及英人在澳五十七家。同遷出澳。寄居尖沙嘴貨船。度日無食。遂暗招兵艦二艘。武裝貨船三艘。進迫九龍。假索食爲名。開始礮擊。參將賴恩爵揮兵發礮。擊翻雙桅洋船一。杉板船二。及英人所僱呂宋蔥船一。八月。義律遂介葡人轉圜。願删人正法條。餘悉如約。此粤事之第三轉機。而則徐以與各國結語不符。又得宣宗諭旨有「不患卿等孟浪。但患卿等畏葸」之言。遂堅執不稍讓。且責繳兇犯。旋有英貨船二艘。遵式具結。於九月晦入口。而義律遣二兵船阻之。且稟請毋攻燬尖沙嘴之船。以俟國王之信。水師提督關天培以兇犯未繳。擲還其稟。且開礮應之。擊斷洋船頭鼻。西兵多落海死。自是英艦於濱海之川鼻島尖沙嘴一帶。屢行礮擊。而清廷乃有杜絕英人貿易之諭告是時英國商船。先後至者無慮數十艘。均以和議未諧。未能入口。義律不得已。於十一月婉詞磋商。乞自後遵照大清律辦理。仍聽住澳。俟國王諭至。卽開貿易。此粤事之第四轉機。而則徐以新奉諭旨。不便驟更。復嚴斥堅絕。其國貨船。先後駛出老萬山者十餘艘。續至之艘。亦多觀望流連。寄泊外洋不肯去。而粤洋漁船蛋艇亡命之徒貪薪蔬之厚値。並以鴉片與之交易。趨者如鶩。而北京官吏之主張排外者。氣餤方高。至請封關禁海。盡停各國貿易。賴則徐力諫乃止。惟中英邦交。終以強硬致決裂。而無可挽回。

英政府之出兵與林則徐之戰備　方鴉片之初銷毀也。英政府接義律請派軍艦救援之報。英上下議院。多以此項不道德之貿易。宜停輟。繼接則徐燒鴉片之報。英政府復諭義律。謂「女皇陛下之政府。不能援不道德之商人。自孽自得。須自負責任」。及接已開戰端之報。主戰派漸多。道光二十年二月（一八〇四年四月）英政府向議會要求協贊軍費。大起紛議。費三日激論。卒以九票之多數。協贊出兵。旋命加至義律（領事甲必丹義律另是一人）統陸軍。伯麥統海軍。率印度喜望峯之海陸兩軍萬五千人。軍艦二十六艘。大礮百四十門。於二十年五月。至澳門。時則徐督粵。大治軍備。自虎門至橫當山。鐵鍊木筏。連亙周密。購西洋礮二百餘座。列置兩岸。又備戰船六十。火船二十。小船百餘。募壯丁五千。演習攻戰法。號令嚴明。聲勢甚壯。及英船至澳附近。乃發火船十艘。乘風潮攻之。焚其杉板小船二。復大張賞格。殺一白人。賞銀百元。黑人（指印度兵）半之。斬義律者銀二萬元。餘以次遞降。然英軍志在通商。無意激戰。見廣東有備。遂乘風竄赴各省。是月。洋船三十一艘赴浙江。先以五艘攻福建廈門。鄧廷楨督兵備道劉耀春。礮中其大兵船火藥艙。沈之。又攻之於南澳港。殲敵兵數十。始遁去。六月。全艘赴浙。泊定海。知縣姚懷祥。總兵張朝發。毫無設備。英軍遂陷定海。朝發中礮。折股死。遂占領全島。旋窺錢塘江。攻乍浦。封鎖寧波。七月。伯麥與義律。自定海解纜。巡成山岬。入渤海。進偪白河。是時承平已久。文恬武嬉。沿海空虛。

諸大吏懼禍及。頗不悅則徐所爲。聞定海警。因以蜚語中則徐。於是廷議動搖。大局忽變。

義律擾海疆與琦善割香港　時清廷以定海孤懸海中。非舟師不能恢復。而水戰又英人所長。於是朝旨變更。七月。密詔兩江總督伊里布爲欽差大臣。赴浙江寧波視師。並敕沿海督撫。遇洋船投書。即收受馳奏。又命侍郎黃爵滋祁寯藻。赴閩查勘。適七月伯麥與義律。以五艘駛赴天津投書。書乃其國巴麿滿衙門。寄大清國宰相之詞。多所要索。一索烟價。（初次來書。但云貨價。及見內地覆書。不及禁烟之事。遂明索烟價矣）二索廣州廈門福州定海上海爲市埠。三兩國交際用對等禮。四索償軍費。五不得以英船夾帶鴉片。貽累岸商。六盡裁洋商（經手華商）浮費。直督琦善收書奏聞。是時英艦並未北上。志在求款通商。使控馭得宜。盟約定就。天津道陸建瀛。言英人所求。前三事大。後三事小。請以免稅代烟價。以澳門爲市埠。以海關監督與之平行。但必嚴持禁烟爲名。以鴉片之至不至。決數事之許不許。其通商裁費事宜。則令仍回廣東。與林則徐定議。既可服外人之心。亦不失中國之體。此英事之第五轉機。乃宣宗不能用。褫則徐職。留粵聽勘。而以琦善代之。與英議和。義律等隨返浙江。與伊里布定休戰議。撤定海軍艦之半。還屯澳門。復至廣州與琦善議和局。時琦善盡反則徐之所爲。撤水師。散壯丁。廢一切守備。冀釋英人之猜嫌。允償烟值七百萬元。時加至義律病。甲必丹義律當談判。見琦善易與。要索愈奢。詞色兼厲。在前索六款外。加入割讓香港一條。琦善方以筆舌之力。再三堅拒。而伯麥又以艦隊進攻。陷虎門外沙角大角兩礮臺。琦善驚惶無措。即於烟價外。許開放廣州。將香港割讓。義律亦允將兩礮臺還付。草約纔定。宣宗得英人進兵報，勃然震怒，下旨宣戰，罷伊里布欽差，奪琦善大學士，命宗室奕山爲靖逆將軍，尚書隆文、提督楊芳爲參贊大臣，先後赴廣東。琦善益狠狽，招美妓，列珍味，盛筵款英使，冀遷延時日，徐圖補救。義律覺事已中變，遂與伯麥連艦入犯，不數日而橫當、虎門各礮臺均陷，則徐往時購置各礮位，盡爲敵有。而同時英領印度總督續遣陸軍亦至，長驅深入，盡扼珠江咽喉，芳到時已束手無策。會怡良以英人香港告示入奏，宣宗見有「爾等既爲大英國子民，自應歸順」之語，益復大怒，籍琦善家產，鎖逮來京，局勢又大變。

奕山又失敗與義律再擾海疆　時英人見朝旨又變，恐和議永絕，且洋船兵費浩大，亟思通商以濟餉，各國商船亦以罷市日久，多不直英人，遂由法美兩國商人因行商伍怡和之介紹，遞書調停，備言義律初無他求，祇求通商與諸國一體。芳等據以入奏，是時門戶已失，敵入堂奧，兵潰民散，礮械俱乏，舍暫款無一退敵緩兵之策，而烟價與香港皆不索，與琦善未逮以前情形迥異，是粵事之第六轉機。而宣宗得英佔香港報，以祁墳代琦善，務求雪恥，不之許。奕山與墳到廣東，初用則徐及楊芳議，主張固守不浪戰。已而則徐起用赴浙，奕山誤聽翼長等言，思僥倖一試，遂乘夜襲英軍，至翌朝爲英軍所大敗，附城礮臺相繼陷。不得已，道知府余保純出城講款，定休戰條約，允於烟價外先償軍費銀六百萬元，限五日內交。奕山方搜括應付，而英軍之游行市街者，頗肆淫掠，粵民大憤，公起乎英，圍衆且數萬，將乘英軍退廣時環攻之。義律聞變馳救，陷重圍不得出，保純以將軍命往解，始免。及償銀已畢，英軍去廣州，奕山等亦如約退屯金山。後詭詞入奏。僅謂英人祇求如舊通商。且以償金改稱還商欠。至煙價香港兩問題。則一字不及。宣宗以爲事已妥洽。而英人則以此次退兵。不過一時之休戰。必將上年所索六款。及香港割讓事。全然承認。另訂正約。然後罷兵。屢向奕山索訂正約。奕山始以煙價香港二條。皇帝不俞允答之。英人未饜所欲。決再進兵。以爲威嚇淸廷之舉。會颶風大作。破艦長坐船。祁塡乃張皇入告。謂擊碎洋船。漂沒洋兵無數。浮尸蔽海。宣宗方發藏香。謝海神。允祁塡保舉守城文武至數百餘員。而英國所遣大使璞鼎查。海軍少將巴爾克適至。遂率軍艦攻破廈門。於是浙之定海鎭海寧波。先後皆陷落。英軍之聲勢遂日張。

援軍之無效與南京之條約　時宣宗爲恢復浙東計。詔宗室大學士奕經爲揚威將軍。侍郎文蔚。副都統特依順爲參贊。以粵撫怡良爲欽差大臣。徙駐福建。以豫撫牛鑑總督兩江。分任南北沿海之防禦。奕經奏調川陝豫新兵六千。募集義勇及沿海亡命數萬。於道光二十二年正月朔。抵杭州。十六日抵紹興。約於二十八日同時分三路進兵。然皆敗潰。英軍遂長驅陷大寶山長谿嶺。而復返寧波。至四月八日。陷乍浦。五月朔。占吳淞。陷上海。溯長江而上。先後拔福山江陰圌山諸要塞。直陷鎭江。薄江寧。如入無人之境。淸廷雖時有詔諭。令大吏率軍禦戰。然類皆儒弱庸材。徒然喪師而辱國。處此屢經敗北之餘。上下危懼。自不得不出於和議之一途。淸廷乃令耆英伊里布牛鑑爲媾和全權大臣。赴南京。與英使璞鼎查訂媾和條約。約中償銀二千一百萬元。放還英俘。將來兩國往復文書。概用平行式。幷割香港以和。其最關重要之點。卽開廣州福州廈門寧波上海五口。任英人通商。任其派領事駐五口。約束商民。允予秉公議定稅則。時二十二年七月二十四日也。是即所謂一八四二年江寧條約。中國與外國所締結不平等之條約自此始。蓋割地償金。雖爲戰敗國恆有之事。然迫開商埠。協定關稅。實非對等國家所應有。侵犯國家主權。束縛國家自由。莫此爲甚。其尤異者。此次對於亂源之鴉片。何以隻字不提。卻不能不怪當時政府之顢頇。自此以後。臣民吸用之習俗。蔓延日廣。英商輸入。更屬踴躍異常。而轇轕遂益多矣。公布之後。歐美各國。鼓舞懽迎。北美合衆國法蘭西義大利瑞典比利時和蘭普魯士西班牙葡萄牙相率派領事或公使。來廣東。美法瑞義四國。且援英例求與我國締修好通商條約焉。

戰爭失敗之影響　道光二十四年。正月。美國全權大使古心。遂奉其大總統國書。通意我國政府。政府仍命耆英主其事。六月與古心會於澳門。締中美修好條約。七月。而法國特命公使拏拉克勒尼亦至。九月。耆英與會於黃埔。締中法修好條約如例。其時璞鼎查已歸國。繼其任者爲達維斯。二十六年。中國償金已達總額。商埠除廣州外。皆已開放。耆英復與達維斯會於虎門。請「撤舟山及鼓浪嶼兵。幷告以粵民驁悍惡外。廣州開放之事。乞延期二年。」達維斯以「舟山列島。永不割讓與他國爲條件。」始能承認。耆英許之。於是先訂舟山永不割讓與他國之約。達維斯始親赴定海。行還付之式。盡撤舟山鼓浪嶼兵。至此鴉片事件。始完全結局。我國虛弱無能。從此已盡爲外人所洞悉矣。中國既爲所劫持。亦確認諸國爲平等敵體之友邦。凡一切公文。照會。禁用夷字。於是中國數千年來以天朝自居之心理。與夫歷朝來閉關鎖港之政策。乃不得不幡然改圖。方戰爭之起也。始誤於琦山之僨事。繼誤於奕經之妄動。而終誤於牛鑑之闇弱與耆英之昏耄。即宣宗亦自恨自愧無知人之明。屢見之於諭旨其議和也。則內而樞臣外而疆吏。第知顒顒望和局之成。如穆彰阿當國。壹意媚外。而耆英琦善伊里布諸人。亦多選懦無遠略。自和議成而軍士灰心。遂有四忠併命之禍。有士人賦詩紀事云「海外方求戰。朝端竟議和。將軍伊里布。宰相穆彰阿」。亦不惡而嚴矣。及至大錯鑄成。聲威不振。事變乃遂乘之而迭起。寧波之通商也。越二年。有西人在寧波市中。以口角細故。擅殺鄞縣平民二人。而有司不能繩之以法。二十七年夏。英人麥都思等泊舟靑浦。亦以與居民口角起衅。糧艘水手從而助之。壞其船并傷其人。而耆英於緝治水手外。又以賂款作賠。完案。蓋中國失權之漸。已開其端矣。此在國際法上之大汚點也。

第十三章　咸豐朝之政局

一　文宗之踐阼

建儲之由來　方宣宗之在位也，皇長子奕緯、二子奕綱、三子奕繼，均無祿蚤死。其第四子即文宗也，道光十一年辛卯六月初九日丑刻，生於圓明園之澄靜齋，即後更爲基福堂者也。厥名奕詝，母全貴妃鈕祜祿氏，即孝全成皇后。宣宗晚年，於諸子中最鍾愛第六子奕訢。少文宗一歲。宣宗謂其類己，欲以大業付之。金匱緘名時，幾書奕訢名者數矣。以文宗無失德，齒且居長，故逡巡未決。時濱州杜受田在上書房行走，適授文宗讀，微知其意之所在，思擁戴文宗以建非常之勳。一日，宣宗命諸皇子校獵南苑，故事，皇子方讀書者，被命外出，臨行時，必詣師傅處請假，所以尊師也。是日，文宗至上書房，左右適無人，惟受田獨坐齋中。文宗入，行禮畢，（皇子見師傅，皆長揖）問將何往，以奉命校獵對。受田乃耳語曰：「阿哥至圍場中，但坐觀他人馳射，萬勿發一槍一矢，并當約束從人，不得捕一生物。復命時，上若問及，第對以時方春和，鳥獸孳育，不忍傷生命，以干天和，且不欲以弓馬一日之長，與諸弟競爭也。阿哥第以此對，必能上契聖心。此一生榮枯關頭，當切記無忽也。」文宗既至圍所，如所囑行之。是日，奕訢所得禽獸最多，方顧盼自喜。見文宗默坐。從者悉垂手侍立。怪之。問其故。文宗曰吾無他。但今日適不快。弗敢馳逐耳。日暮歸。復命。文宗獨無所獻。宣宗詢之。具如受田所教以對。宣宗果大喜曰「是眞有人君之度矣」。立儲之意遂決。而且文宗學問日新。經史淹博。履信書屋詩文積有卷帙。亦皆受田啓沃之力。二十年正月。母氏崩。擗痛哀傷。宣宗俯鑒肫誠。凡値忌辰周年。必命躬親行禮。用展孝思。文宗孺慕銜悲。屢形章什。二十餘年如一日焉。二十六年六月十六日。宣宗遂密定皇儲。緘其名於鐍匣。其所由來者遠矣。

踐位後定明禋鉅典　道光末葉。與英和局既定。宣宗退朝後。負手行便殿階上。一日夜未嘗暫息。侍者但聞太息聲。漏下五鼓。忽頓足長歎。旋入殿。以硃筆草草書一紙。封緘甚固。時宮門未啓。命內侍持往樞廷。戒之曰。俟穆彰阿入直。卽以授之。幷囑其毋爲祁寯藻所知。蓋卽諭議和諸大臣畫押訂約之廷寄也。自是宣宗遂鬱鬱不樂。至二十九年春。遘疾。然猶每日召對臣工。批答章奏。未嘗稍自暇逸。其年十二月。遭孝和睿皇后大故。又値孝德顯皇后升遐。銜哀積慕。疾轉增劇。次年正月。疾大漸。召宗人府宗令載銓。御前大臣載垣。端華。僧格林沁。軍機大臣穆彰阿。賽尚阿。何汝霖。陳孚恩。季芝昌。總管內務府大臣文慶。公啓鐍匣。宣示御書皇四子立爲皇太子。諭曰。「爾王大臣等何待朕言。其同心贊輔。總以國計民生爲重。無恤其他」。遂崩於圓明園愼德堂苫次。奉頒御書硃諭四條。內二條有毋庸升配升祔。並諭皇六子奕訢封爲親王。年六十有九。文宗遂卽位於太和殿。遣官告祭天地太廟社稷。頒詔天下。以明年爲咸豐元年。上尊謚曰「成皇帝」。廟號「宣宗」。既嗣位。卽諭內閣。「朕泣讀大行皇帝硃諭。令毋升配升祔。

天下萬世觀瞻所繫。是用博諮廷議。茲據集議以聞。聿稽周人郊祀后稷以來。唐宋及明。或三祖並侑。或數帝分配。我朝聖聖相承。均經升配郊壇。永崇禋祀。第配位遞增。而壇壝之規制有定。敬繹硃諭若世世視爲成例。率行無已。豈止有背於古訓。更難示信於後人。定以限制。爲萬世慮者至深且遠。今禮親王全齡等所奏。謂宜仍遵列聖成憲。朕思尊崇之典。莫大於嚴父配天。如我皇考之德澤。彌綸同符列祖。而遽停升配。雖係仰遵遺命。朕心容有難安。展轉詳思。應照王大臣等所請郊壇大祀。俟祔廟禮成後。恭奉皇考神牌升配。並曲體遺訓。定以限制。嗣後郊祀配位。歷億萬年。總以三祖五宗爲定。自朕躬而下。不復舉行。並恭錄皇考硃諭首條。及朕此次諭旨。懸奉南郊齋宮。垂示久遠。著爲成式。世世遵行。禮經三昭三穆。與太祖之廟而七。宋儒朱子謂百世不祧之廟。如周之文武世室。商之成湯三宗。不在數中。則天子七廟。特禮之常制。非合不祧之室而言。我皇考功德隆盛。允宜祔廟稱宗。凡此仰稽舊典。俯順輿情。而朕權衡審慎。務求協乎天理人情之至。以下副四海臣民尊親愛戴之公心。惟我皇考在天之靈。當亦默垂鑒格也。」其恭奉遺詔不立聖德神功碑。親撰碑文鑴石慕陵隆恩門外。配古今之禮意。繼志述事。有足稱焉。

重同氣及敬師傅　　文宗初奉遺詔。卽封大阿哥二阿哥三阿哥並爲郡王。復封弟奕訢爲恭親王。奕譞爲醇郡王。奕詥爲鍾郡王。奕譓爲孚郡王。其誼切同懷如此。惟訢生而穎敏。冠諸昆。就傅日授千言。少讀卽成誦。文宗陳經偶暇。棣萼習勞。常製槍法二十八勢曰棣華協力。刀法一十八勢曰寶鍔宣威。皆宣宗賜名也。文宗在潛邸時。與訢所講肄者。博慈顏之愉悅。勗同氣以匡襄。而訢視文宗亦異諸弟。宣宗以訢勤學能文。頗鍾愛之。欲使繼體。嘗於書房從容示意。訢踞謝。謂文宗長當立。即才武德量。亦非己所敢望。宣宗嘉其能讓。遂罷前議。且屬之曰。爾兄少褊急。爾後當輔之。爲令辟。庶毋負予意。而訢退未以告人。宣宗大漸。執訢手謂文宗曰。是嘗讓位於爾者。爾視之當異諸弟。至是人始知前事。再封爲恭親王。賜與輒超諸王上。奕詝忌之。而訢怡怡無矜色。文宗愈重之。大事多令參議。咸豐二年四月。分府。仍內廷行走。三年九月。署領侍衛內大臣。十月。授軍機大臣。四年二月。兼蒙古都統。四月。授右宗正。九月。遷宗令。五年正月。命總理行營事務。九年四月。加授內大臣。十年八月。文宗北狩。命留守京師。特授欽差便宜行事。全權大臣。督辦和局。十二月。命管理總理各國通商事務衙門。蓋盼遇甚切。倚畀甚隆也。至文宗嗣服。論者謂杜受田導君機變。有以致之。而不知受田之論思典學。啓沃聖聰。其裨益於君德者。至深且久。蓋受田自道光十六年入直上書房。及文宗御極。前後十有七年。朝夕輔導。未嘗一日或離文宗側。故當踐位之初。即拜爲協辦大學士。朝野皆延頸跂踵於文宗之待受田。與受田之所以輔翊文宗者。有無窮之望。又且嶺嶠盜方熾。承平久。政事多隳廢。左右臣僚。或有隱微難喻。及疏遠陳詞所不易白者。獨特受田從容宣達於密勿之間。光覽擇當世賢才。爲文宗進用。會有詔保舉人材。即首薦林則徐周天爵向榮在粵軍時謗議沸生。幾蹈不測。亦賴受田數保全之。旋因豐工未合。江南山東兩省窮黎亟需賑卹。特派馳往查辦。而觸暑溫征。遽至不起。遺疏中感戀靡已。念楚氛未靖。河患未平。尤以敬天法祖。勤政愛民。崇節儉。愼好惡。示賞罰爲言。宣宗聞訃。爲之失聲。親往奠醊。追贈太師。予謚文正。飾終之典。悉視大學士例有加。嘉道以來。漢大臣追贈太師者。僅受田一人而已。蓋非惟報其擁戴之勳。亦以追懷典學之勤也。
正穆彰阿耆英之罪　穆彰阿之庸闇無識。植黨營私。說者以爲不減乾隆時之和珅。其當國也。內以遺
太平天國之大亂。外以開鴉片未有之奇辱。而不知庸人誤國甚於凶人。耆英之罪。亦不減於穆彰阿也。
文宗窺之稔矣。故當卽位之初。卽頒硃筆罪穆彰阿耆英。諭曰。「任賢去邪。誠人君之首務。去邪不斷。則
任賢不專。方今天下因循廢墜。可謂極矣。吏治日壞。人心日澆。是朕之過。然獻替可否。匡朕不逮。則二三
大臣之職也。穆彰阿身任大學士。受累朝知遇之恩。不思其難其愼。同德同心。乃保位貪榮。妨賢病國。小
忠小信。陰柔以濟其奸。僞學僞才。揣摩以逢主意。從前夷務之興。穆彰阿傾排異己。深堪痛恨。如達洪阿
姚瑩之盡忠宣力。有礙於己。必欲陷之。耆英之無恥喪良。同惡相濟。盡力全之。似此固寵竊權。不可枚舉。
我皇考大公至正。惟知以誠待人。穆彰阿得以肆行無忌。若使聖明早燭其奸。則必立寘重典。穆彰阿恃
恩益縱。始終不悛。自朕親政之初。遇事模稜。緘口不言。迨數月後。則漸施其伎倆。如英船至天津。猶欲引
耆英爲腹心。以遂其謀。欲使天下羣黎。復遭塗炭。其心陰險。實不可問。潘世恩等保林則徐。彼屢言則徐
柔弱病軀。不堪錄用。及朕派則徐馳往粵西。剿辦土匪。穆彰阿又屢言則徐未知能去否。僞言熒惑。使朕
不知外事。其罪實在於此。至若耆英之自外生成。畏葸無能。殊堪詫異。前在廣東。惟抑民以奉夷。罔顧國
家。如進城之說。非明驗乎。上乖天道。下逆人情。幾至變生不測。賴我皇考洞悉其僞。速令來京。亦不卽予
罷斥。亦必有待也。今年耆英於召對時。數言及如何可畏。如何必應事周旋。欺朕不知其奸。欲常祿位。是

其喪盡天良。愈辯愈彰。直同狂吠。尤不足惜。穆彰阿暗而難知。耆英顯而易著。然貽害國家。厥罪惟均。若不立申國法。何以肅綱紀而正人心。又何以使朕不負皇考付託之重。第念穆彰阿係三朝舊臣。若一旦寘之重法。朕心實有不忍。著從寬革職。永不敍用。耆英雖無能已極。然究屬迫於時勢。亦著從寬降爲五品頂戴。以六部員外郎候補。至二人行私罔上。乃天下所共見者。朕不爲已甚。姑不深問。辦理此事。朕熟思審度。計之久矣。實不得已之苦衷。爾諸臣其共諒之。嗣後京外大小文武各官。務當激發天良。公忠體國。俾平素因循取巧之積習。一旦悚然改悔。毋畏難。毋苟安。凡有益於國計民生諸大端者。直陳勿隱。毋得仍顧師生之誼。援引之恩。守正不阿。靖共爾位。朕實有厚望焉。布告中外。咸使聞知。」

二　文宗之內治

重儒學以正風俗　文宗御極。適值邪教流傳。蔓延各省。默思經正民興。庶收實效。卽諭內閣曰。「朕念深典學。御極之初。卽欲舉行日講舊典。禮臣以乾隆嘉慶年間兩朝訓諭。皆以此事易滋流弊。俱奉命停止。然朕心未嘗不念茲在茲也。尙書曰。辭尙體要。又曰不由古訓。於何其訓。儒臣盡善於君。援古卽以證今。若紛紛論列時事。恐啓挾私逞臆之端。轉失講道沃心之義。朕幾務餘閒。將於翰詹諸臣中。輪流選派。親命題目。各擬講義。分日進呈。在朕既可以古爲鑑。且以觀諸臣器識學問。爲量能授任之資。庶幾上下交相勉勵。用副朕集思廣益崇實黜浮至意。」一時師宗何桂珍。獨以朱子大學講義進呈。越日。復續成修齊治平四篇恭進。其分班奏對，亦多粹然儒者之言。一時各省聞風興起者，安徽黟縣訓導朱駿聲進呈說文通訓定聲一書，福建舉人林昌彝呈進三禮通釋一書，亦皆留心經訓。上以是求，下以是應，嚮學之風，誠日盛矣。而文宗就學，其勤尤不可及。杜受田任山西學政，奉召還朝，令直上書房，累遷內閣學士，特命專心講授，毋庸親閣務，以是所造益深。三年二月上丁，文宗親詣太學，行釋奠禮。越六日癸未，臨雍講學，玉音朗朗，講中庸致中和一節，尚書皇天無親四句。自王公大臣以及有司百執事，自先聖先賢之裔，以至太學諸生，環集橋門璧水之間者以萬計。是日并特命惇郡王致祭於杜文正之靈，蓋重淵源，懷耆舊也。然而廣西金田亂起，河南捻匪橫行，祥符縣吳光漢稱赤天大王，綦江縣馬武成稱赤地大王，英德縣李三文稱赤八大王，均爲各省邪教總目之首。此外貴州有土匪、苗匪、外來游匪，湖南有紅簿教、黑簿教、結草教、斬草教、捆柴教，又有齋匪，曰青教，傳道惑人，巨案疊出。論者謂吏治日隳，學風日替，民族日壞，民心日離，皆穆彰阿等有以造成之。空言經正民興，無補也。不然，兩江總督陸建瀛奏士子不明正學，請以性理論試士，其論未嘗不正，乃不數年而洪軍南來，建瀛且棄師逃遁，貽禍中原者甚大，又曷怪士論嘵嘵，遂與周禮殃民、孝經退敵等誚哉。

省愆，各以戒臣工。文宗踐位，御門聽政，卽作述志詩，以示在廷諸臣曰：「大廷循典覲公卿，考訓親承戒滿盈。愼厥修身四時懍，審於出治一心明。屏私圖己兼援友，盡敬愛君必澤氓。宵旰勵精期共勉，閑邪陳善竭丹誠。」復於詩註內訓諭廷臣曰：「朕自幼卽蒙皇考誨育深恩，追膺付託之重，諄諄以奉三無

私。保泰轉盈爲勖言猶在耳。敢不銘心。是用愼厥修身。克自抑畏。審於出治。以正朝廷。爾諸臣亦當知爲
臣不易。思日贊襄。屏圖己援友之私。庶幾公溥務愛君澤民之實。力戒因循。陳善閉邪。勵精圖治。宵衣旰
食。朕志不渝。茲於御門聽政。援事成吟。爾諸臣其共體朕意。毋蹈積習。實有厚望焉。」三年。又頒硃筆訓
臣工戒因循。諭曰。「我皇考宣宗成皇帝深仁厚澤。浹於寰宇。予小子受付託之重。懍大業之艱。兢兢業
業。已三年矣。追思我皇考彌留之際。諄諄以國計民生爲重。顧命諸臣所共知者。試思今日國計未豐。民
遭塗炭。朕雖自恨自責。竭力籌維。亦終無成效。豈不有負高深爲天下一罪人乎。內外文武諸臣。攄忠宣
力。視國如家者固不乏人。然泄泄沓沓。因循不振。祿位之念重。置國事於不問者。正復不少。朕雖非賢主。
斷不忍諉咎於諸臣。試問諸臣午夜捫心。何忍何安。若不痛加改悔。將來有不堪設想者矣。是用誕告爾
大小臣工。自今日始。仍有不改積習。置此諭於不顧者。朕必執法從嚴懲辦。斷不姑容。猛以濟寬。正今日
之急務也。朕爲諸臣計。國計民生。無關於汝之身家。獨不惜一身名節。甘爲大清國不忠之臣。不亦愚乎。
總之以言感人。其感甚淺。爾大小臣工。若以認眞爲多事。以朕爲可欺。一人在上。欺之固易。翹首上蒼。昭
昭明鑒。吁可畏也。」是歲入春以來。風霾屢作。日色無光。四月四日午刻。日旁忽見黑氣。四圍摩盪。形成
圓暈。兼以煙翳冥濛。文宗諭曰。「上蒼示儆。變不虛生。值此賊匪肆擾。徵調頻仍。朕反躬自責。亦非語言
所能喻。著欽天監占驗等書。悉心推測。據實具奏。毋稍隱飾。越日。文宗南郊齋宿。頒硃筆省咎
報天恩。諭曰。「朕以薄德。敬承考命。撫育萬方。兢兢業業。已三年矣。深慚治理乖方。愆尤叢集。溯自道光

三十年秋。逆醜跳梁。徵調頻仍。迄無成效。將士疲於甲冑。黔黎苦於差徭。自粵而楚。自楚而江。妖氛狂悖。可謂極矣。君人者代天司牧。斯民當今之時。司牧者何事。而吾民塗炭未復。予一人孤恩咎重。夫復何辭。因思空言無補。時値多艱。朕惟有虔籲昊天。速消民刼。期與軍營諸將士共奮安民之志。羣興鼓舞之懷。掃蕩此賊。以蘇民困。此朕之初志。報天恩卽符考願也。憶自庚戌冬至。親承大祀。已經九次。每逢詣壇齋宿。無不思逆賊未平。倍覺愧悚。茲又値雩祭前期。因誌吾過。以自儆焉。」

辦鈔法鑄錢及改海運　咸豐三年。諭內閣「前有旨派左都御史花沙納。陝西道御史王茂蔭。會同戶部堂官妥議鈔法。奏明辦理。茲據花沙納等公同酌議具奏。並繪具官票式樣進呈。朕詳加披覽。所擬章程各條。尙屬周密。著卽照所請。定爲官票名目。先於京師行用。俟流通漸廣。再頒發各省。一律遵辦。官票之行。與銀錢並重。部庫出入收放相均。其民間銀錢私票。行用仍聽其便。商賈交易。亦無抑勒。洵爲裕國便民良法。總期上下相信。歷久無弊。卽使國用充裕。官票照舊流行。」旋命各省開採礦廠。備鼓鑄錢文。七月。戶部奏推廣鈔法。以錢准銀。凡地丁雜稅。及一切解部之款。均請以錢鈔二千抵銀一兩。如所請行。」閱數日。諭內閣「王懿德奏請添設鑪座。兼鑄大錢。見在京師戶工兩局添鑄當十大錢。與制錢搭放行用。甚爲便利。業據戶部奏明通行各直省照式增鑄大錢。酌議章程試辦。茲據王懿德奏請於福建寶福局添設兩鑪。試鑄當十當五十當百大錢。其原設鑪座。仍按卯鼓鑄制錢。與大錢相輔而行。並將大錢式樣呈進。著卽照辦理。其銅斤分數。如何配製。各省收放款項。如何通行利用之處。著戶部妥議章程具奏。」十一月。又諭曰。「前因巡防王大臣等。請推廣鑄造大錢。當交戶部議奏。茲據該部查照王大臣等所議當千大錢。以重二兩為率。以次酌量遞減。期於輕重相權。便民利用。著即照部議。所有當千當五百大錢。均用淨銅鑄造。務使磨鑢精工。色澤光明。當百當五十當五大錢。亦須配鑄精良。一律完整。與制錢相輔而行。俾民間咸知寶貴。便於行用。倘製造稍有粗率偷減。著錢法堂侍郎。即將鑪匠人等嚴行究辦。該管監督大使各官。一併嚴參。並著該部通行各直省督撫。均照此次所定分兩。一體鑄造。以歸劃一。其民間應納稅課錢文等項。均照部議。准以大錢交納。其應交銀者。並准其按照制錢兩串折銀一兩之數抵交。總期出入均平。如有私鑄及奸商居奇阻撓者。均按例治以應得之罪。」此史臣所謂餉不足而更製大錢也。其籌議新漕。而懇請試行海運者。亦宗漢所奏也。文宗謂本年浙江漕船開兌過遲。最後各幫延至九月下旬。甫經輓運出境。即使截剝回空。斷難如期歸次受兌。所有來歲新漕。亟應變通辦理。以免貽誤。著照該撫所請。改由海運。以期迅速。並准將原辦河運各費。併歸海運支銷。一切章程。即由該撫督飭司道。慎重籌議。妥速奏辦。」此史臣所謂漕不繼而改海運也。

紀戊午科場大獄　咸豐八年。關節案發。為御史孟傳金所劾。首輔棄市。少宰戍邊。內外簾官及京兆闈新中舉子。軍流降革至數十八之多。可謂科場大獄矣。衆皆咎其多言。相傳刑部定讞時。文宗以大學士柏葰。早正揆席。勤慎無咎。且株連過衆。文宗不樂窮治。而端華、肅順方用事。肅又官刑部尚書。因得挾刑律與文宗爭。蓋肅順屢有憾於柏葰。而朝臣中起家科目者。又其素所白眼也。九年二月十二日。文宗御勤政殿。召見惠親王。怡親王載垣。鄭親王端華。軍機大臣彭蘊章。穆蔭。匡源。文祥。內務府大臣彭齡。麟魁。存佑。文豐。尚書肅順。全慶。陳孚恩。趙光。許乃普。諸臣玩法之罪。顏色慘沮。殆亦以通榜有憑。難於曲宥爾。諭曰。「本日據載垣等奏會審科場案內已革大員並已革職員定擬罪名先行擬結一摺。朕反復審定。有不能不爲在廷諸臣明白宣示者。科場爲掄才大典。交通舞弊。定例綦嚴。柏葰以一品大員。孤恩藐法。至於如是。柏葰身任大學士。內廷行走多年。曾任內務府大臣。軍機大臣。且係科甲出身。豈不知科場定例。竟以家人求請。輒即撤換試卷。若使靳祥尚在。何難盡情吐露。旣有成憲可循。朕卽不爲已甚。但就所供情節。詳加審覈。情雖可原。法難寬宥。言念及此。不禁垂淚。柏葰照王大臣所擬。卽行處斬。派肅順。趙光。赴市曹監視行刑。已革編修浦安。已革舉人羅鴻繹。已革主事李鶴齡。均著照例斬決。以昭炯戒。副考官戶部尚書朱鳳標。閱其供詞。尙無知情情弊。從寬卽行革職。嗣後秉文衡者。皆當潔己虛懷。杜絕干請。應試士子。亦各立品自愛。毋蹈覆轍。則朕此次執法嚴懲。正爲士林維持風氣。爾在廷諸臣。當能默喩朕衷也。」細繹旨意。文宗具有不得已之苦衷。人言肅順端華修夙憾。良非虛語。且柏葰嘗於道光朝以少宰出使朝鮮。朝鮮國王餽五千金。卻之。請益堅。乃擕歸奏聞。請存禮部。還其使臣。淸節如此。通榜受賂。豈信讞乎。又有謂戊午北闈之獄。外簾實先發端。先是府丞蔣達。以場中供給草率。擅自出闈赴園奏事。奉旨革職。府尹梁同新亦降調。治中及大宛兩縣。皆鐫級去。比題名錄出。士論譁然。傳金遂首發大難。陳康祺郎潛紀聞云。譬彼雨雪。先集維霰。信然。信斯言也。則北場鄉試有不利午科之說。且以乾隆庚午科爲例。豈眞數使然歟。

收漕務章程及裁河員浮冗　湖北有漕州縣。凡三十有三。額徵北漕正耗米十五萬石有奇。南米十三萬七千石有奇。北漕由丁船兌運京倉。南米由州縣解交荊州諸營及各標綠營。咸豐三年。因湖廣漕船停運。部文令變價解部。每石折銀一兩三錢。各州縣仍照舊征收。多所浮勒。大爲民病。六年。武漢克復。八年。從胡林翼請改定章程。一。有漕州縣。覈減向日浮收之數。分別折價。所有田單串票樣米差費。概行革除。一。折收北漕照部定每石一兩三錢之數。共正耗銀二十一萬四千餘兩。並津貼幫丁兌費銀六萬八千餘兩。均解交糧道庫。暫行提充軍餉。一。各州縣折解南糧。每石酌定一兩五錢。共應解銀二十萬六千五百餘兩。除支發滿漢各營兵食外。尚餘銀八九萬兩。存留藩庫。備災緩撥補之用。一。漕南水脚及隨漕等項銀兩。見因漕船停運。均解交道庫報撥。並暫濟兵餉。一。糧道以下各官漕規及各衙門書吏雜費。概行裁革。一。漕南折價。民間輸將自易。毋許各州縣稍有蒂欠。至將來運河修復。仍設法辦理本色。應令隨時體察情形覈辦。此能取中飽之資。以分益乎上下者也。至汰河工文武官員。酌改操防營伍各事。其新章之改革。亦有可紀述者。讀十年七月諭旨曰。「江南河道總督。統轄三道二十廳。文武員弁數百員。操防修防各兵數千名。原以防河險而利漕行。自河流改道。舊黃河一帶本無應辦之工。官多闒冗。兵皆疲惰。虛糜餉需。莫此爲甚。所有江南河道總督一缺。著卽裁汰。其淮揚淮海道兩缺。亦卽裁撤。淮徐揚海兵備道。仍駐徐州。所有淮揚淮海兩道應管地方河工各事宜。統歸該道管轄。廳官二十員內。豐北蕭南銅沛宿南宿北桃南桃北外南外北海防海阜海安山安十三廳．均係管理黃河．見在無工．又管理洪湖之中河裏河運河高堰山盱揚河江運七廳．見在工程較少．均著一併裁撤．惟中河等七廳．有分司瀦蓄宣洩事宜．所有裁下之運河中河二廳事務．著改設徐州府同知一員兼管．裁撤之亭堰山盱二廳．著改設淮安府同知一員兼管．裁撤之裏河廳．著改爲淮安府督捕通判兼管．裁撤之揚河江運二廳．著改歸揚州府清軍總捕同知兼管．至裁撤黃河無工十三廳．原轄各工段汛地．卽著落各該管州縣官管轄．不得互相推諉．其宿州等管河州同五缺．高郵州等管河州判三缺．東台等管河縣丞十九缺．高良澗等管河主簿二十一缺．阜寧等管河巡檢十六缺．均著一併裁撤．淸江地方緊要．添設總兵一員．作爲淮揚鎭總兵．俟平靜後．改駐揚州．原設河標中營副將．改爲鎭標中軍游擊．駐紮蔣壩．淮徐游擊．徙駐宿遷．所有鎭標中營員弁．並右營廟灣洪湖佃湖等五營游擊以下官五十四員．仍舊．蕭碭等二十四營．改設蔣壩宿遷蕭睢豐沛桃源安東山阜高郵葦蕩左右等十營．酌留游擊以下八十一員．外其餘六十一員．悉行裁撤．著卽簡選精壯．認眞操演．以資戰守．江南軍務未竣．所有江北鎭道以下各官．均暫歸漕運總督節度．

三　文宗時之內變

太平軍之原始　洪秀全者．廣東花縣人也．豪邁廣交游．嘗以賣卜游江湖間．師事朱九濤．受上帝敎．九濤死．衆推秀全爲敎主．後赴廣西．傳敎於桂平武宣間之鵬化山中．徒黨日衆．自擬基督．以基督爲上帝長子、而已爲其弟、其教旨主平等、由己以下、男子均兄弟之、女子均姊妹之、無尊卑階級、又造眞定寶誥、藉信仰力以固其團體、將起事、先與中表馮雲山共說楊秀清、秀清約其妹夫蕭朝貴、同說鄉紳韋昌輝、昌輝偕行、說富人石達開、六人共誓生死、勢益盛、時水寇羅大綱擁衆千餘、掠永安、敗遏胡以光、秀全在焉、以光勸歸秀全、官捕秀全亟、乃起兵於桂平之金田村、會桂撫鄭祖琛老病諱言兵、未上聞、逮提督向榮馳與議、祖琛不得已、始奏狀、褫祖琛職、遣林則徐赴廣西、則徐方臥疾、聞命星夜兼程、子編修汝舟隨侍、勸節勞暫息、則徐口占一聯云「苟利國家生死以、敢因患難避趨之」乃舁疾亟行、卒於廣寧行館、李星沅代之、提督張必祿、副將伊克坦布戰死、時道光三十年也、張嘉祥方爲盜魁、造秀全、語不合、掠據潯州、向榮與都統烏蘭泰會尚阿、方擊嘉祥、嘉祥敗降向榮、更名國梁、移師擊秀全、屢敗、永安陷焉、咸豐元年、秀全稱天王、建國號曰「太平天國」、册楊秀全東王、蕭朝貴西王、馮雲山南王、韋昌輝北王、石達開翼王、洪大全天德王、烏蘭泰等圍之數重、大綱突圍出、烏蘭泰逐之敗歿、大綱假烏軍旗幟、桂林守軍語誤不得入、攻月餘、退陷興安、據全州、秀全移全州軍攻長沙、未至、雲山陣歿、移攻道州、陷江華永明、五王皆肆、郴州茶陵、朝貴率李開芳林鳳祥攻長沙、江督陸建瀛師潰、朝貴中彈死、秀全哀慟、自率全師偪長沙、三月不下、向榮等自外圍之急、渡江逸去、陷益陽、渡洞庭湖、陷岳州、拔漢陽武昌、開科取士、得狀元王戕、建高臺小別山演說、弔民伐罪大義、又採用歸安錢江策、連舟萬餘、順流東指、連下九江安慶太平蕪湖、遂迫金陵、建瀛棄師遁、城攻七日而下、時二年二月也、建瀛吞金死、

建都金陵時之極盛　方金陵之初下也。秀全本欲趨江北。圖汴。定都洛陽。渡黃河以困燕都。或言明祖亦席金陵以有天下。宜先建國。俾天下知趨向。秀全納之。乃定都焉。更名曰天京。置百官。定朝儀。建龍鳳殿。立官教章。妻賴氏爲皇后。子眞福爲太子。立學校。開科分男女兩榜。晉秀清爲左輔正軍師。錄尙書事。昌輝爲副軍師。達開爲前軍主持。以光爲春官正丞相。兼平東將軍。大綱爲冬官正丞相。兼平西將軍。賴漢英爲夏官正丞相。兼盪寇將軍。開芳爲地官正丞相。兼平北將軍。鳳祥爲天官正丞相。兼平南將軍。餘文武封賞有差。其軍政則天王自爲元帥。東王爲副元帥。北王翼王爲左右前軍副元帥。特設軍政議事局。內分軍馬。軍糧。軍械。軍衣。軍帳。軍船。軍圖。軍俘。軍車等科。轉運。文書。警告。接濟等局。並以六官副丞相領之。而最高機關。則爲軍機會商局。以東王領之。軍制。每軍一軍帥。統五師帥。一師帥統五旅帥。一旅帥。統五百長。一百長統十司馬。萬二千五百八爲一軍。李玉成李世賢林紹璋林啓容白輝懷。各統一軍。軍帥上有監軍總制將軍指揮檢點丞相。丞相爲一品。下至旅帥。皆武職。縣爲令。州爲牧。府爲太守。行省文武將帥各一。文方伯。武主將。佐將副之。其民政取男女平權。禁販鬻婢僕畜妾賣娼。及婦人馬蹄足。各省豪俠紳富聞風響應。相率餽納金錢。謂之進貢。數千里外居民。皆爲所震撼。淸廷官吏稱疾多求去。會英國艦長西西波林。以各國公舉。自廈門溯長江。探兩軍虛實。至金陵。秀全待遇極厚。旣與歷覽各營。示以軍容之盛。復言此軍實爲民人爭自由。並及通商大局與鴉片問題。語多中要。大爲西西波林所駭服。稱秀全爲東方革命家。秀全隨遣弟仁玕。賫國書赴西洋。以伸睦誼。開國規模。蓋於此時稱極盛焉。

太平軍之勢漸強　自是羅大綱將本部掠京口揚州天長六合．進攻廬州．胡以光以本部出和州含山巢邑．與大綱會．遂拔廬州城．連下英霍黃梅．大綱渡江．攻克潯陽．林啓容留守．上掠彭澤．以達武昌．以光攻克黃州．下漢陽．韋志俊留守．大綱以光屯鄂．石達開出無爲廬江舒城．據六安．下桐城．遂破安慶．頓漢英取句容溧水太平蕪湖繁昌南陵池州．楊宜清輔清出溧陽．破廣德徽州．黃文金留守．古隆賢賴文鴻破宣城寧國銅陵．咸豐四年二月．達開使漢英攻豫章．所過湖口吳城皆下．達開掠撫州饒州廣信建昌寧都．並下十三州．惟吉贛未破．合攻豫章．久不下．曾國藩來援．漢英退．國藩逐之．收吳城湖口．國藩偪潯江．秀清徵漢英．漢英畏罪．棄室遁．踰月．宜清輔清圖閩浙．先是金陵甫下．秀全將留一軍守江南．而自帥師渡淮而北．直搗北京．誤聽一書生言而止．會向榮自廣西踵至．駐兵孝陵衞．號江南大營．都統琦善等．進至揚州．號江北大營．江北大營以腐敗先覆沒．而太平軍則分西北兩支．北支由河南下山西．入直隸．爲林鳳祥所統．西支由安徽下江西．爭長江上流．與湘鄂相聯合．爲豫王胡以晃及漢英石祥貞等所統．北支縱橫津深一帶．後據靜海．分屯獨流楊柳青等處．與清將僧格林沁勝保等相持．西支則擊敗江忠源於田家鎮．及廬州．忠源投水死．又敗鄂督吳文鎔於黃州．文鎔亦死亂軍中．太平軍勢益強．

楊韋難作清軍大振　太平以政治革命．宜爲社會所歡迎．復於克金陵後．佔優勝勢．其成功當若反掌．顧以帝王思想．未能劃除．浸成內鬨．楊秀清威權日重．國中惟知東王．不知有天王也．百官皆趨秀清府．天王深居．以時朝而已．章奏必先達秀清．乃上．軍政概不以聞．秀清教令．稱金論．每論至．大吏將帥．於十里外列案跪迎。焚香誦。否則干重譴。閫外皆置監。喜石達開而惡韋昌輝。昌輝曲事之。秀清益驕。秀清嫉秀全深智雄略出己右。陰有異志。屢圖篡。欲迫秀全禪位。秀全微聞之。適清軍江南大營覆。向榮死丹陽。開盛宴相慶。秀全部下皆呼秀清萬歲。萬歲者。中國專制時代天子之代名辭也。秀全日秀清謂弟將何以處我。秀清曰。弟爲萬歲。兄爲萬萬歲。秀全默然。密遣昌輝刺秀清。已而又殺昌輝以謝達開。復謀殺達開。機泄。達開縋城走。當是時。自諸王以至將校。互爭權利。漸形瓦解。加以沿塗裹脅。兵無定額。餉源不繼。焚掠時聞。所在厭苦。向時民人奮願爲太平軍作耳目者。皆轉而爲清。秀全於是稍失民心矣。又會是時首策之人。運籌出奇。虓怒之旅。如虎如螭。羣起與太平爲難。就中人才蔚起。而以曾國藩爲之魁。國藩。湘鄉人。初以丁憂在籍侍郎。治團練長沙。總統諸軍。頒發營制。稍用明戚繼光兵法訓練。以五百人爲一營。營分前後左右四哨。置哨官四人。統以一營官。自兩營迄十營數十營。視材之大小而設統領焉。或十營設一人。或數十營設一人。或數營設一人。無定制。時兵制久壞。旗綠營皆呰窳驕惰。雖徵調四出。迄不獲一兵之用。國藩起。則盡屛滑弁游卒不用。專選士人領山農。但求精不求多。以故湘軍所至克捷。且國藩又善延納豪俊。多出其門。與胡林翼駱秉章等相提挈。左宗棠李鴻章彭玉麟及其弟曾國荃等。舉爲所選拔。厥後均以戰功顯。方秀清見刺之年。爲咸豐六年。林鳳祥等已於先一年爲僧格林沁所敗死。太平自是不復遣北伐軍。清軍因得以全力注南方。武昌漢陽經太平軍兩度攻克。卒由清軍擊取。並取江西諸縣及揚州鎭江。嗣桐城爲秦定三所圍。無爲巢縣廬江亦爲多隆阿都興阿所破。林翼等復九江。和春張國梁偪南徐。破溧水。以再逼金陵。秀全迭詔勤王。而以清軍相拒四方。不暇相救。陳玉成堵黃梅黃州與國滯等日有戰守。黃文金守祁門。韋志俊堵池州與楊載福等迭戰。含山和州復爲勝保所破。清軍勢大振。

李秀成陳玉成釋金陵圍　自楊韋難作。達開遠徙。秀全日益削弱。賴秀成支拄。秀成得張樂行一軍。以障江北。督師攻收南陵銅陵。以金陵糧富不足憂。乃親將譚紹光陸順德等兵三萬人。復合和。次大柳村。爲勝保伏兵所敗。退屯全椒。金陵困年餘。糧將盡。城中洶懼。勤王兵皆不至。秀成以玉成兵最強。請加玉成王號。乃封玉成英王。賜八方金印。便宜行事。然玉成雖專閫寄。而威信遠不如秀成。無遵調者。秀全復從仕葵言。晉秀成忠王。都督中外諸軍。錄尚書事。賜上方劍。八方金印。便宜行事。撤玉成金印。秀成還浦口。羽檄諸鎮。期明春大會於安徽樅陽。第一鎮左軍主將李世賢。第二鎮前軍主將陳玉成。第三鎮中軍大佐將黃文金。第四鎮王宗提督軍務楊輔清。第五鎮右軍主將劉官芳暨隆天福賴文鴻。受天福古隆賢。勷天福李遠繼。敬天福胡鼎文。謝天福張朝爵。奉天福黃呈忠。顧天福吳汝孝等。上將百餘。以九年二月。皆集樅陽。秀成馳至。玉成爲多隆阿鮑超敗於德安。聞樅陽之會。亦來繳印。秀成乃命輔清進溧水雨花臺。世賢進溧陽。攻句容。官芳進秣陵。偪七甕橋。文金進高橋門。命所部譚陳吳陸四將進赤沙山。攻淳化鎮。國梁營二十壘。世賢既得句容。疾趨淳化。夾擊國梁。大破之。國梁退入大營。秀成命隆賢文鴻攻東門。世賢包北門之後。自屯鍾山之尾。以遏退兵。玉成兵馳至。大隊攻兩浦。自將精兵渡西梁。進江寧鎮。攻鐵線橋。城中亦自十三門出兵夾擊之。刁斗之聲。連數百里。旌旗若長虹之亙天。是日微雨。諸軍斬關入。勢若崩潮。國梁不能禦。大敗退。俄頃三百餘營夷爲平地。金陵無清軍之迹焉。圍既解。息兵五日。奉命出師蘇州。而潛山太湖宿松又爲國藩所陷。玉成赴援。以顧安慶。秀成次丹陽。國梁自金陵退屯於此。出兵拒秀成。秀成勢盛。國梁新敗。不能拒。力戰敗退。躍馬渡河。馬蹶死。亂流中。清軍死傷萬餘。河水爲之不流。諸軍欒堞入。遂據丹陽。秀成逐北奔牛鎮。破營二十餘座。遂據常州。張玉良迎戰。初獲勝。繼乃不戰而潰。沿途大掠。蘇民深恨北軍。而迎秀成。遂進兵蘇州。道員李文炳等迎降。玉良走杭州。其餘郡縣皆傳檄定。自出金陵。不一月。逐北七百餘里。克城六十餘。師止嘉興。太平之勢。既衰而漸盛。

太平失機與清軍得勢　十一年春。秀成攻廣信。下之。適傳忠信譚體元。將兵六七萬至自廣西。秀成收其衆。分將攻撫州。汪洋海挾衆十餘萬至。亦命隨征。擊臨安。下之。又益以童容海之衆五六萬。秀成驟增二十餘萬。勢復大振。江西除建昌贛州吉安三府外。其餘十郡皆拔之。又得新兵三十萬。乃悉移江西之師還取杭州。秀成出師時。兵才五萬。及還師。兵百萬。至金陵。遇世賢。令其將所部取浙江屬郡。嚴衢溫台寧波金華。皆下之。秀成直趨杭州。命部將順德取紹興。徇其旁州縣。皆納降。攻杭城兩月。玉良軍敗。巡撫王有齡等死之。還蘇。明年。援皖。國藩深溝高壘。玉成久攻不下。時環清壘而軍者十餘萬人。玉成不善馭將。故久無功。嗣國藩併力攻城。遂破安慶。玉成卒爲苗沛霖所執。獻之勝保。殺之。秀成聞其死。嘆曰。「吾無助矣。」先是。清與英法失和。英法聯軍。方由九龍北上。攻北塘。挈白河。據大沽。向天津。抵張家灣。北京鼎沸．城下盟尚未定．機會極可乘．香山人容閎．會於英法兵北發時．力勸秀全與聯合．內定大局．外聳邦交．秀全不能用．文宗以國藩督兩江．達開欲自貴州入川．不果．玉成方下黃蘄二州．爲國藩所敗．左宗棠及曾國荃．並屢戰獲勝．收取各地．金陵勢又蹙．秀全乃遣秀成等攻浙．分清軍之力．又遣別將迫上海．上海自通商以來．爲中西國際上重要區域．秀全不能以外交方略．資其軍艦火器．爲己利用．或嚴重交涉．俾守中立．蘇州已爲太平所佔有．巡撫薛煥駐上海．倚泰西諸國爲護符．蘇松太道吳煦．募華兵．又由英法兩國募呂宋兵．均以美人華爾領之．號曰「常勝軍」．所向輒捷．上年之秋．是歲之春夏．均恃以解上海圍．是冬．太平克奉賢南滙川沙．上海震動．於是官紳集議．擬借助外兵．以平內亂．並於上海設會防局．由薛煥奏明．會同西兵防守．

四　文宗時之外交

一　英法聯軍入北京

開釁原因及天津條約　自南京條約成．五口通商．福州廈門上海寧波四處．均頗相安．而粵人於約前曾起平英團．憤英人特甚．聞英人在福州城內烏石山建築洋樓．則大恚．合詞訴粵督．無令英人入廣州城．不省．乃謀團練停稅．示抵制．時粵督爲原訂約大臣耆英．英人復以入城請．耆英恐激民變．設詞緩之．期以二年後踐約．已而徐廣縉督粵．葉名琛爲巡撫．英艦闖入粵河．申前約．廣縉潛召鄉團．先後至者踰十萬。而自赴英船。告以衆怒難犯。英人見羣情洶洶。懼請修舊好。遂約定嚴禁入城。督撫會疏入告。宣宗大悅。封廣縉一等子。名琛一等男。時道光二十九年也。咸豐二年。廣縉移督鄂。名琛升粵督。備交涉。馭外人尤倨傲。香港英總督寶林。廣東英領事巴夏禮。均深惡之。輒謀乘機構釁。會六年（一八五六年）九月初十日。有中國商船亞羅號者。揭英國旗。自廈門來廣東。由水師千總捕華籍船員十三人去。拔其旗。以獲匪報。巴夏禮以爲有辭可藉。遽執江寧增補條約。責擅執華傭爲不當。侮辱英旗爲非禮。要求立釋船員。具狀謝罪。且限期答覆。以不覆卽作談判破裂相脅。名琛置不答。亦不爲備。幷下十三人於獄。於是英人乃下宣戰書。黃浦礮臺及省城先後陷。英以兵數少。得城不守。仍退歸軍艦。粵民以爲怯。遂火洋樓。罩及美法英各商館。並十三家洋行。巴夏禮等知釁端已成。馳書本國政府。請增兵決戰。英約俄法美諸國。說以合從利。各遣使至京。俄美政府無戰志。唯求改訂商約。法皇拿破侖三世。好遠略。藉口廣西教案。（濫殺法教師事）決與英聯盟。自是粵事益棘手。英使額爾金。法使噶羅。貽書責名琛。法美兩領事。願居間調停。名琛不答。及同盟軍致最後通牒。（限四十八小時獻城出降）時六年十一月也。將軍巡撫等。就名琛商戰守。猶謂過十五日必無事。（此乩語）同盟軍至期不獲覆。乃陷廣州城。執名琛去。（後客死印度）迫中國改訂商約。增開商埠。酌給償金。俄美二使。亦乘間圖改商約。至八年正月。英法俄美四國使節。合致書大學士裕誠。請派全權大臣至上海協議善後。淸廷仍援向例。令就各當地疆吏交涉。英法二使以不遂所欲。遂率軍艦至天津。猛攻大沽礮臺而陷之。文宗懼。命大學士桂良。尚書花沙納赴津議款英使持所擬新約凡五十六條。法使持所擬新約四十二款。要求履行。英除議償商虧二百萬兩。軍費二百萬兩及修改稅則。允准傳教外。其最關重要者。爲增開牛莊登州臺灣潮州瓊州等處爲商埠。又於長江一帶。准其選擇三口爲洋艘出運貨物來往之區。法人要索與英相彷彿。軍費賠款。比英減半。桂良等據以入奏。清廷不得已。允之。是爲天津條約。事在八年（一八五八年）五月十六日也。及明年。遵例換約。各國艦隊赴津。直入大沽口。時僧格林沁。方於大沽口大修守備。向拒不聽。擊沈其小輪船十三艘。殺登岸洋兵數百。於是文宗有「英人全軍覆沒。我軍奮勇異常。分別獎賞」之諭旨。美艦後至。遂遵議改道。時朝野相慶。皆謂外事當有轉機。顧未逾一年。復有聯軍入都之事。

第二次開釁原因及北京條約　英之敗也。誓必報。當退軍時。沿塗於旅順威海各要口。咸測量而去。因修船募勇。期來年入犯。香港月報揭載之。華洋各鉅商。懼其損害互市也。議集金償餉。阻其師。於是英法使臣。照會中國通商大臣。請一遵八年原約。卽罷兵事。開清廷思乘戰勝餘威。改修前約。故一方以嚴旨斥絕。令其勉就範圍。一方則申戒所司將吏。勿見敵輒先開礮。致妨和局。並留北塘一口。爲通使議和地。北塘者。京津海防之重要地也。僧格林沁於此籌防務。費銀已達百餘萬兩。文宗遽令撤北塘之防。退防大沽。論者惜之。至十年六月。英法艦隊百餘艘北犯。懲前敗。不敢入大沽。詗北塘備虛。合兵萬八千人駛入內港。抵新河。僧格林沁見敵兵少。率精兵三千禦之。交戰三十分鐘。僧軍如牆潰。戰釁於是再開。聯軍攻塘沽。陷之。再攻大沽。第一第二礮臺。城兵不發一礮。加無人焉者。聯軍進壕側。三千守兵投戈乞降。遂立南岸礮臺讓受條約。聯軍抵天津。訂媾和約三條。清廷以要求過重。又恃僧格林沁尙擁軍在張家灣。並桂良等亦無締約全權。因拒不批准。英法兩使大怒。率兵進偪北京。載垣赴通州議和不諧。以巴夏禮辭色驕蹇。又聞英使額爾金。將衷甲見襲。因潛告僧格林沁。計禽巴夏禮解京。聯軍遂奮攻而北。勝保軍敗潰。僧軍及大學士瑞麟所統軍均不支。退保京城外。文宗走熱河。以奕訢居守。英人揚言攻城。索巴夏禮甚急。奕訢時受命爲全權大臣。以爭議和地點不協。聯軍遂繞德勝門攻海淀。禁兵不戰而潰。奕訢避居長新店。巴夏禮本囚於高廟。及是見釋。火圓明園以洩忿。且要奕訢至軍面訂約。速開安定門。脅以三日之限。奕訢允開門延入。而前此與巴夏禮同羈獄中者。比釋放時。已斃至十餘人。英人檢遺骸驗刑具。咸大憤。復擾海淀。火三日夜不絕。揚言將犯禁城。奕訢復以和議請。法使居閒調停之。先畀卹銀五十萬兩。再以禮部修盟書。其條約於八年原定外各續增若干條。加闢天津爲商埠。許派公使領事駐中國。償英國銀一千二百萬兩。法國銀六百萬兩。奕訢以聞。文宗悉允之。隨立總理衙門於京師。總理各國事務。乃於十年（西一八六〇年）九月十一日。簽訂中英北京和約。十二日。簽訂中法北京和約。聯軍遂退北京。清廷遂得相安無事。而中國國民生活。則自此更被層層之壓迫與束縛。中國國家主義。益形層受其侵奪。蓋此次中英中法所訂天津北京兩條約。除賠款各派公使外。更增加領事裁判權。片面最惠國待遇。允准兩國教士得入內地傳教。協定噸稅等條款。此外英約中除開各處通商口岸外。并割九龍司一港。爲英租借地。法約中則於英約增開五口岸外。更於福建增淡水一處。於長江增江寧一處。且規定許法國派兵船游弋停泊各通商口岸．外國兵船從此得無事直入中國腹地．法約中又規定將廣西林縣知縣張鳴鳳革職．并須將革職事由照會法國．而中國之行政權．亦受外人之干涉矣．所損國權．一至於此．是尚得謂之外交乎哉．

二　俄人東西並進之侵略

俄人之改約　咸豐八年英法天津之役．俄美與焉．美於九年訂約時．訂明中國對於他國．任給何項利益．爲此次約章所無者．亦准美國一體均霑．既飽所欲而去．至俄則蓄望尤奢．我國所受之損失尤大．前後計分三項．

一爲愛琿條約　俄處歐亞兩洲之北鄙．欲出而與各國爭雄．勢不能不得一出海口．既不得逞志於西．乃折而求伸於東．思於遠東或印度得一出海口．然兩路皆假我國之邊境．不能通．於是遂成爲東西並進之侵略．其東進之侵略．始於康熙時尼布楚條約．陸路通商．僅恰克圖一處．雍正時所訂恰克圖之約．歷代遵行．乾隆時．又設庫倫辦事大臣．綜理邊務．是時國力方強．俄人不敢問鼎．然其屬地西伯利亞東向無通航海口．於競爭上殊不利．俄皇彼得第一．曾言必取黑龍江．女帝耶和德拿第二．則頗以祕密經營．使中國不之覺．亞歷山大第一及尼古剌繼之．常搜訪中國邊備．及黑龍江航行之各項報告．因得中國之承諾．於黑龍江口．置貿易事務官．逐歲調查．不遺餘力．未幾．開尼古剌士克港．占領薩哈連北部．實行殖民政策於黑龍江北岸．時道光末葉．域內多故．未暇與交涉也．咸豐三年．太平勢方盛．俄乘間遣使．

謂自黑龍江額爾齊斯河上流。以達於海。未設界標。卽爲未定地域。應重訂界約。政府未有以應。至翌年。俄艦隊遂循黑龍江而下。通過愛琿。守吏不能止。防兵多驚匿。大爲俄人所輕。至於沿江諸土族。則自道光以來。俄教士因納根其父子。早以傳教力廣肆牢籠。以艦隊至。又以金屬玩具結土人歡心。以故俄艦所經。如入無人之境。艦長福岳將軍。旋以五年與將軍奕山會議。不就。次年。俄全權大臣普查欽。又自黑龍江至天津。中前議。亦無成。至八年。福岳持強硬手段。以奉本國政府命。殖民烏蘇里河口來告。於是政府不得已。乃遣奕山會議於愛琿。訂條約三條。自是中俄國界。以黑龍江爲限。自烏蘇里江至海。作爲二國共有地。黑龍江烏蘇里江松花江俄人皆得航行權。此爲中國對於俄國第一次之大損失。顧俄之雄心猶未已也。

二。爲天津條約　愛琿之約既定。俄人一方經營滿洲。以所得黑龍江北岸地。置黑龍江省。建省會曰海蘭泡。與南岸之中國黑龍江城相對峙。一方則以軍艦附合英法。同迫天津。及天津礮臺陷。英法和約成。俄據例別訂專約十二條。除兩國陸路。於從前所定邊界通商外。准由海路之上海寧波福州廈門廣州臺灣瓊州七口通商。若別國再在沿海增添口岸。准俄國一律照辦。俄國在中國通商口岸。得設領事官。並派艦停泊。以資保護。

三。爲北京條約　文宗幸熱河。俄使伊格那替業福在北京。時北京已爲英法聯軍所據。奕訢欲應英法公使之召入城議和。逡巡慮見辱。伊氏固居間作調人。以禮部衙門接近俄使館。保奕訢無恙。因於其地定約章焉約成。伊氏以斡旋和局有功。乃索厚酬於中國。續訂條約十五條。舉烏蘇里江興凱湖白稜河瑚布圖河琿春河圖們江以東地。悉讓於俄。都計愛琿及北京兩約所損失。東西廣至四千有餘里。南北長至二千有餘里焉。先是俄人東進之侵略。因尼布楚條約之挫。乃南下而圖中央亞細亞。故自大彼得令俄商經巴爾搭什湖。往來伊犂河畔。思於新疆邊境。開通商要路。清高宗知俄後患大。嘗派兵逐喀什噶爾等地之俄商。一時中俄貿易。乃間接由浩罕人經營。道光末葉。俄再請開喀什噶爾為互市場。復不許。咸豐初元。奕山卒與俄於伊犂訂約。以試行貿易名義。開伊犂塔爾巴哈台兩處為貿易地。仍拒開放喀什噶爾之請。至十年。伊氏挾功締結中俄北京續約。始以試行貿易名義開放之。復於約中第二款。規定伊犂方面中俄國境如下。「西疆尚在未定之交界。此後應順山嶺大河之流。及現在中國常駐卡倫等處。及一千七百二十八年。卽雍正六年所立沙賓達巴哈之界牌末處起。往西直至齋桑淖爾。自此往西南。順天山之特穆爾圖淖爾。南至浩罕邊界為界。」其西進之侵略如此。

第十四章　同治朝之治略

一　穆宗即位後之措施

穆宗之踐阼　咸豐十年七月。聯軍偪通州。焚圓明園。烽火連天。不遑寧處。徇協辦大學士肅順等之請。車駕避至熱河。軍輿之際。奏報尤繁。自朝至昃。不遑暇食。孜孜求治。勞神焦思。論者謂聖體違和。多由於此。既遘疾。皇長子朝夕侍側。文宗仍治事如常。且在熱河。未嘗一日忘宮闕。逾歲仲春。有詔回鑾。因病緩行。自夏徂秋。浸至大漸。召宗人府宗令右宗正。御前大臣軍機大臣承寫硃諭。立皇長子爲皇太子。七月十七日寅刻。崩於避暑山莊之煙波致爽殿。年三十有七。十二月上尊謚曰「顯皇帝」。廟號「文宗」。方建儲時。年甫六齡耳。初名載淳。六年丙辰三月二十三日未刻。生於圓明園之儲秀宮。母懿嬪葉赫納喇氏。卽孝欽顯皇后。世人稱爲西太后。庚申。文宗三旬萬壽。賜宴臣工。時方五齡。而稱觥祝壽。儀度備嫻。文宗大悅。特命出見廷臣。其時瞻仰者。莫不稽首歡呼。既嗣統。尊兩宮爲皇太后。九月。車駕還京師。十月初九日。卽皇帝位於太和殿。詔明年改元同治。初。載垣等擬進祺祥字樣。大學士周祖培奏請更正。至是不用。十一月朔日。孝貞顯皇后。偕孝欽顯皇后。御養心殿垂簾訓政。世人稱爲東太后。同治元年。四月。上徽號曰慈安皇太后。上孝欽徽號曰慈禧皇太后。旋奉母后皇太后居綏履殿。聖母皇太后居平安室。每日親詣問安。自是以爲常。並諭內閣「上年八月。皇考大行皇帝。秋獮。駐蹕熱河。該處民情倍深愛戴。本年七月十七日。龍馭在山莊升遐。百姓久沐恩膏。感戀悲哀。出於至誠。九月二十三日。恭奉梓宮回京。所有經行各處。修治道路橋梁。爭先恐後。朕心深爲憐憫。著將承德府及所屬州縣。並經過畿內之宛平順義懷柔密雲昌平等州縣。明年應徵錢糧。全行蠲免。著直隸總督。順天府尹。即刊刻謄黃。徧行曉諭。俾衆周知。」

顧命八大臣　昔康熙時。聖祖沖齡踐阼。內大臣索尼蘇克薩哈遏必隆鰲拜並受顧命同輔政。時號曰四大臣。咸豐十一年。文宗晏駕灤陽。輔政諸臣。躬侍玉几。遂傳諭海內。以載垣端華肅順景綬杜翰匡源穆蔭焦祐瀛爲顧命八大臣。其實八人者。特是日內直之員。文宗疾大漸時。命承寫硃諭。立皇長子爲皇太子。並未以元良付託。而若輩志在攬權。竟敢矯遺詔以養威。引私人以自重。臣罪可誅。臣心不可問也。按康熙輔政四大臣中。以鰲拜最爲擅權專恣。藐聖祖沖幼。獨攬朝政。遏必隆附和之。索尼年老姑息。皆不能自異者也。蘇克薩哈雖與齟齬。然亦庸碌無足短長。故其時輔政名目。實出於鰲拜冒託。僞見聖祖諭旨。其跋扈專橫。時在聖祖前忿爭。或呵叱部臣。張威福以劫衆。後竟伏法。亦固其所。同治朝八大臣。皆名列樞府。而自稱受遺詔贊襄政務。其主謀者。載垣端華肅順等三人。而順秉國鈞。尤威稜懾人。朝士莫敢與抗。順字裕庭。人言少不學。恢以事詐人酒食。而狀貌魁梧。見者亦知其必獵功名。而以亡賴。人莫敢近也。同學郎中恩裕閔之時濟以貲且為營求刑部郎。此無稽談耳。順宗室也。鄭親王第六子。由應封宗室。授輔國將軍委散秩大臣除奉宸院卿。步軍統領額恆倭調令司讞。且薦其才。召見日請嚴禁令重法紀。鋤奸宄所言皆當上意。遂獲心簡兩歲間驟遷至侍郎。仍兼右翼總兵俄入贊密勿其初亦守介節。後始少通賄賂。復驕蹇喜專斷。柏俊以科場關節逮問。文宗欲貸其死。順謂非正法不足儆在位。竟寘重典。又以錢票案羅織成大獄。於是左右側目。而帝寵益固。聯軍犯京師。順誘英使巴夏禮囚之。旋從車駕走熱河。順不知兵對外夙主戰。自經是敗。疑洋兵通神術。勿可敵。恐還京復為所乘。於廷臣之請回鑾者。皆置不報。及至自以為輔政。而孝欽謀垂簾。與載垣等力沮之。數爭后前。聲色俱厲。后不能堪。乃以密旨畀奕譞。召勝保兵入衞。返京日立傅垣等與順隨文宗梓宮至。亦就逮。然順敬禮漢人。力舉曾國藩。復解左宗棠之獄。治事勤劬。案無留牘。誠亦有足多者。第暴戾恣睢。為朝士所惡。故不保首領。世亦無冤之者。蓋前之顧命四大臣。與後之顧命八大臣。皆出於冒託。故鰲拜之死。與肅順之死。事同一律。

正載垣端華肅順之罪　穆宗即位後。諭王公百官等「上年海疆不靖。京師戒嚴。總由王大臣等籌畫乖方所致。載垣等徒誘獲英國使臣。以塞己責。致失信於各國。淀園被擾。我皇考巡幸熱河。嗣經總理衙門王大臣等妥理各國應辦事宜。都城安謐如常。屢召王大臣議回鑾之旨。而載垣端華肅順朋比為奸。總以外國反覆。力排衆論。皇考宵旰焦勞。更兼口外嚴寒。以致聖躬不豫。龍馭上賓。朕搶地呼天。追思載垣等從前蒙蔽之罪。非朕一人痛恨。實天下臣民所痛恨者也。御史董元醇請皇太后暫權朝政。並簡派親王一二人輔弼。又請簡大臣一二人充朕師傅。雖我朝向無太后垂簾之儀。朕受皇考付託之重。惟以國計民生爲念。豈能拘守故常。特諭載垣等如所請行。而王大臣奏對時曉曉置辨。已無人臣之禮。擬旨時復陽奉陰違。擅自改寫。作爲朕旨頒行。是誠何心。此非專擅之實蹟乎。若再事優容。何以仰對在天之靈。又何以服天下公論。載垣端華肅順著即解任。景壽穆蔭匡源杜翰焦祐瀛著退出軍機。派恭親王會同大學士六部九卿翰詹科道。將應得之咎分別輕重。按律具奏。」又諭恭親王桂良周祖培等傳旨將載垣端華肅順革去爵職拏問。交宗人府會同諸臣嚴行議罪。並派睿親王仁壽醇郡王奕譞逮肅順鎖送來京。十月朔日又諭內閣。「肅順接奉逮問諭旨。咆哮狂肆。目無君上。且恭送梓宮回京。輒敢攜眷行走。尤爲法紀所不容。派春佑籍熱河家產。西拉布籍京師家產。毋稍隱匿。」閱數日王大臣等擬定載垣等罪名。復諭內閣曰「皇考升遐。載垣等即以贊襄政務王大臣自居。實則我皇考彌留之際。但面諭載垣等立朕爲皇太子。載垣等乃造作贊襄名目。諸事並不請旨。擅自主持。即兩宮皇太后面諭之事。亦敢違阻不行。御史董元醇條奏皇太后垂簾事宜。載垣等獨擅改諭旨。並於召對時言彼等贊襄朕躬。不能聽命於太后。且言親王等不可召見。意存離間。此載垣端華肅順之罪狀也。肅順擅坐御位。進內廷當差。出入自由。目無法紀。擅用行宮御用器物。於傳取應用物件。抗違不遵。兩宮皇太后召對時。詞氣互有抑揚。意在搆衅。此又肅順之罪狀也。王大臣等按律擬罪。請將載垣端華肅順凌遲處死。當即召見議政王奕訢等面詢有無一綫可原。據稱載垣等跋扈不臣。罪大惡極。國法無可寬宥。朕念載垣等均屬宗人。遽以身罹重罪。悉應棄市。能無淚下。惟前後一切專擅跋扈。實屬謀危社稷。是皆列祖列宗之罪人。非獨欺凌朕躬也。卽如所擬凌遲處死。實屬情眞罪當。惟國家本有議親議貴之條。尙可量從末減。姑於萬無可貸之中。免其肆市。載垣端華均著加恩賜令自盡。至肅順之悖逆狂謬。較應申國法而快人心。惟朕心容有所未忍。著加恩改爲斬立決。卽派睿親王仁壽刑部右侍郎載齡。前往監視行刑。以爲大逆不道者戒。又王大臣等擬請將景壽穆蔭匡源杜翰焦祐瀛革職。發往新疆效力贖罪。均屬咎有應得。惟以載垣等兇燄方張。受其箝制。均有難於爭衡之勢。情尙可原。御前大臣景壽。著卽革職。加恩仍留公爵並額駙品級。免其發遣。兵部尙書穆蔭。著卽革職。加恩改爲發往軍臺效力贖罪。吏部左侍郎匡源。署禮部右侍郎杜翰。太僕寺卿焦祐瀛。均著卽行革職。加恩免其發遣。

孝欽與肅順之齟齬　孝欽后者。帶印脫逃革職安徽徽寧池太廣道贈三等承恩公惠徵之女。咸豐元年。被選入宮。初賜號爲懿貴人。四年。册封懿嬪。方文宗之寵幸孝欽也。暇輒至其寢室。旋卽有娠。六年三月。生皇長子。是爲穆宗。晉懿妃。時文宗心喜甚。故有「庶慰在天六年望。更欣率土萬斯人」之詠。已而孝欽非復從前之柔順。文宗漸覺之。每與肅順言。欲廢之。而卒未忍。當咸豐末葉。肅順以閒散宗室。不數載。驟躋協揆尙書。入贊樞密。得君甚專。不時得入內廷。諸妃嬪皆謹事之。孝欽時亦在魚貫列。不能獨異也。庚申七月。英法兵犯淀園。穆宗倉皇出狩。得宮中一車以行。后妃嬪御。悉雇市上車相從。車既敝舊。騾尤羸瘠。且皈驅兼程。乘者不勝其苦。及次月入山行。崎嶇升降。痛瘠益甚。簸蕩益不可耐。孝欽方在車中吸泣.忽睹肅順騾馬自車傍經過.亟搴帷呼曰.「六爺.吾車敝極.盍爲我易一堅好者.」順漫應曰.「中塗安所得車.俟前站再議可也.」須臾至某鎮市少憩.孝欽使呼肅順.則方在穆宗前奏事.內監俟其退.語以故.順不顧曰.「此何時.吾尚有暇辦關防差使耶.」后妃所乘車.謂之關防車也.有頃.復啓行.適順騎又過孝欽車旁.孝欽復乞請.順厲色曰.危難中那比承平時.且此間何處求新車.得舊者已厚幸矣.焉不觀中宮亦雇街車乎.其羸敝亦與是車等耳.乃猶思駕中宮上耶.孝欽尚欲有言.順已策馬去數十步外矣.孝欽雖不敢言.然由是深銜順.迨文宗幸熱河.遘疾甚篤.即密書遺詔.付東宮孝貞后曰.西宮援母以子貴之義.不得不並尊爲太后.然其人未必可倚仗者.即不有事.汝亦當專決.彼果安分無過.當始終曲全恩禮.不然.汝可召集廷臣.將朕此旨宣示也.迨文宗崩.孝欽謀垂簾.順等力沮之.且聲色甚厲.孝欽更不能堪.由是殺順之心乃決.

孝貞皇太后之儉德　孝貞在清列后中.儉德當首屈一指.居恆御布衣.帷帳檯罩椅披等.不用繡品.舶來品尤所忌.以爲適觀而不適用也.繡襪則督令宮女爲之.底必取諸市.每歲須自繡一雙.以爲倡導.或逢歲時.官僚有所陳獻.則峻卻之.居嘗謂孝欽曰.若輩多一分供獻.百姓即多受一分飢寒.可不戒歟.平時一舉一動.必本諸禮法.寢不露體.澡浴不用人伺候.非禮服則不敢見上.坐不欹邪.行不趣速.無疾言遽色.文宗嘗目之爲女聖人.且憚孝貞之方正.而樂孝欽之和易.故於孝欽寵愛雖深.而敬禮則有所不逮.孝貞進言.文宗嘗嘉納之.稱爲賢內助.穆宗幼稟母教.深知儉爲德之本.故踐位之始.即諭知總管內

務府大臣．「朕奉母后皇太后聖母皇太后懿旨．所有應行添製金銀器皿等件．均有成例．惟念列聖家法．以節儉爲天下先．卽民物豐阜．亦當防奢侈之漸．矧値四方多故．物力維艱．豈復容以宮闈器用．耗天下之財力．此項金銀器皿．除典禮攸關．必須添製外．其餘各項．並著該管大臣．詳覈辦理．日後遇有此等事件．該管大臣等．宜各仰體此意．以力行節儉爲要．朕仰蒙慈訓諄切．實深銘感．總管內務府大臣．其遵諭行．」又奉懿旨．「金八件．著改用黃銅鍍金．輿轎十件等項．著改用鐵鍍銀．纖扇旗纛金頂．著改用黃銅．以昭節儉．」穆宗諭旨．明言奉兩宮皇太后．實則孝貞．儉德中外同稱．而孝欽用度之奢侈．雖以孝貞之垂戒．而言者諄諄．聽者仍藐藐也．則謂穆宗之儉．稟承孝貞之母教可也．

惜圓明園之費及裁南河之員　圓明園．創始於雍正．大備於乾隆．土木旣極其華麗．而耳目玩好．又皆積世之精華．有淸宮制嚴．自興居以及飮食服御．各有定制．帝厭苦之．因以園爲游宴自便之地．咸豐末葉．英法聯軍入京．論者謂內閣中書龔自珍之子鞏祚導之．放火燬園．盡掠所有以去．同治初元．大難方夷．內外臣工．啓欲貢諛．有重建圓明園之議．恭親王奕訢力斥之．一日詣宮門請見．穆宗問曰．亦來諫阻建園乎．朕志已決．且朕居彼．與爾等討論國是．亦甚善．奕訢叩頭言．當今內患雖平．外難日亟．庫藏無存蓄．圓明園憲純兩廟所修．當時財力．遠過今日．且純廟諭旨．後世子孫．勿得踵事增華．今建園簡陋．無以備翠華之臨幸．復舊則國帑不足．以某之愚．不若少緩便．穆宗默然．奕訢更言祖制不可違．歷數祖宗所以訓儉者．侍御史沈淮．亦奏請暫緩修園．穆宗曰．見在帑藏支絀．水旱頻仍．軍務亦未盡蕆．朕躬行節儉．

爲天下先，豈肯再興土木，以滋繁費。所奏雖得自風聲，不爲無見。惟兩宮皇太后保佑朕躬，親裁大政，十有餘年，劬勞倍著，而尚無休憩游息之所，以承慈歡，朕心實爲悚仄。是以諭令總管內務府大臣設法捐修，以備聖慈燕憩，用資頤養。但物力艱難，事宜從儉，安佑宮爲供奉列聖御容之所，暨兩宮皇太后駐蹕之殿宇，並朕辦事住居之處，略加修葺，不得過於華靡。其餘概毋庸興修，以昭節省。」次年又諭總管內務府大臣謂「本年開工後，朕親往閱看數次，見工程浩大，非剋期所能蕆功。朕仰體慈懷，甚不欲以土木重勞民力，所有圓明園一切工程，均著即行停止。」聖政之重民力如此。乾嘉以後，承平日久，國家崇尚寬大，不復校及細微。自海上多故，軍謨地險，時有變更，贅吏冗兵，所在皆是，而南河尤甚焉。同治間，奏裁南河各官，計當時裁去河督一缺，河廳十缺，佐雜六十四缺，武員七十六缺，新舊總兵一缺，改二十四營爲十營，留舊操防兵二千七百餘人，以修防改爲操兵五千九百餘人，每歲省工程銀一百三四十萬兩，省廉俸銀三萬餘兩。曾國藩嘗謂近來大政，此事爲最有條理，洵然。

設總理衙門及同文館　自中西立約互市，清廷始設總理衙門，以大學士以下，九卿以上數人，爲總理各國事務大臣，多寡無員限。其章京則以閣部司員考充之，如軍機處例。泰西諸國，均於都城列使幕，事言哤雜，部族蕃多，諸國駐京使臣，其自稱曰全權大臣，凡遇交涉事件，多赴總理衙門與中朝諸大臣定議。顧彼族狡譎，往往恃其機器舟械之利，出語驕橫，不可制。總理衙門嗣增至十數人，多儒臣，不諳邊務，同治一朝，賴文祥篤棐忠清，誠實不欺，默化其驁悍之氣，遇事持以定力，雖敵情萬變，而不爲所撓。五省通商邊事尚不至釀成大釁者。祥一人力也。陳康祺郎潛紀聞云。「聞西人每屆歲首。輒遺書通商諸大臣。以爲履端之賀。其稱文相國必曰忠鯁清廉。而微嫌其與彼爲難。餘皆以圓融識時務譽之。否或盛稱甲第之華美。輿車騎之都麗。謂太平宰相。安富尊榮。因應爾爾。嗚呼。雖在異類。豈無人心哉。詩曰。『肆不殄厥慍。亦不隕厥問。』若文忠者。或庶幾焉。」陳氏固熟悉當時情勢者。諒不至阿其所好也。同文館者。聘西人爲教授。凡中國搢紳至齊民家聰穎子弟。均許投牒赴館。學習天文句股造船製器諸法。月有課。歲有會。其尤儁異者。優其廩餼。獎以清秩。蓋宦途之終南也。當剏議初。樞府諸公擬選編檢庶常並五品以下由進士出身之京外各官及舉人恩拔副歲優貢等送館學習西藝。御史張盛藻疏奏謂天文句股。宜令欽天監五官正天文生研究。製造工作。宜責成工部考校。文儒近臣不當崇尙技能。師法夷裔。奏入。奕訢等堅持初議。時倭仁方以首揆掌學院。亦言。「立國之道。尙禮義不尙權謀。根本之圖。在人心不在技藝。」又曰。「天文算學爲益甚微。西人教習正途。所損甚大。伏乞立罷前議。以維大局而彌隱患。」遂疑倭仁迂闊阻大計。迺奏派充同文館大臣。仁策蹇莅任。忽墮馬。以足疾請而部院庶僚亦自以下喬遷谷爲恥。考其時正當日本初次遣人出洋受習之時耳。以議若行。中學與西學不至劃爲兩途。而正途出身之士夫莫不研心西法以待用。用以更新百度。力圖富強。則天下事未可知也。而惜乎盡於用夷變夏之說也。

福州船政概略　船政剏設在同治五年。時洪軍平。外交益棘手。歐美之人不憚數萬里踵接而至。其擾粵。援閩。援浙。援江南。天津。使沿海各省。幾無寧日。特有輪船航海之便耳。中興諸名臣。知中國負海陸國之資格。有陸軍不可無海軍也。有海軍不可無輪船也。製輪船不可無自製之廠也。於是設船政之議起。湘鄉左宗棠時督閩浙。實剏是局。相地之宜。以馬尾爲最。議既定。移督陝甘。舉侯官沈葆楨以代。斯時中國於汽機製造之學。一無聞見。不能不借才異地。聘訂法員日意格德克碑。爲正副監督。并法員匠數十人以爲導。使國人就而學焉。師其所長。卽以立海軍之基礎。以法國優於製船學。乃覓工師於法。以英國優於駛船學。乃求教員於英。合英法所長者而組織之。此船政剏辦之緣起也。於時購地設廠。日役數千人。慮地力不足以任重也。乃加釘木樁。更塡以灰石。慮江岸之易崩圮也。乃砌築石壩。以遏其橫流。又以蓋造廠屋安配機器之需時也。乃先建船台以製船身。購機於外洋。運廠鬪合。故至八年已有第一號「萬年清」輪船造成。一面建築廠屋學堂。一面續造各式船艦。與學課工。日不暇給。迨十二年六月。華匠徒之技。漸能悟會。廠屋機器。亦漸臻完備。遂於是年十二月。遣散洋員匠回國。計九年之間。洋人所經理全成者十二號。餘三號則皆華人完成之也。此船政初辦之成績也。

中興名相　軍興已來。漢臣得大學士者。多以疆臣受鉞。獨薙敵氛。曾國藩釋褐爲翰林。官至侍郎。洪軍起。初出治團練。秉義而行。動用重典。然計事輒敗。及父喪再起。易以罷順。遂成大功。總南北師旅十二年。任兼圻十年。治兵重節制。主實戰。凡荒誕之謀。桀驁之材。舉所弗取。動與西人兵學合。故諸將莫不從命。效死靡他。至咸同中興。楚材蔚起。其識拔而獎成之。展轉推挽。以應名世之期者。駱秉璋也。坐鎮楚蜀。經輩儲胥。論者以蕭何關中。寇恂河內爲比。以湖南復湖北。以湖南北復東南諸行省。雖勳望不逮國藩之赫赫。而功亦偉矣。湘陰左宗棠。晚歲詆譏國藩。遂見惜士論。然其立功浙壤。遂總師干。造西北敉平。雖漢班超亦不是過。當初議出關。廷臣什九。多不謂然。李鴻章阻尤力。而時踰四年。卽奏膚功。宜其以勳績誇衆矣。之三公者。雖未嘗一日內召。而豐功茂伐。彪炳琅書。倘入贊綸扉。其相業必有可述。滿臣若官文者。初由侍衛任荊州副都統。擢將軍。吳文鎔死難。攝湖廣總督。然武漢未復。趦趄莫敢進。嗣胡林翼以兵迎之。乃赴任。不必有赫赫之功。而推賢讓能。度量越衆。與林翼相處尤善。林翼約文但坐鎭。無掣諸軍肘。告捷則推其領銜入奏。自是林翼所言。文無不從。文所請。朝議亦無不從。以故厥庸顯然。然亦仕京朝之日少。居閫外之日多。至於倭仁之守正不阿。清操絕俗。文祥之匪躬盡瘁。馴擾強蕃。方之姚宋。忠唐范韓。翊宋。殆無滅色。咸同二朝。名宰相彬彬盛矣。使林翼享年稍永。其勳名豈在國藩下。卽此淸釐湖北漕糧一事。爲民間省錢百四十餘萬緡。爲庫項增銀四十餘萬兩。提存省銀三十餘萬兩。民與國兩受其利。其功之不沒者已如此。合肥李鴻章。當其統師南下。規復三吳。亦自果毅堅貞。克紹曾門衣鉢。轉旆討捻。收效尤神。厥後坐鎭畿輦。毗倚愈專。時艱愈棘。中外臣庶。瞻仰愈切。而責備亦復愈叢。論者謂正天意磨厲賢相之時也。辛丑之役。直隸各要城。先後已爲聯軍所據。唯東南各省。以兩江總督劉坤一之發起。兩廣總督李鴻章之主持。聯合鄂督晉撫。相約不奉孝欽之亂命。與各國領事訂互保之約。得安然無事。至所訂條約。經半年之往返折衝。人皆謂爲玄黃再造。雖其失可議。要其功自不可掩也。

中興名將　僧格林沁．內蒙古科爾沁人．父額駙．幼扈衞京師．以樸勇爲宣宗所喜，封僧親王．文宗朝數出禦寇．洪將李開芳林鳳祥．率兵五萬北犯．秀全詔之曰「師行間道．疾趨燕都．無貪攻城．糜時日．」開芳攻穎州．旬日未下．去之．攻汴梁．亦旬日未下．遂渡黃河．皆行間道．時隆冬．南兵不習寒．耳鼻凍裂．師止即燃火．潰爛者十六七．抵天津甚憊．僧格林沁迎擊．大敗之．退屯商州．鳳祥出募兵．僧王決黃河水灌之．城不沒者三版．一軍皆哭．開芳衣黃袍．張繖乘筏而出．僧王禽殺之．盡坑其卒．鳳祥聞敗．截鬚匿地穴中．亦搜殺之．自是洪軍不敢北犯．庚申．治軍津沽．防英法．亦大勝．後授欽差大臣．征捻入豫．廉勇愛士．士皆願爲效命．嗣追寇曹州．遇伏戰死．諡曰忠．配享太廟．至今內蒙人猶畏服之．多隆阿者．滿營中之健將也．初以馬甲入關．南征．臨敵奮不顧身．擢至協領．鄂境肅清．功績獨著．胡林翼愛重之．令自領一軍．厚其餉糈．東下攻皖．克安慶．遷副都統．旋晉都統．時稱多鮑．謂超與隆阿也．孝欽后欲治勝保罪．乃授多西安將軍．欽差大臣．督陝西軍務．果執勝保．就司敗．當回匪圍西安．與提督馬德昭數出卻敵．城賴以完．俄而川匪藍大順．已自漢中北竄．自出省禦之．轉戰皆捷．一日攻城．爲敵礮所中．面目皆被創．猶擊鼓督戰不少衰．衆掖之．始退．踰夕沒．賜男爵．諡忠勇．多猛鷙不亞鮑超．而軍紀甚肅．所過無犯．既死．家無餘資．其廉威足媲美額勒登保云．奉節鮑超．以戰兵從征湘．立功授守備．援鄂．擢游擊．受知胡林翼．令自立一軍．號霆軍．東征．解曾國藩祁門圍．名遂大著．超軍無甚紀律．而戰則將校先進．士卒隨之．驃銳馳驟．死鬭不可敗．洪軍憚甚．他人被圍．有冒霆軍幟得脫者．江寧平．封子爵．未幾撤兵．議起所部潰變．時超方臥病．乃以婁雲慶宋國永分領其軍征捻屢勝。而功爲淮軍所冒。益憤。七疏請罷。庚辰。集舊部防山海關。甲申。出雲南備法。旋師未久。遂沒。謚忠壯。然國家征討洪軍。自長江設水師。軍事始有歸宿。而水師統帥。惟善化楊岳斌。（原名載福）衡陽彭玉麟。忠勇樸誠。始終其事。其功績爲獨多。咸同二朝之詔令。曾胡諸公之章奏。以及中外士大夫婦人孺子之稱述。莫不以長江千里。再造於楊彭手。陳康祺曰。京口爲長江咽喉。其地夙有楊彭嶺。豈偉人未生。嘉名先錫。青山無恙。戰跡常留。事皆前定。不信然歟。繼李成謀爲統帥。力濟巨艱。功與楊彭埒者。黃翼升也。翼升忠忱耿耿。戰績洸洸。訓士則以匈奴未滅爲激昂。論功則以雍齒且侯爲慰藉。卒論壯勤。無愧色矣。蓋剿蕩洪軍。著名將帥。盡隸湖南。征捻之役。參以皖將。將才輩出。亦頗隨地脈爲轉移。然苟非一二命世者。提倡忠義。物色英雄。訓練而羈縻之。恐穰苴頗牧之材。沈淪草澤。或反桀驁爲鄉里患者。豈少也哉。

二　穆宗朝之武事

太平軍之滅亡　借助洋兵之議。由薛煥上聞。會穆宗新立。兩宮皇太后同臨政。允如所請。由是清軍勢浸強。同治元年春。李鴻章攻靑浦嘉定。自上海至松江二百餘里。連營二百餘。勢張甚。秀成率兵五萬禦之。鴻章藉洋兵。戰屢勝。蕪湖太平亦爲曾國荃所破。逼雨花臺。金陵圍亟。秀成攻國荃。師久無功。而鮑超軍破巢縣含山和州江浦相繼告警。國荃據雨花臺。秀全亟詔還救。乃東還。濟師半渡。爲楊載福彭玉麟水師邀擊之大敗。後軍不得渡。乃退降於李昭壽。軍十萬之師。覆其太半。金陵愈危。常勝軍將華爾瀬有功。既死。美人白齊文繼其任。亦屢戰獲勝。以索餉未遂。詣太平獻北征策。秀全不能用。方白齊文去時。與倫領其衆。旋以戈登領之。屢獲大捷。清軍自是所向輒利。鴻章國荃玉麟等皆屢勝。而浙撫左宗棠亦八府。復其六。浸至陳炳文棄杭州。黃文金敗湖州。太平英王陳玉成見執於壽州。石達開見執於四川之老鴉游河。秀成亦屢失利。曾國藩謀先取金陵。拔太平根本地。會諸軍圍之。城中無食。外援間阻。秀全見大事已去。憂憤疾篤。足暴腫。悔不從秀成遷都之言。病革。託孤於秀成。遂卒。時同治二年四月也。衆奉秀全子福瑱卽位。秀成爲太平諸將中之最忠勇者。至是日綜政務。夜則巡軍。寢食並廢。憔悴骨立。國荃開地道。直達城下。地道崩。城陷焉。清軍既取金陵。執秀成斬之。並平餘黨。福瑱亦被磔於石城。都計太平自勃興至滅亡。前後共十有五年。縱橫凡十有六省。爲清代未有之勁敵。既滅後。清廷於政治問題。蓋未爲根本上之戒備。惟封賞有功諸臣。以資鼓勵云。

捻變之顛末　太平革命之事業。未能速解決。於是羣寇乘之。以淫殺焚掠爲目的。於兩戰團均無所裨補。而民生苦矣。捻其一也。捻之起原。相傳在康熙時。山東游民相聚拜幅拜捻。其後捻日益多。淮徐之間。因以一聚爲一捻。當咸豐二年。頃山東有蘭山幅盜。會以拒捕殺把總。勢猶不甚熾也。而同時山東捻掠徐州。安徽捻掠鹿邑寧陵豐沛曹單間。亦騷然不靖。厥後太平軍取金陵。宿蒙亳壽皆爲捻所滋蔓。就中以張洛行爲之魁。洛行據雉河集爲老巢。分五旗。馳突徐宿曹歸。又與太平通款。太平諸王頗與聯絡。顧捻利子女玉帛。雲集烏合。意在擴充其行盜區域而已。非有政治上改革觀念也。迨同治初。太平勢寖蹙。洛行亦於二年春。爲僧格林沁所擊死。洛行族子張總愚領其衆。適直隸山東教黨變起。僧格林沁引軍而北。有鳳臺張沛霖者。本以諸生爲團練長。據有壽州。既與捻合。復款太平。橫行於江淮南北。謂之練黨。曾爲勝保所招撫。而陰持兩端。兼擁太平封號。及清廷所賜官職以自豪。及僧軍北上。因乘機據城邑。煽亳蒙。圍臨淮。脅衆百餘萬。連營百餘里。清軍莫敢攖其鋒。僧格林沁復引軍而南。擊斬之。練黨悉定。會金陵已破。太平餘黨多入於捻。敢戰攻堅。捻勢益壯。僧軍屢敗。捻遊弋四省。僧軍倉卒尾之。亦奔走四省。蹂躪所至。生靈塗炭。而士卒疲敝極矣。已而攻捻於曹州。水套中伏。軍潰。僧王被創死。時同治四年也。穆宗遣曾國藩督師代其任。國藩以捻剽忽無常。跡同流寇。利迎擊不利尾追。乃於江蘇之徐州。安徽之臨淮。山東之濟寧。河南之周家口。分設四鎮重兵。並募北人練騎隊。設黃河水師。期以有定之兵。制無定之寇。於是征捻始有定策。至五年。國藩又於直魯一帶。增隄置柵。畫地分防。擬守黃防運之法。捻渡沙河。復議扼守於此。捻合股趨中牟。乘汴梁濠牆未成。潰口而出。擾山東。攻運河牆。凡三晝夜不克。大爲防軍所敗。自是捻黨斷爲二。西捻竄陝西。以總愚爲魁。東捻自湖北竄山東。以任柱賴文光爲魁。未幾國藩病。還金陵。李鴻章代之。一如國藩策。督諸軍殲之淮揚徐海間。柱與文光先後皆被殺。東捻平。西捻與陝回合。左宗棠擊之。捻自山西竄擾直魯豫境。各省軍協力兜剿。圍之天津以南。茌平以北。宗棠扼吳橋。鴻章扼德州。築長牆東昌南北。以困運防。國藩檄水師助之。會黃河水漲。遂迫捻於徒駭黃運間。竄無路。掠無食。郭松林劉銘傳馬隊要擊之。總愚赴水死。西捻亦平。時同治七年也。都計捻自起事之初。迄於撲滅。爲時十八年。縱橫七八省。幾與明季張李之禍相伯仲云。

回變之巓末　回教徒之雜居內地也。始於唐而盛於元。本與土著氣類不相洽。主持政教者。不能溥大同主義。合同而渾化之。而地方有司。復不能持法律之平。往往遇仇殺案件。多爲左右袒。以致細故釀成巨變。迨至變出。則惟苟求息事。循例剿撫。不能爲根本上之融解。亂源未清。乘間輒發。以故當太平革命時。回變亦踵起。先是道光時。雲南漢回屢搆衅。林則徐爲總督。訊保山漢回鬭殺案。有「祇分良莠。不分漢回」之語。藉以稍安。及咸豐五年。太平軍事方日棘。而永昌回杜文秀起蒙化。襲據大理城。提督褚允昌敗死。巡撲省城。總督恆春自縊死。布政使鄧爾恆擢陝撫。將發其輜重爲拏回所覘。遂出而殺掠。巡撫徐之銘不之問。之銘荒淫誕妄。議者謂之銘實主之。故回燄益熾。劉福灝福濟。先後授滇督。皆不至。以潘鐸代之。回弁馬榮率數千人入省城。駐五華山。鐸自往諭之。被害。時同治二年也。布政使岑毓英。就署作守禦。而陰使人趣馬如龍入援。夾擊大破之。省城略定。明年。毓英攻曲靖馬龍霑益諸城。皆下之。斬馬榮。迤東稍靖。五年。劉嶽昭爲巡撫。督楚軍入雲南。以如龍專迤西軍事。七年。嶽昭擢滇督。因以毓英爲巡撫。時回勢甚張。環省城西南北皆敵壘。延袤十餘里。所擁兵號稱三十萬。楊玉科自蜀以援兵至省城。人心始略定。玉科迭克名城。頗能彈壓回衆。至十一年。玉科克大理。文秀仰藥死。十二年。玉科克順寧。別將李維述克騰越。全滇肅清。蓋距始變時已十有八年云。方雲南不靖時。陝甘回亦騷動。初。咸豐末葉。隊撫嚴樹森、在陝募回勇六百.赴汴防捻.俄遣歸團練大臣張芾復招之.穆宗初元.捻與太平餘黨合.西入武關.全陝震動.回勇聞警皆散.道經華州.強伐漢民家竹.被戕兩人.附近回民糾衆爲兩人復仇.會雲南亂回赫明堂任五適歸倉渡.遂乘機號召.結合回勇.焚屠漢民村鎭.華陰耀州等處漢民.亦聚衆殺回民.芾聞變.馳赴臨潼.欲招撫之.爲任五所害.於是同州西安均見擾.甘回復響應之.勝保多隆阿先後入關.勝保畏敵不敢進.多隆阿往來督戰.至盩厔中礮死.穆圖善代之.師久無功.乃以楊岳斌督陝甘.提督雷正綰等屢戰屢捷.而餉饋不繼.合營譟變.正綰自刎不殊.諸將擁之退.諸回乘之.自蘭州至西安.烽火不絕.岳斌方發蘭州.將督軍靖南路.而蘭州標兵.復以餉缺變.岳斌馳還.誅首事百數十人.省城始稍定.隨以左宗棠代岳斌.督雷正綰.及劉松山金順張曜等軍.所向皆捷.松山乘勝銳攻金積堡回酋馬化龍之老巢也.松山中礮卒.其從子錦棠.接統其軍.化龍窮急.率衆乞降.受之.安插其衆於華亭靈州等處.斬化龍父子.及其部吏八十餘人.於是關內以次略定.時同治八年也.其變亂期蓋較雲南爲短.而地方糜爛.則過之矣.

第十五章　光緒朝之多故

一　德宗之初政

穆宗薨逝及德宗繼統　同治十三年十月。穆宗病痘。仍治事如常。命軍機大臣李鴻藻代批章奏。旋諭內閣。「朕於本月遇有天花之喜。經醇親王等合詞籲懇靜心調攝。朕思萬幾至重。何敢稍耽安逸。惟朕躬見在尙難耐勞。自應俯從所請。但恐諸事無所稟承。深虞曠誤。再三籲懇兩宮皇太后俯念朕躬。正資調養。所有各衙門陳奏事件。呈請披覽裁定。仰荷慈懷曲體。俯允權宜辦理。朕心實深感幸。將此通諭中外知之。」十二月。疾大漸。兩宮皇太后御養心殿西煖閣。召惇親王奕誴。恭親王奕訢。醇親王奕譞。孚郡王奕譓。惠郡王奕詳等入。孝欽后泣語諸王曰。「帝疾不可爲。繼統未定。誰其可者。」或言溥倫長當立。惇親王言溥倫疏屬不可。后曰。「溥字輩無當立者。奕譞長子今四歲矣。且至親。予欲使之繼統。」蓋醇親王嫡福晉。卽孝欽后親妹也。孝欽利幼君可專政。倘爲穆宗立後。則己爲太皇太后。雖尊而疏。故欲以內親立德宗也。諸王皆愕。不知所對。醇親王大驚。哭失聲。伏地暈絕。奕訢叱之。命內侍扶出。諸王不敢抗后旨。議遂定。是日。穆宗崩於養心殿。壽十有九。或曰。被生母皇太后葉赫納喇氏暴驚。致痘陷而崩。或又曰．帝崩非痘實微行．致蘊毒使然．然皆不能明也．（見清皇室四譜）帝入居宮中．帝名載湉．文宗弟奕譞第二子．同治十年六月二十八日子刻生於太平湖藩邸之槐蔭齋．母卽葉赫納喇氏．時年四歲．明年．乙亥．正月卽帝位於太和殿下．詔以光緒紀元．三月上大行皇帝尊諡曰「毅皇帝」廟號「穆宗」．遂用兩宮太后旨．「皇帝龍馭上賓．未有儲貳．不得已以醇親王奕譞之子載湉承繼文宗顯皇帝爲子．入承大統．爲嗣皇帝．俟嗣皇帝生有皇嗣．卽承繼大行皇帝爲嗣．」醇親王憤鬱成疾．疏言「臣侍從大行皇帝十有三年．時値天下多故．嘗以整軍經武．期覩中興盛事．雖肝腦塗地．亦所甘心．何圖昊天不弔．龍馭上賓．臣前日瞻仰遺容．五內崩裂．已覺氣體難支．猶思力濟艱難．盡事聽命．忽蒙懿旨下降．擇定嗣皇帝．倉猝間昏迷罔知所措．迨舁回家．身戰心搖．如癡如夢．致觸犯舊有肝疾等病．委頓成廢．惟有哀懇皇太后恩施格外．洞照無遺．曲賜矜全．許乞骸骨．爲天地容一虛糜爵位之人．爲宣宗成皇帝留一庸鈍無才之子．使臣受帡幪於此日．正邱首於他年．則生生世世．感戴高厚鴻施於無既矣．」諭令王公大學士六部九卿會議具奏．旋詔准開去各差使．以親王世襲罔替．醇親王具疏懇辭．詔不許．

孝欽后當國及吳可讀尸諫　兩宮皇太后垂簾聽政．其實孝欽一人專之．初穆宗寢疾．時謂宏德殿行走侍講王慶祺導之冶游．致疾不起．御史陳彝假他事劾之．詔褫慶祺職．封穆宗皇后爲嘉順皇后．李鴻藻徐桐翁同龢廣壽請開去宏德殿行走．許之．罪總管太監張得喜等．戍黑龍江．內閣侍讀學士廣安奏．略謂「大行皇帝皇嗣未舉．賴兩宮皇太后擇繼咸宜．以我皇上承繼文宗顯皇帝爲子．俟嗣皇帝生有皇子。卽承繼大行皇帝爲嗣。仰見聖算悠遠。立子卽是立孫。不惟大行皇帝有皇子。卽大行皇帝統緒亦得相承。計之萬全。無過於此。惟是宋太祖尊杜太后之命。傳弟而不傳子。而太宗偶因趙普一言。傳子竟未傳姪。是廢母后成命。遂起無窮斥駁。使當日后以詔命鑄成鐵券。趙普安得一言間之。然則立繼大計。成於一時。尤貴定於百代。設或有以普言引用。豈不負兩宮皇太后詒厥孫謀之至意。請飭下王公大學士六部九卿會議。頒立鐵券。用作奕世良謨」奉兩宮懿旨。「前降旨俟嗣皇帝生有皇子。卽承繼大行皇帝爲嗣。茲經明白宣示。中外咸知。茲據廣安奏請飭廷臣會議。頒立鐵券等語。冒昧瀆陳。殊堪詫異。廣安著傳旨申飭」穆后本失愛於孝欽后。穆宗病。孝欽后以穆后不能防護。掌責之。又以孝欽不爲穆宗立後。以寡嫂居宮中滋不適。乃仰藥殉焉。二年四月。命翁同龢夏同善授讀毓慶宮。御史潘敦儼請表揚穆后。以光潛德。詔稱孝哲毅皇后已加諡號。豈可輕議更張。該御史逞其臆見。率行奏請。已屬糊塗。并敢以無據之辭。登諸簡牘。尤爲謬妄。下吏議奪職。五年三月。火葬穆宗毅皇帝孝哲毅皇后於惠陵。吏部主事吳可讀先以御史請誅烏魯木齊提督成祿落職。穆宗登極。起用主事。可讀慮大統授受之間類多變故。鑒宋太宗明景帝故事。思以尸諫。而堅爲穆宗立後之信。乃請於長官。隨赴惠陵襄禮。還次薊州馬伸橋三義廟。於閏三月五日夜間飲毒畢命。遺疏請吏部長官代奏。疏云。「奏爲以一死泣請懿旨。預定大統之歸。以畢今生忠愛事。竊罪臣聞治國不諱亂。安國不忘危。危亂而可諱可忘。則進苦口於堯舜爲無疾之呻吟。陳隱患於聖明。爲不祥之舉動。罪臣前因言事忿激。自甘或斬或囚。蒙我先皇帝曲賜矜全。既免臣於以斬而死。復免臣於以因而死。又復免臣於以傳訊而觸忌觸怒而死。犯三死而未死。不求生而再生。則罪臣今日未盡之餘年。皆我先皇帝數年前所賜也。乃忽遭十三年十二月初五日之變。即日奉兩宮皇太后懿旨。大行皇帝未有儲貳。不得已以醇親王之子。承繼文宗顯皇帝爲子。入承大統。爲嗣皇帝。俟嗣皇帝生有皇子。即承繼大行皇帝爲嗣。特諭。罪臣涕泣跪誦。反覆思惟。以爲兩宮皇太后一誤再誤。爲文宗顯皇帝立子。不爲我大行皇帝立嗣。既不爲我大行皇帝立嗣。則今日嗣皇帝所承大統。乃奉我兩宮皇太后之命。受之於文宗顯皇帝。非受之於我大行皇帝也。而將來大統之承。亦未奉有明文。必歸之承繼之子。即謂懿旨內既有承繼爲嗣一語。則大統之仍歸繼子。自不待言。罪臣竊以爲未然。在廷之忠佞不齊。即衆論之異同不一。以宋初宰相趙普之賢。猶有首背杜太后之事。以前明大學士王直之爲國家舊人。猶以黃竑請立景帝太子一疏。出於蠻夷。而不出於我輩爲愧。賢者如此。遑問不肖。舊人如此。奚責新進。名位已定者如此。況在未定。不得已於一誤再誤中而求一歸於不誤之策。惟仰祈我兩宮皇太后再行明白降一諭旨。將來大統仍歸承繼大行皇帝嗣子。嗣皇帝雖百斯男。中外及左右臣工。均不得以異言進。如此則猶是本朝傳子之家法。而我大行皇帝未有子而有子。即我兩宮皇太后未有孫而有孫。異日繼繼繩繩。相引萬代。皆我兩宮皇太后所自出而不可移易者也。罪臣所謂一誤再誤而終歸於不誤者此也。彼時罪臣即以此意擬成一摺。繼思廷臣忠直最著者。未必即以此事爲可緩。今罪臣復用。又已五六年。環顧在廷諸臣。仍未念及於此者。茲逢我大行皇帝永遠奉安山陵。則已迫不及待矣。

仰鼎湖之仙駕，瞻戀九重，望弓劍於橋山，魂依尺帛，謹以我先皇帝所賜餘年，爲我先皇帝上乞懿旨數行，於我兩宮皇太后之前，惟望我兩宮皇太后，我皇上憐其哀鳴，勿以爲無疾之呻吟，不祥之舉動，則罪臣雖死無憾。宋臣有言，凡事言於未然，誠爲太過，及其已然，則又無所及，言之何益？可使朝廷受未然之言，不可使臣等有無及之悔。今罪臣誠願異日臣言之不驗，使天下後世笑臣愚，不願異日臣言之或驗，使天下後世謂臣明。等杜牧之罪言，雖逾職分，効史鰌之尸諫，祇盡愚忠。罪臣尤願我兩宮皇太后我皇上體聖祖世宗之心，調劑寬猛，養忠厚和平之福，任用老成，毋爭外國之所獨爭，爲中華留不盡，毋創祖宗之所未創，爲子孫留有餘。罪臣言畢於斯，命畢於斯，謹以大統所繫，貪陳憒憒，自稱罪臣以聞。」吏部以其疏上，朝野驚愕。詔言同治十三年十二月初五日降旨，嗣後皇帝生有皇子，即承繼大行皇帝爲嗣，此次吳可讀所奏，前降旨時，即是此意，著王大臣、大學士、六部九卿、翰詹科道將吳可讀原摺會同妥議具奏。可讀，甘肅臯蘭人，遺命葬於薊州，謂出薊州一步，即非死所，並遺書誡其子曰：「先皇賓天時，即擬就一疏，欲由都察院呈進，嗣因友勸，不必以被罪之臣，又復冒昧上言，且疏中援引近時情事，未盡確實，故留以有待，今不及待矣，甘心以死，自踐前日心中所言，以全畢生忠愛之忱，所以遲至今日者，以國家正有大事，豈可以小臣擾亂宸聽，故不遽引決，正爲俟朝廷大事竣耳。」

廷臣集議及兩宮懿旨　吳可讀疏上之後，徐桐、翁同龢、潘祖蔭、連衡一疏，寶廷、黃體芳、張之洞、李端棻各一疏，均付王大臣併議。四月，禮親王世鐸等奏遵旨於本月初一日齊赴內閣，將吳可讀奏摺公同閱看。據奏內有仰乞我皇太后再降諭旨。將來大統。仍歸承繼大行皇帝嗣子等語。臣等恭查雍正七年上諭有曰「建儲關繫宗社民生。豈可易言。我朝聖聖相承。皆未有先正青宮而後踐天位。乃開萬世無疆之基業。是我朝之國本有至深厚者。愚人固不能知也。欽此。」跪誦之下。仰見我世宗憲皇帝詒謀之善。伏思繼統與建儲。文義似殊。而事體則一。建儲大典。非臣子所敢參議。則大統所歸。豈臣下所得擅請。我皇上纘承大位。以文宗之統爲重。自必以穆宗之統爲心。將來神器所歸。必能守列聖之成憲。奉天下以無私。而非此時所得預擬者也。況前者穆宗龍馭上賓。業降諭旨。俟皇帝生有皇子。卽承繼大行皇帝爲嗣。是穆宗毅皇帝將來繼統之義。已早賅於皇太后前降諭旨之中。何待臣下奏請。吳可讀以大統所歸。請旨頒定。似於我朝家法。未能深知。而於皇太后前此所降之旨。亦尚未能細心仰議。臣等公同酌議。應請毋庸置議。又徐桐翁同龢潘祖蔭奏。謂宜申明列聖不建儲之彝訓。將來皇嗣繁昌。默定大計。以祖宗之法爲法。卽以祖宗之心爲心。總之紹膺大寶之元良。卽爲承繼穆宗毅皇帝之聖子。揆諸前諭則合。準諸家法則符。又寶廷奏。謂宜引伸前旨。以喻天下臣民。又言王大臣所議。非不得體。惜未盡妥。諸臣既奉命會議。當將前降懿旨之意。引伸明晰。預擬一盡善之策。留以備異日皇上御覽。以釋今日天下臣民之疑。若仍渾涵其詞。何取此盈廷一議也。此未妥者一。廷議又謂繼統與建儲。文義似殊。事體則一。似也。今不分別詞意。漫謂我朝家法。未能深知。則日前懿旨。卽是此意之謂何。天下聞之。不更滋疑乎。此未妥者又一。故不顧煩瀆。又張之洞奏。言不必慮者三。未及慮者三。今日之事。約有二說。淺之爲穆宗計者。則但如諸臣之議。令皇上轉多難處。深之爲穆宗計。而卽爲宗社計。惟有因承統者以爲承嗣一法。皇子衆多。不必遽指定何人承繼。將來纘承大統者。卽承繼穆宗爲嗣。此則本乎聖意。合乎家法。伏請兩宮聖裁。卽以此意明降諭旨。又言此次懿旨中卽是此意一語。乃此議之緊要關鍵。天地神祇。實所共聞。朝野臣民。咸所共喻。且懿旨上言預定。下言卽是。語意相連。今不爲之疏解分明。以妥議具奏。始以無庸置議。終傳之四方。實駭聞聽。黃體芳又奏。亦謂應如何明降懿旨。自有聖裁。李端棻又奏。歷敍五難。諸臣知其難。惟以斟酌盡美。昭示無私。望之於皇上。微臣知其難。則以爲籌及兩全。折衷一是。惟在乎兩宮。臣知聖慮深淵。不惟有兩全之道。並可貽百世之謀。奏入。奉兩宮懿旨。前於同治十三年十二月初五日降旨。俟嗣皇帝生有皇子。卽承繼大行皇帝爲嗣。原以將來繼緖有人。可慰天下臣民之望。第我朝聖聖相承。皆未明定儲位。彝訓昭垂。允宜萬世遵守。是以前降諭旨。未將繼統一節宣示。具有深意。吳可讀所請頒定大統之歸。實與本朝家法不合。皇帝受穆宗毅皇帝付託之重。將來誕生皇子。自能愼選元良。纘承統緖。其繼大統者爲穆宗毅皇帝嗣子。守祖宗之成憲。示天下以無私。皇帝亦必能善體此意也。所有吳可讀原奏。及王大臣等會議摺。徐桐翁同龢潘祖蔭聯銜摺。寶廷張之洞各一摺。並閏三月十七日及本日諭旨。均著另錄一分。存毓慶宮。至吳可讀以死建言。孤忠可憫。著交部照五品官例議卹。

垂簾訓政及樞臣樹黨　初。兩后復臨朝。遂下書曰。「郅治之隆。詢事考言。嘉乃丕績。我朝列聖御極。俱頒詔旨。褒答直臣。廣開言路。方今皇帝寅紹大統。尚在沖年。百度艱虞。不得已而有垂簾之舉。萬幾綜理。

宵旰不遑。因思人之聰明智慮。有所未周。必兼聽並觀。以通上下情志。況民生多蹙。水熯頻仍。宜采讜言。用資治理。大小臣工。竭誠抒悃。各陳所見。無得徒託空言。至乃敦尙節儉。力祛浮華。朝廷已屢加訓勑。去泰崇實。端始宮中。此後紛奢靡麗之品。及耳目玩好之娛。一概不得呈進。服用之具。俱以樸素爲先。中外臣庶。咸體斯意。」又飭疆臣清訟獄。勤緝捕。修營伍。整吏治。孝欽性尤剛果。既與孝貞稱制。遣戍七太監。黜大臣尤無狀者。若貴寶文錫。一時大事。多決於孝欽。光緒六年。孝欽病。帝爲諭各省保醫士。八年。疾愈。道員薛福辰等進官。時孝貞已崩。孝欽獨當國。以奕訢在軍機久。罷之。命奕譞參機務。言官諫親王不宜干政。后不從。然亦不假以權。所任謁者李蓮英尤倖。奕譞巡北海。蓮英從。御史朱一新言其僭。后怒。降調主事。十二年。后將以歲正歸政於帝。羣臣固請再訓政。允之。故事。帝親政。加母后徽號。后出懿旨。諭百官毋得請。至十五年。帝大婚。后始撤簾。帝度淸漪園舊址。修葺頤和園。爲后頤養。視膳所。又增葺西苑。頤和園密邇。各省海關效進。於后歲時駐蹕焉。至其朝局。亦有可紀述者。同治中興。至光緒初年。文祥正色立朝。與奕訢同心輔政。海內稱乂安焉。自奕訢兩次被譴。挫折之餘。漸致畏事。苟安取容。文祥晚年多病。樞廷高陽李鴻藻。吳縣翁同龢。以次相繼當國。鴻藻雖正人。而性頗偏執。奕訢陽尊禮之。心嚮同龢。鴻藻自謂文祥逝世。政權當屬己。而爲同龢所扼。心頗怏怏不平。然猶以同龢亦多病。知不能久。遂忍以待。及同龢自知不起。乃援引仁和王文韶。由湖南巡撫內召。入樞府。兼總署。奕訢亦推心任之。鴻藻乃大怒。其時北人惟南皮張之洞。最負時望。力引躁遷內閣學士。同龢心知爲勁敵。乃與文韶合謀。擢爲山西巡撫。實以去鴻藻之臂助也。（當時隱語號南皮爲高陽臺。南皮外用時有撤去高陽臺之謠。）鴻藻黨徒亦悟。故張佩綸陳寶琛諸人。密謀推倒文韶。累疏而無效。於是雲南報銷之獄起矣。蓋言路之發舒。始於爭改俄約。狃於斯役。遂復搆成法越之戰事。鴻藻本無深略。既藉此以排異己。又欲賴其助以有建樹。遂爲諸少年所劫持。奕訢內餒。莫能裁制。文韶既被逐。一年之內。易督撫已過半。羣嚚推波助瀾。互相攻訐。蜩螗沸羹。不可思議。張陳等本欲藉越事以預政柄。及徐延旭唐炯失事。（延旭鹿傳霖之親家。傳霖張之洞之姊夫。並與鴻藻有親。唐炯之洞之婦兄。皆互相汲引者。）東朝憂懼。奕譞久欲排訢以去掣肘。於是政局大變。鴻藻同歸於敗。濟寧孫毓汶獲漁人之利。而厭惡言路。遂請以吳大澂會辦北洋事宜。陳寶琛會辦南洋事宜。張佩綸會辦福建海疆事宜。請君入甕。一網打盡矣。其時南人中常熟潘祖蔭。頗負時譽。而落落寡合。言不輕發。至甲午一役。始擠毓汶而去之。然亦無以善其後。二十年中。翻雲覆雨。而國不可爲矣。（見越縵堂日記）

二　內變之迭起

新疆之紛擾　新疆於陝甘不靖時。阿渾妥明據烏魯木齊。先後陷南路八城。北路九城。號爲清眞王。惟和闐回衆不願附。別立主。遣人告敖罕。敖罕國王方與俄搆兵。乃遣和卓木族張格爾之子補諸洛偕啞補卜將軍帥兵赴和闐。道經喀什噶爾。喀什噶爾老城。已爲回人席第所據。轉攻新城。及補諸洛至。回人以其爲和卓木族教祖之裔冑也。爭歸依之。遂取葉爾羌。陷新城。併和闐。破阿先蘇。烏什庫車亦往附。擊勢大振。惟皆啞補卜力也。補諸洛昏於酒色。軍民嗟怨。旋被逐。於是啞補卜乃於南路稱王。而阿渾妥明。已爲漢人徐學功擊敗走死。當是時北路糜爛。各部雲擾。漸涉俄地。而國際上之重大交涉起。先是康熙時。中俄定界。於常住卡倫外。有甌脫地數千里。聲明兩國人民。均不得居住。當咸豐時。中國多事。政府方議棄南八城。封啞補卜爲藩屬。英使威妥瑪。復數爲之請。獨左宗棠以領土見削。懼日蹙國百里。堅持不可。時光緒初元也。當啞補卜之據南路也。疆域所及。東西長三千六百里。南北寬一千二百里。設官選將。多用敖罕人。約束土人極嚴厲。且深得約縱連橫法。與敖罕土耳其阿霸科爾等諸回教國相聯絡。復以通商政策。羈縻英俄。故英使爲之請。宗棠既決議收復。督師出關。次第克北路諸城。然伊犂仍爲俄占領。土魯番以西。則屬啞補卜。遂以兵迫喀什噶爾。時敖罕及阿霸科爾。方被俄兵。不能分兵援助啞補卜。於是啞補卜勢衰。部下多內叛。而敖罕阿霸科爾又同時見滅於俄。北歸無路。遂仰藥而死。諸城悉降。南路悉復。時三年也。於是中國兵欲進收伊犂。索之俄國。俄謂中國能保境上安寗。且償歷年代治伊犂之費。則可允諾。政府乃特遣崇厚爲全權大臣。赴俄定條約。以伊犂還我。償俄銀五百萬盧布。讓特克斯河流域與俄。計結約十八條。廷議以崇厚擅許割地。削職下獄。改遣曾紀澤自英赴俄。廢約重議。由是兩國各出兵境上以備戰。宗棠軍哈密。俄陸軍大臣鴻夫曼亦於伊犂增兵備。並以軍艦游弋海上。實搖動京師。乃召宗棠入樞府。而以劉錦棠督關外軍務。曾國荃李鴻章鮑超等嚴守海防。紀澤與俄抗爭。乃雙方讓步。改訂約章。以霍爾果斯河迤西地。代特克斯河兩岸地。加償俄銀四百萬盧布。計結約二十條。是爲伊犂條約。伊犂復爲中國有。時七年也。至八年。改新疆爲行省。十年。以錦棠爲甘肅新疆巡撫。辦理改建行省事務。次年九月。新疆南北郡縣之制度始定。

臺灣之膠葛　臺灣爲中國南方之天府。林礦豐饒。農產富有。東西二百三十餘里。南北七百餘里。幅員遼闊。康熙時得諸鄭氏之手。僅置一府三縣以轄之。雍正時。分建二府八縣。除知事外。惟總兵兵備道各一員。又以邊遠故。官此者多貪狡不職。自鄭氏後。除朱一貴林爽文兩大變亂外。若吳球劉卻陳光愛陳周全等。亡慮八九起。政府例以兵力勘定之。未暇謀善後也。會太平爲清所滅。同時日本亦覆幕中興。以同治八年。遣使通好。十一年。復派遣領事。綜交涉事務。未幾。卽因臺灣之事。而膠葛以起。臺灣番人分生熟兩種。熟番衣食倣華人。生番生長深林密箐間。四出剽掠。性極殘忍。清廷向來任其生活。以化外視之。此次日人漂流臺灣。爲生番所殺。日本謂生番非我領土。遂直接興問罪之師。乃以陸軍中將西鄉從道。任番地事務總督。率兵艦五艘至臺灣。擊破番人。斬牡丹社酋。十八社酋長俱震懾往降。從道遂營龜山。務剿撫。未以商之中國也。惟生番之在中國。與蝦夷之在日本事同一體。勢不得以非領土強評之。於是中國乃請日本撤兵。日本不聽。又風聞日本兵將襲臺灣西部。乃遣船政大臣沈葆楨統福建舟師。往察其形狀。日本以參謀大久保利通。任全權大臣。由上海抵北京。與政府議臺灣所屬。數日不決。利通見議不協。忿然去。英使威妥瑪居間調停。奕訢及軍機大臣寶鋆文祥等共會議。議定日本撤其所駐兵。由中國償軍費銀四十萬兩。又撫卹銀十萬兩。利通遂至臺灣撤兵而還。政府惟從鴻章議。遣公使駐日本及西洋通商各國而已。未暇爲臺灣謀久遠也。時同治十三年之事。迨至光緒十年。法人又以安南之事擾臺澎。攻陷基隆。十一年。和議成。法兵乃退。政府自是始知臺灣爲南洋門戶。關繫緊要。宜有大員以資控制。乃援新疆改建行省例。將福建巡撫改爲臺灣巡撫。常川駐紮。以臺北爲省城。增置臺南府。並設布政使按察使等官。以專責成云。

孝欽后專恣及戊戌政變　穆宗之崩也。孝欽后利立幼君以專政。德宗方在襁褓之中。故見立。法越戰起。奕訢等罷。孝欽命奕譞總樞機。臺諫交章言不便。不允。世鐸等自是奔走於譞邸。蓋隱若首輔。以天子父不令入直也。德宗稍長。不得孝欽歡心。因爲種種之虐待。內監寇連材嘗於筆記中載之。迨光緒十六年。孝欽歸政。然仍隱握大權。不稍假。內而宦官李蓮英。外而軍機大臣孫毓汶。皆孝欽之耳目。所以監視德宗者甚嚴。二十年。以蓮英驕蹇無度。廷杖責之。譞亦斥蓮英通外納賄。孝欽深銜之。會中日戰事作。德宗於中外情勢。平時既不令與聞。而樞府及將帥。又皆孝欽舊人。馴致大敗。孝欽卽於是時陰謀廢立。以奕訢力爭而止。奕訢者。文宗同母弟。嘗受文宗遺詔。令節制孝欽者也。故孝欽憚而遠之。方是時。士夫憤起。皆言變法圖自強。勢不可緩。工部主事康有爲。召對大稱旨。德宗深以無權自餒。有爲乃引進其黨譚嗣同楊銳林旭劉光第楊深秀梁啓超並其弟康廣仁等。不次擢用。亟謀翦除舊臣。以殺孝欽之羽翼。而冀伸帝權。於是衝突漸起。先是孝欽雖以奕訢言未廢德宗。然德宗每召見羣臣。必遣內監於屏風後竊聽。德宗芒刺在背。不自安。翁同龢者。德宗師傅也。時直軍機。仍兼毓慶宮行走。德宗每於毓慶宮。獨召見同龢一人與深譚。復用同龢言。能斥孫毓汶。孝欽大怒。立飭同龢出毓慶宮。隨革工部侍郎汪鳴鑾。兵部侍郎長麟。侍讀學士文廷式等職。並斬內監寇連材。以其皆黨德宗也。會奕訢以二十四年卒。是歲卽戊戌年也。有爲獲召見。德宗一方與有爲等籌議改革事。孝欽則一方與榮祿裕祿等籌議廢立事。各不相謀。孝欽以銳敏手段。褫同龢職。逐令回籍。德宗無如何。惟孝欽自是忽放任。恣德宗所欲爲。德宗遂日下革新詔。改文武科試。各省府廳州縣。徧立學堂。工商諸業。有能剏新制者。予保奬及專利。汰冗員。減舊兵。平心而溯新運。帝不得謂無提振功。當詔書之屢下也。親貴大臣。多於孝欽前乞禁止。孝欽笑而不言。或以變亂祖制。大局若何。私問榮祿。榮祿亦嗤之。是時孝欽命榮祿督畿輔。北洋兵權。實在其手。已與孝欽籌有定局。突於八月之變。孝欽自頤和園還宮。持帝手。哭詈曰。「我自爾數歲。以帝位授汝。辛勤鞠育。至於長成。汝乃負心欲廢我耶。」復出訓政。亟捕德宗黨。有爲啟超以迅走獲免。嗣同等六人殲焉。餘自同龢以下。禁錮謫戍降革者。凡數十人。而凡新詔所設施。則一切罷棄。復其舊。方事亟時。孝欽與親貴諸臣。倉猝無以處德宗。乃幽之瀛臺。日言帝病重。求醫海內。謀廢立。聞各國有違言。復以廢立意。潛詢各疆吏。江督劉坤一不從。各省紳商。復連電示意於政府。議乃寢。德宗則終爲其所輒。而政權則仍爲孝欽所把持云。

載漪釀亂及庚子拳變　義和拳起嘉慶時。民間私相傳習。燕齊之間。多有祕傳其術者。光緒二十六年。

毓賢為山東巡撫。民間傳習義和拳。以扶清滅洋為幟。各省多鬧教案。民情益憤。聞滅洋說。爭鼓吹之。拳匪遂蔓延於直隸。孝欽以戊戌政變。康有為遁。英人庇之。大恨。踰年。端王載漪謀廢立。先立漪子溥儁為大阿哥。天下震動。東南士氣激昂。經元善連名上書至千數人。孝欽怒逮元善。元善走入澳門。屢索不與。載漪使人諷各國公使入賀。不應。載漪憤甚。日夜謀報復。聞拳匪以滅洋為幟。大喜。乃言諸太后。力言義民起國家之福。時拳匪漸入北京之西南。乃遣剛毅趙舒翹往招致。至者數萬人。美其名曰義和團。拳黨謂鐵路電綫皆洋人所藉以禍中國。遂燬鐵路。焚電綫。搗洋房。凡家藏洋圖洋書。皆號二毛子。捕得必殺之。於是各國使館咸集兵自衛。聯牘詰總理衙門。輒模棱答之。載漪及莊王載勛等方親統拳黨日夜攻使館不能下。而日本書記杉山彬。德公使克林德。先後並遇害。京城內外香烟蔽城。結為黑霧。而匪勢愈熾矣。當是時。政權悉任載漪手。徐桐剛毅等為之爪牙。袁昶許景澄等均以力諫死。復矯詔徵集勤王軍。李秉衡鹿傳霖等應之。復傳檄各省。促殺逐外人。雖南北督撫自劉坤一張之洞袁世凱等不奉亂命。而各國聯軍已齊集大沽。以德將瓦德為統帥。聶士成馬玉崑苦戰二十餘日。漸敗退至天津。士成惡拳黨。且深知開戰之非策。以此見怒於政府。當前敵時。裕祿掣其肘。拳黨毀其家。士成大憤。天津之戰。陷陣死之。津城旋陷。聯軍乘勝長驅。連陷北倉楊村黃村及通州。裕祿秉衡先後死。京都大震。孝欽挈德宗出。珍妃泣而從。道井旁。孝欽推墮之。走宣化。未幾。由太原至西安。載漪之當國也。排外檄達關東。黑龍江將軍壽山應之。時東清鐵路保護之俄兵。亦嚴陣以待。壽山遂攻哈爾濱。並自愛琿入俄境。俄兵迎擊之。進陷齊齊哈爾。壽山自殺。俄軍大肆屠虐。復經吉林。入奉天。所過劫殺。以哥薩克騎兵爲尤殘忍。嘗迫黔爾莫勒津屯內之滿人。凡數萬。入黑龍江以死。時聯軍已陷山海關。關以外悉入俄掌握。俄置兵十八萬。鎮壓之。而挾吉林奉天兩將軍以號令所屬。已而聯軍入北京。搜滅拳黨。復攻保定。陷之。慶王奕劻與李鴻章先後至京開和議。光緒二十七年。和議定。償兵費銀四億五千萬兩。燬大沽礮臺及天津城。拓京師各使館界。各國駐兵京師護使館。仇教各府縣停試五年。懲辦罪魁。除徐桐剛毅先死外。毓賢啓秀徐承煜斬決。載勛英年趙舒翹賜自盡。載漪及其弟載瀾發邊外永禁。分遣醇親王載灃侍郎那桐赴德日兩國謝罪。改總理衙門爲外務部。班六部上。聯軍退。孝欽挈德宗自西安還。以大阿哥溥儁爲罪人子。櫂貽笑中外。廢之。孝欽自還京。毅然思與民更始。下詔以母子一心示中外。又以懿旨誡婦女纏足。弛滿漢通婚之禁。制作紛然。而諸王淩益用事矣。

俄日戰爭及中立政策　拳亂既劇。其風潮因此而澎湃者。凡三大案。戰氛熾時。劉坤一等與各國訂互保之約。各國置戍兵於上海。和議成。各國藉詞不肯退。至光緒二十八年秋。始定議撤回。是爲東南撤兵之案。聯軍之作直隸也。關內京津盧保之鐵路。英法實轄之。關外則俄人司之。而天津則爲軍隊共管之區。和議成。聯軍自京退津時。直督袁世凱與之議。至二十八年春。始次第收回。是爲交路還津之案。俄之據關東也。見列國守津定議交還。乃迫於公議。與政府訂立撤兵約。二十八年春約成。是爲交還東三省之案。惟第三案雖已訂約。忽變而爲東亞之極大風雲。第一撤兵期如約。至第二撤兵期。俄關東總督阿克塞力夫。將第一期所撤之兵悉數調回。並徵調海軍。以阻他國之干涉。實行其殖民政策。於營口立民政廳。皆強迫進行。不與中政府協議。其公使則要求別訂新約。至第三撤兵期。俄兵有增無減。以新約未定爲口實。政府無如何。而日本乃乘機而起。日以還遼之舉。甚不慊於俄人。乃與英締結同盟約。俄聞之亦與法同盟。以相抵制。時美人欲擴張其東亞商務。與日英兩國力勸中政府。將關東開放。俄使百計阻撓。趣訂新約。清廷左右爲難。雙方均不敢承諾。日政府乃與駐日俄使直接會商。俄終不肯棄關東。而陰許日擴權力於朝鮮境內。時朝鮮號稱獨立。實居日俄勢力範圍之下。日與俄協商數回。卒未就緒。俄欲據關東全部。又欲佔朝鮮北部之利權。一方以議局周旋日人。一方則亟修戰備。日人見事機危迫。爲先發制人之計。擊敗俄艦於仁川。又敗之於旅順。於是兩國始行宣戰。即二十九年十二月二十四日也。自朝鮮進奪旅順。陸軍一面攻取遼東半島。俄調波羅的海艦至東。大敗。日生擒其兩提督。於是美總統出而勸兩國議和。約大略如下。(一)樺太島讓與日本。(二)俄撤退滿洲兵。保全中國領土。開放門戶。(三)南清鐵道及沿海州漁業權。讓與日本。當日俄之鏖戰也。中國政府乃於域內援局外之例。宣告中立。概不與聞戰事。日遂與各公使約定。圈出戰地。警告政府。不得有偏袒舉動。嗣因俄屢徵軍需於蒙古。且留軍艦於上海港內。幾致破壞中立。既而日俄媾和。清廷亦派奕劻瞿鴻禨袁世凱等與日本外部小村壽太郎。公使內田康哉。議定十二款。大約收回土地。開埠通商。而南部鐵道權仍歸日本管理。至東省所產木材。中日合設公司採伐云云。於是我國始改東三省官制。設總督巡撫。布置一切新政焉。此三十一年八月以後事也。

藏約之糾結　西藏與英領印度之鬭。向以廓爾喀哲孟雄布魯克巴三部為屏蔽。於外交上無所糾葛。乾隆末。整師入後藏。藏地始無廓夷患。廓爾喀至光緒二十六年。尚修職貢。其後貢使不至。三十四年。廓使噶箕來朝。此其最末次也。哲孟雄接壤後藏。與布魯克巴同為藏屬。自英併印度。與哲布毗連。光緒二年。哲布兩部長。以英人有窺藏心。籲請駐藏大臣籌備。寘弗理。哲人漸昵英矣。十三年。藏人設卡隆吐。諭駐藏大臣文碩。令撤之。文碩謂實藏地。卡無可撤。嚴旨責焉。以升泰代之。嗣印兵毀其卡。藏人圖復仇。升泰嚴止之。馳赴邊界議約。與英官保爾會於納蕩。保爾要求奢。力折之。英掠哲全境。招印廓游民墾荒。廷議以哲事無從挽救。諭升泰勿問。布魯克巴地數倍哲。西人呼為布丹國。光緒間。尚入貢。升泰以藏哲舊界本在雅納支木兩山。其後商人來往之咱利。為新開捷徑。升泰議於咱利山分藏哲界。英不允。謂西企界內。藏番不得有權。升泰諾焉。十月。奏言英人擬撤兵後。悉照向章。不必辦理通商。與另立新約。十六年及十九年。與英立約。開亞東為商埠。設關互市。是時俄人謀擴權於中國西部。特遣使入藏。與達賴相款洽。並偽奉喇嘛教。博達賴歡心。誘使從俄。俄又續派探險隊赴藏調查。達賴知俄國力強。有倚賴心。且以俄人之崇拜喇嘛也。誤以俄為同教國。遂親俄而遠英。英所定約。迄未實行。俄人又為達賴畫策。購置軍火。意圖抗英。英詗知之。而無如何也。會達賴殺第穆呼圖克圖。沒收其財產。藏人頗冤第穆而不直達賴。達賴漸失衆心。而俄又於遠東方面。為日本所困。不及顧西藏。英遂藉事稱兵。時三十一年也。政府遣駐藏大臣裕鋼往解之。達賴恃俄人爲謀主。不欲和。思與英人戰。乃止裕鋼行。並調集各路士兵。西藏士兵。以乍丫爲最強。然無紀律。甫抵拉薩。即圍攻駐藏大臣衙署。死者數十人。嗣經藏官鎭壓。開往前敵。未交綏。均潰變退走。嗣是藏兵屢敗。英禍日迫。乃褫裕鋼職。以有泰代之。復與達賴商。願自往阻英兵。達賴尼之。然亦無他策。惟日令箭頭寺護法誦經。詛咒英兵速死而已。已而英兵長驅直入。達賴大懼。倉皇北走。有泰以其誤戎機。且擅離招地。請革其名號。英員榮赫鵬與藏官會議於春丕。暫留駐藏兵。俟應償兵費二百五十萬盧比繳淸。再行撤退。並開江孜噶大克及前約所訂之亞東。爲印藏互市場。誘有泰畫押。朝旨切責。有泰謂已與英官籌商。至再先行簽約。朝旨嚴斥之。又以藏約蔑主權。八月。以津海關道唐紹儀改三品卿。加副都統銜赴藏。全權議約。與英使薩道義磋商。將藏約作廢。英不允。乃另訂正約六條。以救前約之失。英承認西藏爲我國領土。藏人應償兵費由政府代償。英人始無辭。遂於三十二年。在北京簽押。而以三十年之英藏條約爲附條。一切承認之。惟改稱中英條約而已。旋以聯豫代有泰。開學堂。設報館。建商品陳列所。官印書局。施醫局。將以開風氣。瀹民智。提藏人於昏夜中而旦之也。後又遣張蔭棠赴印度議商約。三十四年。始議定。於是藏中交涉日漸繁難。達賴展轉至京。政府不加之罪。而反錫以封號。卒於宣統二年。以叛走印度。革封號。遂留住印度云。

憲局之紛囂　日俄戰後。外侮日亟。蒙回見偪於俄。西藏受制於英。越南朝鮮次第擴削。海疆虛設。內亂時聞。於是世界各國。咸知專制之不能持久。俄也。暹羅也。波斯也。土耳其也。先後由專制政體。改而爲立憲政體。中國士民困於專制淫威。亦多數主張立憲。各省疆吏。咸以爲言。時孝欽當國。亦思施行新政。以救危局。乃分遣載澤端方戴鴻慈徐世昌紹英（以炸彈受驚。改派李盛鐸尚其亨）五大臣赴東西各國。考察政治。未幾回國。隨於光緒三十二年七月十三日。下預備立憲詔謂「本朝自開國以來。列聖相承。謨烈昭垂。無不因時損益。著爲憲典。見在各國交通。政治制度。皆有彼此相因之勢。而我國政令。積久相承。日處阽危。受患迫切。非廣求智識。更訂法律。上無以承祖宗締造之心。下無以慰臣庶治平之望。見載澤等回國陳奏。皆以國勢不振。實由於上下相睽。官不知所以保民。民不知所以衞國。而各國之所以富強者。實由於行憲法。取決公論。君民一體。呼吸相通。博採衆長。明定權限。以及籌備財用。經畫政務。無不公之黎庶。又兼各國相師。變通盡利。政通民和。有由來矣。時處今日。惟有及時詳晰甄核。仿行憲政。大權統於朝廷。庶政公諸輿論。以立國家萬年有道之基。但目前規制未備。民智未開。若操切從事。徒飾空文。何以對國民而昭大信。故廓清積弊。明定責成。必從官制入手。亟議先將官制分別議定。次第更張。並將各項法律。詳愼釐訂。而又廣興教育。清理財政。整頓武備。普設巡警。使紳民明悉國政。以預備立憲基礎。著內外臣工。切實振興。力求成效。俟數年後。規模粗具。查看情形。參用各國成法。妥議立憲。實行期限。再行宣布天下。視進步之遲速。定期限之遠近。著各省將軍督撫。曉諭士庶人等。發憤爲學。各明忠君愛國之義。合羣進化之理。勿以私見害公益。勿以小忿敗大謀。尊崇秩序。保守和平。以預儲立憲國民之資格。有厚望焉。」是詔頒下。制作益紛。嗣於三十三年夏。下各省督撫實行預備立憲政詔。更於三十四年秋。下九年籌備立憲詔。並先後設會議政務處。考察政治館。憲政編查館。憲政籌辦處。又設資政院於京師。諮議局於各省。以立議院基礎。孝欽本極專恣。於新政多所阻滯。而此次主張立憲。實迫於內外之呈請。故其所謂預備也。籌辦也。於憲政無所進步。而其品目張皇。無非注重君權。銷沮民氣。以之靖國。不益囂乎。

三 屬國之分離

其一緬甸 緬甸自乾隆五十五年。遣使賀八旬萬壽。乞賜封。及開關通市。高宗勅封爲緬甸國王。自是奉貢不絕。緬甸在雲南邊外。其所屬龎爾古（萬國史記作龎六甲）地方。與印度孟加臘接壤。自英征服印度。兩國毗連日久。數起兵爭。道光六年。英人謀取孟加臘灣。以印兵一萬攻緬甸。緬王擊敗之。既而英艦入內港。緬人奮力鏖戰。而紀律不嚴。進銳退速。爲英人礮火所轟。大敗。英軍亦不習水土。地險糧艱。瘴惡多疾。因欲退兵。反聲言直取阿瓦（緬都城）長驅而進。緬軍屢衄。氣沮。國內諸城。望風降卑。辭求和。乃割阿臘干等地與之。復償英人兵費。許英公使駐劄阿瓦。始罷兵。兩方舉未以是關中國。迨咸豐二年。英緬釁又起。緬君臣闇於海外形勢。思張國威以厭服外人。既課重稅於貨物之出入。又阻公使駐京之約。英人固惟恐其無隙可乘也。及是遂率艦至郎昆。與緬人戰。敗之。於是北古全土。悉歸英屬。同治中。英復侵佔朗谷。設分埠。光緒十一年。英人索緬甸寶石木場等廠。並欲於阿瓦新街兩處。駐紮英兵千人。

緬人不從。十月。英艦自新街折回漾貢。抵模臣。爲緬人截住。緬王並遣人赴逆姑木廠印商孟德家。搜獲所存槍礮。遂於初七日發水陸各兵。於是夜前進。翼日遣將分赴門蠟洞烏洞蠻（三處皆英緬交界要地）各地扼守。是時英艦自朵強駛至青棒埠交界地開礮轟擊。緬人迎戰。壞英輪一艘。餘船折回。旋英艦復駛而上。揚言送緬世子孃偶還國。換立緬王。並致書誘和。沿江將帥信以爲眞。望風皆退。英艦直抵緬都。二十一日。英官慈列幹與緬人會議。緬人願孃偶歸承緬祚。英人遂令緬官繳械爲信。明日英艦直抵新都曼德來。王大懼。將其第二子。屬其臣孃蕊擕而遁。又明日。英人將緬王及其母妻等。執下輪船。二十四日。開往漾貢。英人遂據緬都。緬官悉附。英分緬爲上下兩部。置總督府於仰光。事爲中國所聞。乃與英抗議。英人許代緬納歲貢。事遂寢。顧納貢亦虛言。厥後初未實踐云。

其二暹羅　中國未嘗煩尺寸之兵而通貢受封一如前例。其著者緬甸而外。又有暹羅。暹羅者。以暹降於羅斛而得名。（在元順帝至正時）與緬世仇稱兵。清初嘗入貢。有居留華民特別繁盛之關繫。乾隆三十二年。爲緬甸所滅。中國未過問。其遺臣鄭昭起兵圖恢復。衆奉之爲王。昭粵人也。以四十六年。遣使航海通貢。且告捷。日暹羅復興。中國越緬兵事。恆以間接之關繫而受其益。緬甸孟雲之降附。與安南阮光平之來朝。皆暹羅擾其南境之故。昭死。其嗣王法耶沙基利。尤雄武。緬人畏之。既與越南分東埔寨地。又北收老撾之隆勃剌邦（在瀾滄江上游）及撣人之景邁（在湄濱江上游）諸部。嘉慶間。上表以攻緬獲勝告。仁宗頒敕諭解之。厥後歐力東漸。其南境舊柔佛部之新嘉坡島。麻爾古部之內埠。及西南吉德部之檳榔嶼．先後爲英人割據．又於北境扼湄公河之上流．以通我雲南．法人亦以湄公河東地曾屬越南爲辭．迫暹羅割讓．暹羅不能抗．遂許之．英恐其妨害滇緬交通．因與法協議．於湄公河上流指立中立地．約一百四十餘里．誓兩國不相侵佔．凡以上種種大交涉．中國均未參與其間．於是暹羅雖以英法交競而幸存．而中國數百年來所稱爲炎服屏藩．及天南樂國者．至是已非我有矣．

其三安南　安南自阮光平據有後．其前王黎氏甥阮福映．逃至暹羅．藉法兵力．驅光平子孫而代之．一方以中興申告清廷．改號越南．乞封爵．一方則於國中自稱大安南皇帝．政府循例敕封之．固未一覈其內容也．乾隆五十七年後．福映既求援於法．與法定盟約十條．允於功成後．以化南島酬法．迨功已成．又心忌法人．待遇寖薄．至法路易十八即位．乃發使責前約．福映不答．並誡其子弘光．言法人當敬愛．至十地則尺寸勿割與．弘光夙抱排外主義．兼仇天主教．既嗣位．法以教士也義爲公使．復申前約．寘勿理．弘特繼之．仇教益甚．中國駐法公使聞之．嚴辭詰問．且戒勿殘殺．不聽．已而法艦至．拘安南軍艦五艘．要以前約之答辭．時弘特方設計謀殺法將．事洩．法將怒．轟燬其二艦．餘艦揭白旗降．是爲法越交戰之始．弘特卒．弘佐立．縣賞購法教士．而波及西班牙教師．法西聯軍攻之．陷西貢．時咸豐九年也．越三年．法越和約成．遂割西貢與法．法人旋溯富良江至雲南．經營甚力．同治十二年．開富良江爲商埸．光緒二年．再訂條約．聲明安南國王有自主權．他國不得統之．法國遇安南有事．則當輔助．意以排斥中國也．方西貢陷後．未幾．北圻有黎與之亂．已復有李揚材之亂．富良江兩岸．亂民蝟起．法藉保護爲名．駐兵河內海防兩府．詗知西北山富煤礦．潛爲開採計．東京知事黃崇英憎之．崇英擁衆數萬．號黃旗軍．乃舉劉永福爲三省提督．永福故爲太平餘黨．後據保勝．所部爲黑旗軍．旣受安南招撫．墾天府一帶山地．招賢豪．鍊士卒．不數年間．天府屹然成巨鎭．故崇英將利用之以抗法．是時法內閣議長佛雷乃責安南王不守條約罪．遣將利威爾於光緒八年擊安南．陷河內．爲黑軍攻復之．一時黑軍善戰名．紛傳中外．安南王遂決意親中國．敵法人．利威爾旋敗死．孤拔繼之．率兵攻陷山西．（爲東京極堅城堡）時淸廷亦發兵援安南．並見敗與黑軍退守北寧．明年．法又遣將布里耳攻陷北寧．迫諒山．鎭復攻順化城．及其礮臺佔之．訂順化府條約．割讓東京．自是安南爲法保護國．約成．始告中國．而中國猶未遽言復戰也．先是東京戰事將起．李鴻章曾與法使布烈及脫利克先後兩開議．均不協．時中國公使曾紀澤亦在法京．與法相佛雷抗爭．語甚烈．亦無效．於是政府以全力治軍備．復有黑軍爲之援應．彭玉麟張樹聲等各南下爭安南主權．不意爲法軍所敗．鴻章乃與法艦長非爾尼議平和條約六款．廢去中國之安南保護權．開商埠於雲南及鄰省．中國兵撤退東京．法亦不索償兵費於中國．約旣定．而中國兵之在諒山者．尙未奉政府明文．而法軍已按約收諒山．爲中國兵所擊敗．法政府責中國違約．要求賠款二千萬鎊．淸廷拒之．一方遣曾國荃爲全權大臣．與法使迫迭諾特開議．一方仍由紀澤與佛雷抗爭．均無成議．戰端復起．法以海軍犯福州．窺馬江．張佩綸飭水陸軍．毋先開戰．法艦突入．我兵還礮擊之．大敗．兵輪礮壘．悉爲法破．法又犯臺灣．劉銘傳擊敗之．轉寇寧波．浙撫劉秉璋．遣將禦之．礮燬法艦二．其陸軍在安南者．復闖入鎭南關．提督馮子材奮擊卻之。乘勝追至諒山。軍威大振。越民靡然響應。子材將率全軍薄北寧。會政府遽頒停戰令。遂棄諒山諸城還。時清廷尚未知諒山之捷也。而法使巴特納遽議和。罷兵。於是訂約十條。其要旨與鴻章所訂原約無異。惟不索償金而已。政府貿然允諾。自是安南遂爲法有。時十一年也。

其四琉球　琉球國小而貧。自明太祖賜以閩人善操舟者三十六姓。修職貢惟謹。(見瀛寰志略)入清後。受封中山王。其貢舟二年一至。凡國王嗣立。必請命於中國。中國派遣正副使持節航海册封之。咸豐時。日本乘中國多事。滅琉球而存其王號。然在同治初年。國王尚泰繼立。仍請襲受封如例。中國主權。固儼然尚在也。迨至十三年。臺灣生番有殺琉球難民之事。其時琉球人與日人同漂流至此。旣並見殺。日人卽聲言琉球隸日本。致起交涉。清廷倉皇與日本訂約。祇求臺灣無事。不復與爭琉球。而琉球之主權。不啻陰讓於日本。至光緒五年。日本遂遣使至琉球。傳日皇諭旨。令琉球勿入貢中國。並改易正朔。琉球國王以久爲中國藩封。世修貢職。不便擅自更張。爲婉辭以謝之。復遣使向中國告亟。政府以新疆事務未畢。重以中西交涉頻繁。未遑兼顧。寘弗理。日本乃發兵艦數艘。執琉球王以歸。尋廢之。而夷其國爲冲繩縣。中朝始出而抗爭。不得直。比法越約定。日本援以爲例。中朝遂不復問琉球事。惟飭立海軍爲防禦計云。

其五朝鮮　朝鮮世爲中國東藩。乾隆後。基督教徒至者寖多。同治二年。國王李熙嗣立。年尚幼。生父大院君李昰應當國。排外仇教。連歲與法美諸國開釁。日本自明治維新後。又求通商於朝鮮。大院君不許。

乃以兵艦駛入江華島。朝鮮轟擊之。光緒二年。遣使議江華礮擊事。因與立約通商。已而日人謀進取朝人忌之。大院君又謀鎖國。八年。襲日使館。殺兵官數人。日興師問罪。中國乃遣道員馬建忠與提督吳長慶丁汝昌率陸海軍至仁川。執大院君歸。自是中日兩國各駐兵朝鮮京城。朝鮮本中國藩屬也。而日本既縣琉球。復思擴朝鮮權利。乃設法使朝鮮內部黨爭迭起。自相鷸蚌。然後加以干涉。冀得漁翁之利。而朝人不知也。時大院君雖廢。悍妃閔妃專制。朴永孝等議變法。與外戚意不合。國中分新舊兩黨。舊黨袒中國。新黨則與日本相鉤連。暗鬬明爭。風潮日烈。識者早知中日戰爭之不能免矣。熙本庸暗。爲閔妃所制。會永孝等殺舊黨首領閔泳翊。突入王宮。戕閔族貴官。擁國王頒新政。乞援日本使館。日使竹添進一郎率兵進王族。急請兵於駐韓通商委員袁世凱。以兵迫王宮。國王來奔。新黨敗。日遣使來議善後。伊藤博文與鴻章議約天津。嗣後派兵朝鮮。互相照會。光緒十一年。我國正有法越戰事。日本所以不乘機構衅者。因英俄兩國各欲逞志於朝鮮。故未敢輕發難端也。約既成。世凱充辦理朝鮮通商事務全權委員。附日新黨益失勢。泳孝與金玉均等或死或逃亡。日人深嫉之。謀朝鮮益亟。初各國之與朝鮮通商也。皆以中國爲主國。清廷苦外交棘手。多謝絕不與聞。各國遂有介日本爲先容者。日人在朝之勢力。早與中國不並容。願欲去中國之勢力。必先去朝鮮藩屬之分。於是遂與朝鮮訂平等條約。各國之介日以通朝者。皆如日本例。中國既不問其外交上締盟結約之權。自是朝鮮一國。世莫不認爲獨立國。而中朝不之覺也。會是時孝欽后柄國。銳意治兵。陸海軍備。歲費千餘萬。至十七年。遣海軍提督丁汝昌率戰艦巡洋艦六艘。東巡日本。越二年。鴻章大閱海軍威海衛。有能戰之艦十餘艘。聲勢甚盛。日本舉國震悚。日夜籌戰備不少怠。二十年。朝鮮又以東學黨倡亂告急於我。內亂既平。我迫日本撤兵。日以改革朝鮮內政爲名。與中國發難。突於豐島擊我運船。又攻我軍於牙山。廷議宣戰。左寶貴死。衛汝貴等遁。再戰黃海。鄧世昌又死。日遂進渡鴨綠江。陷遼東諸廳縣。又陷旅順及威海。盡燬我艦隊於劉公島。營口田莊營相繼不守。澎湖羣島又猝見奪於日軍。清廷大震。介美使請和。日本不允。乃遣鴻章赴日議和。認朝鮮爲自主國。割遼東半島臺灣澎湖畀日。償金二萬萬兩。開沙市重慶蘇州杭州四口市場。議成。中外大譁。會俄以遼東讓日於己不利。乃糾德法責日以遼東地歸我。日增索銀三千萬兩。是爲馬關條約。事在二十一年。臺灣人民聞割臺畀日。懇收回成命。不報。乃奉巡撫唐景崧爲民主。理兵無術。兵鬨城內。倉猝內渡。時劉永福駐臺南。與所部謀拒日。兵敗亦遁歸。自是臺灣遂不我屬矣。

四　各國之交涉

中俄交涉　俄以干涉日本返還遼東半島於中國。遂藉口報酬。窺伺東方。始行市惠政策。命俄法銀行應借清廷公債一億兩。思以引起清廷聯俄之心。時光緒二十二年四月。爲俄皇加冕大慶。俄使喀西尼慫恿清廷派李鴻章爲全權專使往賀之。鴻章固恨日而欲聯俄者。抵俄京聖彼得堡後。俄派財政大臣微德與鴻章會議莫斯科。防他使之窺探也。於是結中俄密約。既成議。鴻章漫游歐洲。俄使向清廷要求批准。並遣鄔多穆斯契來報聘。濟賄朝貴。中朝遂於其年七月二十日命駐俄公使許景澄與俄訂立契約。設立華俄道勝銀行。越三日。復與道勝銀行締結滿洲鐵路條約。卽約定西伯利亞鐵道線得穿吉黑之境。所謂東清鐵路是也。而此後俄國所獲實權。更時逸出條約範圍之外。總之俄陽假干涉遼東之報償。與共同防禦日本之侵略爲口實。而陰定攫取滿洲爲己有之政策。我國昧然不知。步步趨入俄之網羅中。俄遂得以一合立銀行與一私立公司之名義。奪北滿洲置於己國勢力範圍之下。至是已告成功。二十四年。德人據膠州。俄亦以責報爲名。命西伯利亞艦隊入旅順口。旋以防禦他強國侵犯滿洲爲辭。要求租借旅順大連二港。謬託二十五年租借之期。日夜修戰備不輟。同時又接展南滿鐵路枝線。迤邐旅順。我皆允之。而黃海霸權。已儼然在俄人掌握矣。時英日兩國對俄。雖有議論。而俄之對日。則謂不過暫時占領。將來須在山東得一適當之港口。對英則謂各海軍國。皆於中國有海軍根據地。俄不應獨無。遂於三月初六日。締旅順大連租借條約九條。月餘。復於聖彼得堡締旅大租借續約。二約締結之後。俄向各國宣告大連爲自由貿易港。至此三國干涉返還之遼東半島。一變而爲俄所有。旋俄政府改建關東省。置總督治之。以旅順爲首府。其視二十五年租借期爲虛設之具文。已可想見。其後英俄協約。卽規定「揚子江流域爲英之鐵道築造範圍。長城以北。爲俄之鐵道築造範圍。互相承認。不相侵害。」於是滿洲蒙古之地。俄固明認爲己國有自主權。我國亦不能如之何。此協約不經中國之認可。僅由英俄二國自爲議定。卽生效力。以視十九世紀列強之處分亞非利加。祇爭一間耳。

中德交涉　俄既得北滿種種權利矣．德國尙未藉口三國干涉．而向中國索報酬也．而當時俄與奧大利暗相結託．維持巴爾幹半島之現狀．於是德有孤立之勢．思得親俄之機會．發展勢力於極東．初李鴻章嘗疏論膠灣形勢重要．命漢納根視察其地．光緒十八年．始決議建築膠灣靑島礮臺．以登州鎭總兵章高元率所部嵩武廣武等四營移駐之．二十年．鴻章大閱海軍．擬就其地築船渠．修鐵路．會中日戰事起．寢其議．二十三年春．俄使告我曰．「膠州灣者．山東咽喉要地也．貴國無力整治．俄國願代成其工．」（或云喀西呢密約中國曾允以膠灣借俄）我政府於是亟謀再擧．擬先建礮臺．繼築船渠．遣員查勘．至八月而始決．命道員蔣兆奎爲工程總辦．將以明年之春．刱始建築．不知德已窺伺其旁．與俄預有約也．曹州教案起於十月初七日．至十九日．德兵艦卽入膠州灣．德商禪臣洋行之龍門汽船．亦自上海運糧械至膠．非其夙有預備．不能如此．又俄對於此事．絕無異言．故世人疑俄德先有密謀云．時法國某報評之云．「德三年前．爲中國驅逐日本於遼東．今之占領膠灣．是分內之酬報也．」英京泰晤士報．則曰「德之占領膠灣．適當之擧動也．我英亦當以此爲法．」德軍既抵膠．中朝驚愕無措．非徒恃口舌所能爭駁．遂於二十四年二月十四日．與德使訂膠州灣租借條約三章．此約性質．租借期內．德國除不能租與他國外．有完全主權．又許於鐵道鑛山權．與全省開辦事務之優先權．及英德協約（二十四年八月津鎭鐵道協約）成．自天津至山東南境之鐵路．又歸德國所有．於是德國勢力所及．且超過山東範圍之外矣．英法報章所評如此．故不一月而俄占旅大．繼則英據威海．法有廣南．紛然而並起．

中英交涉　光緒元年，印度政府派探險隊，請自滇邊入勘緬甸北境，使者馬加利爲土民所害，英使威妥瑪分遣艦隊入勃海，示決裂，中朝請和，命李鴻章赴烟臺與議，先後訂約二十六款，亦稱芝罘條約，賠邺銀二十萬兩，增開重慶宜昌蕪湖溫州北海（在廣東廉州海口）諸港，迄十二年，英滅全緬而有中英緬約五款，十六年英又收服哲孟雄，與我議西藏交涉事，卒開亞東（在藏南即靖西關）爲商埠，而有藏印商約十二款（十九年始定），此爲後來滇緬藏印界務商務各約之張本，先是曾紀澤使英，謀自普洱順寧邊外之南掌（即老撾）撣人諸土司，盡爲我屬，議未定而歸，薛福成繼之申前議，至二十年，始立界務商務二十款，滇之西南界，頗有展拓，中日戰役，法德居間調停，後贈法以湄江上游東岸之江洪江埸地，英遂藉口翻改薛約，二十三年復有附款之訂，其前收回各地，割棄大半，其原因則以薛約第五條有孟連與江洪之全境，或片土不得讓別國，而我卒以江洪畀法，故英得有辭，二十四年，以俄占旅大爲言，英使瑪德納特提出四項要求，（一）揚子江沿岸各省土地，不得租割與他國，（二）開放內河，（三）二年後開長沙爲商埠，（四）總稅務司，永久聘雇英人，中朝次第允之，三月，中朝對法使許不割讓兩廣雲南三省與他國，又廣州灣之租借，亦將承認，英以己國對於中國南部數省之勢力，將被法國蹂躪爲口實，遂要求租借九龍，以爲抵制，九龍半島北方高巒層起，俯瞰香港，巒上若建礮臺，則香港街市瞬刻可碎，故英政府乘機要求之，中朝始爲拒絕，英使憤然曰：「若能拒法不租廣州灣，英亦不租九龍」，時法租廣灣，大體已經承認，不能反齒，九龍租借之議遂定，以九十九年爲期，當英政府聞俄租借旅順之說。一方勸中國拒俄要求。一方忠告俄國開旅順爲通商口岸。俄不許。且申明旅順爲軍港。於是英援均勢之例。亦租借威海衞。時旅順已爲俄據。而威海衞尚以擔保賠款爲日軍所占領。清王大臣等多設口實。希圖拒絕。然英使強硬不少屈。不得已。乃於五月十三日。締租借威海衞條約。觀以上兩約。英對中國之勢力擴大可知。且大鵬深州二灣。面寬水深。足資大軍艦自由操縱。較之廣州灣之形勢。實遠過之。英國東洋海軍大根據地。至此已十分完備。其後復與我締山西河南採鑛契約關外鐵道借款契約及英德協約。劃分山東南境至鎭江之路。由英築造。英俄協約。劃揚子江流域爲英國勢力範圍。觀此則英國對於我國之侵略。不爲戎首。僅以均勢抵制之名義爲要求之口實。而其所定之勢力範圍與利益範圍。北與俄國均勢。南與法國平衡。合俄法所獲之權利利益。英國兼取之。於是舉吾國精華富裕之區。全括之於其範圍之內。其外交手腕。蓋俄以巧猾勝。英以敏捷勝也。

中法交涉　清季至光緒二十四年。列國對中國之形勢一變。卽正月十八日。英結揚子江不割讓與他國之約。二月十四日。德結租借膠州灣之約。三月三日。俄租旅順大連。三月四日。日本約福建不割讓與他國。列強之宰割如斯。法政府豈能袖手旁觀。因以保均勢爲詞。向我國提出要求四項。(一)廣東廣西雲南三省不割讓與他國。(二)自東京至雲南府之鐵道。由法國築造。(三)租借廣州灣九十九年。(四)郵便事務。由總稅務司(英人赫德)分下時。用法人承辦。第四項以英之反抗。不能成議。第一第二兩項。總理衙門承認之。第三項之廣州灣租借。雖大體承認。然區域與期限問題。兩相抗議。不易協定。至次年夏。忽廣州灣附近遂溪縣。法士官二人宣教師一人。被地方殺害。法以剿暴徒爲名率艦隊直逼港內。我國不得已讓步。法亦縮小區域。遂於二十五年十月十四日。締中法廣州灣租借條約(一)陸地自遂溪所屬通明港。沿官道北至志滿墟。東北轉至赤坎更東進調神島北部。又東至吳川縣所屬西磤臺後面之間。水面自吳川海口外三海里(中國十里)起。沿岸西進至南通明港口外三海里間又東海島(即湛川島)磠州島之全部。皆爲租借區域。(二)租借期限爲九十九年。(三)期限內全屬法國管轄。得爲軍事上設備。對人民得發布法令。但不妨害中國之主權。(四)中國船舶往來準中國各通商口岸同一待遇。(五)赤坎至安鋪間。法國得設鐵道電線。廣州灣內水深。東口南口共逼狹。足防外敵。法據此爲海軍根據地。一足以爲東京方面之防衛。一足以保兩廣之利益。且與香港對峙。足與英國保平衡之局。至此法國對於中國所獲之勢力範圍。利益範圍。較之各國。不稍有遜色。又同年四月。法宣教師伯爾德納。被戕於廣西。法政府更要求南寧北海間之築造鐵道權。以爲賠償。總理衙門亦承認之。

中日交涉　日本松方內閣。缺乏統一。外交方針。不能確定。俄租旅順時。日本不能向俄國施干涉遼東之報復。英租威海衛時。日本尙以兵屯駐其地。不能以抵制俄租旅大爲辭。以拒英國之要求。至光緒二十四年春。伊藤博文第三次內閣成立。命駐京日使以福建省與臺灣相接。利害關繫甚大爲辭。要求我國以公文申明。福建省及沿海一帶。永不租借割讓與他國。總理衙門備文承認之。此日本之勢力範圍劃定者也。

中伊交涉　當各國齊向中國提出要求時．伊大利政府．亦欲援均勢主義．於中國海面得一海軍根據地．旋派軍艦數艘向中國出發．同時命駐北京公使瑪爾七諾向中朝要求租借三門灣．為其國東洋海軍根據地．總理衙門嚴拒之．返其要求書．先是伊政府以三門灣在福建舟山間．於提議之前．先照會英日兩國政府．英政府曾附言「希望勿用兵力」及中朝返還其書．伊公使不待本國政府之訓令．逕向我發最後通牒．伊政府聞之．以其背英政府之附言．直取消其最後通牒．其後雖數次談判．卒無所成功．遂自舉直隸之秦皇島．江蘇之吳淞．福建之三都澳．開放為商埠．以杜各國之要求．

中美交涉　俄既藉索還遼南．席捲南北滿洲．而置諸己國勢力範圍之下．德法兩國相繼攫取膠州灣廣州灣而去．英在中國．遂以保持均勢為言．既得威海衛於北．復擴張九龍租借區域於南．日本至是亦遂結不割讓福建之約．瓜分之局．蓋已迫於眉睫．黃海中有英德俄日四勢力之對峙．西南諸省．有英法二勢力之對峙．利害衝突．在在伏有危機．一觸即發．故是時中國之問題．實已成世界問題漩渦之一．於是美總統麥荊萊以超然第三者之地位．謀世界公共之和平．於光緒二十五年（一八九九年）先後命國務卿海約翰向英德法俄日等宣言開放中國門戶．希望各國承認三項之條件．(一)各國對於中國所獲得之利益範圍．或租借地域．或別項既得之權利．互不相干涉．(二)各國範圍內之各港．無論對於何國入港商品．皆遵中國現行海關稅率賦課．(自由港不在此例．)其賦課關稅．概歸中國征收．(三)各國範圍內之各港．對於他國入港船舶．不課高於本國船舶之入港稅．各國範圍內各鐵道．對於他國貨物．不課高於本國貨物之運貨費．美國之爲是言．一半因謀弭各國之爭端．以免世界和平之破裂．一半亦以己國商工業發達日盛．不容此絕大之市場爲各國所分割壟斷．故首贊成此宣言者．卽爲英國．蓋英亦工商業先進國．不容此大市場之分崩離析也．英既贊成．各國亦各以其自己之利害關繫而發贊成之覆牒．拳匪之亂．俄雖極欲打破此保全中國領土之原則．而卒一過於英德協約．再過於日俄戰役．於是此原則賴以維持．而均勢亦遂確立．中國之形勢爲之一變．各國以相互之利益爲相互之約束．從前對中國單獨競取之利己主義．一變而爲列強統一合議之緩和行動．是則開放門戶之宣言．實救出中國於瓜分場中．而開爲世界之公共市場．中國保全．依此利益均沾之新主義而定．就表面觀之．美國出於公平正義．謀世界公共之平和．然亦係謀本國利益之所出．況自合布哇領菲律以來．門羅主義之國是．早移轉於帝國主義之方針．乘機調和列強之衝突．希擴張本國經濟勢力於中國．是其裏面之原因也．

第十六章　清季之狀況

一　光宣間之朝局

德宗晏駕與孝欽遺詔　清代軼聞。德宗天表靜穆。廣額豐下。於法當壽。穎悟好學。有以聖學叩翁同龢者。則以魯鈍對。蓋知孝欽忌之。不敢質言也。德宗有儉德。衣皆經澣濯縫紉。聲色狗馬之好。泊如也。孝欽嗜梨園曲。不能不預。然畏孝欽甚。平素本口吃。遇責問。益戰栗不能發語。歸自西安。尤養晦不問事。寄位而已。左右侍閹。俱易以長信心腹。德宗枯坐無聊。日槃辟一室。光緒三十四年秋。突傳聖躬不豫。徵中外名醫診治。請脈時。德宗以雙手仰置御案。默不出一言。別紙書病狀。陳案間。或有所問。輒大怒。或指爲虛損。則尤怒。入診者僉云六脈尚平和。七月二十一日。有大星從西北來。掠屋檐過。聲如雷。尾長數十丈。光爍爍照庭宇。至東南而隕。都市喧傳紫微星墜。羣訝爲不祥。十月初十日。孝欽萬壽。忽奉懿旨。皇帝臥病在牀。免率百官行禮。輟侍班。孝欽亦已病瀉數日矣。是時謠傳甚盛。無稽之言。不敢羼入。十六日。尚書溥良自東陵覆命。直隸提學使傅增湘陛辭。孝欽就德宗於瀛臺。猶召二臣入見。數語而退。第見孝欽神殊憊。德宗顏色黯澹而已。十八日。慶王奕劻奉懿旨往普陀峪視壽宮。二十一日。始返命。十九日。禁門增兵衞。稽出入伺察非常。諸閣出東華門淨髮。昌言駕崩矣。次日午後。宮中傳醇親王監國之諭矣。蓋前夕孝欽以帝崩於寢宮。卽夜出書。以醇王載澧之子嗣穆宗。兼祧大行皇帝。授載澧攝政王。是夕后病劇。於帝崩之明日亦崩。其遺詔云「予以薄德。祇承文宗册命。備位宮庭。穆宗幼沖。與孝貞顯皇后同心撫視。夙夜憂勤。仰荷天庥。削平大難。雖穆宗卽世。大行入嗣。時艱孔殷。不得不再允訓政。前年宣布預備立憲詔書。今年頒示立憲年限。萬幾叢脞。心力俱殫。夏秋以後。時有不適。復遭大行皇帝之喪。悲從中來。不能自克。遂至彌留。追念五十年來。憂患迭經。兢業之心。無時或釋。攝政王及內外諸臣。其協心翊贊。固我邦基。嗣皇帝尤宜以國事爲重。喪服二十七日而除」。時年七十四。后臨朝凡四十七年。專恣自用。其待德宗尤嚴厲。然明達善知人。委左宗棠以西事。任李鴻章北洋。各盡其用。庶吉士嚴辰散館。進卷有女中堯舜語。后以其開迎阿之漸。嚴飭之。御史屠仁守請太后仍覽封事。后曰。若是。天下後世視予何如人耶。能仁守官。百發仰成。外戚亦無假恩澤者。遭國多故。恍於變法。其下立憲之詔。亦仍偏重君權云。

宣統嗣位與載澧攝政　宣統嗣立。決於張之洞、鹿傳霖、世續三相。本屬名正言順。按之近支。則以恭王承繼爲適合。其次則有倫貝子。故恭王與傳霖大生惡感。而奕劻且於孝欽賓天之次夕。率親軍二百人入宮。內監禁止。獨不聽。內監大叱曰。有旨。親軍皆逡巡而退。奕劻亦無如之何。宣統入宮時。醇親王嫡福晉大哭。以爲殺我子。復戕我孫。雖擁皇帝虛名。實等終身圈禁。抱宣統不釋手。諸臣婉勸。謂不可抗旨。始由侍衞及諸王公大臣擁而去。（見紅冰碧血館筆記）　帝名溥儀。德宗弟醇親王載澧長子。光緒三十二年.正月十四日.午刻.生於十刹海醇邸.母卽福晉瓜爾佳氏大學士榮祿女也.三十四年.十月二十一日入嗣.時年方三歲.既入宮.遂於十一月初九日.卽皇帝位於太和殿.詔以宣統紀元.上大行皇帝尊謚曰「景皇帝」.廟號「德宗」.本生父載澧攝政.初.德宗在位.素恨宗室近支.不求學術.日肆游惰.嘗戒勉醇親王多留心政治.故德宗每聽講時.醇王常侍立於帝側.醇王爲人頗正直.惟失於懦弱.遇事少決斷.且口稍吃.語言不甚清晰.然遇事必循軌範.拘守小節.當其初入軍機時.對於慶王世續諸人.頗甚恭謹.頗得孝欽后歡心.朝儀亦因之稍整肅.先是帝未陞殿時.王公大臣皆先集朝房.人聲喧雜.朝房則任人毀壞.故房桌椅多損.褥墊皆無.醇王既入樞府.氣象爲之一新.至朝房則各依順序入內.時帝未至.醇王卽鵠立屏氣以待.其餘則非至口號傳出不整肅.（口號者.卽帝將入坐.先有內監以口吹哨也.）帝有致祭事.則各城皆開正門.其扈從王公候帝過.則亦由正門過.而醇王則由偏門過.讀書貴胄學堂時.自騎馬往來街市.並無護從.庚子之役.充德國謝罪使.冠佩雖穆.常服遠人.當攝政命下.亂象紛呈.王亦能處以鎭靜.內外翕然.及披閱章奏.則摹倣世宗御批.雖不足擬其萬一.然亦無甚疵謬.論者謂清之興也.與於攝政王.清之亡也.亦亡於攝政王.王無大過.亦何負於清哉.蓋此中有天意焉.

宣統時繳呈德宗遺詔　宣統元年.楊銳之子.詣都察院上書.敬繳德宗硃諭.既奏上.監國詢奕劻云何.劻言此詔不當宣布.以傷孝欽后地下之心.乃僅付國史館敬藏而已.亦不敢卹楊銳也.是詔當時多錄存者.羅惇曧賓退隨筆.謂榮縣趙熙汾陽王式通先後錄以見示.足見德宗絕無廢太后之心.特當時造

諸以重變法諸臣之罪耳。詔蓋戊戌七月二十八日所賜也。詔云。「近來朕仰窺皇太后聖意。不願將法盡變。並不欲將此輩老謬昏庸之大臣罷黜。而登用英勇通達之人。令其議政。以爲恐失人心。雖經朕屢降旨整飭。並且有隨時幾諫之事。但聖意堅定。終恐無濟。卽如十九日硃諭。皇太后已以爲過重。故不得不徐圖之。此近來爲難之情形也。朕豈不知中國阽危。皆由此輩所致。但必欲朕將舊法盡變。而盡黜若輩昏庸之人。則朕之權力實有未足。果使如此。朕位且不保。皇論其他。今朕問汝。果有何良策。俾革故而鼎新。黜昏庸而登英俊。致中國轉危爲安。化弱爲強。而又不稍拂聖意。爾等與林旭譚嗣同劉光第及諸同志等妥速籌商。密繕封奏。由軍機大臣代遞。候朕熟思審處。再行辦理。不勝焦急翹盼之至。特諭」同日賜康有爲詔云「朕惟時局艱難。非變法不足以救中國。非去守舊衰謬之大臣。而用通達英勇之士。不能變法。而皇太后不以爲然。朕屢次幾諫。太后更怒。朕位幾不保。汝康有爲楊銳林旭譚嗣同劉光第等可妥速密籌。設法相救。朕十分焦灼。不勝企望之至。特諭」此詔由楊銳帶出。又八月初二日賜康有爲詔云「朕今命汝督辦官報。實有不得已之苦衷。非楮墨所能罄。汝可迅速出外。不可遲延。汝一片忠愛熱腸。朕所深悉。其愛惜身體。善自調攝。將來更效馳驅。共建大業。朕有厚望焉。特諭」此詔由林旭帶出。卽康有爲之所謂衣帶詔也。又有謂德宗彌留時。醇王入侍。問帝狀。帝無言。手授遺詔一紙。未幾。醇王取懷鏡接近帝嘴。見無噓聲。卽匆匆出。相傳詔無多言。大旨謂「亡我淸者。必袁世凱也。朕死後。汝速誅之。毋使貽害」此雖未見明文。然都下喧傳。未必無因。乃援有聞必錄之例。以見德宗知人之明。處事之決。惜醇王懦弱。第罷其官。而不敢正其罪。乃不三年而世凱爲臨時大總統矣。舉清社而屋之。微斯人其誰與歸。

論親貴諸臣及憲局諸張　光緒間。奕訢屢起屢罷。其間不入內廷者幾十年。甲子。朝日戰作。復爲軍機大臣。領譯署事。卒以李蓮英譖而罷。奕訢去而奕劻起矣。劻本罪宗允璇裔。初爲四品閒散宗室。後繼承綿準嗣。襲貝子。旋晉貝勒。德宗御極。晉郡王。領譯署。孝欽后六秩慶典。封親王。非近支無軍功循封即至親王。清室數人而已。庚子。偕李鴻章議和約。辛丑。回鑾。以親王世襲罔替恩禮駸駸視訢矣。以外務部管理大臣。兼領樞府。據要津。秉要政。日以納賄爲事。所慮者失孝欽旨。乃進其寡女爲內侍。通消息。自呼李蓮英爲弟。月餽以三千金。嘗寄貲六十萬某銀行。適其司事者被辱於載振。告御史蔣式惺劾之。時振長農工商部。聲勢烜赫。不亞乃翁。彈章入。命孫家鼐等察復。劻令亟銷簿籍。雖奏上謂事勿實。而是金已爲司事等朋分。劻無如何。恚甚。袁世凱勸始止。世凱其門人也。月餽貲三萬元。充邸中日用。錫良岑春煊皆面斥其貪庸誤國。劻無赧色。庚戌辛亥間。屢爲資政院所劾。載灃雖惡之。而終不能去。迨鄂事棘。猶力舉世凱總師干。隆裕后猶慮其跋扈。劻以百口保。遂起用。果擁兵入京師。逼載灃謝政。嗾諸將兵諫遜國。清宗室皆咎劻。多面讓之。亦無赧色。唯亟亟出資營屋天津而已。及死。請謚。宣統曰。是喪吾國者。何謚爲。數請。乃謚曰密。載灃原以拳亂時。謝罪赴德國。兼歷東西洋。又値孝欽專恣之後。海內顒顒望治甚切矣。顧既以立憲籠絡人心。而於憲政無所進步。而惟是腮腮然號於衆曰。化除滿漢也。中央集權也。而試叩其所以化除之道與夫集權之方，則不外使肅王善耆長民政，以銷阻潮流，使貝子載澤長度支，以網羅財賄。且外而督撫與諮議局相衝突也，則袒督撫以抑諮議局，內而樞府與資政院相詰責也，則袒樞府以抑資政院。又值是時間島問題，片馬問題，諸未解決，士民皇皇，公舉代表，上速開國會之請願書，斷指瀝血，以叩君門。載灃絀於口才，祇以國民程度未及爲詞，而思藉此以延長其年限，嗣以士民愈激愈奮，一請不獲，繼之以再，再請不獲，繼之以三，不得已乃改九年籌備期爲五年。於宣統三年夏組織內閣，以奕劻爲總理，載灃弟洵載濤，分領軍諮海軍，以及善耆載澤毓朗等亦莫不秉執樞要，士民以皇族內閣，不利國家，兼礙皇室，公私兩方，均蒙絕大之危險，堅請另行組織，載灃不允，自茲以往，國事日非，民心乃大去。

改訂內外官制　清初釐定官制，職儀粗具，中更六七作，存改洄沿，世不同矣。延及德宗，外患躡迹，譯署始立，繼改專部，商警學部，接踵而設，併省府寺，迺分十部，嗣議立憲，匡違致新，理藩改部，軍諮設處，諸部正名，吏巡警爲民政，戶爲度支，商爲農工商，兵爲陸軍，附隸海軍處，刑爲法，別立大理院，復以工部所司輪路郵電，專設郵傳部，增埤前事，又益後端。宣統紹述，命樞於閣，省吏部，增海軍部，餘悉如故，改禮部爲典禮院，鹽政處爲鹽務署，猶慮閣權過重，設弼德院以相維繫，資政院以爲監督，取泉殊方，詭更昔憲矣。先是建官設職，官以待賢，職以待能，滿漢雖分，官多稱職，厥後各部，分科治事，（軍諮府陸海軍部與各部官制通則異）滿漢漸合，（翰林都察兩院如故）然官既濫冗，職尤紊雜，甚至有官者無職，有職者無官。或穹秩而滋瑣務。或下僚而居要劇。此其概也。階資官品。肇域未區。簡奏咨補。故實斯在。筌拾檔冊。輯而存之。具載左簡。

（內閣）總理大臣協理大臣各一人。特簡 國務大臣十人。各部大臣兼充 丞一人。承宣廳廳長副長各一人。制誥敍官統計印鑄四局局長副長各一人。以上俱請簡 其屬有僉事印鑄藝師 俱奏補 藝士錄事 俱咨補 各員。所轄法制院院長副長各一人 請簡 參議四人 請簡 參事 奏補 僉事錄事視事繁簡酌置。

（各部院）大臣副大臣各一人。特簡各部同 承政廳左右丞。參議廳左右參議各一人。請簡陸軍海軍兩部無丞參 參事四人。奏補 有郎中員外郎主事小京官。俱奏補 司務錄事 咨補 等

（外務部）設四司。曰和會考工榷算庶務。別設儲才館。

（民政部）設五司。曰民治警政疆里營繕衛生。別設習藝所。有警官藝師醫官 俱奏補

（度支部）設十司。曰田賦漕倉稅課筦榷通阜庫藏廉俸軍餉制用會計。別設幣制局

（學部）設五司。曰總務專門普通實業會計。所轄國子丞一人。請簡 典簿 奏補 典籍 咨補 各四人。別設大學堂。八旗學務處。督學調查圖書各局。編訂名詞館。圖書館。

（陸軍部）設六司。曰承政軍制軍衡軍需軍醫軍法。有參事。檢察官。部副官。俱正參領以次軍官充之 錄事 額外軍官及中下士充之 副參領以上請簡協參領以下奏補額外軍官軍佐咨補 司有司長。副協部統正參領充處長同 副官。正副軍校充 科長。正副參領充 科員。一等副協參領充二等協參領正軍校充三等正副軍校充 監長。協參領或正軍校充 監副。正副軍校充 司法官。看守官。軍學律官充 譯員。司電員。遞事官。繪圖員。藝師。藝士。陸軍官佐充 法規總編

纂員．編纂員．(文武出身相當者充之)其暫設者二司．曰軍實．軍牧．一處．曰軍學．官佐同．

(海軍部)設七司．曰軍制．軍政．軍學．軍樞．軍儲．軍法．軍醫．有一二等參謀官．(海軍學生充)參事官．祕書官．(資格相當)(軍官充)餘同陸軍部．別設主計處．有計長(正參領充)科長等．

(法部)設八司．曰審錄．制勘．編置．宥恤．舉敍．典獄．會計．都事．所轄司獄．有總管守長．正管守長．

(農工商部)設四司．曰農務．工務．商務．庶務．有一二等藝師．(補奏)藝士．(補咨)別設農事試驗場．工藝局．勸工陳列所．化分礦質所．度量權衡局．商標局．商律館．

(郵傳部)設四司．曰船政．路政．電政．郵政．所轄郵政總局．鐵路總局．各省路局．電政總局．各省分局．電話局．

(理藩部)設六司．曰旗籍．典屬．王會．柔遠．徠遠．理刑．皆滿蒙人爲之．

(軍諮府)軍諮大臣二人．(特簡)軍諮使二人．(副協都統正參領充)有副官．(協參領正副軍校充)遞事長．遞事員．(陸軍官佐充)分四廳．有廳長．(協都統正參領充)科長．(正副參領充)一等科員．(副協參領同副協參領充)二三等科員．(協參領正副軍校及同協參領同正副軍校充)別設測地局．三角地形製圖三股．

(鹽政院)鹽政大臣一人．(國務大臣內特簡兼任)丞一人．總務廳廳長．參議各一人．南北鹽廳廳長各一人．(俱請簡)有參事．(補奏)一二三四等僉事．(補奏)一二三等錄事．(補咨)等．

(大理院)正卿少卿各一人．(特簡)刑科．民科．推丞．各一人．(請簡)推事二十有八人．(補奏)有典簿廳．都典簿．典簿．主簿。（俱奏補）錄事。附設總檢察廳。廳丞一人。（請簡）檢察官六人。（奏補）有主簿錄事等。看守所所長一人。（奏補）所官（奏補）錄事等。

（典禮院）掌院學士。副掌院學士各一人。（特簡）學士。直學士各八人。（請簡）有總務廳。廳長。簿正。典簿。司庫（俱奏補）等。分四署曰禮制。祠祭。奉常。精膳。署長各一人。（奏補）一二三等僉事。鳴贊。（奏補）序班。錄事（咨補）等。讀祝官。贊禮郎。陵寢各官。悉如其故。

（弼德院）院長。副院長各一人。（特簡兼任）顧問大臣三十有二人。（特簡兼任）祕書廳祕書長一人。祕書官一二等各三人。三等六人。（俱奏補）

（資政院）總裁。（王大臣內特簡）副總裁。（三品以上大臣內簡充）各一人。祕書廳祕書長一人。一二三等祕書官各四人。議員。宗室王公世爵十有六人。滿漢世爵十有二人。外藩王公世爵十有四人。宗室覺羅六人。各部院官三十有二人。碩學通儒納稅多額者各十人。各省諮議局六人。

以上爲宣統三年之官制也。至外省官制。初無更改。光緒間。議興學校。改學政爲提學。謀聚法權。改按察爲提法。凡地方要政。仍與布政使會議。列入考成。時號藩學臬爲三司。又以新政繁興。職多不舉。別就省會置巡警勸業二道。分科治事。並議省守巡道。酌留一二帶兵備者。未果。宣統之季。復停各道兼鹽法矣。至康熙間裁損推官。州縣兼之。各省法權頹紊。德宗末葉。亟謀統一。設三審制。京師內外。顯若兼一。此其大略也。唯東三省地處邊要。自改建行省。執政者藉口變通例章。自詭高掌遠蹠。張皇幽眇。然塗飾耳目而已。國將亡。必多制。其略則如下方。奉吉黑三省各設公署。皆以總督爲長官。巡撫爲次官。如京師尙侍制。以下分設二廳。（一）承宣（二）諮議。以左右參贊領之。尋省 分七司曰民政。交涉。奉吉置宣統二年直蘇鄂浙閩粵桂滇繼之 旗務。奉置宣統初省 度支。奉吉黑置宣統初省 蒙務。未置 提學。提法。與各省同 均設分科。科設僉事。各一二三等科員。

二　外交之侵略

各國投資之競爭　自美國提出門戶開放。以保全中國領土爲原則後。各國各以其自身利害之關繫。而發贊成之覆牒。拳匪滋擾。俄雖欲破壞此原則。而卒一遏於英德協約。再遏於日俄戰爭。而均勢亦遂賴以維持而不敗。吾國國民。且自迭受中法中日戰役與日俄戰役之激刺。亦憬然覺悟。痛已切膚。不似前此任當局之昏昧而絕不過問。中日之馬關和約。德之租借膠澳。士民皇皇。皆聯名上書請拒絕收回路礦。自辦之運動。幾徧於有關繫之各直省矣。各國先既贊同門戶開放原則。以維持此世界絕大之市場。自不願以前此顯而易見之政治侵略。干中國士民之怒。而妨其通商之大利。於是一轉而爲經濟之侵略。壹意從事於投資之競爭。易向者所劃定之勢力範圍而爲利益範圍。易分割土地之競爭而爲承攬借款之競爭。蓋中國當時政治之無軌範。社會之不安寧。各國早知其無統治能力。故力爭爲中國之債權者。以便中國有他問題發生時。得以債權國之地位。出而宰制一切。至屆時宰制權之大小。固爭視債權之大小爲衡。此即各國競爭承攬借款之用心也。考各國對吾國此種承攬借款之競爭。實始於光緒二十一年（一八九五年）之俄法借款。時値中日甲午戰敗後。吾國須償日本二萬三千萬兩之巨額賠款。自非大借外債不足以支應。乃首以詢之總稅務司英人赫德。俄國時正有大欲於滿洲。雅不願對華投資事業。是英人所壟斷。遂濟與法國聯合。於是年六月與駐法中國公使簽訂向俄法兩國借款四萬萬佛郎之合同。由俄政府爲擔保。英政府聞之。亟提出抗議。德本與俄法聯名干涉遼南事件者。至是不得與聞俄法借款。亦大恚。轉與英親。遂於次年力趣中朝訂借款一千六百萬鎊之約。實爲各國對華借款競爭之始。嗣是因中俄密約之締結。及德國之強租膠澳。各國更由借款競爭進而爲租借地競爭。及鐵道築造權之競爭。其後因美國門戶開放政策之主張。及中國士民收回路權之狂熱。則又捨棄其鐵道築造權之競爭。而爲鐵道投資之競爭。自此以訖於清末。英美法德四國銀行團成立。各別競爭之投資。遂一變而爲協調之投資矣。

各國對華鐵路投資之變遷　初俄國既攫有東清鐵路之利權。頗思與法在西南粵桂滇之勢力。聯成一氣。成一對峙之局。以控制中國。而適値中國有築造京漢鐵路之議。美人正在承攬借款。俄聞之。亟與法人聯合。嗾一不爲各國所疑懼者之比利時出來。以鐵道擔保之輕條件。與鐵道督辦盛宣懷。訂借款築路之約。（時一八九七年）蓋此路爲貫通南北之幹路。亦俄法控制中國計劃中之幹綫也。次年。比忽藉口條件過輕。要求改訂。乃遂更訂契約。而規定「自保定至漢口之鐵道建築費。由華俄道勝銀行出資。該銀行卽得承認辦該鐵道之權」從此大江以北之幹綫。遂爲俄國所攫取。同年。華俄道勝銀行。更承借山西商務局修築正太鐵路之借款。而伸其勢力於煤礦豐富之山西。先是英之福公司。本與山西商務局已訂有借款採礦附設鐵路之約。至是英旣忌俄承攬京漢路借款。伸其勢力於長江。復以俄之伸足山西。爲有妨害於其已得之利益。遂向淸廷要求築造天津鎭江間。山西河南襄陽間。九龍廣東間。上海南京間。浦口信陽間。蘇州杭州寧波間。各鐵道之全權。更由滙豐銀行與鐵道督辦胡燏芬。締結關外鐵道借款契約。建築山海關鐵道。一以伸其勢力於滿洲。一以斷俄之東淸鐵道與京漢鐵道之聯絡。於是英俄勢力之衝突日迫。明年。在俄京訂立英俄劃定勢力範圍之條約。規定「長城以北爲俄國建造鐵道範圍。揚子江流域。爲英國築造鐵道範圍。」當英之要求築造天津鎭江間鐵道全權也。德以有妨礙其在山東之勢力與利益。起而爭之。八月。由英德兩公使自行協定「自天津至山東南境。由德築造。自山東南境至鎭江之路。由英築造。」綜上所敍。吾國較繁盛饒沃之區。其路權幾無不爲英俄法比德等國所壟斷。國人大懼。各省士紳旣醵金主張商辦。路政當局亦盡力折衝。主用外資而保留管理之權。其時各國亦正恐以此等衝突。引起糾紛。而爲投資競爭之障礙。於是除在各國勢力範圍內之鐵道外。各路管理權。皆得贖續收回。惟以較輕或較重之條件。任各國之投資而已。此各國對華鐵路投資之概略也。

鐵道築造表

路綫	築造者	路長以公里計	附說
株萍鐵路	本國	九〇公里	
廣三鐵路	仝上	四九公里	一九〇五年自中美興業公司購歸者
京綏鐵路	仝上	四九五公里	
漳廈鐵路	仝上	二八公里	以上由本國自築
南滿鐵路	日本	一一五〇公里	先爲俄所經營日俄戰後讓與日本
東清鐵路	俄	一七二二公里	
滇越鐵路	法	四六五公里	
山東鐵路	德	四九三公里	以上爲外人經營

鐵道投資表

路綫	關係國投資額數	路長以公里計	附說
津浦鐵路	英德六百萬鎊	一一〇六公里	原議津鎮後改北段歸德南段歸英
滬杭甬鐵路	英百五十萬鎊	二八六公里	原議蘇杭甬後改
京漢鐵路	比二百二十萬圓	一三一三公里	比惟出面俄法實操縱之先路權皆歸俄比法一九〇八年贖回以上由本國管理工程師與總會計則用外國人
京奉鐵路	英百六十萬兩	九七五公里	
正太鐵路	俄法二萬五千萬佛郎	二四三公里	
滬寧鐵路	英六十五萬鎊	三二七公里	

汴洛鐵路	比二千五百萬佛郎	一八五公里	
道清鐵路	英七十萬鎊	一五〇公里	
廣九鐵路	英百五十萬鎊	一三〇公里	此路尙有三十五公里在租借地內者由英出資
吉長鐵路	日本二百十五萬日金	一三〇公里	以上名義歸本國而實權則操之債權國者

據二表觀之。則中國完全自築之鐵道。止此株萍廣三京綏漳廈等四路。而當時各國對華投資競爭之劇烈。亦可以見矣。

粵漢贖路與湖廣借款　初。一八九八年時。清廷嘗擬築造粵漢鐵路。因不願此貫通南北之幹綫。落於野心勃發之英德法諸國。乃與中美合興公司締結借款契約。合興公司本此契約投股時。股票乃多落於比人之手。此蓋仍爲俄法聯成一氣之原定計劃。特假比人之手。以掩世人耳目耳。國人大譁。於是粵漢贖路案發生。其始議廢約之時。未嘗云及贖路也。或議另借鉅資。主張以美接美。或議自聘律師。赴美與合興涉訟。其第一說。緣有美國人柏士。自稱華豐公司代表。願借資中國。助我與合興廢約。而以此路歸其承辦。其實柏士卽合興之所使。以美接美。廢猶未廢也。其第二說則合興已豫爲之地。彼國富商摩根。已重價收回比股千二百股。美政府以合興爲無背合同之處。設與興訟。必不得直。最後始定爲贖約辦法。而合興索價。以美金千數百萬元爲言。磋商再四。始定爲六百七十五萬元。然於七日中。限定付還第一期款美金二百九萬元零。約合華銀三百數十萬兩。其意以中國一時無款可集。則此約可全翻也。

鄂督張之洞貸款一百十萬鎊於香港政府。先償還其一部。此路遂由湘鄂粵三省醵資自築。卒以償還香港政府之借款。資金缺乏。不能進行。之洞復向日本正金銀行交涉借款。築湘鄂兩段。格於英之抗議而罷。（一九〇七年）翌年之洞被命爲督辦粵漢鐵路大臣。兼湖北省內川漢鐵路督辦大臣。轉向英國資本團借款。以條件過苛。歸於停頓。時德國欲思由山東向西伸其勢力於揚子江。乘機提出較輕之條件。之洞遂於次年轉與德締結借款草約。英法兩國。又共同提出抗議。英法德三國資本團。知非聯合不足以解決爭執。乃於巴黎會議。決定由三國共同分擔借款。是歲夏與之洞訂共同借款之約。美見三國所爲。恐有妨其門戶開放之政策。亦以前此與是路發生關繫爲辭。出而力爭加入。三國不得已。允其請。復於一九一〇年在巴黎調印。成立四國銀團。更以四國銀團名義。與之洞訂湖廣借款草約。無何之洞棄世。湘鄂士民。又欲收回自辦。四國銀團堅執草約不能無效。屢向清廷要求訂結正約。會盛宣懷長郵部。主張利用外資開發實業。因擬實行粵漢川漢兩路借款。先於宣統三年（一九一一年）三月。公布鐵路國有之諭旨。四月。即與四國銀團代表訂結借款正約。以建築自武昌至郴州之粵漢路線。與自廣水至夔州之川漢路綫。一時人心大歧。此約亦遂擱置。此亦受均勢主義之影響也。

日俄維持滿洲現狀二次協約　日本戰勝俄後。與中國結東三省善後條約。正式繼承俄國在南滿之權利。并設南滿鐵道株式會社。壹意經營。會安奉鐵路（安東瀋陽間）問題發生。又值孝欽德宗先後逝世。日本要求我國派員勘路。并收買地基。總督錫良力持不許擴張軌道。尤不許改變路綫。日政府不之理自由行動令南滿鐵路會社卽日起工同時海陸軍皆有所警備且以最後通牒壓迫我國清廷不得已悉依其要求而與之談判日本又欲其他懸案亦同時解決宣統元年外務部與訂東三省交涉五案(一)中國如築新民屯至法庫門鐵路時允與日政府先議(二)中政府承認將大石橋至營口支路爲南滿鐵路支路俟南滿鐵路期滿一律交還並允將支路末端展至營口(三)中政府認日本政府開採撫順烟台兩處煤礦權日允向中政府納稅惟應按他處最惠例另行協定中政府於煤觔外運時徵收亦如之(四)安奉鐵路沿綫及南滿鐵路幹綫沿綫礦務除撫順烟台外應照光緒三十三年東省督撫與日總領事議定大綱由中日人合辦細則屆時協定(五)京奉鐵路展進至奉天城根一節日政府允無異議其辦法由該處兩國官憲及專門技師商定此外如間島問題及新奉吉長借款問題亦完全協定至是所有滿洲諸懸案以安奉鐵路問題自由行動之壓迫悉依日之要求而解決奉天吉林路礦兩種權利全爲日所壟斷當此滿洲新約發表時美人大譁以爲日本違背門戶開放主義破壞機會均等原則於宣統元年十二月突向中俄日英法德六關繫國提出「滿洲鐵路中立」之議主張由各國共同出資使中政府爲債主收買滿洲諸鐵路管理權歸投資各國公有以保列國機會均等主義日本勝俄之後與俄法德所訂協約及日英新同盟日美宣言雖嘗以保全中國領土維持各國機會均等爲其口頭禪實亦不過藉此以自古東方盟主之地位其囊括滿洲之心固未嘗一日忘也俄雖挫敗北滿固猶在其勢力範圍之內哈爾濱行政權問題松花江航權問題正在對中國迭施壓迫此其特殊地位

當然亦不甘放棄。此外英牽於與日同盟。法牽於與俄協約。則又各依日俄兩國爲向背。德在遠東勢力。本不如英俄法日四國。因此「滿洲鐵路中立」之提議。非特不能得各國之援應。反以趣日俄兩國接近之機。宣統二年。日俄維持滿洲現狀之二次協約。遂以發表。英法德首承認。美次之。中國不得已附不侵害中國主權之宣言。而亦承認之。日在南滿。俄在北滿。特殊之地位。遂以確立。宣統三年秋。革命軍起。清室失其統治力。英俄乘機唆使藏蒙獨立。日本遂亦思窺東蒙矣。

三　清室遜位及民國肇興

清末革命　先是中朝因政治之不良。內亂時聞。外侮日亟。各處屢起變亂。勃發而不能遏。廣東孫文乃糾設興中會。在廣州謀起事。事洩。走澳門。因赴南洋羣島。復組成革命同盟會。未幾。即有史堅如謀刺粵督德壽之事。時光緒二十四年也。堅如埋火藥於署旁轟擊之。而外援弗至。事遂敗。唐才常起義武昌。發難輕率。徒孤壯志。自是桐城吳樾。又謀炸五大臣於天津。山陰徐錫麟。又槍斃恩銘於安慶。江都熊成基。又謀舉事於安徽。長沙黃興。又圖舉義於雲南河口。汪兆銘張榕黃復生等。復謀炸攝政王載澧於北京。此仆彼興。並不稍止。中朝不知改良政治。爲根本上之解決。第循例嚴飭逮捕。以防復起。迨至宣統三年。溫生才等又槍斃孚琦。鳳山。陳敬嶽等又謀刺李準。趙聲等復在廣州謀發難。辛亥春之攻廣州。即是秋起義武昌之張本。以軍隊不附從。一致挫敗。凡死難者叢葬之黃花崗。至七十有二人。時稱爲黃花崗諸烈云。但革命進行。仍異常激烈。朝廷方分電各省疆吏。爲嚴密之防範。而遏之甚力。發之愈多。鄂督瑞澂。搜獲黨人最夥。電奏朝廷。得旨嘉獎。自以爲捕黨人最有功矣。而不意民軍已風發雲湧於武昌。

鐵路風潮　奕劻之總理內閣也。盛宣懷上鐵路國有政策。其時風雲日亟。外人之覬覦我路權者。日甚一日。而各省所籌路線。財力既絀。人心復離。往往緩不及事。政府以財政困難。艱於支應。則亦利用此策以大借外債。並下諭有抗爭者以違制論。於時爲籌備憲政之第四年。凡一切政策。均應交資政院協議。經內閣議決。政府懼資政院反對。不交院議而輒行。鄂湘川粵各省人民。請暫緩收路。均嚴旨申飭。川省因路事風潮正烈。學校停課。商賈罷市。輟租稅捐納。爲迫切之要求。乃命趙爾豐爲川督。爾豐既蒞事。卽拘保路會代表鄧孝可蒲殿英等若干人。代表等皆川中民望。紳民環署求釋放。爾豐不顧。又槍殺四十餘人。而以謀叛報政府。政府又命端方督兵入川。會四川諮議局副議長蕭湘自京至漢。亦以嫌疑爲瑞澂所囚。川亂愈熾。政府復命岑春萱赴川。爾豐聞之。心不自安。又捏辭以成都解嚴。亂事敉平入告。並以亂事漸平。電各省。於是端方瑞澂。合奏鄂境內川漢粵漢兩路。已實行收爲國有。第亂機環伏。已有無法挽回之現象矣。至八月十九日。武昌一帶之軍人。遂製清陸軍肩章。袖纏白布。號稱民軍。直攻督署。瑞澂及統制張彪。悉棄城逃走。衆推協統黎元洪爲民國鄂軍都督。隨下漢陽。賁軍火於兵工廠。聲勢大盛。

六鎮兵變　六鎮基址。實蛻於武衛右軍。卽袁世凱所練之新建陸軍也。初更名右軍。自山東從世凱來直。散舊易新。成六鎮。時段祺瑞爲統制。後易吳祿貞。稍變營制。又欲易將弁。未果。而軍中向背各半。辛亥秋。鄂民軍起。祿貞請前敵。不許。乃以協統李純統一協去。祿貞頗快快。祿貞籍湖北雲夢。少從唐才常起事。武漢敗。走日本。卒武學業。歸。務進取。從徐世昌向日索間島。得親貴信。嚮授副都統。佩邊務大臣印。晉六鎮統制。駐保定。頗延攬同志。思以易舊弁。伺機圖事。廕昌等知之。而不能去。則惟斥其所舉員弁。李眞等。眞樸勇。最歸心祿貞。又爲北士所深信者也。六鎮新黨。合北方士紳。謀舉事保定。衆推眞。以意見不一。直隸布政使凌福彭。又曲結留保二鎮將弁。嚴預備。故其事未成。祿貞在京。聞灤軍張紹曾等上書要十九信條。事大動。頓足曰。好事讓人爲之。乃詭詞入灤軍。約紹曾等共濟事。淸廷允灤軍請。勢稍頓。會晉軍變。殺巡撫。據娘子關。淸廷以祿貞統六鎮餘兵往剿。祿貞抵關。不攻。率數騎叩關。請面晉將。晉軍納祿貞。面其將。說以合兵伺機。晉軍降。淸廷授以巡撫。留關上。其協統某請回石莊。石莊正太京漢鐵路之衝。六鎮後路及京旗兵所扼處也。既歸。會南征軍軍火過。祿貞友陸軍部員張世膺來報。冀留之。某陽諾而激祿貞參謀何緖基等留火藥車。已乃陰電部。誣祿貞。淸廷遂以祿貞所斥之鎮將潛往。懸巨賞令與某圖祿貞。祿貞歸。聞扣車事。責某輕發。副官周維楨與世膺共勸祿貞卽白所志。旋舉兵以定河北。祿貞電約灤軍。令維楨草疏。請誅廕昌等。正焚殺漢口罪。罷兵講和。不允。乃頓兵石莊。祿貞駐車站票房。夜與賓僚飲。衞軍十數。皆某管帶人。祿貞止一僕而已。宴罷。祿貞已被酒。聞車聲遠至。僕人入。舉手示危。祿貞起。某管帶聲言賀巡撫。擁衆入。槍刃猝集。祿貞與維楨世膺並遇害。某管帶斬祿貞首去。時宣統三年九月十六夜分。實十七早一鐘後也。李眞在糧台。聞槍聲。令同志弁調兵。挈槍獨往。遇伏。冒彈至票房。見祿貞頭已失。胸洞二孔。腸出矣。引氈覆之出。又遇伏。翻姑牆出。爲同志軍救免。十七日晨。石莊大亂。鎭兵京旗兵互鬬。符兵從祿貞來者。劫六鎭糧台。祿貞黨應之。西去。十八日。祺瑞自北挾駐灤三鎭兵來。六鎭散兵復集。仍駐石莊。段先從南軍。聞灤石之變。繞歸河北定亂者也。論者謂灤石事敗。實示清廷以根本動搖。而速民國之成立云。

清室退位　自醇王監國。親貴多膺典兵各要政。論者早知其不祥。張之洞在樞府。讀白樂天以心感人人心歸樂府云「誠感人心心卽歸。君民末世自乖離。豈知人感天方感。淚灑香山諷諭詩。」此首爲廣雅絕筆之作。因與攝政王載灃爭親貴各據要津不聽。椎心嘔血。一病至死。遺疏有守祖宗永不加賦之規。凜古人不戢自焚之戒云云。天下誦而悲之。（見石遺室詩話）宣統季葉。改組內閣。親貴如故。時謂之皇族內閣。士民堅請另行組織。載灃寘弗理。及武昌起義。警報日至。又傳各省民軍。以次響應。清廷大震。於是下罪己詔。解開黨禁。取消前此所組內閣。起用前外務部尚書袁世凱爲內閣總理大臣。頒布憲法信條。到太廟宣誓。分遣各省宣慰使。第被簡各員。目睹大局已去。無可宣慰。大多數都未赴職。清廷又分遣水陸將校。規復武漢。與民軍激戰。燬漢口華界。進下漢陽。論戰之結果。清廷本占一部分優勢。但民軍蠭起。卽清室發祥之東三省。亦揭民軍旗幟。紛紛號召。且當時各省人心。皆靜極思動。囂然爲改革政體之要求。由是廷臣開御前會議。或謂以家賊烏合之衆。遣將興師。不難指日剿滅。隆裕后涕泣斥之曰。「民爲邦本。以擁戴孤兒寡婦之故。而致生靈於塗炭。予心何忍。且列祖以來。均以愛民爲主義。在天之靈應共鑒之」載灃於是不得已辭退監國攝政職。派世凱爲全權大臣。卽由世凱派唐紹儀爲全權代表與民軍代表伍廷芳會議上海。南北之戰局乃停。

民國肇興　議和之際。適同盟會首領孫文已由海外回國。由十七省代表公舉爲臨時大總統。就職南京。改用陽曆。中華民國元年元旦。卽宣統三年十一月十三日也。定國旗爲五色旗。舉黎元洪爲臨時副總統。組織內閣。是爲南京臨時政府初成立之概略。和議以兩方爭持之故。迄未就緒。因撤消唐紹儀代表權。由電報直接協議。議定清室退位條件。計分甲乙丙三大項。

(甲)優待皇室八條(一)存清帝尊號。以待各外國君主之禮相待遇。(二)歲給清室經費四百萬。(三)以頤和園爲清帝住所。(四)保護清宗廟及陵寢。(五)修清德宗崇陵。(六)從前宮內各項執事人員可照常留用。惟以後不得再招閹人。(七)保護清帝原有之財產。(八)原有之禁衛軍歸民國陸軍部編制。額數俸餉悉如舊。

(乙)待遇清皇族四條(一)清王公世爵概仍其舊。(二)清皇族對於民國國家之公權及私權。與國民平等。(三)清皇族私產一體保護。(四)清皇族免當兵之義務。

(丙)待遇滿蒙回藏七條(一)與漢人平等。(二)保護其原有之財產。(三)王公世爵照舊襲封。(四)王公中有生計過窘者。設法代籌生計。(五)先籌八旗生計。於未籌定之前。八旗兵弁餉俸仍舊支放。(六)從前營業居住等限制。一律蠲除。各州縣聽其自由入籍。(七)原有之宗敎。聽其自由信仰。

當此清室退位問題發生時．清廷以南方士民屢有退位之請求．北方將領．亦瀝退位之幸福．卽內外蒙古．亦組有聯合會．贊成共和．清廷又開多次御前會議．不能不如所請．行退位條件既議定．乃用正式公文．照會各國駐北京公使．轉達各國政府．用昭大信．於是宣統卽降退位諭旨．略言「國體一日不決．民生一日不安．特將統治權公諸全國．定爲共和立憲國體．近慰海內厭亂之心．遠協天下爲公之義．」詔書下時．舉國懽慶．自此以往．帝制於以告終．民治卽於是開始．

有清一代概論

清儒　順康之世．南方則黃宗羲顧炎武王夫之．北方則孫奇逢李中孚顏元．皆以經世之學．啓導來者．於時江浙間又稱二陸．一陸世儀．一陸隴其．推理學正宗焉．桴亭終布衣．稼書官於朝．著治績．與湯斌皆以名儒而兼名臣．大江南北．至今稱之．第自炎武作唐韻正易詩本旨．古韻始明．肇開江戴之風．閻若璩撰古文尚書疏證．定東晉晚書爲僞作．遂啓惠江之業．張爾岐明儀禮．胡渭闢易圖．疏禹貢．並爲鉅儒．然草創未精博．時雜宋明讕言．其成家言著系統者．自乾隆朝始．一自吳．一自皖．吳始惠棟．皖始戴震．惠氏三世傳經．至定宇所得尤邃．弟子知名者．江聲余蕭客．能大其傳．而王鳴盛錢大昕孫星衍洪亮吉．皆羽翼吳學而興者也．戴從江永學．淹貫如永．而長於考辨．義理必衷訓詁．講學不蹈空虛．其後若洪榜汪萊程瑤田凌廷堪．皆羽翼皖學而興者也．戴氏弟子段玉裁王念孫．傳其訓詁之學．任大椿傳其典章之學．而阮元從王氏任氏問故．爲海內宗師．可謂盛矣．然自惠戴盛言漢學．其時力與之對壘者．桐城也．

方苞姚鼐劉大櫆以古文辭名家。並尸程朱之傳。蓋宋學也。姚戴宗旨既異。於是江藩著國朝漢學師承記。方東樹亦著漢學商兌。漢宋兩家始相水火。自漢學既盛。說經之書充棟。治其業者碎細卑狹。文采黯然。於是有常州今文之學。道咸之際。改尊今文。以與惠戴競長。言易宗施孟梁邱京氏。言書宗歐陽大小夏侯。言詩宗魯齊韓。言春秋宗公羊。而詆斥周官毛詩費氏易左氏春秋及馬鄭。尙書大體以公羊爲主。始自莊存與治公羊氏。作春秋正辭。猶稱說周官。其甥劉逢祿宋翔鳳。咸傳莊氏之學。劉氏主張公羊。難鄭玄申何休。宋氏作漢學今古文考。謂毛詩周官左氏傳。咸非西漢博士所傳。而李兆洛侈言經世之術。亦雜治今文家言。由是今文之學大昌。別有龔自珍魏源。皆從劉氏問故。自珍治公羊。篤信張三世之例。源著書古微詩古微春秋董子發微。皆主今文。詆馬鄭毛甚力。斯時繼龔魏而起者。邵懿辰信士禮十七篇爲完書。以逸禮爲僞作。王闓運則以公羊並注五經。弟子廖平亦著書數十種。常州學派遂起而奪吳皖之席。就漢學言。梅定九江愼修爲皖派先驅。算術精深。豈讓西哲。今文一派。若李申耆魏默深之流。通經濟。言世務。亦無愧爲通儒。就宋學言。梨洲夏峯之宗仰陸王。自船山楊園視之。必不喜也。而同歸於高義。二陸以後。桐城一派。恪守程朱。與漢幟並峙。咸同之際。海內多故。湘中諸賢。自曾國藩以下。羅澤南劉蓉輩。皆以理學名臣著中興之績。自茲以往。又以外患激刺。從事實驗之學。中西文明交相印證。循而復始。以合吾周秦古學。發揮而光大之。爲新學盛行時代也。

學校　清承明制。自國子監外。有宗學旗學。皆滿蒙漢三文並授。各府州縣。皆設有學宮。然作士者實在書院。督撫提學所駐之城。多者五六。道府之治。每至三四。至教育性質。大率注重乎科學。故登科之彥。出於書院者。什常六七。學官之設。有類奉祀。院長之貴。禮比賓師。康熙朝國子監兼設俄羅斯館。以課俄人之居京者。士之入貢國學。雖嘗嚴講肄之條。致殊方之幕。而所造甚淺。且終不能出科舉之範圍。視漢唐宋之分途並進。又彌不及也。是爲學校虛具時代。海通既久。外侮漸迫。咸同之季。歐力東漸。曾國藩李鴻章輩。知非習常守故。可以應世變也。乃請設製造局。立船政水師學堂。並請選幼童出洋習藝。以造人材。當時士論。謂西國之長。在兵強器利。故設學僅此而止。光緒初設同文館於京師。是爲京師有學堂之始。然亦僅儲舌人。由同文館出者。卽舌人亦無上選。甲子中日戰後。士夫漸奮發言自強。康有爲上書請變法。遂及興學。梁啓超爲侍郎李端棻草奏。請立大學堂於京師。御史王鵬運亦有是疏。中旨允行。其時奕訢等在樞府。厭言新政。請緩行。丙申丁酉之際。京師首建大學。江海各省。次第建舉。庚子奇變。內憂外訌。益不可以終日。乃更奮起直追。以興學智民爲務。纔設各項學堂。乙巳設學部。頒布學堂章程。初等小學。以國民教育普及主義。高等小學及中學。卽授以普通知識學問。高等預備科。爲預備入專門之用。大學分科。卽授以專門精深學問。又爲養成中小學教員計。設初級師範科。及優級師範科。於是京師有官立大學堂。及順天府五城中小學堂。各省亦有官立高等學堂。及師範學堂。中小學堂。又因選舉制度不良。廢除科舉。人才統由學堂出身。興學之風。極爲踴躍。至此外務部所轄之俄文學堂。度支部所轄之財政學堂。銀行學堂。陸軍部所轄之陸軍學堂。水師學堂。（督撫創辦。雖非部轄。然其事亦隸之。）法部所轄之法律學堂。郵傳部所轄之交通傳習所。農工商部所轄之工業學堂。無不同時並舉。至關於軍事教育。各省均設有陸軍小學堂。又直隸奉天江南福建湖北廣東陝西雲南等省。設立陸軍中學堂。復在保定設兵官學堂。專授軍學術。北洋南洋及福建廣東。濱海省會。又均設有海軍學堂。專授海軍學術。此清末興學之大凡也。

軍制　有清開國之初。惟資禁旅。建州海西。海東野人。諸衞之良。厥惟滿洲蒙古漢軍。後先疏附。合爲旗營。營者定區夏。京營駐防區分兩種。京營環衞京城。都統副都統轄之。駐防分布各省。將軍都統副都統轄之。綠旗兵者。皆明舊兵。戡定三藩。效用爲衆。亦名綠營。漢人充選。歸提鎮管轄。受督撫節制。二者皆經制兵也。訖乎末造。綠營裁汰十居其七。駐防之屬。東夏伊犂察哈諸旗。實合兵民。內蒙各盟兵隸其長。外蒙各盟本隸定邊。新疆青藏蒙回番兵。各從所隸。各省土兵。亦屬近鎮。立功殉軍。撫卹無間。又有新軍。光緒時創辦。參泰西徵兵章程。仿漢唐調兵府兵制度。由督撫遴員會同州縣。募選土著。備充額數。曰常備軍。次續備軍及後備軍。統帶管轄。都統統領。以至總統。並董帥之。亦曰經制。有恆額焉。非經制兵。亦有二種。一是勇營。嘉慶以後。鄉勇爲盛。以補綠兵。末別爲制。白蓮教匪。剿蕩殆盡。羅桂二將。功耀旗常。讀嚴如熤前後鄉兵行。猶虎虎有生氣。咸同之間。太平軍興。回捻縱橫。旗綠疲茶。湘淮楚豫諸軍勃興。所向風靡。虓怒之羣。中興著績。法越之役。銳氣漸盡。一是練軍。直隸粗始。又挑綠兵。減省軍額。兵餉加厚。抽練壯丁。俾成勁旅。各省效之。以爲可恃。甲午不競。肄習洋操。癸卯而後。定名陸軍。昔日勇練。又不可廢。新軍既練。思謀統一。逐漸裁改。總之旗營綠營。以及新軍。皆有定額。謂之經制兵。勇營練軍。皆無定額。謂之非經制兵。清代兵備。此其概也。我國往古本無海軍。亦越有清。江湖近海。水師著目。海通以後。交涉頻興。始知海軍大爲有用。基礎之立。閩廠肇始。北洋創軍。大購海艦。北洋水師。屬北洋通商大臣。南洋水師。屬南洋通商大臣。廣東水師。屬兩廣總督。福建水師。屬閩浙總督。特置專署。統各水師。經營十年。糜費不少。東溝劉島。師夷軍燼。後雖購置。不復成軍。宣統末葉。復設專部。第良好軍港。租借無遺。民軍起義。海艦先附。國遂以亡。

國用　攷泰西各國歲出歲入之款。每屆歲終。則登之報章。布告全國。雖婦孺皆能言國用者。吾國則不然。官無成書。吏無專牘。通才碩學。博極羣書。至問以左藏之所掌。則愕眙而不能言。即司農大臣。老於其任者。亦多束手攢眉。付之不可知之數。然亦有約略可述者。經用之常。歷修會典。備列其目。會計之成。始於雍正。光緒甲申。戶部上奏。統覈出入新舊畢列。約八十兆。較雍正倍之。夫自祖宗盛時。歲入不及今日半數。然其時太倉之粟。紅朽相仍。府庫所儲。動逾億萬。天下殷富。戶有蓋藏。江淮之間。尤爲奢侈。而盈絀若是其懸殊者何也。考康熙初年。軍務河工。需用浩繁。三藩轄地。正供未收。乃至四十八年。戶部庫銀。尚存五千餘萬。乾隆一朝。大兵大役。散財不貲。重以普免錢糧多次。而庫銀尚存八千萬。（見洪北江庚戌祝釐詩）即謂四十六年增兵之案。添兵六萬有奇。歲費銀二百餘萬。而嘉道兩次裁兵一萬六千。計可省銀五六十萬。至道光年間。一耗於交涉。再耗於庫案。三耗於河決。以及秦豫旱災。東南六省水災。並咸同二朝。劉洪軍。劉捻回。入少出多。不可數計。然自中興以迄末世。以地丁計。光緒初年所入。較承平時約減三成。以漕糧計。較承平時米加少而銀實加多。（見翁同龢摺）以鹽課計。較承平時有盈無絀。以各關常稅計。較康熙間幾不啻倍增。又況洋稅釐金。昔無而今有乎。乃鹽漕改法。黃河北流。外患萌芽。海疆多故。駐兵轉餉。天下騷然。內訌相乘。毒流宇內。竭天下之全力。僅乃平之。而後乃患貧矣。乙未辛丑賠款之鉅。前史未聞。生財多端。加賦不恤。厥後新政。耗蠹孔熾。戊申所上。逾二百兆。豫算初草。至三千億。加之新軍餉重。辦學款多。財耗不足用。政府又定籌款之法。曰烟酒加稅。曰加抽土藥稅釐。曰廣鑄銅元。曰抽收房捐畝捐。曰酌提州縣平餘。及隨漕公費。曰鹽斤加價。幷整理課釐。曰整理釐金及常關稅。曰整理契稅。加抽牙稅。曰設官銀號官錢局。曰奏辦彩票。然亦入不敷出矣。

刑律　自班固志刑法。而歷史所載。但陳綱要。不述律文。陳義同科。此史法也。順治定鼎中原。依據明律。參用滿律。始成大清律十卷。康熙九年。校正刊成三十卷。乾隆之世。合律與例為一集。嘉慶以後。律例屢改。宣統初年。芟易舊律。改用新律。名曰現行。以有諍議。尚未頒布。其餘寬恤之令。審斷之制。筌拾檔冊原委。斯在此固一代典章也。有清諸帝。於刑法恆再三審慎。重民身命。實邁往古。入關之初。廢明代廠衛之苛。除滿洲割筋之酷。仁厚已肇其端矣。惟於治盜。特從嚴科。又刑官審判。往往動用非刑。勒索口供。名曰刑訊。此種刑罰。顯與各國通行法律相抵觸。通商以來。各國恆以中外法律不同為口實。要求領事裁判權。於是中國之治外法權。全為外人所剝喪。變法之後。思欲挽回法權。不得不以改良審判為入手。兩江總督劉坤一。奏請流徙以下。不准刑訊。修訂法律大臣伍廷芳等。亦奏請輕刑。禁用刑訊。清廷雖允而官吏仍視若弁髦。又誅殺大臣。代所恆有。順治譚泰。康熙蘇鰲。時稱大獄。世宗苛察。羹堯諸人。不保首領。純廟嚴明。文武大吏。誅將至百。嘉道咸同。雖較寬厚。亦所不免。光緒一朝。緣坐凌遲。詔並省罷。而袁許五忠。同罹不測。然以今衡古。猶懸絕也。舊律之要。見之條目。新律之要。見之爭論。彙而觀之。遷變之樞可得已。

禮樂　遷史禮樂分二書。漢書合爲一志。厥後或分或合。隨世繁簡。清世祖入關定鼎。五禮之典。多循明舊。蓋其時沿關外舊俗者。十得四三。存前代餘意者。十得五六也。授受盛儀。一見嘉慶。垂簾聽政。迺亙同光。配天之祀。終止於道光。議祧之案。卒未成事實。康雍兩朝。廸覲方命。武功極爲烜赫。親征大閱。命將獻俘。國範朝章。皆所特著。延至季世。討論軍禮。不厭求詳。斟酌前王。擇其令典。冠昏喪祭。民間之所行者。多仍鄉俗。而令甲所布。非盡皆率由者也。聖祖高宗。車駕巡幸。省方巡狩。卜征考祥。農蠶諸祀。靡歲不舉。臨雍釋奠。同光闕如。堂子諸祀。奉先壽皇。設竿跳神。家祭所行。國俗斯見。中祀羣祀。多近豐昵。文昌之祀。至比宣聖。亦云過矣。德宗之世。孔升大祀。關升中祀。誰云弗宜。其餘封祠。迺無紀極。朝貢宴賚。饑驛禁令。綏柔之用。終於丁未。皆禮典也。鹵簿儀駕。概從古制。章甫縫掖。至清始革。冠服不沿不襲。始參滿制。晚採外制。軍警之服。又異國俗。是亦一代之特制也。清代樂制。樂律。樂音。樂器。樂章。法隆往古。女樂散樂。率皆蠲除。且綏懷之盛。定安南則有安南樂。撫緬甸則有緬甸樂。廓爾喀來歸則有廓爾喀樂。他若苗蠻舞牌樂。西番舞巾樂。舞斧樂。大小鍋莊樂。兜離僸佅。靡所不具。可謂盛已。至韶樂。清樂。大樂。隊舞。笳吹。鐃歌。以殿其末蓋所以保鴻名而重武功也夫。

貨幣　世界各國多以金幣爲本位。其以銀爲本位者止印度暹羅墨西哥俄羅斯諸國。清自太祖開國。圜法惟有銅幣。私鑄私毀。皆懸厲禁。國家卽以銅幣爲本位。京師有寶泉局寶源局。外省有鑄錢局。滇銅起運。歲計千九百萬。日本之銅。亦間採用。對於世界金融之潮流。受虧甚巨。道光以後。外局多停。咸豐時國用支絀。更鑄寶鈔大錢。詔命通行。而行之不善。致起大獄。商民且罹其害矣。穆宗時遂廢當十之錢。但行都市而已。且爾時銅幣之外。兼用銀塊。各地銀秤大小旣殊。成色又不統一。足銀紋銀顯有區別。商民用途頗多阻滯。因之通商口岸所通用者無非西洋銀幣。每歲利權之損失不可數計。厥後銅元專以侔利。匪特病民。且以病國。及至晚季。又出楮鈔。民窮財盡。國已疲苶。錢荒旣甚。各省所用。且無足百者。京錢東錢。其別不一。新疆西藏。各有專幣。幣制紛亂。遑言統一。光緒變法。始自鑄銅元及銀元。漏巵旣深。補救亦云小矣。按各國通例。發行紙幣之權。爲國家銀行所專有。吾國自宋元明以來。國家所發之鈔券信用。久形廢弛。及至清代。遂任商人自由發行。而各國紙幣。復流行於我國之市場。國家無限制之能力。光緒間雖設有大清銀行。而發行紙幣之特權。竟未能收爲國有。欲挽利權。坐言而已。

客卿　傳曰。楚材晉用。秦賓由余。漢使日磾。尙已。唐宋閉關。流風闃寂。自明季葉。二瀉洞通。利瑪竇鄧玉函輩。挾其孤藪。牽息偕來。清之世祖。張天造曆。極深研幾之士。接武嚴廊。咸同之間。干戈亟動。曾李專閫。旁甄爪牙。電掃吳越。大難甫夷。新猷飆起。樓船橫海。下瀨伏波。艦舶懋遷。殊征瓌權。以及皇華原隰。飛檄馳書靡不借才遐荒。聲勤克舉。今並掇之著於篇。湯若望。字道未。籍日耳曼。哥倫。精曆法。明崇禎二年來華。清順治二年。建議用西法二百年恆年表。於是西法始行。命掌欽天監。累擢太僕太常寺卿。敕賜通微教師。並鑴碑。允傳教。今其文尚存羅馬教院。十四年秋。官正吳明烜劾之坐誣論如律。康熙四年又爲新安衛官生楊光先劾罷。仍用大統。九年復西法。官監時著有算法西傳新法表異。十七年卒。其預定七政交食表。未成。南懷仁續之。南懷仁。字勳卿。籍意大利。當明烜疏列若望罪。命大臣召懷仁與監官質辨。擢監副。成九年時憲書。晉監正。著有坤輿圖說。及外記。紀利安者。亦官監正。命製地平經緯儀與地平象限合儀。併兩用於一器。更精覈。又監正戴進賢。雍正時命修日躔月離二表。乾隆二年。詔與監副徐懋德增補表解圖說。越二十餘年。蔣友仁來華。進增補坤輿全圖及新製渾天儀。又以其明水法。徵入養心殿造辦處。於地形山曜諸理言之綦詳。太平軍之役。有華爾者。籍美國紐約。會蘇州陷。上海將治兵。蘇松太道吳煦識其才。俾領印度軍。自陳願隸中國。咸豐十年。松江陷。令募西兵數十爲前驅。復其城。身被創。令守松江。復募江浙義勇。軍以綠帕首。時號爲綠頭軍。同治初元。松江被圍。逐敵北辰山。再被創。力疾與戰。敵始退。高橋之捷。加四品翎頂。値蘇撫鴻章帥師至滬。迺隸戲下。令立常勝軍。益募兵三千。俾教練。進復嘉定。克清浦。晉副將銜。秋。寧波戒嚴。鴻章遣其南下。敵犯慈谿。華爾方以遠鏡瞭敵。忽槍丸洞胸背。越二日卒。以中國章服斂。從其志也。予寧波松江建祠。鴻章用華爾遺言。令其副白齊文法爾思得接統其衆。白齊文初剿松江。連破之。迎旗濱。亦自陳願隸版圖。剿平滬中敵壘。加三品職銜。賞花翎。至是徽攻九洑洲。稱疾不往。施赴松城。閉門謝餉。復赴上海。劫餉而去。即日解兵柄治罪。法爾思得。亦美人。助守寧波。屢獲勝。攻奉化。斬級千。釋難民二千餘。事寧。帥所部還滬。勒伯勒東。德加理尼。阿爾伯。依都額爾。籍法國。加爾櫗多。咸豐十一年來華。同治元年從軍克寧波。乃募壯丁千五百爲洋槍隊。亦自陳願伍中國臣民。明年權授浙江總兵。頓謝家橋。轟擊上虞。敵衆。拔其城。赴蟶浦。略紹興。以上虞敵遺士礮往。礮裂負傷而死。下所司優卹。迺以法參將法爾第福爲江蘇副將。領其軍。退守百官。法爾第福又名買忒勒。能讀華書。後攻紹興。遇害。浙撫左宗棠疏稱其忠義奮發。予優卹。鴻章又令德克碑領其衆。未至。會英總兵𠹌樂德克奉其國主命。駐防寧波。以衛彼族商旅。巡道史士良請權代之。不可。曰。「我國法。駐防官不能出百里外。」士良強而後可。迺以出獵報提督。遂帥衆駐守江北。巡道張景渠與要約至三江口。旋復寧城。官軍以次下慈谿奉化上虞。又明年。克紹城。𠹌樂德克俱在行間。戰最力。𠹌因擅離汛地。爲其提督劾罷。寧人籲留不可。餽萬金爲贐。卻之。曰。「我國法。人臣不能受鄰國饋也。」無已。留二千以犒軍士。曰。是從我與中國捍患者。」臨別謂士良曰。「我承寧人相愛。雖死弗去。洋槍隊訓練成。賊平亦不可撤。留以自衛。且可備意外虞。」遂去。鴻章聞之曰。「此中國士夫所難能者。不意得之島客也。」所部參將三人。科諾華戰寧波。寶齡戰紹興。俱殞於陣。卹百五十金爲塋墓。麥去司死尤烈。卹金二百。又有戈登者。英國人。同治二年。鴻章檄領常勝軍二千。攻常州福山營。圍解。權授江蘇總兵。攻太倉。毀南門敵卡。轟潰二石壘。官軍爲承。克之。規崑山。奪四壘。譚紹洸來爭。與諸軍大破之。踰月。程學啓攻東城。戈登自巢浦河奄至分道疾攻。敵奪西門走阻水殲焉。遂留駐崐山。策應各路。所向摧靡。移師攻花涇港。毀城外敵壘。次日敵降收吳江、震澤而還。旋攻蘇城。與學啓俱。稍剿城外敵壘。李秀成來援。屢敗。紹洸所部每戰猶致死。部雲官以下皆萌貳志。乞歸命。迺與學啓乘單舸會雲官等洋澄湖。備得要領。令斬秀成紹洸以獻。學啓與督戈登證之。未幾。秀成遁。雲官殺紹洸。開齊門迎降。朝廷嘉之。賞頭等功牌銀幣。並犒其軍。復進規常州。破南門復與鴻章量所應掘壕築牆以敗之。論功賞黃馬掛花翎。賜提督品級章服。初與學啓為昆弟交。每戰必偕。及誅降酋。頗不直其所為。捧雲官首而哭。以其養子送入崐山蘇城。誓不與見。後英國埃及人亂起。督師討之。遇害。朝廷遣使往弔焉。法國司意格。初駐防上海。同治初。改調稅務司。徙寧波。復郡城。灝有功。餘姚四門鎮陷。勒兵往討。踰月。直搗上虞。被創。進攻奉化。與諸軍克之。浙平。宗棠令與德克碑討測西邦製造。仿造小輪船。試行西湖。五年。宗棠度定福州馬尾山為船廠。章約多所參定。充船政局正監督。明年。籌設繪事院、小鐵廠。七年。加提督銜。賞花翎。十三年。船政教導功成。賞銀幣。德克碑亦法參將。初攻奉化。旺樂德克略東門。德克碑略其北。姜山敵來援。分道迎擊破之。先是德克碑請募兵千。宗棠不許。至是以索紹民犒賚勦與官吏齟齬。奉其公使檄將受代。歸謁宗棠。宗棠撫諭之。益感服。願易服色受節度。攻富陽有功。搗杭州。頓饅頭山。轟潰城數丈。敵勢蹙。趨援嘉與。乘閒克望江門外三石壘。燬鳳山門。敵奔湖州。攻安吉、思溪。克三壘。撤兵還滬。五年。充船政局副監督。七年。督役興工。賞花翎。九年。宗棠平回亂。檄調甘肅。隸戲下。十三年。錄經始船政功。與脟懋賞。其管稅務者有赫德。字鷺賓。英國倍爾發司人。咸豐四年。來華。

充寧波領事署繙譯官。升廣州領事署正繙譯。九年。充香港督署書記官。旋改粤海關副稅務司。受中國職自此始。十一年。總稅務司李泰國西還。令購水師戰艦。以赫德權代之。既受事。即赴長江新開各口岸。先置不收稅新關。同治二年。李泰國回任。購艦至。或摘其違誤。去職。赫德遂實所授。徙居上海。時蘇州新復。戈登與鴻章有卻。帥軍還崑山。敵勢益獗。赫德爲調護。戈登始臨敵。迺克收未下郡邑。三年。置臺灣南北新關。還駐京邑。加按察使銜。八年。晉布政使銜。歲餘。赴沿海各地度置鐙樓塔表。光緒二年。定烟臺條約。參畫功多。十年。赴金陵與法國巴使議越南案。未蕆事。適飛虎巡船置鐙樓於臺灣洋。爲法虜捕。乃遣駐英稅務司金登幹赴巴黎申理。乘機與議和。詳定停戰草約而還。明年。賞花翎並雙龍二等第一寶星。十二年。赴香港澳門條議洋藥稅釐。置關九龍拱北。十三年。葡使來華。與訂澳門草約。十五年。英兵闌入藏。赫德遣稅務司赫政馳往。與駐藏大臣會籌劃界諸事。其通商交涉游牧。至十九年始定議。賞三代正一品封典。二十五年。與德國海使籌置膠海新關。明年。各國聯軍入兩宮西狩。贊襄和議。保護東南與有功。事寧。晉太子少保。三十一年。與德國穆使更議膠關章程。改行無稅區地法。尋與日本林使籌置大連灣新關。稅則一如膠海。三十三年。分東三省爲四大區。遣各稅務司度地置關。踰年。謝病歸。加尚書銜。辛亥國變後。病卒。仍優卹之。稅務司德璀琳。德國人。累加二品銜。越南議案起。法索兵費甚巨。與道員馬建忠往議。力與駁斥。賴以中止。越十年。中日有違言。德宗以其誠實幹練。詔趣東渡議款。鴻章赴俄賀加冕禮。奏充參贊官。並稱職。至創辦郵政之帛黎。法國人。同治八年來華。充福州船政學堂教員。十二年。賞五品銜。予雙龍獎牌。明年。調充江海關稅務幫辦。歷鎮江北海甌海臨海澳海諸關。二十二年。朝議行郵政。以赫德兼領其事。帛黎實參治之。凡都會省城通商口岸。漸次設局。因命曰大清郵政。語詳交通志。尋徙拱北。二十六年。還京。遷郵政總辦。晉二品銜。置蕪湖代辦局。二十九年。河南山東山西貴州復設副總局。自是內地城鄉村鎮街郵徧設。時尚未入萬國郵政公會。卽已與日本及英屬印度香港聯約。並見施行。三十年。賞雙龍三等第一寶星。以擴充煩費。白外部入奏。貸新關銀以濟。而郵費始贍。並與法德及英屬那達聯郵。其往來互寄合同。皆經別定。著為章程。帛黎屬身奉職。成郵政六百餘局。代辦四千二百餘所。方其剏始。衆情惶惑。臺諫疆臣交章阻止。帛黎以民不可與慮始。而可與樂成。不憚艱難。殫心引導。行之有年。始言不便者。有來言便者。宣統三年。改隸郵傳部。設總局。被命為總辦。郵局設官自此始。乃更力籌郵便儲蓄。為足國裕民計。郵務益秩然。國變後。遣赴日斯巴尼亞與萬國郵政博議大會。事竣回華。後乞病歸。仍食歲祿。未幾卒。予銀幣治喪。見會典事例嘻人傳衙使見聞日記吳中平寇記曾李奏疏平浙紀略中興將帥別傳勦伯衛東原梨屑問齋叢記兩浙軍事日記戈登所上書稟沈文肅政書左文襄年譜赫德自作小傳籌洋芻議等故叢編帛黎履歷事蹟郵傳部沿革概略

論曰。湯若望。南懷仁。耶教徒也。以治憲傳其教。華爾。戈登。聲西。將弁也。以殄寇衛其商。日意格。赫德。帛黎諸人。或仰機利。或筦船算。或速郵傳。命其所為謀。乃其所自為者。非邪。以彼非我族類。而能委身勤力。贊成鴻業。且善持其功名若此。視古客卿。何多讓焉。

民國廿四年八月初版發行

實價大洋二元八角（外埠酌加寄費）

“清史大綱”

有著作權不准翻印

著者 金兆豐

發行者 章錫琛 上海福州路開明書店

印刷者 美成印刷公司 上海梧州路三九〇號

總發行所 開明書店 上海福州路二七八 電報掛號七〇五四

分發行所 開明書店分店 廣州惠愛東路 漢口交通路 南京太平路 長沙南陽街 北平楊梅竹斜街

本書已照著作權法呈請內政部註册

93542